西方文化密码趣释

欧美文学典故

张桂声　赵志仁　张峰　编著

黄河出版传媒集团
宁夏人民出版社

图书在版编目（CIP）数据

欧美文学典故 / 张桂声，赵志仁，张峰编著. — 银川：宁夏人民出版社，2020.12
（西方文化密码趣释）
ISBN 978-7-227-07428-1

Ⅰ.①欧… Ⅱ.①张… ②赵… ③张… Ⅲ.①欧洲文学—文学欣赏②文学欣赏—美洲 Ⅳ.①I106

中国版本图书馆CIP数据核字（2021）第006572号

西方文化密码趣释
欧美文学典故

张桂声　赵志仁　张　峰　编著

责任编辑	陈　浪　王　艳
责任校对	周淑芸
封面设计	木　叶
责任印制	马　丽

 黄河出版传媒集团
宁夏人民出版社　出版发行

出 版 人　薛文斌
地　　址　宁夏银川市北京东路139号出版大厦（750001）
网　　址　http://www.yrpubm.com
网上书店　http://www.hh-book.com
电子信箱　nxrmcbs@126.com
邮购电话　0951-5052104　5052106
经　　销　全国新华书店
印刷装订　宁夏银报智能印刷科技有限公司
印刷委托号　（宁）0019580

开本　880 mm×1230 mm　1/32
印张　18.125
字数　439千字
版次　2020年12月第1版
印次　2020年12月第1次印刷
书号　ISBN 978-7-227-07428-1
定价　110.00元

版权所有　侵权必究

总　序

　　这套丛书于20世纪80年代末计划,此后坚持浏览有关书籍、做读书笔记。全力从事书稿的撰写与编辑始于2004年7月,到2015年底6部书稿完成,前后历时20余年。这套丛书是为学英语或教英语的读者、对西方文化感兴趣的读者编写的,旨在讲述实际需要但又不易查找的有趣知识,为读者学习研究提供一点方便,增添几分趣味。它编写角度巧妙新颖,文笔简洁流畅,既有休闲读物的特点,又不失参考资料的价值。

　　戚雨村先生认为,各门学科从不同的侧面对文化所下的定义,林林总总,不下250种。五花八门的文化,有简有繁,令人眼花缭乱。广博的西方文化,可谓是其中一个厚重的话题。丛书以"文明、文化、文字"作为选材和编写主轴,文明层面论及西方社会所经历过的两种文明,即发源于希腊人称为西方文明源头的古典文明,和发源于希伯来人称为西方文明基石的基督文明,编写成《希腊神话传说》和《经典成语故事》(未出版)两书;文化层面论及西方文化的两个主要部分,即包括观念习俗、生活方式、文娱体育在内的大众文化(popular culture),和包括哲学、文学、艺术在内的高级文化(high culture),编写成《英语国家常识》和《欧美文学典故》两书;文字层面论及承载和传承西方文化的最主要语言文字——英语语言的两个方面：即带有西方文化气息，又有自身民族特点的语言借喻转义（trope）现象，和英语语言结构的历史变化与语言传播的区域变化，编写成《西方文化喻指》和《英语多维概述》两书。

我们前后浏览了200余部中英文书籍，从近400万字的读书笔记中筛选出2800多条英文词目，再逐一编写释文。中文标题大多由英文词目直译，释文内容简短精练，力求知识性和趣味性兼备，可读性强。鉴于丛书以词语趣释的方式揭示西方文化密码，故定名为《西方文化密码趣释》。我们力图借助丛书词条的趣释，将数百万文字用作彩色的马赛克，为读者镶嵌出欧美文明进程的历史画卷，诠释出西方文化密码的含义。

除了书末列出的参考书目之外，在编写过程中我们还参考了一些报刊资料、网络文章。这里，谨向各位作者表示深深的敬意和谢意。衷心感谢对这套丛书编写给予帮助、支持的各位朋友。衷心感谢为这套丛书的出版付出辛劳的宁夏人民出版社的领导和编辑。

鉴于水平有限，谬误难免，恳请读者指正。

张桂声

2015年12月于厦门金鸡亭

编写说明

一、本书为《西方文化密码趣释》丛书之一,旨在通过对欧美文学典故的诠释,让读者了解欧美文学及其对英语语言的影响。本书由488篇相对独立的短文构成,每篇短文设有[词语][含义][趣释][运用]等项。[词语]为英文词条;[含义]是英文词条的中文意思;[趣释]为对英文词条的诠释;[运用]是英文词条的活用范例,例句大多数摘自辞书。为方便读者查阅,书中设有分类词目目录、主要英文词目索引和拼音字母排列词目索引。

二、本书所涉及的欧美古今著名作家有160多位、名著作品320余部(篇)。所谈及的文学典故有典故(allusions)、成语(phrases)、谚语(proverbs)、俗语(colloquialisms)、格言(sayings)、箴言(mottoes)等。有关希腊罗马神话和《圣经》部分的典故,因另有专辑,本书不再收录。

三、本书采用说明文体,每篇字数100~600字不等。根据需要,少数篇目字数超过1000字。书中的人名、地名的译名与原著译本保持一致;原著中的英文诗行用斜线表示。由于原著有小说、诗歌、散文、寓言、童话剧作多种体裁,习语本身又有事典和语典之分,编写时遵循事典陈述事实诠释语义,语典引用原文进行解释的原则。源出寓言的习语,诠释时基本保持寓言原貌。

四、本书为了和英文辞书保持一致，凡是涉及莎士比亚剧作的习语，其诠释短文中所引用的原著译文均采用朱生豪先生的译本。另外，法国拉封丹、俄国克雷诺夫等寓言作家根据古希腊《伊索寓言》素材进行再创作的作品，本书以收录《伊索寓言》原著为主。

五、本书在[趣释]中所讲述的内容与其他词条相关的，在该内容处用①②符号标出，并在短文篇末注明参阅相关词条的标题，以便将全书短文连成有机整体。

引 言

文学是以语言文字为工具,反映社会生活的艺术。按照西方的分类,文学有诗歌、戏剧、散文、小说四大类,每类又分若干小类。如小说除本身分为若干小类之外,还包括传说、故事、寓言和童话。西方散文的概念也与中文的概念不同,它既包括prose(记叙、议论),essay(小品、随笔、讽刺文),又包括sketch(概要、特写、见闻录)等,其范围之广、内容之杂,几乎囊括除诗歌、戏剧、小说之外的全部文体。

欧美文学集中了几千年来不同国家、不同民族的思想、情感和智慧,汇集了欧美各国人民内心世界的酸甜苦辣。但各国文学或多或少无一例外,都带有自身历史渊源的印记:有的发源于希腊,后在罗马得以光大的古典文明以及在此基础上发展起来的人文主义;有的发源于希伯来人的基督文明以及在此基础上发展起来的先验主义;还有的产生于北欧边陲和莱茵河畔游牧民族旺盛的活力和好斗的性格、对荒诞奇诡的神往和对女性的神秘态度;等等。阅读这些文学作品,读者不仅可以了解欧美各国的历史和民生,还可以接触到支撑表层文化的深层文化——了解西方根本性的思想观点、价值评判和观察事物的视角。

欧美文学凝聚了欧美作家对人生、社会和时代的思考,具有永恒的艺术魅力和深刻的文化内涵。作家在运用语言文字进行文学创作的同时，也丰富和发展了语言文字。如英语中最具活力的文学语汇，是由作家的文学语言凝固而成的。它们既渗透着浓郁的西方文化气息，又交织着民族的影响，展示出英语语言文化的发展和演变。这些文学语汇凝固而成的主要形式有：名著中的精彩词汇进入社会普通语言，经过反复使用，脍炙人口，成为习语；名著中故事情节给人留下深刻印象，经过反复传诵，形成习语；名著中的一些人物性格鲜明，其名字具有象征意义，由于众口相传，形成习语；名著使一些小范围内使用的方言、切口、俚语等获得了新生而影响深远，也形成习语。以英国大文豪莎士比亚为例，在他一生所写的37部剧作中，包含了数以千计的鲜活词语，仅收入英语辞书的典故、成语、俗语、谚语、格言、箴言等，就有数百条之多。

有着2500多年历史的欧美寓言，是对文学语汇形成贡献绝对不可小觑的文学体裁。古希腊的《伊索寓言》从公元前5世纪至今，经过许多人的改写、翻译，已经传遍世界而久盛不衰。它对世界各种语言的影响，可谓无与伦比。然而，由寓言和童话凝固成的文学语汇结构往往不很固定，运用时相当灵活。例如寓言《猫爪子》，讲的是猴子诱骗猫为其从火堆中取栗子的故事。猴子与猫说好取出栗子平分，可是当猫忍着烫从火堆中扒出所有栗子，想与猴子一起分享时，却发现猴子已把栗子吃光了。由于这个寓言，人们后来用cat's paw（猫爪）来喻指被人利用的人；用to make a cat's paw of sb.（使某人当猫爪）喻指把某人当作工具来利用；用to pull the chestnut out of the fire for sb.（替人从火中取栗）喻指受某人愚弄；等等。因此，掌握由寓言、童话而成的习语的最好方法，就是记住寓言和童话本身的内容。

数千年来，欧美文学作品浩如烟海，它所形成的文学语汇也远非区区一书所能言尽。笔者经数年辛劳将大海中的拾贝辑成这本小书，呈献在读者的面前。愿这些欧美文学中的瑰宝奇葩如一杯杯陈酿，让读者品味其中的醇厚味美；愿这些文学语汇所蕴含的故事如一缕缕惬意的和风，让读者在学海畅游中增添些许愉悦。

           作　者
        2012年9月于厦门金鸡亭

目 录

A

1. 阿巴贡 / 001
2. 阿达拉 / 002
3. 阿蒂卡的盐 / 003
4. 阿尔米达的花园 / 004
5. 阿尔那斯查之梦 / 005
6. 阿拉丁的神灯 / 005
7. 阿拉斯南的镜子 / 006
8. 阿瑟·格兰特 / 007
9. 爱管闲事的保罗·普赖 / 008
10. 爱丽丝漫游奇境 / 009
11. 爱罗马胜过爱恺撒 / 010
12. 爱情的三角 / 012
13. 爱情和饥饿使世界行进 / 013
14. 爱是盲目的 / 014
15. 安妮姐姐 / 016
16. 安特克利斯和狮子 / 016

17. 奥赛罗 / 017

B

18. 巴吉斯愿意 / 019
19. 巴米塞德的酒宴 / 020
20. 巴汝日的绵羊 / 021
21. 把苍蝇说成大象 / 022
22. 把你们的耳朵借给我 / 023
23. 把人家吃得倾家荡产 / 025
24. 把事情摆在光天化日之下 / 026
25. 把手指放在眼里 / 028
26. 把抵押品交给命运之神 / 029
27. 把头伸进狼口 / 030
28. 把油倒进海里 / 030
29. 把勇气集中到固定的地方 / 032
30. 把自己的心戴在袖口上 / 033
31. 白色的乌鸦 / 034

32. 白天点灯 / 035
33. 摆脱尘世的喧嚣繁忙 / 037
34. 搬运煤 / 038
35. 半斤八两 / 039
36. 扮演猴子 / 040
37. 鲍克斯和科克斯 / 042
38. 北风和太阳 / 042
39. 被发送去对簿阴曹 / 043
40. 比尔·赛克斯 / 044
41. 比剑术 / 045
42. 比来比去多厌烦 / 046
43. 毕斯托尔 / 047
44. 蝙蝠与黄鼠狼 / 048
45. 辨认出老鹰和苍鹭 / 048
46. 不吃鱼 / 050
47. 不丢给狗一句话 / 051
48. 不合一般人口味的鱼子酱 / 052
49. 不同毛色的马 / 054
50. 不幸的事总是接踵而来 / 055
51. 不值一枚针的费用 / 056
52. 布朗、琼斯、罗宾逊 / 058
53. 布雷牧师 / 058
54. 布利丹的驴子 / 059

C

55. 擦神灯 / 060

56. 草丛中的蛇 / 061
57. 苍蝇和蜜糖 / 062
58. 聪明的蠢人好过愚蠢的聪明人 / 063
59. 从鸡蛋到苹果 / 064
60. 从匹克威克的意思上说 / 065
61. 从咬你的狗身上拔根毛 / 066
62. 从永恒的观点出发 / 067
63. 从中国到秘鲁 / 068
64. 丛林法则 / 069
65. 插上孔雀毛的乌鸦 / 070
66. 茶杯里的风暴 / 071
67. 茶花女 / 072
68. 查尔斯国王的头 / 073
69. 朝某人咬大拇指 / 074
70. 车轮上的苍蝇 / 075
71. 诚实的人是上帝创造的最佳作品 / 076
72. 吃韭菜 / 076
73. 赤裸裸的真理 / 078
74. 重新估价一切价值 / 079
75. 踌躇顾虑 / 080
76. 丑小鸭 / 082
77. 穿麻衣的人 / 083
78. 船沉鼠先逃 / 084
79. 吹热又吹冷 / 085
80. 吹箫的渔夫 / 086

81. 刺伤蛇身 / 087

D

82. 达比和琼 / 089
83. 答尔丢夫 / 090
84. 打破普利西安的头 / 090
85. 打这旗号就能得胜 / 091
86. 大家为一人，一人为大家 / 092
87. 大闹鸽棚 / 093
88. 大山临产 / 094
89. 戴皇冠的头是不能安于枕席的 / 095
90. 单数之中有好运 / 096
91. 丹麦王国里出了坏事 / 097
92. 丹尼尔做法官 / 098
93. 稻草民调 / 099
94. 盗用别人的雷电 / 100
95. 灯 / 102
96. 第二十二条军规 / 102
97. 第欧根尼的灯笼 / 103
98. 第欧根尼的木桶 / 104
99. 丢了斧头，连柄也扔了 / 105
100. 冬天已经来，春天还会远吗？ / 106
101. 斗鸡和老鹰 / 107
102. 肚子和它的伙伴们 / 107

103. 杜鹃和公鸡 / 108
104. 渡过卢比孔河 / 109
105. 对某人说剑 / 111

F

106. 发亮的东西未必都是金子 / 113
107. 发痒的手掌心 / 114
108. 房屋虽新而偏见依旧 / 116
109. 放荡的洛瑟里奥 / 117
110. 愤怒的年轻人 / 118
111. 愤怒是一时的疯狂 / 118
112. 风格代表一个人 / 119
113. 疯狂的帽商 / 120
114. 疯狂有道 / 121
115. 否定之后再否定 / 123
116. 福斯塔夫 / 124
117. 浮士德的灵魂 / 125
118. 弗吉斯和道格培里 / 126
119. 弗兰肯斯坦的魔鬼 / 127

G

120. 伽西莫多 / 129
121. 盖茨比 / 130
122. 感到恶心 / 131

123. 感动得要哭 / 132

124. 赶上琼斯家 / 134

125. 高呼满足 / 135

126. 糕饼和麦酒 / 137

127. 歌舞升平的年代 / 138

128. 格伦迪太太会怎么说呢? / 139

129. 葛朗台 / 140

130. 给猫系铃 / 141

131. 给灵魂涂上如意膏 / 142

132. 给自然一面镜子 / 143

133. 根据霍伊尔 / 144

134. 耕耘自己的园子 / 145

135. 鲠在喉头 / 146

136. 更好是好的敌人 / 147

137. 公鸡和牛的故事 / 149

138. 公鸡在自己的粪堆上称王称霸 / 150

139. 公牛和野山羊 / 151

140. 狗和影子 / 152

141. 鼓起兴致 / 152

142. 鼓舞士气的誓师词: 骰子已经掷下 / 154

143. 寡妇和她的小丫头们 / 155

144. 挂在脖子上的信天翁 / 156

145. 光阴陀螺 / 157

146. 鬼魂徘徊 / 158

147. 贵妇人的侍从 / 159

148. 棍棒打脑筋 / 160

149. 国王或女王英语 / 162

H

150. 哈姆雷特 / 164

151. 海老人 / 165

152. 好酒不用幌 / 166

153. 和风车开仗 / 167

154. 荷马有时会打盹 / 169

155. 黑马 / 170

156. 红A字 / 171

157. 喉咙中的谎言 / 172

158. 呼神召鬼的名字 / 173

159. 狐狸和山羊 / 175

160. 狐狸和狮子 / 176

161. 华尔脱·密蒂 / 176

162. 华伦夫人 / 177

163. 荒嬉时日的樱草花小径 / 178

164. 黄铜似的面孔 / 180

165. 皇帝的新装 / 181

166. 灰姑娘 / 182

167. 回到羊上来 / 183

168. 浑水捕鱼 / 184

169. 火上加油 / 185

170. 火腿演员的表演 / 186

171. 火中取栗 / 187
172. 霍布森的选择 / 189

J

173. 饥饿是最好的佐料 / 190
174. 击中靶子 / 191
175. 记小酒账 / 192
176. 加倍保证 / 194
177. 家庭暴君沉西 / 195
178. 价值犹太人的一只眼 / 196
179. 驾好自己的独木舟 / 197
180. 肩背好好的无损伤 / 198
181. 简洁是智慧的灵魂 / 200
182. 叫狼看守羊 / 201
183. 杰克尔和海德 / 201
184. 借贷使节俭的刀刃变钝 / 202
185. 金银岛 / 203
186. 紧紧抓住荨麻 / 204
187. 谨慎是勇敢的要素 / 205
188. 进来的人们，把一切希望抛弃吧！ / 207
189. 精灵爱丽儿 / 208
190. 酒宴上的骷髅 / 209
191. 就像两个蛋一样相像 / 210
192. 就像苹果和牡蛎一样截然不同 / 212

193. 卷带财物离开 / 213
194. 绝望的沼泽 / 214
195. 锯空气 / 216

K

196. 卡列班 / 218
197. 卡斯特桥市长 / 218
198. 凯歇斯 / 220
199. 考狄利娅的礼物 / 220
200. 可贵的见解 / 221
201. 渴鸽 / 223
202. 克娄巴特拉的鼻子 / 223
203. 枯萎的黄叶 / 225
204. 狂飙突进运动 / 226
205. 蝰蛇和铁锉 / 227
206. 恐惧创造神 / 228
207. 孔雀和鹤 / 229

L

208. 蓝胡子 / 230
209. 蓝鸟 / 231
210. 狼和羔羊 / 232
211. 狼和马 / 233
212. 狼和牧人 / 233
213. 狼和狮子 / 234

欧美文学典故 005

214. 狼来了 / 234

215. 浪子和燕子 / 235

216. 劳动者和蛇 / 236

217. 泪涛汹涌 / 236

218. 理查三世 / 237

219. 理士满 / 238

220. 理想情人达西妮亚 / 239

221. 两个罐子 / 240

222. 两害相权取其轻 / 240

223. 两只口袋 / 241

224. 两只青蛙 / 242

225. 列那狐的玻璃球 / 242

226. 列那狐的魔幻指环 / 243

227. 猎犬与野兔 / 244

228. 猎人和樵夫 / 245

229. 令人钦佩的克赖顿 / 245

230. 罗密欧与朱丽叶 / 246

231. 驴和青蛙 / 247

232. 驴、狐狸与狮子 / 248

233. 驴子和狼 / 248

234. 驴子想的是一样，赶驴人想的却是另一样 / 249

235. 旅客和他的狗 / 250

236. 绿眼妖魔 / 250

M

237. 马槽中的狗 / 252

238. 马车拖着马走 / 253

239. 马和驴 / 254

240. 马和马夫 / 254

241. 马伏里奥 / 255

242. 马拉普洛普婶婶 / 255

243. 麦克白 / 256

244. 曼弗雷德 / 257

245. 猫和公鸡 / 258

246. 猫有九命 / 259

247. 猫爪子 / 260

248. 矛盾的精灵 / 261

249. 美好往昔 / 262

250. 美女与野兽 / 263

251. 没有丹麦王子的《哈姆雷特》 / 265

252. 没有一处比得上家 / 266

253. 玫瑰换名一样香 / 267

254. 梅子与三棱镜 / 268

255. 每个杰克有他的吉尔 / 270

256. 每个理发匠都知道的事 / 271

257. 每一英寸 / 272

258. 闷住的火烧起来更猛烈 / 273

259. 蒙太古家族和凯普莱特家族 / 275

260. 迷惘的一代 / 276
261. 米利都的传说 / 277
262. 蜜月 / 278
263. 面包和黄油 / 279
264. 冥石的无言启示 / 280
265. 名利场 / 281
266. 命运恩宠勇者 / 283
267. 命运之轮 / 284
268. 命运之神的石击箭射 / 286
269. 魔鬼并不像描绘的那么黑 / 287
270. 陌生的同铺者 / 288
271. 墨菲斯托式的微笑 / 289
272. 母鸡和金蛋 / 291
273. 牧童和狼 / 291
274. 牧羊人与狼崽 / 292

N

275. 你老是唱歌？太好了，你现在可以去跳舞了！ / 293
276. 年轻的肩膀上有颗老头颅 / 294
277. 年轻人之盐 / 295
278. 牛和车轴 / 296
279. 农夫和狐狸 / 297
280. 农夫和蛇 / 297
281. 农夫和他的儿子们 / 298

282. 弄醒睡着的狼 / 299
283. 懦夫在咽气以前，已经死过多次 / 300

P

284. 帕米拉 / 302
285. 盘算还未孵出的小鸡 / 302
286. 披着狮皮的驴子 / 303
287. 匹克威克 / 304
288. 泼留希金 / 305
289. 破破烂烂 / 306
290. 葡萄树和山羊 / 307
291. 葡萄藤与鹿 / 307
292. 仆人朗斯 / 308

Q

293. 奇迹也不过维持九天 / 310
294. 怯懦者残忍 / 311
295. 青蛙和老鼠之战 / 312
296. 清理大粪的人 / 313
297. 权力走廊 / 314
298. 雀跃 / 315

欧美文学典故 007

R

299. 人都向旭日膜拜，不向夕阳顶礼 / 317
300. 人类善良的乳汁 / 318
301. 仁慈的本性不是强拉而出 / 319
302. 肉和酒 / 320
303. 瑞普·凡·温克尔 / 321

S

304. 莎乐美 / 323
305. 傻瓜的天堂 / 324
306. 伤害之外又加侮辱 / 325
307. 上帝恕我这样说 / 327
308. 烧炭人和漂布人 / 328
309. 神要谁灭亡，就先使他丧失理智 / 329
310. 圣尼古拉斯的圣徒 / 330
311. 生姜吃到嘴里总是辣的 / 331
312. 生命短促，艺术永恒 / 332
313. 诗人是天生的，演说家是学成的 / 333
314. 狮子的份额 / 334
315. 狮子和狐狸 / 335
316. 狮子、狐狸和驴子 / 335
317. 狮子和老鼠 / 336
318. 狮子和农夫 / 337
319. 狮子和青蛙 / 337
320. 狮子和兔子 / 338
321. 狮子王国 / 339
322. 狮子、熊和狐狸 / 339
323. 失掉尾巴的狐狸 / 340
324. "十诫"新意 / 341
325. 十足的蓓姬·夏普 / 342
326. 时间和潮水不等人 / 343
327. 时间就是金钱 / 344
328. 时间是最好的医生 / 345
329. 使老牛送命的曲子 / 346
330. 世界是一个舞台，所有的男男女女不过是演员 / 347
331. 世界受舆论的支配 / 348
332. 世界真是狭小 / 349
333. 守财奴 / 350
334. 梳刷马毛 / 350
335. 书的战争 / 351
336. 书有书的命运 / 352
337. 竖起耳朵 / 353
338. 谁笑在最后，谁笑得最好 / 354
339. 说话精确 / 355
340. 斯蒂金斯 / 356
341. 松开战争猛犬的绳索 / 357
342. 酸葡萄 / 359

343. 损伤人的肩背 / 360
344. 所有的猫在黑夜都是灰色的 / 361
345. 所有关注者中的被关注者 / 362
346. 所有中的所有 / 363

T

347. 它在他的纽扣中 / 365
348. 苔丝 / 366
349. 太快的结果如太慢一样迟缓 / 367
350. 泰门 / 368
351. 汤姆叔叔 / 369
352. 唐璜 / 369
353. 堂吉诃德 / 370
354. 天大亮 / 372
355. 天道的车轮已经循环过来 / 373
356. 天地之间有许多事情是你们的哲学里所没有梦到的 / 374
357. 天鹅和家鹅 / 375
358. 天方夜谭 / 375
359. 天国上的馅饼 / 376
360. 天生习惯于 / 378
361. 天塌下来我们正好抓云雀 / 379

362. 天文学家 / 380
363. 跳舞的猴子 / 380
364. 通向地狱的道路是用善良的愿望铺成的 / 381
365. 同魔鬼一块吃饭就得有一把长柄勺子 / 382
366. 透过帽子讲话 / 383
367. 秃头武士 / 384
368. 秃头和苍蝇 / 385
369. 兔子和猎狗 / 386
370. 推石头滚动 / 386
371. 脱节 / 387
372. 托诺—邦盖 / 389

W

373. 玩偶之家 / 390
374. 玩那一套，我比你高明 / 391
375. 纨绔子弟 / 393
376. 忘乎所以的补锅匠 / 394
377. 为驴的影子争吵 / 395
378. 维丹特·格林 / 395
379. 维特和夏绿蒂 / 396
380. 伪君子安哲鲁 / 397
381. 伟大的智慧不谋而合 / 398
382. 我的茶杯虽不大，但我用我的杯来喝茶 / 400

欧美文学典故 009

383. 我就吃掉我的帽子 / 401
384. 我们对所希望的事情最容易相信 / 402
385. 我们在腓力比相见 / 403
386. 乌龟和野兔 / 404
387. 无法估量 / 405
388. 无事白费力 / 406
389. 无数血肉之躯所不能避免的打击 / 408
390. 误把幻影当真实 / 409

X

391. 西蒙·勒格里 / 410
392. 熄灭他人的灯 / 411
393. 夏洛克 / 412
394. 显示自己的本领 / 413
395. 现在一切和终了一切 / 414
396. 相像得如一个豆荚里的两个豌豆 / 415
397. 香格里拉 / 416
398. 向某人牙齿里掷东西 / 417
399. 像冰一样坚贞 / 418
400. 像柴郡猫似的咧着嘴笑 / 419
401. 像两捆干草之间的驴子 / 420
402. 象牙之塔 / 421
403. 橡树和芦苇 / 422

404. 小孩与栗子 / 422
405. 小玛丽 / 423
406. 小美人鱼的传说 / 424
407. 小牛和大牛 / 425
408. "小扒手"杰克·道金斯 / 425
409. 小探子基姆 / 426
410. 小蟹和母蟹 / 426
411. 小羊和狼 / 427
412. 鞋的夹脚之处 / 428
413. 心灵的眼睛里 / 429
414. 信不信由你 / 430
415. 凶暴的牛总是生着一对短角 / 431
416. 熊与两个旅人 / 432
417. 修建阿拉丁的窗户 / 433
418. 血浓于水 / 434

Y

419. 眼不见,心不想 / 436
420. 燕子和乌鸦 / 437
421. 摇摇篮的手统治世界 / 437
422. 野驴和狮子 / 438
423. 夜间的渡船 / 439
424. 一磅肉 / 440
425. 一捆柴枝 / 441
426. 一手拿手帕,一手拿着剑 / 442

427. 一息尚存，就不放弃希望 / 443

428. 一小时的哈里发 / 444

429. 一言不合就动手 / 445

430. 一只燕子不成为夏天 / 446

431. 意识的溪流 / 447

432. 伊修里厄的长矛 / 448

433. 银叉派 / 449

434. 鹰和蛇 / 450

435. 用泥刀涂抹 / 451

436. 用全部家当做一次赌注 / 452

437. 用全部眼睛看 / 453

438. 忧虑愁死猫 / 454

439. 有多少人，就有多少主意 / 456

440. 有斧子要磨 / 457

441. 有去无回的国土 / 458

442. 有线缝的一面 / 460

443. 有优势的隅石 / 461

444. 渔夫们 / 462

445. 与来宾跳舞 / 463

446. 与人一起拔乌鸦毛 / 464

447. 愿望是思想之父 / 466

448. 约翰牛 / 467

Z

449. 在德布雷特名人录里 / 469

450. 在地狱里牵猴子 / 470

451. 在拉肢刑具上 / 471

452. 在马匹进入市场之前计算收入 / 472

453. 在你还没来得及说杰克·罗宾逊的时候 / 474

454. 在心的心里 / 475

455. 在迎风的一面 / 477

456. 在这最好的世界里，一切都会变好的 / 478

457. 在自己的汤汁里煎熬 / 479

458. 遭重罚 / 481

459. 詹姆斯·邦德 / 482

460. 占上风 / 483

461. 站在天使一边 / 484

462. 障碍在这里 / 486

463. 掌声雷动 / 487

464. 这里面有一段故事 / 488

465. 这些对我都是希腊字 / 489

466. 真爱并非一帆风顺 / 491

467. 真相在酒后出来 / 492

468. 真正的西蒙·普勒 / 493

469. 整个猪都可以吃 / 494

470. 芝麻开门！ / 495

471. 知道自己的距离 / 497

472. 知识就是力量 / 498

473. 直到末日毁灭的雷声 / 499

474. 直到世界尽头 / 500

欧美文学典故　011

475. 纸张不会脸红 / 502
476. 智囊团 / 503
477. 忠仆星期五 / 504
478. 钟情的狮子 / 505
479. 仲夏疯 / 506
480. 众生之路 / 508
481. 宙斯和狐狸 / 509
482. 宙斯和蛇 / 510
483. 抓住时间的额发 / 510
484. 自己的鹅都是天鹅 / 511

485. 自己的炸药盒炸倒自己 / 512
486. 足以让天使哭泣 / 514
487. 最黑暗的时刻之后便是黎明 / 515
488. 最后一个莫希干人 / 516

附录 / 518
主要英文词目索引 / 528
主要参考书目 / 541
丛书内容简介 / 543

分类词目表

1.小说典故

英国

阿瑟·格兰特 / 007

爱丽丝漫游奇境 / 009

爱是盲目的 / 014

巴吉斯愿意 / 019

比尔·赛克斯 / 044

查尔斯国王的头 / 073

从匹克威克的意思上说 / 065

从咬你的狗身上拔根毛 / 066

丛林法则 / 071

疯狂的帽商 / 122

弗兰肯斯坦的魔鬼 / 127

公鸡和牛的故事 / 149

黑马 / 170

杰克尔和海德 / 201

金银岛 / 203

绝望的沼泽 / 214

卡斯特桥市长 / 218

梅子与三棱镜 / 268

面包和黄油 / 279

名利场 / 281

魔鬼并不像描绘的那么黑 / 287

帕米拉 / 302

匹克威克 / 304

清理大粪的人 / 313

权力走廊 / 314

十足的蓓姬·夏普 / 342

斯蒂金斯 / 356

苔丝 / 366

同魔鬼一块吃饭就得有
 一把长柄勺子 / 382

托诺—邦盖 / 389

维丹特·格林 / 395

我就吃掉我的帽子 / 401

香格里拉 / 416

相像得如一个豆荚里的
　两个豌豆 / 415

像柴郡猫似的咧着嘴笑 / 419

鞋的夹脚之处 / 428

"小扒手"杰克·道金斯 / 425

小探子基姆 / 426

意识的溪流 / 447

银叉派 / 449

约翰牛 / 467

在自己的汤汁里煎熬 / 479

詹姆斯·邦德 / 482

众生之路 / 508

忠仆星期五 / 504

美国

第二十二条军规 / 102

盖茨比 / 130

红 A 字 / 171

华尔脱·密蒂 / 176

迷惘的一代 / 276

瑞普·凡·温克尔 / 321

汤姆叔叔 / 369

天大亮 / 372

西蒙·勒格里 / 410

最后一个莫希干人 / 516

法国

阿达拉 / 002

安妮姐姐 / 016

巴汝日的绵羊 / 021

茶花女 / 072

大家为一人，一人为大家 / 092

伽西莫多 / 129

葛朗台 / 140

耕耘自己的园子 / 145

蜜月 / 278

梳刷马毛 / 350

天塌下来我们正好抓云雀 / 379

在这最好的世界里，一切都
　会变好的 / 478

西班牙

和风车开仗 / 167

理想情人达妮亚 / 239

堂吉诃德 / 370

意大利

更好是好的敌人 / 147
泼留希金 / 305

故事传说

阿尔那斯查之梦 / 005
阿拉丁的神灯 / 005
阿拉斯南的镜子 / 006
巴米塞德的酒宴 / 020
擦神灯 / 060
海老人 / 165
天方夜谭 / 375
修建阿拉丁的窗户 / 433
一小时的哈里发 / 444
芝麻开门！ / 495

2. 诗歌典故

古希腊

青蛙和老鼠之战 / 312

古罗马

白色的乌鸦 / 034
草丛中的蛇 / 061
赤裸裸的真理 / 078
从鸡蛋到苹果 / 064
愤怒是一时的疯狂 / 118
荷马有时也会打盹 / 169
火上加油 / 185
恐惧创造神 / 228
每个理发匠都知道的事 / 271
眼不见，心不想 / 436
一息尚存，就不放弃希望 / 443

英国

半斤八两 / 039
布雷牧师 / 058
从中国到秘鲁 / 068
达比和琼 / 089
冬天已经到来，春天还会远吗？
　/ 106
挂在脖子上的信天翁 / 156
贵妇人的侍从 / 159
家庭暴君沉西 / 195
曼弗雷德 / 257

美好往昔 / 262
时间和潮水不等人 / 343
使老牛送命的曲子 / 346
唐璜 / 369
通向地狱的道路是用善良的愿望
　铺成的 / 381
伊修里厄的长矛 / 448
在你还没来得及说杰克·罗宾逊
　的时候 / 474
整个猪都可以吃 / 494

美国

火腿演员的表演 / 186
驾好自己的独木舟 / 197
没有一处比得上家 / 266
天国上的馅饼 / 376
摇摇篮的手统治世界 / 437
夜间的渡船 / 439

法国

列那狐的玻璃球 / 242
列那狐的魔幻指环 / 243

德国

爱情和饥饿使世界行进 / 013
浮士德的灵魂 / 125
矛盾的精灵 / 261
墨菲斯托式的微笑 / 289
维特和夏绿蒂 / 396

意大利

阿尔米达的花园 / 004
进来的人们，把一切希望
　抛弃吧！ / 207

3.散文典故

古希腊

把苍蝇说成大象 / 022
第欧根尼的灯笼 / 103
第欧根尼的木桶 / 104
两害相权取其轻 / 240
生命短促，艺术永恒 / 332

古罗马

阿蒂卡的盐 / 003
茶杯里的风暴 / 071
打破普利西安的头 / 090
打这旗号就能得胜 / 091
渡过卢比孔河 / 109
公鸡在自己的粪堆上称王称霸 / 150
鼓舞士气的誓师词：骰子已经掷下 / 154
饥饿是最好的佐料 / 190
酒宴上的骷髅 / 209
闷住的火烧起来更猛烈 / 273
米利都的传说 / 277
人都向旭日膜拜，不向夕阳顶礼 / 317
诗人是天生的，演说家是学成的 / 333
时间是最好的医生 / 349
书有书的命运 / 352
我们对所希望的事情最容易相信 / 400
真相在酒后出来 / 492
纸张不会脸红 / 502

英国

把抵押品交给命运之神 / 029
把油倒进海里 / 030
扮演猴子 / 040
布朗、琼斯、罗宾逊 / 058
诚实的人是上帝创造的最佳作品 / 076
根据霍伊尔 / 144
霍布森的选择 / 189
紧紧抓住荨麻 / 204
怯懦者残忍 / 311
书的战争 / 351
所有的猫在黑夜都是灰色的 / 361
一手拿手帕，一手拿着剑 / 442
在德布雷特名人录里 / 469
站在天使一边 / 484
知识就是力量 / 498
抓住时间的额发 / 510
自己的鹅都是天鹅 / 511
最黑暗的时刻之后便是黎明 / 515

美国

稻草民调 / 099
赶上琼斯家 / 134
时间就是金钱 / 344

透过帽子讲话 / 383

信不信由你 / 430

有斧子要磨 / 457

智囊团 / 503

法国

风格代表一个人 / 119

克娄巴特拉的鼻子 / 223

伟大的智慧不谋而合 / 381

象牙之塔 / 421

德国

重新估价一切价值 / 079

否定之后再否定 / 123

狂飙突进运动 / 226

意大利

世界真是狭小 / 349

荷兰

从永恒的观点出发 / 067

4.寓言典故

古希腊
（伊索寓言）

安特克利斯和狮子 / 016

把头伸进狼口 / 030

北风和太阳 / 042

蝙蝠与黄鼠狼 / 048

苍蝇和蜜糖 / 062

插上孔雀毛的乌鸦 / 070

车轮上的苍蝇 / 075

吹热又吹冷 / 085

吹箫的渔夫 / 086

大山临产 / 094

灯 / 102

斗鸡和老鹰 / 107

肚子和它的伙伴们 / 107

给猫系铃 / 141

公牛和野山羊 / 151

狗和影子 / 152

寡妇和她的小丫头们 / 155

狐狸和山羊 / 175

狐狸和狮子 / 176

浑水捕鱼 / 184

叫狼看守羊 / 201

渴鸽 / 201

孔雀和鹤 / 229

蝰蛇和铁锉 / 227

狼和羔羊 / 232

狼和马 / 233

狼和牧人 / 233

狼和狮子 / 234

狼来了 / 234

浪子和燕子 / 235

劳动者和蛇 / 236

两个罐子 / 240

两只口袋 / 241

两只青蛙 / 242

猎犬与野兔 / 244

猎人和樵夫 / 245

驴和青蛙 / 247

驴、狐狸与狮子 / 248

驴子和狼 / 248

旅客和他的狗 / 250

马槽中的狗 / 252

马和驴 / 254

马和马夫 / 254

猫和公鸡 / 258

母鸡和金蛋 / 291

牧童和狼 / 291

牧羊人与狼崽 / 292

牛和车轴 / 296

农夫和狐狸 / 297

农夫和蛇 / 297

农夫和他的儿子们 / 298

盘算还未孵出的小鸡 / 302

披着狮皮的驴子 / 303

葡萄树和山羊 / 307

葡萄藤与鹿 / 307

烧炭人和漂布人 / 328

狮子的份额 / 334

狮子和狐狸 / 335

狮子、狐狸和驴子 / 335

狮子和老鼠 / 336

狮子和农夫 / 337

狮子和青蛙 / 337

狮子和兔子 / 338

狮子王国 / 339

狮子、熊和狐狸 / 339

失掉尾巴的狐狸 / 340

守财奴 / 350

酸葡萄 / 359

天鹅和家鹅 / 375

天文学家 / 380

跳舞的猴子 / 380

秃头武士 / 384

兔子和猎狗 / 386

为驴的影子争吵 / 395

乌龟和野兔 / 404

误把幻影当真实 / 409

橡树和芦苇 / 422

小孩与栗子 / 422

小牛和大牛 / 425

小羊和狼 / 426

小蟹和母蟹 / 427

熊与两个旅人 / 432

燕子和乌鸦 / 437

野驴和狮子 / 438

一捆柴枝 / 441

一只燕子不成为夏天 / 446

鹰和蛇 / 450

渔夫们 / 462

钟情的狮子 / 505

宙斯和狐狸 / 509

宙斯和蛇 / 510

古罗马

丢了斧头，连柄也扔了 / 105

驴子想的是一样，赶驴人想的
　　却是另一样 / 249

伤害之外又加侮辱 / 325

秃头和苍蝇 / 385

法国

布利丹的驴子 / 059

火中取栗 / 187

猫爪子 / 260

你老是唱歌？太好了，你现在
　　可以去跳舞了！ / 293

谁笑在最后，谁笑得最好 / 354

像两捆干草之间的驴子 / 420

俄国

杜鹃和公鸡 / 108

5.童话典故

法国

蓝胡子 / 230

美女与野兽 / 263

德国

灰姑娘 / 182

比利时

蓝鸟 / 231

丹麦

丑小鸭 / 082
皇帝的新装 / 181
小美人鱼的传说 / 424

6.戏剧典故

古希腊

神要谁灭亡,就先使他丧失理智 / 329
血浓于水 / 434

古罗马

命运恩宠勇者 / 283
有多少人,就有多少主意 / 456

英国

(莎士比亚剧作)

《奥赛罗》
奥赛罗 / 017
把自己的心戴在袖口上 / 033
感动得要哭 / 132
记小酒账 / 192
绿眼妖魔 / 250
上帝恕我这样说 / 327
纨绔子弟 / 393
熄灭他人的灯 / 411
有线缝的一面 / 460

《暴风雨》
船沉鼠先逃 / 084
精灵爱丽儿 / 208
卡列班 / 218
陌生的同铺者 / 288
竖起耳朵 / 353
用全部眼睛看 / 453

《错误的喜剧》
把手指放在眼里 / 028
与人一起拔乌鸦毛 / 464

《第十二夜》
聪明的蠢人好过愚蠢的聪明人 / 063

欧美文学典故 009

糕饼和麦酒 / 137

光阴陀螺 / 157

喉咙中的谎言 / 172

马伏里奥 / 255

雀跃 / 315

生姜吃到嘴里总是辣的 / 331

仲夏疯 / 506

《冬天的故事》

就像两个蛋一样相像 / 210

《哈姆雷特》

摆脱尘世的喧嚣繁忙 / 037

被发送去对簿阴曹 / 043

辨认出老鹰和苍鹭 / 048

不合一般人口味的鱼子酱 / 052

不幸的事总是接踵而来 / 055

不值一枚针的费用 / 056

踌躇顾虑 / 080

丹麦王国里出了坏事 / 097

对某人说剑 / 111

疯狂有道 / 121

感到恶心 / 131

给灵魂涂上如意膏 / 142

给自然一面镜子 / 143

鼓起兴致 / 152

鬼魂徘徊 / 158

棍棒打脑筋 / 160

哈姆雷特 / 164

荒嬉时日的樱草花小径 / 178

简洁是智慧的灵魂 / 200

肩背好好的无损伤 / 198

借贷使节俭的刀刃变钝 / 202

锯空气 / 216

没有丹麦王子的《哈姆雷特》
　/ 265

命运之神的石击箭射 / 286

破破烂烂 / 306

说话精确 / 355

损伤人的肩背 / 360

所有关注者中的被关注者 / 362

所有中的所有 / 363

天地之间有许多事情是你们的
　哲学里所没有梦到的 / 374

天生习惯于 / 378

脱节 / 387

无数血肉之躯所不能避免的打击
　/ 408

显示自己的本领 / 413

心灵的眼睛里 / 429

像冰一样坚贞 / 418

有去无回的国土 / 458

在心的心里 / 475

障碍在这里 / 486

自己的炸药盒炸倒自己 / 512

《亨利四世》上篇

穿麻衣的人 / 083

谨慎是勇敢的要素 / 205

圣尼古拉斯的圣徒 / 330

玩那一套，我比你高明 / 391

《亨利四世》下篇

把人家吃得倾家荡产 / 025

戴皇冠的头是不能安于枕席的
　/ 095

福斯塔夫 / 124

弄醒睡着的狼 / 299

愿望是思想之父 / 466

《亨利五世》

吃韭菜 / 076

《亨利六世》中篇

"十诫"新意 / 341

《亨利六世》下篇

高呼满足 / 135

命运之轮 / 284

《亨利八世》

推石头滚动 / 386

与来宾跳舞 / 463

《皆大欢喜》

比剑术 / 045

不丢给狗一句话 / 051

好酒不用幌 / 166

肉和酒 / 320

卷带财物离开 / 213

冥石的无言启示 / 280

奇迹也不过维持九天 / 310

世界是一个舞台，所有的
　男男女女不过是演员 / 347

用泥刀涂抹 / 451

《科利奥兰纳斯》

大闹鸽棚 / 093

《李尔王》

不吃鱼 / 050

黄铜似的面孔 / 180

考狄利娅的礼物 / 220

马车拖着马走 / 253

每一英寸 / 272

天道的车轮已经循环过来 / 373

遭重罚 / 481

《理查三世》

不同毛色的马 / 054

歌舞升平的年代 / 138

理查三世 / 237

理士满 / 238

在马匹进入市场之前计算收入 / 472

《罗密欧与朱丽叶》

白天点灯 / 035

搬运煤 / 038

朝某人咬大拇指 / 074

击中靶子 / 191

罗密欧与朱丽叶 / 246

猫有九命 / 259

玫瑰换名一样香 / 267

蒙太古家族和凯普莱特家族 / 275

傻瓜的天堂 / 324

太快的结果如太慢一样迟缓 / 367

一言不合就动手 / 445

《麦克白》

把勇气集中到固定的地方 / 032

刺伤蛇身 / 087

鲠在喉头 / 146

加倍保证 / 194

可贵的见解 / 221

枯萎的黄叶 / 225

麦克白 / 256

人类善良的乳汁 / 318

现在一切和终了一切 / 414

有优势的隅石 / 461

掌声雷动 / 487

直到末日毁灭的雷声 / 499

《裘力斯·恺撒》

爱罗马胜过爱恺撒 / 010

把你们的耳朵借给我 / 023

发痒的手掌心 / 114

呼神召鬼的名字 / 173

凯歇斯 / 220

懦夫在咽气以前，已经死过多次 / 300

松开战争猛犬的绳索 / 357

我们在腓力比相见 / 403

向某人牙齿里掷东西 / 417

这些对我都是希腊字 / 489

《特洛伊罗斯与克瑞西达》

占上风 / 483

《威尼斯商人》

丹尼尔做法官 / 098

发亮的东西未必都是金子 / 113

价值犹太人的一只眼 / 196

年轻的肩膀上有颗老头颅 / 294

仁慈的本性不是强拉而出 / 319

夏洛克 / 412

一磅肉 / 440

用全部家当做一次赌注 / 452

在拉肢刑具上 / 471

《维洛那二绅士》

仆人朗斯 / 308

《温莎的风流娘儿们》

毕斯托尔 / 047

单数之中有好运 / 096

国王或女王英语 / 162

年轻人之盐 / 295
它在他的纽扣中 / 365
《无事生非》
比来比去多厌烦 / 046
弗吉斯和道格培里 / 126
无法估量 / 405
无事白费力 / 406
凶暴的牛总是生着一对短角 / 431
忧虑愁死猫 / 454
在迎风的一面 / 477
直到世界尽头 / 500
《驯悍记》
就像苹果和牡蛎一样截然不同 / 212
忘乎所以的补锅匠 / 394
在地狱里牵猴子 / 470
这里面有一段故事 / 488
《雅典的泰门》
泪涛汹涌 / 236
泰门 / 368
《一报还一报》
把事情摆在光天化日之下 / 026
伪君子安哲鲁 / 397
足以让天使哭泣 / 514
《终成眷属》
知道自己的距离 / 497

《仲夏之梦》
每个杰克有他的吉尔 / 270
真爱并非一帆风顺 / 491
（英国其他剧作）
爱管闲事的保罗·普赖 / 008
放荡的洛瑟里奥 / 117
愤怒的年轻人 / 118
鲍克斯和科克斯 / 042
盗用别人的雷电 / 100
格伦迪太太会怎么说呢？ / 139
华伦夫人 / 177
令人钦佩的克赖顿 / 245
马拉普洛普姆姆 / 255
莎乐美 / 323
小玛丽 / 423
真正的西蒙·普勒 / 493

法国

阿巴贡 / 001
答尔丢夫 / 090
回到羊上来 / 183
世界受舆论的支配 / 348
我的茶杯虽不大，但我用我的茶杯喝茶 / 400

欧美文学典故　013

挪威

爱情的三角 / 012
玩偶之家 / 390

俄国

房屋虽新而偏见依旧 / 108

1. 阿巴贡

[词语] Harpagon

[含义] 视钱如命、心肠狠毒的吝啬鬼

[趣释]〔法国剧作〕典出法国喜剧作家莫里哀（Molière）的剧作《吝啬鬼》（*The Miser*）。莫里哀的本名是让·巴蒂斯特·波克兰（Jean-Baptiste Poquelin），莫里哀是笔名。莫里哀生于1622年，卒于1673年。莫里哀10岁丧母，外祖父经常带他去看闹剧、喜剧和悲剧，于是他从小酷爱戏剧。他著有33部剧作和8首诗，是法国古典主义作家的代表。他的剧作在许多方面突破古典主义陈规旧套，表现了文艺复兴时期的人文主义思

莫里哀

想。他笔下的文学形象"阿巴贡"（Harpagon）成了世界四大吝啬鬼之一。其他三人为夏洛克（Shylock）①、葛朗台（Grandet）②和泼留希金（Plyushkin）③。

在《吝啬鬼》这部剧作中，阿巴贡生性多疑，视钱如命，极端吝啬。他虽拥有万贯家财，但是"一见人伸手，就浑身抽

搔"，似乎被人挖掉了五脏六腑。为了不花一文钱，他要儿子娶一个有钱的寡妇；为了不陪嫁，他要女儿嫁给一个年过半百的老头。自己也打算娶一个年轻可爱的姑娘而分文不费。他不给儿子钱花，逼得儿子不得不去借高利贷。为了省一点马料，他半夜去偷喂马的荞麦而遭马夫痛打。阿巴贡喜欢享受，他不仅需要马车夫、厨师、女仆侍候，还要请客喝酒。虽然年过花甲，仍然贪恋女色，看中了年轻美貌的玛丽娅娜（Mariana）。但他又不希望享受影响到他的金钱积累。他让厨师兼做马车夫，在酒中掺水，一心要娶不用花钱的女人。阿巴贡放债手段狡黠，心肠狠毒。在法律规定利率为五厘的当时，他把高利贷利率提高到二分五厘。他乘人之危，用一大堆破旧的家具与破铜烂铁来顶替3000法郎现金。而这些破烂的旧东西都是债户们被逼得倾家荡产时被阿巴贡攫为己有的。总之，作者用酣畅淋漓的艺术夸张手法，突出了阿巴贡的种种变态心理，绝妙而逼真地勾画了他极端吝啬的性格特点，使他的形象成为欧洲文学史上著名吝啬鬼的典型之一。

---

①参阅393.夏洛克。　　②参阅129.葛朗台。　　③参阅288.泼留希金。

2. 阿达拉

[词语] Atala

[含义] 殉道者

[趣释]〔法国小说〕典出法国作家弗朗索瓦·勒内·德·夏多布里盎（Francois-Rene de Chateaubriand）的中篇小说《阿达拉》（Atala）。夏多布里盎生于1768年，卒于1848年。小说《阿达拉》是他的成名作，主要描述北美印第安人部落中发生的一个爱情悲剧故事，旨在赞美宗教、宣扬远离文明社会思想。故

事发生在18世纪，一个印第安人沙克达斯（Chactas）被敌人捕获，正好落入阿达拉所在的部落中。阿达拉是个信奉基督教的女子，她爱上了沙克达斯，不仅将他释放，还随他私奔。走了一个月，他们遇上了神父奥伯黎（Aubry），沙克达斯请神父给他们举行婚礼。可是，阿达拉的母亲是个欧洲人，在临终时已把她许给了上帝，要她终身过独身生活。为了不因爱情而违背母亲的誓言，阿达拉选择服毒自杀，成为一个殉道者。后来阿达拉（Atala）就成了殉道者的代名词。

3. 阿蒂卡的盐

[**词语**] Attic salt

[**含义**] 优雅的俏皮话；妙语；雅谑

[**趣释**]〔古罗马论著〕典出古罗马著名作家、演说家西塞罗的代表作《论演说家》（*De Oratore*）。马库斯·图留斯·西塞罗（Marcus Tullius Cicero）生于公元前106年，死于公元前43年，是罗马共和国晚期的作家、哲学家、政治家和演说家。他的论文和演讲词，都是文体标准的拉丁语的典范。① 他在著作中论述了古希腊人精心研究的雄辩术理论，还特别提到以口齿锋利著称的阿蒂卡人。阿蒂卡（Attica）在希腊东南，是个半岛，那里有希腊的首府雅典（Athens）。当地工商业发达，特别盛产海盐。阿蒂卡的盐比起其他地方产的盐更加精细、有味，更受人们的欢迎。阿蒂卡人机智有趣，善说俏皮话，以优雅的诙谐著称于世。在公元前55年写成的《论演说家》一书中，西塞罗以对话形式探讨了演讲艺术中的诙谐问题。他说，妙语应当有"盐味"，像"阿蒂卡的盐"那样有味。西塞罗的这句话，后来成为一句拉丁成语，并逐渐成为英、法、俄、德以及欧洲其他各国语言中的成语。

在现代英语中，salt（盐）意为"风趣""兴味"，"阿蒂卡的盐"（Attic salt）喻指优雅的俏皮话、妙语、雅谑。

[运用] Mr.Green always speaks with attic salt．格林先生说话总是妙趣横生。

A talk full of attic salt is worth listening to．满是优雅妙语的谈话，值得一听。

Yesterday, Mrs. Williams gave a talk to the Women's Institute on her travel in Asia.It was full of attic salt．昨天，威廉斯太太就她的亚洲之行向妇女协会做了演讲，里面充满了优雅的俏皮话。

---

①参阅475.纸张不会脸红。

4.阿尔米达的花园

[词语] Armida's garden

[含义] 奇幻美丽的事物；使人流连忘返的地方

[趣释]〔意大利诗歌〕典出意大利诗人塔索（Torguato Tasso）长诗《被解放的耶路撒冷》（*Gerusalemme Liberata*）。塔索是文艺复兴运动的晚期代表，他虽学习法律，但却对古典文化和哲学十分喜爱。作为宫廷诗人，他既用浪漫情调写骑士业绩的长诗，又写牧歌剧。《被解放的耶路撒冷》描绘了阿尔米达的花园里有许多美丽奇幻花草树木和景物，吸引着游人，使人流连忘返。后来，人们就用"阿尔米达"（Armida）来喻指漂亮轻佻的女子；用"阿尔米达的花园"（Armida's garden）来喻指奇幻美丽的事物和使人流连忘返的地方。普希金（Pushkin）在他的诗歌《叶甫盖尼·奥涅金》中写道："即使在热情沸腾的年轻时代，/……我也没有这样受尽痛苦的熬煎，/想去亲吻阿尔蜜达们的

小嘴。"法国作家巴尔扎克（H.D.Balzac）在《农民》一书中用了这个典故。他说："他感到需要离开阿米得的花园，把早晨最初三个钟头的使人闷得要死的空隙活跃起来。"

5. 阿尔那斯查之梦

[**词语**] Alnaschar's dream
[**含义**] 不切合实际的幻想；如意算盘
[**趣释**]〔阿拉伯民间故事〕典出阿拉伯民间故事集《一千零一夜》（*The Thousand and One Nights*，又名《天方夜谭》）①。阿尔那斯查（Alnaschar）是多嘴理发师的五弟（耳聋）。他花尽钱财买了一只玻璃篮子，想从中赚一笔利润，然后再把利润用于投资，不断发展下去，直至赚足钱娶大臣的千金。他对那位想象中的夫人大发脾气，一脚踢了过去，打翻了玻璃篮子，他的家当全完了。后来，人们用"阿尔那斯查之梦"（Alnaschar's dream）来比喻不切合实际的幻想、如意算盘。

---

①参阅358.天方夜谭。

6. 阿拉丁的神灯

[**词语**] Aladdin's lamp
[**含义**] 如意神灯；能实现一切愿望的法宝
[**趣释**]〔阿拉伯民间故事〕典出自阿拉伯民间故事集《一千零一夜》（*The Thousand and One Nights*，又名《天方夜谭》）①中的同名故事《阿拉丁的神灯》。阿拉丁（Aladdin）是苏丹国一个裁缝的儿子，贫穷的年轻混混。少年时他遇到一名来自马格里布的神巫，神巫诈称是阿拉丁的叔叔，骗他进入一个设有

陷阱的洞穴中取一盏神奇的油灯。神巫让阿拉丁把灯递出来,但阿拉丁说拉他上去后再把灯给他。神巫害怕事情有变,就把洞穴的石板合上。阿拉丁在洞中过了三日,不能出洞,无意中触动了神巫给他的戒指。刹那间一个巨魔出现在他面前,对他说:"听从主人的吩咐。"阿拉丁命令他将自己带出洞穴,刚一说完,他就发现自己已经在洞外。阿拉丁回到家里,打算把油灯卖掉。看到灯很黑,想擦亮多卖一点钱。谁知刚一擦,又一个巨魔站在他眼前。他自称是神灯的奴隶,能满足主人的任何要求。阿拉丁要他送饭,巨魔用金银器皿捧来饭食。他吃完饭,卖掉了器皿,度过一段时间。有一天阿拉丁看中了苏丹王的女儿,要娶公主为妻。他让妈妈去王宫提亲,苏丹王答应了,但有个条件:三个月后不但要送来金银财宝做聘礼,还要修一座美轮美奂的宫殿。在巨魔的帮助下,他称心如愿地和巴德罗巴尔(Badroulbadour)公主结婚。神巫在北非算到了阿拉丁的情况,回到苏丹。他乘阿拉丁不在宫中的时候,用以旧换新的计策从公主手中骗走了神灯。他还命令神灯的巨魔将阿拉丁的宫殿搬到马格里布。还好阿拉丁还保有那只魔戒,还有威力较小的巨魔可供使唤。巨魔把阿拉丁带往马格里布,帮助他救回公主,夺回了神灯并杀死了神巫。后来,人们用"阿拉丁的神灯"(Aladdin's lamp)来喻指能满足人一切欲望的东西,能实现一切愿望的法宝。用"擦神灯"(to rub the lamp)[2]来喻指心想事成、很容易实现自己的愿望。

---

①参阅358.天方夜谭。　②参阅35.擦神灯。

7. 阿拉斯南的镜子

[词语] Alasnam's mirror

［含义］忠贞德行的试金石

［趣释］〔阿拉伯民间故事〕典出阿拉伯民间故事集《一千零一夜》（*The Thousand and One Nights*，又名《天方夜谭》）[①]。阿拉斯南（Alasnam）是一位王子，他听从一位教长的劝告，在园中他父亲墓地附近掘到一个洞穴。洞穴里面有8个非常美丽的仙女石像，第九个基座上的石像已经不见了。神灵告诉他，这第九个石像是9个石像中最美丽的石像。要找到这个石像必须先找到一个纯洁无瑕的姑娘。神灵给了他一面魔镜，说不管遇到哪位姑娘，如果镜子照起来是清晰的，那么这个姑娘就是纯洁无瑕的；如果照起来模糊不清，就说明这个姑娘就是污秽不贞的。阿拉斯南王子借助这面魔镜终于找到了一位纯洁无瑕美若天仙的姑娘，王子爱上了她。原来，她就是那尊失踪的石像。后来，人们就用"阿拉斯南的镜子"（Alasnam's mirror）来比喻忠贞德行的试金石。

[①]参阅358.天方夜谭。

8.阿瑟·格兰特

［词语］Arthur Grant

［含义］伪君子和野心家

［趣释］〔英国小说〕Arthur Grant原是英国女作家玛格丽特·哈克奈斯（Margaret Harkness）的中篇小说《城市姑娘》（*A City Girl*）中的人物。哈克奈斯生于1854年，卒于1923年，是英国的作家和记者。伟大的革命导师恩格斯读了哈克奈斯赠他的这部小说之后，于1888年4月给她写了一封热情洋溢的信。恩格斯《致玛·哈克斯》的信至今仍是马列文艺理论中的重要文献。在小说中，阿瑟·格兰特（Arthur Grant）是伦敦一家妇婴医院

的会计主任，一个自称"工人之友"的绅士。他是一个激进的社会主义者，对政治有着浓厚的兴趣，经常参加讲演和辩论，总想捞个一官半职。他幻想从激进派俱乐部成员到区候选人，再进入国会。他有一副温文尔雅的外表，会弹琴、画画、写文章，可是他的内心却十分龌龊。他是个有妇之夫，却用摘花、划船、看戏等手段将缝纫女工耐丽·阿姆布罗兹诱骗到手，使她怀孕，生下儿子。结果耐丽被哥哥扫地出门，在走投无路的困境中嫁给看门人。后来，人们就用"阿瑟·格兰特"来喻指伪君子和野心家。

9. 爱管闲事的保罗·普赖

［词语］Paul Pry

［含义］爱管闲事的人；爱东查西问的人；过分好奇者

［趣释］〔英国剧作〕典出英国剧作家约翰·蒲尔（John Poole）的同名剧作《保罗·普赖》（*Paul Pry*）。约翰·蒲尔生于1786年，卒于1872年，是英国漫画剧（滑稽剧、闹剧）作家。他的经典作品是喜剧《保罗·普赖》，他还曾将莎士比亚的悲剧作品《哈姆雷特》（*Hamlet*）改编成三幕滑稽剧。在1825年创作的三幕喜剧作品《保罗·普赖》中，约翰·蒲尔塑造了一个爱管闲事、喜欢东查西问的文艺形象。剧中的主人公保罗·普赖（Paul Pry）整天无所事事，却喜欢去管他人的闲事，打听别人的隐私、干涉他人的私事。他经常缠着人不放，问个没完没了。后来，人们就用"保罗·普赖"来喻指爱管闲事的人、爱查东问西的人、打破砂锅问到底的人。

［运用］Dick poked his head forward like a born Paul Pry, put out his hand and said: "Good afternoon. Won't you sit down?" 迪克像天生爱管闲事的人，他把脑袋向前探

去,伸出手道:"下午好!坐下,好吗?"

They don't want any Paul Prys. 他们不想要任何过分好奇者。

10. 爱丽丝漫游奇境

[词语] Alice in Wonderland
　　　　Alice-in-Wonderland

[含义] 很奇怪;不现实的;匪夷所思的;幻想的

[趣释]〔英国小说〕典出英国作家路易斯·卡罗尔(Lewis Carroll)的儿童小说《爱丽丝漫游奇境》(*Alice's Adventures in Wonderland*),通常简称Alice in Wonderland①。卡罗尔生于1832年,卒于1898年,原是一名数学家。他的这部小说讲述了小姑娘爱丽丝追赶一只揣着怀表会说话的小白兔,掉进一个兔洞,由此进入一个神奇世界的故事。在这个世界里,喝一口水能缩得如同老鼠一般大小,吃一块蛋糕又会变成一个巨人。在这个世界里,似乎所有吃的东西都有古怪。她还遇到许多人和物:渡渡鸟、蜥蜴比尔、柴郡猫、疯帽商、三月野兔、素甲鱼、鹰头狮、丑陋的公爵夫人等。兔子洞里还另有乾坤,她在一扇小门后的大花园里遇到一整副扑克牌,牌里有粗暴的红桃王后(Q)、老好人红桃国王(K)和神气活现的杰克(J)等等。在这个奇幻的世界里,似乎只有爱丽丝是唯一清醒的人,她不断探险,同时又不断追问"我是谁",在探险的同时不断认识自我、不断成长,终于在长成一个"大"姑娘时,才猛然惊醒,发现原来这一切都是自己的梦境。这部书出版之后,广受欢迎,并且反复再版至今。有超过50多种语言译本,上百种不同版本,还有许多戏剧、电影改编作品。其英语书名*Alive in Wonderland*后来成为典故,意为很奇怪的、幻想的、匪夷所思的等。还有一种怪病也用它命名——

"爱丽斯漫游综合征"（Alice-in-wonderland syndrome）。其中的柴郡猫（Cheshire cat）①、疯狂的帽商（mad hatter）②也都成了典故。

[运用] Specific to children and migraines is the so-called "alice-in-wonderland syndrome." 具体到儿童和偏头痛的，就是所谓的爱丽丝漫游奇境综合征。

Goldman Sach resigned from the IIF in protest at "Alice in Wonderland" accounting. 高盛退出IIF，以反对后者"童话般"的会计准则。

England is the most fantastic alice-in-wonderland country. 英国是个最稀奇古怪、最令人难以捉摸的国家。

The country's economic system is pure alice in wonderland. 这个国家的经济制度实属匪夷所思。

---

①参阅400.像柴郡猫似的咧着嘴笑。　　②参阅113.疯狂的帽商。

11. 爱罗马胜过爱恺撒

[词语] Not that I loved Caesar less, but that I loved Rome more.

[含义] 并不是我不爱恺撒，我更爱罗马

[趣释]〔英国剧作〕典出英国剧作家威廉·莎士比亚（William Shakespeare）的剧作《裘力斯·恺撒》（*Julius Caesar*）①。在这个剧中，玛克斯·勃鲁托斯（Marcus Brutus）是一个具有极高品质的清心寡欲的理想主义者。作为罗马的首席执行官，勃鲁托斯尤其注重荣誉，视罗马共和国传统如生命。他所做出的每一项举动都以荣誉为出发点，可以说勃鲁托斯生活在荣誉中，所谓的"高

贵、荣誉、责任"主宰他的一切行为。他始终陶醉在对自身荣誉的关注中，未能理性地治理国家或采取务实的政治行动。他的这种性格缺陷造成了他自身的悲剧，成为该剧中一系列悲剧的引发者和以自我为中心的悲剧领袖形象。该剧第三幕第二场，在罗马大市场，勃鲁托斯向罗马市民解释他们杀恺撒的原因。他说："请耐心听我讲完，各位罗马人，各位亲爱的同胞们！……要是今天在场的群众中间，有什么人是恺撒的好朋友，要对他说，勃鲁托斯也和他们同样地爱恺撒。要是那位朋友问我为什么勃鲁托斯要起来反对恺撒，这就是我的回答：并不是我不爱恺撒，可是我更爱罗马。……"（If there be any in this assembly, any dear friend of/Caesar's to him I say, that Brutus' love to Caesar/was no less than his. If then that friend demand./Why Brutus rose against Caesar, this is my answer:/Not that I loved Caesar less, but that I loved/Rome more...）

这个名句含有一个非常有用的句型：Not that...but that...不是（因为）……而是（因为）……

[运用] Not that I am dissatisfied, but that I have my own business to attend to. 不是我不满意，而是我还有自己的事要做。

Not that I dislike the work, but that I have no time. 不是我不喜欢这个工作，而是因为我没有时间。

Not that I hate the work, but that I'm not strong enough for it. 并非我讨厌这份工作，而是我不够强壮无法胜任。

Not that I don't like spicy hot pot, but that I always have post-hot-pot problem. Eating spicy hot pot always causes me to have diarrhea and cramps. 不是我不喜欢麻辣火锅，只是我每一次都会有"火锅后遗症"。每次吃完麻

辣火锅都会让我拉肚子和肚子痛。

------

①参阅341.松开战争猛犬的绳索。

12. 爱情的三角

[词语] the eternal triangle

[含义] 三角恋爱；三角关系；三角争风

[趣释]〔挪威剧作〕典出挪威剧作家亨利克·约翰·易卜生（Henrik Johan Ibsen）的剧作《海达·加布勒》（*Hedda Gabler*）。易卜生生于1828年，卒于1906年，是欧洲近现代现实主义戏剧的杰出代表。其突出贡献是在欧洲现实主义戏剧走向衰落，自然主义和颓废派十分泛滥的时代高举现实主义和民主主义的旗帜，创造了以设疑性构思、辩论性对白和追溯性手法为基本艺术特征的"社会问题剧"体裁。其创作实践和社会影响，足以和莎士比亚（Shakespeare）、莫里哀（Moliere）等戏剧大师媲美。他一生写了27部各种体裁的剧本，1907年他的作品开始传到中国，在我国反帝反封建斗争中和社会主义革命与社会主义建设中，一直起着积极的作用。《海达·加布勒》创作于1890年，是一部四幕剧。该剧讲述出身于高级军官家庭的海达（Hedda）向往自由自在的生活，她爱恋才华出众的乐务博格（Lovborg），但又因他狂放不羁、声名狼藉不敢嫁给他，而与生活枯燥无味、性格刻板的泰斯曼（Tesman）结婚。当她的同学告诉海达，乐务博格已经改邪归正，还写了一部专著赢得社会上人们的称赞时，海达在哀叹自己命苦的同时也萌发了妒意。她藏起并烧毁乐务博格的书稿，怂恿他结束自己的生命。乐务博格在面临绝境时开枪自杀。该剧第二幕第一场，在泰斯曼家，海达和勃拉克推事

（Judge Brack）的对话中，相爱的男女或夫妇与第三者的关系称为"永远的三角恋"（the eternal triangle）。在英语中有一定的上下文时，triangle（三角）也可以表达"三角恋爱"的意思。

[运用] In this novel Katy loves John, but John loves Caroline—the classic eternal triangle in fact. 在小说中凯悌爱约翰，但是约翰爱卡罗琳——实际上是典型的三角恋爱。

Glen has got himself involved in an eternal triangle that will probably result in divorce. 格伦陷入可能导致离婚的三角争风之中。

He is suffering from the eternal triangle. 他为这种三角关系所痛苦。

13. 爱情和饥饿使世界行进

[词语] Love and hunger keep the world going.
[含义] 爱情和饥饿统治世界
[趣释]〔德国诗歌〕典出德国诗人剧作家弗里德里希·玛·席勒（Friedrich von Schiller）的《世界的智慧》中的诗句。席勒是18世纪著名诗人、哲学家、历史学家和剧作家。德国启蒙文学的代表人物，是德国文学史上著名的"狂飙突进运动"（Storm and Stress）[①]代表人物之一，被公认为是德国文学史上地位仅次于歌德（Goethe）的伟大作家。席勒比歌德晚生10年，却比歌德早逝世27年。席勒是贫穷与疾病纠缠的苦命天才，死后却像彗星一样耀眼，这两位盟友生前整整合作10年，谱写了德国文学史上辉煌的华彩乐章。他们俩死后合葬，给人留下美谈。俄国作家高尔基（Gorki）在他的小说《我的大学》中写道：

"'爱情和饥饿统治世界'……想起这是曾印在一本革命小册子《沙皇就是饥饿》的书名下面的题词。这使我感到他的话具有重大的意义。"

---

① 参阅204. 狂飙突进运动。

14. 爱是盲目的

[词语] Love is blind.

[含义] 爱情使人盲目；情人眼里出西施

[趣释]〔英国小说〕典出英国诗人杰弗雷·乔叟（Geoffrey Chaucer）的《坎特伯雷故事集》（*The Canterbury Tales*）。乔叟生于1343年，卒于1400年，在英国文学和语言学史上有着重要地位。他是第一个用中古英语写作的大诗人，他的诗歌运用、提纯、净化了英国伦敦方言，奠定了近代英语文学语言的基础。他引进了意大利和法国的诗歌形式，丰富和提高了英国诗歌的表现能力，有"英国诗歌之父"的美誉。他的主要作品有《公爵夫人之书》（*The Book of the Butchess*）、《声誉之堂》（*The House of Fame*）、《百鸟会议》（*The Parliament of Fowls*）等。《坎特伯雷故事集》是他生活的最后13年（1387—1400年）所创作的，也是他最杰出的作品。它的艺术成就远远超过以前同时代的英国文学作品，成为英国文学史上现实主义的一部典范。作品将幽默和讽刺相结合，喜剧色彩很浓，其中大多数故事用双韵诗写成，对莎士比亚（Shakespeare）和狄更斯（Dickens）产生影响。这部作品描写一群香客（pilgrim）聚集在伦敦的一家小店里，准备去坎特伯雷朝圣。店主建议香客们在往返途中各讲两个故事，看谁讲得最好。故事集包括22个故事，其中最精彩的有：骑士讲的爱

情悲剧故事、巴斯讲的骑士故事、卖罪赎券者讲的劝世寓言故事、教士讲的动物寓言故事、商人讲的家庭纠纷故事、农民讲的感人的爱情和慷慨义气行为的故事。作品广泛地反映了资本主义萌芽时期的英国社会生活,揭露了教会的腐败、教士的贪婪和伪善,谴责了扼杀人性的禁欲主义,肯定了世俗的爱情生

乔叟

活。谚语Love is blind出自商人讲的故事。他说,一个爵士临老想娶一个年轻美貌的妻子,却不知挑谁为好,一个美貌,一个温柔文雅,一个富有可名声不好……"原来爱情是盲目的"。实际上,古罗马喜剧作家普鲁图斯(Plautus)早在公元前就有过类似的说法,作为英语谚语则是源自乔叟的作品。后来莎士比亚在其《维洛那二绅士》(*The Two Gentlemen of Verona*)、《罗密欧与朱丽叶》(*Romeo and Juliet*)、《威尼斯商人》(*The Merchant of Venice*)中都曾用过这条谚语。

[运用] "His wife's not just plain. Where were his eyes when he met her?" "Ah, well, love is blind, you know." "他的妻子很难看,他怎么会看上她呢?" "哎呀!情人眼里出西施嘛,你知道吧。"

She was swept away by his good looks. It was only later that she found out that he had a cruel streak. Love is blind. 她被他英俊的长相迷住了,直到后来才发现他待人很残忍。这真是爱情使人迷了眼。

15. 安妮姐姐

[词语] Sister Anne

[含义] 忠实的姐妹；忠诚的女伴

[趣释]〔法国民间故事〕典出法国古典主义作家夏尔·贝洛（Charles Perrault）根据民间故事创作的小说《蓝胡子》（*Blue Beard*）①。贝洛是18世纪法国的诗人、作家，他曾号召作家反映当代人民的生活道德观念。在他这个思想的指引下，他开始了民间童话的改写工作。他的作品有《小红帽》（*Little Red Riding Hood*）、《林中睡美人》（*The Sleeping Beauty in the Wood*）等。此外，还有《灰姑娘》（*Cinderella*）、《小拇指》（*Little Thumb*）等多篇读者耳熟能详的童话。在《蓝胡子》中，安妮（Anne）是蓝胡子第七个妻子法蒂玛的姐姐，她非常忠于她的妹妹。有一次蓝胡子外出，蓝胡子的妻子无意中发现了杀人的密室，她意识到自己的生命也处在危险之中。安妮姐姐终日守在高塔上瞭望，等待援兵的到来。在蓝胡子正要来杀害他妻子的时候，援兵赶到，法蒂玛的两个手握长剑的骑士兄弟闯进大门，一剑刺死了蓝胡子。后来，人们用"安妮姐姐"（Sister Anne）来喻指忠实的姐妹、忠诚的女伴。

---

①参阅208.蓝胡子。

16. 安特克利斯和狮子

[词语] Androcles and the lion

[含义] 知恩必报

[趣释]〔希腊寓言〕典出《伊索寓言》（*Aesop's Fables*）①

中的《安特克利斯和狮子》。伊索（Aesop）是公元前6世纪古希腊人。《伊索寓言》是古希腊罗马时代流传下来的寓言故事，经后人汇集，统归在伊索名下，原名《埃索波斯故事集成》。《伊索寓言》是世界文学史上流传最广的寓言故事集之一，它通过短小的寓言故事来体现日常生活中那些不为我们察觉的道理。这些小故事言简意赅、通俗易懂，通常以动物为喻，教人处世和做人的道理。由于故事形象生动，比喻恰当，对后代的影响很大。《安特克利斯和狮子》的故事便是其中一例。故事说，安特克利斯（Androcles）是一个逃亡奴隶。他逃出主人家后就躲在一个山洞里。不料，有头狮子跑进洞中。这头狮子没有吃掉他，而是举起前爪让他拔掉爪子上的刺。不久，安特克利斯被抓获。主人罚他与狮子搏斗。很巧的是，与他搏斗的狮子就是曾经让他拔过刺的狮子。狮子不但没有伤害他，反而向他表示感谢。后人就用"安特克利斯和狮子"（Androcles and the lion）来比喻知恩必报的道理。

---

①参阅233.驴子和狼。

17. 奥赛罗

[**词语**] Othello

[**含义**] 误杀妻子者

[**趣释**]〔英国剧作〕奥赛罗是英国剧作家威廉·莎士比亚（William Shakespeare）的同名剧作《奥赛罗》（*Othello*）中的主角。该剧是莎士比亚四大悲剧之一①，是一部拥有爱情与嫉妒、轻信与背信、异族通婚等多个主题的戏剧。剧作讲述，威尼斯（Venice）公国的勇将奥赛罗与元老勃拉班修（Brabantio）的女

儿苔丝狄蒙娜（Desdemona）②相爱，由于奥赛罗是黑人，婚事未被允许，两人只好私下成婚。奥赛罗手下有一个阴险的旗官伊阿古（Iago），一心想除掉奥赛罗。于是他向元老告密，不料却促成两人的婚事。接着，他又挑拨奥赛罗与苔丝狄蒙娜的感情，说另一名副官凯西奥（Cassio）与苔丝狄蒙娜的关系不同寻常，还伪造了所谓的定情信物。奥赛罗信以为真，在愤怒中掐死了自己的妻子。当他得知真相后，悔恨之余拔剑自刎，倒在苔丝狄蒙娜身边。后来，人们用误杀妻子的"奥赛罗"（Othello）来喻指误杀妻子者。

---

①参阅150.哈姆雷特。　　②参阅123.感动得要哭。

18. 巴吉斯愿意

[词语] Barkis is willing.

[含义] 我愿意

[趣释]〔英国小说〕典出英国作家查尔斯·狄更斯（Charles John Huffam Dickens）的小说《大卫·科波菲尔》（*David Copperfield*）。

查尔斯·狄更斯生于1812年，卒于1870年，是19世纪英国批判现实主义小说家。他特别注意描写生活在英国社会底层的"小人物"的生活遭遇，深刻地反映当时英国复杂的社会，为英国批判现实主义文学的开拓和发展做出了卓越贡献。狄更斯的作品至今依然盛行，主要作品有《匹克威克外传》（*The Pickwick Papers*）、《雾都孤儿》（*Oliver Twist*）、《老古玩店》（*The Old Curiocity Shop*）、《艰难时世》（*Hard Times*）、《远大前程》（*Great Expectations*）和《双城记》（*A Tale of Two Cities*）等。在《大卫·科波菲尔》的第五章，巴吉斯先生（Barkis）通过大卫·科

狄更斯

波菲尔给辟果提（Peggotty）写信，表示他希望同她结婚。书中描写道："他慢慢地把眼睛转向我说：'喂，假如你写信给她，或许你记得说，巴吉斯愿意，可以吗？'……'就是一句话吗？'……'巴吉斯愿意，就是这一句。'"后来，英语成语"巴吉斯愿意"（Barkis is willing.）就成了表示"我愿意"的意思，往往带有几分戏谑的意味。

19. 巴米塞德的酒宴

[**词语**] Barmecide's/Barmecide feast

[**含义**] 令人失望的虚幻假象；虚情假意；口惠而实不至

[**趣释**]〔阿拉伯民间故事〕典出阿拉伯民间故事集《一千零一夜》（*The Thousand and One Nights*）①中的《理发匠的第五个兄弟》。故事说，阿拉伯有个王子叫巴米塞德（Barmecide），有一天他伴请前来乞讨的穷汉奈沙尔一同进餐，但不给食物，仅以空盘飨客，画饼充饥。他叫仆人把盆壶拿来，让客洗手用饭。可是并不见盆壶，奈沙尔便比画着姿势敷衍了一番。接着主人吩咐上菜，并对客人说："不必客气。"但桌面上什么食物也没有。这时巴米塞德连连劝他多吃面饼，奈沙尔只好随机应变，说面饼确实白极了，是他平生从未见过的。然后巴米塞德又叫上红烧鸡，还连连夸说这种烧鸡的优点，他做出伸手向前一抓的姿势，接着又做出将烧鸡送到客人手里的样子。等吃完烧鸡，他又吩咐仆人上蜜饯。他对客人说："快吃，别让蜜汁流了。"最后，巴米塞德让仆人端出20年的陈酿。奈沙尔做出连连干杯的样子，接着呈现醉眼蒙眬之态，真像酩酊大醉。只见他高高举起手来，狠狠打了巴米塞德一巴掌，然后假装谴责自己说："我真是不该贪杯，喝得醉成这个样子。"后来，人们用"巴米塞德的

酒宴"来喻指令人失望的假象、不兑现的恩惠、虚假的殷勤。恩格斯在《英国工人阶级状况》一文中说:"卡莱尔……感到惊奇的是,工人们竟然安安静静地在巴尔米开特的餐桌边坐了八年之久。让自由资产阶级用空洞的诺言来喂养自己。"

[运用] She had expected a warm welcome, but what she received was but a Barmecide's feast. 她曾希望得到热烈的欢迎,但得到的只是虚情假意。

His boss is a Barmecide. She promised to raise his salary, but I think it was only a Barmecide's feast. 他的老板是个说话不算数的人。她许诺给他涨工资,但我以为这只是画饼充饥而已。

---

①参阅358. 天方夜谭。

20. 巴汝日的绵羊

[词语] Panurge's flock/sheep

[含义] 盲目追随或仿效别人的人

[趣释]〔法国小说〕典出法国作家弗朗索瓦·拉伯雷(Francois Rabelais)的讽刺小说《巨人传》(*Gargantua and Pantagruel*)。拉伯雷生于1494年,卒于1553年,是法国文艺复兴时代的巨匠。他不仅知识渊博,通晓多种文字,还多才多艺。他熟练掌握希腊语、拉丁语和意大利语,对神学、法律学、医学都有很深的造诣。他还通晓药理学、星相学和航海术等,而且既懂理论也能实际操作。《拉

拉伯雷

伯雷全集》在18世纪以前曾印刷18版，对后来的法国和英国作家都有很大影响。他遣词造句讲究声调协调，善于利用各种修辞手段，为中古法语的发展做出很大贡献。《巨人传》共5部，取材于法国民间传说故事，写作前后历时20多年。主要讲述巨人卡冈都亚（Gargantua）和儿子庞大固埃（Pantagruel）的活动历史，是高扬人性、讴歌人性的人文主义伟大杰作。该书第4部第7—8章讲到狡猾的巴汝日（Panurge）和牲口贩子争吵后，决定用诡计进行报复。他向牲口贩子买了两只羊，然后把它们扔进海里，结果牲口贩子的整个羊群一只接一只都跳进了海里。后来，人们用"巴汝日的羊群"（Panurge's flock/sheep）来喻指盲目追随或仿效别人的一群人。法国作家罗曼·罗兰（Romain Rolland）在他的长篇小说《约翰·克利斯朵夫》（*Jean-Christophe*）中写道："奇怪的是，这位博览群书、周游大地，做过各种不同行业而处处显出性格坚强的人，在音乐方面竟变成一头巴奴越的绵羊。"

21. 把苍蝇说成大象

[词语] Make an elephant out of a fly.

　　　　Make a mountain out of a molehill.

[含义] 毫无道理的夸张；小题大做；言过其实

[趣释]〔古希腊散文〕典出古希腊散文家卢奇安（Lucian）的早期散文《苍蝇颂》。卢奇安生于125年，卒于180年，生活在罗马的奴隶制开始衰败，但罗马帝国仍保持表面平静的时代。早期作品有《丧失遗产的人》《苍蝇颂》；喜剧性的讽刺对话有《宙克西施》《论房屋》；讽刺希腊诸神的有《普罗米修斯》《海上的对话》《被盘问的宙斯》《伊卡罗墨尼波斯》等。作为

一个无神论者，他敌视所有的宗教，《佩雷格林之死》被看作是研究早期基督教历史的文献。卢奇安的代表作是《真实的故事》，这部书对后世的影响很深，英国作家斯威夫特（J.Swift）的《格列佛游记》（*Gulliver's Travels*）直接受其影响。"把苍蝇说成大象"（Make an elephant out of a fly）这句话的意思是"毫无道理的夸张"，英语译自荷兰语文学家埃拉斯穆斯（D.Erasmus）的《愚人颂》，俄语则译自拉丁语。据说在16世纪，德语和法语将这个谚语中的elephant改成mountain，fly改成molehill，形成一条新的谚语：Make a mountain out of a molehill（将鼹鼠丘说成大山）。这样make，mountain，molehill三个词都以"m"打头，形成头韵（alliteration），读起来朗朗上口，记起来容易，意思仍是"毫无道理的夸张"。革命导师列宁在《莫斯科工农代表苏维埃全会会议上的演说》一文中说："他们同我们斗争的手段之一，就是散布恐怖情绪……他们散布的谣言很广，他们把苍蝇说成是大象……但我们决不会因此而惊慌失措。"

［运用］Your "broken arm" was only a sprained wrist. Don't make a mountain out of a molehill.你只是扭了一下手腕，哪有摔断胳膊。别小题大做了。

22. 把你们的耳朵借给我

［词语］Lend me your ears.

［含义］请听我说

［趣释］〔英国剧作〕典出英国剧作家威廉·莎士比亚（William Shakespeare）的剧作《裘力斯·恺撒》（*Julius Caesar*）[①]。该剧是莎士比亚以罗马故事为题材的三出戏之一，描

述品格高贵但不切实际的勃鲁托斯（Brutus）因执着共和主义理想，受人利用，参与了杀害恺撒（Caesar）的阴谋，造成国家与个人的悲剧。勃鲁托斯是莎士比亚笔下那种符合人文主义理想的人，他具有承担重担的素质，意志坚定、头脑清醒。构成他行动最大障碍的是，他性格中过多的善良成分。他想斗争，但又不希望流血，形成了一个无法解决的矛盾，成了他内心不安与骚动的主要原因。勃鲁特斯是一位冠以"名誉""高贵"美名之下的政治悲剧人物，也是一个极端的自我主义者和整个悲剧的引发者。该剧第三幕第二场，在罗马大市场，恺撒被杀后，勃鲁托斯在市民集会上讲话。勃鲁托斯说，请大家相信他，尊重他的名誉，他跟大家一样爱恺撒，但他更爱罗马，恺撒是一个有野心的人，为了国家他只有得罪他。为了罗马，他杀死了他最好的朋友，要是祖国需要他死，他也可以杀死他自己。这时，安东尼抬着恺撒的尸首到会场，他说："各位朋友，各位罗马人，各位同胞，请你们听我说，我是来埋葬恺撒，不是来赞美他……"（Friends, RoMans, countrymen, lend me your ears; I come to bury Caesar, not to praise him...）

[运用] Lend me your ears for five minutes. I want to hear what you think of this plan. 听我讲五分钟，再谈谈你们对这一计划的看法。

Lend me your ears a minute. 请听我说几句。

The rich should lend an ear to the complaints of the poor. 富人应该倾听穷人诉怨。

If you will all lend an ear, I shall explain the arrangement for our outing. 如果你们注意听一下，我就来说说我们的郊游安排。

He said that he would tell them the good news if they

would lend him an ear. 他说如果他们肯听,他要告诉他们好消息。

注:现代英语这个成语中ear多用单数。

---

① 参阅341.松开战争猛犬的绳索。

23. 把人家吃得倾家荡产

[词语] to eat sb. out of house and home

[含义] 把某人吃穷;形容人或动物食量大

[趣释]〔英国剧作〕典出英国剧作家威廉·莎士比亚(William Shakespeare)的剧作《亨利四世》下篇(*King Henry IV, Part2*)①。亨利四世是英格兰国王,他是英格兰国王爱德华三世(Edward III)的孙子,爱德华三世第四子兰开斯特公爵(Duke of Lancaster)是约翰冈特的长子,出生于博林布鲁克(Bullingbrook)。亨利四世在成为国王之前,名叫亨利·波林布鲁克。莎士比亚笔下的亨利四世受到谴责,因为他的统治没有成果,他被叛乱的贵族和生病的躯体所困扰。亨利14岁与博哈姆的玛丽结婚,生有四子二女,玛丽于20多岁去世,长子就是后来的亨利五世。亨利四世是兰开斯特王朝(House of Lancaster)的第一位君王,47岁就死了。王位虽然来得容易,但没有给他带来任何幸福和快乐。因为疾病缠身而痛苦,被国事事务搞得筋疲力尽。作为一个君王,他艰苦努力地去做正确的事;作为一个人,他在教堂里表现出来的虔诚是有目共睹的。莎士比亚的《亨利四世》主要描述亨利四世和他的王子们与反叛的诸侯贵族进行殊死斗争的过程,采用以亨利四世为代表的宫廷生活线索和以破落贵族福斯塔夫(Sir John Falstaff)为代表的市井生活线索

平行发展的结构。剧中轻松、平庸、充满恶作剧的快乐市井生活，与紧张复杂、充满血腥阴谋的宫廷生活形成强烈对比，使作品内容不仅散发着浓厚的生活气息，而且具有历史的深度。全剧分上篇和下篇，是一部具有喜剧手法和悲剧性质完美结合的历史剧。该剧下篇第二幕第一场，在伦敦街道，快嘴桂嫂（Mistress Quickly）带领捕快爪牙和儿童来抓骗吃骗喝的无赖福斯塔夫。大法官问桂嫂："他欠你多少钱？"桂嫂说："钱倒还是小事，老爷，我的一份家业全都给他吃啦。……"（He hath eaten me out of house and home...）由此脱胎出成语"把人家吃得倾家荡产"（to eat sb. out of house and home）来形容人或动物食量大、把某人吃穷。

[运用] My son William has a terrible appetite. At the rate he is going, he will eat us all out of house and home. 我儿子威廉的胃口很大，照这样下去，他会把我们吃穷。

His wife's huge dog is eating him out of house and home. 他妻子的那条大狗会把他吃穷。

Those children of mine graze all day long; they will eat me out of house and home. 我的那些小孩一天到晚可真能吃，他们会把我吃得倾家荡产的。

---

① 参阅187.谨慎是勇敢的要素。

24. 把事情摆在光天化日之下

[词语] to bring sth. to light
[含义] 使某事暴露出来；把某事揭露出来；让某事公之于众
[趣释]〔英国剧作〕典出英国剧作家威廉·莎士比亚

（William Shakespeare）的剧作《一报还一报》(*Measure for Measure*)①。该剧虽然被列为喜剧，但直到最后收场，剧情的发展都缺乏喜剧感。讲述在16世纪的欧洲维也纳，美貌的女子被迫献身以保全亲人的故事。剧中公爵外出期间由安哲鲁（Angelo）摄政，他虽然有公正无私的美名，但当依莎贝拉（Isabella）为被判死刑的弟弟克劳狄奥（Claudio）求情时，他竟向她提出以贞节作为换取条件，知法犯法并且渎职。她的弟弟因没有结婚而使女友怀孕，被安哲鲁判处了死刑。一夜温存之后，安哲鲁又残暴地下令要将她的弟弟处死，以掩饰自己的贪欲。事发之后，安哲鲁不求宽容，只想一死，以求解脱，偏偏在剧终时却获得了宽恕。该剧第三幕第二场，在监狱的街道上，路西奥（Lucio）和公爵谈论克劳狄奥的案子时，路西奥说："为什么？为了把一只漏斗插入人家的瓶子里去。但愿我刚才说的那位公爵早点儿回来，这个绝子绝孙的摄政要叫大家不许生育，好让维也纳将来死得不剩一个人。要是麻雀在他的屋檐下做窝，他也要因为它们的淫荡而把它们赶走呢。公爵在的时候，对于这种不干不净的事情是不闻不问的，他决不会把它在光天化日之下揭露出来，要是他回来了就好了！（The duke yet would have dark deeds darkly answer'd; he would never bring them to light; would he were return'd!）这个克劳狄奥就是因为松了裤带，才给判了死罪。……"由此形成的成语"把某事摆在光天化日之下"（to bring sth. to light）被用来喻旨使某事暴露出来，把某事揭露出来，让某事公之于众。

[运用] The investigation brought many new facts to light. 这次调查揭露了许多新的事实。

His little secret was soon brought to light. 他那小小的秘密不久就揭开了。

Another investigation may bring to light other corrupt practices. 另一次调查可能会揭露其他腐败行为。

---

①参阅380. 伪君子安哲鲁。

25. 把手指放在眼里

[词语] to put the/one's finger in the/one's eye

[含义] 掩面而泣；哭泣

[趣释]〔英国剧作〕典出英国剧作家威廉·莎士比亚（William Shakespeare）的剧作《错误的喜剧》（*The Comedy of Errors*）。该剧是莎士比亚早期的一出滑稽喜剧。剧中主要写主仆是一对面貌和形体都十分相像的孪生兄弟，在海上遇难，失散多年后，同时在某异乡城市出现，造成许多误认可笑的情节。剧中还就夫妻关系、亲子之爱、手足之谊进行一些严肃的讨论。结局是皆大欢喜的团圆。本剧在英、美等国至今上演不衰，剧本也是有趣读物。该剧第二幕第二场，在广场上，由于认错了人，大安提福勒斯（Anti pholus）和大德洛米奥（Dromio of Syracuse）发生了误会而争执，阿德里安娜（Adriana），小安提福勒斯的妻子也因为认错了丈夫而伤心。她说："来来，你们主仆两人见我伤心，还把我这样任情取笑，我不愿再像一个傻子一样自寻烦恼地哭泣了。……"（Come, come; no longer will I be a fool, /To put the finger in the eye and weep, /Whilst man and master laugh my woes to scorn.）此成语现已被其他意思接近的成语所替代，如to be in tears over sth.（因某事而哭泣）。

26. 把抵押品交给命运之神

[词语] to give hostages to fortune

[含义] 有拖累；有牵挂；冒风险

[趣释]〔英国论著〕典出英国作家、哲学家弗朗西斯·培根（Francis Bacon）①的著作《论婚姻和单身生活》（*On Marriage and Single Life*）。英语hostage 意为"抵押品"，指人质或钱财。一个人有妻儿财富之后，他的自由就受到了限制，不敢在事业上搏一搏输赢。培根在1061年发表的论文《论婚姻和单身生活》中，开篇第一句就这样写道："有妻室儿女的人，行动自由受到了限制（have given hostages to fortune），因为他们是完成伟大事业的障碍，不管是做好事还是做坏事。""行动自由受到了限制"是根据上下文意译，英文原句的意思直译是"已经对命运之神交付出了抵押品"，即有家室拖累而听天由命，妻室钱财限制了人的行动自由，把自己的一切交给了命运。在现代英语中，"把抵押品交给命运之神"（to give hostages to fortune）被用来喻指有拖累、有牵挂、冒风险。

[运用] Francis Bacon believed that a married man had given hostages to fortune because he had to consider his wife and children before taking any risks. 弗朗西斯·培根认为结了婚的人就有了家室之累，因为他从事任何冒险行动之前，都要首先顾及妻小。

He has settled down and given hostages to fortune. 他已经定居下来并有了家庭拖累。

The President gave a hostage to fortune when he said that taxes would never go up. 总统说税收一定不会再提高，他

说这话是在冒风险。

---

①参阅472.知识就是力量。

27. 把头伸进狼口

[**词语**] to put one's head into the wolf's mouth
[**含义**] 冒险去做没有意义的事；轻率冒险
[**趣释**]〔古希腊寓言〕典出《伊索寓言》(*Aesop's Fables*)①中的《狼和鹤》(*The Wolf and the Crane*)。寓言说，狼吃东西的时候，肉里的一小块骨头卡在喉咙里吞不下去，他疼得四处奔跑，以减轻痛苦。他为了说服别人帮他弄走骨头，说道："谁能取出了这块骨头，让我做什么都可以。"最后，鹤同意试试看。他让狼张大嘴，然后把自己长长的脖子伸进狼的喉咙里，用尖嘴使骨头滑出。鹤问："你给我什么报酬？"狼露出他的牙齿，说："知足吧，你能从狼嘴里平安无事地收回头来，这就是报酬。"一个像狼这样贪得无厌的人是不会因为得到别人的帮助而心存感激的。"把头伸进狼口"（to put one's head into the wolf's mouth）被用来比喻冒险去做没有意义的事。现代英语多用另一个类似的成语to put one's head into the lion's mouth来表示冒大险。

---

①参阅233.驴子和狼。

28. 把油倒进海里

[**词语**] to pour oil on troubled waters

[**含义**] 平息风浪；平息怒气；息事宁人；调停争端

[**趣释**]〔英国论著〕典出英国作家圣·比德（Venerable Saint Bede）的著作《英格兰人教会史》（*The Ecclesiastical History of the English People*）。享有"尊敬的"（The Venerable）称号的圣·比德是英国历史上的卓越学者、历史学家。他生于672年，卒于735年，正值英国历史上的"七国时代"。他在中世纪早期极其艰难的条件下奋力撰述，著作等身，为英国留下了珍贵的文化遗产，享有"英国历史之父"美称。他是第一位英国学者、第一位英国神学家、第一位英国历史学家，正是从这位贾罗修道院的修士身上，英国的学问赖以植根。据《英格兰人教会史》记载，一位年轻的牧师给奥斯国王送去一位美少女做妻子，圣·艾丹便给这位牧师一坛油。圣·艾丹告诉他，返回时如遇海上风暴，他就将油倒入海中，可平息风浪，化险为夷。牧师在返回时海上果然遇到风暴，他就把油倒进海里，风浪立刻平静了下来。后来，"把油倒进起风浪的海里"（to pour oil on troubled waters）喻指平息风浪、平息怒气、息事宁人、调停争端。

[**运用**] If the manager had not pour oil on troubled waters, the angry customer might have sued the salesgirl. 幸亏经理平息了这场纠纷，否则那位愤怒的顾客会控告女售货员。

He spoke calmly to them trying to pour oil on troubled waters, but it was useless. 他心平气和地对他们说话，希望能息事宁人，但还是无济于事。

The groups were nearing a bitter quarrel until the leader pour oil on troubled waters. 各组之间几乎要暴发激烈的争吵，这时领导出来平息了风波。

The two men were shouting abuse, but she did her best

to pour oil on the trouble waters.两个男人大声对骂,而她则尽力从中调解。

29. 把勇气集中到固定的地方

[**词语**] to screw one's courage to the sticking place

[**含义**] 鼓起勇气;壮起胆子

[**趣释**] 〔英国剧作〕典出英国剧作家威廉·莎士比亚(William Shakespeare)的剧作《麦克白》(*Macbeth*)^①。该剧讲述苏格兰大将军麦克白(Macbeth)由功臣变逆贼的故事。他是苏格兰国王邓肯(Duncan)的表弟,在平叛凯旋时路遇三个女巫。她们对他说,他将晋爵为王。他是一个有野心的英雄,在他夫人怂恿下,谋杀了邓肯,自己做了国王。为了掩人耳目和防止他人夺位,他先后害死了邓肯的侍卫、大将班柯(Banquo)、麦克德夫(Mucduff)的夫人和孩子。恐惧和猜疑使他的心越来越冷酷,妻子精神失常自杀,在众叛亲离中他落得枭首的下场。该剧第一幕第七场,在殷佛纳斯(Inverness)麦克白城堡一室内,对于谋杀国王邓肯的事,麦克白开始时也是顾虑重重,思想斗争激烈。但他的夫人怂恿他采取果断的行动,不要让"我不敢"永远跟在"我想要"的后面。她说:"那么当初是什么畜生使你把这种企图告诉我的呢?是男子汉就应当敢作敢为。"她针对麦克白担心失败的顾虑说:"只要你集中你的全部勇气,我们决不会失败。"(But screw your courage to the sticking place and we'll not fail.)这个成语中sticking place意为停顿并牢牢固定的地方,搭脚处、顶点。

[**运用**] Screw our courage to the sticking place, and we'll not fail.只要我们鼓起勇气,我们就不会失败。

The man who had been suffering long with the toothache, at last screwed his courage to the sticking place and had the tooth extracted. 那个牙疼多时的男人终于鼓起勇气把蛀牙拔了。

Sunny screwed her courage to the sticking place and asked her boss for a rise. 珊妮壮起胆去向老板要求加工资。

---

①参阅243. 麦克白。

30. 把自己的心戴在袖口上

[词语] to wear one's heart upon/on one's sleeve

[含义] 不掩饰自己的感情；缺少适当的含蓄；心直口快

[趣释]〔英国剧作〕典出英国剧作家威廉·莎士比亚（William Shakespeare）的剧作《奥赛罗》（*Othello*）①。该剧是莎士比亚的著名悲剧之一。主人公奥赛罗是威尼斯公国的一名勇将，与元老的女儿苔丝狄蒙娜（Desdemona）相爱。由于他不是白人，婚事遭到拒绝，两人只好秘密成婚。奥赛罗的性格正直、勇敢、单纯、易怒和轻信他人。他的致命缺点是自卑于自己的肤色、形象、年龄，他甚至觉得自己不如副将凯西欧（Cassio），对他有一种唯以言喻的害怕，因而在阴险旗官伊阿古（Iago）的挑唆之下便开始怀疑妻子苔丝狄蒙娜与凯西欧之间的奸情，并在愤怒之中掐死了妻子。在真相大白之后，他悔恨自刎，倒在爱妻的身旁。该剧第一幕第一场，在威尼斯街道上，旗官伊阿古因为奥赛罗把他垂涎已久的副将职位给了凯西欧而向威尼斯绅士罗德利哥（Roderigo）大发牢骚。伊阿古说："啊，老兄，你放心吧！我之所以跟随他，不过是要利用他达到我的目

的。……我这样对他赔着小心,既不是为了忠心,也不是为了义务,只是为了自己的利益,才装出这副假脸。要是我表面上的恭而敬之的行为会浅露我内心的活动,那么不久我就要掏出我的心来,让乌鸦们乱啄了。……"(For when my outward action doth demonstrate/The native act and figure of my heart/In compliment extern, it's not long after/But I will wear my heart upon my sleeve/For crows to peck at; I am not what I am...)中世纪的武士在袖口上佩戴心爱人的花。典故字面直译"把自己的心戴在袖口上"(to wear one's heart upon one's sleeve)是上述伊阿古台词"把自己的心挂在袖口,让乌鸦来啄"的省略,现被用来喻指不掩饰自己的感情,心直口快、缺少适当的含蓄。这个典故的其他形式为:to carry/pin one's heart upon/on one's sleeve.意思相同。

[运用]She wears her heart on her sleeve. It is easy to see if she is sad or happy.她是个感情毕露的人,很容易看出她是悲伤还是喜悦。

I always know when my daughter has quarrelled with her boyfriend. She wears her heart on her sleeve.我女儿跟男朋友吵架后我都知道,她只是喜怒形于色。

---

①参阅123.感动得要哭。

31. 白色的乌鸦

[词语]a white crow
[含义]珍奇的东西;罕见的事物
[趣释]〔古罗马诗歌〕典出古罗马讽刺诗作家朱文诺尔

（Juvenal），罗马译名为德奇姆斯·朱尼乌斯·尤维纳利斯（Decimus Junius Juvenalis）的第7首讽刺诗。朱文诺尔生活在1—2世纪，他出生在意大利罗马东南的一个小镇里，在罗马受过语法修辞教育。为生活所迫，曾为富人的门客，饱尝各种辛酸和屈辱。朱文诺尔中年以后开始写讽刺诗。他是一个严厉而尖锐的讽刺家和揭露者，鞭挞了那个时代罗马显贵种种恶习和丑行。他的作品受到了极大的欢迎，被席勒、海涅、雨果称作"一个伟大的罗马人"。他的作品《朱文诺尔讽刺诗》（*Satires of Juvenal*）分5卷，共16首。第1卷收录第1—5首，第2卷收录第6首，第3卷收录第7—9首，第4卷收录第10—12首，第5卷收录第13—16首，但第16首没有写完。由于当时缺少言论自由，他的诗歌采用托古喻今的手法，讽刺锋芒主要指向多米提安等皇帝（Domitianus，81—96年在位）统治时期的事件和人物。前3卷第1—9首揭露尖锐，讽刺辛辣；后2卷第10—16首为类比抽象的道德说教。"白色的乌鸦"出自《讽刺诗》第3卷第7首，诗中写道："命运给奴隶们以王国，给俘虏们以胜利。这样的幸运儿比白乌鸦还要少见。"于是，后人用"白乌鸦"（a white crow）来比喻珍奇的东西、罕见的事物。斯大林在《俄国社会民主党及其当前任务》中说："在这里我们不是指那些已经背弃了自己的阶级而参加到社会民主派队伍中作斗争的知识分子。但这样的知识分子只是例外，他们是'白色的乌鸦'。"

32. 白天点灯

[**词语**] to burn daylight

[**含义**] 浪费时间；做无益之事

[**趣释**]〔英国剧作〕典出英国剧作家威廉·莎士比亚

（William Shakespeare）①的剧作《罗密欧与朱丽叶》（*Romeo And Juliet*）。蒙太古（Montague）的儿子罗密欧（Romeo）爱上了凯普莱特（Capulet）家的独生女朱丽叶（Juliet），虽然他们两个家族之间存在世代深仇，但是他们还是不顾一切地到劳伦斯神父（Friar Laurence）那里结了婚。不幸的是，第二天罗密欧在决斗中刺死了朱丽叶的表兄提伯尔特（Tybalt），被驱逐出城。这天晚上，他偷爬进了朱丽叶的卧室，度过了新婚之夜。第二天天一亮，罗密欧不得不开始他的流放生活。罗密欧刚一离开，出身高贵的帕里斯伯爵（Count Paris）就来求婚，凯普莱特非常满意，要朱丽叶立即结婚。神父答应帮助朱丽叶，给她一种服了会立刻"死去"的药，但42个小时后又会活过来。他让她在婚礼前一天晚上服下，他会通知罗密欧去掘墓，然后带着她远走高飞。朱丽叶依计行事，结果婚礼变成葬礼。只是罗密欧还没接到神父的消息就得知朱丽叶已死，他冲向墓地杀死了阻拦他的帕里斯，掘开坟墓，然后服毒倒在朱丽叶的身旁。42个小时之后，朱丽叶醒来，见到死去的罗密欧，便拔剑自刎。神父向两家人讲述了罗密欧和朱丽叶的故事，他们大受感动，多年仇恨终于冰消，还在城中为这对情侣铸了一座金像。该剧第一幕第四场，在丰收节夜晚维洛那（Verona）广场街道上，罗密欧、维洛那亲王的亲戚茂丘西奥（Mercutio）、罗密欧的朋友班伏里奥（Benvolio）以及五六个戴着假面具、手持火炬的人行走在街上。罗密欧要茂丘西奥拿一个火炬给他，还说让公子哥们去卖弄舞步，他愿做个旁观者。茂丘西奥说："胡说！……来来来，我们别白昼点灯浪费光阴啦！"（Come, we burn daylight, ho）罗密欧说："我们并没有白昼点灯。"（Nay, That's not so.）茂丘西奥说："我的意思是说，我们耽误时光，好比白昼点灯一样……"（I mean, sir, in delay. We waste our daylight in vain, like lamps by day...）在现代英语中，人们用"白天点灯"（to burn daylight）喻指做无益之事，浪费时间。

[运用] Burn not daylight about it.We have short time to burn.不要在这上面浪费光阴；我们剩下的时间不多了。

It is not good economy to burn daylight.白昼点灯并非节约。

This fellow burns daylight by lying long in bed in the mornings.这家伙浪费光阴，每天早上迟迟不肯起床。

---

①参阅150.哈姆雷特。

33. 摆脱尘世的喧嚣繁忙

[词语] to shuffle off this mortal coil

[含义] 死；离开尘世；抛弃俗扰

[趣释] 〔英国剧作〕典出英国剧作家威廉·莎士比亚（William Shakespeare）的剧作《哈姆雷特》（*Hamlet*）①。to shuffle off意为摆脱、排除、推卸；mortal coil意为尘世喧嚣繁忙。《哈姆雷特》是一出太具震撼力的悲剧。剧中丹麦王子哈姆雷特勇敢、不怕死，但他敏感而犹豫，因为把精力花费在做决定上，而失去了行动的力量。他的理想崇高，思想深刻，立志重整乾坤，却又耽于沉思自责、自我怀疑，加上他忧郁又迷惘、矛盾又痛苦的个性，于是一再拖延复仇的计划，导致最终悲剧的结局。在该剧第三幕第一场里，哈姆雷特一上场有一段极具震撼力，又充分体现他性格特点的台词：生存还是毁灭，这是一个值得考虑的问题；默然忍受命运的暴虐的毒箭，或是挺身反抗人世无涯的苦难，通过斗争把它们扫清，这两种行为，哪一种更高

贵？死了；睡着了；什么都完了。要是在这一种睡眠之中，我们心头的创痛以及其他无数血肉之躯所不能避免的打击，都可以从此消失，那还是我们求之不得的结局。死了；睡着了；"睡着也许还会做梦；嗯，阻碍就在这儿；因为当我们摆脱了一具朽腐的皮囊以后，在那死的睡眠里，究竟将做些什么梦，不能不使我踌躇顾虑……"（To sleep! Perchance to dream: ay, there's the rub! /For in that sleep of death what dreams smay come, /when we have shuffled off this mortal coil, /Must give us pause...）现在，"摆脱尘世的喧嚣繁忙"（to shuffle off this mortal coil）被人们用来喻指死、离开尘世、抛弃俗忧。

[运用] I'd like to go to Rome at least once before I shuffle off this mortal coil. 我想在去见上帝以前，至少去一次罗马。

They believe that when they shuffle off this mortal coil, their souls will become stars. 他们相信一旦脱离了尘世的喧闹与烦扰，他们的灵魂就会化作星辰。

――――――――――――
① 参阅150.哈姆雷特。

34. 搬运煤

[词语] to carry coals

[含义] 做贱役；做低三下四的工作；忍受屈辱

[趣释]〔英国剧作〕典出英国剧作家威廉·莎士比亚（William Shakespeare）的剧作《罗密欧与朱丽叶》（*Romeo and Juliet*）①里。"运煤"（to carry coals）又脏又累，是苦

力干的活，历来受到歧视。莎士比亚时代也是如此。罗密欧与朱丽叶郎才女貌，他们在本来应该享受爱情的美好和生活的快乐的年龄，却因家族的仇恨而牺牲了各自年轻的生命。剧中的罗密欧对朱丽叶是忠贞的，为了自己的爱人，为了自己的誓言本想放下自己内心的仇恨，用爱、用心去面对家族仇恨。可是老天爷并不让他拥有美丽甜蜜的未来，不想让他享受爱情的滋味。爱人的表兄杀死了自己的密友，他又因一时的怒气而杀死了爱人的表兄。新的怒与恨葬送了爱情、爱人和自己。该剧第一幕第一场，在维洛那（Verona）广场上，朱丽叶父亲凯普莱特（Capulet）的两个仆人山普孙（Sampson）和葛莱古里（Gregory）持盾牌和剑上。山普孙说："葛莱古里，咱们可真的不能让人家当作苦力一样欺侮。"（Gregory, o'my word, we'll not carry coals.）葛莱古里附和说："对了，咱们不是可以随便给人欺侮的。"（No, for then we should be colliers.）在两个仆人的对白里，"搬运煤"（to carry coals）和"当运煤者"（to be collier）都是指做贱役，喻指做低三下四的工作、忍受屈辱。

---

①参阅32. 白天点灯。

35. 半斤八两

[词语] tweedledum and tweedledee

[含义] 半斤八两；名异实同；难以区分的两个人或两件事

[趣释]〔英国诗歌〕典出英国诗人约翰·拜伦（John Byron）的讽刺诗《汉德尔与波农希尼之间的不和》（*Feuds Between Handle and Bononcini*）。约翰·拜伦生于1692年，卒于1763年，是一位诗人，也是英文速记系统的发明者。汉德尔

（Handle）和波农希尼（Bononcini）是18世纪上半叶英国两个音乐流派，两个流派之间经常争吵不休，甚至连一些达官贵人也参与了争论。其实，这两个流派之间并没有什么大的区别。于是，约翰·拜伦就写了一首讽刺诗，讽诗他们之间的争论。诗中这样写道："有人说同波农希尼相比/汉德尔先生真是愚不可及；/可别人都说波农希尼/简直无法和汉德尔相比。/这些争论可真是稀奇，/说起来都是些半斤八两的东西。"（Some say compared to Bononcini/That mynheer Handel's but ninny;/Others aver that he to Handel/Is scarcely fit to hold a candle./Strange all this difference should be/Twixt Tweedledum and Tweedledee.）于是，这首讽刺诗产生了tweedledum and tweedledee这个成语，后来被用来比喻半斤八两、名异实同或是用来喻难区分的两个人或两件事。

[运用] I can't see any difference between tweedledum and tweedledee. 我看不出其中有何分别。

John is no better than Peter. They are tweedledum and tweedledee. 约翰和彼得一样不好，他们是一对半斤八两的活宝。

I am confused too. In fact they are tweedledum and tweedledee. 我感到困惑。事实上，他们半斤八两。

Some persons think that the difference between the opera and theatre is the difference between tweedledum and tweedledee. 有些人认为歌剧与戏曲名虽不同，但实际几乎没有区别。

36. 扮演猴子

[词语] to play the ape to sb.

[**含义**] 模仿某人；仿效某人

[**趣释**] 〔英国散文〕典出英国苏格兰小说家和散文家罗伯特·路易斯·史蒂文森（Robert Louis Stevenson）的一篇小品文《记忆中的人和人物描写》（*Memories and Portraits*）。罗伯特·路易斯·史蒂文森生于1850年，卒于1894年，是英国浪漫主义代表作家之一。早年他到处游历，为其创作积累了资源。其主要著作有《沃尔特·司各特爵士》（*The Walter Scott Jazz*）、《金银岛》（*Treasure Island*）①、《诱拐》（*Kidnapped*）等。在《记忆中的人和人物描写》中，史蒂文森说自己初学写作时，认真地模仿过许多作家。他说："我就这样孜孜不倦地模仿过赫兹里特（Hazlitt）、兰姆（Lamb）、华兹华斯（Wordsworth）、托马斯·布朗（Sir Thomas Browne）、笛福（Defoe）、霍桑（Hawthorne）、蒙田（Montaigne）、鲍德莱（Baudelaire）和奥伯曼（Obermann）。"猴子善于模仿，史蒂文森因而称自己为"孜孜不倦地扮演勤勉的猴子"。后来，"扮演勤勉的猴子"（to play the sedulous ape）被用来喻指模仿，仿效；"扮演某人的猴子"（to play the ape to sb.），即模仿某人、仿效某人。

[**运用**] Today, many girls try to win public attention by playing the sedulous ape to Marilyn Monroe. 今天，不少女郎模仿玛丽莲·梦露，希望赢得大众注意。

When he began to learn painting, he did play the sedulous ape to some famous painters. 开始学画时，他的确依样画葫芦地模仿过一些著名的画家。

---

① 参阅185. 金银岛。

37. 鲍克斯和科克斯

［词语］Box and Cox

［含义］轮流；交替；彼此不见面

［趣释］〔英国剧作〕典出英国剧作家约翰·麦迪逊·莫顿（John Maddison Morton）根据法国滑稽戏改编的笑剧。莫顿生于1811年，卒于1891年。他在剧中塑造了两个人物：一个是印刷工鲍克斯（Box），另一个是制帽工科克斯（Cox）。狡猾的女房东邦塞把一间房间同时租给两人。他们一个夜晚工作，白天回来；一个白天工作，夜晚回来。当他们发现同住一间房之后，便惹出了一场风波。后来，"鲍克斯和科克斯"（Box and Cox）就被用来表示"轮流地、相互交替地"的意思。也常与arrangement（安排）、existence（存在）、life（生活）等名词连用。

［运用］Spring has been playing box and cox with winter for months. 几个月来，春天和冬天一直玩耍着你来我往的游戏。

These two opponents lived a Box and Cox existence in the city. 这两个对手在这个城市里过着彼此永不相见的生活。

They share a room in a Box and Cox arrangement. 他们俩以轮流使用的方式共住一个房间。

38. 北风和太阳

［词语］the north wind and the sun

［含义］说服往往比压服更加有效；劝说胜过强迫

［趣释］〔古希腊寓言〕典出《伊索寓言》（Aesop's Fables）①中的《北风和太阳》。寓言说，北风和太阳争论谁的

力量大。他们议定，谁能使行人脱去衣服，谁就算胜利。北风开始猛烈地刮，路上的行人紧紧地裹住自己的衣服。北风刮得更猛了，行人冷得发抖，便添加更多的衣服。北风刮疲倦了，便让位给太阳。太阳最初把温和的阳光洒向行人，行人脱了添加的衣服。太阳接着把强烈的阳光射向大地，行人开始汗流浃背，渐渐地忍受不了，就脱光了衣服跳到河里洗澡。"北风和太阳"（the north wind and the sun）后来成为成语，被用来喻指说服往往比压服更为有效，劝说胜过强迫。

---

①参阅233.驴子和狼。

39.被发送去对簿阴曹

[词语] to be sent to one's account

[含义] 被上帝召去；死

[趣释]〔英国剧作〕典出英国剧作家威廉·莎士比亚（William Shakespeare）的剧作《哈姆雷特》（*Hamlet*）。account是个多义词，有报告、记事、账户、解释、说明、负责等词义。成语to be sent to one's account的字面意思是"被发送到自己的账户"。《哈姆雷特》是莎士比亚最负盛名的剧作，是四大悲剧之一，复仇的故事中交织着爱恨情仇①。在该剧第一幕第五场，露台的另一部分，哈姆雷特父亲的鬼魂（The Ghost）向他诉说自己被害的真相。"……当我按照每天午后的惯例，在花园里睡觉的时候，你的叔父乘我不备，悄悄溜了进来，拿着一个盛满毒液的小瓶，把一种使人麻痹的药水注入我的耳腔之内，那药性发作起来，会像水银一样很快地流过全身大小血管……这样，我在睡梦之中，被自己的亲兄弟夺去了我的生命、我的王冠和我

的王位,甚至不给我一个忏罪的机会,使我在没有领到圣餐也没有受过临终涂膏礼以前,就一无准备地负着我的全部罪恶去对簿阴曹。"(No reckoning made, but sent to my accout, /With all my imperfection on my dead!)后来,"被发送去对簿阴曹"(to be sent to one's account)被用来喻指被上帝召去、死。表达相同意思的还有:be called to one's account; go to one's account.

————————
① 参阅150.哈姆雷特。

40. 比尔·赛克斯

[词语] Bill Sikes

[含义] 杀人犯

[趣释] 〔英国小说〕典出英国作家查尔斯·狄更斯(Charles Dickens)的小说《雾都孤儿》(*Oliver Twist*)中的一个人物。小说的主人公奥利弗(Oliver)原是富人的弃婴,他在孤儿院里挣扎生活了9年,又被送到棺材店老板那儿当学徒。难以忍受的饥饿、贫困和侮辱,迫使他逃到伦敦,又被迫当了扒手。他曾被富有的布朗先生收留,但被小扒手发现又落入贼窝。比尔·赛克斯是一个非常凶狠的强盗,长着一脸凶相。他是老教唆犯费金(Fagin)的心腹和密友,两人互相勾结,在伦敦各处进行偷盗和抢劫活动,或买通仆人,深夜撬门入室。他与沦为小偷的南希(Nancy)同居,后因南希发现了他的秘密,结果他用粗棍将她活活打死。后来,"比尔·赛克斯"(Bill Sikes)就成了杀人犯的同义语。

41. 比剑术

[**词语**] to measure swords (against/with sb.)

[**含义**] （与某人）比剑术；较量；对抗；辩论

[**趣释**] 〔英国剧作〕典出英国剧作家威廉·莎士比亚（William Shakespeare）的剧作《皆大欢喜》（*As You Like It*）[①]。该剧为莎士比亚早期创作的著名喜剧。主要描述被流放的公爵的女儿罗瑟琳（Rosalind）到父亲的流放地亚登森林（Forest of Arden）寻找父亲和爱情的故事。剧中受迫害的好人全都得到好报，恶人也得到感化，有情人喜结良缘，反映了莎士比亚理想中的以善胜恶的美好境界。该剧第五幕第四场，在亚登森林的另一部分，公爵（Duke）、公爵的从臣杰奎斯（Jaques）和小丑试金石（Touchstone）在谈天，杰奎斯问试金石引起争吵的第七个原因是什么，试金石说，那是根据一句经过七次演变后的谎话：有礼貌的驳斥、谦恭的讽刺、粗暴的答复、大胆的谴责、挑衅的反攻、委婉的说谎和公然的说谎七种。杰奎斯又问："你说了几次他的胡须式样不好呢？"试金石说："我只敢说到'委婉的说谎'为止，他也不敢给我'公然的说谎'；因为我们较了较剑，便走开了。"（...So we measured swords, and departed.）文中"较了较剑"意为较量了一下剑术，即比了比剑。由此产生的成语"与某人比剑术"（to measure swords against/with sb.）被用来喻指与某人较量、对抗、辩论。

[**运用**] He was eager to measure swords with his friend. 他想和朋友比一比剑术。

The literary society of the college meets tonight, when the senior and junior classes will measure swords with each other in debate. 本校文艺社将于今晚开会，届时四

年级和三年级将在辩论中决一雌雄。

I remember when I first measured swords with you and you defeated my argument in two minutes! 我记得，我初次与你交锋时，你两分钟就击败了我的论点。

---

①参阅302.肉和酒。

42.比来比去多厌烦

[词语] Comparisons are odious.

[含义] 一经比较，更显出自己的不足；人比人，气死人。

[趣释]〔英国剧作〕典出英国剧作家威廉·莎士比亚（William Shakespeare）的剧作《无事生非》（*Much Ado About Nothing*）①。该剧是一部喜剧，写于1598年，讲述意大利的墨西拿（Messina）城内，百姓们都怀着兴奋的心情等候阿拉贡亲王唐·佩德罗（Don Pedro）的凯旋。然而他的同父异母兄弟唐·约翰伯爵（Don John）却妒忌兄长才干，设计报复。他先是破坏墨西拿总督里奥那托（Leonato）的千金希罗（Hero）与亲王的亲信克劳狄斯奥（Claudio）的婚礼，再布局陷害。好在最终他被人揭发，有情人终成眷属。该剧把传奇剧、闹剧和高雅剧融为一体，显示莎士比亚非凡的戏剧才能。剧中最光彩的女性贝特丽丝（Beatrice），不乏女性的温柔妩媚，又显示出男性的勇敢刚毅，塑造了巾帼不让须眉的女性形象。该剧第三幕第五场在总督里奥那托宅邸的一室内，愚蠢无比的弗吉斯（Verges）和道格培里（Dogberry）②在向总督报告一件事。可是，他们说了半天，也没说明白究竟是怎么回事。总督问："是怎么回事呀，我的好朋友们？"道格培里回答："老爷，弗吉斯是个好人，他讲起话

来总是有点缠夹不清；他年纪老啦，老爷，他的头脑已经比从前更糊涂了，上帝保佑他！可是说句良心话，他是个老实不过的好人，瞧他的眉心就可以明白啦。"弗吉斯连忙说："是的，感谢上帝，我就跟无论哪一个跟我一样老，也不比我更老实的人一样老。"道格培里打断他的话说道："不要比这个比那个，叫人家听着烦啦。少说些废话，弗吉斯伙计。"（Comparisons are odious; palabras, neighbour Verges.）莎士比亚的剧作距今已有400多年了，剧中劝人不要胡乱比较的句子"Comparisons are odious."已经成了人尽皆知的谚语，意思是一经比较，更显出自己的不是，与"人比人，气死人"的意思接近。

---

①参阅387. 无法估量。　　　②参阅118. 弗吉斯和道格培里。

43. 毕斯托尔

[**词语**] Pistol

[**含义**] 流氓无赖

[**趣释**]〔英国剧作〕典出英国剧作家威廉·莎士比亚①的多部剧作中的人物。在《亨利四世》（*King Henry IV*）、《亨利五世》（*The Life of King Henry V*）、《温莎的风流娘儿们》（*The Merry Wives of Windsor*）中都出现过这个人物。在《亨利四世》下篇，他被称为"Ancient Pistol"。不是"古代毕斯托尔"，ancient的旧义是"旗"或"旗手"，据德国哲学家叔本华（Schopenhauer）讲，毕斯托尔担任王室传令旗官。他是一个无比粗俗，而说话又喜欢搞宏大叙事的阿兵哥。在《亨利五世》中，毕斯托尔也是个传令旗官，是个像虫子般叫人恶心的流氓，被人称作装腔作势、胆小如鼠的奴才。在《温莎的风流娘儿们》

中,毕斯托尔是武士福斯塔夫(Falstaff)②的听差,因为偷东西被辞退,后来当了军曹,他色厉内荏,胆小爱吹牛。总之,"毕斯托尔"(Pistol)成了流氓无赖的代名词。

①参阅150.哈姆雷特。　　②参阅116.福斯塔夫。

44. 蝙蝠与黄鼠狼

[词语] the bat and the weasels
[含义] 遇事随机应变
[趣释]〔古希腊寓言〕典出《伊索寓言》(*Aesop's Fables*)①中的《蝙蝠与黄鼠狼》。寓言说,蝙蝠掉在地上被黄鼠狼叼去,他请求饶命。黄鼠狼说绝不会放过他,因为自己生来痛恨鸟类。蝙蝠说他是老鼠,不是鸟,便被放了。后来蝙蝠又掉落下来,被另一只黄鼠狼叼住,他再三恳求不要杀害他。这只黄鼠狼说他恨一切鼠类。蝙蝠连忙改口说,自己是鸟而非鼠类。他又一次被释放了。蝙蝠两次改变自己的身份,终于得以死里逃生。"蝙蝠和黄鼠狼"(the bat and the weasels)后来被用来说明遇事随机应变,方能避免危险。

①参阅233.驴子和狼。

45. 辨认出老鹰和苍鹭

[词语] to know a hawk from a handsaw
[含义] 有起码的分辨能力;尚有见识
[趣释]〔英国剧作〕典出英国剧作家威廉·莎士比亚

（William Shakespeare）的剧作《哈姆雷特》（*Hamlet*）[①]。在这个典故中handsaw（手锯）是hernshaw或heronsew（苍鹭）之讹。莎士比亚是文艺复兴时期戏剧家，人文主义（humanism）的杰出代表。人文主义的核心内容是抬人贬神。就是以人权反神权，以个性解放反禁欲主义，以理性、知识反蒙昧主义，以现世主义反来世主义。文艺复兴是指新兴资产阶级在复兴古代希腊罗马文化的口号下所发起的一场反封建、反教会的思想文化革命运动。《哈姆雷特》讲的是丹麦王子为父报仇的故事。王子为麻痹奸王克劳狄斯（Claudius），不得不伪装疯癫，暗中寻找复仇的机会。奸王对王子的举动有所怀疑，暗中安排王子的玩伴监视，还利用王子的情人奥菲丽娅（Ophelia）来进行窥探，王子也安排戏子来宫里演出与叔父谋害父王情节相似的戏，于是波澜再起。该剧第二幕第二场，在城堡一室里，当哈姆雷特见到儿时玩伴罗森格兰兹（Rosencrantz）和吉尔登斯吞（Guildenstern）的时候，就揭穿他们的来意，免得他们泄密，有负国王和王后的"重托"。哈姆雷特对他们说："两位先生，欢迎你们到艾尔西诺（Elsinore）来。把你们的手给我；欢迎总是要讲些礼节、俗套；让我不要对你们失礼，因为这些戏子们来了以后，我不得不敷衍他们一番，也许你们见了会发生误会，以为我招待你们不及招待他们殷勤；可是我的叔父、父亲和婶婶、母亲可弄错啦。"吉尔登斯吞问："弄错什么啦，我的好殿下？"哈姆雷特说："天上刮着西北风，我才发疯；风从南方吹来的时候，我不会把一只老鹰当作了一只苍鹭。"（I am but mad north-north-west; when the wind is/southerly, I know a hawk from a handsaw.）由此形成的成语"辨认出老鹰和苍鹭"（to know a hawk from a handsaw）被用来喻指有起码的分辨能力、尚有见识。

[运用] It is no use telling me he is a nice person—I know a hawk from a handsaw and I think he is toughly untrustworthy. 对我说他是好人没用，我是会看人的，我觉得他绝对不能信任。

---

① 参阅150.哈姆雷特。

46.不吃鱼

[词语] to eat no fish

[含义] 诚实可靠的人

[趣释]〔英国剧作〕典出英国剧作家威廉·莎士比亚（William Shakespeare）的剧作《李尔王》（*King Lear*）里。该剧是莎士比亚的四大悲剧之一，取材于英国家喻户晓的民间传说，讲述年老昏聩、刚愎自用的李尔王一手导演的一个人间悲剧①。在英国伊丽莎白一世女王时代（Elizabethan Age），新教教徒为了表示对政府的忠诚，拒绝履行吃鱼仪式。因此，"不吃鱼"（to eat no fish）表示"忠诚可靠"的含义。莎士比亚（1564—1616年）正是生活在这个时代，他的剧作也不可避免地反映出这个时代的一些特征。《李尔王》第一幕第四场，在奥本尼公爵（the Duke of Albany）府中厅堂里，肯特伯爵（Earl of Kent）是一个对国王忠心的人，他隐去本来面目，跑来见李尔王。李尔王问："你是干什么的，你来见我有什么事？"肯特回答说："你瞧我像干什么的，我就是干什么的；谁要信任我，我愿尽忠服侍他；谁要是居心正直，我愿意爱他；谁要是聪明而不爱多说话，我愿意跟他来往；我害怕法官；逼不得已的时候，我也会跟人家打架；我不吃鱼。"（I do profess to be no less than I seem, to serve/him truly that will put me in trust; to love him/that is honest, to converse with him that is wise, / and says little, to fear judgment, to fight when I/cannot choose, and to eat no fish.）由此形成的成语"不吃鱼"（to eat no fish）被用来喻指诚实可靠的人。

[运用] He east no fish and plays the game. 他忠诚可靠，很守规矩。

Frank is a man eating no fish, so we can believe in him. 弗兰克是个诚实的人，我们可以信任他。

---

① 参阅199. 考狄利娅的礼物。

47. 不丢给狗一句话

[词语] not have a word to throw at a dog

[含义] 不理人；不与人说话；不开口；绷着脸

[趣释]〔英国剧作〕典出英国剧作家威廉·莎士比亚（William Shakespeare）的剧作《皆大欢喜》（*As You Like It*）①。该剧是莎士比亚有代表性的喜剧之一，剧中有三条主要线索：其一是老公爵被其弟弟弗莱德里克（Duke Frederick）篡夺爵位，其二是老公爵的女儿罗瑟琳（Rosalind）和弗莱德里克的女儿西莉娅被流放，其三是青年奥兰多（Orlando）被哥哥奥列弗（Oliver）夺去产业。三条线的正面人物最后都在流放地亚登森林（Forest of Arden）里会合，恶人悔改，公爵复位，有情人结成终身伴侣。该剧第一幕第三场，在宫中一室里。堂姐罗瑟琳生气，不愿说话。西莉娅说："喂，姐姐！喂，罗瑟琳！爱神哪！没有一句话吗？"罗瑟琳生气地说："连可以丢给狗的一句话也

没有。"(Not one to throw at a dog.)西莉娅说:"不,你的话太宝贵了,怎么可以丢给贱狗呢?丢给我几句吧。来,讲一些道理来叫我浑身瘫痪。"(No. thy words are too precious to be cast away upon curs, throw some of them at me; come, lame me without reason.)后来,"不丢给狗一句话"(not have a word to throw at a dog)喻指不理人、不与人说话、绷着脸、不开口。

[运用] We didn't have a word to throw at a dog. 我们都绷着脸。

Her mother was inaccessibly entrenched in a brown study; her father contemplating fate in the vinery. Neither of them had a word to throw at a dog. 她母亲在呆呆地出神,简直对她不理不睬;她父亲则在葡萄藤温室里生闷气,两个都死不开口。

---

①参阅302.肉和酒。

48. 不合一般人口味的鱼子酱

[词语] caviar to the general

[含义] 超越普通人理解或欣赏水平的好东西;高雅而不投俗好的逸品;曲高和寡

[趣释] 〔英国剧作〕典出英国剧作家威廉·莎士比亚(William Shakespeare)的剧作《哈姆雷特》(*Hamlet*)①。该剧是一部充满血腥、暴力和死亡的悲剧经典作品,讲述丹麦王子哈姆雷特为父报仇的故事。该剧第二幕第二场,在城堡一室。为证实父王确为叔父、现任国王克劳狄斯(Claudius)所谋害,哈

姆雷特特地请来戏班到宫中演出他亲自编导的活报剧。哈姆雷特要其中一个演员来一段激昂慷慨的剧词，试试他们的本领。演员问："殿下要听哪一段？"哈姆雷特说："我曾经听过你向我背诵过一段台词，可是它从来没有上演过；即使上演，也不会有一次以上，因为我记得这本戏并不太受大众的欢迎。它不是合一般人口味的鱼子酱。"（I heard thee speak me a speech once, but it was/never acted; or if it was, not above once; for the/play, I remember, pleased not the million; it was/caviar to the general...）文中的caviare意为"鱼子酱"，是新鲜带血的鲟鱼子用盐水腌渍制成。它是一种珍贵的美味品，一般人不易尝到。莎士比亚用"不合一般人口味的鱼子酱"（caviar to the general）来比喻超过普通人理解或欣赏水平的好东西、高雅而不投俗好的逸品、曲高和寡的东西，相当于中文的"阳春白雪"。

[运用] The play was caviar to the general. 这出戏太高雅了。

Though more popular than it used to be, this opera is still caviar to the general. 这出歌剧虽然比过去通俗些，但仍是阳春白雪，曲高和寡。

His poetry is appreciated by experts, but it is caviar to the general. 他的诗受到行家的赞赏，但多数民众欣赏不来。

---

①参阅150.哈姆雷特。

49. 不同毛色的马

[**词语**] a horse of a different colour
　　　　a horse of another colour

[**含义**] 完全另外一回事；迥然不同

[**趣释**] 〔英国剧作〕典出英国剧作家威廉·莎士比亚（William Shakespeare）的剧作《理查三世》（*King Richard III*）①。该剧是一部接近悲剧的历史剧，英格兰王理查三世是爱德华四世（Edward IV）的弟弟，他在位时间为1483年至1485年，是分支约克家族（House of York）成员，也是金雀花王朝（House of Plantagenet）的最后一位国王。莎士比亚通过严谨的情节结构和细致的心理描写，成功地刻画了一个暴君的形象。在与里士满伯爵（Earl Richmond）、亨利都铎（Henry Tudor）交战中，理查三世被叛变的部下所杀。该剧第五幕第四场，在波斯委战场（Bosworth field）的另一方，理查三世在战斗的关键时刻摔下马来，他看着自己的马惊跑了，急得大叫："一匹马！一匹马！我的王位换一匹马！"（A horse! A horse! My Kingdom for a horse!）他喊得声嘶力竭，没有一个人理睬，只有一匹毛色不同的马（a horse of a different colour）出现在理查三世的面前，它全身灰白，骑手已死。也有人认为，这个成语可能起源于赛马。有个公主非常喜欢看赛马，有一回她以为自己心爱的马输了，很是丧气，没想到抬头再看时，才发现刚才看错了马，她所喜欢的马依然保持领先。于是，她惊喜地叫了起来："Oh, but that is a horse of another colour!"（噢，原来那是另一种毛色的马。）今天，这两个意思相同的有关"马"的成语，其本义已基本丧失而用其喻义：表示另一回事、迥然不同。表示"完全是同一回事""完全相同"时，用 a horse of the same colour.

［运用］Judy has a tender personality, but her sister Susan is a horse of another colour.朱蒂个性温柔，而她的姐姐苏珊的个性则与她截然不同。

Don't trust what Jason has said. The truth is a horse of a different colour.别信杰森说的，事情真相完全是另一回事。

Anyone can be broke, but to steal is a horse of different colour.每个人都可能落到身无分文的地步，但偷窃完全是另一回事。

His mother is the mildest in the family, but his father is a horse of another colour.他的母亲是家中最和善的人，而他父亲却迥然不同。

---

①参阅218.理查二世。

50.不幸的事总是接踵而来

［词语］Misfortunes never come singly/alone.
　　　　One misfortune calls up another.

［含义］祸不单行

［趣释］〔英国剧作〕典出古罗马喜剧作家普卢图斯（Plautus）的剧作《一罐金子》（*The Pot of Gold*）中。然而英国剧作家威廉·莎士比亚（William Shakespeare）在他的剧作《哈姆雷特》（*Hamlet*）①中用不同的字眼表达了相同的意思。《哈姆雷特》具有复仇悲剧的基本特点，但它的意义却远远超出传统的复仇剧。对于深受人文主义理想熏陶的丹麦王子哈姆雷特来说，弟篡兄位、夺嫂为妻、父死母嫁、叔嫂通婚这一连串叛

逆与乱伦，引起他对人类美好世界的怀疑和对人类善良观念的动摇。于是，个人悲剧变成了社会悲剧。该剧第四幕第五场，在艾尔西诺（Elsinore），城堡一室中，奥菲利娅（Ophelia）因为父亲被杀而精神失常，国王克劳狄斯（Claudius）说："啊，乔特鲁德，乔特鲁德！不幸的事总是接踵而来，第一是她父亲被杀，然后是你儿子的远别，他闯了这样的大祸，不得不亡命异国，也是自取其咎。"（...O Gerturde, Gertrude, /When sorrows come, they come not single spies/But in battalions. First her father slan; /Next your son gone; and he most violent anthor/Of his own just remove）谚语"不幸的事总是接踵而来"（Misfortunes never come singly/alone.）及其类似的几种表达都被用来形象地形容祸不单行。

[运用] Blessings never come in pairs; misfortunes never come singly. 福无双至，祸不单行。

Misfortunes never come singly. When it rains it pours. 屋漏又逢连阴雨。

Misfortunes never come singly, two unfortunate matters happened to him in tandem. 真是祸不单行，两件倒霉的事同时发生在他身上。

---

①参阅150.哈姆雷特。

51. 不值一枚针的费用

[词语] not set/value sth. at a pin's fee
[含义] 把事物看得一文不值；毫不重视某事物
[趣释]〔英国剧作〕典出英国剧作家威廉·莎士比亚

（William Shakespeare）的剧作《哈姆雷特》（*Hamlet*）[①]。丹麦王子哈姆雷特在德国威登堡大学接受教育，因父王去世，他怀着沉痛的心情回到丹麦京城艾尔西诺（Ebinore）。而父王刚去世不久，母后乔特鲁德（Gertrude）又要与新王、哈姆雷特的叔父克劳狄斯（Claudius）结婚，这使得他更感难过。父王的鬼魂（The Ghost）告诉他，杀死自己的凶手正是弑君篡位娶嫂的新王克劳狄斯，于是哈姆雷特伪装疯癫，开始了自己的复仇计划。该剧第一幕第四场在城堡露台上，在密友霍拉旭（Horatio）、马西勒斯（Marcellus）的陪同下，哈姆雷特准备和父王的鬼魂会面。霍拉旭和马西勒斯提醒哈姆雷特，对鬼魂要有礼貌，当它招呼你到一个僻远的所在区的时候，千万不要跟去。哈姆雷特说道："嘿，怕什么呢？我把我的生命看得不值一枚针；至于我的灵魂，那是跟它自己同样永生不灭的，它能够加害它吗，它又在招呼我前去了，我要跟它去。"（Why, what should be the fear? /I do not set my life in a pin's fee; /and for my soul, what can it do to that, /Being a thing immortal as itself? It waves me forth again: I'll follow it.）由此而出的"把某事物看作不值一枚针的费用"（not set/value sth. at a pin's fee）被用来喻指毫不重视某事物，把某事物看得一文不值。

[运用] He does not value the rumour at a pin's fee. 他丝毫不把谣言放在心上。

She doesn't set her husband's job at a pin's fee. 她把丈夫所干的活看得一文不值。

---

①参阅150.哈姆雷特。

52. 布朗、琼斯、罗宾逊

[词语] Brown, Jones and Robinson

[含义] 英国中产阶级的典型；任何普通英国人

[趣释]〔英国散文〕典出19世纪90年代英国伦敦幽默画杂志《笨拙》（*Punch*）周刊上刊登了理查德·多亚尔所画的布朗、琼斯和罗宾逊这3个英国人在欧洲大陆旅游历险的故事。漫画嘲讽英国中产阶级的笨拙、保守、庸俗、放肆、自负和势利。而漫画对无文化者的粗野嘲笑本身就是维多利亚式势利的突出例子。后来，人们就用布朗、琼斯和罗宾逊来指英国的中产阶级。同时，又由于布朗、琼斯和罗宾逊是英国普通姓氏，据维基百科资料，在英国人前25名姓氏的排名中，琼斯（Jones）居第二名，布朗（Brown）居第五名，罗宾逊（Robinson）居第十二名。现在，成语"布朗、琼斯、罗宾逊"（Brown, Jones and Robinson）被用来指普通英国人或泛指任何英国人，相当于中文的张三、李四、王五。

53. 布雷牧师

[词语] the vicar of Bray

[含义] 两面派；随风转舵的人

[趣释]〔英国诗歌〕典出18世纪初英国广为流传的一首歌曲《布雷牧师》（*The Vicar of Bray*）。歌曲中所嘲讽的布雷牧师是英国英格兰南部伯郡（Bershire）布雷教区（Bary）的一个牧师。此人随波逐流，趋炎附势。他的最大特点是善于应变，见风使舵。在短短几十年里，这位布雷牧师按当政国王所信奉的教派来改变自己的宗教信仰，两次信奉天主教，两次信奉新教，始

终保持不倒的地位。后来人们就用"布雷牧师"(the vicar of Bray)来喻指两面派、见风使舵的人。

[运用] Whoever is king, he will be the vicar of Bray.不论谁当国王,他都会见风使舵。

54. 布利丹的驴子

[词语] Buridan's ass
　　　　an ass between two bundles of hay

[含义] 优柔寡断的人

[趣释]〔法国寓言〕典出14世纪法国经院哲学家吉恩·布利丹(Jean Buridan)所发表的一个寓言故事。布利丹生于1300年,卒于1358年。他是亚里士多德(Aristotle)学派哲学家、逻辑学家和光学与力学方面的科学理论家。曾任巴黎大学教授、校长。在一次讨论自由问题时,他讲了这样一个故事:一头饥饿至极的毛驴站在两堆完全相同的草料中间,可它始终犹豫不决,不知道该先吃哪堆才好,结果活活被饿死了。后来,这个寓言故事中的"布利丹的驴子"(Buridan's ass)被人们用来喻指那些优柔寡断的人;"布利丹效应"(Buridan effect)被用来喻指决策中犹豫不决、难以决定的现象。马克思在《路易·波拿巴的雾月十八日》中指出:"当时山岳党所处的地位就像布利丹的驴子一样,不同的地方只在于不是要在两堆干草之间决定哪一方诱惑力更大,而是要在两顿棒打之间决定哪一方更痛一些。"同出一源的典故an ass between two bundles of hay(两捆干草之间的驴子)也被用来喻指优柔寡断的人。

55. 擦神灯

[词语] to rub the lamp

[含义] 心想事成；很容易实现自己的愿望

[趣释]〔故事传说〕典出阿拉伯民间故事集《一千零一夜》(*The Thousand and One Nights*)[①]中的故事《阿拉丁的神灯》(*Aladdin's Lamp*)[②]。"阿拉丁"（Aladdin）为阿拉伯人名，意为"信仰的尊贵"。阿拉丁是一个只知吃喝玩乐的穷小孩。一次偶然的机会，在一个神巫的引诱下，他得到一只魔戒和一盏神灯。魔戒可以保护他免受伤害，神灯可以召唤神仆巨魔帮他实现愿望。每当他有欲望而摩擦神灯时，巨魔就立刻出现在他眼前。阿拉丁要饭食，巨魔用金银器皿捧来吃的；他要娶苏丹王的女儿巴德罗巴朵尔（Badrou badour）公主，巨魔帮他实现苏丹王提出的条件：送去大量的金银财宝、修建一座美轮美奂的宫殿。后来，人们就用"擦神灯"（to rub the lamp）来比喻心想事成，很容易实现的愿望。

---

①参阅358.天方夜谭。　②参阅6.阿拉丁的神灯。

56. 草丛中的蛇

[**词语**] a snake in the grass

[**含义**] 隐藏的敌人；潜在的危险

[**趣释**] 〔古罗马诗歌〕典出古罗马诗人维吉尔（Virgil）的诗作《牧歌》（*Eclogues*）。维吉尔的拉丁文全名是普布留斯·维吉留斯·马罗（Publius Vergilius Maro），他于公元前70年生于阿尔卑斯山南麓曼图亚附近的安得斯村（the village of Andes near Mantua），卒于公元前19年。他在家乡受过基础教育后，到罗马和南意大利，攻读哲学、数学、医学。公元前44年回到家乡，一边务农，一边从事诗歌创作。他是罗马奥古斯都时期（Augustan Age）最重要的诗人。

维吉尔

他的重要著作有长诗《牧歌》、《维吉尔附录》（*Appendix Vergilian*）、《农事诗》（*The Georgics*），史诗《埃涅阿斯纪》（*Aeneid*）。《埃涅阿斯纪》长达12册，是代表罗马帝国文学最高成就的巨著。他被罗马人奉为国民诗人，被当代乃至后世广泛认为是古罗马最伟大的诗人，世界文学史上最伟大的文学家之一。《牧歌》又译《牧歌集》，是一部以乡间生活为题材的田园诗，共有10首诗组成。古罗马诗人贺拉斯（Horace）[①]评价这本诗集说："维吉尔诗中的柔和机智，是缪斯的赠予。"当时剧院演员要朗诵《牧歌集》中的诗句，全体观众纷纷起立，以示对诗人的尊敬。在其中一首诗中谈到Latet anyuis in herbe（草丛中的毒蛇），意指隐藏的虚伪的敌人、潜在的危险。由此而来的成语"草丛中的蛇"（a snake in the grass）也用来喻指隐藏的敌人、潜在的危险。

[运用] I thought he was a snake in the grass. 我认为他是个潜伏的敌人。

Don't trust him, he looks honest but he's a snake in the grass. 别相信他，他看起来很老实，其实极其阴险。

He is a snake in the grass. While pretending to be your friend he was slandering you behind your back. 他是个暗敌，表面上装作你的朋友，背地里却在诽谤你。

---

①参阅59.从鸡蛋到苹果。

57.苍蝇和蜜糖

[词语] the flies and honey-pot

[含义] 因小失大；贪婪是灾祸的根源

[趣释]〔古希腊寓言〕典出《伊索寓言》（Aesop's Fables）①中的《苍蝇和蜜糖》。寓言说，一个管家在屋子里打翻了一罐蜜糖，一群苍蝇便飞去饱餐起来。蜂蜜实在是太甜美了，它们舍不得走，不知不觉就把脚放入蜜糖里。可是，它们的脚被蜜粘得牢牢的，再也飞不起来。它们后悔不已，快断气的时候说："我们真是一群大傻瓜！为了一时的享受和贪欲而送掉了自己的性命。""苍蝇和蜜糖"（the flies and honey-pot）后来被用来提醒人们，不要因小失大，贪欲是灾祸的根源。

---

①参阅233.驴子和狼。

58. 聪明的蠢人好过愚蠢的聪明人

[**词语**] Better a witty fool than a foolish wit.

[**含义**] 宁为聪明的愚夫，不做愚蠢的才子；与其做愚蠢的智者，不如做聪明的傻瓜

[**趣释**] 〔英国剧作〕典出英国剧作家威廉·莎士比亚（William Shakespeare）的剧作《第十二夜》（*Twelfth Night*）①。聪明的傻瓜知道自己傻，有自知之明，当然要比那种愚蠢的"智者"要好得多，因为后者实质愚蠢却要充当智者，胡言乱语，害人害己。浪漫喜剧《第十二夜》的故事情节主要由一明一暗两条线贯穿而成。明线是薇奥拉（Viola）在公爵府的所作所为，暗线是剧中前一部分一直未曾露面的薇奥拉的孪生兄长西巴斯辛（Sebastion）的出现与爱情。其中明线还连着薇奥拉女扮男装，托比（Toby）、玛利娅（Maria）、小丑（Feste）对管家马伏里奥（Malvolio）②的戏弄，托比对安德鲁（Andrew）的蒙骗等喜剧情节，环环相扣，跌宕曲折。在该剧第一幕第五场，奥丽维娅（Olivia）宅中一室，小丑和侍女玛利娅两个斗嘴，玛利娅生气地说："闭嘴，这个坏蛋，别胡说了，小姐来啦，你还是好好想个推托来。"小丑说："才情呀，请你帮我好好地装一下傻瓜！那些自负才情的人，实际往往是傻瓜；我知道自己没有才情，因此也许可以算做聪明人，昆那拍勒斯怎么说的？'与其做愚蠢的智人，不如做聪明的愚人'。"（Wit, an't be thy will, put me into good fooling! /Those wits, that think they have thee, do very oft/prove fools; and I, that am sure I lack thee my/pass for a wise man for what says Quinapalus? / Better a witty fool than a foolish wit.）由此形成的谚语"聪明的蠢人好过愚蠢的聪明人。"（Better a witty fool than a foolish wit）被用来说明，宁为聪明的愚夫，不做愚蠢的才子。

　　注：“昆那拍勒斯"（Quinapalus）似为剧作者杜撰的人名。

---

①参阅126.糕饼和麦酒。　　②参阅241.马伏里奥。

59. 从鸡蛋到苹果

　　[词语] from the egg to the apple
　　[含义] 从开始到结束；从头到尾；自始至终
　　[趣释]〔古罗马诗歌〕典出古罗马诗人贺拉斯（Horace）的《讽刺诗集》（*The Satires*）①。贺拉斯（又译贺瑞斯）生于意大利南部边境小镇，是古罗马诗人、批评家。他的美学思想见于诗体长信《诗艺》（*Ars Poetica*）。他认为诗的任务是秉承神旨指导人生。在模仿自然时允许虚构，但须合乎情理，切近真实。虚构的目的在引人喜欢，寓教于乐。他认为戏剧须保持结构一贯，人物的性格、年龄、语言相一致。从而构成一个有机整体以体现和谐。剧本的情节效果比道白效果更重要。以五幕三演员为相宜。按照上述目的和途径，诗和戏剧才能实现其最高品质。贺拉斯在西方古代美学思想史上占有重要地位，其影响仅次于亚里士多德（Aristotle）和柏拉图（Plato）。他曾是奥古斯都（Augustus）的宫廷诗人，著作颇丰，其中《讽刺诗集》2卷，为早期作品。他自称继承了罗马讽刺诗传统，但他的讽刺诗缺少政治色彩，主要进行道德说教，以闲谈形式嘲笑吝啬、贪婪、欺诈、淫靡等各种恶习。在一首讽刺诗中他谈到Ab ovo usque mata（从鸡蛋到苹果），这是古罗马人传统的用膳顺序：先吃鸡蛋，最后吃苹果。后来，"从鸡蛋到苹果"（from the egg to the apple）这句话被用来喻指从开始到结尾、自始至终。

[运用] She supported him from the egg to the apple. 她自始至终都支持他。

I honoured him, I trusted him, and I loved him from the egg to the apple. 我敬重他，相信他，自始至终爱着他。

---

①参阅73.赤裸裸的真理。

60. 从匹克威克的意思上说

[词语] in a Pickwickian sense
[含义] 无伤大雅的戏谑；不必拘泥字面；无须太认真地解释
[趣释]〔英国小说〕典出英国作家狄更斯的小说《匹克威克外传》（*The Pickwick Papers*）①。狄更斯的全名是查尔斯·约翰·赫芬姆·狄更斯（Charles John Huffam Dickens）。他是英国维多利亚时期（Victoria era）著名的小说家，是英国19世纪最杰出代表作家，影响遍及欧美和世界各国。在《匹克威克外传》中，作者通过匹克威克及其至友的游历，暴露英国当时社会现实生活的黑暗，描绘了作者心目中古老美好的英格兰。在他轻松幽默的笔调描述下的各种人物，常常是笑话百出。因此，"从匹克威克的意思上说"（in a Pickwickian sense）就是指表面上似侮辱而实际是无伤大雅的戏谑，不必太拘泥字面或太认真地解释。

[运用] Lawyers and politicians daily abuse each other in a Pickwickian sense. 律师和政客们天天都在戏谑互骂。

These words are used in a Pickwickian sense. 这些词语不用于字面意思。

---

①参阅287.匹克威克。

61. 从咬你的狗身上拔根毛

[**词语**] Take a hair of the dog that bit you.
　　　　 a/the hair of the dog

[**含义**] 以毒攻毒；用酒来解醉

[**趣释**]〔英国小说〕"Take a hair of the dog that bite you."是一条古老的谚语，因而英、美等国家古老迷信认为，从咬过你的狗身上拔根毛烧成灰可以治愈咬伤。这个方法还类推到治醉酒：如果头一天喝威士忌喝醉，第二天早上仍十分难受，你不妨再从那"狗上拔根毛"，再喝它一杯威士忌，以便解醉。作家们在自己作品中提到这个谚语，使"从狗身上拔根毛"的观念世代相传。英国批判现实主义作家查尔斯·狄更斯（Charles Dickens）[①]在1841年发表的小说《巴纳比·拉奇》（*Barnaby Rudge*）中说："振作起来，狗咬了你，就拔它一根毛；酒喝多了，就再喝它一杯。"英国剧作家班·约翰逊（Ben Jonson）在1614年写道："约翰，昨天晚上我们几个喝得真痛快，今天要不要再照样来一杯？"（英文原文：Shall we pluck a hair of the same wolf today? 今天我还在同一匹狼身上拔根毛好吗？）在1888年的《底律自由报》（*Detroit Free Press*）刊载过下面这段有趣的对话："喂，史密斯，你看上去要比我想象的好多了。我还以为你因为那次失恋而彻底垮了呢。你是怎么过来的？"史密斯回答道："狗咬了我，就拔那咬我的狗一根毛，我爱上了另一个姑娘。"（英文原文是：Hair of the dog that bit me.I fell in love with another girl.）现在，谚语"从咬你的狗身上拔根毛"（Take a hair of the dog that bit you.）常被用来喻指以毒攻毒、用酒来解醉。

[**运用**] My stomach still feels wobbly; let's go over

to the pub and have a hair of the dog. 我的胃仍然感到是晃荡不定，我们去店里再喝杯解醉吧。

I am not surprised that you've got a headache this morning after last night's party. What you want is a hair of the dog that bit you. 去了昨晚的宴会，你今天早晨感到头痛，这是不足为奇的。你现在最需要的是解醉。

He poured out a large bumper of brandy, exhorting me to swallow "a hair of the dog that had bit me." 他倒了一大杯白兰地，劝我喝下这杯解醉。

---

①参阅60. 从匹克威克的意思上说。

62. 从永恒的观点出发

［词语］under the aspect of eternity

［含义］在永恒的方式下；从永恒的观点出发

［趣释］〔荷兰论著〕典出荷兰哲学家斯宾诺莎（Baruch Spinoza）的《伦理学》（*Ethics*），仿自拉丁文sub specie aeternitatis。斯宾诺莎生于1632年，卒于1677年，他后来改名为贝内迪特·斯宾诺莎（Benedictus Spinoza）。他出生于阿姆斯特丹（Amsterdam），是西方近代哲学史上重要的欧洲大陆理性主义者（rationalist），与法国的笛卡尔（Rene Descartes）①、德国的莱布尼茨（Gottfried Wilhelm Leibniz）齐名。斯宾诺莎也是唯物主义哲学家。他认为哲学的目的是求得人的最高的善和最高的幸福。现在，"从永恒的观点出发"（under the aspect of eternity）这句话被人们用来表示比起整个宇宙、整个人类来，任何事物都不过是次要的；人们不应该目光短浅，只看到眼

前和局部的利益。列宁在《社会民主党在民主革命中的两种策略》一文中指出："呈现在我们眼前的恰恰不是马上想为就共和制度奋斗的活人,而是一种sub specie aeternitatis(从永恒方面)用早已过时的观点来观察问题的僵硬的木乃伊。"

---

①参阅364.通向地狱的道路是用善良的愿望铺成的。

63. 从中国到秘鲁

[词语] from China to Peru

[含义] 从世界的一端到另一端;整个世界;遍天下;到处

[趣释]〔英国诗歌〕典出英国诗人塞缪尔·约翰逊(Samuel Johnson)的诗歌《人生希望多么空幻》(*The Vanity of Human Wishes*)。约翰逊又称约翰逊博士(Dr. Johnson)是英国历史上最有名的文人之一,他出生于一个书商家庭,从小博览群书,是英国诗人、评论家、散文家和辞典编写者。他的著名,不仅因为作品,还由于他谈吐机智隽永、强劲有力,在整个英国文学范围内,除莎士比亚外,要数他最为出名,文句被人引用最多。诗人在《人生希望多么空幻》这首诗开头运用本典故,表示要用"从中国到秘鲁"这么广阔的视野来观察人生。后来,"从中国到秘鲁"(from China to Peru)被人们用来喻指通天下、整个世界、到处、从世界的一端到另一端。

[运用] These hats are being worn from China to Peru. 这种款式的帽子到处都很时兴。

Happiness was from China to Peru when the cheering news came. 当令人振奋的消息传来后,快乐弥漫在各处。

It is the fact acknowledged from China to Peru. 这是整

个世界都承认的事实。

The invention of radio broadcasting meant that people from China to Peru could learn all the details of an event soon after it happened. 无线电广播的发明使世界各地的人民在一个事件发生不久，就能很快知道其详细情况。

64. 丛林法则

［词语］the law of the jungle

［含义］弱肉强食法则

［趣释］〔英国小说〕典出英国作家约瑟夫·鲁德亚德·吉卜林（Joseph Rudyard Kipling）写于1895年的《丛林故事续篇》（*The Second Jungle Book*）。吉卜林于1865年生于印度孟买（Bombay），卒于1936年。是英国短篇小说家、诗人、新闻记者。其作品在20世纪初期世界文坛产生过很大影响，1907年获诺贝尔文学奖。曾被授予英国爵士和英国桂冠诗人头衔，但都被他放弃。他在《丛林故事续篇》中描绘了丛林中的自然规律：每一种生物都必须为自身的生存而进行斗争，而这些斗争是残酷无情的。后来，人们用"丛林法则"（the law of the jungle）来比喻帝国主义对弱小民族的掠夺和弱肉强食现象。

［运用］May I remind you that here law and order means the law of the jungle. 我可要提醒你一句，在这儿法律与秩序就是弱肉强食。

It is the jungle law of capitalism. 这正是资本主义的弱肉强食规律。

This is a bitter lesson taught by the bloodshed resulting from the law of the jungle in different parts of the world. 这是世界各地弱肉强食的流血事件留给我们的教训。

According to the philosophy the basic law by which man must live in spite of his surface veneer of civilization is the law of the jungle.这种哲学认为,人类为生存而依仗的基本法则是弱肉强食,文明只是一种虚伪的外表。

65. 插上孔雀毛的乌鸦

[词语] a crow in peacock's feathers
  a jay who decked herself out in peacock's feathers

[含义] 讽刺攀龙附凤企图把自己打扮成重要人物的人；掩饰自己丑态,目空一切的可笑之人

[趣释]〔古希腊寓言〕典出《伊索寓言》（*Aesop's Fables*）①中的《插上孔雀羽毛的乌鸦》。寓言说,上帝要挑选一个最美丽的鸟来做飞禽之王,百鸟颇为兴奋。乌鸦也兴奋不已,它知道自己的天资,于是就把孔雀的羽毛披在身上,插在尾巴上,参加上帝的大选。结果,精心装扮的乌鸦被上帝选中,这使得百鸟大怒,把乌鸦披在身上的羽毛全拔了下来,让乌鸦原形毕露。这个寓言在拉封丹（*La Fontaine*）的寓言里也出现过。俄国的伊万·安德列耶维奇·克雷洛夫（Ivan Andreyevich Krylov）,于1825年所写寓言《乌鸦》更为流行。"插上孔雀毛的乌鸦"（a crow in peacock's feathers）后来被人们用来讽刺那些攀龙附凤企图把自己扮打成重要人物的人或掩饰自己丑态,目空一切实则十分可笑的人。俄国作家契诃夫（Anton Pavlovich Chekhov）在其小说《女人的王国》中写道："安娜老担心他们认为她骄傲,把她看作暴发户或是插了孔雀毛的乌鸦。"

---

①参阅233.驴子和狼。

66. 茶杯里的风暴

[**词语**] a storm in a teacup

[**含义**] 小题大做；大惊小怪

[**趣释**] 〔古罗马论著〕a storm in a teacup 译自法语。据《牛津词典》，这个成语最早来源于古罗马雄辩家西塞罗（Cicero）的著作《论法律》（*On the law*）。马库斯·图留斯·西塞罗（Marcus Tullius Cicero）是罗马共和国晚期伟大的作家、哲学家和政治家[①]，他在《论法律》中用过一句成语"在长柄匙里兴风作浪"（excitare fluctus in simpule），此后便出现 a storm in a cream-bowl（奶油碗里的风暴）、a strom in a wash-hand basin（洗手盆里的风暴）等，尽管比喻不同，都表示小事引起轩然大波。据法国作家巴尔扎克（Balzac）讲述，"茶杯里的风暴"（storm in the teacup）可能出自法国哲学家和思想家孟德斯鸠（Charles Louis de Secondat Montesquieu）的名言。据说有一次，他用"茶杯里的风暴"来比喻评论欧洲最小的共和国圣马力诺（San Marino）所发生的政治动乱。孟德斯鸠认为该国人口只有1万，那里的动乱对整个欧洲局势无足轻重。现在，"茶杯里的风暴"（a storm in the teacup）被用来比喻小题大做、大惊小怪。

[**运用**] She won't be angry for long; it's only a storm in a teacup. 她不会生气很久的，不过是小题大做而已。

"What is it all about?" "Nothing serious, just a storm in a teacup." "究竟是什么事呢？" "没什么，大惊小怪。"

He insisted that this action was a storm in a teacup. 他坚持认为这个行为有点小题大做。

The politician described the row over the incident as

a storm in a teacup. 这位政客把对这件事情引起的争吵描述为大惊小怪。

---

①参阅475.纸张不会脸红。

67. 茶花女

[**词语**] Camille/Camile

[**含义**] 妓女；交际花

[**趣释**]〔法国小说〕典出法国作家亚历山大·小仲马（Alexandre Dumas, fils）的第一部扬名文坛的力作《茶花女》（*Camile*）。小仲马是法国著名小说家亚历山大·大仲马（Alexandre Dumas, père）①与一名女裁缝卡特琳·拉贝（Marie-Catherine Labay）的儿子。《茶花女》这部小说所表达的人道主义思想，体现了人间的真情，人与人之间的关怀、宽容和尊重，体现了人性的爱，这种思想感情引起人们的共鸣，受到普遍的欢迎。茶花女是这部小说中的女主人公。她的真名叫玛格丽特（Marguerite Gautier），她花容月貌，从乡下来到巴黎开始了卖笑生涯。不久，她成了红极一时的交际花，随身的装扮总是一束山茶花，人称她"茶花女"（山茶花女士）。她沦为妓女后，终日与巴黎的贵人、公主们来往。一次偶然的机会，她结识了富家子弟阿尔芒（Armand）。阿尔芒诚挚的感情，激起了她对真正爱情生活的向往。但抱有阶级偏见的阿尔芒父亲，以为这种结合有辱门庭，影响儿子的前程，便亲自出面迫使她离开阿尔芒。阿尔芒误以为她有意抛

小仲马

弃他，多次寻机报复。玛格丽特备受疾病和悲痛的双重折磨，终于含恨离开人世。《茶花女》是小仲马第一部扬名文坛的力作，曾多次被改编成歌剧和电影。人们常用"茶花女"（Camille）来喻指妓女、交际花。

---

①参阅86.大家为一人，一人为大家。

68. 查尔斯国王的头

[词语] King Charles's head

[含义] 萦绕于心难以排除的事物；摆脱不了的思想；不断在某人谈话中出现的话题

[趣释]〔英国小说〕典出英国作家狄更斯（Dickens）的小说《大卫·科波菲尔》（*David Copperfield*）。查尔斯·狄更斯（Charles Dickens）生于1812年，卒于1870年，是19世纪英国批判现实主义作家，为英国批判现实主义文学的开拓和发展做出了卓越的贡献①。《大卫·科波菲尔》是狄更斯的第8部长篇小说，写于1849年至1850年间，被狄更斯称为"心中最宠爱的孩子"。全书分20个部分逐月发表，采用第一人称叙事手法，其中融进了作者本人的经历。小说讲述主人公大卫·科波菲尔由一个孤儿，成长为一个具有人道主义精神的资产阶级民主主义作家的过程。他善良诚挚，聪明好学，有自强不息的勇气和百折不回的毅力，在逆境中满怀信心，在顺境中加倍努力，终于获得了成功和家庭的幸福。小说以"我"的出生为源，将朋友的真诚与阴暗、爱情的幼稚与冲动、婚姻的甜美与琐碎、家人的矛盾与和谐汇聚成一条溪流，在生活与命运的河床上缓缓流淌，最终融入宽容、壮丽的大海。小说语言诙谐风趣、妙语连珠，朴实简短的语句将人物性格及其复杂心理刻画

得入木三分。小说中的狄克先生（Mr.Dick）是一个智力有缺陷的人，他一天到晚疯疯癫癫，傻想1649年被斩首处决的查尔斯一世国王（King Charles I）的事，脑海中老是浮现查尔斯国王的头像（King Charles's head），说话、写东西总离不开这码事。后来，人们将King Charles's head（查尔斯国王的头）用来比喻萦绕于心难以排除的事物，摆脱不了的思想，不断在某人谈话中出现的话题。

[运用] It is a King Charles's head with him. 这件事一天到晚缠绕着他，他一开口就要谈到它。

He talks about nothing but money—it's becoming a King Charles's head! 他一开口就谈钱，这已成了他挂在嘴边的话题。

---

① 参阅60. 从匹克威克的意思上说。

69. 朝某人咬大拇指

[词语] to bite one's thumb at sb.

[含义] 侮辱某人；看轻某人；蔑视某人

[趣释]〔英国剧作〕典出英国剧作家威廉·莎士比亚（William Shakespeare）的剧作《罗密欧与朱丽叶》（*Romeo And Juliet*）①。《罗密欧与朱丽叶》是莎士比亚著名剧作之一，充分体现了作者早期的人文主义思想。它虽然是悲剧，但整个作品又与作者同时期的喜剧相通。人物形象鲜明生动，剧情既单纯又曲折。其中罗密欧和朱丽叶在月夜阳台的抒情对话，一直被后人奉为赞美青春与爱情的经典颂歌。该剧第一幕第一场，在维洛那（Verona）广场，凯普特莱（Capulet）家族的桑普森（Sampson）和葛雷古利（Gregory）两个仆人在谈论勇敢，不受蒙太古（Montague）家族的人欺辱。他们看见蒙太古家族的仆人亚伯拉罕（Abraham）和罗密欧的随从鲍

尔萨泽（Balthasar）走过来时，桑普森对葛雷古利说："好瞧他们有没有胆。我要向他们咬我的大拇指，瞧他们能不能忍受这样的侮辱。"（I will bite my thumb at them; which is disgrace to them, if they bear it.）后来，"朝某人咬大拇指"（to bite one's thumb at sb.）表示侮辱某人、看轻某人、蔑视某人。

---

①参阅32.白天点灯。

70. 车轮上的苍蝇

［词语］a fly on the wheel

［含义］妄自尊大的人；盲目自负的人；狂妄自大的人

［趣释］〔古希腊寓言〕典出《伊索寓言》（Aesop's Fables）①中的《车轮上的苍蝇》。寓言说，一辆马车驶过大路，扬起滚滚尘土。一只苍蝇趴在车轴上说："瞧，我扬起多大的尘土哪！"这个寓言告诉人们，有些自以为了不起的人，其实是十分渺小的人。后来，"车轮上的苍蝇"（a fly on the wheel）被用来喻指一个"妄自尊大"的人。

［运用］He was only a fly on the wheel.他只不过是车轮上的苍蝇，妄自尊大。

Both of you were only flies on the wheel.你们俩都不过是狂妄自大的家伙。

注：成语"压碎车轮上的苍蝇"（to break /crush a fly on the wheel）意为"小题大做""瞎费力气"。例如：

She could not help thinking that he was breaking a fly on the wheel.她不禁认为他是在小题大做。

---

①参阅233.驴子和狼。

71. 诚实的人是上帝创造的最佳作品

[词语] An honest man's the noblest work of God.

[含义] 诚实是一种最高贵的品德

[趣释]〔英国散文〕典出英国诗人亚历山大·蒲柏（Alexander Pope）的《人论》（*An Essay on Man*）第一章第1734行。蒲柏生于1688年，卒于1744年，是18世纪英国最伟大的诗人。他出生于一个罗马天主教家庭，从小在家自学而没有上过学。他学习了拉丁文、希腊文、法文和意大利文的大量作品。他幼年患过结核性脊椎炎，造成驼背，身高不超过1.37米，56岁去世。他23岁出版的诗集《批评论》（*An Essay on Criticism*），其中许多名句已经成为成语。英国《牛津语录词典》收录了蒲柏212条精辟的语录。他翻译了荷马（Homer）史诗《伊利亚特》（*The Iliad*）和《奥德赛》（*The Odyssey*），使他稳居英国桂冠诗人的宝座。他的代表作《人论》是一部长篇哲理诗，共分4章。其中有许多名句，如："凡存在的都是合理的"，为后人经常引用的名言，为现实存在的一切辩护。名句"诚实的人是上帝最高尚的作品"（An honest man's noblest work of God.）成为谚语，被用来形容诚实是一种高尚的品德。英国作家狄更斯（Charles Dickens）在其作品《马丁·瞿述伟》中写道："你知道诗人是怎样议论诚实人吧？诚实人是一件天下少有，可以不花钱白看的伟大作品！"

72. 吃韭菜

[词语] to eat the leek
to swallow the leek

[**含义**] 被迫忍受侮辱；忍气吞声；被迫收回自己的话

[**趣释**]〔英国剧作〕典出英国剧作家威廉·莎士比亚（William Shakespeare）的剧作《亨利五世》（*King Henry Ⅴ*）。莎士比亚根据英格兰王亨利五世的生平，于1599年创作了这部历史剧，着重描写百年战争（Hundred Years'War）期间的阿金库尔战役。年轻的亨利五世长于谋略，善于用兵，深得部属爱戴。由于不甘受法国王子的侮辱，他出兵法国，远征艾吉宫战场。凭着过人的勇气，他率领王公贵族及市井小民在大战中击溃法军，逼法王签下和约，成为法国王位继承人，并娶法国公主凯瑟琳（Katharine）为妻。该剧第五幕第一场，在法国英军的阵地上，上尉弗鲁爱林（Captain Fluellen）帽子上插着韭菜，原来毕斯托尔（Pitol）拿了面包、盐和韭菜给他，硬要他把韭菜吃下去。在英国，韭菜是不值钱的东西，而且还有股臭味，生吃韭菜意味受侮辱。他看见人多，怕闹起来不好，不跟他计较。过了些时候，毕斯托尔来了之后，弗鲁爱琳拿着棍子逼他把韭菜吃下去。毕斯托尔骂道："下贱的外国蛮子，你难逃一死！"弗鲁爱琳说："……来吧，这儿给你加点酱油。（又是一棍）昨天你叫我'山里的绅士'，今天我就请你做一个'矮人绅士'吧（一棍子把他打倒），我请求你别客气。你居然能取笑韭菜，那你也能把韭菜一口吃掉。"（If you can mock a leek, you can eat a leek.）后来，"吃韭菜"（to eat/swallow the leek）被用来喻指忍气吞声、被迫忍受侮辱、被迫收回自己的话。

[**运用**] It serves you right if he did make you eat the leek in public; you should not be so boastful. 如果他要你当众收回海口，那你也活该；你本不该那样自吹自擂。

She was too poor then and had to eat the leek. 当时她太穷只得忍受屈辱。

73. 赤裸裸的真理

[词语] the naked truth

[含义] 赤裸裸的真相；毫无虚饰的真理

[趣释]〔古罗马诗歌〕典出古罗马诗人贺拉斯（Horace）的《颂歌》（*The Odes*）。贺拉斯的罗马全名为Quintus Horatius Flaccus。他出身于意大利南部小奴隶主家庭，去罗马求过学，后到雅典深造。任过军团指挥，后成为奥古斯都（Augustus）的宫廷诗人。诗歌作品有《讽刺诗》（2卷）[①]、《长短句集》《歌集》（4卷）、《世纪之歌》、《书札》（2卷）。贺拉斯的《歌集》前3卷发表于公元前23年，共88首，大部分为抒情诗，第3卷第1至6首又称罗马颂歌，赞扬奥古斯都和在他统治下的罗马复兴，风格典雅庄重。《歌集》第4卷发表于公元前13年，共15首，内容对奥古斯都的颂扬更多。贺拉斯在《颂歌》中说"Nuda veritas"（大意是：真理无须掩饰）。一般人认为，这个典故与古代欧洲的一个寓言故事有直接关系。寓言说，从前"真理"（Truth）和"虚假"（Falsehood）一起去游泳。"虚假"先出水，穿了"真理"的衣服。清高的"真理"拒绝穿"虚假"的冒牌衣服，很有骨气地走了。故有赤裸裸的真理之说。"赤裸裸的真理"（the naked truth）被用喻指毫无虚饰的真理、赤裸裸的真相。

贺拉斯

[运用] A witness under oath is expected to tell the the naked truth. 希望发过誓的证人讲出真相来。

The naked truth is the plain truth without ornament. 赤裸裸的事实是指那些不加任何修饰的显而易见的事实。

A bare assertion is not necessarily the naked truth. 坦率的主张未必就是坦白的事实。

Seeing is believing; feeling is the naked truth. 眼见实为信,感知方为真。

---

① 参阅59. 从蛋到苹果。

74. 重新估价一切价值

[词语] transvaluation of values

[含义] 改变对一切事物的看法；改变过去的信仰和观念

[趣释]〔德国论著〕典出德国哲学家弗里德里希·威廉·尼采（Friedrich Wilhelm Nietzsche）的著作《权力意志——重估一切价值的尝试》。尼采是德国著名的哲学家，西方现代哲学的开创者，卓越的诗人和散文家。他于1844年生于萨克森州（Sachsen）的一个牧师家庭，中学时代对音乐感兴趣，他放弃了在大学攻读神学和古典语言学，后到莱比锡大学研读哲学。25岁时被聘为瑞士巴塞尔大学古典语言学教授。一生著作颇多。尼采最早开始批判西方现代社会，然而，他的学说在他的时代却没有引起人们的重视，直到20世纪，才激起深远的调门各异的回声。后来的生命哲学、存在主义、弗洛伊德主义、后现代主义等都以各自的形式回应采尼的哲学思想。2000年8月23日是尼采逝世100周年纪念日，希腊哲人说，有人是死后方生。尼采生前的影响只局限在欧洲几个小国不大的学术圈子里，他因此抱怨世人不理解他的哲学，他无不遗憾又颇自负地说，到了2003年，世人才能理解他学说的魅力和震颤力。尼采的学说被人歪曲和误解要超过他本人的想象力，世人对他毁誉有加，大起大落。尼采一生命

运不济，疾病缠身，终身未婚。他的主要著作有《悲剧的诞生》《不合时宜的考察》《查拉图斯特拉如是说》《偶像的黄昏》等。他的著作《权力意志》成书于1895年，但未完成，于1906年出版。尼采认为，人的本质就是权力意志，这是一种高级生命的意志，它不只是单纯地求生存，而是求权力、求强大、求优势、求自我超越。人生的本质就在于不断地表现自己、创造自己、扩张自己，用一句话来概括，就是发挥自己的权力。正是这种权力意志派生并决定了人生命过程中所有的一切，从各种肉体活动到精神活动都是权力意志的表现。仔细分来，权力意志又分为追求食物的意志、追求财产的意志、追求工具的意志、同化的意志，等等。尼采基于对作为权力意志的生命的信仰而重扬的道德，从本质上讲是一种反上帝的自然的道德。他毫不留情地揭示人性中被隐藏许久的追求权力与扩张的本性，将人的虚荣、鄙俗、平庸、伪善的一面都暴露在阳光下，让人无地自容。

［运用］He was not conscious of this transvaluation of values that had taken place in him, and was unaware that the light that shone in his eyes when he looked at her was quite the same light that shines in all men's eyes when the fires of love is upon him. 他并未意识到自己内心这种价值观的变化，也不曾意识到自己望着她时眼里所闪动的光跟一切男性爱欲冲动时的目光其实没有两样。

75. 踌躇顾虑

［词语］to give sb. pause
　　　　to give pause to sb.
［含义］使某人踌躇不前；使某人感到怀疑；使某人停顿

[趣释]〔英国剧作〕典出英国剧作家威廉·莎士比亚（William Shakespeare）的剧作《哈姆雷特》（*Hamlet*）[①]。《哈姆雷特》写的是丹麦王子为父报仇的故事。哈姆雷特为麻痹奸王克劳狄斯（Claudius），不得不伪装疯癫，暗中寻找时机。这引起了克劳狄斯的怀疑，他安排哈姆雷特的情人奥菲得娅（Ophelia）继续窥探。哈姆雷特的独白，到底是"生存还是毁灭"的精神搏斗，显示了他非同一般的内心痛苦。在该剧第三幕第一场城堡中的一室里，哈姆雷特一上场就做了长篇独白："……死了；睡着了；睡着了也许还会做梦；嗯，阻碍在这儿；因为当我们摆脱了这具朽腐的皮囊以后，在那死的睡眠里，究竟将要做些什么梦，那不能不使我们踌躇顾虑。（...For in that sleep of death what dreams may come, /When we have shuffled off this mortal coil, /Must give us pause...）人们甘心久困于患难之中，也就是为了这个缘故；谁愿意忍受世人的鞭挞和讥嘲，压迫者的凌辱，傲慢者的冷眼，被轻蔑的爱情的惨痛，法律的迁延、官吏的横暴和费尽辛勤所换来的小人的鄙视，要是他只要用一柄小小的刀子，就可以了此一生……"由此形成的英语成语"踌躇顾虑"（to give sb.pause）用来表示使人踌躇不前、使人感到怀疑、使人停顿。

[运用] The bad weather gave Miss Carter pause about driving to New York City.天气不好，卡特小姐拿不定主意，到底要不要开车去纽约。

The heavy monthly payments gave Mr. Smith pause in his plan to buy a new car.每个月很大的开销使史密斯先生对买辆新车的计划踌躇了一下。

The hazards of the move gave them pause.那行动的危险使他们犹豫。

These frightening statistics give us pause. 那惊人的统计数字把我们吓住了。

---

①参阅150.哈姆雷特。

76. 丑小鸭

[词语] the ugly duckling

[含义] 受人排挤的小人物；被人看不起的小人物；年幼时不好看，长大后才貌出众的人

[趣释]（丹麦童话）典出丹麦童话《丑小鸭》(*The Ugly Duckling*)。它是丹麦著名的童话作家、诗人汉斯·克里斯蒂安·安徒生（Hans Christian Andersen）于1844年所写的自传性作品，也是安徒生童话中著名的一篇。童话说，鸭妈妈孵出一只又大又丑的小鸭。可是，这个世界仿佛不欢迎这个小生命的到来。这只丑小鸭一降临尘世，就到处挨打、受排挤、被讥笑。坏的命运一直追随着它，使它窒息，茫茫尘世似乎没有它的容身之地。但丑小鸭没有屈服，为摆脱不公平命运的摆布，它顶着种种嘲弄冷遇，展开双翅去寻找自己理想的世界。后来，它终于闯进一座美丽的大花园，看到三只洁白的天鹅径直朝它游来，丑小鸭勇敢地迎上去。它情愿被天鹅弄死，也不想再受别人的歧视。当它游到天鹅的身边时，它发现自己也变成了一只美丽的白天鹅！童话《丑小鸭》的故事告诉人们，在人生中不管遇到什么样的困难，只要像小丑鸭一样不自卑，勇敢地为自己的理想去拼搏、去奋斗，那么心中的梦想就一定会变为现实，丑小鸭总有一天会成为美丽的天鹅。现在，人们常用"丑小鸭"（the ugly duckling）来喻指被人排挤的小人物。俄国作家高尔基

（Gorki）在小说《我的大学》中写道："你知道《丑小鸭》的故事吗？……我像你这样的年纪时也曾想过，我会不会变成一只天鹅。"

[运用] Mary was the ugly duckling in her family until she grew up. 玛丽在家中是个丑小鸭，直到长大后才变好看。

The ugly duckling finally turned into a beautiful swan. 丑小鸭终于变成美丽的天鹅。

Right now we look like an ugly duckling compared with our peers. 与一些同行相比，我们现在就像一只丑小鸭。

When I still was an ugly duckling, I never dreamed of so much happiness. 当我还是一只丑小鸭的时候，我做梦也没有想到会有这么多的幸福。

77. 穿麻衣的人

[词语] men in buckram

[含义] 凭空捏造实际并不存在的人

[趣释]〔英国剧作〕典出英国剧作家威廉·莎士比亚（William Shakespeare）的剧作《亨利四世》（*King Henry Ⅳ*）上篇①。该剧是莎士比亚历史剧中最成功的一部，也最受人们的欢迎。主要讲述亨利四世和他的王子们与反叛的诸侯贵族进行殊死斗争的故事，这部剧作被视为是莎士比亚历史剧的代表作。该剧第二幕第四场，在依斯特溪泊野猪头酒店（the Boar's Head Tavern）一室内，福斯塔夫（Falstaff）②向王太子信口开河，吹牛说自己如何英勇地和袭击他的人格斗，一会儿说有4个穿麻衣的对手，一会儿又说7个，越说越多。其实袭击他的人正是亨利王太

子及其仆从,他们是化了装专门来捉弄他的。后来,人们借他胡诌的"穿麻衣的人"(men in buckram)来比喻凭空捏造实际并不存在的人物。马克思在《议会新闻:格莱斯顿的发言》一文中说:"凡是了解笃信宗教保护者的勾当的人都不会怀疑,格莱斯顿像福斯泰夫一样,把6000个穿麻衣的人变成30000人。"

---

①参阅187.谨慎是勇敢的要素。　②参阅116.福斯塔夫。

78. 船沉鼠先逃

[词语] Rats desert a sinking ship.

　　　　Rats forsake/leave a sinking ship.

[含义] 船沉鼠搬家,树倒猢狲散

[趣释]〔英国剧作〕典出英国剧作家威廉·莎士比亚(William Shakespeare)的剧作《暴风雨》(*The Tempest*)①。该剧是莎士比亚所完成的最后一部戏剧,堪称巅峰之作。作者借普洛斯彼罗(Prespero)折断魔棒时的肺腑之言所表达出的对艺术的挥别之情,感动了无数的观众和读者。该剧深受广大读者和学者的喜爱,进行了多角度、多样化的深入研究。该剧第一幕第二场,在岛上,普洛斯彼罗洞室的前面,他向女儿米兰达(Miranda)讲述自己狠心的弟弟,米兰达的叔父为了夺取王位,把他和女儿赶出国土,让他们坐在一只木船在大海上漂浮。普洛斯彼罗讲道:"他们把我们押上了船,驶出了十几里以外的海面;在那边他们已经预备好了一只腐朽的破船,帆篷、缆索、桅樯——什么都没有,就是老鼠一见也会自然而然地离开的。……"(they hurried us aboard a bark,/Before us some leagues to sea; where they prepared/A rotten carcass of a boat, not rigg'd, /Nor tackle, sail, nor mast; the very rats/Instinctive had quit it; ...）欧洲过去有一种说法，房子要倒老鼠有预感会先逃出来。由于莎士比亚《暴风雨》这出戏，"船沉鼠先逃"这个谚语便形成流传开来。现在，谚语"船沉鼠先逃"（Rats desert a sinking ship.）被用来喻指船沉鼠搬家、树倒猢狲散。

［运用］When the company was going to declare bankruptcy, the rats deserted the sinking ship. 当公司即将宣布破产时，一些员工纷纷辞职。

On the verge of losing the election, the rats deserted the sinking ship. 在选举失败的边缘，不忠诚的职工相继离去。

When President Nixon was under investigation, the rats deserted the sinking ship. 在尼克松总统被调查时，他周围的人觉得大势已去，纷纷离职。

---

①参阅437. 用全部眼睛看。

79. 吹热又吹冷

［词语］to blow hot and cold

［含义］朝三暮四；冷热无常；摇摆不定；踌躇不决

［趣释］〔古希腊寓言〕典出《伊索寓言》（*Aesop's Fables*）①中的《人与森林神》（*The Man and the Satyr*）。寓言说，有个人在森林中迷了路，遇见一个森林之神萨堤耳（Satyr）。在森林之神领去他家的途中，因为天气寒冷，那人不断地呵气暖手。萨堤耳问他做什么，他说呵气取暖。到了森林神

的家之后，萨堤耳给他端来一碗热气腾腾的汤，那人又往碗里呵气。萨堤耳问他做什么，他说把汤吹凉再喝。萨堤耳一听，认为他反复无常，就非常愤怒地说："你嘴里的气冷也吹，热也吹，我不款待你这样的人了。"说完，就把他赶出家门。后来，人们就用"吹热又吹冷"（to blow hot and cold）来喻指冷热无常、朝三暮四、摇摆不定。

[运用] How can I make a calculation if you blow hot and cold? 你一会儿这样，一会儿那样，叫我怎样计算呢？

Helen blew hot and cold about going to college; every day she changed her mind. 海伦对于上大学拿不定主意，她今天这样想，明天那样想。

---

① 参阅233. 驴子和狼。

80. 吹箫的渔夫

[词语] the fisherman piping

[含义] 邀请不来，不请又来；做事不择时机

[趣释]〔古希腊寓言〕典出《伊索寓言》（*Aesop's Fables*）①中的《吹箫的渔夫》。寓言说，有一个会吹箫的渔夫，带着他心爱的箫和渔网来到海边。他先站在一块突出的岩石上吹起箫来。他吹了好多歌曲，希望以歌声诱鱼儿自动投入他撒下的网中。可是等了许久，却毫无结果。他失望地将箫放下，拿起网撒向大海，随后就打到满满一网鱼。他将网中的鱼一条一条地扔到岸上，对乱蹦乱跳的鱼儿说："喂，你们这些不知好歹的东西！我吹箫时，你们不跳舞；现在我不吹了，你们倒蹦跳起来。""会吹箫的渔夫"（the fisherman piping）后来被人用来

喻指在现实生活中有些人邀请不来，不请自来；做事不择时机。

---

①参阅233.驴子和狼。

81. 刺伤蛇身

[**词语**] to scotch the snake

[**含义**] 使（歹人）暂不能为害

[**趣释**]〔英国剧作〕典出英国剧作家威廉·莎士比亚（William Shakespeare）的剧作《麦克白》（*Macbeth*）①。该成语是to scotch the snake, not kill it.（刺伤了蛇身，却没有把它杀死）的省略形式。悲剧《麦克白》巧妙地展现了命运、志向、野心、人性和迷信对一个人一生的影响。麦克白是一个英勇而又有野心的人，胜利凯旋后，在三个女巫的预言和苏格兰（Scotland）国王邓肯（Duncan）过分的赞誉之下改变了，他从一个忠诚的臣子变成一个弑君逆贼，用不正当的手段使自己登上王位，开始实行暴政。他先后杀了好友、臣子及其家人，最终自己也走向灭亡。该剧第三幕第二场，在福累斯（Forres）宫中一室里，麦克白夫人对丈夫说："啊！我的王！你为什么一个人孤零零的，让最悲哀的幻想做您的伴侣，把您的思想念念不忘地集中在一个已死者身上？无法挽回的事，只好听其自然，事情干了就算了。"麦克白说："我们不过刺伤了蛇身，却没有把它杀死，它的伤口会慢慢平复过来，再用它原来的毒牙向我们的暴行报仇……"（We have scotched the snake, not kill it/She'll close, and be herself; whilst our poor malice/Remains in danger of her former tooth.）"刺伤蛇身"（to scotch the snake），却没有把蛇杀死，后被用来喻指使歹人暂时

不能为害，但仍留有后患。

[运用] It is hoped that the new law will scotch the snake of dishonesty among members of the government. 人们希望这部新法律能制止政府工作人员贪赃枉法行为。

---

①参阅243.麦克白。

82. 达比和琼

[词语] Darby and Joan

[含义] 一对恩爱的老夫妻

[趣释]〔英国诗歌〕典出英国自由诗人亨利·伍德福尔（Henry Woodfall）于1735年在《绅士杂志》发表的一首故事诗中的人物。伍德福尔生于1739年，卒于1845年。他诗中的主人公约翰·达比（John Darby）死于1730年，琼（John）是其妻子。该诗取材于民谣中的一对老夫妻。"达比"源于盖尔语，意为"自由人"。在现代英语中，"达比和琼"（Darby and Joan）用来喻指一对上了年纪、善良恩爱的老夫妻。女作家盖斯凯夫人（Mrs.Gaskell）在她的著作《玛丽·巴顿》（*Mary Barton*）中写道："他们喜欢陪着太太，正像达比和琼恩一样如胶似漆难拆难分。"

[运用] Old Brown and his wife are a regular Darby and Joan. 老布朗和他的老婆是一对道道地地的恩爱老夫妻。

83. 答尔丢夫

[词语] Tartuffe

[含义] 伪君子;伪善者;骗子

[趣释]〔法国剧作〕典出法国剧作家莫里哀(Molière)的同名剧作《答尔丢夫》(*Tartuffe*)。莫里哀是法国的喜剧大师,古典主义作家的代表①。讽刺喜剧《答尔丢夫》创作于1664年,该剧又被译为《伪君子》。剧中主人公答尔丢夫出身高贵,他看中良心导师这种有利可图的宗教职业,装出一副虔诚模样,语言充满宗教词句,穿着朴素的服装,哄骗大富大贵的宗教信徒。他对大富商奥尔贡(Orgon)的继室艾耳密尔(Elmire)谦恭殷勤,背地里却打奥尔贡女儿的算盘,甚至调戏勾引艾耳密尔。他为了霸占奥尔贡的财产,诬告奥尔贡犯了叛国罪。国王明察,挫败了答尔丢夫的阴谋,将其捉拿治罪。后来,人们就以"答尔丢夫"来喻指伪君子、伪善者和骗子。俄国作家契诃夫(Anton Chekhov)在小说《伊凡诺夫》中写道:"我恨这个达尔丢夫,这个傲慢的流氓,我恨他。"

---

①参阅1.阿巴贡。

84. 打破普利西安的头

[词语] to break Priscian's head
　　　 to knock Priscian's head

[含义] 违反语法规则;犯语法错误

[趣释]〔古罗马论著〕to break/knock Priscian's head 与古罗马拉丁语语法学家普利西安(Priscian)有关。普利西安生活在公元500年前后,是中世纪初期东罗马帝国的语法学家。6

世纪初他在君士坦丁堡（Constantinople）讲授拉丁语语法。著有《语法惯例》（*Institutiones Grammaticae*），又译《语法原理》（*Grammatical Foundations*），共18卷，是整个中古时期语法理论的经典。这是一本集大成的著作，据英国人罗宾斯（Robins）说，此书现在发行的版本近1000页。普利西安的《语法惯例》在19世纪经德国人亨利希·基尔（Heinrich Keil）编辑整理后，冠名《拉丁语语法》（*Grammatici Latini*），于1855年至1880年在历史语言学重镇莱比锡（Leipzig）分八大册先后出版，共4000多页。普里西安的学术，对后世的影响很大，被尊为语法学界的鼻祖。后世人用"打破普里西安的头"（to break/knock Priscian's head）来喻指把破坏语法规则、犯语法错误。

85. 打这旗号就能得胜

[**词语**] by this sign conquer

[**含义**] 选择了正确道路，一定会成功

[**趣释**]〔古罗马传记〕典出古罗马教会历史学家尤西比乌斯（Eusebius）的传记著作《君士坦丁大帝的生平》（*The Life of Constantine*）。尤西比乌斯约生于260年，卒于339年。他在该书中提到当年罗马帝国的君士坦丁（Constantine）于312年讨伐麦克森提（Maxentius）进军罗马时，见天上有一个十字架，上面用希腊文写着："打这样旗号就能得胜。"这句话的拉丁文是"In hoc signo vinces"（By this sign thou shalt conquer）。君士坦丁接受了神意，在作战时命令士兵在盾上画上那个旗号，果然得胜。为纪念这次胜利，他停止迫害基督教徒，并宣布基督教为国教。后人用这个成语"打这旗号就能得胜"（by this sign conquer）来表示确信自己选正确了道路，一定会取得成功。

86. 大家为一人，一人为大家

[词语] All for one, one for all.

[含义] 用以表示个人与集体的关爱；人人为我，我为人人

[趣释]〔法国小说〕谚语All for one, one for all. 仿自法语Tous pour un, un pour tous. 典出法国作家大仲马（Alexandre Dumas père）的小说《三个火枪手》（*The Three Musketeers*）。大仲马生于1802年，卒于1870年，是19世纪法国浪漫主义作家。他自学成才，为了跟同名儿子小仲马①区别，常在姓名Alexandre Dumas之后加père（父亲）。他一生著作300卷之多，主要以小说和剧作著称于世。他的小说多达百部，大部分以

大仲马

真实的历史作为写作背景，以主人公的奇遇为内容，故事情节曲折生动、结构清晰明朗，语言生动有力，堪称历史惊险小说家，著名的《三个火枪手》便是其中之一。在该书第九章中，决心跟红衣大主教斗争到底的达尔大尼央（D'Artagnan）讲了自己的信条之后，四个朋友众口同声地重述他口述的信条："全体为一人，一人为全体。"后来，人们借用这条谚语"大家为一人，一人为大家"（All for one, one for all）来表示个人和集体的关系：人人为我，我为人人。

[运用] All for one and one for all. 人人为我，我为人人。

When it comes to making decisions, cockroaches take a Musketeer-like "all for one and one for all" approach. 蟑螂们做决定时，会采取类似火枪手一样的方式："众人为一人，一人为众人。"

One for all and all for one; Go along with the historical trend and promote the social progress. 我为人人，人人为我；顺应历史潮流，推动社会进步。

---

①参阅67.茶花女。

87.大闹鸽棚

[词语] to flutter the dove-cotes

[含义] 惊扰和平的人们；闹得鸡犬不宁；引起轩然大波

[趣释]〔英国剧作〕典出英国剧作家威廉•莎士比亚（William Shakespeare）①的剧作《科利奥兰纳斯》（*Coriolanus*）。该剧是莎士比亚晚年撰写的一部罗马历史悲剧。讲述罗马共和国英雄马歇斯（Caius Martius）因攻下科利奥里城（Corioles）立功被称为科利奥兰纳斯（Coriolanus），由于性格上的弱点，马歇斯脾气暴躁，犯了错不肯低头，而得罪群众，成了罗马的敌人而被放逐。他转而投靠敌人伏尔斯人（Volscians），带兵围攻罗马；后接受母亲劝告，放弃攻打，而这一行为又背叛了伏尔斯人，最后在战乱中被伏尔斯人杀死。该剧的主题是英雄与群众的关系，是反映人性弱点的悲剧。莎士比亚用生动的语言和丰富的修辞塑造了一个个鲜明生动的人物形象，描绘了一个个激动人心的场面。该剧第五幕第六场，在科利奥里城广场上，科利奥兰纳斯因为接受母亲的劝告而没有攻打罗马城，受到伏尔斯人大将奥菲狄乌斯（Aufidius）痛斥，他十分愤怒地说："把我斩成碎片吧，伏尔斯人；成人和儿童们，让你们的剑都沾着我的血吧。孩子！说谎的狗！要是你们的历史上记载的是事实，那么你们可以翻开来看一看，我曾是怎样像一头鸽棚里的鹰似的，在科利奥里城里单拳独掌，把你们这些伏尔斯人打得落花流水。"（...if you have writ your Annals true, 't is there, /That, like an eagle in a dove-cote, I/Flutter'd your Volscians in Corioli: / Alone I did it.）成语"大闹鸽棚"（to flutter the dove-cotes）被人们用来喻指惊扰和平的人们，引起轩然大波、弄得鸡犬不宁。

［运用］The book fluttered the dove-cotes.这本书引起轩然大波。

The resignation of the president fluttered the dovecotes.总统辞职引起轩然大波。

This proposal is bound to flutter the legal dovecotes.这项建议必然在法律界引起一场风波。

The scandal in the quiet village certainly fluttered the dovecotes.这件丑闻必然在宁静的村子里引起一阵惊扰。

---

①参阅150.哈姆雷特。

88. 大山临产

［词语］the mountain in labour

［含义］庸人自扰

［趣释］〔古希腊寓言〕典出《伊索寓言》（*Aesop's Fables*）①中的《大山临产》。寓言说，一座山有次发出了很大的响声，据说这是大山临产了。只听见大声地呻吟和喧扰。很多人跑去观看，到底发生了什么大事。当他们聚在一起，急切地希望观看到什么可怕的祸变时，只看见跑出来的是只老鼠。"大山临产"（the mountain in labour）后被用来喻指庸人多自扰。

---

①参阅233.驴子和狼。

89. 戴皇冠的头是不能安于枕席的

[词语] Uneasy lies the head that wears a crown

[含义] 位高必然势危；为王者无安宁

[趣释]〔英国剧作〕典出英国剧作家威廉·莎士比亚（William Shakespeare）的剧作《亨利四世》（*King Henry Ⅳ*）下篇①。莎士比亚的剧作《亨利四世》分上、下两篇，历史事实与艺术虚构达到了高度统一，主要讲述平息国内贵族叛乱和王子在平定内乱中成长的历程。在人物形象塑造上，以福斯塔夫（Falstuff）②最为生动。该剧下篇第三幕第一场，在威斯敏斯特（Westminster）宫中一室里，亨利五世身披寝衣率侍童上，他对侍童说："你去叫萨立伯爵和华列克伯爵来；在他们未来以前，先叫他们把这封信读一读，仔细考虑一下。……啊，偏心的睡眠！你能够在那样惊险的时候，把你的安息给予一个风吹浪打的水手，可是在最宁静安谧的晚间，最温暖舒适的环境之中，你都不让一个国王享受你的厚惠吗？那么，幸福的卑贱者啊，安睡吧！戴冠的头是不能安于他的枕席的。"（...And in the calmest and most stillest night, /with all appliances and means to boot, /Deny it to a king? Then the happy low, lie down! /Uneasy lies the head that wears a crown.）典故"戴皇冠的头是不能安于枕席的"（Uneasy lies the head that wears a crown）喻指位高必然势危、狂者无安宁。

---

①参阅187.谨慎是勇敢的要素。　②参阅116.福斯塔夫。

90. 单数之中有好运

[**词语**] There is luck in odd numbers.

[**含义**] 单数是吉数；好运存在于奇数之中

[**趣释**] 〔英国剧作〕典出英国剧作家威廉·莎士比亚（William Shakespeare）的剧作《温莎的风流娘儿们》（*The Merry Wives of Windsor*）[①]。该剧是一部喜剧，主要讲述封建没落的福斯塔夫爵士（Sir Falstaff）穷困潦倒，来到温莎镇（Windsor）之后，为了骗取钱财，同时写信勾引两个有钱的妇人福德太太（Mistress Ford）和培琪太太（Mistress Page）。两个太太在快嘴桂嫂（Mistress Quickly）的帮助下，连续教训了福斯塔夫三次：一次把他扔进河里，一次他惨遭暴打，还有一次他被装神弄鬼吓得要命。温莎的风流娘儿们还联手教训了福德（Ford）和培琪（Page）两位绅士，使培琪的女儿安·培琪（Anne Page）与自己所爱的人结婚。该剧第五幕第一场，在嘉德饭店（Garter Inn）中的一室里，福斯塔夫对快嘴桂嫂说："请你别再啰里啰唆了，去吧，我一定不失约就是了。这已经是第三次啦，我希望单数是吉利的。去吧，去吧！人家说单数是用来占人生、死、机缘的。去吧！"（Prithee, no more prattling; go, I'll hold. This is the third time; I hope good luck lies in odd numbers. Away! go, They say there is divinity in odd numbers.either in nativity, chance, or death. Away!）英国人自古就有认为单数是吉数的习俗，如送花时只送单数（但不包括13），不送双数。在只吃西餐牛排时，只说要一分、三分、五分、七分熟或全熟，不讲双数。典故"单数之中有好运"（There is luck in odd numbers.）折射出英国人的习俗

观念：单数是吉数、好运存在于奇数之中。

———————————

①参阅277.年轻人之盐。

91. 丹麦王国里出了坏事

[**词语**] Something is rotten in the state of Denmark.

[**含义**] 某事出现了不良状况；情况很糟；事情有点古怪

[**趣释**]（英国剧作）典出英国剧作家威廉·莎士比亚（William Shakespeare）的剧作《哈姆雷特》（*Hamlet*）①。该剧是莎士比亚的四大悲剧之一，主要讲述丹麦王子哈姆雷特为父报仇，杀死他叔父的故事。全剧始终存在着善良与邪恶之间一系列激烈的矛盾冲突。哈姆雷特作为剧中的主角，他的命运不可避免地处于这激烈的矛盾冲突的漩涡之中。该剧第一幕第四场，在露台上，王子哈姆雷特和好友霍拉旭（Horatio）、马西勒斯（Marcellus），准备去会见老国王的鬼魂（Ghost）。当鬼魂招呼哈姆雷特跟它去僻静处的时候，霍拉旭阻止他去，马西勒斯也劝他别去。但哈姆雷特坚持要去。霍拉旭说："那么跟上去吧。这种事情会引出什么结果来呢？"（Have after. To what issue will this come?）马西勒斯说："丹麦国里有些不可告人的坏事。"现在，典故"丹麦王国里出了坏事"（Something is rotten in the state of Denmark.）被用来喻指某事出了不良状况、情况很糟、事情有点古怪。俄语里也有同出一源的典故，借喻某事中出了不良的状况。马克思在《西方列强和土耳其经济危机的征兆》一文中说："贴现率的提高不是'丹麦王国里出了坏事'的原因，而是它的征兆。"

[**运用**] Something is rotten in the state of Denmark.

The telephone number he gave me doesn't exist.真有点奇怪，他给我的电话号码根本不存在。

---

①参阅150.哈姆雷特。

92. 丹尼尔做法官

[词语] a Daniel come to judgement

[含义] 好一个丹尼尔，好一个公正廉明的法官

[趣释]〔英国剧作〕典出英国剧作家威廉·莎士比亚（William Shakespeare）的剧作《威尼斯商人》（*The Merchant of Venice*）①。该剧是莎士比亚著名的喜剧之一，歌颂善良、友谊和爱情。它反映了资本主义早期资产阶级同高利贷者间的矛盾，揭示作者对资本主义社会金钱、法律、宗教信仰的人文主义观点，表达作者对社会、生活的反思和对封建势力的无情批判，展示资本主义萌芽时期浓厚的人文主义气息。该剧第四幕第一场，在威尼斯法庭里，不顾威尼斯公爵的规劝，也不顾安东尼奥（Antonio）的朋友愿出几倍的钱来替安东尼奥偿还欠债，夏洛克（Shylock）仍然坚持要按借款契约裁决。当鲍西娅（Portia）扮成的律师出现在法庭，耐心调停无效的情况下，拒绝了安东尼奥的朋友巴萨尼奥（Bassanio）把法律稍稍变通一下的请求，说："……在威尼斯，谁也没有权力变更既成的法律；要是开了这一个恶例，以后谁都可以借口有例可循，什么坏事都可以干了，这是不行的。"夏洛克立刻高兴地叫喊起来："一个丹尼尔来做法官！真是丹尼尔再世！聪明青年的法官啊，我真佩服你！"（A Daniel come to judgement! Yes, a Daniel! /O wise young judge, how I do honour thee! ）丹尼尔是传说中公正廉明的

法官，故夏洛克用他来称呼鲍西娅。现在"丹尼尔做法官"（a Daniel come to judgement）多用作讽刺语。

[运用] My friend had piled me with official transcripts of the hearings in the hope of covering me to his passionate view that Senator McCarthy was either John the Baptist resurrected or a Daniel come to judgement. 我的朋友将一大堆审讯材料摆在我面前，企图以此来说服我赞成他言辞激烈的观点：参议员麦卡锡不是圣徒约翰复活，便是丹尼尔再世。

---

①参阅393.夏洛克。

93. 稻草民调

[词语] straw polls

[含义] 测验民意的投票；民意测验

[趣释]〔美国散文〕典出谚语"草动知风向"（A straw shows which way the wind blows.），即竖草梗以测风向，系美国新闻界于1824年首创的一种早期民意测验。当时宾夕法尼亚州首府哈里斯堡（Harrisburg）《宾夕法尼亚人》杂志（*Pennsylvanians*）的记者被派去调查威尔明顿（Wilmington）市民喜欢哪一个总统候选人。威尔明顿市是美国特拉华州（Delaware）最大的港口及工商城市，化工业发达。目前，美国、新西兰、加拿大等国家在重大选举前都有稻草民意调查，这种民调投票的结果没有法律或官方意义。现在民调方式通常通过电话进行。"稻草民调"（straw polls）被用来喻指民意测验、测验民意的投票。

[运用] A straw poll only shows which way the hot air blows. 测验民意的假投票只不过是表示法螺吹向何方而已。

The continued strength of the opposing candidates is suggested by straw polls. 竞选对手实力越来越强,这已由民意测验结果显示出来。

I took a straw poll among my colleagues to find out how many can use chopsticks. 我在同事中做了一个调查,看看多少人会用筷子。

One of the odder events in the political calendar is the Iowa straw poll: ridiculous or diverting according to taste. 与其他政治议程相比,一个更奇特的议程就是艾奥瓦州的意向(性)投票。

94. 盗用别人的雷电

[词语] to steal sb.'s thunder

[含义] 窃取某人的发明创造而抢先利用;抢说某人要说的事或抢做某人要做的事;抢某人的风头

[趣释]〔英国剧作〕典出英国诗人兼剧作家约翰·丹尼斯(John Dennis)的一句话。丹尼斯生于1658年,卒于1734年。他写了一部悲剧《阿皮尔斯和维吉尼亚》(*Appius and Virginia*),此剧1709年上演后反应平平,没有在商业上获得成功。只是丹尼斯在戏中使用了自己发明设计雷声,给观众留下深刻的印象,效果逼真,比以往任何一部舞台剧的演出都好。尽管他的剧演出失败了,但该剧院的下一部戏却大受群众欢迎。丹尼斯前去观看这部大获成功的戏剧《麦克白》(*Macbeth*)[①]时,看到自己的音效被用在了莎士比亚这部悲剧的暴风雨场景中,他的心里五味

杂陈。他为此大为感慨，认为正是他的雷声效果，才让新戏大放异彩。辞典编纂专家斯图尔特·伯格·弗莱克斯纳（Stuart Berg Flexner）引述丹尼斯的那句话是："瞧瞧这些流氓是怎样利用我的吧！不让我的戏演下去，却偷了我的雷！"（See how these rascals use me! They will not let my play run; and yet they steal my thunder.）现在，"盗用别人的雷电"（to steal sb.'s thunder）喻指抢某人的风头、窃取某人的发明创造而抢先利用、抢说某人要说的话或抢做某人要做的事。

[运用] I kept quiet about announcing my pregnancy because Cathy was getting married, and I didn't want to steal her thunder. 我没有宣布我怀孕的消息，因为凯西要结婚了，我不想抢了她的风头。

Fred intended to nominate Bill for president, but John got up first and stole Fred's thunder. 弗雷特本想提比尔当主席，但约翰却抢先站起来提了。

He wanted to announce his discovery personally and is angry because someone has stolen his thunder and printed the whole story in this morning newspaper. 他本想亲自宣布他的新发现，但由于有人已经抢先把整个发现过程刊登在今天早上的报纸上，这使他大为恼火。

Although Philip had only a minor role, he completely overshadowed the leading player and stole all his thunder. 虽然菲力普只演个小角色，但他的光芒盖过了主角，观众的注意力都被吸引到他的身上。

---

①参阅243.麦克白。

95. 灯

[词语] the lamp

[含义] 切莫不自量力；不要因名声和荣誉而盲目自大，沾沾自喜

[趣释]〔古希腊寓言〕典出《伊索寓言》（*Aesop's Fables*）[①]中的《灯》。寓言说，一盏油灯吸油太多发光很亮，夸耀说他的光比太阳还亮得多。忽然一阵风吹来，那盏油灯立刻就被吹灭了。他的主人重新点着后说："别再吹牛了，你以后还是自量些，静静地发着你的光吧。要知道，就是小星星，也用不着重新点的。"典故"灯"（the lamp）是要告诉人们，切莫不自量力；不要因名声和荣誉而盲目自大、沾沾自喜。

――――――――――
①参阅233.驴子和狼。

96. 第二十二条军规

[词语] catch-22 situation
　　　　catch twenty-two

[含义] 无法逾越的障碍；受骗者无法摆脱的圈套；进退维谷的局面

[趣释]〔美国小说〕典出约瑟夫·海勒（Joseph Heller）的同名小说《第二十二条军规》（*Catch-22*）。约瑟夫·海勒生于1923年，卒于1999年，是美国黑色幽默派及荒诞派的代表作家，出身于纽约市一个俄裔犹太人家庭。他的小说取材于现实生活，通过艺术的哈哈镜和放大镜，反映美国社会生活的若干侧面，具有一定的认识价值和审美价值。作者在第二次世界大战期

间曾任空军中尉,以亲身经历创作了黑色幽默小说《第二十二条军规》。他们当时驻扎在地中海的一个岛上,士兵和下级军官都有厌战情绪,暴露出美军中贪污盗窃、投机倒把、钩心斗角和尔虞我诈的腐朽情形。根据第二十二条军规,只要是发疯,空军驾驶员就可以停止飞行。不过,停止飞行必须由本人提出申请。而一个自己意识到飞行危险,申请停止飞行的人,意味着他的神志是清醒的,并非是疯子。第二十二条军规还规定:飞满32架次的人,可以不再执行任务;但它又说你必须绝对服从命令,要不就不能回国。当真正飞满32架次时,又改为40次、50次……飞行员终于恍然大悟:第二十二条军规原来是一个永远摆脱不了的圈套,它像天罗地网将世界牢牢罩住。这部小说太有影响了,以至于在当代美语中"第二十二条军规"(catch-22)已作为一个独立的单词,使用频率极高,用来形容自相矛盾、不合逻辑的规定或条件所造成的无法摆脱的困境、难以逾越的障碍,表示人们处于左右为难的境地;一件事陷入了死循环或者跌进了逻辑陷阱;等等。

[运用] It was another one of those catch-22 situations, you're damned if you do and you're damned if you don't.这真是一个左右为难的尴尬局面,做也倒霉,不做也倒霉!

97. 第欧根尼的灯笼

[词语] Diogenes' lantern
　　　　lantern of Diogenes
[含义] 寻找某种难以寻找的事物
[趣释] 〔古希腊论著〕典出古希腊作家第欧根尼·拉尔修

（Diogenes Laertius）的《名哲言行录》（*Lives of the Philosophers*）。第欧根尼生活在公元前3世纪，是古希腊犬儒学派（Cynicism）的主要代表。他师从安提斯泰尼（Antisthenes）。他曾写过对话、悲剧，但流传下来列在他名下的一些著作，都被现代研究者所否定；关于他的言行只见于后人的一些逸闻式记述。传说他在雅典过着极其简朴的原始生活，并以折磨自己的肉体来锻炼自己的意志①。在《名哲言行录》一书中讲道，他嘲笑和蔑视世间一切教化和习俗，认为那些都是虚伪而无聊的。他常在大白天打着灯笼在雅典大街上走路，有人问他为什么这样做，他说要找一个诚实的人。意思是说，在腐败的社会里，要找一个好人或追求真理，就是在大白天打着灯笼也不容易找到。现在，人们用"第欧根尼的灯笼"（Diogenes'lantern）来喻指寻找难以找到的事物。俄国作家陀思妥耶夫斯基（Dostoevsky）在他的小说《克拉马佐夫兄弟》中写道："我一辈子感到痛苦是因为我……渴求正直，可以说为追求正直而受难，打着灯笼寻找它，打着戴奥吉尼兹的灯笼……"

---

①参阅98.第奥根尼的木桶。

98. 第欧根尼的木桶

[**词语**] Diogenes'tub

[**含义**] 远离尘世与人隔绝的偏僻居所

[**趣释**]〔古希腊论著〕典出古希腊作家第欧根尼·拉尔修（Diogenes Laertius）。第欧根尼是古希腊犬儒学派（Cynicism）的主要代表①。他曾到雅典求教于苏格拉底（Socrates）的弟子安提斯泰尼（Antisthenes）。安提斯泰尼在

中年时摒弃苏格拉底的哲学和诡辩，认为自然和纯朴才是天性，他唾弃可以追求的欢快。第欧根尼的名声很快就超过了安根斯泰尼，他认为世间的一切教化和习俗都是一些虚伪无聊的东西。幸福固然在于满足自然欲望，但自然欲望应该是极其单纯的、原始的，凡违反这种简单自然欲求的人世习俗和享受都应该弃绝。他认为房子太奢华了，因此住在一个木桶（tub）里。而为满足那些简单、原始欲望的行为都应行之于光天化日之下，比如用手扒饭吃，当众大小便和发生性行为。所以有人说他像"狗"一样无耻。犬儒学派最高的道德就是禁止一切欲望，把一切要求减少到最低限度，回到自然的动物状态就是幸福和美德的基础。第欧根尼·拉尔修的传闻轶事通过他的学生宣扬，对后世，特别对斯多亚学派有相当大的影响。现在，人们多用"第欧根尼的木桶"（Diogenes'tub）来比喻远离尘世与人隔绝的偏僻居所。英国作家萨克雷（W.M.Thackeray）在他的小说《潘登尼斯》（*Pendennis*）中写道："你整天孤零零地抽烟喝酒，使你变成了愤世嫉俗的人……你是住在啤酒桶里的第欧根尼。"

① 参阅97.第欧根尼的灯笼。

99.丢了斧头，连柄也扔了

[**词语**] to throw the helve after the hatchet

[**含义**] 破罐破摔；全部放弃；孤注一掷

[**趣释**]〔古罗马寓言〕典出一则古罗马寓言《丢了斧头，连柄也扔了》。寓言说，一个樵夫伐木时斧头不小心掉进很深的河里，于是他随即把手中的木柄也扔了。喻指人们遭到重大损失之后，对小的损失已不在乎了。后来，这个寓言逐渐演变成一个

成语。"丢了斧头,连柄也扔了"(to throw the helve after the hatchet),被用来喻指破罐破摔、全部放弃、孤注一掷、绝望挣扎等意思。

[运用]Rather throw the helve after the hatchet, than leave your ruins to be repaired by your prince.与其孤注一掷,不如让你的王子也修复你的废墟吧。

You should consider other choice rather than throw the helve after the hatchet.你应该多方面考虑其他选择,而不要孤注一掷。

100. 冬天已经到来,春天还会远吗?

[词语]If winter comes, can spring be far behind?

[含义]对自由渴望和对斗争胜利的信念

[趣释]〔英国诗歌〕典出英国诗人珀西·毕希·雪莱(Percy Bysshe Shelley)的抒情诗作《西风颂》(*Ode to the West Wind*)。雪莱是英国浪漫主义诗人的杰出代表,世界文学史上最为著名的抒情诗人之一[①]。英国地处西半球,它的西风相当于东半球的东风,带来雨水、温暖、春天的气息。这首《西风颂》讴歌了秋风摧枯拉朽,荡涤一切污秽腐败的磅礴气势,诅咒严冬,呼唤着生机盎然的大好春光。也是诗人歌颂自由理想,向往美好生活,赞咏大无畏的奋斗精神的颂歌。诗人在这首诗的结尾处写道:"……让预言的喇叭通过我的嘴唇/把昏睡的大地唤醒吧!要是冬天/已经来了,西风啊!春日怎能遥远?"(Be through my lips to unawaken'd earth/The trumpet of a prophecy! O Wind, /If Winter comes, can Spring be far behind?)后来,人们用名句"冬天已经来了,春天还会远吗?"(If winter comes, can spring be far behind？）喻指对自由的渴望和对斗争胜利的信念。

---

①参阅177.家庭暴君沉西。

101. 斗鸡和老鹰

[词语] the fighting cock and the eagle

[含义] 满招损，谦受益

[趣释]〔古希腊寓言〕典出《伊索寓言》（*Aesop's Fables*）①中的《斗鸡和老鹰》。寓言说，两只斗鸡为了农场的主权斗得很凶。后来，其中一只赶走了另外一只。那只被打败的公鸡逃跑了，躲在僻静的暗处。而胜利的那只飞上高处，全力鼓翼吹鸣。正巧有只老鹰在空中盘旋，突然飞下来将它捉走。失败的那只公鸡立刻从角落里出来，从此，它的霸权再也无人与它抗争了。"斗鸡与老鹰"（the fighting cock and the eagle）告诉人们满招损、谦受益的道理。

---

①参阅233.驴子和狼。

102. 肚子和它的伙伴们

[词语] the belly and the members

[含义] 不同人或机构之间分工合作的重要性

[趣释]〔古希腊寓言〕典出《伊索寓言》（*Aesop's Fables*）①中的《肚子和它的伙伴们》。寓言说，以前，人的四肢并不像现在这样友好地合作，它们有各自的意志和行事方式。他

们指责肚子过着悠闲、奢侈的生活,而他们则终日忙碌着给他吃给他喝,让他快乐。后来,他们密谋要切断对肚子的供应。手不再把食物送到嘴里,嘴不再接受东西,牙齿也不再咀嚼了。他们本想让肚子挨饿,从而使他臣服。可是,没过多久,他们就坚持不住了。他们个个感到疲倦无力,整个身体也消瘦下去了。这时,这些器官才相信,肚子虽看似笨、无用,实际上却有其自身的重要作用。他离不开他们,而他们也离不开他。如果想让身体保持健康的话,他们就得为了共同的利益,精诚合作,各司其职。英国剧作家威廉·莎士比亚(William Shakespeare)的剧作《科利奥拉纳斯》(*Coriolanus*)在第一幕第一场就引用了这个寓言。后来,"肚子和它的伙伴们"(the belly and the members)被人们用来喻指不同人和机构之间分工合作的重要性。

---

①参阅233.驴子和狼。

103.杜鹃和公鸡

[**词语**] the cuckoo and the cock

[**含义**] 讽刺互相吹捧、恬不知耻地互相恭维

[**趣释**]〔俄国寓言〕典出《克雷洛夫寓言》(*Krylov's Fables*)中的《杜鹃和公鸡》。伊万·安德列耶维奇·克雷洛夫(Ivan Andreyevich Krylov)是俄国的作家、寓言家。他于1769年出生在一个没落的贵族家庭,卒于1844年。他写过剧本,办过报纸和杂志,当过家庭教师。后来在俄国寓言作家德米特里耶夫的鼓励下,开始了寓言创作。克雷洛夫凭借寓言这一言简意赅的体裁奠定了自己在文学史上的地位。1809年他出版了第一本寓言

集，收录寓言23则，包括他改写的伊索寓言和拉封丹寓言以及自己的创作，均用诗体写成。第一本寓言集使他获得巨大声誉，1811年被选为俄国科学院院士。他一生写了203篇寓言。他的作品生前就被译成10多种文字，成为与伊索（Aesop）、拉封丹（La Fontaine）齐名的寓言作家。《杜鹃和公鸡》这一则寓言用诗的形式写成，寓言开始写道："'亲爱的公鸡，你唱得多么高昂雄壮！''小杜鹃呀，我那亲爱的/你的歌从容不迫，曼妙悠扬，/在我们这森林里，论起歌喉你属第一。'"寓言结尾写道："为什么杜鹃会不知羞耻地去吹捧公鸡？/因为公鸡曾把它恭维。"克雷诺夫巧妙地塑造了杜鹃和公鸡恬不知耻地互相恭维的形象，来影射互相捧场的无耻文人，讽刺当时俄国文坛上那种互相标榜、互相称对方为天才的恶劣倾向。现在，"杜鹃和公鸡"（the cuckoo and the cock）被用来讽刺互相吹捧、恬不知耻地互相恭维。

104. 渡过卢比孔河

[**词语**] to cross the Rubicon

[**含义**] 采取断然行动；破釜沉舟；孤注一掷

[**趣释**]〔古罗马论著〕典出古罗马历史学家苏维托尼乌斯（Suetonius）的历史著作《十二恺撒传》（*Twelve Caesars*，又译为《罗马十二帝王》）。在这本传记中，历史学家盖乌斯·苏维托尼乌斯·特兰克维鲁斯（Gaius Suetonius Tranquillus）详细记录罗马统帅恺撒和罗马内战的故事。卢比孔河（Rubicon）是意大利的一条小河，但在古罗马共和国时期，它是高卢（Gaul）与罗马阿尔卑斯山这一面（Cisalpine）的界河。恺撒任高卢总督期间，征服高卢（法国）全境，还远征日耳曼（德国）和不列

颠，势力迅速扩大。时任罗马共和国执政官庞培（Pompeius）嫉妒恺撒的势力和威望，他勾结元老院图谋削弱恺撒兵权。于公元前49年1月7日下令恺撒解散所有军队，否则按罗马公敌论处。恺撒看清了庞培的阴谋，分析了形势，不顾警告，高呼着"骰子已经投下了！"（Jacta est alea!）的口号率军渡过了卢比孔河，攻克罗马，建立了独裁统治。庞培和元老院的贵族则仓皇逃往希腊。恺撒在渡河时，还下令烧掉船只，以示必胜的决心。后来"渡过卢比孔河"（to cross the Rubicon）成为一条成语，用来比喻采取断然行动、破釜沉舟、孤注一掷。

［运用］We are crossing the Rubicon.我们现在是破釜沉舟孤注一掷了。

They'll cross the Rubicon to remove the obstacles on the road of advance.为了扫除前进道路上的障碍，他们将采取断然手段。

Their entry into the war made them cross the Rubicon and abandon isolationism forever.他们的参战使他们破釜沉舟永远弃绝孤立主义。

But resigned to entering the limelight, the former South Africa and Israel champion race walker knew he would have to "cross the Rubicon" once the company went public.但屈身走进聚光灯之后，这位曾经代表南非和以色列夺得竞走冠军的商人知道，公司一旦上市，他就没有回头路了。

---

①参阅142.骰子已经投下了。

105. 对某人说剑

[**词语**] to speak daggers to sb.

[**含义**] 恶语伤害某人；对某人说恶毒话

[**趣释**]〔英国剧作〕典出英国剧作家威廉·莎士比亚（William Shakespeare）的剧作《哈姆雷特》（*Hamlet*）①。dagger意为短剑或匕首，典故的字面意思是讲话像匕首一样刺痛他人。《哈姆雷特》是一部不朽之作。莎士比亚的高明之处，在于摆脱了古人将英雄神化的写法，写活了丹麦王子哈姆雷特。这个人物感动了无数读者和观众，让人觉得这样一个有血有肉的人物，就站在我们面前。哈姆雷特原本是个单纯幸福的王子，在德国的威登堡（Wittenberg）大学求学，父王的暴毙、母后的改嫁让他觉得一切都天翻地覆了，恰在此时，父亲的鬼魂（The Ghost）告诉他新王克劳狄斯（Claudius）弑兄、篡权、娶嫂的真相，他愤怒了，放弃甜蜜的爱情、安逸的生活，踏上了复仇之路。在该剧第三幕第二场，王宫城堡大厅里，哈姆雷特安排戏子们演出了威尼斯大公被谋害，其妻嫁给凶手，与新王克劳狄斯（Claudius）弑兄篡权，又娶嫂嫂的情节十分相似的一出戏，以验证父亲鬼魂所告诉他的事是否真实。结果，新王克劳狄斯做贼心虚看不下去，带着母后中途退场。大臣波洛涅斯（Polonius）还带来母后乔特鲁德（Gertrude）的口信，要他去见她，说说话。哈姆雷特嘴上答应，心里波澜起伏，思绪万千，他说："……心啊！不要失去你的天性之情，永远不要尼禄的灵魂潜入我这坚定的胸怀；让我做一个凶徒，可是不要做一个逆子。我要利用剑一样的说话刺痛她的心，可是决不伤害她身体上一根毛发；我的舌头和灵魂要在这一次学学伪善的样子，无论在言语上给她多么严厉谴责，在行动上却要做得丝毫不让人家指责。"

(I will speak dagger to her, but use none;/My tongue and soul in this be hypocrites;/How in my words soever she be shent,/To give them seals never, my soul, consent!）由此形成的成语"对某人说剑"（to speak dagger to sb.）被用来喻指用恶语伤害某人、对某人说刻毒话。

［运用］He spoke daggers to his mother and nearly made her mad, 他用刀割一般的言语刺得他的母亲几乎发疯。

How dare you speak daggers to such a kind old man? 你怎么能恶言中伤这样一位慈祥的老人？

――――――――――――
①参阅150.哈姆雷特。

106. 发亮的东西未必都是金子

[词语] All that glisters is not gold.
All is not gold that glitters.

[含义] 外表华丽漂亮的东西未必都是宝贝；人不可以貌相，物不可信包装

[趣释]〔英国剧作〕典出英国剧作家威廉·莎士比亚（William Shakespeare）的剧作《威尼斯商人》（*The Merchant of Venice*）①。该剧是一部极具讽刺性的喜剧，主题是歌颂仁爱、友谊和爱情，同时也反映了资本主义早期商业资产阶级与高利贷之间的矛盾，表现了作者对资产阶级社会中金钱、法律和宗教等问题的人文主义思想。这部剧作的一个重要文学成就，就是塑造了夏洛克（Shylock）这样一个唯利是图、冷酷无情的高利贷者的典型形象②。在该剧第二幕第七场，贝尔蒙特·鲍西娅（Belmont Portia）家中一室里，有三只盒子，第一只盒子是金的，上面刻着几个字："谁选择了我，将要得到众人所希求的东西。"第二只盒子是银的，上面刻着这样的许约："谁选择了我，将要得到他应得的东西。"第三只盒子是由最沉的铅打成的，上面刻着像铅一样的冷酷警告："谁选择了我，必须准备把他所有的一切

作为牺牲。"鲍西娅对前来求婚的摩洛哥亲王说："这三只盒子之间，有一只里面藏了我的小像，你要是选中了那一只，我就属于您了。"摩洛哥亲王请求神明指示，又暗自思量了好半天，最后选中了金盒子。他向鲍西娅要来钥匙，打开了盒子。只见里面是一个死人的骷髅，那空空的眼眶里藏着一张有字的纸卷，上面写着："发亮的东西未必都是黄金（All that glisters is not gold），古人说的话没有骗人。多少世人出卖了一生，不过只看到我的外形，蛆虫占据着镀金的坟，你要是又大胆又聪明，手脚壮健，见识却老成，就不会得到这样的回音。再见，劝你冷却这片心……"现在谚语"发亮的东西未必都是金子"（All that glisters is not gold）用来喻指：外表华丽漂亮的东西未必都是宝贝；人不可貌相，物不可信包装。

---

①参阅150.哈姆雷特。　　　　②参阅393.夏洛克。

107. 发痒的手掌心

[**词语**] to have an itching palm

[**含义**] 受贿；贪财

[**趣释**]〔英国剧作〕典出英国剧作家威廉·莎士比亚（William Shakespeare）的《裘力斯·恺撒》（*Julius Caesar*）①。在这个典故中，itching的本意为"痒""渴望"，此处为"贪得""贪财"；palm似指"手掌"或指palm-oil（贿赂的谑称），英语成语的字面意思是"有只发痒的手掌心"。古时迷信认为，手心发痒就是要得钱。在《裘力斯·恺撒》这出戏中，首席执行官玛克斯·勃鲁托斯（Marcus Brutus）和恺撒（Caesar）的得力干将马克·安东尼（Mark Antony）是作者着墨最多的两

个人物。该剧情节从勃鲁托斯受阴险奸诈的凯歇斯(Cassius)②诱惑开始,围绕他开始犹豫、参加秘密刺杀恺撒,随后勃鲁托斯和安东尼之后做葬礼演说等事件逐步展开,最后以勃鲁托斯一方兵败自杀,安东尼夺取政权结束。勃鲁托斯是一位名誉高贵的悲剧人物。该剧第四幕第三场,在勃鲁托斯帐内,凯歇斯因为路歇斯(Lucius)被定罪而与勃鲁托斯争吵。勃鲁托斯生气地说:"让我告诉你,凯歇斯,许多人说你自己的手心很有点痒,常常为了黄金的缘故,把官爵卖给无功无能的人。"(Let me tell you, Cassius, you yourself/Are much condemn'd to have an itching palm/To sell and mart your offices for gold/To undeservers.)凯歇斯回敬说:"我的手心痒!说这句话的人,倘若不是勃鲁托斯,那么凭神明起誓,这句话将成为你最后的一句话。"(I "an itching palm"?/You know that you are Brutus that you speak this/Or, by the gods, this speach were else your last.)现在,成语"有只发痒的手掌心"(to have an itching palm)被用来喻指受贿、贪财。

[运用] Don't trust him.He has an itching palm and will certainly try to cheat you out of your share of the company profits.别信任他,他很贪财,肯定会设法骗走你在公司的那份红利。

He has an itching palm and will certainly accept the money.他很贪财,肯定会收下那笔钱的。

Be careful when you do business with Patrick, for he has an itching palm.跟帕特里克打交道你要当心,他很贪财。

That man was born with an itching palm.那个人生来贪财。

The corrupt official had an itching palm.那个贪财的官

吏一心光想捞钱。

---

①参阅341. 松开战争猛犬的绳索。　②参阅198. 凯歇斯。

108. 房屋虽新而偏见依旧

[**词语**] The houses are new, but the prejudices are old.

[**含义**] 表面上改变了，实质还是守旧

[**趣释**]〔俄国剧作〕典出俄罗斯剧作家格里鲍耶陀夫的讽刺喜剧《智慧的痛苦》(*Woe from Wit*)，又译《聪明误》。亚历山大·格里鲍耶陀夫（Aleksandr Sergeyevich Griboyedov）于1795年出生于近卫军官家庭。曾就读莫斯科大学文学系、法学系和数理系。1828年出任俄国驻波斯大使，在1829年波斯人对俄国驻德黑兰使馆的袭击事件中丧生。格里鲍耶陀夫是俄国现实主义文学的奠基人之一，写过喜剧《年轻夫妇》《佯装不忠实》《大学生》等。他的主要作品是诗体喜剧。《智慧的痛苦》剧中人物恰茨基与法穆索夫的冲突，表现了当时俄国社会贵族青年中的先进分子与封建农奴主反动势力的斗争。但是恰茨基认为改造社会的主要手段是教育，反映出了19世纪俄国贵族青年解放运动的弱点。该剧虽然保留了18世纪古典主义某些传统特点，但仍不失为现实主义文学巨著。它塑造了恰茨基、法穆索夫、丽莎等个性鲜明的人物形象，对当时社会现象做了高度的艺术概括。在该剧第二幕第五场，法穆索夫谈到莫斯科大火之后，街道、人行道、房屋等一切都是新建的，主人公恰茨基回答说："房屋虽新而偏见依旧。"（The houses are new, but the prejudices are old.）现在，这条成语用来讽刺那些偏见很深的人：虽然外表上改变了，但思想实质还是守旧。

109. 放荡的洛瑟里奥

[**词语**] gay Lothario

[**含义**] 勾引妇女的人；色鬼；花花公子

[**趣释**]〔英国剧作〕典出英国剧作家尼古拉斯·罗（Nicholas Rowe）的剧作《美貌的忏悔人》（*The Fair Penitent*）。诗人、剧作家尼罗拉斯·罗于1674年生于英格兰贝德福郡（Bedfordshire），卒于1718年，葬于威斯敏特教堂（Westminster Abbey）。1715年，他曾获桂冠诗人（Poet Laureate）称号。他于1700年开始剧本创作，原创剧作6部，改编、翻译剧作3部。代表作有《野心勃勃的继母》（*The Ambitious Stepmother*）、《尤利西斯》（*Ulysses*）等，此外，还有诗集、回忆录、编辑作品。剧作《美丽的忏悔人》于1702年改编自英国剧作家马新基尔（Massinger）和菲尔德（Field）1632年的悲剧《致命的嫁妆》（*The Fatal Dowry*）。该剧改编大获成功，深受观众欢迎。在剧情结构、人物塑造和语言上，尼古拉斯·罗改编时花了很大气力，得到18世纪戏剧评论家塞缪尔·约翰逊（Samuel Johnson）的高度评价。洛瑟里奥（Lothario）是《美貌的忏悔人》这部剧中的人物，他性情傲慢、勇敢、放荡，勾引女子卡莉斯塔（Calisto），成为色魔、放荡公子的代名词。事实上，不论在西班牙作家塞万提斯（Cervantes）的小说《堂吉诃德》（*Don Quixote*）中，还是在莎士比亚（Shakespeare）的剧作《辛白林》（*Cymbeline*）里，"洛瑟里奥"或"罗萨里奥"（Lothario）始终都是勾引妇女的色狼。现在，典故"放荡的洛瑟里奥"（gay Lothario）用来喻指色狼、勾引妇女的花花公子。

110. 愤怒的年轻人

［词语］the angry young men

［含义］愤怒的年轻人；新兴（抗议性）的文学运动

［趣释］〔英国剧作〕典出自英国演员约翰·奥斯本（John Osborne）所写的戏剧《愤怒的回顾》（*Look Back in Anger*）。奥斯本生于1929年，卒于1994年。奥斯本的这个戏剧后来在伦敦皇家剧院首次公演时轰动全城，成为伦敦舞台上的一次"爆炸性"事件。原来，第二次世界大战中，英国人民希望社会能够得到改革，可是无论是工党还是保守党都没有满足人民的这种要求。这引起人民，尤其是青年的强烈不满。约翰·奥斯本在戏剧《愤怒的回顾》中对社会做了全面的抨击，他因此被人称作"愤怒的年轻人"。此后，该剧很快在欧洲主要城市以及纽约、莫斯科上演，作者因此一举成名。他的剧本道出了一代人的心事，开创了一个影响极为深远的创作流派——"愤怒的年轻人派"。这个流派的称呼后来也被用来指新兴（抗议性）的文学运动。

111. 愤怒是一时的疯狂

［词语］Anger is a short/brief madness.

［含义］不应没完没了的暴怒；控制你的情绪

［趣释］〔古罗马诗歌〕谚语Anger is a short madness. 译自拉丁文Ira furor brevis est. 典出自古罗马宫廷诗人贺拉斯（Horace）的诗句。贺拉斯拉丁文全名为Quintus Horatius Flaccus，他于公元前65年出生在意大利南部的韦努西亚城[①]。《诗艺》（*Ars Poetica*）是他的晚年作品，原为写给皮索父子的

诗体书信，后来被罗马修辞学家昆体良（Quintilianus）称为《诗艺》相沿至今②。贺拉斯认为"愤怒是一时不可自制的行为，不应没完没了地暴怒"。英国剧作家威廉·莎士比亚（William Shakespeare）在其剧作《雅典的泰门》（*Timon of Athens*）③的第一幕第二场就用了这个典故。泰门（Timon）说："……人家说，暴怒不终朝，可是这个人老是在发怒。"（...Ira furor brevis est; but yond man is ever angry.）现在，谚语"愤怒是一时的疯狂"（Anger is a short madness）被用来说明，不应没完没了地暴怒、应该控制你的情绪。

[运用] Anger is a brief madness; govern your soul. 愤怒是短暂的疯狂；控制你的情感；

---

①参阅73.赤裸裸的真理。　②参阅59.从鸡蛋到苹果。　③参阅217.泪涛汹涌。

112. 风格代表一个人

[词语] The style is the man.

[含义] 风格即人；文如其人

[趣释]〔法国论著〕成语The style is the man译自法语Le style c'est l'homme。典出法国作家、博物学家布封（George-Louis Leclerc de Buffon）的演说辞《风格论》（*Discour sur Le Style*）。布封原名乔治路易·勒克来克（George-Louis Leclerc）后因继承关系改姓布封（Buffon）。他生于1707年，卒于1788年，是18世纪法国著名作家和博物学家。他毕生从事博物研究，用40年时间写出36册的巨著《自然史》（*Histoire Naturelle*）。这部作品对自然做了详细而科学的描述，因其文笔优美而著称于世。1749年《自然史》前3卷一出版，就轰动了欧

洲学术界，它用唯物主义的观点解释了世界的起源。1753年，布封被选为法兰西学院院士。入院时，布封发表了著名演说《风格论》。这是一篇经典的文论，针对当时文坛上那种追求绮丽纤巧的风尚，呼吁文章要言之有物、平易近人，提出"风格即人"的名言，强调思想内容对艺术形式的决定作用。他认为作家必须将其思想载入不朽的文字，才能垂之久远，因为思想许多人都可以有，但文笔风格则各不相同。因此，文如其人，见其风格即知其为人。成语"风格代表一个人"（The style is the man）被用来说明，风格即人、文如其人。

［运用］There is a famous idiom: "The style is the man."有个著名的成语："文如其人。"

From the work we could know he longed for freedom.You know, the style is the man.你知道，文如其人，所以可从他的作品中看出他非常向往自由。

113. 疯狂的帽商

［词语］mad as a hatter

［含义］发疯；狂怒

［趣释］〔英国小说〕典出英国作家刘易斯·卡罗尔（Lewis Carroll）的小说。卡罗尔的真名是查尔斯·勒特威奇·道格森（Charles Lutwidge Dodgson），疯狂的帽商是其小说《爱丽丝漫游奇境记》（*Alice in Wonderland*）[①]中的人物。该书讲述爱丽丝和姐姐在河边看书时睡着了，梦中追逐一只穿着背心的兔子而掉进兔子洞，来到一个奇妙的世界，开始了漫长而惊险的旅行。在这个世界里，她时而变大时而变小，以致有一次掉进由自己眼泪汇成的池塘里。她还遇到了爱说教的公爵夫人、神秘莫测的柴郡

猫（Cheshire cat）②、神话中的格里芬和假海龟……直到最后与扑克牌王后、国王发生顶撞，急得大叫一声，爱丽丝终于从奇妙的梦境中醒来。疯狂的帽商原指一个叫罗伯特·克雷布的人，他的行为非常怪诞。17世纪以来，他在白金汉郡的赤希姆经营帽子销售行业。刘易斯在《爱丽丝漫游奇境记》中，塑造了疯狂帽商这个人物，使mad as a hatter这个成语家喻户晓。疯狂帽商成因的科学解释里是，在19世纪上半时叶，在制作帽子的过程中，兔皮和狸皮需要用含汞的硝酸盐进行处理以便于加工。制帽工匠呼吸过程中不可避免地吸入水银并导致中毒，从而使神经系统受到伤害，伴随口齿不清、蹒跚的步履、肌肉不断抽搐等症状。神经错乱也表现为这些症状，所以"像帽商那样疯狂"（mad as a hatter）就被用来描述发疯、狂怒。

[运用] He has become as mad as a hatter. 他变得疯里疯气的。

She walked out of the room, as mad as a hatter. 她怒不可遏地离开了房间。

---

①参阅10. 爱丽丝漫游奇境。　　②参阅400. 像柴郡猫似的咧着嘴笑。

114. 疯狂有道

[词语] There is method in one's madness.（英）
There's a method to sb.'s madness.（美）

[含义] 貌似疯狂的行为其实有道理；虽似疯狂其实有条有理

[趣释]〔英国剧作〕典出英国剧作家威廉·莎士比亚（William Shakespeare）的剧作《哈姆雷特》①。在这句话中，method意为"条理""不乱"；madness意为紊乱、疯狂、

不能理解。悲剧《哈姆雷特》讲述的是丹麦王子为父报仇的故事。故事讲道,王子的父王暴毙,母后嫁给亲叔叔,父亲的鬼魂(The Ghost)又告诉他杀父、篡权、夺母的竟然就是叔叔克劳狄斯(Claudius)。面对重重残酷降临的真相,哈姆雷特陷入了无法自拔的痛苦深渊。他只好装疯来让思维得到缓冲。由于没有确凿的证据,加之自己势单力薄,他没有立刻替父报仇,而是借戏班子进宫演戏来审视叔父的内心。在克劳狄斯一系列反应印证了鬼魂的话之后,哈姆雷特才向他的杀父仇人拔出了复仇之剑。该剧第二幕第二场,城堡一室中,国王克劳狄斯和王后乔特鲁德(Gertrude)安排哈姆雷特的儿时玩伴罗森格兰兹(Rosencrantz)和吉尔登斯吞(Guildenstern)来暗中监视他,大臣波洛涅斯(Polonius)还用自己的女儿奥菲利娅(Ophelia)的爱情来试探哈姆雷特是真疯还是装疯。王子识破阴谋,继续装疯,把波洛涅斯称作卖鱼的贩子,和他讲着似疯非疯的话。大臣波洛涅斯讨好地说:"这些虽然是疯话,却有深意在内。你要走进里边去吗,殿下?"(Though this be madness, yet there is method in't, Will you walk out of the air, my lord?)由此而出的成语"疯狂有道"(There is method in one's madness.)意思是貌似疯狂的行为其实有道理、虽似疯狂,其实有条有理。

[运用] Harry takes seemingly random trips around the country but there's a method to his madness — he's checking on real estate values.哈里周游全国看起来是随心所欲,然而这种貌似疯狂的行为其实是有道理的——他是在考察房地产的价值。

Give one a moment to explain: there is method in my madness. 给我时间解释,我这么做是有原因的。

We thought he was crazy to do it that way, but it turned out that there was a method to his madness. 我们对他的做法不可理解，但事后证明他那么做是有他的道理的。

---

①参阅150.哈姆雷特。

115. 否定之后再否定

[词语] negation of the negation

[含义] 否定之否定

[趣释]〔德国论著〕典出德国著名哲学家格奥尔格·威廉·弗里德里希·黑格尔（Georg Wilhelm Friedrich Hegel）的哲学著作《逻辑学》（the Sicence of Logic）。黑格尔于1770年生于德国的斯图加特（Stuttgart）①，卒于1831年。1801年，30岁的黑格尔任教于耶拿大学，直到1829年。在去世前两年任柏林大学校长时，黑格尔的哲学思想才最终被定为普鲁士国家的钦定学说。可以说，他是大器晚成。他的一生著作颇丰，其代表作有：《精神现象学》（the Phenomenology of Spirit）、《逻辑学》（Logic）、《哲学全书》（Encyclopedia of Philosophical Science）、《法哲学原理》（the Elements of the Philosophy of Right），等等。恩格斯认为："近代德国哲学在黑格尔的体系中达到了顶峰，在这个体系中，黑格尔第一次——这是他的巨大成绩——把整个自然的、历史的、精神的世界描写为处于不断运动、变化、转化和发展中，并企图揭示这种运动和发展的内在联系。"黑格尔提出来的"否定之否定"，马克思主义吸收了它"合理的内核"，发展成为唯物辩证法的一条重要规律，任何事物内部都存在着肯定和否定两方面矛盾斗争。在这斗争中，旧事

物让于新事物,但新事物又将被更新的事物取而代之,从而成否定之否定的发展过程。"否定之后再否定"(negation of the negation),即否定之否定:揭示事物的前进性与曲折性的统一,表明事物的发展不是直线性前进,而是螺旋式上升的。

[运用] The pursuit to the small-school has already gone beyond the meaning of the small-school in history and has reached the stage of the negation of negation to the small-scale school in history. 此期对小规模学校已经超出了历史上的小规模学校的含义,达到了对历史上小规模学校的否定之否定阶段。

Since our New China sets up, the private enterprises have gone through the course of affirmation...negation, the new affirmation of the negation of negation. The author tries to discuss the historical certainty of spring breeze blowing again gives birth. 新中国成立以来,民营企业经历了一个肯定、否定,在新的意义上肯定的否定之否定的过程,作者试图探讨它之所以能够春风吹又生的历史原因。

116. 福斯塔夫

[词语] Falstaff

[含义] 吹牛撒谎的懦夫

[趣释]〔英国剧作〕典出英国剧作家威廉·莎士比亚(William Shakespeare)在剧作《亨利四世》(*King Henry IV*)下篇和《温莎的风流娘儿们》(*The Merry Wives of Windsor*)中塑造的人物。这个人物的全名为约翰·福斯塔夫(John Falstaff),是一个破落骑士、一批流氓的头子。他已有一把年

纪，滑稽而又无赖。他仗着和太子的亲密关系，招摇撞骗①，以至打家劫舍，无恶不作。在战场上，他保持一种有分寸的勇敢，为了苟全生命，不惜装死②，并且虚报战功。他躯体肥胖，自己看不见自己的膝盖。他走过的地方，贫瘠的土地像涂上一层猪油。他是个酒色之徒，他的谋生本事是吹牛、欺骗、诡辩、见风使舵、趁火打劫、浑水摸鱼，唯恐天下不乱。对于被抓住的壮丁，他毫无同情怜悯之心。他出身封建阶级，却对被这一阶级视为珍贵品质的"荣誉"弃之如敝屣。后来，人们便用这个沉湎于声色珍馐的福斯塔夫来喻指吹牛撒谎的懦夫。

①参阅90.单数之中有好运。　　②参阅187.谨慎是勇敢的要素。

117. 浮士德的灵魂

[词语] Faustian spirit

[含义] 永不满足的追求

[趣释]〔德国诗歌〕典出德国诗人歌德（Goethe）的诗剧《浮士德》（*Faust*）①。约翰·沃尔夫冈·冯·歌德（Johann Wolfgang Von Goethe）是德国的小说家、诗人、剧作家、思想家、自然科学家和博物学家。他在许多领域都有较高的成就。浮士德是歌德同名诗剧中的主人公。他博览群书、学识渊博。为了探寻人生的真谛和生活的意义，浮士德与魔鬼订立契约，魔鬼帮助他漫游天上人间，做成任何事情，一旦他感到满足，灵魂就要归魔鬼所有。浮士德追求爱情，物质上尽情享受，但这些都不能使他感到满足。最后，饱经忧患、双目失明的浮士德回到人间，开始填海造田。在征服大自然的劳动中，他得到了满足。这时，魔鬼攫走了他的灵魂。后来，人们用"浮士德"来喻指永不满足

的追求者;用"浮士德的灵魂"(Faustian spirit)喻指永不满足的追求。

[运用] *Faust*, as a developmental history of human soul and zeitgeist, is the canticle of Faustian spirit as well as reflection on Faust's pursuit. 作为一部人类灵魂与时代精神的发展历史,《浮士德》既是对"浮士德灵魂"的颂歌,也是对浮士德式追求的反思。

Faust spirit means positive living attitude, practical and creative mind, also means pursuit of ideal life. 浮士德的灵魂就是一种肯定积极的人生,一种实践与创造的精神,是追求理想生活的一种坚持。

---

① 参阅248.矛盾的精灵。

118. 弗吉斯和道格培里

[词语] Verges and Dogberry

[含义] 一对愚蠢无比的官吏

[趣释]〔英国剧作〕典出英国剧作家威廉·莎士比亚(William Shakespeare)①的剧作《无事生非》(*Much Ado About Nothing*)。这部剧作是莎士比亚喜剧写作最成熟的作品,内容热闹、富有哲理,剧中人物探寻的是男女关系中的自我意识以及真诚与尊重,宣扬贞洁的爱情②。在《无事生非》这个喜剧中,道格培里(Dogberry)是一名警吏,弗吉斯(Verges)是一名警佐。他们一起办差的时候,无论道格培里说什么,弗吉斯总是随声附和。该剧第三幕第三场,在街道上,道格培里、弗吉斯和巡丁的对白中,充分暴露这对官吏愚蠢无能的嘴脸。道格里

培对巡丁布置任务说:"拿着这盏灯笼去巡逻,看见什么流氓无赖,就把他抓了。"巡丁说:"要是他不肯站住呢?"道格培里说:"那你就不用理他,让他去好了,免得你受一个混蛋的麻烦。"弗吉斯立刻附和道:"要是喊他站住他不肯站住,他就不是王爷的子民。不是王爷的子民就可以不用理他。"道格培里又对巡丁说:"要是你们碰见一个贼,按照你们的职分,你们可以疑心他不是好人;对于这种家伙,你越是少跟他们多事,越可以显出你们都是规矩的好人。"巡丁又问:"要是我们知道他是个贼,我们要不要抓住他呢?"道格里培说:"按照你们的职分,你们本来是可以抓住他的;可是,我想谁把手伸进染缸里,总要弄脏自己的手;为了省些麻烦起见,要是你们碰见一个贼,顶好的办法就是让贼使出看家本领来,偷偷溜走了事。"弗吉斯立刻附和对那巡丁说:"伙计,你一向是个出名的好心肠人。"现在,人们用"弗吉斯和道格培里"(Verges and Dogberry)来喻指一对愚蠢无比的官吏典型。

---

① 参阅387. 无法估量。　　② 参阅474. 直到世界尽头。

119. 弗兰肯斯坦的魔鬼

[词语] Frankenstein monster

[含义] 自己所创造,反而被毁灭的恶魔

[趣释]〔英国小说〕典出英国女作家玛丽·雪莱(Mary Wollstonecraft Shelley)所著的科幻小说《弗兰肯斯坦》(*Frankenstein*)里的可憎怪物。作家玛丽·雪莱是英国著名浪漫主义诗人雪莱(Shelley)①的妻子,她生于1797年,卒于1851年。这部小说亦译作《科学怪人》或《人造人的故事》《现代

普罗米修斯的故事》（*The Modern Prometheus*）。这是西方第一部科学幻想小说。"弗兰肯斯坦"是小说中那个疯狂科学家的名字，他用许多碎尸块拼接成一个"人"，并用闪电将其激活。他在实验室里通过无数次探索，创造了一个面目可憎、奇丑无比的怪物。开始时，这个人造怪物秉性善良，对人充满了善意和感恩之情。他要求他的创造者和人们给予他人生的种种权利，甚至要为他造个配偶。但是，当他处处受到他的创造者和人们的嫌恶和歧视时，他非常痛苦。他憎恨一切，想毁灭一切。他杀死了弗兰肯斯坦的弟弟，又谋害弗兰肯斯坦的未婚妻。弗兰肯斯坦怀着满腔怒火追捕他所创造的恶魔般怪物。最后，在搏斗中，弗兰肯斯坦和怪物同归于尽。后来，"弗兰肯斯坦"（Frankenstein）一词被人们用来指代顽固的人或作法自毙者。"弗兰肯斯坦的魔鬼"（Frankenstein monster）被用来喻指自己所创造，反而被其毁灭的恶魔。

---

① 参阅177. 家庭暴君沉西。

G

120. 伽西莫多

[**词语**] Quasimodo

[**含义**] 外貌丑而内心善良的人

[**趣释**]〔法国小说〕典出法国作家雨果的小说《巴黎圣母院》(*Notre-Dame de Paris*)。维克多·雨果(Victor Hugo)生于1802年,卒于1885年。是19世纪前期法国积极浪漫主义文学运动的代表之一,法国文学史上卓越的浪漫主义作家,被称为"法兰西的莎士比亚"。

雨果15岁写的《读书乐》在法兰西学院的诗歌赛中得奖,17岁得"百花诗赛"第一名,20岁出版《颂诗集》。雨果的创作历程超过60年,其作品包括26卷诗歌、20卷小说、12卷剧本、21卷哲学论著,涉及文学所有领域。雨果死后法国举国致哀,被葬在"先贤祠"(Pantheon)。

雨 果

《巴黎圣母院》是雨果第一部大型浪漫主义小说,发表于1831年。作者以离奇和对比手法写了发生在15世纪法国的故事:巴黎圣母院副主教克罗德·富洛娄(Claude Frollo)道貌岸然,蛇蝎心肠,先爱后恨,迫害吉卜赛女郎艾斯梅拉达(Esmeralda)。小说揭露了宗教的虚伪,宣告禁欲主义的破产,歌颂下层劳动人民,反映了雨果的人道主义思想。伽西莫多为吉卜赛弃婴,被克罗德收养,长大后成为巴黎圣母院的敲钟人。他驼背畸形,长相奇丑。克罗德垂涎美丽善良的吉卜赛舞蹈女郎艾斯梅拉达,但女郎另有情人——弓箭队队长菲比斯(Phoebus)。克罗德醋意大发,趁两人幽会时刺伤菲比斯,嫁祸艾斯梅拉达。结果后者被判死刑。行刑时,伽西莫多出其不意,大闹法场,将艾斯梅拉达抢进不受法律管辖的巴黎圣母院,忠实地保护她。政府军攻破巴黎圣母院,艾斯梅拉达被捕,克罗德引官兵把她送上了绞刑架。伽西莫多大怒,摔死了克罗德,赶到艾斯梅拉达遗体旁,陪伴她死去。后来,人们以"伽西莫多"(Quasimodo)来喻指外貌丑陋而内心善良的人,或外貌丑陋的人。在西方,人们为了纪念这个最丑外表却有着最干净爱的伽西莫多,将复活节(Easter)后的第一个星期日称作"伽西莫多"(Quasimodo)或说"伽西莫多星期天"(Quasimodo Sunday)。

121. 盖茨比

[词语] Gatsby

[含义] 财富来历不明而又挥霍无度的人

[趣释] 〔美国小说〕典出美国作家弗兰茨·司各特·菲茨杰拉德(Francis Scott Fitzgerald)的小说《了不起的盖茨比》(*The Great Gatsby*)。菲茨杰拉德生于1896年,卒于1940年,被称为美国"迷惘一代"(Lost Generation)的代表作家,也是"爵士乐时代"(Jazz Age)的桂冠诗人。《了不起的盖茨比》被认为是他最优秀的作品,也是美国现代最优秀的作品之

一。小说描写了一个叫尼克·卡罗威（Nick Carraway）的中西部青年，来到纽约做债券生意。他的邻居中有个叫杰伊·盖茨比（Jay Gatsby）的，靠贩卖私酒和从事别的非法生意成了暴发户，购置了富丽堂皇的住宅，整日举行盛大的宴会。他这样做，只是为了想和从前的情人见面而已。原来盖茨比以前只是个穷中尉，爱上了尼克的远房表妹黛西（Daisy）。后来黛西嫁给了有钱人汤姆·布坎农（Tom Buchanan）。盖茨比通过尼克帮忙，终于和黛西见面。他以慷慨大方的献身精神感染了黛西，黛西遂成了他的情妇。黛西的丈夫汤姆在外也有情妇，叫莱特尔·威尔逊（Myrtle Wilson），她是个汽车修理工的妻子，富有肉感，与汤姆臭味相投。后来，莱特尔的丈夫嫉妒，把她关在屋里，她私自逃了出来，在公路上被驾车疾驶的黛西压死。盖茨比想包庇黛西，其实黛西早已和汤姆和解。这时汤姆对盖茨比的仇恨已达到顶点，于是向莱特尔丈夫诬陷盖茨比是肇事者。结果莱特尔的丈夫先将盖茨比杀死，然后自杀身亡。后来，人们就用以贩卖私酒和非法手段敛财暴富的"盖茨比"（Gatsby）来喻指财富来历不明而又挥霍无度的人。

122. 感到恶心

[**词语**] one's gorge rises

[**含义**] 作呕；感到厌恶；感到愤慨

[**趣释**]〔英国剧作〕典出英国剧作家威廉·莎士比亚（William Shakespeare）的剧作《哈姆雷特》（*Hamlet*）①，该剧又名《王子复仇记》，是莎士比亚悲剧中的代表作。该剧作在思想内容上达到了前所未有的深度和广度，深刻地揭示了封建末期社会的罪恶与本质特征。丹麦王子哈姆雷特是勇敢的、不怕死

的，但由于他敏感而犹豫不定，造成复仇计划一拖再拖，导致最后悲剧结局。该剧第五幕第一场，在墓地，王子哈姆雷特和好友霍拉旭（Horatio）看着死者郁利克（Yorick）的骷髅，哈姆雷特想起往事说："让我看看。唉，可怜的郁利克！霍拉旭，我认识他；他是一个最会开玩笑、非常富于想象力的家伙。他曾经把我负在背上一千次；现在我一想起来，却忍不住感到恶心。……"（Alas, poor Yorick! I knew him, Horatio：a fellow/of infinite jest, of most excellent fancy：he hath/borne me on his back a thousand times；and now how/abhorred in my imagination it is! my gorge rims at/it...）原文中的rims现代英语为rises，gorge意为咽下的食物；"my gorge rims at it"原意是"见到它，我吞下的食物都要翻上来"，即对它感到恶心、想吐。人们用由此而出的词语"感到恶心"（one's gorge rises）来喻指感到厌恶、作呕，感到愤慨。

[运用] My gorge rises at it .我一见它就恶心。

Her gorge rose at the sight of gore.她一见到血污就作呕。

Soames's gorge had risen so that he could hardly speak.索米斯气得几乎说不出话来。

It made my gorge rise to hear how servants were treated in the houses of their wealthy employers.我听到佣人在有钱人家受虐待的情况，心里十分厌恶。

---

①参阅150.哈姆雷特。

123.感动得要哭

[词语] to be in the melting mood

[**含义**] 热泪盈眶

[**趣释**]〔英国剧作〕典出英国剧作家威廉·莎士比亚（William Shakespeare）的剧作《奥赛罗》（*Othello*）①里。在该剧中，黑人将军奥赛罗与美丽善良的苔丝狄蒙娜（Desdemona）相爱。身份尊贵的苔丝狄蒙娜从奥赛罗坎坷的奋斗史中看见他内心深处的高贵，她不顾父亲的禁令与将军秘密结婚并委身相随。但在同时，奸诈的旗官伊阿古（Iago）因自己梦寐以求的职位被奥赛罗给了凯西奥（Cassio），决定用奸计同时报复奥赛罗和凯西奥。他先设计使凯西奥触犯军纪被撤职，又鼓动苔丝狄蒙娜去为凯西奥求情。他巧妙地用暗示和中伤的手段使奥赛罗怀疑爱妻和凯西奥有奸情。有一天，苔丝狄蒙娜不小心忘了一条奥赛罗赠给她的手帕，被伊阿古偷偷地放到凯西奥的房里。这条手帕成了苔丝狄蒙娜不贞的"罪证"，奥赛罗认定妻子不贞，将她活活掐死。后来，伊阿古的妻子揭发了这个阴谋。奥赛罗痛悔不已，拔剑自刎。在该剧的第五幕第二场，城堡内的一个卧室里，被妒火冲昏头脑的奥赛罗丧失理智，亲手杀死自己的爱妻。当他得知真相，对自己错杀妻子追悔不已，自言自语道："一个不容易发生嫉妒的人，可是一旦被煽动之后，就会糊涂到极点；一个像印度人一样糊涂的人，会把一颗比他整个部落所有的财产更贵重的珍珠随手抛弃；一个不惯于流妇人之泪的人，可是当他被感情征服的时候，也会像涌流着胶液的阿拉伯胶树一般两眼泛滥。"（Of one not easily jealous, but being wrought/Perplex'd in the extreme; of one, whose hand, /Like the base Indian, threw a pearl away/Richer than his tribe; of one whose subdued eyes, /Albeit unused to the melting mood, /Drop tears as fast as the Arabian tress/Their medicinal gum.）由此形成的词语"感动得要哭"（to be in the melting mood）

现在用来形容热泪盈眶。

注：to be in the melting mood 本义为心肠软化，易受感动。

---

①参阅17. 奥赛罗。

124. 赶上琼斯家

[词语] to keep up with the Joneses

[含义] 与别人比阔气；与邻居或朋友比排场

[趣释]〔美国散文〕典出美国《纽约环球报》（*the New York World*）上的系列文章标题《赶上琼斯家》（*Keeping up with the Joneses*）。文章的作者是阿瑟·莫曼德（Arthur Momand）。阿瑟·莫曼德23岁时，每周挣125美元，这在当时可真不少，年轻的莫曼德对自己的富裕感到十分自豪。结婚后，莫曼德夫妇搬到纽约长岛（Long Island）的富人区居住。莫曼德夫妇发现邻居是乡间俱乐部成员，于是他们也加入了俱乐部，当他们看到富人骑马时，他们也天天骑马。他们雇了一个仆人，还为新邻居们举行十分豪华的晚会。就像赛跑一样，没有尽头，因为你老得拼命去赶上别人。莫曼德夫妇付不起这种生活的花费，于是搬回纽约市内花钱不多的公寓。从1913年起，莫曼德以上述标题在《纽约环球报》等全国报刊发表系列故事，讲述自己的亲身经历长达28年之久。于是，"赶上琼斯家"（to keep up with the Joneses）就成了家喻户晓的词语，被用来喻指与别人比阔气、与邻居或朋友比排场。

[运用] That's true. And he tries to keep up with the Joneses. 确实如此，他还想跟邻居比阔气。

Some people feel they have to keep up with the

Joneses. 有些人觉得他们得和邻居去攀比。

I can't afford to keep up with the Joneses. I am not rich. 我不和隔壁的家伙比阔，我不是富人。

The Greens will never save money because Mrs. Green thinks they always have to keep up with the Joneses. 由于格林太太认为他们家无论如何也不能落在左邻右舍的后面，所以他们家永远也存不下钱来。

125. 高呼满足

[词语] to cry content with sth./sb.

[含义] 对某人或某事表示满意；满足于某事

[趣释]〔美国剧作〕to cry content with sth./sb. 原为 to cry content to sth./sb., 典出英国剧作家威廉·莎士比亚（William Shakespeare）的剧作《亨利六世》（*King Henry VI*）下篇。亨利出生9个月即位，因外祖父法国国王查理六世（Charles VI）去世而身兼英法两国国王，由叔父贝福德公爵（Duke Bedford）摄政。后来，法国出现圣女贞德（Saint Joan），英国在百年战争中失利，丧失在法国的全部领地。1455年，亨利六世患病，约克（York）家族的理查公爵（Duke Richard）被宣布为摄政王。兰开斯特（Lancaster）家族对此不能容忍，依靠北部大封建主的支持，废除摄政，双方长期混战开始。因为约克公爵要求王位继承权，开展了英国贵族的玫瑰战争（Wars of the Roses）。1460年，约克公爵战胜，宣布自己为英格兰王，但不久战死。理查王子爱德华（Edward）进入伦敦即位，称为爱德华王（King Edward），后被华列克伯爵（Earl of Warwick）所杀。亨利逃亡苏格兰，后被抓获，囚禁于伦敦塔，后

在华列克伯爵的帮助下，于1470年复位。次年，华列克战死，亨利再度遭抓获并被处死，兰开斯特王朝（House of Lancaster）结束。《亨利六世》是莎士比亚创作的早期作品（1590—1600年），分上篇、中篇、下篇。上篇写亨利五世驾崩、亨利六世即位以及与法国玛格莱特（Margaret）公主订婚事件，重点描写百年战争中英军围攻法国奥尔良，圣女贞德协助法军击败英军解救奥尔良及法军内讧，贞德被活活烧死，英军在战争中暂时得胜；中篇写亨利与玛格莱特公主结婚、阿尔班战役，中间穿插王位的争夺及杰克·凯德（Jack Cade）领导的农民起义；下篇写亨利六世统治的最后10年。贵族内部的战争即红玫瑰和白玫瑰战争打到白热化的程度，葛罗斯特公爵（Duke Gloucester）阴谋杀死国王，自己取而代之。全剧结束后，原来的爱德华马契伯爵（Earl of March），后称爱德华四世（Edward IV）即位，玛格丽特王后返回法国。该剧下篇第三幕第二场，在伦敦王宫一室中，爱德华王向丈夫已亡故的葛雷夫人（Lady Grey）求婚。葛罗斯特公爵说："嗳，爱德华说要好好地招待女人。但愿他荒淫无度，连骨髓都耗光，使他生不出子女……嘿，我会笑，笑里藏杀人刀，我心痛，我能高呼满意。我能叫两颊流满假眼泪，在一切场合装出适宜的面孔。"（Why, I can smile, and murder while I smile, /And cry 'content' to that which grieves my heart, /And wet my cheeks with artificial tears, /And frame my face to all occasions...）由此而出的词语"高呼满足"（to cry content with sb./sth.）用来表示对某人或某事感到满意、满足。

［运用］The jockey could not help crying content with his horse.骑师禁不住高声称赞他的马。

It is notable that most of the old hands in turf

strategy have cried content with their various horses. 值得注意的是，多数赛马策略方面的老手对他们各种各样的马匹是满意的。

注：莎士比亚语to cry content to，现代英语为to cry content with。与此短语意思相同的是to be content with。

126. 糕饼和麦酒

[词语] cakes and ale

[含义] 欢乐；物质享受

[趣释]〔英国剧作〕典出英国剧作家威廉·莎士比亚（William Shakespeare）①的剧作《第十二夜》（*Twelfth Night*）。该剧是莎士比亚早期喜剧的终结。它以抒情的笔调、浪漫的喜剧形式，讴歌了人文主义对爱情和友谊的美好理想。在剧中，薇奥拉（Viola）和哥哥西巴斯辛（Sebastian）是孪生兄妹，两个人长得很像，却在一次船难中分开了。两个人都以为对方已在船难中丧生。薇奥拉决定女扮男妆成西萨里奥（Cesario）到伊利里亚（Illyria），在当地的奥西诺公爵（Duke Orsino）门下充当男仆。而当时奥西诺公爵疯狂地爱上刚刚失去哥哥的奥丽维娅（Olivia）伯爵小姐。已经爱上奥西诺的薇奥拉被公爵派去向奥丽维娅传达爱慕之意，但被奥丽维娅拒绝了。奥丽维娅此时却爱上了传口信的薇奥拉，当奥丽维娅向薇奥拉表达爱意之时，薇奥拉明确地拒绝了。可是随后西巴斯辛出现，并巧遇奥丽维娅。奥丽维娅再次向西巴斯辛（她以为是薇奥拉）求爱，对奥丽维娅一见钟情的西巴斯辛立刻同意结婚。四人最终相遇才解开谜团。奥丽维娅与西巴斯辛结婚，而奥西诺已查觉到薇奥拉对自己的爱意，两人最终结合。在该剧第二幕第三场，奥丽维娅宅中一

室里,奥丽维娅的管家马伏里奥(Malvolio)②与托比(Toby)、小丑(Feste)、玛利娅(Maria)、安德鲁(Andrew)等人发生了争吵,托比对管家说:"唱得不入调吗?先生,你说谎!你不过是个管家,有什么可神气的?你以为自己道德高尚,人家就不能喝酒取乐了吗?"(...Dost thou think,/because thou art virtuous, there shall be no more cakes and ale?)后来,"糕饼和麦酒"(cakes and ale)便被人们用来喻指欢乐、物质享受。

[运用]Their thoughts were only of cakes and ale.他们所想的只是生活享受,吃喝玩乐。

Life is not all cakes and ale.人生并不只是吃喝玩乐。

She fully enjoyed cakes and ale.她尽享了人生乐趣。

---

①参阅150.哈姆雷特。　　②参阅241.马伏里奥。

127. 歌舞升平的年代

[词语]the piping times of peace

[含义]太平时代;太平盛世

[趣释]〔英国剧作〕典出英国剧作家威廉·莎士比亚(William Shakespeare)的剧作《理查三世》(*King Richard III*)①。该剧描述爱德华四世(Edward Ⅳ)的弟弟葛罗斯特公爵(Duke of Gloucester),即后来的理查三世,为实现其个人野心僭登王位以及受到正义力量讨伐结束罪恶生命的过程。该剧第一幕第一场,伦敦街道。大幕拉开,葛罗斯特公爵致开幕词道:"现在我们严冬般的宿怨已给这颗约克的红日照耀成融融的夏景;那笼罩着我们王室的片片愁云全部埋进了海洋的深

处。……说实话,我在这软绵绵的歌舞升平的年代,却找不到半点赏心乐事以消磨岁月……"(Why, I, in this weak piping times of peace, /Have no delight to pass away the time.) the piping times of peace原意是"以牧笛自娱而不闻军号的年代",即歌舞升平的太平时代。现在,人们用"以牧笛自娱的年代"(the piping time of peace)来喻指太平年代、太平盛世。

[运用] All the people enjoy the piping times of peace. 天下人民共享太平盛世。

We are now in piping times of peace and prosperity. 我们正处在繁荣的太平盛世。

---

①参阅218. 理查三世。

128. 格伦迪太太会怎么说呢?

[词语] What will Mrs. Grundy say?

[含义] 防备邻人的冷言冷语

[趣释]〔英国剧作〕典出英国剧作家托马斯·莫顿(Thomas Morton)的剧作《快耕地》(*Speed the Plough*)中的一句台词。莫顿生于1764年,卒于1838年。在剧作中,格伦迪太太是一位整天东家长西家短的饶舌妇。剧中的阿什菲尔德太太整天提防着这位邻居——爱说闲话的格伦迪太太。阿什菲尔德先生对他的太太说:"别嚷啦,好吗?老是唠叨格伦迪太太,格伦迪太太会怎么说呢?格伦迪太太会怎么想呢?"后来,用"格伦迪太太"(Mrs. Grundy)喻指饶舌妇;而"格伦迪太太会怎么说呢?"被用来喻指防备邻人的冷言冷语。受这句台词的影响,俄国剧作家格里鲍耶陀夫(Aleksandr Sergeyevich Griboyedov)

在他的四幕喜剧《聪明误》（*Wit Works Woe*）中也有类似的台词："公爵夫人马利亚·阿列克赛芙娜不知又要说些什么啦！"（And What will princess Marya Aleksevna say？）这句台词被用来讽刺那些只关心有权势的人会不会责备自己，而不顾某事是否有理，是否对社会有益的那些人。后来，"格伦迪太太会怎么说呢？"（What will Mrs. Grundy say？）作为成语被用来表示防备邻人的冷言冷语。

129. 葛朗台

[词语] Grandet

[含义] 吝啬贪婪、冷酷自私的父亲

[趣释]〔法国小说〕典出法国小说家奥诺雷·德·巴尔扎克（Honore de Balzac）的小说《欧也妮·葛朗台》（*Eugenie Grandet*）中的一个人物，这个人物叫葛朗台，是世界文学作品中四大吝啬鬼之一。其他三人为阿巴贡（Harpagon）[①]、夏洛克（Shylock）[②]、泼留希金（Plyushkin）[③]。巴尔扎克生于1799年，卒于1850年。他的小说讲述了法国大革命期间，守财奴葛朗台自私冷酷，他为了省钱，家里整年不买蔬菜和肉。楼梯坏了，也不修理。为了敛财他把女儿当作诱饵，引诱那些向女儿求婚的男子，以便从中牟利，而毫不理会女儿欧也妮·葛朗台的幸福。欧也妮温柔善良，经常在经济上接济破产落魄的堂弟查理（Charly）。当葛朗台知道女儿把金币送给查理时大发雷霆，气得把她关起来。冬天没有火取暖，只有冷水和劣质面包，吓得她的母亲从此一病不起。1827年，吝啬鬼葛朗台在金钱追逐的狂欲中死去，留下1800万法朗的遗产，欧也妮成为当地首富。小说通过描写守财奴葛朗台的家庭生活，借着他的贪婪与吝啬，揭

露金钱所造成的人性毁灭、家庭破裂的悲剧。现在"葛朗台"（Grandet）已经成为吝啬、贪婪、冷酷自私的父亲的代名词。

---

①参阅1.阿巴贡。　　②参阅393.夏洛克。　　③参阅288.泼留希金。

130. 给猫系铃

[词语] to bell the cat

[含义] 自告奋勇去冒险；为公众利益承担风险

[趣释]〔古希腊寓言〕典出《伊索寓言》（*Aesop's Fables*）中的《老鼠开会》（*The Mice in Council*）。寓言说，老鼠们召开会议，商量如何找出一个能得知他们的大敌猫儿的到来的好方法。在许多方法中，有一个最好的方法，便是在猫的脖子上系个铃。猫儿走近时，老鼠们听到丁零丁零的声音，就立刻逃走，躲进洞里。当老鼠们进一步讨论谁去"给猫系铃"（to bell the cat）的时候，却没有一只老鼠愿意去做。不用说，敢于去给猫系铃的老鼠肯定要为鼠群承担风险，是敢于挺身而出的。后来，"给猫系铃"（to bell the cat）就被用来喻指为公众利益承担风险、自告奋勇去冒险。

[运用] Everybody made suggestion, but no one actually offered to bell the cat. 大家都提了建议，却没有一个人自告奋勇去冒险。

All the workers agreed that they wanted a pay increase, but nobody offered to bell the cat and ask their employer for the money. 所有的工人都认为要加薪，但没有一个人愿意冒风险向他们的雇主要钱。

131. 给灵魂涂上如意膏

[**词语**] to lay a flattering unction to one's soul

[**含义**] 用如意的想法安慰自己；自我陶醉

[**趣释**]〔英国剧作〕典出英国剧作家威廉·莎士比亚（William Shakespeare）的剧作《哈姆雷特》（*Hamlet*）[①]。该剧是莎士比亚的四大悲剧之一，剧中围绕"复仇"二字，展开了三个人的为父复仇故事。其中有挪威王子福丁布拉斯（Fortinbras）、丹麦王子哈姆雷特（Hamlet）和大臣之子雷欧提斯（Laertes）。三种复仇，三条线索，将整个社会浓缩起来，以哈姆雷特为父报仇为核心，来反映文艺复兴时期人文主义者与强大的封建社会恶势力之间的斗争。该剧第三幕第四场，在王后寝宫里，哈姆雷特谴责母后乔特鲁德（Gertrude）与篡位的叔父狼狈为奸，劝她不要自我安慰，而要为自己的罪恶忏悔。他说："……母亲，为了上帝的慈悲，不要自己安慰自己，以为我这番说话，只是出于疯狂，不是真的对您的过失而发；那样的思想不过是骗人的油膏，只能使您溃烂的良心结起一层薄膜，那内部的毒疮却在底下愈长愈大。"（Mother, for love of grace, /Lay not that flattering unction to your soul, /That not your trespass, but my madness speaks: /It will but skin and film the ulcerous place, /Whilst rank corruption, mining all within, /infect unseen.）由此形成的成语"给灵魂涂上如意膏"（to lay a flattering unction to one's soul）被人们用来喻指自我陶醉、用如意的想法安慰自己。

[**运用**] Lay not that flattering unction to your soul. 不要用自我陶醉的想法来安慰你自己。

There is not another being in the world has the same

pure love for me as yourself—for I lay that pleasant unction to my soul, Jane, a belief in your affection. 世界上没有另外一个人像你那样对我有一片纯洁的爱，因为我用一种愉快的想法来自我安慰。简，那就是信任你的爱情。

---

① 参阅150.哈姆雷特。

132. 给自然一面镜子

[词语] to hold the mirror up to nature

[含义]（文艺）要真实地反映生活；反映自然、真实的生活

[趣释]〔英国剧作〕典出英国剧作家威廉·莎士比亚（William Shakespeare）的剧作《哈姆雷特》（*Hamlet*）①。该剧是莎士比亚的一部代表作，讲述丹麦王子哈姆雷特为父报仇的故事。为了验证叔父克劳狄斯（Claudius）是否为杀害父亲的凶手，哈姆雷特请了一班伶人到宫里演出类似父亲被杀情节的戏。第三幕第二场，在宫中的厅堂里，王子哈姆雷特对伶人进行排练辅导。他对演员说："用动作配合语言，特别要注意一点，你们切不可越过自然的分寸，因为无论哪一点做过了分，就违背了演戏的目的，要知道演戏的目的，从前也好，现在也好，就仿佛是给自然一面镜子，揭示善恶的本来面目，揭示时代和社会的形象和印记。"（...for anything so overdone is from the purpose of playing, whose end, both at first and now, was and is, to hold as't were, the mirror up to nature...）由此而出的成语"给自然一面镜子"（to hold the mirror up to nature）后来被用来比喻（文艺）要真实地反映生活、反映自然真实的生活。

[运用] The purpose of playing, he says, is to hold, as it were, the mirror up to nature. 他说，演戏的目的，过去和现在都是，仿佛要给自然一面镜子。

Our words are distortable things, as in a crooked mirror held up to nature. 我们的言辞会歪曲事实，就像自然呈现在凹凸镜里一样。

———————————

①参阅150.哈姆雷特。

133. 根据霍伊尔

[词语] according to Hoyle

[含义] 准确无误；合乎规则；正确；通常讲

[趣释]〔英国论著〕典出英国作家爱德蒙·霍伊尔（Edmund Hoyle）的著作《惠斯特牌游戏短论》（*A Short Treatise on the Game of Whist*）。爱德蒙·霍伊尔生于1671年，卒于1769年。他是英国作家，也是纸牌游戏上的第一位技术专家。他在1742年发表了第一部著作《惠斯特牌游戏短论》，几年后，该著还先后被译成法语和德语。惠斯特牌是一种类似桥牌的游戏。1743霍伊尔编纂了《步步高》（*Back-gammon*），1761年还写了论文《国际象棋》（*Chest*）和其他游戏。霍伊尔是18世纪惠斯特牌的权威，他的第一部著作出版了13个版本，1760年，即该书发表的第18年，他对规则进行权威修订之后，一直沿用到1864年美国阿灵顿（Arlington）和波特兰（Portland）惠斯特俱乐部在伦敦推出新的代码为止。由于霍伊尔的著作是惠斯特的绝对权威，因而产生了英语习语"根据霍伊尔"（according to Hoyle）意为合乎规则、正确、通常讲。

［运用］They do everything according to Hoyle.他们一切都按规定办理。

It's not according to Hoyle to hit a man when he's down.打已经倒地的人是有失公正的。

According to Hoyle, bosses are not willing to raise the salary of their employees no matter how hard they work.通常来讲，老板都不太愿意给员工加薪，不管员工工作多么辛苦。

In fact, everything about the family seems quite OK and according to Hoyle.事实上，这个家庭看起一切正常，循规蹈矩。

134. 耕耘自己的园子

［词语］to cultivate one's garden

［含义］做好自己的工作；做好自己分内应该做的事

［趣释］〔法国小说〕典出法国思想家、作家伏尔泰（Voltaire）的哲理小说《憨第德》（*Candide*）[①]。伏尔泰是18世纪法国启蒙运动最杰出的代表和先驱，有"法兰西思想之父"的美称。他的真名是弗朗索瓦·马利·阿鲁埃（Francois Marie Arouet）。伏尔泰一生著作很多，在哲学、戏剧等领域尤为突出。在他的哲理小说《憨第德》（又译《老实人》）第三十章中，主人公憨第德听一个土耳其人说，劳动保证他们免除了三件坏事：厌倦、作恶和贫穷，认为这样的生活实在比许多国王还强，因而说了这样一句话："Il faut cultiver son （notre）jardin."译成英语，这句话为：We must cultivate our garden.意即"我们应该耕耘自己的园子"。现作为成语，

"耕好自己的园子"(to cultivate one's garden)的意思是我们应做对我们最有直接关系的事或本来应该做的事,也就是做好自己的本职工作。

[运用] We must cultivate our own garden and find the joy of doing it in our own hearts. 我们要做好自己的工作,而且在工作中找到精神上的乐趣。

I really think you'd better cultivate your garden before you chatting on line. 我真的觉得你该做好自己的工作再上网聊天。

---

①参阅456. 在这美好的世界里,一切都会变好的。

135. 鲠在喉头

[词语] to stick in one's/sb.'s throat

[含义] 如刺鲠在喉咙里;使人难以接受;使人难以说出口

[趣释]〔英国剧作〕典出英国剧作家威廉·莎士比亚(William Shakespeare)的剧作《麦克白》(*Macbeth*)①。《麦克白》是莎士比亚的四大悲剧之一,是一部没有次要情节的极度悲剧:极度野心、极度对比、极度较量。麦克白是中世纪苏格兰的一名骁将,三个女巫预言他将成为国王,麦克白的夫人野心勃勃,鼓动他弑君篡权,自立为王。登上王位后的麦克白发现自己并不幸福,鲜血与罪恶感时时在折磨着他,最后被先王邓肯(Duncan)的儿子复仇大军所杀。该剧第二幕第二场,在殷佛纳斯(Inverness)城堡中的庭院,麦克白向妻子讲述他刚才谋杀国王邓肯及其随行人员的情景。他说:"一个喊:'上帝保佑我们!'一个喊:'阿门!'好像他们看见我高举这双杀人血

手似的。听着他们惊慌的口气，当他们说过了'上帝保佑我们'以后，我想要说'阿门'，却怎么也说不出来。可是我为什么说不出'阿门'两个字来呢？我才是最需要上帝垂恩的，然而'阿门'两个字都鲠在我的喉头。"（But wherefore could not I pronounce "Amen?"/I had most need of blessing, and "Amen"/Stuck in my throat.）由此而出的成语"鲠在喉头"（to stick in one's/sb.'s throat）被用来形容如刺鲠在喉咙里、使人难以接受、使人难以说出口。

［运用］A fishbone has stuck in my throat.有根鱼刺扎在我的喉咙里。

It is his treatment of his aged mother that really sticks in my throat.他对待自己年迈母亲的做法使我很反感。

It was his arrogance that stuck in my throat.正是他的傲慢令我反感。

When I went on stage for the first time, the words stuck in my throat and I stood there silent, covered in shame.初次上台演出时，我呆呆地站在那儿，一句台词也说不出来，满脸羞愧。

---

①参阅243.麦克白。

136.更好是好的敌人

［词语］The better is the enemy of the good.

［含义］想得到更好的结果，有可能毁掉目前的好处；不要满足目前已取得的，而要努力争取更好的。

［趣释］〔意大利小说〕格言The better is the enemy

of the good，来自法语Le mieux est I'ennemi du bien。这条古老的格言最早在1574年意大利诗人薄伽丘的《十日谈》（*Decameron*）的注释中出现。乔万尼·薄伽丘（Giovanni Boccaccio）是意大利文艺复兴运动的杰出代表。薄伽丘生于1313年，卒于1375年，是一个才华横溢勤勉多产的作家。他既以短篇小说、传奇小说蜚声文坛，又擅长叙事诗、牧歌和十四行诗。主要代表作有小说《菲洛柯洛》（*Filocolo*）、长诗《爱情的幻影》（*Amorosa Visione*）、《菲埃索拉的女神》（*Ninfale Fiesolano*）、《菲洛斯特拉托》（*Filostrato*）等。《十日谈》使薄伽丘留名于世。这部杰作讲述1348年佛罗伦萨（Florence）黑死病肆虐时，10名男女青年到乡间避难，借欢宴歌舞和讲故事消遣时光。10天里每人每天讲一个故事，共得100个故事。人文主义思想（humanism）像一根红线贯穿这部故事集。抨击矛头直指宗教神学和教会，揭露教规是僧侣们奸诈伪善的恶因，辛辣嘲讽教廷是容纳一切罪恶的大熔炉。爱情故事在书中占有重要地位，认为禁欲主义是违背自然规律的和非人性的，人有权享受爱情和现世幸福。《十日谈》对欧洲文学产生了深远影响。它创作于1349年至1353年之间。在1574年《十日谈》的注释中出现了"更好是好的敌人"这个格言，后来，法国思想家伏尔泰①（Voltaire）在其著作《假正经的女人》和《哲学辞典》（*Dictionnaire philosophique*）都用过这条古典格言，使得这条格言流行起来。"好"（good）与"更好"（better）不能并存，存在二者必居其一的"敌对"关系。"更好"（better）是"好"的"敌人"，因为人们为了得到"更好"，就必然会取代或舍弃了

薄伽丘

"好"。成语"更好是好的敌人"(The better is the enemy of good.)包含两层意思:想要得到更好的结果,有可能毁掉目前的好;不要满足目前已经取得的,而要努力争取更好的。

---

①参阅381.伟大的智慧不谋而合。

137. 公鸡和牛的故事

[词语] a cock and bull story

[含义] 无稽之谈;荒诞不经;信口胡说

[趣释]〔英国小说〕典出18世纪英国小说家劳伦斯·斯特恩(Laurence Sterne)的小说《特·山笛的生平与见解》(*The Life and Opinions of Tristram Shandy*)。斯特恩生于1713年,卒于1768年,是一个有智慧、有创意的作家,也是拉伯雷(Rabelais)最喜欢的作家,对德国甚至对整个欧洲都有影响。《特·山笛的生平与见解》这部小说没有情节,没有影响小说发展的事件。整部小说充满了奇想,随心所欲的插话和插曲。时序的颠倒和割断更是司空见惯的手法。全书的序言夹在第三卷中间。在叙述某个场面时,作者往往随意加进一些博学的考证,大段的拉丁文引文,长篇大论的讲话以及一些滑稽可笑的场面。此外,作者还大量使用破折号、星号、断句,不时还夹入白页、黑页、虎皮纹页和图解。这一切使《特·山笛的生平与见解》一书荒诞不经。作者自己用这样一句话结束了全书:"整篇故事讲的是什么呢?/——是荒诞不经的故事,约立克说/——而且是我听到过的/最荒诞不经的故事。"("What is all this story about? /—A cock and bull, said Yorick/—and one of the best of its kind/I ever heard"。)从此,a cock and bull story或a cock and bull tale（公鸡和牛的故事）便成了荒诞不经、无稽之谈的常用成语。还有一种说法认为，此成语出现在1620年左右，当时英国一家公路旅馆叫Cock and Bull（公鸡和牛）。疲倦的旅客在店里过夜休息，他们常聚在一起侃大山，讲些奇闻逸事，这些故事被称为"公鸡和牛的故事"（cock and bull tales），后来被人们用来表示荒诞不经、无稽之谈。

[运用] Go along with you. It is a cock and bull story. 去你的吧，这纯属无稽之谈。

Nobody believed him. What he told them was but a cock and bull story. 没人相信他的话，他不过是信口胡说罢了。

She couldn't pay her debt, instead she told me a cock and bull tale. 她还不了债，反而鬼话连篇。

He was bribed by that scoundrel, Jingle, to put me on a wrong scent, by telling a cock and bull story of my sister and your friend Tupman! 他受了金格尔那个流氓的贿赂，胡诌一个故事说我妹妹与你的朋友土普曼有什么关系，叫我上了他的当！

138. 公鸡在自己的粪堆上称王称霸

[词语] A cock is bold/valiant on his own dunghill.
Every cock crows on its own dunghill.

[含义] 夜郎自大

[趣释]〔古罗马论著〕谚语A cock is valiant on his own dunghill, 源于拉丁文Gallus in sterquilinio suo plurimum potest. 最早出现在古罗马政治家塞内加（Lucius Annaeus Seneca）的政治著作中。塞内加生于公元前4年，卒于公

元65年，是古罗马斯多亚学派（The Stoics）哲学家。他受过良好的修辞学训练，擅长演说，对哲学、宗教、伦理道德和自然科学都有研究和著作。曾担任过尼禄皇帝（Imperium Nero）的导师及顾问，后因躲避政治斗争而引退，最后被尼禄逼迫自杀。成语A cock is valiant on his own dunghill（公鸡在自己的粪堆上称王称霸），拉丁文成语的意思是"公鸡是它粪堆上的主人"。类似的谚语还有：Every dog is valiant at his own door（每只狗在家门前都是勇猛的）。现在，人们用"粪堆上的公鸡"（a cock of the dunghill）来讽刺那些在小圈子里称王称霸的人物；用"公鸡在自己的粪堆上称霸"（A cock is bold on his own dunghill.）喻指夜郎自大。

[运用] Nationalism is a silly cock crowing on its dunghill. 民族主义，是在自己的小天地里自鸣自得的笨雄鸡。

139. 公牛和野山羊

[词语] the bull and the goat

[含义] 忍耐并非无能；为逃避大灾难，必须忍受小痛苦；小不忍，则乱大谋

[趣释]〔古希腊寓言〕典出《伊索寓言》（Aesop's Fables）①中的《公牛与野山羊》。寓言说，有头公牛（bull）被狮子追赶，最后不得不逃进一个山洞。洞里住着一群野山羊，它们对公牛的到来很不高兴，于是群起而攻之，对公牛又踢又顶。公牛忍着痛对野山羊说："我在忍辱负重，并不是因为怕你们，而是因为害怕站在洞口的狮子。你们应该与我一条心，共同去对付凶恶的狮子！"在与对手较量的过程中，抓住时机是很重要的。在时机还不成熟时，千万不要与对手翻脸，否则你就会丢失

已经拥有的阵地。高明的人往往会在真正开战之前与对方以礼相待。退一步容忍对手，进一步战胜敌人。成语"公牛与野山羊"（the bull and the goat）的含义是忍耐并非无能；为了逃避大灾难，必须忍受小痛苦；小不忍，则乱大谋。

---

①参阅233.驴子和狼。

140. 狗和影子

[词语] the dog and the shadow

[含义] 两头落空；不能太贪心

[趣释]〔古希腊寓言〕典出《伊索寓言》（*Aesop's Fables*）①中的《狗和影子》。寓言说，一只狗嘴里叼着一块肉往家里走，在走过一座石桥的时候，看见水中自己的影子，以为那是另一只狗。令他生气的是，那条狗嘴里竟衔着更大一块肉，比自己的要大一倍。它因此扔掉自己嘴里的肉，恶狠狠地扑向水里那只狗，想夺那块更大块的肉。结果，狗一块肉也没得到。因为它想夺的那块肉只是水中的倒影，根本不存在；而他原先嘴里叼着的那块肉掉在河里已被水冲走了。成语"狗和影子"（the dog and the shadow）的含义是为人做事不能太贪心，否则，就有两头落空的可能。

---

①参阅237.马槽中的狗。

141. 鼓起兴致

[词语] to give an edge to sth.
to put an edge upon sth.

[**含义**]激起对某事的兴趣;使某物锋利或尖锐;使某事加剧或刺激

[**趣释**]〔英国剧作〕典出英国剧作家威廉·莎士比亚(William Shakespeare)的剧作《哈姆雷特》(*Hamlet*)①。事实上,由于edge词义灵活,这个成语在现代英语中表达多种意思,翻译时应该根据具体语境对语意做出判断。《哈姆雷特》是莎士比亚的四大悲剧之一。在该剧第三幕第一场,城堡一室内,国王克劳狄斯(Claudius)和王后乔鲁德(Gertrude)以及大臣波洛涅斯(Polonius)利用哈姆雷特的情人奥菲利娅(Ophelia)来试探王子是真疯还是假疯。国王和王后询问哈姆雷特的儿时玩伴罗森格兰兹(Rosencrantz)和吉尔登斯吞(Guildenstern)有关监视哈姆雷特的情况。罗森格兰兹说,有一个戏班要到这里来,哈姆雷听了这个消息好像很高兴,他已经吩咐戏子们今晚要为他演出。大臣波洛涅斯也证实说:"一点不错,他还叫我来请两位陛下同去观看他们演得怎样哩。"国王说:"那好极了。我非常高兴听见他在这方面感兴趣。请你们两位还要进一步鼓起他的兴致,把他的心思转移到这种娱乐上面。"(Good gentlemen, give him a further edge, /And drive his purpose on to these delights.)在现代英语中,成语"鼓起兴致"(to give an edge to sth.)可以用来表达多种意思:激起对某事的兴趣、使某物锋利或尖锐、使某事加剧或刺激。

[**运用**]This only gave an edge to his anger.这样只不过增加了他的怒气。

He is giving an edge to a knife.他在把刀磨快。(直译:他在使一把刀锋利。)

A piece of cake only gave an edge to his appetite.一块糕饼反而使他的食欲更加亢进。

注:to give an edge to sb.意为"刺激或煽动某人",现已不用。

142. 鼓舞士气的誓师词：骰子已经掷下

[**词语**] The die is cast/thrown

[**含义**] 事已定局；木已成舟

[**趣释**]〔古罗马论著〕The die is cast译自拉丁文Jacta est alea，典出古罗马历史学家苏维托尼乌斯的历史著作《十二恺撒传》（*Twelve Caesars*）。盖乌斯·苏维托尼乌斯·特兰克维鲁斯（Gaius Suetonius Tranquillus）生于69年，卒于122年，是罗马帝国早期著名传记体历史作家。像许多古代学者一样，作者详细记载了别人的故事，却没有留下他自己的事迹。《十二恺撒传》又译作《罗马帝王传》。在该传记书里，作者记述了罗马第一个皇帝盖乌斯·尤利乌斯·恺撒（Gaius Julius Caesar）和罗马内战爆发的故事。骰子，又称色子，是一种赌具。在赌博时骰子一旦掷出即成定局，任何人不得反悔、更改。军事家恺撒利用掷骰子的规则作为重大军事行动的誓师词，成就了他的帝王霸业。恺撒是古罗马共和国的一名统帅，在公元前58年至公元前51年间，他任罗马的南高卢总督，征服了高卢（法国）全境，还远征日耳曼和不列颠，夺得大量财富，权力迅速扩大。当时罗马执政官庞培（Gnaeus Pompeius）嫉妒恺撒的权势和威望，勾结元老院图谋削弱其兵权，于公元前49年1月7日命令他解散所有部队，否则以"罗马公敌"论处。恺撒不顾元老院的警告，率军渡过卢比孔河（Rubicon）①，高呼Jacta est alea！（骰子已经掷下了！）表示决心已下，不再犹豫，成败在此一举。这就是罗马内战的发端。结果，恺撒攻进罗马，庞培和元老院贵族们仓皇逃往希腊。恺撒建立了独裁统治，还制定了著名的儒略历法（Julian Calendar）。后来"恺撒"（Caesar）一词成为历代罗马帝王和西方君主习用的头衔。恺撒渡河的誓师词"骰子已经掷下！"（The die is cast!)后来成为英、法、德、俄等语言中的成语,基本意思是:大势已定;决心已下,不能更改;木已成舟。

[运用] The die is cast now, but I still say they were too young to get married. 现在木已成舟。不过,我仍然要说,他们太年轻了还不该结婚。

Once they sign the paper, the die is cast. 他们一旦签了字,就再也无法改变。

The die is cast. The decision has been made and is irrevocable. 事已定局,已做出的决定不能撤回。

What's the point of standing against it? The die is already thrown. 如今生米已做成熟饭,你再反对又有什么用呢?

---

①参阅104.渡过卢比孔河。

143. 寡妇和她的小丫头们

[词语] the widow and her little maidens

[含义] 弄巧成拙,反而害了自己

[趣释]〔古希腊寓言〕典出《伊索寓言》(*Aesop's Fables*)①中的《寡妇和她的小丫头们》。寓言说,有个爱清洁的寡妇,雇了几个小丫头来服侍自己。每天早晨鸡啼的时候,寡妇便催小丫头们起床干活。哪怕是夜半鸡啼,她也照叫不误。小丫头们认为是那只倒霉的公鸡害得她们筋疲力尽。她们决定杀死这只公鸡,免得主妇那么早就叫醒她们。她们把鸡杀掉之后,才发现是自讨苦吃。因为,女主人在没有公鸡报时的情况下,总是更早地把小丫头们叫起来干活。"寡妇和她的小丫头们"(the widow and her little maidens)的寓意是:有时人们的计谋并

没有如愿，弄巧成拙反而害了自己。

----

①参阅233. 驴子和狼。

144. 挂在脖子上的信天翁

[**词语**] an/the albatross around/about sb.'s neck

[**含义**] 提醒某人不要再犯错误的警醒物；沉重的负担；缠绕人的难题

[**趣释**]〔英国诗歌〕典出英国诗人柯勒律治的长诗《古舟子咏》（*The Rime of the Ancient Mariner*）。塞缪尔·泰勒·柯勒律治（Samuel Taylor Coleridge）生于1772年，卒于1834年，是英国诗人兼评论家。他一生是在贫病交困和鸦片成瘾的阴影下度过的，诗歌作品相对较少。但他坚持创作，确立了他在幻想浪漫诗歌方面主要浪漫派诗人的地位。主要代表作有《政教宪法》（*The Constitution of Church and State*）。《古舟子咏》创作于1798年，是一首令人难以忘怀的音乐抒情诗。该诗简洁的结构和朴素的语言向人们讲述了一个生动的罪与赎罪的故事。一个古代水手在一次航海中故意杀死了一只信天翁（albatross），这是一种被水手视作好运象征的鸟。水手在经受了无数次肉体和精神的折磨后，才逐渐明白人、鸟和兽类作为上帝的创造物存在着自然的联系。诗中充满激昂的语调和自我纠缠，构成浪漫主义文学的标志。这个水手因射杀了信天翁，使全船遭难，于是，船员遂把死鸟挂在那个水手的脖子上以作为警醒物和惩戒。后来，"挂在脖子上的信天翁"（albatross around/about sb.'s neck）被用来喻指提醒某人不再犯错的警醒物、沉重的负担、缠绕人的难题。

［运用］I bought a boat but it has become an albatross around my neck because I can't afford to maintain it. 我买了一只游艇，但它成了我的沉重负担，因为我承受不了它的保养维修费用。

She was an albatross around his neck. 她成了他的累赘。

The person who has killed another person has an albatross around his neck for the rest of his life. 杀过人的人后半辈子都难逃其咎。

145. 光阴陀螺

［词语］the whirligig of time

［含义］命运的变迁；人世更迭

［趣释］〔英国剧作〕典出英国剧作家威廉·莎士比亚（William Shakespeare）的剧作《第十二夜》（*Twelfth Night*）①。浪漫喜剧《第十二夜》又名《随心所欲》（*What You Will*）。剧本以薇奥拉（Viola）和西巴斯辛（Sebastian）孪生兄妹海难沉船分开，主角薇奥拉隐藏身份充当奥西诺公爵（Duke Orsino）侍从，而闹出许多笑话开始，最后，以西巴斯辛和薇奥拉兄妹重逢，西巴斯辛和奥丽维娅（Olivia）伯爵小姐相爱，奥西诺公爵宣布娶薇奥拉为妻，被通缉的船长安东尼奥（Antonio）获得自由结束。全剧除自以为是的管家马伏里奥（Malvolio）②之外，众人皆大欢喜。该剧第五幕第一场，在奥丽维娅宅前街道上，当管家马伏里奥中了圈套、受屈辱的事真相大白，奥丽维娅小姐感慨地说："唉，可怜的傻子，他们太欺侮你了！"小丑说："嘿，'有的人是生来的富贵，有的人是挣来的富贵，有的人是送上来的富贵'。这本戏文里我也是个角色呢，大爷；托巴师傅

就是我,大爷;但这没有什么相干。'凭着上帝起誓,傻子,我没有疯。'可是您记得吗?'小姐,你为什么要对这么一个没头脑的混蛋发笑?你要是不笑,他就开不了口啦。'六十年风水轮流转,你也遭报应了。"("But do you remember? 'Madam, why laugh you at such/a barren rascal? And you smile not, he's gagged' /and thus the whirligig of time brings in his revenges.")由此而出的成语"光阴陀螺"(the whirligig of time)后来被用来喻指人世更迭、命运变迁。

[运用] The old lady believes the whirligig of time brings its revenges.老太太深信时运变迁是反复报应的。

Our feelings of happiness and sorrow are soon lost in the whirligig of time. 我们感情上的悲欢会随着时间的流逝而很快消失。

---

①参阅126.糕饼和麦酒。　　②参阅241.马伏里奥。

146. 鬼魂徘徊

[词语] The ghost walks.

[含义] 有钱发放工资了;快发薪水了

[趣释]〔英国剧作〕典出英国作家威廉·莎士比亚(William Shakespeare)的剧作《哈姆雷特》(*Hamlet*)①。该剧是莎士比亚的巅峰之作,讲述丹麦王子哈姆雷特为父复仇的事故。该剧第一幕第一场,在艾尔西诺(Elsinore)城堡前的露台上。军官马西勒斯(Marcellus)勃那多(Bernardo),士兵弗兰西斯科(Francisco)和哈姆雷特的好友霍拉旭(Horatio)在露台上看见了已故国王哈姆雷特父亲的鬼魂在周围行走。霍拉

旭说:"我要挡住它的去路,即使他会害我。不要走,鬼魂!要是你能出声,会开口,对我说吧;要是我有可以为你效劳之处,使你的灵魂得到安息,那么对我说吧;要是你预知祖国的命运,靠着你的指示,也许可以避免未来灾祸,那么对我说吧;或者你在生前曾经把你搜刮得来的财宝埋藏在地下,我听见人家说,鬼魂往往在他们藏金的地方徘徊不散,要是有这样的事,你也对我说吧;不要走,说呀!拦住它,马西勒斯。"(...Or if thou hast uphoarded in they life/Extorted treasure in the womb of earth, /For which, they say, you spirits oft walk in death, /Speak of it; stay, and speak! Stop it, Marcellus.)鬼魂徘徊不去之处就是它的藏金之地,因而"鬼魂徘徊"(the ghost walks)后来被戏剧界和其他一些行业用来表示有钱发放薪饷;如果"鬼魂今天不徘徊"(The ghost won't walk today.)就意味着今天发薪饷不大有希望。

[运用]This is the ghost walks.今天是发薪水的日子。

Tom told John, "The ghost walks today"。汤姆对约翰说:"今天要发薪了。"

The actors were informed that the ghost wouldn't walk that day.那天演员们得到通知,当天不能发薪。

---

①参阅150.哈姆雷特。

147. 贵妇人的侍从

[词语]a squire of dames
[含义]对妇人献殷勤的男人;喜欢与妇女厮混的男人
[趣释]〔英国诗歌〕典出英国诗人斯宾塞的长诗《仙后》

(*The Faerie Queen*)。爱德蒙特·斯宾塞(Edmund Spenser)生于1552年,卒于1599年,是英国16世纪文艺复兴时期最伟大的诗人之一,被称作"诗人中的诗人"。他在英国文学史中的地位,如同古罗马诗人维吉尔(Virgil)在拉丁语文学中的地位。斯宾塞在田园诗、挽歌、喜颂和史诗中都留下了不朽的杰作。他发明了一种9行的诗歌,后来被称作"斯宾塞诗体"(Spenserian Stanza)。长诗《仙后》是斯宾塞重要的作品,创作于16世纪伊丽莎白时期,是一部未完成的浪漫主义民族史诗。已完成6部,前3部出版于1590年,斯宾塞在书中将这首诗献给伊丽莎白女王(Queen Elizabeth),女王看到诗后非常高兴,便授予他终身养老金。后三部于1596年出版。《仙后》也是一部寓言诗作品,诗人借诗中的仙后葛罗丽雅娜(Gloriana)来赞诵当时的女王伊丽莎白一世。全篇描写七位骑士的冒险经历,歌颂了各种美德,批判了各种罪恶,也影射了当时英国的一些重大历史事件。诗中的亚瑟王(King Arthur)为讨得仙后的欢心,每遇仙后派骑士去消除灾难,他都参与被派骑士的冒险行动,被称为squire of dames,是字面意思。后来,"贵妇人的侍从"(squire of dames)被用来喻指对妇女献殷勤的男人,喜欢与妇女厮混的男人。

[运用]"I'm not a quire of dames", Harris says with a poor attempt at pride."我不太会同太太们交际应酬。"哈里斯的口气很有以此为荣的味道。

148. 棍棒打脑筋

[词语] to cudgel one's brains
[含义] 绞尽脑汁;苦思冥想;想尽办法
[趣释] 〔英国剧作〕典出英国剧作家威廉·莎士比亚

（William Shakespeare）的剧作《哈姆雷特》（*Hamlet*）①里。该剧是莎士比亚最负盛名和被人引用最多的剧作之一，它又译作《王子复仇记》，是一部悲剧作品，与《麦克白》（*Macbeth*）、《李尔王》（*King Lear*）、《奥赛罗》（*Othello*）一起被列为莎士比亚四大悲剧。《哈姆雷特》讲述丹麦王子哈姆雷特在获悉父王突然去世，母后要改嫁的消息之后，从国外回到丹麦京城艾尔西诺（Elsinore），在密友霍拉旭（Haratio）的帮助下，查清案情，惩治凶手，为父报仇的同时自己也中毒身亡的悲剧故事。该剧第五幕第一场墓地，两个小丑用锄锹掘墓，安葬父亲波洛涅斯（Polonius）被自己情人所杀而跳水自尽的奥菲利娅（Ophelia）。两个小丑一边干活，一边谈论有关死亡的话题。小丑甲问："谁造出来的东西比泥水匠、船匠或是木匠更坚固？"小丑乙回答："造绞架人。因为一千个寄寓在上面的人都已经先后死去，它还站在那儿动都不动。"小丑甲对他的回答不满意，小丑乙承认答不出。小丑甲又说："别尽绞你的脑汁了，懒驴是打死也走不快的。（Cudgel thy brains no more about it, for your dull ass will not bend his pace with beating...）下回有人问你这个问题的时候，你就对他说：'掘坟的人'，因为他造的房子可以一直住到世界末日去。"后来，由此产生的成语"棍棒打脑筋"（to cudgel one's brains）被用来喻指绞尽脑汁、苦思冥想、想尽办法。

[运用] He cudgeled his brains all day over the problem. 他一整天都为这个问题苦思冥想。

She was cudgeling her brains for a reply. 她为了做出答复，左思右想，正为难着。

I cudgeled my brains to recall her name. 我绞尽脑汁想记起她的名字。

注：to cudgel one's brains的字面意思是：用粗而短的棍棒揍脑筋。莎士比亚用"揍脑筋"联想"揍懒驴"，形象生动。另外，to beat/rack one's brains也有相同的意思。

------

①参阅251.没有丹麦王子的《哈姆雷特》。

149. 国王或女王英语

[词语] King's/Queen's English
[含义] 标准英语；纯正英语
[趣释] 〔英国剧作〕典出英国剧作家威廉·莎士比亚（William Shakespeare）的剧作《温莎的风流娘儿们》（*The Merry Wives of Windsor*）①。《温莎的风流娘儿们》是莎士比亚创作进入成熟期后，唯一的一部以较浓厚的生活气息，把新兴的市民阶级家庭生活搬上舞台的三幕喜剧。昔日出入宫廷向贵妇献花、献诗甚至可以献出生命的封建骑士福斯塔夫（Falstaff），流落社会成为一个不务正业、失去理想、丧失生活经济来源的社会渣滓。该剧第一幕第四场，在卡厄斯医生（Doctor Caius）家的一室里，快嘴桂嫂（Mistress Quickly）说："请你到窗口去瞧瞧看，咱们这位东家来了没有，要是他来了，看见屋子里有人，一定又要给他昏天黑地骂一顿，并且给纯正的英语带来灾难。"（What, John Rugby! I pray thee, go to the casement, and see if you can see my master, Master Doctor Caius, coming. If he do, i'faith, and find anybody in the house, here will be an old abusing of God's patience and the King's English.）朱生豪先生翻译该剧时，将the King's English译作"伦敦官话"。The Queen's English出自英国诗

人托马斯·纳什（Thomas Nashe）1593年的一篇文章《截断某些字母的怪闻》里。现在，"国王或女王英语"（the King's/Queen's English）是指伦敦西部地区人们所讲的标准英语。人们通常认为伦敦西部地区人所讲的英语是纯正英语。其语音和语调是该地区人身份、地位乃至血统的象征。"国际音标"也是据此制定的。

---

①参阅278.年轻人之盐。

150. 哈姆雷特

[词语] Hamlet

[含义] 沉思而无决断的人

[趣释]〔英国剧作〕典出英国剧作家威廉·莎士比亚（William Shakespeare）的同名剧作《哈姆雷特》（Hamlet）。莎士比亚是英国文艺复兴时期的伟大剧作家、诗人，欧洲文艺复兴时期人文主义文学的集大成者。他的主要作品有四大悲剧《哈姆雷特》、《奥赛罗》（Othello）、《李尔王》（King Lear）、《麦克白》（Macbeth），著名喜剧《仲夏夜之梦》（A Midsummer Night's Dream）、《威尼斯商人》（The Merchant of Venice）、《第十二夜》（Twelfth Night, 或 What You Will）、《皆大欢喜》（As You Like It），历史剧《亨利四世》（King Henry IV）、《亨利五世》（The Life of King Henry V）、《理查二世》（The Life and Death of King Richard II），正剧《罗密欧与朱丽叶》（Romeo and Juliet）等共38部（其中一部与他人合作）。他还写过154首十四行诗，2首长诗。英格兰文艺复兴剧作家本·琼森（Ben Jonson）称他为"时代的灵魂"，马克思称他和希腊的埃斯库罗斯为"人类最为伟大的戏剧天才"。虽然莎士比亚只用

英文写作，但他却是世界著名作家。在剧作《哈姆雷特》中，丹麦王子哈姆雷特为了向谋杀父王、篡夺王位并骗娶母后的凶手、叔父克劳狄斯（Claudius）复仇而佯装疯癫。他善于沉思而不擅长决断，后中叔父奸计，在斗剑中被毒剑刺伤身亡。在临终前，他终于奋力杀死了仇人克劳狄斯。同出一源的典故还有"没有丹麦王子的哈姆雷特"（Hamlet without the prince of Denmark）①。后世人用"哈姆雷特"（Hamlet）来喻指沉思而无决断的人。瑞典科学家在母乳中发现了能杀死40多种癌细胞的物质，将这种物质命名为"哈姆雷特"（Hamlet）。

---

①参阅251. 没有丹麦王子的《哈姆雷特》。

151. 海老人

［词语］old man of the sea

［含义］难以摆脱的人或物；无法卸去的负担或累赘

［趣释］〔故事传说〕典出阿拉伯故事《一千零一夜》（The Thousand and One Nights）①中的《辛巴德航海记》（The Voyages of Sindbad the Sailor）。故事中，当辛巴德第五次航海遇险漂泊到孤岛时，遇到一位老人，他误以为这个老人也是海上遇险者。老人做出手势，求他背过河，辛巴德可怜他，帮了他忙。过河后，老人仍不肯下来，晚上睡觉也夹着双腿，抱着辛巴德的脖子。后来，辛巴德用葡萄放在南瓜里酿成酒，将其灌醉击毙，才摆脱纠缠。这时，辛巴德才知道，这个老人就是难以摆脱的海老人。于是，人们就以"海老人"（old man of the sea）来喻指难以摆脱的人或物、无法卸去的负担或累赘。

［运用］Next two months after he arrival, he began

to complain that he felt worse.It was then that he became ranch's old man of the sea.他来了将近两个月的时候,开始抱怨说他觉得身体更糟了。从那时起,他成了牧场上的负担。

---

①参阅6.阿拉丁的神灯。

152. 好酒不用幌

[词语] Good wine needs no bush.

[含义] 酒好无须招牌,货好不用广告;酒香客自来;好酒不怕巷子深

[趣释]〔英国剧作〕Good wine needs no bush仿自拉丁谚语Vino vendibili hedera non opus est,常春藤(bush)是古罗马神话中酒神巴克斯(Bacchus)的圣物、标志和祭品,曾是酒馆或私人酿酒者的标志。英国剧作家威廉·莎士比亚(William Shakespeare)在他的剧作《皆大欢喜》(*As You Like it*)①中用了这个谚语。该剧是莎士比亚的四大喜剧之一,剧中除了描述主人公罗瑟琳(Rosalind)和奥兰多(Orlando)的真挚爱情之外,还描写了罗瑟琳和西莉亚(Celia)的"胜过姐妹"的友情,老仆亚当(Adam)和奥兰多主仆二人互相牺牲、互相关心,善良公爵吸引了许多善良的人在他周围"自甘流放",从善如流,以表达作者善可以感化恶,发挥个人才智也能够以善胜恶,从而获得幸福的理念。在该剧收场白(Epilogue)中,罗瑟琳说:"要是好酒无需招牌,那么好戏也不必有收场白;可是好酒要是用了好招牌,好戏倘再加上一段好收场白,岂不更好?"(If it be true that good wine needs/no bush, tis true that a good play needs no/epilogue; yet to good wine they do use good bushes, /and good plays the better by the help of good/ epilogue.）谚语"好酒不用幌"（Good wine needs no bush.）意思就是酒好无需招牌，货好不用广告；酒香客自来；好酒不怕巷子深。

[运用] Mr. Craddock, like good wine needs no bushes. 克雷杜克先生，就像上等的葡萄酒一样，无须吹嘘。

Good wine needs no bushes, and its sweet smell alone attracts guests. 好酒不用挂招牌，酒香自会招客来。

---

①参阅302.肉和酒。

153. 和风车开仗

[词语] to tilt at windmills
　　　　to fight (with) windmills

[含义] 与幻影为敌；和幻想中的坏人坏事战斗；与假想的反对意见作对；做无益的奋斗

[趣释]〔西班牙小说〕典出西班牙作家米格尔·德·塞万提斯·萨维德拉（Miguel de Cervantes Saavedra）的小说《堂吉诃德》（*Don Quixote de la Mancha*）①。塞万提斯是文艺复兴时期西班牙小说家、剧作家、诗人。他1547年出生，1616年逝世，被誉为西班牙文学最伟大的作家。其代表作《堂吉诃德》是西班牙文学史上第一部现代小说，也是世界文学的瑰宝之一。

小说讲述西班牙拉曼查（La

塞万提斯

Mancha）地方年近50岁的单身穷乡绅阿隆索·吉哈诺（Alonso Quijano）的故事。吉哈诺身体瘦弱，迂腐顽固，整天沉浸在骑士侠义小说里，梦想做一个勇敢的骑士游侠，扶困济贫，闯荡天涯。他拼凑了一副破烂不堪的盔甲穿戴在身上，给自己取名堂吉诃德·德·拉曼查（Don Quijote de La Mancha），意思是"拉曼查地方的骑士堂吉诃德"。他模仿古代骑士忠于某位贵妇人的做法，物色邻村的一位养猪村姑做自己的意中人，给她取了最高贵的名字，达西妮亚（Dulcinea），决心为她忠心效劳。这位先生先后有了三次出巡，小说第一部第八章描写他第二次出巡。他暗中说服老实的邻居桑丘·潘沙（Sancho Panza）做他的随从一起冒险。条件是，有朝一日让他做海岛总督。他们在郊外望见数十架风车。堂吉诃德对邻居说，那边有几十个巨人，把他们杀死，得了战利品可以发财。邻居反复说明那是风车，不是人。他不但不听，反而讥笑他胆小，他横托着长枪向风车冲杀上去，结果，风车把他连人带马都甩了出去，堂吉诃德翻滚在地，狼狈不堪。接着，他们又一起干了一系列疯疯癫癫的傻事后，被人锁在笼子里用牛车拉回家。堂吉诃德与风车开仗（to fight windmills/ to tilt at windmills）在不少语言中成为了成语，比喻和幻想中的坏人坏事战斗、与假想的反对意见作对、做无益的斗争。

［运用］He is a man of great intelligence and courage, so he couldn't tilt at wind mills. 他是个既聪明又有勇气的人，不会凭空攻击的。

They were too strong to be apposed head on. To do that was to tilt at windmills. 他们太强大了，不能同他们正面冲撞。要是正面冲撞，就会跟堂吉诃德一样，落得跃马持枪向风车冲刺的下场。

He has some reasonable causes, but most of the

times, he fights windmills. 他有些事还合乎情理，但他多数时候是凭空乱打的。

It is no use tilting at windmills. 乱放炮是一点用也没有的。

For some reason he thinks everyone is out to get him, but he's really just tilting at windmills. 不知什么时候他觉得大家都想害他，其实他不过是在庸人自扰。

---

①参阅353. 堂吉诃德。

154. 荷马有时也会打盹

[词语] Homer sometimes nods.

[含义] 智者千虑，必有一失；人非圣贤，孰能无过

[趣释]〔古罗马诗歌〕谚语Homer sometimes nods，拉丁文为Aliquando dormitat Homerus。典出古罗马诗人贺拉斯（Horace）的《诗艺》（*Ars Poetica*）①。贺拉斯（Quintus Horatius Flaccus）在写给皮索父子的诗体书信里谈论诗歌创作的问题，后来被罗马修辞学家昆体良（Quintilianus）称为《诗艺》，沿用至今。荷马（Homer）是古希腊传说中《伊利亚特》（*Iliad*）和《奥德赛》（*Odyssey*）两部伟大史诗的作者，在古希腊、古罗马人民心目中，他是个十分伟大的诗人。说荷马有时也会打瞌睡，意思是说最杰出的人物也会有因疏忽而犯错误的时候。类似中国的"智者千虑，必有一失"的说法。西班牙文艺复兴时期小说家塞万提斯（Cervantes）在《堂吉诃德》（*Don Quijote de la Mancha*）②中写道："假如说'高明的荷马有时也打盹儿'，那么该想想，荷马要作品完好无瑕，已聚精会神，费了多

少工夫。说不定找错的以为是缺点，其实仿佛脸上的痣，有时反增添了妩媚。"

---

①参阅59.从鸡蛋到苹果。　　②参阅363.堂吉诃德。

155.黑马

[词语] a dark horse

[含义] 实力难测的竞争者；出人意料的优胜者；出自冷门的候选人；捉摸不定的人

[趣释]〔英国小说〕典出19世纪英国著名的政治家、小说家本杰明·迪斯雷利（Benjamin Disraeli）的小说《年轻的公爵》（*The Young Duke*）。迪斯雷利生于1804年，卒于1881年。他在小说中描写了一个精彩的赛马场面：比赛开始时，两匹夺冠呼声最高的良种马一路领先，眼看其中一匹胜券在握，全场为之狂呼。不料在接近终点时，忽然有一匹不起眼的黑马从后面奋力追赶上来，风驰电掣地把两匹良种马抛在后面，领先抵达终点夺得冠军。从此"黑马"（dark horse）一词不胫而走。dark（黑色）有隐秘的、未知的、出自冷门的意思。现在，"黑马"除了广泛地使用于体坛和各种竞赛中来指实力难测的竞争者或出人意料的优胜者之外，还用来指选举中出自冷门的候选人。某一"黑马"总统候选人，或由于他的才能平庸，容易为政党所驾驭，因而出乎一般人意料而被推荐；或由于两个或多个候选人旗鼓相当，僵持不下，为了突破这种局面，党内幕后达成妥协，推举出一个不知名的人作为总统候选人，这一候选人亦称"黑马"。

[运用] John won the school sing contest.His friends say he is the dark horse.约翰在学校歌咏比赛中获胜，他的朋

友们说谁都料想不到。

I can not tell you at all how Jack will vote, he's a dark horse. 我无法告诉你杰克投什么票，他是一个使人捉摸不定的人。

It is very uncertain who will be candidates for the U.S.Presidency this year, whether some distinguished statesmen already talked of or some dark horse. 谁是今年美国总统候选人，现在还难说，也许是人们已经谈论到的某些知名的政治家，也许是个冷门人物。

156. 红A字

［词语］the scarlet letter

［含义］通奸犯的标志

［趣释］〔美国小说〕典出美国19世纪作家纳撒尼尔·霍桑（Nathaniel Hawthorne）的长篇小说《红字》（*The Scarlet Letter*）。霍桑生于1804年，卒于1864年。他的这部小说描述一段婚外恋情中三个主要人物的命运。主人公少妇海丝特·白兰（Hester Prynne）犯通奸罪，但她拒绝说出她的情人同案犯狄姆斯台尔（Dimmesdale）教长。于是，加尔文政教合一机关惩罚她带红色A字示众，"A"为英语"通奸"Adultery的首字母。在受过规定的惩罚之后，她在远离人烟的地方定居下来，靠针线活谋生。她的丈夫，一个年老的术士潜回美国不泄露与她的关系，在暗中查访谁是她的同案犯。他以医生的身份接近狄姆斯台尔教长，旁敲侧击，刺探他内心的秘密。白兰眼看教长受折磨，便约他一同逃往欧洲。计划失败后，教长毅然在大庭广众之下，披露了自己的罪责，随即死去。海丝特·白兰则带着红字，处处克

己助人，终于赢得了人们的尊敬，尽管"红A字"（the scarlet letter）是羞辱通奸犯标志，但在当地人的眼中却变成德行的标志。而她的丈夫，由于报仇心切，不择手段，反而从受害者转换为恶的化身。

157. 喉咙中的谎言

[**词语**] to lie in one's throat
　　　　 to lie in one's teeth

[**含义**] 厚颜无耻地撒谎；撒弥天大谎；胡说八道；信口开河

[**趣释**]〔英国剧作〕典出英国剧作家威廉·莎士比亚（William Shakespeare）的剧作《第十二夜》（*Twelfth Night*）①。该剧又名《随心所欲》（*What You Will*），是莎士比亚早期喜剧作品。它以抒情的笔调，浪漫喜剧的形式，讴歌人文主义对爱情和友谊的美好理想，表现了生活之美、爱情之美。该剧第三幕第四场，在奥丽维娅（Olivia）的花园里。安德鲁爵士（Sir Andrew）向奥丽维娅求婚遭到拒绝，见到女扮男装的薇奥拉（Viola）受到奥丽维娅小姐的热情接待，便产生醋意，写了一封挑战书，要跟薇奥拉决斗。安德鲁把信交给奥丽维娅的叔父托比·培尔契爵士（Sir Toby Belch），念道："年轻人，不管你是谁，你不过是个下贱的东西。不要吃惊，也不要奇怪为什么我这样称呼你，因为我不愿告诉你是什么理由。你来见奥丽维娅小姐，她当着我的面把你厚待；可是你说谎，那并不是我向你挑战的理由……"（...Thou comest to the lady Olivia, and in my/sight she uses thee kindly: but thou liest in thy/throat; that is not the matter I challenge thee for...）后来，"喉咙中的谎言"（to lie in one's throat）作为成语

延用下来，表示胡说八道、信口开河。

[运用] He was lying in his throat when he told you that. 他对你说的话实在是天大的谎言。

It was no subterfuge on his part. He just lied in his throat and we all realized the grossness of his false utterance. 他所说的不是什么遁词，那简直就是弥天大谎。对他说假话的无耻程度，我们都是了解的。

He was lying in teeth when he said he'd never seen her before; they've known each other for years. 他说他以前从来没见过她，那纯粹是撒谎，他们已经认识多年了。

The John's boss gave him the lie in his throat. 约翰的老板指责他撒谎。

注：在现代英语中teeth替代throat，用to lie in one's teeth表达胡扯的意思。另外，to give sb. the lie in his throat意为指责某人撒谎。"in one's throat/teeth"意为当面地、公然地。

---

①参阅311.生姜吃到嘴里总是辣的。

158. 呼神召鬼的名字

[词语] a name to conjure with

[含义] 具有巨大影响力的名字；鼎鼎大名；威力巨大的名字

[趣释]〔英国剧作〕典出英国剧作家威廉·莎士比亚（William Shakespeare）的剧作《裘力斯·恺撒》（*Julius Caesar*）①。该剧讲述罗马首席执行官玛克斯·勃鲁托斯（Marcus Brutus）、野心家凯歇斯（Cassius）等共和派派人谋杀裘力斯·恺撒大帝的叛乱，到最后反叛者被安东尼（Antony）镇压而

彻底失败的悲剧故事。莎士比亚借安东尼之口对勃鲁托斯称赞了一番。"他是一个高贵的罗马人,除了他一个人以外,所有的叛徒们都是因为妒忌恺撒而下毒手的,只有他才是基于正义的思想去参加他们的阵线……"恺撒,长久以来一直是西方人所崇拜的大英雄,勃鲁托斯是刺杀大英雄的"凶手",但他们不是恶人,他们"作恶"是为了人民、为了共和国;他们不是叛徒,他们背叛了恺撒,却没有背叛人民和祖国。该剧是一部悲剧,通常被认为是勃鲁托这位高贵的罗马贵族的悲剧。悲剧的结局,来自主人公的行为,他们之所以毁灭,主要是因为他们性格上的缺点或行为上的过失。该剧第一幕第二场,在罗马广场上,在向恺撒欢呼的人群中,凯歇斯一直在吹捧勃鲁托斯,离间他和恺撒的关系。他对勃鲁托斯说:"……亲爱的勃鲁托斯,那错处不在于我们的命运,而在我们自己。勃鲁托斯和恺撒。恺撒那个名字又有什么了不得?为什么人们只提起它而不提起勃鲁托斯?两个名字写在一起,你的名字并不比他的难看,放在嘴里念起来,它也一样顺口;称起重量来,它们是一样的重;要是用它们去呼神召鬼,'勃鲁托斯'也可以同样感动幽灵,正像'恺撒'一样……"(Write thew together, yours is as fair as a name;/Sound them, it doth become the mouth as well;/Weigh them, it is as heavy; conjure with'em,/Brutus will start a spirit as soon as Caesar...)由此而衍生的成语"呼神召鬼的名字"(a name to conjure with)被用来形容具有巨大影响力的名字、巨大的名字、鼎鼎大名。

[运用] His name, little known to the public, is one to conjure with in Hollywood. 他的名字外界不大知道,但在好莱坞可是鼎鼎有名,具有很大影响。

In those days Churchill was still a name to conjure

with. 在那些日子里，丘吉尔仍然是个有巨大影响力的名字。

Curtis O'Keefe was a name to conjure with. 柯蒂·奥基夫是一个富有魔力的名字。

I have just known that yours is a name to conjure with. 我刚才知道了你是个大名鼎鼎的人物。

---

①参阅341. 松开战争猛犬的绳索。

159. 狐狸和山羊

[词语] the fox and the goat

[含义] 做好事要看对象，以免受骗上当；无论做什么事都要事先想好退路

[趣释] 〔古希腊寓言〕典出《伊索寓言》（*Aesop's Fables*）①中的《狐狸和山羊》。寓言说，一只狐狸落在一口井里，好似囚犯下狱，没有办法逃出来。恰好这时一只山羊渴极了，也来到井边。他看见井中的狐狸，就向他打听井水好不好喝。狐狸遇见这么好的机会大为高兴，就竭力赞美那井水如何可口好喝，劝山羊快些下去。山羊只顾口渴，没多加思索便跳了下去。等他解完渴，狐狸才把他们的处境和困难告诉了山羊。他说他倒有个主意，可以救两个一起出去。狐狸说："假如你愿意，可以将前脚扒着井壁，俯下头来，我就爬到你的背上跳上去，然后再拉你出去。"狐狸一再劝说，山羊欣然同意。于是，狐狸就踩着山羊的后腿，跳到他的后背上，再从那里跳到他的犄角上，然后扒着井口，跳了上去。狐狸出了井之后，转身就走。山羊责备狐狸背信弃义，不履行协约。狐狸回过头来说："大傻瓜！如果你的脑子和你的胡子一样完美，你一定不会不先看清出路便跳下去，

使自己陷入现在的困境。""狐狸和山羊"（the fox and the goat）这个典故告诉人们，无论做什么事都要事先想好退路，不要做轻易受骗的人，做好事要看对象以免受骗上当。

---

①参阅233.驴子和狼。

160.狐狸和狮子

[词语] the fox and the lion

[含义] 熟悉就不怕

[趣释]〔希腊寓言〕典出《伊索寓言》（Aesop's Fables）①中的《狐狸和狮子》。寓言说，有只狐狸从未见过狮子，后来有机会遇见了。狐狸第一次看见狮子非常害怕，惊慌失措，吓得要命，赶紧藏在森林里。第二次遇见它，仍然感到害怕，但已不像前次那样厉害。第三次看着的时候，竟壮着胆子走了上去，与狮子进行十分亲切的谈话。不久，他们就成了朋友。《狐狸和狮子》这则寓言告诉人们，不要害怕不了解的事物，熟悉它就不怕了。

---

①参阅233.驴子和狼。

161.华尔脱·密蒂

[词语] Walter Mitty

[含义] 做白日梦者

[趣释]〔美国小说〕典出美国作家、漫画家詹姆斯·瑟伯（James Thurber）笔下塑造的人物。詹姆斯·瑟伯生于1894年，卒于1961年，被认为是继马克·吐温（Mark Twain）之后的幽默

家。他一生写了大量的散文、随笔、寓言、故事、回忆录等。他还为自己的作品绘制插图。瑟伯的作品普遍受人喜爱,但最成功的要数他那些冷面滑稽的讽刺小说。他擅长刻画大都市里的小人物,笔法简练新奇,荒唐之中有真实,幽默之中有苦涩,被人称为是"墓地里吹口哨的人"。短篇小说《华尔脱·密蒂的隐秘生活》(*The Secret Life of Walter Mitty*)是瑟伯的代表作。它描写喜欢白日做梦的华尔脱·密蒂一天的生活。华尔脱·密蒂的是一个怕老婆的懦弱男子,却在幻想中把自己想象成英勇的轰炸机飞行员、技术超群的医生、勇担责任的枪手。他给自己设计了种种艰险复杂的局面,让自己在其中大显神威:他梦见自己当上了空军指挥官,率部穿越恶劣的风暴;梦见自己作为医生,为百万富翁动手术;梦见自己成了杀人的杀手,被处以极刑,临死还挺立着表现为英勇不屈的样子。不过,每当他听到老婆的斥责,顿时又从梦中醒过来,唯唯诺诺小心万分。小说的艺术魅力在于作者在一个故事里把英雄叙事和日常叙事巧妙拼接,虚实交融,细腻而又深刻地勾画出华尔脱·密蒂这个在英雄和懦夫之间游走的普通人形象。总之,密蒂是一个没有特长又缺乏闯劲的人,他只能通过白日梦来逃避他所应付不了的现实。今天,"华尔脱·密蒂"已经在美国成了一个做白日梦者的代名词。

162. 华伦夫人

[词语] Mrs. Warren

[含义] 表面高贵实为贫寒的人

[趣释]〔英国剧作〕典出英国剧作家萧伯纳(George Bernard Show)的剧作《华伦夫人的职业》(*Mrs. Warren's Profession*)。萧伯纳也是爱尔兰的戏剧家,1856年生于爱尔兰

首都都柏林，卒于1950年。他的文学始于小说创作，但突出的成就是戏剧。他的作品具有理想主义和人道主义精神，其激烈的讽刺往往蕴含着独特的诗意美，有"20世纪的莫里哀"之称。他一生完成了52个剧本，于1925年获得了诺贝尔文学奖。《华伦夫人的职业》是萧伯纳的代表作，为四幕剧。华伦夫人出身贫寒，年轻的时候在姐姐的引导下由卖淫而开妓院，成了有钱人。她有一群相好，并生下一个可爱的女儿薇薇（Vivie），使她受到了良好的教育。薇薇从剑桥大学毕业以后，华伦夫人打算跟女儿住在一起，但薇薇对母亲的职业产生了怀疑，追问之下知道了实情。她本要责备母亲干的肮脏勾当，但了解了母亲悲惨的身世后觉得母亲做法并不羞耻。薇薇才貌出众，周围有一批求婚者。她逐渐了解到这些人中间有些是母亲的老相好，有一个还是同父异母的弟弟。薇薇大受刺激，离开母亲，回到律师事务所，决心永不结婚，永不浪漫，埋头工作，自己养活自己。萧伯纳将此剧列入"不快意戏剧"一类。作品批判不讲道德、贪婪、腐朽的资产阶级生活，揭露披着华贵外衣者的堕落，但对华伦夫人这类卖淫从业者给予了深切的同情，因为逼良为娼是社会的罪恶。后人用"华伦夫人"（Mrs.Warren）来喻指表面高贵实为贫寒的人。

163. 荒嬉时日的樱草花小径

[词语] the primrose path of dalliance

[含义] 享乐之路；荒唐度日的欢乐生涯；寻欢作乐而导致堕落的生活方式；花街柳巷

[趣释]〔英国剧作〕典出英国剧作家威廉·莎士比亚（William Shakespeare）的剧作《哈姆雷特》（*Hamlet*）[①]。这部剧作是莎士比亚的经典代表作，讲述丹麦王子哈姆雷特为父

报仇的故事。哈姆雷特从德国的威登堡匆匆回国，为的是参加父亲的葬礼。使他不能接受的是，他未赶上父亲的葬礼，却目睹了母亲乔特鲁德（Gertrude）与新王、父亲的弟弟克劳狄斯（Claudius）的婚礼。这使得他对父王之死疑窦在心，加之夜晚王宫的露台上与父亲的亡魂（The Ghost）相见，了解到父亲的暴毙系叔叔亲手所为，并要他为父报仇。此后，王子开始了艰难的复仇历程，他装疯卖傻，与克劳狄斯展开了你死我活的较量，向克劳狄斯挥出了复仇之剑。该剧第一幕第三场，在大臣波洛涅斯（Polonius）家中，大臣的女儿、哈姆雷特的情人奥菲利娅（Ophelia）正在为她的哥哥雷欧提斯（Laertes）送行。哥哥叮嘱妹妹不可贸然听信哈姆雷特的甜言蜜语而献出自己的童贞，因为王子的意志往往不属于他自己，而要被他的血统所支配，他的言行要顾及国家的安危。奥菲莉娅回答说："我将要记住你这个很好的教训，让它守着我的心。可是，我的好哥哥，你不要像有的坏牧师那样，指点我上天去的险峻的荆棘之途，自己却在花街柳巷流连忘返，忘记了自己的箴言。"（Show me the steep and thorny way to heaven, /whilst like a puff'd and reck less libertine, /Himself the primrose path of dalliance treads, /And recks not his own rede.）在文中，译者将"荒嬉时日的樱草花小径"（the primrose path of dalliance）译作"花街柳巷"十分贴切。由此产生的成语"荒嬉时日的樱草花小径"（the primrose path of dalliance）被用来喻指享乐之路、荒唐度日的欢乐生涯、寻欢作乐导致堕落的生活方式、花街柳巷。

［运用］She has led him to the primrose path. 她把他引上放荡堕落的道路。

If we had followed your advice we'd all be walking down the primrose path to ruin. 如果我们当初听了你的建议就

等于走上了堕落自毁的道路。

John had never since his marriage taken a step along the primrose path, never gone off the rails in any way. 自结婚以后，约翰丝毫没有放荡过，也未曾有一步越轨。

---

①参阅150.哈姆雷特。

164. 黄铜似的面孔

[词语] brazen-faced

[含义] 厚脸皮的；厚颜无耻的

[趣释]〔英国剧作〕典出英国剧作家威廉·莎士比亚（William Shakespeare）的剧作《李尔王》（*King Lear*）①。该剧是莎士比亚的四大悲剧之一，取材于英国民间一个家喻户晓的古老传说。年老昏庸、刚愎自用的不列颠国王李尔（King Lear）以甜言蜜语来衡量孝心，将国土分给了口蜜腹剑的大女儿高纳里尔（Goneril）和二女儿里根（Regan），而将真正爱他的小女儿考狄利娅（Cordelia）逐到国外。很快，两个贪婪忤逆的女儿就开始虐待自己的老父，甚至将他逼疯，迫使其在风雨中流浪漂泊。忠顺的考狄利娅这时已成为法国王后，闻讯从法国率兵赶来解救父亲，但她的美德也无力挽回不幸的结局。小女儿考狄利娅被杀，李尔王也忧伤地死去。该剧的第二幕第二场，在葛罗斯特（Gloucester）城堡前，老国王李尔的伯爵肯特（Kent）斥责大女儿的管家奥斯华德（Oswald）说："你还说不认识我，你这厚面皮的奴才！（What a brazen-faced varlet art thee！）两天以前，我不是把你踢倒在地上，还在国王的面前打过你吧？拔出剑来，你这混蛋；虽然是夜里，月亮照着呢！我要在月亮底下把

你剁得稀烂……"后来,"黄铜似的面孔"(brazen-faced)被人们用来喻指厚脸皮的、厚颜无耻的。

[运用] He walked on and the next thing he saw was a brazen-faced woman coming out of a shop as if she could do exactly as she pleased. 他走着走着,看到一个厚脸皮的女人正从一家商店里出来,好像她可以为所欲为似的。

I never thought he had become so brazen-faced only because he had been abroad. 我没想到他出了一趟国,竟会变得如此厚颜无耻。

---

① 参阅199. 考狄利娅的礼物。

165. 皇帝的新装

[词语] the emperor's new clothes

[含义] 要保持天真烂漫的童心;无私才能无畏;敢于说真话

[趣释] 〔丹麦童话〕典出丹麦作家、诗人汉斯·克里斯蒂安·安徒生(Hans Christian Andersen)所写的同名童话故事。安徒生是世界童话的创始人,1805年生于丹麦菲英岛欧登塞(Odense)贫民区,卒于1875年。他通过天才的智慧和高超的写作手法,把童话这种文学品种提升到与成人文学同等的高度,甚至有所超越。他一生坚持不懈地进行创作,写了168篇童话故事,被译成80多种语言。丰富的幻想、天真烂漫的构思和朴素的幽默感,使他的童话闪耀着人性的光辉,超越了国家、种族和文化的界限,成为世界各地一代又一代读者的挚爱。安徒生童话所取得的巨大艺术成就和思想成就,至今仍无人能企及。安徒生在这篇童话中说,一位皇帝酷爱漂亮的衣服。有两个织工说会织天下最

美丽的布,用这种布缝出来的衣服,那些不称职或愚蠢的人都看不见。他们只在空空的织布机上假装织布。皇帝对这种"布"也表示十二分满意,而且把身上的衣服通通脱光,穿上由这种"布"做成的"衣服",参加游行大典。忽然一个小孩喊道:"他不是什么衣服也没有穿吗?"百姓们也在低声议论。皇帝有点儿发抖,但他只能硬着头皮向前走,他的大臣们骄傲地走在皇帝的后面,手中托着根本就不存在的衣裳的后裾。这篇童话通过一个昏庸无能而又穷奢极欲的皇帝受骗上当的故事,揭露和讽刺了皇帝和大臣们的虚伪、愚昧和自欺欺人的丑行。"皇帝的新装"(the emperor's new clothes)表明我们应该保持天真烂漫的童心,无私才能无畏,才敢于说真话。

166. 灰姑娘

[词语] Cinderella

[含义] 才干或美貌未被别人赏识的人

[趣释]〔德国童话〕典出德国著名童话作家格林兄弟(Brothers Grimm)《儿童与家庭童话集》(*Children's and Household Tales*),即《格林童话》(*Grimm's Fairy Tales*)中的《灰姑娘》(*Cinderella*)。哥哥雅科布·格林(Jacob Grimm)生于1785年,卒于1863年;弟弟威廉·格林(Wilhelm Grimm)生于1786年,卒于1859年。他们都出生在德国莱茵河畔的哈瑙(Hanau)。哥哥是严谨的语言学家和史学家,弟弟是文笔优美的文学家,兄弟俩具有很高的创作能力,他们将当时的民间文学资料收集起来,编成《儿童与家庭童话集》。1812年出第一集时有80篇故事,第二集出版时又加了70篇故事,到他们生前第7版出版时,有《儿童与家庭童话集》(2卷)已多达215篇故事,和《德

国传说集》（2卷）。"灰姑娘"是《格林童话》中塑造出来的童话形象，讲述的是一个孝顺而且心地善良的女孩，长期受到继母和继母带来的两个姐姐的虐待。她每天都在厨房做女佣，灰头土脸脏兮兮的。后来，由于她善待小动物，得到仙女的帮助，在历尽继母和姐姐们的阻挠之后，终于和王子快乐地生活在一起。据统计，全世界类似灰姑娘这样的故事有1500余种，在中国格林童话就有100多种译本，各国根据格林童话改编的文艺作品，如电影、电视、动画、歌曲等不计其数。"灰姑娘"Cinderella一词，已成了才干或美貌未被人赏识的人的代名词。

167. 回到羊上来

[词语] to return to our muttons

[含义] 言归正传；回到本题来

[趣释]〔法国剧作〕to return to our muttons译自法文revenons a nos moutons，典出14世纪法国喜剧《巴德林律师》（L'Avocat Pathelin）。该剧写于1464年，演出于1469年。该剧出现在英法百年战争之后，具体作者已无从考证。剧中讲述一个狡猾刁顽的皮毛商到法庭去控告牧羊人虐待了他的羊群，牧羊人便请来巴德林律师为自己辩护。因为皮毛商纯属无中生有，在讲述事情经过时便东拉西扯。为了诋毁牧羊人辩护律师的形象和破坏他的声誉，皮毛商竟然捏造说，巴德林律师曾经偷过他家的一块布。法官见他总是离题万里，不得不时时提醒他："可是，亲爱的朋友，还是回头谈谈绵羊的事吧。"（Mais, mon omi, revenons à nos moutons.）后来，由法语译成英语，便产生了"回到羊上来"（to return to our muttons）这个成语用来喻指回到本题、言归正传。

[运用] Cut short the nonsense and return to our muttons. 闲话少说，我们言归正传。

So now return again to our muttons, your graduation thesis. 现在，我们还是回到本题来，谈谈你的毕业论文。

We can talk about your idea later, ok? Now let's return to our muttons. Can anyone find a qualified interpreter for tomorrow's meeting? 你的意见我们以后再谈，好吗？现在咱们言归正传，有没有人能给明天的会议找个合格的翻译？

168. 浑水捕鱼

[词语] to fish in troubled/muddy waters

[含义] 趁火打劫；在混乱中捞取利益

[趣释]〔古希腊寓言〕to fish in troubled waters译自法语pecher en eau trouble，典出《伊索寓言》（*Aesop's Fables*）①中的《渔夫》（*The Fisherman*）。寓言说，渔夫在河里捕鱼，他在河上张开大网，随后用绳子系住大块石头，再用石头击起水来。他用这种办法惊吓鱼，想让逃命的鱼出乎意外地自投罗网。有个当地的居民看到他这么做，便责骂他把水搅浑了，使得他们喝不到洁净的水。渔夫反驳道："要是我不把水搅浑，那我只好等着饿死了！"这篇寓言的寓意是，人类社会中的阴谋家也是如此，当他们的阴谋得逞，在社会上引起骚乱时，他们的日子就最好过。由渔夫在浑水中（in troubled/muddy waters）捕鱼（to fish）的做法衍生出这条成语。现在，"浑水捕鱼"（to fish in troubled/muddy waters）被用来喻指趁火打劫、在混乱中捞取利益。

[运用] All they wanted was to make bad blood between them, aggravate differences and fish in troubled waters. 他们就是要挑拨离间,扩大分歧,以便浑水摸鱼。

Our enemies must be kept from fishing in troubled waters. 不能让敌人趁火打劫。

---

①参阅233. 驴子和狼。

169. 火上加油

[词语] to pour oil on the fire
　　　 to add fuel to the fire/flame
　　　 to put fuel to the fire/flame

[含义] 做了不适当的事或说了不适当的话,使事态更严重

[趣释]〔古罗马诗歌〕典出古罗马诗人贺拉斯(Horace)的《讽刺诗集》(*The Satires*)①。贺拉斯的拉丁文全名为Quintus Horatius Flaccus,生于公元前65年,卒于公元8年,是古罗马宫廷诗人、批评家,在西方美学思想史上占有重要地位。他在讽刺诗中认为,说了不得体的话而使事态更加严重,有如火上浇油。英国剧作家莎士比亚(William Shakespeare)在其剧作《李尔王》(*King Lear*)第二幕第二场中就用了这个习语。肯特伯爵(Earl of Kent)说:"我气愤的是像这样一个奸诈的奴才,居然也让他佩起剑来。都是这种笑脸的小人,像老鼠一样咬破神圣伦常纲纪;他们的主上起了一个恶念,他们便竭力逢迎,不是火上浇油,就是雪上加霜……"(That such a slave as this should wear a sword, /Who wears no honesty. Such smiling rogues as these, /Like rats, oft bite the holy cords atwain/Which are too intrinse t'unloose; smooth every passion/That in the natures of their lords rebel,/Bring oil to fire, snow to their colder moods...）现在"火上加油"（to pour oil on the fire）被用来喻指做了不适当的事或说了不适当的话，使事态更加严重。

[运用] As common saying is, his word poured oil on the fire. 正如俗话所说，他这番话简直是火上加油。

You were pouring oil on the fire and making the matters worse. 你在火上加油，把事情弄得更糟。

Their words put oil to the fire. 他们的话使情况变得更糟。

Palin speech to incite the conservative camp added fuel to the fire. 佩林煽动保守阵营的言论简直是火上浇油。

―――――――――――
①参阅59.从鸡蛋到苹果。

170. 火腿演员的表演

[词语] to ham it up

[含义] 演得过火；做得过分；装模作样；过分渲染

[趣释]〔美国歌曲〕俚语to ham it up的产生与成语"火腿演员"（ham actor）有关，而"ham actor"（火腿演员）这个典故直接联系到19世纪美国一支流行歌曲《火腿油演员》（*The Hamfat Man*）。这支歌唱的就是当时流动游艺班（minstrel shows）里的蹩脚演员。流动游艺班实际上是白人扮黑人的流动滑稽歌唱表演。他们演黑人的音乐，表演都很夸张，而且这些假黑人都用火腿油卸去脸上的妆。因而这些演员都被称作"hamfat man"或"ham actor"（火腿演员）。火腿演员都是些再次不过

的三流演员，他们有一些吸引观众的招数（Ham actors have a number of ways of hamming it up.）：他们在另一个演员道白时对着观众挤眉弄眼，他们拨弄道具或者神气十足地走来走去，等等，都是为了使观众不要去注意别的演员而注意他们自己。还有一种说法是有一个叫哈米什·麦卡洛（Hamish Mcullough）的演员，人们简称他为"哈姆"（Ham），在英语俚语与"火腿"（ham）读音、拼写完全相同，他的演出队常在19世纪伊利诺伊州（Illinois）到处演出。人们称这些演员为"哈姆演员"，结果成了"火腿演员"。慢慢地，ham（火腿）这个词可用作形容词，意为"表演过火的"，也可用作动词，意为"表演过火"。例如：He hammed the part of Romeo. 他演罗密欧，演得极劣。还出现了短语"过火地表演了它"（to ham it up），意思是演得过火、做得过分。

[运用] The actor is really hamming it up to amuse the audience. 这个演员为了博取观众一笑，演得实在太过火了。

Oh, stop hamming it up. 哎，别装腔作势（装模作样）了。

Mary is the girl who likes most to ham it up I have ever seen. 玛丽是我见过的最喜欢做作的姑娘。

Your story is very funny, but there is no need to ham it up. 你的故事很能引人发笑，不过没必要过分渲染。

171. 火中取栗

[词语] to pull the/sb.'s chestnuts out of the fire

[含义] 替别人冒险；替别人挑重担

[趣释]〔法国寓言〕典出法国寓言作家让·德·拉封丹（Jean de La Fontaine）的寓言《猴子和猫》（*The Monkey*

拉封丹

and the Cat）。让·德·拉封丹1621年生于法国中部埃纳省的蒂埃利堡（Chateau-Thierry），卒于1695年。他曾习法律、神学，但最后成为诗人，以《寓言诗》留名于世。他1652年至1671年继承父业，在家乡担任水泽与森林管理人。1664年出版《故事诗》，内容取材于薄伽丘（Boccaccio）、拉伯雷（Rabelais）、阿里奥斯托（Ariosto）等人的作品，虽然文笔高雅，但淫秽场面不少，被人评为有伤风化。《寓言诗》于1668年出版面世，获大家好评，到拉封丹逝世时共出12卷。《火中取栗》这篇寓言讲的是，狡猾的猴子哄骗头脑简单的猫，去替他从火灰中取出烤熟的栗子。猫应命做了，烫坏了爪子，而取出的栗子却被猴子吃了个精光。同出一源的典故还有cat's paw（被他人利用的人）[①]。在欧美，"火中取栗"已成为家喻户晓的成语。这个成语通常用作两种形式：to pull sb.'s chestnuts out of the fire或to pull the chestnuts out of the for sb. 意思都是"为某人火中取栗"。

［运用］I had pulled the chestnuts out of fire for him on several occasions and was unwilling to do it again. 我已替他冒险过好几回，不愿再干了。

---

① 参阅247. 猫爪子。

172. 霍布森的选择

[**词语**] Hobson's choice

[**含义**] 没有选择的余地；不让挑选

[**趣释**]〔英国散文〕典出1712年英国《旁观者》(*Spectator*) 杂志第509期的一篇文章。文章中有一段这样的描写：托马斯·霍布森（Thomas Hobson）是16世纪英国剑桥地区的驿站老板，他生性古板，对顾客一视同仁不徇私情。他驯养了40匹马供客户使用，但凡雇用他的马匹者必须严格遵守他的规定：不许任意挑选马匹，而只能选靠近门边的那匹马。后来，人们就用"霍布森的选择"（Hobson's choice）来讥讽没有选择的余地，不让挑选。

173. 饥饿是最好的佐料

[词语] Hunger is the best relish/sauce.

[含义] 饥不择食；饥饿是最好的调味品

[趣释]〔古罗马论著〕Hunger is the best sauce来自拉丁语Fames optimum condimentum，或仿自拉丁语Cibi condimentum fames，典出古罗马政治家西塞罗的著作。马库斯·图留斯·西塞罗（Marcus Tullius Cicero）是古罗马著名的政治家、演说家①、雄辩家、法学家和哲学家。他出生于奴隶主骑士家庭，以善于雄辩而成为罗马政治舞台的显要人物。他从事过律师工作，后进入政界，开始时倾向于平民，后成为贵族派。公元前63年当选为执政官，三头政治联盟成立后被三头之一的政敌马克·安东尼（Marcus Antonius）派人杀害于弗米尔（Formia）。他的著作颇丰，哲学方面有《论至善与至恶》《论神性》《学院哲学》；教育方面有《论演说家》《论修辞学的发明》；政治方面有《论国家》（*On the Republic*）、《论责任》（*On Duties*）、《论命运》（*On Fate*）等。不过，有人怀疑这条谚语最初可能语出古希腊的思想家、哲学家和教育家苏格拉底（Socrates）。苏格拉底和他的学生柏拉图（Plato）以及柏拉图的学生亚里士多

德（Aristotle）并称为"古希腊三大哲学家"，是西方哲学的奠基者。谚语"饥饿是最好的佐料"（Hunger is the best relish/sauce）说明，饥不择食、饥者口中尽佳肴；饥饿是最好的调味品。俄语中有类似的谚语，意思是"饥饿是最好的厨师"。西班牙作家塞万提斯（Cervantes）在小说《堂吉诃德》（*Don Quijote de la Mancha*）中说："天底下顶好的调味品就是饥饿，这是穷人家从来都不会缺少的，所以他们吃东西一径都有味儿。"

---

① 参阅475. 纸张不会脸红。

174. 击中靶子

[词语] to hit the mark

[含义] 一语中的；达到目的；获得成功

[趣释]〔英国剧作〕典出自英国剧作家威廉·莎士比亚（William Shakespeare）的剧作《罗密欧与朱丽叶》（*Romeo And Juliet*）①。该剧讲述了这样一个故事：蒙太古（Montague）家的儿子罗密欧与凯普莱特（Capulet）家的女儿朱丽叶，相识相爱。因为两家世仇，他们很为这段产生于仇恨下的感情担心。他们请神父举行秘密婚礼，希望他们的结合能使两家尽释前嫌。由于朱丽叶表哥提伯尔特（Tybalt）滋事挑衅，刺死了罗密欧的好友茂丘西奥（Mercutio），罗密欧为给朋友报仇，也刺死了提伯尔特。于是，罗密欧被逐出维洛那（Verona）城。这时，朱丽叶的父母逼她另嫁他人，朱丽叶请求劳伦斯神父（Friar Laurence）帮助。神父急中生智，一边叫朱丽叶服下假毒药，一边派人通知罗密欧适时去墓地带走朱丽叶。朱丽叶依计行事，罗密欧却在送信人到达之前就已赶到墓地。他不知爱妻是假死，悲

痛之下服毒身亡，朱丽叶醒来见丈夫已死，也持刀自杀。这对情侣的爱情毁灭，终于换来了两家世代的和平。该剧第二幕第一场，在凯普莱特花园墙外的小巷里，罗密欧攀墙入朱丽叶花园内。他的两个朋友班伏里奥（Benvolio）和茂丘西奥在巷中等候、议论着。班伏里奥说："来，他一定躲到树丛里，跟那多露水的黑夜作伴去了。爱情是盲目的，让他在黑夜里摸索去吧。"茂丘西奥说："爱情要是盲目的，那就射不中目标啦！现在他要坐在桃树下，盼望着心上人变成一只桃子啦……"（If love be blind, love cannot hit the mark./Now will he sit under a medlar tree,/And wish his mistress were that kind of fruit）由此而来的成语"击中靶子"（to hit the mark）被后人用来喻指一语中的、达到目的、获得成功。

[运用] The merchant hit the mark when he purchased a quantity of cotton cloth before the rise in the market. 那商人行情看得准，在市价上涨前买了大量棉布。

"What I always say is : One man's disposition is another man's indisposition." "Just hits the mark." "我常说一个人的愉快往往引起他人的不愉快。" "你说得真中肯。"

Some criticisms have hit the mark. 有些批评很中肯。

---

①参阅32. 白天点灯。

175. 记小酒账

[词语] to chronicle small beer

[含义] 记油盐账；记载无足轻重的琐事

[趣释]〔英国剧作〕典出英国剧作家威廉·莎士比亚

（William Shakespeare）的剧作《奥赛罗》（*Othello*）①。to chronicle意为"按时间顺序记述"，small beer 意为"淡啤酒"。这个典故的字面意思是"记记小酒账"。该剧第二幕第一场，在塞浦路斯（Cyprus）岛海口一市镇的码头广场上，人们欢迎奥赛罗率军凯旋。奥赛罗的夫人苔丝狄蒙娜和旗官伊阿古一边等候、一边谈笑。伊阿古念一首歪诗赞美"好女人"。夫人问他："要她（好女人）干什么呢？"（She was a wight, if ever such wight were, /To do what?）伊阿古："去奶孩子，去记油盐账。"（To suckle fools, and to chronicle small beer.）典故"记小酒账"（to chronicle small beer）被用来喻指记油盐账，记载无足轻重的琐事；"淡啤酒"（small beer）被用来喻指琐事、无关紧要的事。后来，还转义指小人物、微不足道的人。

[运用] He didn't trouble to acknowledge our greetings.Now that he has become famous, we are only small beer.他不会费心去答谢我们的问候的。既然他已经出了名，我们仅仅是微不足道的小人物而已。

She thinks small beer of teachers.Well, we don't think small beer of ourselves.她瞧不起老师，不过，我们倒不小看自己。

Don't worry about giving me the change, it's small beer anyway.不要为给我找零钱而烦恼，那是微不足道的事。

---

①参阅123.感动得要哭。

176. 加倍保证

[词语] to make assurance double/doubly sure

[含义] 加倍慎重；使加倍有保障；万无一失

[趣释]〔英国剧作〕典出英国剧作家威廉·莎士比亚（William Shakespeare）的剧作《麦克白》（*Macbeth*）[①]。《麦克白》是莎士比亚的经典悲剧之一，但看完全剧之后并没有给人以悲哀的感觉。许多人都会认为麦克白的灭亡是罪有应得。这种罪有应得展现出来的就是一种命运、人性、民族的悲哀。他本是一个勇士、大将、为国打了胜仗凯旋的英雄，却因为迷信女巫们的预言，使个人野心恶性膨胀成为人性泯灭的弑君恶贼。他为了篡夺王位、巩固统治地位，不惜杀死国王邓肯（Duncan）、大将班柯（Banguo），甚至连手无寸铁的麦克德夫（Macduff）的妻儿也不肯放过。麦克白的一系列激变与他妻子的煽动和激将不无关系。这个野心勃勃的女人把丈夫推上了王位，也将自己推上了不归路。该剧第四幕第一场，在山洞中置沸釜。反叛了的麦克白要女巫们请来的三个幽灵回答他提出的问题。第二个幽灵说："那你要残忍、勇敢、坚决；你可以把人类的力量付之一笑，因为没有一个妇人生下的人可以伤害麦克白。"麦克白说："……可是我要使确实的事实加倍确定，从命运手中接受切实的保证。"(...But yet I'll make assurance double sure, /And take a bond of fate.) 由此而出的成语"加倍保证"（to make assurance double sure）被用来形容加倍慎重、万无一失、使加倍有保障。

[运用] But yet I will make assurance doubly sure. 但是，我还是要做到万无一失。

Now that I had a moment to myself, I lost no time

in changing the priming of my pistol, so as to make assurance doubly sure. 由于有了点空闲时间,我为了保险,赶紧给手枪换了弹药。

I want to make assurance double sure that the machines are the ones we want to buy and that they are in good shape. 我要确保这些机器正是我们所要买的那种,并且它们都完好无损。

―――――――――――――

①参阅243. 麦克白。

177. 家庭暴君沉西

[词语] Cenci

[含义] 家庭暴君

[趣释]〔英国诗歌〕典出英国浪漫派诗人雪莱的著名诗作《沉西》(*The Cenci*)。雪莱的全名是珀西·毕希·雪莱(Percy Bysshe Shelley),他1792年生于英国一个权势显赫的家庭,卒于1822年,是英国最伟大的抒情诗人之一。他是家中的长子,理应在长大成人后承袭贵族头衔和家财。但他天生是个革命者,桀骜不驯,被人称作"疯狂雪莱"和"无神论者雪莱"。在雪莱的诗作中,沉西是个残酷无情的家庭暴君、荒淫无耻的卑鄙小人。他身为伯爵,却是一个极端利己主义者。他乖戾成性,做事不择手段。他好色成性,竟强奸了自己的亲生女儿比阿特丽丝(Beatrice)。沉西伯爵的罪行使得亲人们都忍无可忍。沉西的妻子,比阿特丽丝的继母卢克丽霞(Lucretia)和沉西的兄弟伯纳多(Bernardo)都同意将他置于死地。女儿雇了几个人将父亲杀死。可是,后来伯爵死亡的秘密泄露了出来,罗马教皇指定法

庭审讯比阿特丽丝，判她有弑父之罪。开始她忍住了种种酷刑，否认一切。最后，她承认了，被绑赴刑场正法。后人常用"沉西"（Cenci）来喻指家庭暴君。

178. 价值犹太人的一只眼

［词语］worth（a）Jew's eye

［含义］颇为贵重；稀世珍宝；贵重物件

［趣释］〔英国剧作〕典故worth a Jew's eye是古语的一种形式，源自折磨犹太人敲诈钱财的风俗。传说英国的约翰王（King John）向一个叫布里斯托尔（Bristol）的有钱希伯来犹太人敲诈一万块钱金币遭到拒绝。国王恼羞成怒，下令逮捕他，并一个一个地拔掉他的牙齿折磨他，直到拔到第七颗牙时那犹太人才屈服，被迫交出了钱。约翰开玩笑地说："一个犹太人的眼睛或许是一笔快捷的赎金，但犹太人的牙齿给了更丰厚的收获。"以后，"价值犹太人的一只眼"（worth a Jew's eye）便用来喻指极贵重的物件，稀世之珍。

剧作家威廉·莎士比亚（William Shakespeare）将这一典故在其早期重要剧作《威尼斯商人》（*The Merchant of Venice*）[①]中得到再现并赋予新意。这部剧主要情节取材于古老传说。剧情通过三条线索展开：一条是富家千金鲍西娅（Portia）选亲，巴萨尼奥（Bassanio）选中铅盒子与鲍西娅结成眷属。一条是高利贷者夏洛克（Shylock）的女儿杰西卡（Jessica）与罗兰佐（Lorenzo）的恋爱和私奔。还有一条是主线，即威尼斯商人安东尼奥（Antonio）为了帮助巴萨尼奥成婚，向夏洛克借3000块钱金币而引起的"割一磅肉"的纠纷。夏洛克因为安东尼奥借钱给人不收利息，影响高利贷行业；又因为他羞辱过自己而对他恨之入骨，乘借款之机签订契约设下圈套,以便置他于死地。好在鲍西娅用地的聪明才智才使安东尼奥转危为安,喜剧结束。该剧第二幕第五场,在夏洛克家门前,郎斯洛特(Lancelot)来请夏洛克去家里吃晚饭。夏洛克将家里的钥匙交给女儿杰西卡保管,还叮嘱她把家里的门锁上,既便听到鼓声和弯笛的怪叫声,也不许爬到窗阁子上张望。郎斯洛特说:"那么我先去了,老爷。小姐,留心看好窗外;跑来一个基督徒,不要错过好姻缘。"(I'll go before, sir,—Mistress, look out at window for all this;/There will come a Christian by,/Will be worth a Jewess' eye.)译文"不要错过好姻缘"的英文原文是"will be worth a Jew's eye",意为"将是稀世珍宝"。指杰西卡已经约好和恋人罗兰佐私奔,郎斯洛斯因此提醒她要留意窗外,情人会准时来接她。

[运用] The pictures are worth a Jew's eye.这些画极为贵重。

---

①参阅393.夏洛克。

179. 驾好自己的独木舟

[词语] to paddle one's own canoe

[含义] 独立谋生;独立支撑;管自己的事

[趣释] 〔美国诗歌〕典出美国诗人博尔顿的诗歌《自力更生》(*Paddle Your Own Canoe*)。沙拉·悌托·博尔顿(Sarah Tittle Bolton)1814年生于美国,诗人、女权活动家,与丈夫罗伯特·戴尔·欧文(Robert Dale Own)创立了印第安纳波利斯(Indianapolis)第一家报纸。她曾是印第安纳州最重要的女歌手和先锋桂冠诗人。她于1893年去世,1941年州议会为她建立了青铜浮雕以表纪念。她著名的诗歌《自力更生》发表于1854年

5月，是一首格言诗。一个月之后，这首诗便在全国流行起来。诗歌写道：Voyage upon life sea, /To yourself be true, /And, whatever your lot may be, /Paddle your own canoe.（漂泊人生海，/一切靠自谋，/命途何须问，驾你独木舟。）"驾好自己的独木舟"（to paddle one's own canoe）后来被用来喻指独立谋生、独立支撑、管自己的事。

[运用] It's time you learned to paddle your own canoe. 现在该是你学习独立谋生的时候了。

Don't worry about your son. He is old enough to paddle his own canoe. 不要为你儿子担心，他已到了足以自立的年龄了。

To paddle one's own canoe doesn't necessarily mean denying any external assistance. 独立自主并不一定意味着要拒绝一切外来援助。

180. 肩背好好的无损伤

[词语] one's withers are unwrung

[含义] 不受影响；没受到伤害

[趣释]〔英国剧作〕典出英国剧作家威廉·莎士比亚（Willian Shakespeare）的剧作《哈姆雷特》（*Hamlet*）[①]。该剧是莎士比亚四大悲剧之一，讲述丹麦王子哈姆雷特为父报仇的故事。该剧第三幕第二场，在城堡中的厅堂中，哈姆雷特为证实现任国王叔父克劳狄斯（Claudius）就是杀害父王的凶手，特地请了戏班来演出他自编自导的活话剧，还特请国王和母后乔特鲁德（Gertrude）来看戏。国王问哈姆雷特："戏名叫什么？"哈姆雷特说："《捕鼠机》。呃，怎么说呢？这是一个象

征的名字。戏中的故事影射着维也纳的一件谋杀案。贡扎古是那公爵的名字；他的妻子叫作白普蒂丝姐，您看下去就知道是怎么回事啦。这是个很恶劣的作品，可那又有什么关系？它不会与陛下您跟我们这些灵魂清白的人有什么相干；让那有毛病的马儿去惊跳退缩吧，我们的肩背都是好好的。"（…'tis a knavish piece of work: but what o'/that? your majesty and we that have free souls, it/touches us not: let the galled jade wince, our/withers are unwrung.）"our withers are unwrung"（我们肩背都是好好的）意思是影响不到我们、伤害不到我们。withers是马的肩骨间隆起的部分，也指人的肩背。wrung是动词wring的过去分词，意为扭痛，如果马的轭圈或鞍子放得不合适，就会使马感到痛苦。过去分词做形容词wrung意为有痛苦的、有烦恼的，其反义词是unwrung，意为无痛苦、无烦恼。由此而成的成语"肩背好好的无损伤"（one's withers are unwrung）后来被人们用来喻指不受影响、没受到伤害。

[运用] Those whose withers were unwrung laughed till the tears ran down. 没有受牵连的人们笑得眼泪直淌。

This was intended for Mr. Toodle's private edification, but Rob the Grinder, whose withers were not unwrung, caught the words as they were spoken. "What! Father's been a saying something more against me, has he?" Cried the injured innocent. 这话是为私下开导图德尔而说的，但是却被刺伤了心的罗博听到了。"怎么！爸爸又在说我的坏话了！"那受伤的无辜者大声说道。

My withers are unwrung.（此事）对我无关痛痒。

---

① 参阅150. 哈姆雷特。

181. 简洁是智慧的灵魂

[**词语**] Brevity is the soul of wit.

[**含义**] 言以简为贵

[**趣释**]〔英国剧作〕典出英国剧作家威廉·莎士比亚（William Shakespeare）1603年出版的剧作《哈姆雷特》（*Hamlet*）①。该剧一直被认为是莎士比亚的巅峰之作，取材于阿姆莱斯王子（Prince Amleth）的故事，这个故事发生在12世纪。16世纪80年代，英国剧作家托马斯·基德（Thomas Kyd）就曾创作过《哈姆雷特》。不过，基德版本的《哈姆雷特》已经失传。在17世纪初出版的莎士比亚笔下的《哈姆雷特》中，这个中世纪的故事被赋予新的意义和重要性。尽管戏剧中充斥着各色丹麦人物名字，但不难看出故事中发生的一切恰恰就是当时的英国社会，整个故事渗透着属于莎士比亚那个时代的精神。可以说，这部作品是莎士比亚人文主义和对现实生活批判精神的最深表达。该剧第二幕第二场，在城堡一室中，御前大使波洛涅斯（Polonius）向篡位的国王克劳狄斯（Claudius）、王后乔特鲁德（Gertrude）汇报他们出使挪威和了解王子哈姆雷特的情况时说："这件事总算圆满结束了。王上，娘娘，要是我向你们长篇大论地解释君上的尊严，臣下的名分，白昼何以为白昼，黑夜何以为黑夜，时间何以为时间，那不过是徒然浪费了昼、夜、时间。所以，既然简洁是智慧的灵魂，冗长是肤浅的藻饰，我还是把话说得简单些吧。（…Therefore, since brevity is the soul of wit, /And tediousness the limbs and outward flourishes, /I will be brief…）你们的那位殿下是疯了；我说他疯了，因为假如再说明什么才是真疯，那就只有发疯，此外还有什么可说的呢？可是那也不用说了。"王后立即打断道：

"多谈些实际,少弄些玄虚。"由此形成的谚语"简洁是智慧的灵魂"(Brevity is the soul of wit.)喻指言以简为贵。

① 参阅150.哈姆雷特。

182. 叫狼看守羊

[词语] to set the wolf to keep the sheep

[含义] 引狼入室;把事情委托给危害自己的人

[趣释]〔古希腊寓言〕典出《伊索寓言》(Aesop's Fables)①中的《牧人和狼》(The Shepherd And the Wolf)。寓言说,牧人发现了一只狼崽,就把它和狗养在一起。后来,小狼长大,野性也逐渐显露出来。有一次,外面的狼来叼羊,它追上去也参与吃了一份。没有狼来叼羊,它也偷偷地吃羊。"叫狼看守羊"(to set the wolf to keep the sheep)比喻把事情委托给只会给自己带来危害的人,相当于引狼入室。

[运用] Asking for his help means setting the wolf to keep the sheep.向他寻求帮助就是引狼入室。

① 参阅233.驴子和狼。

183. 杰克尔和海德

[词语] Jekyll and Hyde

[含义] 具有善恶双重人格的人;双重人格的代称

[趣释]〔英国小说〕典出英国作家罗伯特·路易斯·史蒂文森(Robert Louis Stevenson)①的小说《化身博士》(The

Strange Case of Dr. Jekyll and Mr. Hyde）。在作家史蒂文森的笔下，杰克尔（Jekyll）是一个著名的医学博士，他的道德和学识受人尊敬，在社会上有一定地位。他想探索人们内心善与恶的两种不同倾向，因而发明了一种药物，并且在自己身上进行试验，从而创造出一个名叫海德（Hyde）先生的化身。他自己化为海德后，便出门寻欢作乐，恣意胡作非为，做了许多坏事，然后再吃药，立刻又变成了受人尊敬的杰克尔博士。杰克尔终日徘徊在善恶之间，其心灵的内疚和犯罪的快感不断冲突，令他饱受折磨。这种貌似荒诞不经的故事，其实蕴含了最深刻的人性命题：人，到底是黑白分明，一成不变的非善即恶，还是既善亦恶、时善时恶？《化身博士》是作家史蒂文森的代表作之一，因书中的人物杰克尔和海德善恶截然不同的性格，让人印象深刻，后来人们用"杰克尔和海德"（Jekyll and Hyde）来喻指具有善恶双重人格的人、（心理学）双重人格的代称。

[运用]He is a real Jekyll and Hyde: at home he's kind and loving but in business he's completely without principles. 他真是一个有双重人格的人，在家里他温良和善，在做生意的时候，他却完全不讲道义。

---

① 参阅36. 扮演猴子。

184. 借贷使节俭的刀刃变钝

[词语]Borrowing dulls the edge of husbandry.

[含义]经常告贷使人忘记勤俭；花借来的钱不心疼

[趣释]〔英国剧作〕典出英国剧作家威廉·莎士比亚（William Shakespeare）剧作《哈姆雷特》（*Hamlet*）[①]里。

该剧是莎士比亚的四大悲剧之一。该剧第一幕第三场,在波洛涅斯家中一室,大臣波洛涅斯(Polonius)的儿子雷欧提斯(Laertes)和女儿奥菲丽娅(Ophelia)在告别交谈,波洛涅斯本人也来为儿子送行。他对儿子说:"还在这儿,雷欧提斯!上船去,上船去,真好意思!风息在帆顶上,人家在等着你哩。好,我为你祝福!还有几句教训,希望你铭记在记忆之中;不要想到什么就说什么,凡事必须三思而行。对人要和气,可是不要过分狎昵。……不要向人告贷,也不要借钱给人;因为债款放了出去,往往不但丢了本钱,而且还失去了朋友;向人告贷的结果,容易养成因循懒惰的习惯。"(...Neither a borrower, nor a lender be; /For loan of loses both itself and friend, /And borrowing dulls the edge of husbandry...)由此而成的谚语"借贷使节俭的刀刃变钝"(Borrowing dulls the edge of husbandry.)喻指花借来的钱不心疼、经常借贷使人忘记勤俭。

---

①参阅150.哈姆雷特。

185. 金银岛

[词语] treasure island

[含义] 财宝很多或资源丰富的地方

[趣释] 〔英国小说〕典出自19世纪英国作家罗伯特·路易斯·史蒂文森(*Robert Louis Stevenson*)①的同名畅销小说《金银岛》(*Treasure Island*)。史蒂文森出身于英国苏格兰爱丁堡(Edinburgh)的一个灯塔建筑世家,他学习法律,当了律师。他从23岁起陆续发表长篇小说、评论集、旅游见闻和诗歌等,由

于文字优美洗练，深受读者喜爱。除《金银岛》外，长篇小说还有《诱拐》（Kidnapped）、《化身博士》（The Strange Case of Dr Jekyll and Hyde）②等12部，短篇小说集5部以及大量的其他著作如传记、评论、诗歌、游记等。《金银岛》主要讲述少年吉姆一行去荒岛寻宝历险的故事。描写他们与海盗巧妙周旋，斗智斗勇，危险重重。小说人物性格刻画生动，人物形象栩栩如生，故事情节紧张，充满悬念。《金银岛》大获成功，史蒂文森名声大振，也开了发掘宝藏小说的先河。后来"金银岛"（treasure island）被用来喻指一个有很多财宝或自然资源非常丰富的地方。俄国作家巴尤坎斯基在《金银岛》一文写道："萨哈林被称作'金银岛'，那里有煤炭和石油，森林和渔业，取之不尽的财富。"

---

①参阅36.扮演猴子。　　②参阅183.杰克尔和海德。

186.紧紧抓住荨麻

[词语] to grasp the nettle

[含义] 大胆同困难做斗争；迎着困难上；毅然担负困难的工作；大胆处理棘手问题

[趣释]〔英国论著〕to grasp the nettle是"Grasp the nettle and it won't sting you"的一部分或省略。它最早出现在英国作家约翰·李利（John Lyly）于1579年发表的《尤弗伊斯·才智之剖析》（Euphues：the Anatomy of Wit）①一书中。李利生于1553年，卒于1606年。是英国作家、诗人和剧作家。后来，艾伦·希尔（Allen Hill）也在《荨麻的教训》中写道："软心肠的人碰荨麻，它会把你的手刺痛；有勇气的人抓荨麻，它犹如蚕丝一样软。"原指除非紧抓荨麻，弄碎它，否则荨麻叶子上纤

细的茸毛会刺破皮肤,注进酸汁,刺激皮肤,让人非常难受。谚语"紧紧抓住荨麻,荨麻就不会刺伤你"(Grasp the nettle and it won't sting you)喻指你不怕困难,困难就怕你;大胆同困难做斗争、迎着困难上、毅然担负困难的工作、大胆处理棘手的问题。

[运用] Under such conditions, the Chinese enterprises must grasp the nettle bravely and study and grow in the battle. 在这种情况下,中国企业必须勇敢地面对竞争和挑战,在战斗中学习和成长。

We need a government that will grasp the nettle. 我们需要一个大刀阔斧地处理问题的政府。

We are wasting time in talking; Let us grasp the nettle and start working. 我们把时间浪费在空谈上了,让我们面对困难开始干吧。

Our object must now be to bring theatres up to date. But if we were to do this, we would have to grasp the nettle with both hands. 我们的目标是要使剧院达到现代水平,但要实现这一点,就得大胆地抓一些棘手问题。

---

①参阅396. 相像得如一个豆荚里的两个豌豆。

187. 谨慎是勇敢的要素

[词语] Discretion is the better part of valour.

[含义] 真正的勇士不轻易冒险;好汉不吃眼前亏;慎重为勇敢之本

[趣释] 〔英国剧作〕典出英国剧作家威廉·莎士比亚

（William Shakespeare）的剧作《亨利四世》（*King Henry IV*）[①]上篇。《亨利四世》是莎士比亚历史剧中最成功、最受欢迎的一部，是他历史剧的代表作。这部剧作分上、下两篇，主要内容是反映亨利四世和他的王子们与反叛的诸侯贵族进行殊死搏斗的过程。剧本一方面通过描写亨利王子平定北方大贵族的叛乱来统一王权对封建割据势力的胜利；另一方面描写王子同福斯塔夫（Sir John Falstaff）[②]一伙人从开始交往到最终断绝关系的过程，来表达一个英明君主的成长历程。剧中的福斯塔夫是一个喜剧人物，他是一个破落贵族爵士，好酒贪杯，纵情声色。他是军人，却缺少封建骑士的荣誉观念和勇敢。他生活在从封建社会向近代市民社会的过渡时期，没有新兴市民的进取心，却染上他们的愉快乐观和自我享受，他利用吹牛拍马、逗笑取乐来谋取生活。《亨利四世》上篇第五幕第四场，在索鲁斯伯雷战场的另一部分，叛军首领道格拉斯（Douglas）与福斯塔夫交战，福斯塔夫突然倒地装死，道格拉斯退去之后，他站起来说道："……他妈的，幸亏我扮得好，不然那杀气腾腾的苏格兰恶汉早就把我的生命一笔勾销啦。……智虑是勇敢的最大要素，凭着它我才保全了我的生命……"（The better part of valour is discretion; in which better part I have saved my life.）由此而出的谚语"谨慎是勇敢的要素"（Discretion is the better part of valour.），是说真正的勇士不轻易冒险、好汉不吃眼前亏、慎重是勇敢之本。

[①]参阅23. 把某人吃得倾家荡产。　　[②]参阅116. 福斯塔夫。

188. 进来的人们，把一切希望抛弃吧！

[词语] All hope abandon ye who enter here!

[含义] 不要再存幻想；一切已无希望

[趣释]〔意大利诗歌〕All hope abandon ye who enter here! 译自意大利文Lasciate ogni speranza voi ch'entrate。典出意大利诗人但丁·阿利吉耶利（Dante Alighieri）的《神曲》（*The Divine Comedy*）。但丁生于1265年，卒于1321年，是意大利文艺复兴前夜在佛罗伦萨（Florence）诞生的诗人，被恩格斯誉为"中世纪的最后一位诗人，同时也是新时代最初的一位诗人"。他是现代意大利语的奠基者，欧洲文艺复兴时代的开拓者之一，以长诗《神曲》留名后世。除《神曲》之外，但丁的主要作品有《新生》（*The New Life*）、《飨宴》（*The Banquet*）、《论俗语》（*On the Eloquence of Vernacular*）等。《神曲》由地狱篇（Hell）加上第一序曲共34首，炼狱篇（Purgatorio）33首和天堂篇（Paradise）33首正好100首组成。它用意大利方言写成，原书名是《喜剧》（*Comedy*），后来被意大利人文主义作家、诗人乔万尼·薄伽丘（Giovanni Boccaccio）冠以"神圣的"（divine），定名为《神圣的喜剧》（*Divine Comedy*）。全诗以第一人称的形式描述自己在幽暗的森林中醒来之后迷失了方向，开始了幻游。遇到豹、狮、狼三头猛兽之后，惊恐万分，这时，但丁最崇拜的古罗马诗人维吉尔（Vergilius）前来搭救。在维吉尔的帮助下，"我"游历地狱和炼狱。地狱一共九层，上宽下窄，像一个大漏斗，凡是生前做坏事的人，无论是谁，都会在地狱中受到惩罚。炼狱中灵魂的罪孽较轻，它漂在海上，共分七层。维吉尔退去之后，但丁心目中的恋人比亚得里斯（Beatrice）迎接他进入天堂。天堂也分九层，九层之上是人类

理想的生活境界，一个充满了爱的地方。作者在《神曲·地狱篇》第三首诗《地狱之门》中，对所有迈入地狱之门的人说："你们走进这里的，把一切希望捐弃吧！"（All hope abandon ye who enter here!）意思是不要存在幻想，一切都已无希望。恩格斯在《致爱·伯恩斯坦》一文中写道："对他们来说，在码头的大门上真可以写上但丁这样的话：进来的人们，把一切希望抛弃吧！"

[运用] They had abandoned all hope. 他们已经放弃了一切希望。

At length he said, "Then you abandon all hope of escape?" 最后，他终于说了："那么你完全放弃逃走的希望了吗？"

Does this mean that we should abanden all hope of finding fundamental laws and developing a more engineering-like approach to developing software? 这难道意味着我们应该放弃所有寻找基本定律的希望以及发掘一个更像工程学的方法来开发软件吗？

189. 精灵爱丽儿

[词语] Ariel

[含义] 小精灵；天王星的第一卫星

[趣释]〔英国剧作〕典出威廉·莎士比亚（William Shakespeare）的剧作《暴风雨》（*The Tempest*）[①]。该剧是莎士比亚最后一部作品，讲述的是一个童话故事。剧作既有凡人，又有鬼神、精灵、迷人的王子和漂亮的公主。一场暴风雨使剧中的人物与世隔绝，他们被带到一个神秘的小岛上。剧情表现

了人与人之间的冒犯、忏悔、惩罚、宽恕及和解的主题。从某种意义上说，是表现了正义对邪恶的胜利。米兰公爵普洛斯彼罗（Prospero）被弟弟陷害并篡权后，带着3岁的女儿米兰达（Miranda）被流放到一个遥远的、巫术盛行的小岛。在那里他过了12年流放生活。他潜心研究魔法，经历磨难，终于能呼风唤雨向仇人复仇，而后又达到和解。岛上有个叫爱丽儿（Ariel）的精灵小头目，帮助公爵完成多项任务。最后公爵离开该岛时，答应让这个聪明、乖巧的精灵自由地飞向天空。后来，人们把天王星（Uranus）的第一卫星天卫一命名为爱丽儿。阿拉伯产的一种瞪羚也以此命名为爱丽儿。

---

① 参437. 用全部眼睛看。

190. 酒宴上的骷髅

[**词语**] a skeleton at the feast

[**含义**] 令人扫兴的事；令人扫兴的家伙

[**趣释**]〔古罗马论著〕典出古罗马传记作家普卢塔克（Plutach）的著作《道德论丛》（*Moralia*）。普卢塔克是罗马帝国时期的传记作家和伦理学家。他出生于公元46年一个希腊贵族家庭，卒于公元120年，他学过哲学、修辞学，还学过物理学、数学和其他自然科学。他多次到过罗马，很得罗马皇帝赏识，到过埃及、意大利、希腊许多地方，结识了诸多名人。普卢塔克博览群书、著述丰富，其著作名录多达227项。现存传世之作包括50篇希腊、罗马著名人物传记的《传记集》（*Parallel Lives*）和由60余篇杂文组成的《道德论丛》。他撰写历史人物传记的目的在于宣传自己的伦理思想，他不重视史料的考订，因此其著作史料

价值常常取决于选用文献的价值,但仍不失为治史者必读之书。《道德论丛》的主要形式为对话或讽刺文章,涉及题材十分广泛。写作的目的在于利用古代名人的言行进行道德劝善。例如,他在文中提到,埃及人常常在他们酒宴的显眼位置摆放一具骷髅,目的是提醒人们要居安思危,在欢乐的时刻不要忘记人生尚有许多不愉快的事情,如苦难和死亡。不过,现代人使用这个成语时已失去原来的警世之意,"酒宴上的骷髅"(a skeleton at the feast)指高兴的时刻出现的令人扫兴的事或令人扫兴的家伙,多用作戏谑语。

[运用] I hate to work with John, who always seems to be a skeleton at the feast when he can't keep pace with the workmates. 我最不喜欢和约翰工作,他总是跟不上同班工友的节奏,令人生厌。

Never talk about a dangerous thunderstorm with a sailor before he begins a new voyage at the sea, which will be thought of as a skeleton at the feast. 千万别在水手出航之前,对他说海上风暴有多么危险,这是令人讨厌的话题。

The film was a skeleton at the feast. 那部电影真让人扫兴。

191. 就像两个蛋一样相像

[词语] as like as two eggs

[含义] 很相像;一模一样;像极了

[趣释] 〔英国剧作〕典出英国剧作家威廉·莎士比亚(William Shakespeare)的剧作《冬天的故事》(*The Winter's Tale*)里。该剧的主要情节取材于罗伯特·格林(Robert Greene)的田园传奇剧《潘多斯托》(*Pandosto*)①。西西

里国王莱昂特斯（Leontes）和波西米亚国王波利克塞尼斯（Polixenes）是儿时玩伴。波利克塞尼斯正访问西西里王国，宾主甚欢。9个月之后，波利克塞尼斯渴望回国处理政务。莱昂特斯竭力挽留没有成功，于是叫皇后艾尔米奥娜（Hermione）去试图说服好友留下来。在三次简短的对话之后波利克塞尼斯同意留下，结果导致莱昂特斯怀疑好友与妻子之间有暧昧关系，所怀的孩子是私生子。莱昂特斯命令卡米洛（Camilo）去毒杀波利克塞尼斯，卡米洛拒绝执行命令，和波利克塞尼斯一起逃往波西米亚。莱昂特斯以通奸的罪名将妻子埃尔米奥娜关进监狱，皇后在狱中生下女儿。莱昂特斯命人将婴儿丢在波西米亚海边。由于莱昂特斯诬陷妻子，违抗巫师的预言，结果小王子马米留斯（Mamillius）因母亲蒙冤悲伤过度而身亡，皇后也昏死过去。国王莱昂特斯在随后的16年里一直哀悼妻子和孩子。丢在海边的小公主珀迪塔（Perdita）被牧羊人收养，出落成美丽的姑娘，并赢得波西米亚王子弗洛里扎（Floriza）的爱情。由于父王波利克塞尼斯坚决反对，这对小情人从波西米亚逃到西西里。在奥拓吕科斯（Autolycus）的帮助下，珀迪塔的继承物被发现，她与父亲重逢，两个国王重归于好。皇后埃尔米奥娜也从雕像中苏醒过来，全家团聚，皆大欢喜。该剧第一幕第二场，在莱昂特斯宫中的大厅，当西西里国王莱昂特斯劝他儿时的玩伴和朋友波西米亚国王波利克塞尼斯再留下来未果时，便叫他的皇后埃尔米奥娜去劝说朋友留下来。在与皇后交谈中，波利克塞尼斯回忆他与莱昂特斯的亲密友谊时说："他们说，我们长得一模一样。"（They say we are almost as like as two eggs.）现在，"就像两个鸡蛋一样相像"（as like as two eggs）被用来形容很相像、一模一样、像极了。

注：在英语中表达类似意思的成语还有：as like as two beans（和

两个豆子一样像),as like as two drops of water(和两滴水一样像)。

------

①参阅326.时间和潮水不等人。

192.就像苹果和牡蛎一样截然不同

[**词语**] as like as an apple to an oyster

[**含义**] 毫无相像之处;风马牛不相及

[**趣释**] 〔英国剧作〕典出英国剧作家威廉·莎士比亚(William Shakespeare)的剧作《驯悍记》(*The Taming of the Shrew*)①。该剧描写悍女凯瑟丽娜(Katherina)因为性格暴躁脾气倔强,找不到一个敢娶她的男人,在心不甘情不愿的情况下,嫁给了高大结实的大胡子男人彼特鲁乔(Petruchio)。彼特鲁乔一心要把悍女凯瑟丽娜训练成百依百顺的好妻子,所以他以暴制暴,最终驯服了她的一身傲骨。剧中包含三个情节:序幕中荒村酒店里关于补锅匠克里斯朵夫·斯赖(Christopher Sly)的黄粱美梦似的故事;彼特鲁乔和凯瑟丽娜的故事;老绅士的儿子路森修(Lucentio)和比恩卡(Bianca)的爱情故事。这些故事都集中描写文艺复兴时期夫妻关系中是男女平等还是男尊女卑的问题。在这部诗体剧中,热闹情节的背后蕴藏着一种哲学意味,它使人发出会心的微笑,也发人深思。该剧第四幕第二场,在帕度亚(Padua),在巴普提斯塔(Baptista)家门前,特拉尼奥(Tranio)和比昂台罗(Biondello)是路森修的两个仆人,特拉尼奥冒充自己是路森修,愿意帮从外地来的学究的忙。他问客人是否认识比萨的正人君子文森修,客人说不认识,可是听说过他是一个非常豪富的商人。特拉尼奥说:"老先生,他就是家父;不骗你,他的相貌可有点儿像你呢。"(He is my father, sir; and, sooth to say, /In countenance somewhat doth resemble you.）比昂台罗旁白说："就像苹果跟牡蛎差不多一样。"（As much as an apple doth an oyster, /and all one.）这句话的意思是他们两人毫无相像之处。由此而出的典故"就像苹果和牡蛎一样截然不同"（as like as an apple to an oyster）被用来喻指毫无相像之处、风马牛不相及。

[运用]Math and physics are as like as an apple to oyster.数学和物理就像苹果和牡蛎一样截然不同。

---

①参阅450.在地狱里牵猴子。

193.卷带财物离开

[词语]bag and baggage

[含义]带走自己所有的东西；卷铺盖走

[趣释]〔英国剧作〕典出英国剧作家威廉·莎士比亚（William Shakespeare）的剧作《如愿》，又译《皆大欢喜》（*As You Like It*）。该剧为莎士比亚早期创作的喜剧，主要讲述罗瑟琳（Rosalind）到亚登森林（Forest of Arden）寻找被流放的父亲以及她的爱情故事。该剧第三幕第二场，在亚登森林里，西莉娅朝群众和牧民说："啊！朋友们，退后去！牧人稍走开一点；跟他去，小子。"（How now! Back, friends! Shepherd, go off a little.Go with him, sirrah.）试金石说："来，牧人，让我们堂堂正正退却；大小箱笼都不带，只带一个头陀袋。"（Come, shepherd, Let us make an honourable retreat; though not with bag and baggage, yet with scrip and scrippage.）"bag and baggage"的字面意思是"袋子和行

李"，剧本译者朱生豪先生根据剧情译作"大小箱笼"很传神，但它的基本意思是："带着所有的东西。"《实用英文新旧词语来源小词典》对该成语的解释是："连同全部可携带的财物，卷铺盖走；通常用于被迫离开而且可能是不体面离开的场合。"

[运用] Her tenant left, bag and baggage, without paying the rent. 她的房客未付房租就带着全部财物离去了。

They threw her out of the house bag and baggage. 他们把她赶出门外，把她的随身行李都扔出去。

They quarreled last night and this morning she left, bag and baggage. 昨晚他们吵了一架，今天早晨她收拾起自己的东西就走了。

The house was vacated bag and baggage in a matter of hours. 这幢房子在几个小时里就全部腾出来了。

注：有人认为，此语原系军事用语。with bag and baggage 意为"军队及其全部辎重"。还有人认为这一成语可能与19世纪英国政治家威廉·尤尔特·格莱斯顿（William Ewart Gladstone）的一次演说有关。演说中谈及土耳其人卷起铺盖离开他们在欧洲的一个省时，格莱斯顿把bag和baggage这两个含义相同的词连在一起，利用头韵来加重语气。多数人认为第二种看法比较可靠。

---

① 参阅302. 肉和酒。

194. 绝望的沼泽

[词语] the slough of despond

[含义] 极度沮丧和绝望

[趣释]〔英国小说〕典出英国作家约翰·班扬（John

Bunyan)的讽刺小说《天路历程》(*The Pilgrim's Progress*)。班扬是17世纪英国小说家和散文家,1628年生于农村补锅匠家庭,1688年去世。因家庭贫困,他几乎没受什么教育。班扬青年时期正值英国资产阶级革命,参加过议会军队,接触了资产阶级革命代表人物克伦威尔(Oliver Cromwell)

班扬

军队中的左翼教派,他们的宗教生活和清教徒生活影响了班扬后来的文学创作。班扬曾入狱10多年,出狱后从事传教活动和文学创作。主要作品除《天路历程》外,还有《罪人蒙恩记》(*Grace Abounding to the Chief of Sinners*)、《恶人先生的生平和死亡》(*The life and Death of Mr. Badman*)和宗教讽喻小说《神圣战争》(*Holy War*)。班扬的作品简洁、生动、有力,在语言和小说技巧方面为斯威夫特(Jonathan Swift)[①]和被誉为"英国和欧洲小说之父"的笛福(Daniel Defoe)[②]的小说铺平了道路。《天路历程》是班扬的寓言小说,它既是宗教文学,也是民间文学。讲述作者在梦中看见一个名字叫"基督徒"的衣衫褴褛者,身背沉重的包袱在路上徘徊,经过福音者的指点,从故乡"毁灭的城市"逃出,于是开始了他的天路历程。"基督徒"先从"失落的沼泽"中脱身,制服恶魔,通过"名利场",爬过"困难山",越过"安逸平原",度过"死亡沟",到达"天国城市"。小说通过现世真实与天国幻想的巧妙结合,展现了17世纪英国王政复辟时期的社会风貌;通过描绘这一时期讽刺揭露性的图画,抨击当时官场的淫乱和贪腐现象。小说中"绝望的沼泽"(slough of despond)后被人们用来形容极度沮丧和绝望。

[**运用**] At that time the country was in the slough of

despond. 那时，该国陷入深深的绝望之中。

He saved her from the slough of despond. 他把她从绝望的深渊中拯救了出来。

For years, the U.S. Manufacturing sector seems to have been sliding into the slough of despond. 近几年来，美国的制造业似乎一直在滑向绝望的深渊。

---

①参阅10.爱丽丝漫游奇境。　　②参阅477.忠仆星期五。

195. 锯空气

[**词语**] to saw the air

[**含义**] 挥舞（手臂）；指天画地

[**趣释**]〔英国剧作〕典出英国剧作家威廉·莎士比亚（William Shakespeare）的剧作《哈姆雷特》（*Hamlet*）①，这个英文成语的字面直译是"锯空气"。《哈姆雷特》是莎士比亚悲剧的代表剧作，该剧自1600年至1601年面世以来，整整被推崇了几个世纪。就是现在，我们依然被它震撼。这种震撼不仅来源于剧中的情节，也不仅仅是出色的文学手法，更重要的是该剧在思想内容上达到了前所未有的深度和广度。它深刻而生动地揭示了封建末期社会的罪恶与本质特征，同时还提出一个命运的问题。该剧第三幕第二场，在哈姆雷特的授意下，戏子们将给国王克劳狄斯（Claudius）和王后乔特鲁德（Gertrude）演了一出戏，这出戏讲的是威尼斯大公被谋害，其寡妻嫁给凶手的故事。这与丹麦先王驾崩十分相似。哈姆雷特亲自对表演者进行演出之前的辅导。他对表演者说："请你念这段剧词的时候，要照我刚才读给你听的样子，一个字一个字打舌头上轻快地吐出来；要是

你也像多数的表演者一样，只会拉开喉咙嘶叫，那么我宁愿叫那宣布告示的公差念我的这几行词句，也不要老是把你的手在空中这么摇挥，一切动作要温文（Nor do not saw the air too much with your hand, thus, But use all gently.），因为就是在洪水暴风一样的感觉激发之中，你也必须取得一种克制，免得流于过火……"由此形成的成语"锯空气"（to saw the air）被后人用来形容挥舞手臂、指天画地。

［运用］He sawed the air with his right hand in his excitement. 他激动得挥舞右臂。

The speaker sawed the air as he cried loudly. 发言者一边挥舞手臂一边大声叫喊。

---

①参阅150.哈姆雷特。

196. 卡列班

[词语] Caliban

[含义] 野性难改的丑怪

[趣释]〔英国剧作〕典出英国剧作家威廉·莎士比亚（William Shakespeare）的剧作《暴风雨》（*The Tempest*）①。卡列班是该剧中的一个丑陋野蛮而残忍的奴隶。他生在一个海岛上，父亲是个恶魔，母亲是一个浑身斑痣、法术很高的巫女。失去爵位的米兰公爵普洛斯彼罗（Prospero）来到这个海岛，收服了他。普洛斯彼罗虽然不断地使他开化，但仍然无法改变他的野性，因此他一直被囚禁在一个岩洞中，整天做着苦役。后来，人们就用"卡列班"（Caliban）来喻指野性难改的丑怪。

---

①参阅437.用全部眼睛看。

197. 卡斯特桥市长

[词语] the Mayor of Casterbridge

[含义] 出卖妻子的人

[**趣释**]〔英国小说〕典出同名小说《卡斯特桥市长》(*The Mayor of Casterbridge*)。这部小说是英国著名小说家托马斯·哈代(Thomas Hardy)[1]的代表作之一。哈代生于1840年,卒于1928年,是一位跨世纪的文学巨匠。他一共出版了20部长篇小说,8部诗集共918首诗。著名的小说有《德伯家的苔丝》(*Tess of the D'Urbervilles*)、《无名的裘德》(*Jude*)、《还乡》(*The Return of the Native*)等。在小说《卡斯特桥市长》中,作者借故事的各种阴差阳错和戏剧性冲突,抒发了"性格即命运"和"幸福不过是一段偶然的插曲"的感叹。这是写社会转型时期男人奋斗、立业、成家的书。这部小说的内容在历史的和现实的社会认知方面,至今仍有鲜活的意义。小说描述主人公亨查德(Henchard)年轻时是一个地位卑微的工人,为人正直、善良。一次醉酒后,他把妻子和女儿卖给了别人,事后他追悔莫及,从此滴酒不沾。后来,他凭借自己的勤奋和努力,生意亨通,还当上了受人尊敬的卡斯特桥市长(the Mayor of Casterbridge),妻子也回到他的身边。但由于亨查德性格刚愎、偏执,灾难也接踵而至。他先与合伙人唐纳德·法弗瑞(Donald Farfare)闹翻,在竞争中陷于破产,并失去了市长公职。妻子去世后,他又发现女儿并非亲生。就在他打算与女友结婚的时候,不想女友与生意上的竞争对手唐纳德相爱并嫁给了唐纳德。破产的羞辱使他陷入狼狈的境地,而且有关他伤风败俗的卖妻行为也流传开来,这一切使他无地自容,于是他黯然离开了卡斯特桥市,在孤独中悲惨地离开人世。后来,"卡斯特桥市长"(Mayor of Casterbridge)成了出卖妻子的人的代名词。

---

[1]参阅348. 苔丝。

198. 凯歇斯

[词语] Cassius

[含义] 阴险的野心家

[趣释]〔英国剧作〕Cassius原是英国剧作家威廉·莎士比亚（William Shakespeare）的剧作《裘力斯·恺撒》（*The Life and Death of Julius Caesar*）①中的人物。凯歇斯（Cassius）又译作卡西乌斯，是一个古罗马将军，一个卑鄙阴险的阴谋家，反对和刺杀恺撒的主谋者之一。他主张共和，与基地罗马贵族组织了一个反对恺撒独裁的叛党，趁恺撒去元老院时，把恺撒刺死。但两年后叛党失败，凯歇斯被杀身亡。后来，人们用"凯歇斯"（Cassius）来喻指阴险的野心家。

---

①参阅341. 松开战争猛犬的绳索。

199. 考狄利娅的礼物

[词语] Cordelia's gift

[含义] 女人温柔的声音

[趣释]〔英国剧作〕典出英国剧作家威廉·莎士比亚（William Shakespeare）①的剧作《李尔王》（*King Lear*）。李尔王源自英国的一个古老传说：李尔（Lear）是不列颠国王，有三个女儿，大女儿高纳里尔（Goneril）、二女儿里根（Regan）、小女儿考狄利娅（Cordelia）。该剧写于1605年，是莎翁的四大悲剧之一，叙述年事已高的李尔王意欲把国土分给三个女儿。于是，他把三个女儿叫到跟前，让她们表达对自己的爱。刚愎自用的老国王打算根据她们爱他的程度来分配各人

应得的一份国土。他满心高兴地把国土分成了三份，给她们各人一份。长女、次女都以花言巧语取悦了父亲。轮到他最爱的小女儿考狄利娅发言时，老国王本以为能听到最娓娓动听的甜言蜜语。可是，出乎他的意料之外，小女儿既没有热情的言辞，也没有漂亮的大话，只是实事求是、恰如其分地表示：她爱得不多也不少，她要尽女儿的义务来爱国王。这些朴实的话语不能使老国王满意，他要她重新措辞，另做补充。考狄利娅真挚地对李尔王说，她尊重和热爱把自己养育成人的父亲，但她决不像姐姐们那样言过其实地夸夸其谈。她除了要做一个孝顺的女儿外，还要做一个贤淑的妻子，分一半爱给自己的丈夫。李尔王听了大怒，收回给小女儿的一份国土，平分给了她两个讲假话的姐姐。这时，重美德的法兰西国王娶走了考狄利娅。考狄利娅一走，两个姐姐便原形毕露了。李尔王被两个女儿逼疯，在雷电交加之夜奔向旷野。考狄利娅获悉后，亲自带兵讨伐两个姐姐。在多佛尔登陵时，看见父亲头戴杂草编的王冠疯疯癫癫在田野中游荡。考狄利娅亲吻父亲说，她希望这一吻能抹去姐姐们对他的虐待，她这次专程回来是为了要搭救他。不幸的是考狄利娅后来寡不敌众被捕，并惨遭杀害。李尔王看见死去的考狄利娅躺在面前，想起了她的好处，说："她的声音总是那么柔软温和，女儿家是应该这样的。"最后，李尔王也忧伤地死去。后人便以"考狄利娅的礼物"（Cordelia's gift）来喻指女人温柔的声音。

---

①参阅150.哈姆雷特。

200. 可贵的见解

[词语] golden opinions

[**含义**] 高度评价；无上的美誉

[**趣释**] 〔英国剧作〕典出英国剧作家威廉·莎士比亚（William Shakespeare）的剧作《麦克白》（*Macbeth*）①。该剧创作于1606年，被世界公认为是莎士比亚的四大悲剧之一。故事发生于11世纪的苏格兰，麦克白和班柯（Banguo）两位大将战胜归来，在途中遇见三个女巫，她们称麦克白为葛莱密斯领主（Thane of Glamis），并预言他会成为考德的领主（Thane of Cawdor）以及未来的苏格兰国王。班柯虽然不能当统治者，但他的后人会成为国王。女巫预言之后消失，国王的信差到达，宣布考德领主叛国已被处死，由麦克白继任，女巫的第一个预言应验。麦克白将情况用书信告诉夫人，她是个野心勃勃的女人，决心不惜一切协助丈夫登上王位。国王及贵族成员莅临殷佛纳斯（Inverness）并在麦克白城堡过夜。麦克白在夫人的催促下杀死了国王，并设计将杀君之罪嫁祸给国王邓肯（Duncan）之子马尔康（Malcolm），顺利当上了国王，向谋反篡权的不归路迈出了实质性的一大步。该剧第一幕第七场，在殷佛纳斯麦克白城堡内一室里，麦克白向夫人打听国王起居餐饮之事，他的思想斗争激烈，要不要对国王下手还犹豫不决。他对夫人说道："……他最近给我极大的荣誉；我也好不容易从各种人的嘴里博得了无上的美誉，我的名声正在发射最灿烂的光彩，不能这么快就把它丢弃了。"（He hath honour'd me of late; and I have bought/ Golden opinions from all sorts of people, /Which would be worn now in their newest gloss, /Not cast aside so soon.）由此而形成的典故"可贵的见解"（golden opinions）被后人用来喻指高度评价、无上美誉。

[**运用**] The little girl took pat in the singing competition and got golden opinions. 那个小姑娘参加歌咏比

赛获得了很高的评价。

The senior EMBA talents trained gain recognition and golden opinions by society.培养出来的EMBA高级管理人才获得了社会的普遍认可和高度评价。

注：golden opinions 常与win，get，gain等动词连用。

————————————

① 参阅243.麦克白。

201.渴鸽

［词语］thirsty pigeon

［含义］不要盲目行事；欲速则不达

［趣释］〔古希腊寓言〕典出《伊索寓言》（*Aesop's Fables*）中的《渴鸽》。寓言说，一只鸽子口渴得很，看见一方招牌上画着一杯清水，以为是真的，立刻冒失鼓翅猛扑过去，猛地撞在招牌上，折断了翅膀掉在地上，被人轻易地捉住了。"渴鸽"（thirsty pigeon）给人们的启示是：有些人急于得到所想要的东西，一时冲动而草率从事，往往欲速则不达，甚至还会身遭不测。

202.克娄巴特拉的鼻子

［词语］Cleopatra's nose

［含义］可能引起重大历史变动的偶然因素

［趣释］〔法国散文〕典出法国思想家和散文作家布莱士·帕斯卡尔（Blaise Pascal）的哲学名著《思想录》（*Thoughts*）。帕斯卡尔1623年出生于小贵族家庭，卒于1662年，父亲是地方

法官，也是受人尊敬的数学家和拉丁文学者。帕斯卡尔没有受过正规教育，但在父亲的培养下，成为法国17世纪最具天才的数学家、物理学家、哲学家。在理论科学和实验科学两方面都做出了巨大贡献。几何学上的帕斯卡尔六边形定理、帕斯卡尔三角形，物理学上的帕斯卡尔定律均是他的贡献；他创制了世界上第一台数学计算器，制造了水银气压计，其名字被后人确定为压强单位；他是概率论的创始人之一，也从事过摆线以及其他一些数学研究。帕斯卡尔从小体质虚弱，1662年逝世时年仅39岁。帕斯卡尔的《思想录》是一部没有写完的著作，被法国大文豪伏尔泰（Voltaire）称为"法国第一部散文杰作"。帕斯卡尔在该书中写道："如果克娄巴特拉的鼻子稍微短一点，那么整个世界的面貌就会改变。"他所说的克娄巴特拉（Cleopatra）是当时的埃及女王，她以自己的美貌先后征服了罗马的统帅恺撒（Julius Caesar）和安东尼（Mark Antony），因而使当时的政治局面发生了重大的改变；恺撒帮助克娄巴特拉从她弟弟手中夺回王位后，因迷恋于她的姿色而流连忘返，终日寻欢作乐。恺撒遇刺后，安东尼与渥大维（Gaius Octavius）、雷必达（Aemilius Lepidus）三雄并立。安东尼本来势力最大，但由于他对克娄巴特拉一见倾心，与她结婚后再无心问政，最后败于渥大维，被迫自杀身亡。克娄巴特拉也在渥大维占领埃及后被俘，引毒蛇咬死自己。此后，埃及并入罗马帝国版图。帕斯卡尔说这样一句话，是指如果克娄巴特拉不是如此妖艳，就不一定发生一系列的变故，历史也许就会改变发展的方向。因此"克娄巴特拉的鼻子"（Cleopatra's nose）后被用来喻指可能引起重大历史变动的偶然因素。

[运用] Blaise Pascal made an interesting remark

about Cleopatra's nose. 布莱士·帕斯卡尔对埃及艳后克娄巴特拉的鼻子做过一个有趣的评论。

In the *Thoughts*, Pascal remarks Cleopatra's nose. Had it been shorter, the whole face of the world would have been changed. 在《思想录》中，帕斯卡尔评论说，克娄巴特拉的鼻子要是短一点，整个世界的面貌就会有所有同。

203. 枯萎的黄叶

[**词语**] the sear and yellow leaf
　　　　the sear, the yellow leaf sear and yellow

[**含义**] 风烛残年；垂暮老境

[**趣释**]〔英国剧作〕典出英国剧作家威廉·莎士比亚（William Shakespeare）的剧作《麦克白》（*Macbeth*）①。该剧讲述英格兰国王邓肯（Duncan）的表弟麦克白将军，由战功赫赫的有功之臣，在夫人的怂恿下，谋杀国王，害死朋友，谋权篡位，最后落得众叛亲离、自取灭亡的故事。该剧第五幕第三场，在邓西嫩（Dunsinane）城堡一室内。此时的麦克白已是强弩之末，众叛亲离，他知道末日将至，反而显得平静。他说："……我已经活得够长久了；我的生命已经日渐枯萎，像一片凋谢的黄叶；凡是老年人所应该享受的尊荣、敬爱、服从和一大群朋友，我是没有希望再得到的了……"（...I have lived long enough: my way of life/Is fall'n into the sear, the yellow leaf, /And that which should accompany old age, As honour, love, obedience, troops of friends. I must not look to have...）"枯萎的黄叶"（the sear and yellow leaf）被用来喻指风烛残年、垂暮老境。

[运用] Jones sat down on the bed, thin and up right, like a little spirit in the sear and yellow leaf. 琼斯在床沿上坐下，瘦瘦的，身体笔直，像一个弱小而衰老的幽灵。

"Well," he said, "they brought me up to do nothing, and here I am in sear and yellow, getting poorer every day." "哎！"他说，"他们把我养成一个游手好闲的人，现在我已经年老力衰，一天天地穷下去。"

---

①参阅243.麦克白。

204. 狂飙突进运动

[词语] storm and stress

[含义] 文艺形式从古典向浪漫主义过渡的阶段；幼稚时期的浪漫主义

[趣释]〔德国文学〕storm and stress 源自德语 sturm and drang。它是1765年到1795年发生在德国全国性的新兴资产阶级文学运动，历史上称作"狂飙运动"或"狂飙突进运动"。典出德国剧作家克林格（Klinger）的音乐悲剧的标题《狂飙突进》（*Sturm and Drang*）。费德里希·马克西米利安·冯·克林格（Friedrich Maximilian von Klinger）生于1752年，死于1831年。第一部悲剧《孪生兄弟》（*Die Zwillinge*）发表于1775年。第二部剧作发表于1776年，由儿时好友诗人歌德（Goethe）命名为《狂飙突进》。克林格之后去从军，升到中将。悲剧《狂飙运动》宣扬反抗精神，剧中的青年主人公维尔德说："让我们发狂大闹，使感情冲动，好像狂风中屋顶上的风标。"狂飙突进的领袖、文艺理论家海尔德尔提出的"天才不须规律"成为青年反抗

封建专制斗争的共同信条。对腐朽的封建意识形态是一次有力的冲击。狂飙运动的代表作有，歌德的小说《少年维特之烦恼》（*The Sorrows of Young Werther*）[①]、席勒（Schiller）[②]的《阴谋与爱情》（*Intrigue and Love*）等，狂飙运动对当时的音乐和美术创作也产生了巨大影响。如音乐作品海顿（Haydn）的《第101》（*No.101*）、莫扎特（Mozart）的《钢琴奏鸣K.331》等。虽然"狂飙运动"（storm and stress）来势凶猛，但不能持久深入，持续了20多年，后被成熟的浪漫主义运动（the Romantic Movement）所代替。

---

①参阅248.矛盾的精灵。　　②参阅13.爱情和饥饿使世界行进。

205. 蝰蛇和铁锉

[词语] the viper and the file

[含义] 骗人者反受人骗

[趣释]〔古希腊寓言〕典出《伊索寓言》（*Aesop's Fables*）[①]中的《蝰蛇和铁锉》。寓言说，一条蝰蛇发现一把铁锉，以为是一顿美餐。铁锉说，他的天职是咬别人，而不是被别人咬。蝰蛇（viper）是毒蛇，种类较多，姿态变化多端。英语用viper称呼奸佞之徒，善于骗人之人。因此，"蝰蛇和铁锉"（the viper and file）比喻骗人者反受人骗。

---

①参阅233.驴子和狼。

206. 恐惧创造神

[词语] Fear made the gods

[含义] 造神是为了叫人恐惧

[趣释]〔古罗马史诗〕典出古罗马诗人斯塔提乌斯（Statius）的诗史《忒拜战纪》（*The Thebaid*）。斯塔提乌斯于公元45年生于那不勒斯（Naples），卒于公元96年。其父精通修辞学，据说曾担任过古罗马皇帝多米提安（Domitian）的老师，这使得斯塔提乌斯有机会出入罗马宫廷，得到多米提安的恩宠。斯塔提乌斯的主要作品还有《阿基里斯纪》（*The Achilleid*）、《诗草集》（*Silvae*）。《忒拜战纪》是斯塔提乌斯最重要的作品，用拉丁文写成，取材于古希腊传说中的七将攻忒拜（Thebes）的故事。全诗12章近万行。结构模仿维吉尔（Vergil）的《埃涅阿斯纪》（*The Aeneid*）。前半部分主要描写战争准备，后半部分描写战争经过。详尽冗长，有不少恐怖和怪诞现象的描写。斯塔提乌斯在诗中写道："Primus in orbe deos facit timor!"（世界上的神最先是由恐惧创造出来的！）事实上，"恐惧创造神"（Fear made the gods.）的本质，就是造神是为了叫人恐惧。法国19世纪末20世纪初工人运动活动家保罗·拉法格（Paul Lafarge）在其著作中进一步发挥了这一思想，认为"随着私有制的确立，神之所以被创造出来仅仅为了叫人恐惧，这样的看法就更加确切"。列宁在《论工人政党对宗教的态度》一文中指出："恐惧创造神。现在宗教的根源就是对资本盲目势力的恐惧……因为它使无产者和小业主在生活中随时地都可能遭到……破产和毁灭，使他们变成乞丐，变成穷光蛋，变成娼妓，甚至活活饿死。"

207. 孔雀和鹤

[词语] the peacock and the crane

[含义] 鹰永远比鸡飞得高；穿戴简朴而志趣高洁的人，远胜于披金戴银而平庸凡俗的人

[趣释]〔古希腊寓言〕典出《伊索寓言》(*Aesop's Fables*)中的《孔雀和鹤》。寓言说，一只孔雀展开他美丽的尾巴，嘲笑一只路过的鹤。他说鹤的羽毛灰暗，并自夸说："我穿得和国王一样金碧辉煌，而你的翅膀上却一点颜色也没有。"鹤回答说："是的，可是我高高飞到天空，在星空中歌唱；而你却在底下，像公鸡家禽一样，在粪堆中行走。"成语"孔雀和鹤"（the peacock and the crane）给我们的启示是：鹰永远比鸡飞得高；穿戴简朴而志趣高洁的人，远胜于披金戴银而平庸凡俗的人。

208. 蓝胡子

[**词语**] bluebeard

[**含义**] 凶残的丈夫；连续杀妻者；胡乱娶妻妾的男人

[**趣释**]〔法国童话〕典出法国作家夏尔·贝洛（Charles Perrault）①的同名童话小说《蓝胡子》（*Bluebeard*）。贝洛生于1628年，卒于1703年。在他的小说中，主人公蓝胡子（Blue Beard）先后娶了6个妻子都被他秘密杀害了。后来他又看中邻居一位高贵夫人的女儿法蒂玛。结婚后一个月，蓝胡子对妻子说，他为了生意，不得不外出6周。他把家中的钥匙都托付给她，说家里的房间她都可以打开，唯独有一间小房切不可打开。否则，她得到的只能是他的狂怒。妻子答应遵照丈夫的话去做，可是好奇心却驱使她去打开那小间的门。在里面，她看到地上的斑斑血迹和墙角的几具干尸。这些都是蓝胡子的前妻，正是他把她们一一杀死的。法蒂玛看到蓝胡子这一切，害怕极了，手里的钥匙滑到了地上。晚上她把钥匙交还给丈夫时，手抖得厉害，蓝胡子马上明白了一切。法蒂玛跪下来向他请求饶恕，蓝胡子说她只有去死。就在危急的时刻，法蒂玛的两个兄弟赶到，将这个杀人成性的凶魔杀死。后来，"蓝胡子"（bluebeard）就成了凶残的丈

夫、乱娶妻妾男人的代名词。

[运用]"Prepare to die!"bluebeard said as he grabbed Alice by the hair. "准备去死吧！"凶残的丈夫说着，一把揪住了爱丽丝的头发。

Because he married so many times he has gone down in history as a veritable bluebeard.因为他的众多婚史，故得名为地地道道的负心汉、花花公子。

---

①参阅15.安妮姐姐。

209. 蓝 鸟

[词语] blue bird

[含义] 幸福的象征

[趣释]〔比利时童话剧〕典出比利时剧作家、诗人、散文家莫里斯·梅特林克（Maurice Maeterlinck）的童话剧《蓝鸟》（*The Blue Bird*），又译《青鸟》。梅特林克于1862年生于比利时的根特市（Gent/Gand），卒于1949年。他从小爱好文学，是象征派代表作家，主要剧作有《蓝鸟》、《盲人》（*The Blind*）、《佩利亚斯与梅丽桑德》（*Pelleas and Melisande*）、《蒙那·凡娜》（*Monna Vanna*）等25部，被誉为"比利时的莎士比亚"。此外，还有散文17部、诗集3部以及回忆录、译著等。1911年获诺贝尔文学奖。童话剧《蓝鸟》讲述在圣诞节前夕，一位穷樵夫的孩子蒂蒂尔和弥蒂尔在梦中为病重的仙女小姑娘寻找蓝鸟的冒险经历。这只蓝鸟知道一切和幸福有关的秘密。孩子们走遍记忆之乡、夜宫、森林、坟地、未来之国等，历尽千辛万苦，但蓝鸟多次得而复失。梦醒之后，一位貌似那位仙女的邻居来为她生病的女儿讨圣诞礼物，

蒂蒂尔决心把心爱的鸽子赠送给她,不料这只送去的鸽子变成了蓝鸟。原来蓝鸟不用跋山涉水去寻找,它就在人们身边,只有甘愿把幸福给别人的人才会得到幸福。"蓝鸟"(blue bird)后来被人们视为幸福的象征。

[运用] It's a blue bird of my soul. 那是我心灵的幸福象征。

I finally found my own blue bird and golden deer and they were indeed within reach. 我终于找到了我的蓝鸟和金鹿,它们果然就在眼前,就在身边。

Why is the bluebird soaring up high? 为什么幸福飞得那么快,遥不可及?

210. 狼和羔羊

[词语] the wolf and the lamb

[含义] 坏人干坏事总可以找到借口;对恶人做任何正当的辩解都是无效的

[趣释]〔古希腊寓言〕典出《伊索寓言》(*Aesop's Fables*)中的《狼和羔羊》①。寓言说,一只狼看见一只羔羊在河边喝水,便想找个名正言顺的借口吃掉他。于是,狼跑到上游,恶狠狠地说羔羊把河水搅浑了,使他喝不到清水。羔羊解释说,他只是站在河边喝水,而且又是下游,不可能把上游的水搅浑了。狼见此计不行,又说:"你去年曾经骂过我!"羔羊说,他只有6个月大,去年还没出生。狼对羔羊说:"不管你怎么辩解,反正我不会放过你!"说完,狼就把小羊吃了。"狼和羔羊"(the wolf and the lamb)表明,坏人干坏事总可以找到借口,好人对恶人做

任何正当的辩解都是无效的。

---

①参阅245.猫和公鸡。

211. 狼和马

[词语] the wolf and the horse

[含义] 勿信坏人说的好话

[趣释]〔古希腊寓言〕典出《伊索寓言》(Aesop's Fables)中的《狼和马》。寓言说，狼路过一片田地时，看见许多大麦。狼不吃大麦，便撇下走开了。他走不远遇见一匹马，于是狼把马领到田里说，这些大麦自己舍不得吃，特意留给马吃，因为他喜欢听马吃东西时牙齿发出的声音。马回答："喂，朋友！如果你能以大麦为食，就不会为了贪图耳福而委屈你的胃了。""狼和马"(the wolf and the horse) 这篇寓言的寓意是：不要相信坏人的甜言蜜语。

212. 狼和牧人

[词语] the wolf and the shepherd

[含义] 托不该托的人代管财物肯定上当

[趣释]〔古希腊寓言〕典出《伊索寓言》(Aesop's Fables)中的《狼和牧人》①。寓言说，一只狼老老实实地跟着一群羊，一点坏事也没干。牧人起初像防备敌人一样防备着他，提心吊胆地保护着羊群。狼只是一声不吭地跟着走，丝毫也没有危害羊群的迹象。后来，牧人不再提防着狼，竟把他看作一头老实

的牧羊犬，而不是一只阴险的恶狼。有一天牧人因事要进趟城，就把羊群交给狼看管。狼乘此机会向羊群猛扑过去，咬死大部分的羊。牧人回来，看见很多羊被咬死，十分后悔，说道："我真是活该！我怎么能把羊群托付给狼来照顾呢！""狼和牧人"（the wolf and the shepherd）的寓意是：把财物托付给不该托付的人，自然会上当。

---

①参阅274.牧羊人和狼崽。

213. 狼和狮子

[词语] the wolf and the lion

[含义] 半斤八两；一丘之貉

[趣释]〔古希腊寓言〕典出《伊索寓言》（*Aesop's Fables*）中的《狼和狮子》。寓言说，有一次，狼从羊群中抢了一只羊。正当他叼着羊往回走的时候，碰上一头狮子。狮子从狼的嘴里夺下羊，衔了就走。狼远远地站着，喊道："你将我的东西抢去，多么卑鄙啊！"狮子笑着回答道："你自己做得对吗？喂，这羊是人家送给你的礼物吗？""狼和狮子"（the wolf and the lion）的寓意是：窃贼和强盗是一丘之貉、半斤八两，没有好坏之分。

214. 狼来了

[词语] to cry wolf

[含义] 发假警报；骗人

[趣释]〔古希腊寓言〕典出《伊索寓言》(Aesop's Fables)中的《牧童和狼》(The Shepherd boy And the Wolf)①。寓言说，有个牧童，无聊时几次大喊"狼来了！狼来了！"，当村里人赶来帮助他时，他却嘲笑他们上当了。后来，狼真的来叼走他的羊，他再大喊"狼来了！狼来了！"时，没有一个人相信他，直到狼把所有的羊都吃了，也没有一个人赶来帮他的忙。"喊狼来了"（to cry wolf）后来被人们用来喻指发假警报、骗人。

[运用]Nobody will believe him when he is in trouble because he has cried wolf for so many times.他骗人多次，有朝一日真遇到麻烦就无人会相信他了。

---

①参阅273.牧童和狼。

215.浪子和燕子

[词语] the spendthrift and the swallow

[含义]不按自然规律办事是十分危险的

[趣释]〔古希腊寓言〕典出《伊索寓言》(Aesop's Fables)中的《浪子和燕子》。寓言说，年轻的浪子把传下来的祖业都挥霍一空，仅剩身上穿的一件外衣。一天，他看一只燕子没有按季节而是提早飞回，便以为夏天到了，可以不用再穿外衣，于是拿去卖了。不久，一阵凛冽的北风袭来，非常寒冷，冻得他四处躲藏，这时他碰巧看见燕子冻死在地上，便对他说："喂，朋友，你把我俩都毁了。""浪子和燕子"（the spendthrift and the swallow）表明不按自然规律办事是十分危险的。同出一源的谚语是"一燕不成夏"（One swallow does not make a summer.）[1]

---

[1]参阅430.一只燕子不成为夏天。

216. 劳动者和蛇

[词语] the labourer and the snake

[含义] 不解之仇；深仇大恨难以和解

[趣释]〔古希腊寓言〕典出《伊索寓言》（*Aesop's Fables*）中的《劳动者和蛇》[1]。寓言说，一条毒蛇住在茅屋门口附近的洞里。一天，趁茅屋主人不在咬死了他的儿子。父亲由于失去儿子非常悲痛，决心要杀死这条蛇。第二天当蛇出洞觅食的时候，他拿起斧头对准蜿蜒着的蛇，用力砍了下去。由于动作略慢，没砍下蛇头，只砍断了蛇尾巴。茅屋主人担忧后患，便把面包和盐放进蛇洞里，恳求蛇与他和解。蛇轻声斥责着说："我们之间不可能再有和平！我一看见你，便想起自己失去的尾巴；你一瞧到我，便想起你死去的儿子。""劳动者和蛇"（the labourer and the snake）表明在给自己造成伤害的人面前，没有人会真正忘记那个伤害。

---

[1]参阅482.宙斯和蛇。

217. 泪涛汹涌

[词语] to set one's/the eyes at flow

[含义] 痛哭流涕

[趣释]〔英国剧作〕典出英国剧作家威廉·莎士比亚

（William Shakespeare）的剧作《雅典的泰门》（*Timon of Athens*）。该剧是莎士比亚以悲剧为主题的戏剧之一。泰门①（Timon）是雅典（Athens）城里的一个贵族。他的"朋友"急于获得他的青睐，他们给泰门买小礼物，他回报他们大礼包。他忽略了哲学家艾帕曼特斯（Apemantus）有关虚假朋友的警告。他的挥霍造成他无法付账的时候，却没有一个"朋友"愿意帮助他。他邀请朋友来参加"宴会"，痛斥了他们，然后离开雅典。泰门后来发现了黄金再次暴富，遇见曾被雅典人恶劣对待的艾西巴第斯将军（General Alcibiades），他提供资金让将军发动战争入侵雅典以报复他们的虚情假意。该剧第二幕第二场，在泰门家的厅堂，由于泰门太过于慷慨大方，挥霍无度，又不听从管家的劝告，造成资不抵债的恶果。家里来了几个要债的仆人催债，管家动情地对泰门说："……神明在上，当我们的门庭之内充满着凶恶贪婪的食客，当我们的酒窟里泛滥着满地的余沥，当每一间屋内灯光吐辉、笙歌沸天的时候，我总是一个人躲在一个漏水的管子下面，止不住我的痛哭流涕。"（...I have retired me to a wasteful cock/And set mine eyes at flow.）由此形成的成语"泪涛汹涌"（to set one's/the eyes at flow）被人们用来形容痛哭流涕。

---

①参阅350.泰门。

218. 理查三世

[词语] Richard the Third
[含义] 内心奸毒的野心家
[趣释]〔英国剧作〕典出英国剧作家威廉·莎士比亚

（William Shakespeare）①的同名剧作《理查三世》（*Richard III*）。该剧是莎士比亚早期最成功的历史剧，描写玫瑰战争（Wars of the Roses）末年，葛罗斯特公爵（Duke of Gloucester）理查为实现个人野心僭登王位，成为杀人魔王的过程。他最终受到正义力量的讨伐，结束了罪恶的一生。理查三世是一个外形丑陋、内心奸毒的野心家。由于先天跛足驼背而嫉恨他人，他因为在爱情和社交中地位不利，遂决定在政治上出人头地。为此，他不惜采用一切卑鄙手段。为了夺取王位，他的兄弟、侄儿、妻子、朋友都成了他的刀下鬼。他是一个无视国家社稷的封建暴君，又是一个极端个人主义者，同时具备虚伪与狡诈、果断与勇敢、顽强与坚韧的多重性格。在西方人的眼中，"理查三世"（Richard the Third）成了内心奸毒的野心家的代名词。

---

①参阅150.哈姆雷特。

219. 理士满

[词语] Richmond

[含义] 乘机夺权的人

[趣释]〔英国剧作〕典出英国剧作家威廉·莎士比亚（William Shakespeare）的剧作《理查三世》（*Richard III*）①。历史上理士满（Richmond）伯爵是老伯爵埃德蒙·都铎（Edmund Tudor）之子，母亲是兰开斯特（Lancaster）家族的后裔。1471年流亡到法国的布列塔尼（Bretagne）半岛，1485年他跨海进军伦敦，在博斯沃思原野战役（Battle of Bosworth Field）中击毙理查三世，成为英国国王，亦称亨利·都铎（Henry Tudor），

亨利七世（Henry Ⅶ）所建王朝称都铎王朝（The House of Tudor）。在莎士比亚的剧作中，理士满是一位流亡在法国的英国伯爵，他利用人民对理查三世的不满情绪，潜回英国，从理查三世手中夺取王冠。后人用"理士满"（Richmond）来喻指乘机夺权的人。

---

①参阅218.理查三世。

220.理想情人达西妮亚

[**词语**] Dulcinea

[**含义**] 爱人；理想中的情人

[**趣释**]〔西班牙小说〕典出西班牙作家塞万提斯的小说《堂吉诃德》（*Don Quixote*）。米格尔·德·塞万提斯·萨维德拉（Miguel de Cervantes Saavedra）是西班牙文学最伟大的作家，其代表作《堂吉诃德》是世界文学瑰宝之一。达西妮亚（Dulcinea）又译"杜尔西内娅"，是小说中的一个人物。她是一个挤奶、养猪的村姑，居住在主人公堂吉诃德①的邻村。整天沉浸在骑士梦幻中的堂吉诃德仿效古代骑士忠于某位贵妇的做法，给这位养猪村姑取了一个高贵的名字"达西妮亚"，发誓终身为她效劳。后来，"达西妮亚"（Dulcinea）就成了爱人、理想中的情人的代名词。

---

①参阅153.和风车开仗。

221. 两个罐子

[词语] the two pots

[含义] 强者和弱者相碰,弱者必吃亏;弱者和强者不会成为朋友

[趣释]〔古希腊寓言〕典出《伊索寓言》(*Aesop's Fables*)中的《两只罐子》。寓言说,两只罐子,一只铜罐,另一只陶罐,顺着泛滥的河水向下游漂去。陶罐小心谨慎远远离开铜罐,铜罐却叫他的伙伴靠近他,以为他可以保护陶罐。"谢谢你的好意,"陶罐说,"那是我所害怕的。只要你和我保持一定距离,我就可以安全地漂下去。如果我和你距离太近,无论是我撞上你,还是你撞上我,不幸的都是我。""两个罐子"(the two pots)这篇寓言的寓意是:强者和弱者相碰,弱者必吃亏;弱者和强者不会成为朋友。

222. 两害相权取其轻

[词语] Of two evils choose the least/less.

[含义] 两害相比选取危害轻的

[趣释]〔古希腊论著〕典出古希腊哲学家亚里士多德(Aristotle)的《伦理学》(*Ethics*)。亚里士多德生于公元前384年,卒于公元前322年。他是柏拉图(Plato)的学生,亚历山大大帝(Alexander the Great)的老师。他是世界古代史上最伟大的哲学家、科学家和教育家。他的著作很多,涵盖许多领域,代表作品有《伦理学》、《工具论》(*On Tools*)、《物理学》(*Physics*)、《形而上学》(*Metaphysics*)、《政治学》

（Politics）等。亚里士多德认为"伦理知识"并非是一种"精确"的知识，它是一种实践科学，而非只是理论性的。他通常专注于在各种领域中找出介于两个极端之间的平衡点，举例而言，勇气是两种感觉（恐惧和自信）之间的平衡点，并以此平衡点为基础采取的行动（勇气行动）。太多恐惧、太少自信会导致懦弱；而太少恐惧、太多自信，则会导致草率、愚蠢的抉择。他认为，当人面对两害无法回避时，应选取其危害轻者。"两害之中选取轻者"（Of two evils choose the least/less.）就是两害相权取其轻、把危害降到最小。古罗马政治家西塞罗（Cicero）在其著作《论义务》（On Duties）中也有类似的论述："不但要选择为害最轻者，还要从中找出可能成为有利的东西。"

223. 两只口袋

[词语] the two wallets

[含义] 只见别人的短处，不见自己的缺点

[趣释]〔古希腊寓言〕典出《伊索寓言》（Aesop's Fables）[①]中的《两只口袋》。寓言说，每个人一生到世上脖子上都挂着两只口袋。一只口袋在前，里头装着别人的过失和错误；一只在后，里头装着自身的过失和错误。因此，对自己的过失和错误总是看不见，而对别人的，则从来不肯放过。"两只口袋"（the two wallets）的寓意是：人们往往只看见别人的短处，而看不见自己的缺点。

---

①参阅233.驴子和狼。

224. 两只青蛙

[词语] the two frogs

[含义] 考虑问题要全面；不要轻率从事

[趣释]〔希腊寓言〕典出《伊索寓言》(Aesop's Fables)中的《两只青蛙》。寓言说，池塘干涸了，两只青蛙四处寻找居住的地方。他们来到一口井旁边，一只青蛙缺心眼，劝另一只跳下去。后者说："这口井如果也干涸了，我们怎么上来呢？""两只青蛙"(the two frogs)告诉我们：考虑问题要全面；行动之前要认真分析考虑，切忌轻率从事。

225. 列那狐的玻璃球

[词语] Reynard's globe of glass
　　　　the globe of glass of Master Reynard

[含义] 做很大许诺而没有实际行动

[趣释]〔法国诗歌〕典出法国中世纪的叙事诗《列那狐的故事》(Le Roman de Renart)，英译本名为 The History of Reynard, the Fox。这部民间长篇叙事诗长3万多行，由27篇以列那狐(Reynard)为主人公的八音节法语组诗构成。诗篇产生于12世纪中叶到13世纪末，诗的作者基本无从查考。法国现代语言学者吕西安·富莱将这些各自独立的诗篇按音节顺序编辑成体系完整的《列那狐的故事》。它是中世纪市民文学中最重要的反封建讽刺作品，以代表市民的狐狸列那和代表贵族的狼的斗争为线索，揭露了重要社会矛盾，辛辣地讽刺了专制的国王、贪婪的贵族、愚蠢的教士等。现在流行版本为季诺夫人(Mme：Mad.

H.Giraud）改写的散文体故事①。作者把中世纪封建社会描绘成一个野兽世界和吸血强盗的王国。书中列那狐总说它要送给女王一个无价之宝——玻璃球作为礼物，说透过这个玻璃球，想看什么就能看到什么，无论多远发生的事都能看到。但列那狐从来也没有把玻璃球拿出来过，它只存在于想象之中。于是，Your gift was like the globe of glass of Master Reynard.（你的礼物像列那狐的玻璃球。）"列那狐的玻璃球"（the globe of glass of Master Reynard）后来被人们用来喻指做了很大的许诺而没有实际行动。

―――――――――――

①参阅226.列那狐的魔幻指环。

226.列那狐的魔幻指环

[词语] Reynard's wonderful ring

[含义] 虚幻的东西

[趣释]〔法国诗歌〕典出法国中世纪的叙事诗《列那狐的故事》（*Le Roman de Renart*）①。这是一部中世纪法国民间叙事长诗，由27篇意思连贯的组诗构成，总长3万多行，每首诗都以列那狐为主人公。今天流传最广的版本是法国女作家玛·阿希·季诺夫人（Mme.Mad.H.-Giraud）改写的33篇散文体故事，相当于一部长篇小说。季诺夫人生活在12—13世纪的法国，受《伊索寓言》（*Aesop's Fables*）的影响，根据当时法国民间流传的故事，编写了《列那狐的故事》，以影射当时的法国社会，讽刺封建贵族、僧侣和官吏。书中列那狐（Reynard）面对狮王的强权、公狼的霸道、雄鸡的弱小无助时，总能以自己的聪明机智左右逢源。他一方面欺压弱小百姓，一方面又与强权豪门钩心斗角，甚

至战胜强大的对手。作品把中世纪的法国社会描绘成一个野兽世界和吸血强盗的王国。书中出色的喜剧手法和市民文学机智幽默的风格,对后来的文学产生了较大影响。列那狐说他有三色宝石的魔幻指环:红色使黑夜如同白昼,白色能治病,绿色能使人隐身,但实际上这个魔幻指环只是一种想象,根本就不存在。于是"列那狐的魔幻指环"(Reynard's wonderful ring)被人们用来比喻虚幻不存在的东西。

---

①参阅225.列那狐的玻璃球。

227. 猎犬与野兔

[**词语**] the hound and the hare

[**含义**] 分清敌友,区别对待;不能态度暧昧

[**趣释**] 〔古希腊寓言〕典出《伊索寓言》(*Aesop's Fables*)中的《猎犬与野兔》①。寓言说,一只猎犬追一只野兔,追了很久才追上。猎犬一口咬住兔子,然后又舔她。野兔不知道猎犬要怎么对待她。她说道:"如果你是我的朋友,为什么咬我?如果你是我的敌人,又为什么亲我?""猎犬与野兔"(the hound and the hare)的寓意是:要区分敌友,区别对待,不能态度暧昧。

---

①参阅386.乌龟和野兔。

228. 猎人和樵夫

［词语］the hunter and the woodman

［含义］勇敢在口头上，而不是在行动中；叶公好龙

［趣释］〔古希腊寓言〕典出《伊索寓言》（Aesop's Fables）①中的《猎人和樵夫》。寓言说，有个猎人，胆小得很，他在林中寻找狮子的足迹。他问林中一个砍樵人，可曾见过狮子的足迹，樵夫回答说："我可以告诉你，那狮子本身在什么地方。"猎人立刻吓得脸色惨白，全身哆嗦，说道："我仅搜寻狮子的足迹，并不是找狮子本身。""猎人和樵夫"（the hunter and the woodman）告诉人们：在生活中，有些人的勇敢仅停留在口头上，而不是表现在行动中，纯属叶公好龙。

---

①参阅233.驴子和狼。

229. 令人钦佩的克赖顿

［词语］an/the admirable Crichton

［含义］智勇兼备；文武双全的人；多才多艺的人

［趣释］〔英国剧作〕典出英国剧作家詹姆斯·巴里的同名喜剧《令人钦佩的克赖顿》（The Admirable Crichton）。詹姆斯·马修·巴里爵士（Sir James Matthew Barrie）生于1860年，卒于1937年。他是苏格兰小说家和剧作家、世界著名儿童文学《彼得潘》（Peter Pan）的作者。他毕业于爱丁堡大学（University of Edinburgh），毕业后当过记者，后移居伦敦，从事小说、散文和剧本创作。他一生出版了60多部小说和剧作，其中浪漫舞台剧发表于1902年，剧中主人公是一个文武双全的苏

格兰人,名叫詹姆斯·克赖顿(James Crichton)。该剧后来还改编成连续剧、电影,有相当影响。"令人钦佩的克赖顿"成为智勇兼备、多才多艺的人的代名词。苏格兰作家和翻译家据托马斯·厄克特(Thomas Urquhart)记载,詹姆斯·克赖顿于1560年生于苏格兰的邓弗里斯(Dumfries)。他是旅行家、体育家、诗人、学者和著名的击剑手。他1574年14岁时大学硕士毕业,17岁时能用12种语言与人辩论科学问题,成了众所周知的令人钦佩的人物。此人于1582年在意大利街头与人争吵时被打死。有人认为"令人钦佩的克赖顿"指的就是他。1603年,约翰斯顿(John Johnston)在其所著的《苏格兰人物志》中第一次称他admirable Crichton(令人钦佩的克赖顿)。此后,"令人钦佩的克赖顿"(admirable Crichton)就成了多才多艺的人或才艺出众的人的代称。

[运用] Pan, in his character of admirable Crichton, thought it necessary to be a great judge and practitioner of dinners. 身为多才多艺的潘认为,自己应该是宴会的大内行和老手。

230. 罗密欧与朱丽叶

[词语] Romeo and Juliet

[含义] 热恋中的青年男女

[趣释]〔英国剧作〕典出英国剧作家威廉·莎士比亚(William Shakespeare)的同名剧作《罗密欧与朱丽叶》(*Romeo and Juliet*)[①]。这个悲剧不是莎士比亚的原作,它改编自阿瑟·布卢克(Arthur Broke)1562年的小说《罗密欧与朱丽叶的悲剧历史》(*The Tragical History of Romeus and Juliet*)。罗密欧和朱丽叶是该剧中的一对男女主人公。凯普特莱(Capulet)和

蒙太古（Montague）两个家族是世仇，经常械斗。蒙太古的儿子罗密欧，17岁，品学端庄，大家都很喜欢。在一次宴会上，他认识了凯普特莱的独生女朱丽叶。她13岁，美若天仙。在不知对方身份的情况下，他们相互爱慕，双双坠入爱河。后来虽明白了真相，他们仍不顾一切到了修道院，在神父的主持下结为夫妇。但由于世俗偏见，他们纯洁而幸福的爱情终于以悲剧结束。时至今日，人们常用"罗密欧与朱丽叶"（Romeo and Juliet）来喻指两个热恋中的青年男女。

---

①参阅32.白天点灯。

231.驴和青蛙

[**词语**] the ass and the frogs

[**含义**] 受不了小小挫折的人

[**趣释**]〔古希腊寓言〕典出《伊索寓言》（Aesop's Fables）①中的《驴和青蛙》。伊索（Aesop）是公元前6世纪古希腊人。《伊索寓言》最初原书名为《埃索波斯故事集成》，（Assemblies of Aesop's Tales），公元前4—前3世纪之交由希腊哲学家德米特里厄斯（Demetrius Phalereus）统编而成，共有200则，是古希腊最早的流传于民间的讽喻故事，但此书已亡佚。后又经多人搜集、加工，到14世纪初东罗马帝国僧侣学者才整理编辑成为现在流传的《伊索寓言》。《驴和青蛙》寓言说，有头驴子驮着木料经过沼泽地，脚下一滑，摔倒了，起不来，直哭。沼泽地的青蛙听见驴的哭声跑过来说道："喂，朋友，你摔一下就这样痛哭，像我们这样在此长住，又将怎样呢？"后来，人们就用"驴和青蛙"（the ass and the frogs)表示受不了小小挫折的人。

---

①参阅233.驴子和狼。

232.驴、狐狸与狮子

[词语] the ass, the fox and the lion

[含义] 害人者反害己

[趣释]〔古希腊寓言〕典出《伊索寓言》(*Aesop's Fables*)中的《驴、狐狸与狮子》①。寓言说,驴子和狐狸合伙去打猎,他们突然碰到了狮子。狐狸看见大难临头,就立刻跑到狮子面前许下诺言:"只要能保证我的安全,我就把驴交给你。"狮子答应了,于是狐狸把驴引进一个陷阱。狮子见驴跑不掉了,就立刻先捉住狐狸吃了,然后再去吃驴。"驴、狐狸与狮子"(the ass, the fox and the lion)的寓意是:害人者反害己。那些出卖朋友、背叛友谊的人不会有好下场。

---

①参阅279.农夫和狐狸。参阅316.狮子、狐狸和驴子。

233.驴子和狼

[词语] the ass and the wolf

[含义] 坏人恩将仇报

[趣释]〔古希腊寓言〕典出《伊索寓言》(*Aesop's Fables*)①中的《驴子和狼》。伊索(Aesop)是公元前6世纪古希腊著名的寓言家。大约生于公元前620年,卒于公元前560年。弗律癸亚(Phrygia)人,也有人认为是爱琴海萨摩斯岛(Samos)

人。据传他曾是奴隶,还被转卖多次,因聪颖过人、知识渊博而获得自由。公元前5世纪末,"伊索"这个名字已为希腊人所熟知。希腊民间流传的寓言开始都归在他的名下。伊索寓言大多是动物故事,以动物为喻,少数寓言以人和神为主,教人处世和做人的道理。形式短小精悍,比喻恰当,形象生动,是古希腊民间流传的讽刺喻人的故事。经后人加工,成为现在流传的《伊索寓言》。寓言《驴子和狼》说,驴子扎了根刺,到处求医。很多野兽都表示拒绝,只有狼答应给他医治。狼用牙齿替他拔出那根刺,不料驴却用那只刚被医好的脚将狼医生踢倒了。后来,人们用"驴子和狼"(the ass and the wolf)这个典故来喻指坏人恩将仇报。

---

①参阅16.安特克利斯和狮子。

234. 驴子想的是一样,赶驴人想的却是另一样

[词语] The donkey means one thing and the driver another.

[含义] 立场不同,观点各异;从各自的利益考虑

[趣释]〔古罗马寓言〕典出古罗马寓言家费德鲁斯(Phaedrus)①同名寓言。寓言说:在一场战乱中敌人逼近了,主人催驴子快跑。驴子问道:"敌人会叫我驮双倍的东西吗?"主人说:"不会。"驴子又说:"那么谁是我的主人又有什么关系呢?""驴子想的是一样,赶驴人想的却是另一样"(The donkey means one thing and the driver another)的寓意是:不同的人各从自己的利益出发,立场不同,观点各异。

---

①参阅306.伤害之外又加侮辱。

235. 旅客和他的狗

[词语] the traveler and his dog

[含义] 自己行动慢，还怪别人迟缓

[趣释]〔古希腊寓言〕典出《伊索寓言》(*Aesop's Fables*) 中的《旅客和他的狗》。寓言说，一个旅客准备出发，看见他的狗在门口打哈欠。他就厉声问狗："你为什么站在那里打哈欠？一切事情都准备好了，就等你出发。"狗摇摇尾巴说："哎呀！主人！我早准备好了，正等着你呢！""旅客和他的狗"(the traveler and his dog) 的寓意是：有些人自己行动太慢不觉得，还责怪别人行动迟缓。

236. 绿眼妖魔

[词语] green-eyed monster

[含义] 嫉妒；妒忌；嫉妒心

[趣释]〔英国剧作〕典出英国剧作家威廉·莎士比亚 (William Shakespeare) 的剧作《奥赛罗》(*Othello*)[①]。该剧是莎士比亚四大悲剧之一，由意大利作家钦齐奥的同名小说改编而成。该剧第三幕第三场，在城堡前，苔丝狄蒙娜为凯西奥复职的事向奥赛罗求情，旗官伊阿古则在奥赛罗以前暗示苔丝狄蒙娜与凯西奥之间有暧昧关系来刺激他。伊阿古说："啊，主帅，你要留心嫉妒啊；那是一个绿眼的妖魔，谁做了他的牺牲，就要受它玩弄……"(O! Beware, my lord, of jealousy; /it is the green-ey'd monster which doth mock./The meat it feels on...) 后来，人们用"绿眼妖魔"(green-eyed monster) 来喻指嫉妒、妒忌、嫉妒心。

[运用] The green-eyed monster is jealousy. 绿眼就是嫉妒。

The minute someone's pet bunny is threatened, however, take it as a sign that the green-eyed monster has gone too far. 当某人的宠物兔子受到威胁时,可以把它看作是嫉妒心太出格的信号。

"The green-eyed monster" is not frightening creature from outer space. It is an expression used about four hundred years ago by British writer William Shakespeare in his play *Othello*。"绿眼妖魔"不是外太空来的可怕生物。这是大约400年前英国作家威廉·莎士比亚在他的戏剧《奥赛罗》中表达嫉妒的措辞。

---

①参阅123.感动得要哭。

237. 马槽中的狗

[词语] a dog in the manger

[含义] 自私的人；自己不享受，也不让别人享受；自己得不到的好处，也不让他人得到

[趣释]〔古希腊寓言〕典出《伊索寓言》(*Aesop's Fables*)中的《马槽中的狗》①。寓言说，一只狗躺在马槽里，不停地狂叫着，不让马去吃槽中的草料。槽中的干草，本来是为马准备的。因此，一匹马就对它的同伴说："这条狗多么自私啊！自己不会吃干草，还不让会吃的去吃！""马槽中的狗"（a dog in the manger）告诉人们，生活中确实有一些自私的小人：自己不享受，也不让别人享受；自己得不到的好处，也不让人得到。英国女作家艾米莉·勃朗特（Emily Bronte）在她的小说《呼啸山庄》(*Wuthering Heights*)中写道："你是马槽里的一只狗，凯蒂，而且希望谁也不要被人爱，除了你自己。"

[运用] They have had enough of him: he is a dog in the manger. 他们烦透了他，他自己享受不上，也不让别人享受。

---

①参阅140. 狗和影子。

238. 马车拖着马走

[词语] The cart draws/leads the horse.

[含义] 本末倒置；首尾颠倒；舍本逐末；颠倒因果

[趣释]〔英国剧作〕典出英国剧作家威廉·莎士比亚（William Shakespeare）的剧作《李尔王》（*King Lear*）①。该剧写于1605年，取材于英国民间传说，是莎士比亚的四大悲剧之一。该剧第一幕第四场，在奥本尼公爵（Duke of Albany）府第厅堂里，弄臣（Fool）对李尔王的大女儿高纳里儿（Goneril）虐待自己的父亲非常生气，高纳里尔却对他说："算了吧，老人家，你不是一个不懂道理的人，我希望你想明白一些，近来你动不动就动气，实在有失做长辈的体统啦。"弄臣对她说："马儿颠倒过来给车子拖着走，就是一头蠢驴不也看得清楚吗？"（May not an ass know when the cart/draws the horse?）其中"马车拖着马走"，可能与欧洲的一句俗句Put/Set the cart before horse（把马车套在马前面）有关，这句俗语在许多语言中都可以找到。它们共同的源头可能是拉丁语Currus bovem trahit，意思是"车拉牛"。不论是莎士比亚的"马车拖着马走"（The cart draws/leads the horse.），抑或欧洲各国语言中的俗语，还是原来的拉丁语，它们的基本意思相似，都是本末倒置、首尾颠倒的意思。

[运用] The cart leads the horse; the young instruct the old. 乾坤颠倒，年轻的教训年长的。

We can't let the cart draws the horse. 我们不能本末倒置。

Wait until we buy a car before you build the garage. Don't let the cart leads the horse. 等我们买了汽车再修车库

好了,不要本末倒置。

------

①参阅199.考狄利娅的礼物。

239. 马和驴

[词语] the horse and the ass

[含义] 互助才能共存

[趣释] 〔古希腊寓言〕典出《伊索寓言》(*Aesop's Fables*)中的《马和驴》①。寓言说,从前,有个人赶着一匹马和一头驴运载货物。路途中,驴子对马说:"你如果肯救我一命,就请分担一点我的负担吧。"马不肯,驴子终因精疲力竭,倒下死了。于是,主人把所有的货物,包括那张驴皮,都放在马背上。这时,马哭着说:"我真倒霉!我怎么会这样不幸?我当初不肯分担一点点负担,现在却驮上了这全部的货物,还外加这张驴皮!""马和驴"(the horse and the ass)说明,强者和弱者只有相互帮助、共同合作,各自才能更好地生存。

------

①参阅234.驴子想的是一样,赶驴的人想的却是另一样。

240. 马和马夫

[词语] the horse and the groom

[含义] 表面关心一个人,背地却干坑害他的勾当

[趣释] 〔古希腊寓言〕典出《伊索寓言》(*Aesop's Fables*)中的《马和马夫》。寓言说,从前有个马夫,他一天到晚给马洗刷、梳理皮毛,但同时却将马的饲料燕麦拿去卖了牟

利。"唉!"马说道,"如果你真的希望我健壮,你就少给我洗刷梳理,多给我些吃的才好。""马和马夫"(the horse and the groom)讽刺那些表面关心,实则害人的人,揭露那些虚伪的人用花言巧语和小恩小惠去贿赂别人的同时,却把别人最需要的东西夺走的卑鄙伎俩。

241. 马伏里奥

[词语] Malvolio
[含义] 自命不凡的管家
[趣释]〔英国剧作〕典出英国剧作家威廉·莎士比亚(William Shakespeare)的剧作《第十二夜》(*Twelfth Night*)[①]中的人物。马伏里奥是小姐奥丽维娅(Olivia)的管家。当小姐和亲戚们唱歌欢乐时,他骂他们"没有脑子""全无礼貌"。他命令小姐的叔父必须"循规蹈矩",他斥责小姐的使女"胡闹"。他自以为道德高尚,把人们喝酒取乐看成是大逆不道。于是,小姐的亲戚和使女合伙作弄了他,使他出尽了洋相。后来,人们用"马伏里奥"(Malvolio)来喻指自命不凡的管家。

---

①参阅126. 糕饼和麦酒。

242. 马拉普洛普婶婶

[词语] Malaprop
[含义] 用词错误可笑的
[趣释]〔英国剧作〕典出英国18世纪剧作家理查德·布林斯莱·谢立丹(Richard Brinsley Sheridan)的剧作《情敌》

（*The Rivals*）。谢立丹1751年生于爱尔兰，卒于1816年。马拉普洛普婶婶（Malaprop）是剧中的女主角李第娅（Lydia）的婶婶。她是该剧塑造的一个典型人物，生性喜欢搬弄响亮华丽的字眼，尽管她自己不了解这些字眼的意思。她的话语中充满了许多名言。她的名字Malaprop出自法语"mal a props"（用词不当）。受此影响，后来凡是用词不当的人都被称为"马拉普洛普的风格"（Malaprop style），其真正意思是："用词错误可笑的文风。"

243. 麦克白

[**词语**] Macbeth

[**含义**] 个人野心家

[**趣释**] 〔英国剧作〕典出剧作家威廉·莎士比亚（William Shakespeare）剧作《麦克白》（*Macbeth*）。该剧是莎士比亚最短的悲剧，也是其著名的四大悲剧[①]之一，经常在世界各地公演。它讲述的是麦克白因对权力的执迷而背弃朋友的故事。根据苏格兰哲学家赫克托·波伊斯的《苏格兰国王麦克白》（*King Macbeth of Scotland*）而写成。麦克白原是苏格兰军中的将军，在平定叛乱得胜而归的途中，他遇见三个女巫，女巫们预言说，麦克白将成为考特爵士及未来的君王。正当他满腹狐疑时，国王邓肯（King Duncan）派来迎接他的贵族证实了女巫的第一个预言：国王决定把叛徒考特爵士的头衔加封给平叛的功臣麦克白。麦克白得到爵士的头衔并不满足，反而进一步觊觎王冠。回到自己的城堡，他把女巫的预言和其中一部分已经实现的事告诉了妻子，他的妻子更是野心勃勃，百般唆使他采取"最近的捷径"，把国王杀死，以便实现女巫的预言，攫夺黄金宝冠。恰好就在这

时，国王邓肯为了表示对麦克白的敬重，带着两个儿子和许多随从到他家做客。麦克白夫妇表面上殷勤有礼，盛情款待。但国王入睡后，麦克白在妻子的唆使下，持刀进入国王的卧室，杀害了国王，并且制造假象，设置了嫁祸于王子的圈套。第二天早晨，谋杀案被发觉，邓肯的两个儿子害怕凶人的阴谋得逞，分别逃往英格兰和爱尔兰避难。麦克白夫妇装出悲痛欲绝的样子，登上了国王和王后的宝座。不过，最后麦克白夫妻俩都得到了可悲的下场，邓肯的儿子马尔康（Malcolm）被加冕成为合法的国王。后人就把弑君篡权的"麦克白"（Macbeth）视为野心家的同义语。

---

①参阅150.哈姆雷特。

244. 曼弗雷德

[**词语**] Manfred

[**含义**] 对现实不满者

[**趣释**] 〔英国诗歌〕典出英国诗人乔治·戈登·拜伦（George Gordon Byron）①的同名诗歌《曼弗雷德》（*Manfred*）中的人物。诗歌悲剧《曼弗雷德》发表于1817年，反映了这位浪漫主义诗人心中的苦闷。在诗歌中，住在阿尔卑斯山深处的一位神秘人物，因为犯了道德上的大罪，导致最爱的人死亡，现在他只求速死。这个神秘人物就是曼弗雷德。原来，他有个继妹安丝塔蒂，容貌和神情与他一模一样。他和她发生了恋爱关系后，十分后悔而将她杀死。就此之后，曼弗雷德便处在极度的苦闷之中。有七个精灵来问他所求的是什么，他们什么都可以给他，就算是威权也可以给他。他回答说，什么也不要。只求忘掉自己，

因为只有把自己忘掉了,自然一切痛苦也忘掉了。精灵又问他,所谓忘掉自己是不是就是指死。他回答说,不是。因为死后灵魂不灭,依然不会把自己忘掉。后来,他呼唤继妹安丝塔蒂的灵魂,求她宽恕,但也无效。这时,有一个恶魔走来,要他服从。但曼弗雷德这个自我主义者回答说,你没有比我更大的能力,你不能左右我。我所要做的事都已经历过,我对自己的痛苦甘心忍受着。曼弗雷德以为"我"是绝对自足的,毫不用他物相助。但他在说完罪与无罪只是"我"自己的事后,便气绝身亡。后来,人们用"曼弗雷德"(Manfred)来喻指对现实不满的人。

---

①参阅369.唐璜。

245. 猫和公鸡

[词语] the cat and the cock

[含义] 欲加之罪,何患无词

[趣释]〔古希腊寓言〕典出《伊索寓言》(*Aesop's Fables*)中的《猫和公鸡》①。寓言说,一只猫抓到一只公鸡,并想出了吃掉他的口实。他指责公鸡在夜晚打鸣,使人不得安睡,人们都讨厌公鸡。公鸡辩解说,他是为了人们的利益而啼叫,那样可以让人按时起床。猫回答说:"尽管你说的似乎合理,但我总不能不吃晚餐。"于是,猫毫不客气地把公鸡吃了。"猫和公鸡"(the cat and the cock),表明坏人做坏事总是能找到借口,欲加之罪,何患无词。

---

①参阅210.狼和羔羊。

246. 猫有九命

[词语] a cat with nine lives

[含义] 命大的人；命硬的人；富有生命力的人

[趣释]〔英国剧作〕典出英国剧作家威廉·莎士比亚（William Shakespeare）的剧作《罗密欧与朱丽叶》（*Romeo And Juliet*）①。西方人迷信认为"猫有九条命"（A cat has nine lives.），因而用"猫"来喻指生命力强的人。《罗密欧与朱丽叶》是莎士比亚著名戏剧作品之一，故事讲述，青年罗密欧与朱丽叶两人相爱，但因生在两个有世仇的贵族家庭而不能结合，终于先后以身殉情。悲剧发生后，两家和解。该剧第三幕第一场，在维洛那（Nerona）广场上，罗密欧和朋友班伏里奥（Benvolio）、茂丘西奥（Mercutio）以及侍童仆人等人，与朱丽叶的表哥提伯尔特（Tybalt）所带的一伙人相遇。提伯尔特先提出挑衅，说对罗密欧的仇恨只能用"恶贼"来称呼他。罗密欧好言相劝，但提伯尔特继续用恶语去激怒他。罗密欧还是表示要讲和。但朋友茂丘西奥认为这是丢脸的屈服，并拔出剑要和提伯尔特决斗，说："好猫精，听说你有九条命，我只要取你一条，留下另外八条等以后再跟你算账……"（Good king of cats, nothing but one of your nine lives; that I mean to make bold withal, and as you shall use me hereafter, dry-beat the rest of the eight...）由此而成的成语"猫有九命"（a cat with nine lives）后被人们用来形容命大的人、命硬的人、富有生命力的人。

[运用] We thought our cat would be killed when he fell from the roof of the house. He was not but he used up one of his nine lives.我们以为我们的猫从屋顶上掉下来会死了，但它并没有，只失掉九命中的一条。

God knows how he still alive.He's like a cat with nine lives.天晓得他怎么还活着，他的命像猫一样硬。

One of the most striking differences between a cat and a lie is that a cat has only nine lives.猫和谎言之间的一项最显著的区别是：猫只有九条命。

The baby fell from the roof of the house, but nothing went wrong with him.His parents called a cat with nine lives.这孩子从屋顶掉下居然没有摔坏，他的父母说他命真大。

247. 猫爪子

[词语] a cat's paw

　　　　a cat's-paw

[含义] 被他人利用的人；受人愚弄者

[趣释]〔法国寓言〕典出法国著名寓言作家让·德·拉封丹（Jean de La Fontaine）的寓言《猴子和猫》（*The Monkey and the Cat*）。寓言说，有一只猫和一只猴子住在一起。有一天，他俩一道出游，看火灰中煨着一些栗子。狡猾的猴子对猫说："哥们，我们今天吃的有着落了。从火灰中扒栗子你的爪子比我的好使。你去扒，我分一半给你。"猫信以为真，忍着烫，把爪子伸进火灰中把栗子一个个扒了出来，等猫好不容易完成任务想去与猴子一起分享栗子时，栗子已被猴子吃得精光。追根溯源，早在公元前3世纪的《伊索寓言》（*Aesop's Fables*）中就有这个寓言了，只不过没有标题。后来，人们用"猫爪子"（cat's paw）来喻指被人利用的人，或受人愚弄者。构成成语to make a cat's-paw of sb.（利用某人作为工具）。美国作家西奥多·德莱塞（Theodore Dreiser）在小说《巨人》（*The Titan*）中说："你们不能够使我做你们的猫爪，替你们火中取栗。"同出一源的还有另一个典故：to pull the chestnuts out of the fire（火中取栗）[①]。

[①]参阅171. 火中取栗。

248. 矛盾的精灵

[词语] the spirit of contradiction

[含义] 性情固执任性；毫无理由一味反对的人

[趣释]〔德国诗歌〕the spirit of contradiction仿自德语geist des widerspruchs，典出德国诗人歌德的诗剧《浮士德》（*Faust*）[①]。歌德的全名是约翰沃尔夫冈·冯·歌德（Johann Wolfgang Von Goethe）。他是德国小说家、诗人、剧作家、思想家、自然科学家、博物学家，被认为是德国和欧洲最重要的作家之一。歌德的作品充满了狂飙突进运动的反叛精神，在诗歌、戏剧、散文、自然科学、博物学方面都有较高成就。主要作品有剧本《葛兹·冯·伯里欣根》（*Gotz von Berlichingen*），中篇书信诗体小说《少年维特之烦恼》（*The Sorrows of the Young Werther*）是狂飙运动（Sturm und Drang）[②]的代表作之一。歌德的主要代表作《浮士德》初稿成于1768年，第一部问世于1808年，第二部问世于1832年，前后花了60年的时间。这部不朽的诗剧以德国民间传说的题材，以文艺复兴以来德国和欧洲社会为背景，讲述一个新兴资产阶级先进分子不满现实，竭力探索人生意义和社会理想的生活道路，是一部现实主义和浪漫主义结合十分完好的诗剧。

诗剧《浮士德》长达12111行,歌德称它是"一部巨大的自白的一个片段"。在第一部的《瓦普几司之夜》中,浮士德称魔鬼墨菲斯托费勒斯(Mephistopheles),简称墨斯托为"矛盾的精灵"(the spirit of contradiction),因为他对一切都持否定怀疑的态度。后来,人们用"矛盾的精灵"来喻指那些性情固执任性,动辄毫无理由表示反对,对明显有利的事情也不同意的人。

①参阅271.墨菲斯托式的微笑。　　②参阅204.狂飙突进运动。

249. 美好往昔

[词语] for auld lang syne

[含义] 令人怀念的往昔情谊;看在往日友情的面上

[趣释]〔英国诗歌〕典出英国苏格兰的农民诗人彭斯的诗歌和歌曲《友谊地久天长》(Auld Lang Syne),该诗旧译《美好的往日》。罗伯特·彭斯(Robert Burns)于1759年生于苏格兰的艾尔郡(Ayrshire),1796年卒于敦弗莱斯(Dumfries)。彭斯出身卑微,父亲是农民,母亲是位民歌手。他从小喜欢写诗,一边在田里干活,一边酝酿诗句。他的诗歌真挚热情,出色地抒发了苏格兰农民的思想情感。后来,他成为世界上最为人们喜爱的诗人之一,其作品广为流传。著名的作品有《自由树》(The Tree of Liberty)、《我的心呀在高原》(My Heart's in the Highland)、《一朵红红的玫瑰》(A Red, Red Rose)等。为了纪念这位苏格兰民族诗人,每年的1月25日夜世界许多地方,如英国、美国、俄罗斯都举办"彭斯之夜"(Burns Night)纪念活动,庆祝诗人的生日。通常形式有苏格兰菜肴聚餐、朗诵彭斯的诗歌、跳苏格兰舞等活动。著名诗歌《地久天长》用苏格兰方

言写成，谱成歌曲后成为苏格兰新年钟声敲响后的传统歌曲。这首歌译成中文后，成了学校毕业典礼的主题曲，象征友谊地久天长。auld lang syne的意思是"the days of long ago"（往昔）。现在"美好往昔"（for auld lang syne）已经成为成语被广泛运用，其意思为：为了往昔的情谊、看在往日友情的面上。

［运用］The meeting ended up with the singing of *Auld Lang Syne*.聚会在《友谊地久天长》的歌声中结束。

We will take a cup of kindness yet for auld lang syne.让我们为过去的好时光干一杯友谊的酒。

I'll spare no effort to help you for auld lang syne.为了往昔的友谊，我会不遗余力地帮助你。

He has a friend in office who will, for auld lang syne, do him so much favour.他有一个当权的朋友，看在往日友情的面上，一定会大力帮他。

250. 美女与野兽

［词语］beauty and the beast

［含义］美女陪拙夫

［趣释］〔法国童话〕典出同名童话《美女与野兽》（*Beauty and the Beast*）。最早由法国作家写成成人作品后改写成童话故事。目前流行多种版本，影响较大的为德国格林兄弟（The Brothers Grimm）①版本。故事讲述一个富商有三个女儿，个个都很漂亮。最小的那个女儿因为可爱、内心纯洁，取名叫"贝儿"（Bello），法语意为"漂亮"。由于海上风暴，船队失踪，商人失去所有财富，只好搬到乡间农舍居住。过了几年，商人听说他失踪掉的船有一艘返回港口，便决定去看看，看是否还有值钱的

东西。临行前他问三个女儿要什么礼物,大女儿和二女儿都要漂亮的衣服、首饰,只有小女儿说要一支漂亮的玫瑰。到后来,商人发现船上的货物都被扣下还债,已无钱给女儿买礼物。回家的路上他在森林中迷了路,走进一座城堡。他享用了城堡主人留给他的各种食物,临离开时采了园中的一支玫瑰。突然,一只野兽出现在他面前对他说,他接受了别人的款待还要偷窃,必须受到惩罚。野兽提出一个条件:必须把一个女儿送到城堡,否则就不会放过他。商人同意了野兽的条件,回到家中说出事情的真相。小女儿愿意到野兽的城堡中去。野兽待小女儿很好,小女儿过了几个月的豪华生活。有一天,贝儿说想回家看看,野兽同意她回家,但必须在一周内返回,还给了她魔镜和戒指。大姐、二姐看贝儿穿着华丽的服装回到家里,很是嫉妒。一周结束时,她们极力挽留,不让她按时回到城堡,想让她被野兽吃掉。贝儿以为姐姐是真心挽留她,便答应了她们的要求。可当她在魔镜里看到野兽已倒在那株玫瑰旁,奄奄一息时,立即动用戒指,回到野兽的身旁。这时,她发现野兽已死,便失声痛哭,说出对他的爱。当泪水滴到野兽的身上时,他起死回生,变成一位英俊的王子。王子告诉贝儿:很久以前,有位仙女向他请求进城堡避雨,他拒绝了。于是,仙女把他变成一只可怕的野兽。唯有找到不在乎他丑陋外表的真爱,才能破除魔咒。最后,王子和贝儿结了婚,过着快乐幸福的生活。目前,《美女和野兽》在意大利和法国有许多版本,内容和情节各有所不同。其中最著名的有1771年的歌剧《美女和野兽》、1946年的电影《美女和野兽》、1991年的动画片《美女和野兽》。"美女和野兽"(beauty and the beast)逐渐衍变成成语,用来比喻美女陪拙夫。

---

① 参阅166. 灰姑娘。

251. 没有丹麦王子的《哈姆雷特》

[词语] *Hamlet* without the prince of Denmark

[含义] 抽掉了最本质的东西

[趣释]〔英国剧作〕典出英国剧作家威廉·莎士比亚（William Shakespeare）的剧作《哈姆雷特》（*Hamlet*）①。剧中主人公丹麦王子哈姆雷特（Hamlet）从德国读书回国之后，发现自己的叔叔克劳狄斯（Claudius）毒死了父王，篡夺了王位，还骗娶母亲。父亲的鬼魂（The Ghost）告诉了哈姆雷特他自己致死的原因。哈姆雷特遵照鬼魂的嘱咐，决定复仇。同时，国王克劳狄斯开始怀疑哈姆雷特。在大臣波洛涅斯（Polonius）的建议下，利用大臣自己的女儿、哈姆雷特的情人奥菲利娅（Ophelia）去试探他，又指使哈姆雷特的两个同窗罗森格兰兹（Rosencrantz）和吉尔登斯呑（Guildenstern）去试探他，都被他识破。哈姆雷特利用一个剧团到宫廷演戏的机会，证实了鬼魂的话，决心行动。他说服母亲疏远国王，并把波洛涅斯错当国王杀死。国王派哈姆雷特和两个同学去英国索讨贡赋，想借英王之手除掉哈姆雷特。哈姆雷特发现阴谋，折回丹麦。这时，奥菲利娅因父亲被情人杀死，疯癫自尽。国王乘机挑动波洛涅斯的儿子雷欧提斯（Laertes），阴谋以比剑为名，设法以毒剑刺死哈姆雷特。在最后一次比剑中，哈姆雷特、国王、王后、雷欧提斯同归于尽。在《哈姆雷特》这个剧中，丹麦王子哈姆雷特是最主要的人物，没有他，这剧就不成为剧。于是，后人就用"没有丹麦王子的《哈姆雷特》"（*Hamlet* without the prince of Denmark）来喻指抽掉了最本质的东西。

---

①参阅150.哈姆雷特。

252. 没有一处比得上家

[**词语**] There is no place like home.

[**含义**] 没有什么地方比家更可爱

[**趣释**]〔美国歌曲〕典出美国剧作家、诗人、演员约翰·霍华德·佩恩（John Howard Payne）所写的民歌《可爱的家》（*Home，Sweet Home*）中的一句歌词，也有人将这首歌译作《甜蜜的家庭》。它是一首英美两国家喻户晓的歌曲，由19世纪英国作曲家亨利·罗里·比肖普（Henry Rowley Bishop）作曲。编剧、演员佩恩于1791年出生在美国纽约，卒于1852年。1813年他22岁时来到英国伦敦，认识了音乐家比肖普，他们合作写一部歌剧《克拉丽》（*Clari*），由佩恩写剧本，比肖普作曲，《可爱的家》就是它的主题曲。1823年5月8日歌剧《克拉丽》在伦敦演出获得成功，尤其是它的主题歌《可爱的家》，那朴实的感情、美丽的曲调，常常打动观众的心。在美国南北战争激烈的对战中，双方军乐队隔着史塔福特河（Stafford）展开了一场精神战。北军先奏起自己的国歌《星条旗》（*The Star-Spangled Banner*），南军不甘示弱也奏起了国歌《狄克西》（*Dixie*），北军跟着奏起他们最喜欢的《约翰布朗的躯体》（*John Brown Body*），企图压倒南军的声势，南军立刻奏起他们著名的《灰制服的少年军》（*Boys In Grey*），就这样一场空前的歌曲之战展开了！忽然间，不知哪一方先奏起了《可爱的家》后，两支军队停止了竞赛，隔着河遥遥地合奏起来。在那样一个征战年代，这首歌引起他们思家共鸣，使多少血性男儿流出热泪！后来，这首歌又成了美国好莱坞故事片《初恋》的主题歌，就更广泛地流传开了。由于这首歌广泛流传，"没有一处比得上家"（There is no place like home.）成了家喻户晓的谚语。有人将它译为"金

窝、银窝，不如家里的草窝"。当一个人出门在外，难免会有思家的情绪，"Home"可以指个人之家，也可以指家乡、祖国。《可爱的家》第一段歌词是这样的：Mid pleasures and places though, we may roam, /Be it ever so humble, there's no place like home, /A charm from the seems to hallow us there, /Which seek through the world, is never met with elsewhere: / Home! Home! Sweet, sweet home! There's no place like home! There's no place like home!（纵然我们尽情欢乐，遍游华丽的宫殿，/却没一处比得上家，不管它多么卑贱，/好像天上降下魔符使我们在那里被尊崇爱护，/这是走遍全世界也无寻处。/家，家，可爱的，可爱的家！/没有一处比得上家！没有一处比得上家！）

253. 玫瑰换名一样香

［词语］a rose by any other name

A rose by any other name would smell as sweet.

［含义］玫瑰不管叫啥，闻起来总是香的；名称无关紧要

［趣释］〔英国剧作〕典出英国剧作家威廉·莎士比亚（William Shakespeare）的剧作《罗密欧与朱丽叶》（*Romeo and Juliet*）[①]。莎士比亚的悲剧《罗密欧与朱丽叶》主要反映了人文主义者（humanist）的爱情理想与封建恶习、封建观念之间的冲突。该剧第二幕第二场，在凯普莱特家的花园里，罗密欧在偷听爱人朱丽叶的喃喃自语："罗密欧，罗密欧！为什么你偏偏是罗密欧呢？否认你的父亲，抛弃你的姓名吧；也许你不愿意这样做，那么只要你宣誓做我的爱人，我也不愿再姓凯普莱特了。"朱丽叶又说："只有你的名字才是我的仇敌；即使你不姓

蒙太古，仍然是这样的一个你。姓不姓蒙太古又有什么样的关系呢？……我们叫作玫瑰的这种花，要是换了个名字，它的香味还是同样的芬芳；（What's in a name? that which we call a rose, /By any other name would smell as sweet）罗密欧换了别的名字，他的可爱完美也不会有丝毫改变……"由此而出的谚语"玫瑰换名一样香"（A rose by any other name would smell as sweet.）表明，名称无关紧要；玫瑰不管叫什么，闻起来总是香的。

[运用] The council calls rat catcher a rodent operator, but a rose by any other name. 该委员会把捕老鼠的人称作啮齿类动物手术施行者，但是名称是无关紧要的。

A rose by any other name is still just a rose. 玫瑰无论叫什么名字，仍然是玫瑰。

A rose by any other name smells as sweet according to Shakespeare, but having multiple names for the same plant has long caused confusion among botanists. 按照莎士比亚的说法，玫瑰无论叫啥，闻起来总是香的，然而对同一种植物的多种叫法已经让植物学家们头疼不已。

---

①参阅32. 白天点灯。

254. 梅子与三棱镜

[词语] prunes and prism
[含义] 矫揉造作；装腔作势；拐弯抹角；吞吞吐吐
[趣释]〔英国小说〕典出英国小说家狄更斯的著名小说《小杜丽》（*Little Dorrit*）。查尔斯·狄更斯（Charles

Dickens）是19世纪英国杰出的批判现实主义作家[①]，《小杜丽》是他后期作品之一，对当时英国上流社会的虚伪狡诈、无情、自私进行了深刻的批判。"Prunes and prism"（字面意思"梅子和三棱镜"）出自小说中一位将军夫人之口。这位将军夫人本是小镇牧师的女儿，年纪已45岁还尚未出嫁。当一位60多岁的军官向她求婚时，她便答应了。他们驾着马车飞奔，老将军因受不了颠簸而气绝身亡。从此，这位小姐因为做过将军夫人而声名赫赫，处处摆出高人一等的架势。当她听到小说主人公杜丽（Dorrit）先生、小杜丽（Little Dorrit）用"father"（父亲）称呼其父时，将军夫人便对她说："Papa（爸爸）这个词是个很好的称呼用语，亲爱的。用father这个词就显得十分俗气。此外，说出papa这个词的时候，嘴形很好看。Papa、potatoes（洋芋头）、poultry（家禽）、prunes（梅子）和prism（三棱镜）这些词说出口来，嘴形都很优美，尤其是prunes和prism这两词更是如此。假如你和别的人在一起的时候，你将会发现这对你的举止风度是挺有用的。比方说，你走进房间的时候，你就说papa, potatoes, poultry和prism。"将军夫人的一席话，把一个惯于装腔作势的女人的面目暴露得淋漓尽致。后来，人们就用"梅子与三棱镜"（prunes and prism）来讽刺装腔作势、矫揉造作的说话方式，或是用它来表示说话时拐弯抹角、吞吞吐吐。

[运用］"I like nasty things better than nice things."said Jessica, with a prunes and prism of diction that all the grown-up had laugh. 杰西卡说："我喜欢那些令人讨厌的东西，而不喜欢好的东西。"她装腔作势的话语使得大人忍不住笑了起来。

[①]参阅60. 从匹克威克的意思上说。

255. 每个杰克有他的吉尔

[词语] Every Jack shall have his Jill.

[含义] 人各有偶；人皆有妻可娶

[趣释]〔英国剧作〕典出英国剧作家威廉·莎士比亚（William Shakespeare）的剧作《仲夏夜之梦》（*A Midsummer Night's Dream*）①里。该剧是莎士比亚最受欢迎的喜剧之一，故事发生在仲夏夜晚，雅典城（Athens）两对青年恋人为了反抗一道荒谬无比的法律而出逃。当精灵的介入使彼此爱的对象产生混淆，一阵混乱之后，众人终于恢复理智，两对新人终成眷属。在西方的文化历史中，有所谓的"仲夏疯"（midsummer madness）之说。在有月亮的仲夏夜，人容易释放自我，陷入欲望、激情和混乱；黎明过后，阳光带来理性回归，才恢复秩序，解决疑惑和冲突。"梦"透露出人的想法、感觉、欲望和恐惧，也预示未来可能的变化。整个故事发生在城市与森林、清醒与睡眠、真实与梦幻之间。该剧第三幕第二场，在大森林的另一处，仙王奥布朗（Oberon）为了帮助海丽娜（Helena）赢得狄米特律斯（Demetrius）的爱情，命仆人帕克（Puck）趁狄米特律斯睡着的时候，将情水滴在拉山德的眼皮上。结果，拉山德爱上了海丽娜，狄米特律斯为此要和拉山德决斗。幸好仙王奥布朗发现，用黑浓雾遮住星空，使他们几个男女先后睡去。帕克将仙王给他药水用在拉山德的眼中，消除魔力。他一边干，一边念道："梦将残，觉方酣，神仙药，祛幻觉，百般迷梦全消却。醒眼见，旧人脸，乐满心，情不禁，从此欢爱复深深。一句俗语说得好，各人各有各的宝，等你醒来就知道：哥儿爱姐儿，两两无参差，失马复得马，一场大笑话！"（Jack shall have Jill;/Nought shall go ill;/The man shall have his mare again/And all shall be well.）在这条谚语中，Jack（杰克）是英美最常见的男子名John（约翰）的昵称，Jill（吉尔）是女子名Juliana（朱莉安娜）的昵称，"杰克和吉尔"（Jack and Jill）常用来指代一对情侣；"每个杰克都有他的吉尔"（Every Jack shall have his Jill）就被用来喻指人名有偶、人皆有妻可娶。

注：这条谚语还有几种变体，意思相同，如Every Jack has/must have his Jill.

---

①参阅466. 真爱并非一帆风顺。

256. 每个理发匠都知道的事

［词语］Every barber knows that.

［含义］人人都知道的事；没有秘密可言；尽人皆知

［趣释］〔古罗马诗歌〕Every barber knows that仿自拉丁语Omnibus notum tonsoribus。典出古罗马诗人贺拉斯（Horace）的《讽刺诗集》（*The Satires*）①。古希腊罗马人认为，理发匠是多嘴多舌的人、最不善保密的人。这不仅仅是因为理发店是人们常交流信息和散布丑闻的中心，也与一个神话传说有关。传说弗律癸亚（Phrygia）国王迈达斯（Midas）被解除了点金术之后，参加了牧神潘（Pan）和太阳神阿波罗（Apollo）之间的音乐比赛。担任比赛裁判的吕底亚（Lydia）河神特摩罗斯（Tmolus）已判定阿波罗获胜，但迈达斯不同意，认为牧神潘才是真正的优胜者。阿波罗为了惩罚他这种不懂装懂、冒充内行的行为，使他头上长出一副驴耳朵（ass ears）。迈达斯为了遮丑，只好用弗律癸亚帽子把耳朵遮盖起来。他的理发师发现了这个秘密，他不敢把这个要掉脑袋的秘密泄露出去，但又憋得难

受。于是，在地下挖了一个洞，对着洞口轻声说："迈达斯国王长了一副驴耳朵！"说完，他又把洞填平。不料，后来这个地方长出一丛芦苇，风一吹芦苇瑟瑟作声，就把国王的丑闻传了出去。迈达斯气坏了，就把理发师杀了。从此，迈达斯的长耳朵（Midas's long ears）喻指不学无术、愚蠢至极，迈达斯的理发师（Midas's barber）喻指多嘴的人、不善保密的人。就连"理发师"（barber）这词也有了话多的人、多嘴的人的意思。因此"每个理发师都知道的事"（Every barber knows that.）自然就成了大家都知道的事，也就毫无秘密可言了。

---

①参阅59.从鸡蛋到苹果。

257. 每一英寸

[词语] every inch

[含义] 完全；彻底；从头到尾；各个方面

[趣释]〔英语剧作〕典出英国剧作家威廉·莎士比亚（William Shakespeare）的剧作《李尔王》（*King Lear*）①。该剧讲述年事已高的李尔王意欲将国土分给三个女儿，口蜜腹剑的大女儿高纳里尔（Goneril）和二女儿里根（Regan）赢得其宠信而瓜分国土，小女儿考狄利娅（Cordelia）因不愿阿谀奉承而一无所得。前来求婚的法兰西国王慧眼识女，娶狄利娅为皇后。李尔王离位，大女儿、二女儿居然不给老父栖身之地，当年的国王只得到荒郊野外流浪。考狄利娅闻讯后，率兵解救，父女团圆。但后来战事不利，考狄利娅被杀，李尔王守着心爱的小女儿尸体悲痛地死去。该剧第四幕第六场，在多佛（Dove）附近的乡间，李尔将鲜花胡乱地饰在身上。他高声骂着大女儿："嘿！高纳里

尔,长着一把白胡须!她们像狗一样向我献媚。说我在没有出黑须以前,就已经有白须。我说一声'是',她们就应一声'是';我说一声'不',她们就应一声'不'!……她们把我恭维得天花乱坠;全然是个谎,一发起烧来我就没办法。"葛罗斯特伯爵(Earl Gloucester)说:"这种说话的声调我记得很清楚,他不是我们的国王吗?"(The trick of that voice I do well remember:/Is't not the king?)李尔说:"嗯,从头到脚都是国王……"(Ay, every inch a king...)后来,"每一英寸"(every inch)被用来喻指完全、彻底、从头到脚、各个方面。

[运用] Those who remember the captain his father declared Master George was his pa every inch of him.他们里头有记得他父亲乔治上尉的,都说乔治少爷跟他爹一模一样。

She knows every inch of London.她熟悉伦敦的每个角落。

Every inch of her bedroom wall is covered with photos of popstars.她卧室的墙上到处贴满了明星照片。

He looked every inch a gentleman.他看上去完全是正人君子。

He was every inch drenched.他浑身湿透。

---

①参阅199.考狄利娅的礼物。

258.闷住的火烧起来更猛烈

[词语] Fire that's closest kept burns most of all.

[含义] 压抑得厉害,爆发起来也厉害;表面很冷淡,内心很热烈

[趣释]〔古罗马论著〕谚语Fire that's closest kept burns most of all源于拉丁文,最早见于古罗马诗

奥维德

人奥维德（Ovid）的《变形记》（*Transformations*）。奥维德拉丁文全名是Publius Ovidius Naso，生于公元前43年，卒于公元18年，是古罗马诗人，与贺拉斯（Horace）、维吉尔（Vergil）齐名。年轻时在罗马学习修辞，对诗歌充满兴趣，是古罗马最具影响力的诗人之一。主要作品有《列女志》（*The Heroines*）、《论容饰》（*Women's Facial Cosmetis*）、《爱的艺术》（*The Art of Love*）和《爱的治疗》（*The Cure for Love*）等。《变形记》共15册，有250个神话传说，很受中世纪作家和诗人的喜爱。全书用六步格诗体写成，该书中说：Quoque magis tegitur, tectus magis aestuat ignis. 意思是感情是压抑不得的，压得厉害，爆发起来也厉害。也可以用来表示有的人表面看起来很冷淡，但内心感情是很热烈的。英国剧作家威廉·莎士比亚在他的剧作《维洛那二绅士》（*The Two Gentlemen of Verona*）[①]第一幕第二场中就用了这个谚语。在朱利娅（Julia）家中花园里，朱利娅和女仆露西塔（Lucetta）一起谈论朱利娅的恋人普洛丢斯（Proteus）。朱利娅说："普洛丢斯不多说话，这表明他的爱情是有限的。"（His little speaking shows his love but small.）露西塔却解释说："火关得越紧，烧起来越猛烈。"（Fire that's closest kept burns most of all.）

---

①参阅292.仆人郎斯。

259. 蒙太古家族和凯普莱特家族

[词语] the Montagues and Capulets

[含义] 相互敌视或对立的家庭、党派或个人

[趣释]〔英国剧作〕典出英国剧作家威廉·莎士比亚（William Shakespeare）的剧作《罗密欧与朱丽叶》（*Romeo and Juliet*）①。罗密欧（Romeo）的蒙太古家族（Montagues）和朱丽叶（Juliet）的凯普莱特家族（Capulets）之间存在着世仇。正是他们两个家族之间的仇恨和偏见，造成了这两个恋人的悲剧。后来，人们就用"蒙太古家族和凯普莱特家族"（the Montagues and Capulets）来喻指相互敌视或对立的家庭、党派或人们。俄国作家冈察洛夫在小说《悬崖》中写道："开始是冗长的叙述，先是年轻人的父母，接着是少女的父母，然后是两个家族的纠纷的历史，类似蒙太古和凯普莱特两家。"

[运用] But their families, the Capulets and Montagues, are enemies and will not allow them to be together. 他们两家是世仇，势不两立，岂能允许他们相爱。

I rolled my eyes. "Let's go and watch the Capulets and Montagues hack each other, all right?" 我一转眼珠说："我们一起去看对立的两家大比拼好吗？"

And so two families named after original adversaries the Montagues and Capulets have loathed each other for years after a fatal car crash in an unnamed English market town in 2000. 根据现代版故事剧情，原著中的宿敌蒙太古家族和凯普莱特家族，由于2000年在一个不知名的英国集镇发生的一起致命车祸而结下世仇。

---

①参阅429. 一言不合就动手。

260. 迷惘的一代

[**词语**] the lost generation

[**含义**] 迷失的一代；一战后美国的一个文学流派

[**趣释**] 〔美国小说〕典出侨居巴黎的美国女作家格特鲁德·斯泰因（Gertrude Stein）。斯泰因于1874年生于匹次堡（Pittsburgh）的一个富裕犹太人家庭，卒于1946年。1902年她随兄去巴黎定居，并创立了一个有名的文艺沙龙（Salon）。著作有《地理与戏剧》（*Geography and Plays*）、《露西·丘奇温厚地》（*Lucy Church Amiably*）、《三幕剧中的四圣人》（*Four Saints in Three Acts*）、《毕加索》（*Picasso*）、《法国巴黎》（*Paris France*）、《我见过的战争》（*Wars Have Seen*）等。斯泰因曾当面对美国作家欧内斯特·米勒尔·海明威（Ernest Miller Hemingway）说，"你们都是迷惘的一代"。后来，海明威把这句话作为自己小说《太阳照样升起》（*The Sun Also Rises*）的题词。海明威生于1899年，卒于1961年。曾在古巴定居21年，与古巴领导人卡斯特罗会面，自称是普通的古巴人。其代表作《老人与海》（*The Old Man and the Sea*）于1954年获得诺贝尔文学奖。于1961年在美国芝加哥郊区家中自杀身亡。他一生著作

海明威

颇丰：有长篇小说11部，短篇小说集10部，非小说文集9部，其中被拍成电影的有15部。海明威的写作风格以简洁著称，对美国文学及20世纪文学的发展有极深远的影响。在海明威的作品中，他对人生、世界、社会都表现出了迷茫和彷徨，是美国迷失一代作家中的代表人物。现在，"迷惘的一代"或"迷失的

一代"(the lost generation),专指第一次世界大战后美国一些厌恶帝国主义战争,却又找不到出路,因而感到迷惘、彷徨、怀疑失望的作家和知识分子。

261. 米利都的传说

[词语] Milesian fables

[含义] 淫秽故事

[趣释] 〔古罗马散文〕典出古罗马作家安托纽斯·第欧根尼(Antonius Diogenes)的著作的书名《米利都的传说》(*Milesian Fables*)。米利都(Miletus)是位于安纳托利亚(Anatolia)西海岸线上的一个古希腊城邦(今属土耳其),是爱奥尼亚12个城邦之一。公元前8世纪之后,它成为希腊工商业文化中心之一。古希腊哲学家在此创立了朴素唯物论,称为"米利都派"。《米利都的传说》这部著作今已散佚,最初是由米利都人阿里斯提得斯(Aristides)于公元前2世纪搜集汇编的,故名《米利都的传说》。公元前1世纪,锡塞纳(Sisenna)将这本书译成拉丁文。该书实际上是短篇故事、寓言和民间故事的汇集。充满爱情、冒险、色情、淫秽的刺激。以第一人称描述旅行见闻,作者的无耻和有趣的故事,色情的描写和意想不到的转折,使这本书深受纵情逸乐的锡巴里特人(Sybarite)的欢迎,也大受古罗马诗人奥维德(Ovid)的赞誉。奥维德本人在公元1年发表了《爱的艺术》(*The Art of Love*),描写爱的技巧,传授引诱和私通之术而后来遭到流放[①]。《米利都的传说》英译*Milesian Fables*或*Milesian Tales*,对后世的意大利诗人薄伽丘(Boccaccio)的《十日谈》(*Decameron*)[②]创作有影响。现在,"米利都的传说"(Milesian fables),仍有时被西方人用

来喻指淫秽故事。

---

①参阅258.闷住的火烧起来更猛烈。　②参阅136.更好是好的敌人。

262. 蜜月

［词语］the honeymoon

［含义］新婚第一个月；初期和谐的新关系；任何和谐的期间

［趣释］〔法国小说〕典出法国作家伏尔泰（Voltaire）的中篇小说《查第格》（Zadig）。伏尔泰的本名是弗朗索瓦·马利·阿鲁埃（Francois Marie Arouet），伏尔泰是他的笔名。他是法国启蒙思想家、文学家、哲学家，是18世纪法国资产阶级启蒙运动的旗手，被誉为"法兰西思想之父""法兰西最优秀的诗人""欧洲的良心"①。《查第格》是一部哲理小说，主人公查第格（Zadig）是一个心地善良、英俊的巴比伦（Babylon）青年。在该书第三章，查第格通过自己的经历，好几回觉察到妻子的不忠，于是他便认为新婚的第一个月是蜜月（honeymoon）、第二个月是苦草月。伏尔泰这一借自东方民间的说法很快就传入许多欧洲语言中。"蜜月"指的是婚后第一个月的幸福生活。在政治上，也可用在对立势力处于矛盾未暴露出来的表面友好阶段。honeymoon一词出现后，英语又先后出现两个有关的习语："并非蜜月"（It was no honeymoon.）用来喻指并不像蜜月那样愉快或并不是没有烦恼、困难；"蜜月已过"（The honeymoon is over.），用来喻指双方友好合作的阶段已过去。

［运用］On her honeymoon she realized she had married a knucklehead. 在蜜月时，她才明白自己嫁了一个白痴。

The honeymoon between the Congress and the President was very brief.国会与总统之间和睦相处了一段很短的时间。

I'm grateful for that six months' experience in India, though it was no honeymoon.在印度待了6个月是有好处的，虽然那段经历并不像蜜月那样愉快。

A few months after the new President was elected, the honeymoon was over and the Congress and the President began to criticize each other.新总统当选后仅仅几个月，国会和总统之间的蜜月就过去了，双方开始互相指责起来。

---

① 参阅381.伟大的智慧不谋而合。

263.面包和黄油

［词语］a bread and butter letter

［含义］受到盛情款待之后的感谢信；感谢招待的信

［趣释］〔英国小说〕典出英国作家简·奥斯汀（Jane Austen）的小说《傲慢与偏见》（*Pride and Prejudice*）。女小说家简·奥斯汀于1775年生于一个乡村小镇，父亲是教区牧师，她从未上过学，但受到良好的家庭教育，教材是父亲的文学藏书。她20岁开始写作，共发表6部长篇小说。如处女作《理智与情感》（*Sense and Sensibility*）、《曼斯菲尔德花园》（*Mansfield Park*）、《劝导》（*Persuasion*）等。作者于1817年去世，年仅42岁，终身未嫁。2000年英国BBC做过"千年作家评选"活动，她名列第二，仅次于莎士比亚（Shakespeare）。《傲慢与偏见》是她的代表作，发表于1811年。小说以日常生活为素材，一反当时社会上流行的伤感小说内容和矫揉造作的写作方法，生动地反

映了18世纪末到19世纪初处于保守和封闭状态下的英国乡镇生活和世俗人情。这部社会风情画式的小说还被改编成电影。小说中古板平庸又善于谄媚奉承的柯林斯（Collins）在做客时受到款待后，给东家班纳特（Barnet）先生写了一封感谢信（a bread and butter letter），感谢他的盛情款待。后来这种做法成为一种礼节和风俗。一封这种感谢信也被戏称为"a collins"。在现代英语中，bread and butter用作名词，有生计、谋生之道、主要经济来源等意思；用作形容词（常加连字号），有生计的、表示感激款待的、生活必需的，最基本的等意思。

［运用］The mobile phone business was actually his bread and butter.移动电话业务实际上是他的主业。

He doesn't just write for fun; writing is his bread and butter.他写作并不是为了乐趣，那是他的谋生方式。

It's no bread and butter of mine.这事与我无关。

Don't quarrel with your bread and butter.别跟自己的饭碗过不去。

Emil wrote Mr. Lee a bread and butter letter.埃米尔给李先生写了一封感谢招待的信。

264. 冥石的无言启示

［词语］sermons in stones
［含义］自然万物给人类的启示
［趣释］〔英国剧作〕典出英国剧作家威廉·莎士比亚（William Shakespeare）的剧作《皆大欢喜》（*As You Like It*）[①]。喜剧《皆大欢喜》是莎士比亚在1598—1599年的作品。内容热闹欢乐，富有哲理。剧情的主旨是探讨男女关系中的真诚、尊

重和自我意识。该剧第二幕第一场，在亚登森林（Forest of Arden）。公爵、阿米恩斯（Amiens）及众臣着森林居民装束。公爵说："我的流放生涯中的同伴和弟兄们，我们不是已经习惯了这种生活，觉得它比虚饰的浮华有趣得多吗？这些树林不比猜忌的朝廷更为安全吗？……我们的这种生活，虽然远离尘嚣，却可以听树木的谈话，溪中的流水便是大好的文章，一石之微，也暗寓着教训，每一件事物中间都可以找到些益处来。我不愿改变这种生活。"（And this our life, exempt from public hunt, / Finds tongues in trees, books in the running brooks, / Sermons in stones, and good in everything, / I would not change it.）文中"顽石的启示"（sermons in stones），指林木、溪流、岩石等自然万物在精神、道德、真理等方面给予人类的启示。

---

① 参阅302. 肉和酒。

265. 名利场

[词语] vanity fair

[含义] 虚荣市场；浮华世界

[趣释]〔英国小说〕典出英国作家约翰·班扬（John Bunyan）的讽刺小说《天路历程》（*Pilgrim's Progress*）①。这部古典文学名著被誉为"英国文学中最著名的寓言"。是英国文学史上最具代表性的宗教寓言故事。17世纪英国清教徒约翰·班扬因为不信奉国教，被关进监狱长达12年之久。《天路历程》作为他在狱中心血凝成的杰作，被译成多种文字，在世界各地不断再版。小说中的人物形象丰满，想象奇特，故事生活化，对人性

弱点的观点尖锐而深刻，理想主义的热忱震撼人心，因而超越了时间和宗教的局限，在成书300多年后的今天依然光彩夺目、家喻户晓。书中叙述者在梦中看到一个叫"基督徒"的人正在读一本书，知道了自己居住的城市将遭天火焚毁，惊恐不已。这时一个叫"传道者"的人指点他逃离故乡，前往天国。于是，这个坚韧的"基督徒"为寻求永生而踏上荆棘遍布的漫长旅程，充满危险、诱惑与灾难的尘世被他一步步抛弃，最终在高天之上受到了迎接。在小说中，"基督徒"与赶上结伴的邻居"忠诚"来到"名利场"。在这座名利场，出售一切货物：房屋、土地、买卖、荣誉、升迁、头衔、国家、王国、色欲；各种欢乐及享受，如娼妓、鸨母、妻子、丈夫、子女、老板、仆役、生命、血液、身体、灵魂、白银、黄金、珍珠等，一切应有尽有。这儿还可以不花钱看到：盗窃、杀害、奸淫、伪誓，而这一切都是带血色的。他们受到审判，法官"妒善"，召来"嫉妒""迷信""谗言"为证人，"忠诚"被折磨而死升天，"基督徒"劫后余生，与新朋友"希望"继续前行。现在，世界许多大学的语言文学专业把《天路历程》列为必读书目，而其中《名利场》一章则被列为精读篇目。西方学者认为，仅《名利场》一章，即可使此书不朽。如果说《天路历程》所写的是浮华市场，那么《名利场》所写的是浮华虚荣的社会。英国19世纪的批判现实主义作家威廉·萨克雷（William Makepeace Thackeray）以《名利场》作为他的讽刺小说的书名。书中描写资产阶级尔虞我诈、钩心斗角的种种丑态。后来，人们用"名利场"（vanity fair）喻指虚荣市场、浮华世界。

[运用] Our friend George was in the full career of the pleasures of vanity fair. 我们的朋友乔治正在全力追求名利场上的快乐呢。

By heavens it is pitiful, the bootless love of women for children in vanity fair. 好可怜啊！在名利场中，母亲的爱换得了什么好处呢？

Fashion magazine *Vanity Fair* has compiled its annual list of the world's best-dressing people. 时尚杂志《名利场》日前已评选出年度世界最佳着装人士。

---

①参阅194.绝望的沼泽。

266. 命运恩宠勇者

[词语] Fortune favours the brave.

[含义] 天佑勇者；命运帮助勇者

[趣释]〔古罗马剧作〕典出古罗马剧作家泰伦提乌斯（Publius Terentius Afer）的剧作《福尔弥昂》（*Phormio*）。泰伦提乌斯生于公元前190年，卒于公元前159年，英文名为泰伦斯（Terence），是古罗马喜剧作家。生于北非的迦太基（Carthage），幼年来到罗马，沦为奴隶。主人很欣赏他的聪明才智，让他受到良好的教育，解除了奴籍。他共写有6部剧作，全部保留了下来：《安德罗斯女子》（*The Girl from Andros*）、《自责者》（*The Self-Tormentor*）、《阉奴》（*Eunuchus*）、《两兄弟》（*The Brothers*）、《婆母》（*The Mother-in-Law*）和《福尔弥昂》。《福尔弥昂》不及泰伦提乌斯的其他剧本严肃，剧中有计谋成分和闹剧成分。主要讲述门客福尔弥昂帮助两对青年男女结为夫妻的故事。剧中有Fortes fortuna juvat（命运之神福耳图娜庇佑勇者）的说法。古罗马诗人维吉尔（Virgil）①在诗作《埃涅阿斯纪》（*Aeneid*）中也有类似的话。所谓"天佑勇者"或"命

运帮助勇者"（Fortune favours the brave），实质就是勇气帮助人去战胜敌人、克服困难。欧洲不少语言中，都有类似的谚语。

［运用］Good fortune favours the brave and courageous.好运只垂青有勇气有胆识的人。

Miller made a daring and dangerous manoeuver to overtake, and once again proved that Fortune often favours the brave.为了超过别人，米勒采取了一个大胆而又危险的举动，这举动再次证明勇者事常成。

Fortune favours the brave but abandons the timid.命运宠爱勇敢者而抛弃胆小者。

---

①参阅56.草丛中的蛇。

267. 命运之轮

［词语］the wheel of fortune

［含义］命运的更迭；时运的盛衰

［趣释］〔英国剧作〕典出英国剧作家威廉·莎士比亚（William Shakespeare）的剧作《亨利六世》（*Henry Ⅵ*）的下篇①。历史剧《亨利六世》是莎士比亚第一创作时期（1590—1600年）的作品，分上篇、中篇、下篇。主要讲述亨利六世国王年幼和性格软弱，王亲贵族争权内讧，国力削弱，致使英国丢失亨利六世的父亲亨利五世曾在法国赢得的大部分领土和权利。国内则以白玫瑰为徽记的约克家族（York）和以红玫瑰为徽记的兰开斯特家族（Lancaster）之间所进行的长达30年的"玫瑰战争"（Wars of Roses），人民苦不堪言。该剧下篇第四幕第三

场，在华列克郡（Warwickshire）附近的爱德华营帐，三名卫士在守卫巡逻。华列克伯爵（Earl of Warwick）带领着兵士活捉了爱德华王。爱德华王对华列克说："上次分手时，你还称我王上的呀。"华列克回答说："对，如今情形不同啦。我出使时你叫我坍台，我那时就撤销你王上的资格，这次回来再封你做约克公爵。"爱德华王说："……我看爱德华果真要垮台了；但是，华列克，不论我的处境如何恶劣，对于你和你们的党羽们，我要永远保持君王的气概。即使厄运推翻我的政权，我的思想决不受命运的约束。"（Nay, then I see that Edward needs must down./Yet, Warwick, in despite of all mischance,/Of thee thyself and all thy complices,/Edward will always bear himself as king./Though fortune's malice overthrow my state,/My mind exceeds the compass of her wheel.）"命运之轮"（the wheel of fortune）现常被用来喻指命运的更迭、时运的兴衰。

[运用] Turn the cards over looking for the wheel of Fortune. Its position gives you the answer. 把牌翻过来寻找一下命运之轮，它的位置会给你答案。

The wheel of fortune did not favour him in the end. 到头来他还是没交上好运。

So much often depends on the turn of the wheel of fortune. 这么多事情往往由命运之轮的转动来决定。

Fortune's wheel of everyone is mastery on himself. 每个人的命运都掌握在自己的手中。

---

① 参阅125. 高呼满足。

268. 命运之神的石击箭射

[词语] the slings and arrows of outrageous fortune

[含义] 厄运的种种打击；种种命运的捉弄和折磨

[趣释]〔英国剧作〕典出英国剧作家威廉·莎士比亚（William Shakespeare）的剧作《哈姆雷特》（*Hamlet*）[①]。该剧讲述丹麦王朝在婚礼紧接葬礼，众臣尔虞我诈的时代，王子为父复仇的故事。该剧第三幕第一场，在城堡中一室里，父丧母嫁给王子哈姆雷特沉重的打击，为安抚哈姆雷特，母后乔特鲁德（Gertrude）和继父、叔叔、国王克劳狄斯（Claudius）都想促成王子与御前大臣波洛涅斯（Polonius）之女奥菲利娅（Ophelia）的姻缘。国王和波洛涅斯退下后，王子哈姆雷特出现，他激奋道："生存还是毁灭，这是一个值得考虑的问题。默然忍受命运的毒箭，或是挺身反抗人世的无涯的苦难，通过斗争把它们扫清，这两种行为，哪一种更高贵？……"（To be, or not to be: that is the question: /Whether 'tis nobler in the mind to suffer/The slings and arrows of outrageous fortune, /Or to take arms against a sea of troubles, /And by opposing end them? ...）slings意为投石器，arrows意为弓箭。"无礼的命运之神的石击箭射"（the slings and arrows of outrageous fortune），比喻厄运的种种打击、种种命运的捉弄和折磨。

[运用] She was tortured with the slings and arrows of outrageous fortune all her life. 她一生遭受种种命运的捉弄和折磨。

---

① 参阅150.哈姆雷特。

269. 魔鬼并不像描绘的那么黑

[词语] The devil is not so black as he is painted.

The devil is not so ill as he is called.

The devil is no worse than he is called.

[含义] 事情没有传说的那么严重可怕；（不想见的）那个人不像一般人说的那么坏；言过其实

[趣释]〔英国小说〕The devil is not so black as he is painted. 是一句古老的谚语，最早见于戏剧作家托马斯·洛奇（Thomas Lodge）的小说《美洲的马格丽特》。洛奇生于1558年，卒于1625年，是一位多才多艺的作家，主要以所著的散文传奇《罗莎琳德》（*Rosalynde*）为人们铭记，英国剧作家威廉·莎士比亚（William Shakespeare）的喜剧《皆大欢喜》（*As You like it*）①取材于此。剧作有《内战的创伤》（*The Wounds of Civil War*）、《反映伦敦和英格兰的一面镜子》（*A Looking Glass for London and England*）等。《美洲的玛格丽特》一书于1596年出版，洛奇在书中说："魔鬼并非像描绘的那样黑……女人也并不像想象的那么反复无常。"意即事情没有想象中那么可怕或严重。这句谚语的实际意思是：The devil is painted blacker than he is.（魔鬼被描画得比它原样更黑。）谚语"魔鬼并不像描绘的那么黑"（The devil is not so black as he is painted.）被用来喻指事情没有传说的那么严重可怕、（不想见的）那个人不像一般人说的那么坏、言过其实。

[运用] We know Tom is a scamp; but the devil is not so black as he's painted and Tom has some very good points. 我们知道汤姆很流里流气，但他的情况并不像人们说的那么坏，他也有一些非常好的优点。

I agree to your opinion of her, but maybe the devil is not so black as she is painted. 我同意你对她的看法,但也许她还不至于那么坏。

The devil is not so black as he is painted, but I believe that someone is careless as the *Red Guide* said he is. 别人说话也许会言过其实,但《指南》说某人不用心经营,我相信他确实如此。

---

①参阅302.肉和酒。

270. 陌生的同铺者

[词语] strange bedfellows

[含义] 萍水相逢之人;临时的伙伴;同床异梦者

[趣释] 〔英国剧作〕典出英国剧作家威廉·莎士比亚（William Shakespeare）的剧作《暴风雨雷特》（*The Tempest*）①。该剧讲述普洛斯彼罗（Prospero）原是意大利北部米兰（Milan）城邦的公爵,被弟弟安东尼奥（Antonio）篡夺了爵位,带着3岁的小公主米兰达（Miranda）漂流到一个海岛上。数十年之后,普洛斯彼罗利用魔术呼风唤雨,使其弟弟和那不勒斯王（King of Naples）阿隆佐（Alonso）的船撞碎在海岛的礁石上,但全体人员安然无恙。国王的弄臣特林鸠罗（Trincula）遇到了岛上丑陋野蛮的卡列班（Caliban）②。特林鸠罗说道:"……咦!这是什么东西?是一个人还是一条鱼?死的还是活的?一定是一条鱼;……他的身体还是暖的!我说我弄错了,我放弃原来的意见了,这不是人,是一个岛上的土人,刚才被天雷轰得那样子。唉!雷雨又来了,我只得躲在他的衫子底下去,再也没有别的躲

避的地方了；一个人倒起运来，就要跟妖怪一起睡觉。让我躲在这儿，直到云消雨散。"（...Alas, the storm is coming again! My best way is to/creep under his gaberdine; There is no other/shelter hereabouts: misery acquaints a man with/strange bedfellows .I will here shroud till the/dregs of the storm be past.）文中"Misery acquaints a man with strange bedfellows."的意思是"人在落难时要与怪人同铺"。后来衍变成谚语"Misfortune makes strange bedfellows."（苦难使萍水相逢之人聚到一起）。到19世纪，美国甚至出现了Politics makes strange bedfellows.（政治使不相干的人聚在一起）。这样的用法，并且strange bedfellows作为一个成语固定下来，专指因为某种原因而结成伙伴的人：萍水相逢之人、临时的伙伴、同床异梦者。

［运用］Adversity makes strange bedfellows.逆境使陌生的人成为同床之友。

The young couple have become strange bedfellows.那对年轻的夫妇已经成了同床异梦的人。

There's many a time in history that strange bedfellows have worked for the same cause.历史上志趣各异、互不认识的人们为一项事业而共同工作并不鲜见。

---

①参阅437.用全部的眼睛看。　　②参阅196.卡列班。

271.墨菲斯托式的微笑

［词语］Mephistophelian smile
［含义］带来挖苦表情的讥笑

[**趣释**]〔德国诗歌〕典出德国诗人、小说家约翰·沃尔夫冈·冯·歌德（Johann Wolfgang von Goethe）的诗剧《浮士德》（*Faust*）①。歌德于1749年出生于法兰克福镇（Frankfort）的一个富裕家庭，先后在两所大学学习法律，也曾短期当过律师，先后两度在魏玛公国（Weimar Republic）做过官，卒于1832年。他的创作极其丰富，把德国文学提高到全欧洲的先进水平，并为欧洲文学的发展做出了巨大的贡献。他的主要代表作之一《浮士德》构思宏伟，内容复杂，结构庞大，风格多变，融现实主义与浪漫主义于一炉，将真实的描写与奔放的想象、当代生活与古代的神话传说杂糅一处，善于运用矛盾对比法安排场面、配置人物，时庄时谐、有讽有颂，形式多样、色彩斑斓，达到极高的艺术境界。《浮士德》全剧没有首尾连贯的情节，而是以主人公浮士德（Faust）的思想发展变化为线索，讲述他为了寻求新生活和魔鬼墨菲斯托费勒斯（Mephistopheles，简称墨菲斯托）签约，把自己的灵魂抵押给魔鬼，而魔鬼满足浮士德的一切要求。如果有一天浮士德认为自己得到了满足，那么他的灵魂就将归于魔鬼所有。于是，墨菲斯托使用魔法让浮士德有了一番奇特的经历。他尝过爱情的欢乐与辛酸，在治理国家中显过身手，在沙场上立过奇功，又想在一片沙滩上建立自己的人间乐园。……就在他沉醉在美好未来的憧憬的时候，他不由自主地说，那时自己将得到满足。这样，魔鬼就将收去他的灵魂，就在这时，天使赶到挽救了浮士德的灵魂。魔鬼"墨菲斯托费勒斯"（Mephistopheles）这个名字有学者做过考证，它的来源有两种：一是源于古希伯来文，原义为"破坏者""骗子"；二是源于希腊文，原义为"不爱光的人""不爱浮士德的人"。他除了对一切都持否定或怀疑的态度之外，脸上总是露出恶意讥讽的表情。后人用"墨菲斯托式的微笑"（Mephistophelian smile）来

喻指那种带挖苦表情的微笑。

---

①参阅248.矛盾的精灵。

272. 母鸡和金蛋

[词语] the hen and the golden eggs

[含义] 杀鸡取卵一场空；只图眼前好处而毁掉长远利益

[趣释]〔古希腊寓言〕典出《伊索寓言》(*Aesop's Fables*)①中的《母鸡和金蛋》。寓言说，一个住在茅屋的人，和他的妻子养着一只母鸡，这只鸡每天生下一个金蛋。他们以为母鸡的肚子里一定有一大坨金子。为了得到这坨金子，他们杀死了母鸡。杀了鸡之后，他们吃惊地发现，这只母鸡和其他的母鸡没有什么两样。这对愚蠢的夫妇，为了想立刻发横财，竟然将他们每天稳得的收益也断送了。"母鸡和金蛋"(the hen and the golden eggs)的寓意是：杀鸡取卵只能是一场空；只有蠢妇笨汉才会只图眼前好处而毁掉长远利益。

---

①参阅233.驴子和狼。

273. 牧童和狼

[词语] the shepherd-boy and the wolf

[含义] 骗人者反害己

[趣释]〔古希腊寓言〕典出《伊索寓言》(*Aesop's Fables*)①中的《牧童和狼》。寓言说，一个放羊的孩子在村子附近放羊。他闲得无聊大喊"狼来了！狼来了！"等村里的人都赶来帮他的时候，他却笑他们上当。他一连这样恶作剧三四次，村

里人也赶来三四次。后来，狼真的来了，牧羊的孩子非常害怕，在恐怖中大声叫喊："大家帮助我，狼在吃羊啦！"村里的人都以为他又在诓骗，谁都不理睬他。狼没有什么顾虑，把所有的羊都吃了。"牧童和狼"（the shepherd-boy and the wolf）说明，爱说谎的人，在他说真话的时候，也没有人相信他。骗人者反害己，并由此产生另一个典故：to cry wolf②。

[运用] She is quite proud of her smartness, but actually she usually plays the shepherd-boy and the wolf. 她很为自己的聪明而扬扬得意，但实际上她干的都是些骗人害己的勾当。

---

①参阅233.驴子和狼。　②参阅214.狼来了。

274.牧羊人与狼崽

[词语] the shepherd and the little wolf

[含义] 教人偷，当心自己被偷；唆使别人干坏事，首先遭殃的是自己

[趣释]〔古希腊寓言〕典出《伊索寓言》（Aesop's Fables）中的《牧羊人和狼崽》①。寓言说，一个牧羊人捕到一只小狼，就把它养大。过了不久，牧羊人教狼去偷邻近羊群中的小羊。已驯化的狼却对牧羊人说："你既然要我养成偷抢的习惯，你就得留心看好自己的羊。否则，你也要失去几只羊呢。""牧羊人与狼崽"（the shepherd and the little wolf）警醒我们，教人偷，当心自己被偷；唆使别人干坏事，首先遭殃的是自己。

---

①参阅212.狼和牧人。

275. 你老是唱歌？太好了，你现在可以去跳舞了！

[词语] You sang? I am delighted. Well, dance now.

[含义] 责备那些平时无所事事，遇到困难就依赖别人的人

[趣释]〔法国寓言〕典出法国寓言作家让·德·拉封丹（Jean de La Fontaine）①的寓言《知了和蚂蚁》（*The Cicada and the Ant*）。寓言说，冬天来临，知了非常饥饿，为了过冬就找蚂蚁借口粮，并保证在来年的8月之前还上。蚂蚁问知了夏天干什么去了，知了说："唱歌呀，玩呀，没有时间工作。"蚂蚁听完，就回答它说："你老是唱歌？太好了，你现在可以去跳舞了。"俄罗斯的寓言作家克雷洛夫（Krylov）根据这一思想，写了寓言《蜻蜓和蚂蚁》（*The Dragonfly and Ant*），蚂蚁也用同样的话教训蜻蜓。后来，人们就用"你老是唱歌？太好了，你现在可以去跳舞了！"（You sang? I am delighted. Well, dance now.）这句话责备那些平时无所事事，遇到一点困难就依赖别人的人。

注：这则寓言有些英文版的标题是The Grasshopper and the Ant。grasshopper中文意为"蚱蜢"。

---

①参阅247.猫爪子。

276. 年轻的肩膀上有颗老头颅

[词语] to have an old head on young shoulders

[含义] 年轻而有见识；少年老成

[趣释]〔英国剧作〕典出英国剧作家威廉·莎士比亚（William Shakespeare）的剧作《威尼斯商人》（*The Merchant of Venice*）①。威尼斯商人安东尼奥（Antonio）为帮助朋友巴萨尼奥（Bassanio）向贝尔蒙特（Belmont）名媛鲍西娅（Portia）求婚，借犹太高利贷者夏洛克（Shylock）3000个金币。夏洛克为了报复，假意不收利息，但立约到期不还，有权割下借债人胸口一磅肉还债。因商船在海上出事，安东尼奥到期无法还债，夏洛克诉诸法律，索要其肉。安东尼奥危在旦夕。鲍西娅乔装法官，出现在威尼斯法庭，她利用法律条文，挫败原告，救出被告。该剧第四幕第一场，在威尼斯法庭上，不论公爵如何劝导，巴萨尼奥愿出数倍代价偿还债务，但夏洛克始终不肯松口，仍坚持要按契约上写着的偿还一磅肉。这时，尼莉莎带来培拉里奥（Bellario）给公爵的信，上面写着："……务希勿以其年少而忽之，盖如此少年老成之士，实鄙人生平所仅见也……"（...I beseech you, let his lack of years be no impediment to let him lack a reverend estimation; for I have never know so young a body with so old a head...）虽然莎士比亚的表达方式和结构与目前英语成语略有不同，但意思相同，这个成语的确由此衍变而成。现在，人们用"年轻的肩膀上有颗老头颅"（to have an old head on young shoulders）来喻指年轻而有见识、少年老成。

[运用] The boy would do the job well; he dearly has an old head on young shoulders. 那孩子会干好工作的，他虽然

年轻，但办事老练。

Young Mark seems very knowledgeable and experienced for his age—definitely an old head on young shoulders. 年轻的马克似乎比他同龄的人更有知识和经验——确切地说，他是一个年轻而有见识的人。

He appears to have an old head upon very young shoulders; at one moment to be a scampish boy and at another a resolute man. 他看起来年纪虽轻，却有头脑；一会儿是淘气小孩，一会儿是果断刚毅的男子汉。

---

①参阅393. 夏洛克。

277. 年轻人之盐

[词语] the salt of the youth

[含义] 年轻人的血气；青年人的热情、朝气和活力

[趣释]〔英国剧作〕典出英国剧作家威廉·莎士比亚（William Shakespeare）的剧作《温莎的风流娘儿们》（*The Merry Wives of Windsor*）。该剧是一出轻松的道德喜剧。故事发生在英国一个名叫温莎（Windsor）的小镇，贪婪好色的约翰·福斯塔夫爵士（Sir John Falstaff）①来到这个镇子时已经是"穷得鞋子没有了脚后跟"，于是他写情书给当地有钱的福德夫人（Mistress Ford）和培琪夫人（Mistress Page），希望同这两位夫人建立特殊的关系，来接管她们丈夫的钱财。他之所以这样做，是因为他认为她们说话的口气和展示的姿势都在向他卖弄风骚和眉目传情。结果，这两封情书惹恼了这两位风流的娘儿们，叫他吃尽了苦头。温莎的风流娘儿们除上述两位夫人

外，还有快嘴桂嫂（Mistress Quickly）和培琪的女儿安·培琪（Anne Page），四个女人不仅三番两次把福斯塔夫耍弄得狼狈不堪，就连两位绅士福德（Ford）和培琪（Page）也遭到恶作剧般的愚弄[②]。快嘴桂嫂不仅让两位夫人的计谋得以顺利实现，还让安·培琪的三位追求者卡厄斯医生（Doctor Caius）、斯兰德（Slender）和范顿（Fenton）围着安团团转，最后还让安在父母反对的情况下，巧妙地和自己心爱的范顿在教堂举行了婚礼。该剧第二幕第三场，在温莎附近的野地里，乡村法官夏禄（Shallow）对饭店店主、培琪、卡厄斯说："……培琪大爷，我们虽然做了法官、做了医生、做了教士，总还有几分年轻人的血气……"（...Though we are justices, and doctors, and churchmen, Master Page, we have some salt of our youth in us...）"年轻人的盐"（the salt of the youth）后来被用来指年轻人的朝气、年轻人的活力量和青年人的热情。

---

① 参阅116.福斯塔夫。　　② 参阅90.单数之中有好运。

278. 牛和车轴

[词语] the oxen and the axle-trees

[含义] 不干活者叫得欢；最受累的人叫唤得最少

[趣释]〔古希腊寓言〕典出《伊索寓言》（*Aesop's Fables*）中的《牛和车轴》。寓言说，几头公牛正使劲地拉着重载货车行走，车轴吱吱吱地呻吟着，响得很厉害。牛回过头来，不耐烦地对车轴说："喂，朋友！整车全部重量都由我们几个无声无息地负担着，你倒叫唤些什么？""牛和车轴"（the oxen and the axle-trees）的寓意是：那些叫唤得特别响的人往往干活最少，而那些不作声的人往往担负着全部的重量。

279. 农夫和狐狸

[词语] the farmer and the fox
[含义] 恶有恶报；害人必害己
[趣释]〔古希腊寓言〕典出《伊索寓言》（*Aesop's Fables*）中的《农夫和狐狸》①。寓言说，有一个心肠坏的农夫嫉妒邻居农田里的庄稼长得好，一心想毁掉他们的庄稼。于是，有一天他趁着要捕捉狐狸的机会，偷偷地把燃烧的木柴放进邻居的庄稼地里，结果正好路过此地的狐狸拿起那块木柴，扔进了那个农夫的地里，把他的庄稼烧得干干净净。"农夫和狐狸"（the farmer and the fox）告诉我们：害人必害己，一心只想谋害他人的人，总有一天会遭到报应。

---

①参阅232.驴、狐狸与狮子。

280. 农夫和蛇

[词语] the farmer and the snake
[含义] 提防坏人恩将仇报；恶人不因善待而改本性
[趣释]〔古希腊寓言〕典出《伊索寓言》（*Aesop's Fables*）中的《农夫和蛇》①。寓言说，一个农夫在寒冷的冬天里看到一条蛇冻僵了，觉得它很可怜，就小心翼翼地把它拾起来，揣进怀里，用自己身上的热气来温暖它。那蛇受了暖气，渐渐复苏了，又恢复

了本性，用尖利的毒牙咬了恩人一口，使他受到致命的创伤。农夫临终前非常悔恨地说："我可怜恶人，不辨善恶，结果害了自己，遭到这样的报应！""农夫和蛇"（the farmer and the snake）这篇寓言告诉我们：恶人不会因为受到善待而改变本性，要警惕坏人恩将仇报。

---

①参阅56.草丛中的蛇。

281. 农夫和他的儿子们

［词语］the farmer and his sons

［含义］劳动致富

［趣释］〔古希腊寓言〕典出《伊索寓言》（Aesop's Fables）中的《农夫和他的儿子们》。寓言说，有个农夫在自己即将离开人世的时候，想让他的孩子懂得勤劳才能种好地的道理，便把他们叫到跟前，对他们说："孩子们，我就要离开人世了。我在葡萄园地里藏了一些宝贵的东西，你们把它们都找出来吧！"孩子们认为那里一定埋藏了金银财宝，父亲去世以后，他们把整个葡萄园都深翻了一遍，什么宝物也没找到。由于这一年葡萄被好好地深翻了一遍，这一年的葡萄收成比以往都要好。"农夫和他的儿子们"（the farmer and his sons）告诉我们：勤劳能致富，劳动才是最好的宝物。

［运用］Grandmother is telling the children a farmer and his sons story. 奶奶正在给孩子们讲勤劳致富的故事。

282. 弄醒睡着的狼

[词语] to wake a sleeping wolf

[含义] 自找麻烦；招惹是非；去惹恼会带来祸害的人

[趣释]〔英国剧作〕典出自英国剧作家威廉·莎士比亚（William Shakespeare）的剧作《亨利四世》（*King Henry IV*）下篇①。《亨利四世》分上篇和下篇，主要讲述国内局势动荡，贵族们联合起来反叛国王，但叛乱最终平息的故事。剧中人物形象以约翰·福斯塔夫爵士（Sir John Falstaff）②最为生动。此人是个没落贵族，自私、懒惰、畏缩，却又机警、灵巧、乐观，令人忍俊不禁。该剧下篇第一幕第二场，在敦伦街道上，大法官对福斯塔夫说，他不愿意重新挑拨一个新愈的痛疮，福斯塔夫在索鲁斯伯雷（Shrewsbury）白天所立的军功，总算把自己在盖兹山（Gad's hill）前黑夜所干的坏事遮盖过去了，轻轻地逃过这场官司。大法官又对他说："可是现在既然一切无事，你也安分点儿吧；留心不要惊醒一头睡着的狼。"（But since all is well, keep it so; /Wake not a sleeping wolf.）福斯塔夫也说："惊醒一头狼跟闻到一只狐狸是同样糟糕的事。"（To wake a wolf is as bad as to smell a fox.）成语"弄醒睡着的狼"（to wake a sleeping wolf）现在用来喻指自找麻烦、招惹是非、去惹恼会带来祸害的人。

[运用] Remember, my child, never wake a sleeping wolf. 记住，孩子，千万别惹麻烦。

But since all is well, keep it so; wake not sleeping wolf. 现在既然一切无事，就维持现状吧，不要招惹是非。

注：类似的成语有 to wake a sleeping lion/dog 都有招惹是非、自

找麻烦的意思。另外，to wake a sleeping dog还有打草惊蛇的意思。

---

①参阅187.谨慎是勇敢的要素。　　②参阅116.福斯塔夫。

283.懦夫在咽气以前，已经死过多次

[词语] Cowards die many times before their deaths.

[含义] 胆小者往往遇事怕死；胆小鬼在断气之前，就已经死过多次

[趣释]〔英国剧作〕典出英国剧作家威廉·莎士比亚（William Shakespeare）的剧作《裘力斯·恺撒》（*Julius Caesar*）①。该剧是以公元前5世纪古罗马的历史为题材的悲剧，也是一部使历代政治领袖们值得玩味的戏剧。该剧情节大致从玛克斯·勃鲁特斯（Marcus Brutus）受诱于凯歇斯（Cassius）开始，围绕勃鲁斯开始时犹豫，后加入密谋刺杀恺撒（Caesar），随后勃鲁斯和安东尼（Antony）先后做葬礼演说等事件逐步展开，最后勃鲁特斯一方兵败自杀，安东尼一方夺取政权结束。该剧第二幕第二场，在裘力斯·恺撒家中，当时雷电交加，恺撒披着睡衣，感到当晚天地不得安宁。夫人凯尔弗尼亚（Calphurnia）在睡梦中三次高呼"救命啊！他们杀了恺撒啦！"巡夜的人还看见许多可怕的异象：一头母狮在街道上生产；坟墓裂开了口，放鬼出来；凶猛的骑士在云中作战，血洒到圣庙的屋顶上，战斗的声音在空中震响。第二天，恺撒夫人恳求丈夫不要外出，但他不听，说："懦夫在未死以前，就已经死过好多次；勇士一生只死一次……"（Cowards die many times before their deaths;/The Valiant never taste of death but once）那天，恺撒去了元老院，就在那里被密谋叛乱的人

杀害。谚语"懦夫在咽气之前，已经死过多次"（Cowards die many times before their deaths.）是说，胆小者往往遇事怕死；胆小鬼在断气之前就已经死过多次。

---

①参阅431.松开战争猛犬的绳索。

284. 帕米拉

[词语] Pamela

[含义] 人穷志不穷

[趣释]〔英国小说〕典出英国作家塞缪尔·理查逊（Samuel Richardson）的同名小说《帕米拉》（*Pamela*）。理查逊生于1689年，卒于1761年，一生用书信体裁写了三部小说，《帕米拉》是其中之一，讲述一个女仆拒绝男主人求爱，最后又嫁给他的故事。帕米拉是一位贫穷的女仆，然而她的贞洁是金钱和地位所不能玷污的。她的男主人用金钱诱惑她，用小恩小惠去拉拢她，用地位去威胁她，但她的道德、信念抵制了这一切。她并非不爱她的男主人，而是以苟合为耻。最后，她的男主人受她的感化，尊重她而且愿意和她正式结婚。后来，人们把"帕米拉"（Pamela）视为人穷志不穷的楷模。

285. 盘算还未孵出的小鸡

[词语] to count one's chickens before they are hatched

[含义] 打如意算盘；依赖未到手的利益

[趣释]〔古希腊寓言〕典出《伊索寓言》(Aesop')①中的《盘算还未孵出的小鸡》。寓言说,一个乡下姑娘顶着一罐牛奶走在去集市的路上。她边走边美滋滋地盘算着卖了牛奶就能买些鸡蛋;鸡蛋能孵出小鸡,鸡肉贵的时候还可以卖鸡为自己买条新裙子;这样一来,小伙子们就会争相与她跳舞……可是正当这个时候,她一不小心,牛奶罐从头上掉了下来,牛奶全泼了,姑娘所有美好的幻想突然全部破灭了。"盘算还未孵出的小鸡"(to count one's chicken's before they are hatched.) 后来被人们用来喻指打如意算盘、依赖未到手的利益。

[运用] When John said that he would be made captain of the team, Jim told him not to count his chickens before they are hatched. 约翰说他会当队长,吉姆告诉他别高兴得太早了。

---

①参阅233.驴子和狼。

286. 披着狮皮的驴子

[词语] an ass in a lion's skin

[含义] 气势汹汹的胆小鬼;色厉内荏的人;装聪明的傻瓜

[趣释]〔古希腊寓言〕典出《伊索寓言》(Aesop's Fables)①中的《披着狮皮的驴子》。寓言说,有一头驴子披着一张狮皮,大摇大摆地在森林里走来走去,恐吓那些笨兽,以此为乐。后来他看见一只狐狸,也想吓它一下。于是,他走上前去大叫一声。没想到狐狸却认出了他的声音,说:"要不是我听到你的叫声,我真会吓一跳呢!"寓言的本意是说,拉大旗做虎皮的人尽管掩饰自己,总是难保不原形毕露。而典故"披着狮皮的驴

子"（an ass in a lion's skin）常被用来喻指色厉内荏、装腔作势，实则虚弱无能的人，或冒充聪明的傻瓜。这个寓言后来经法国寓言作家拉封丹改写②又被收入《拉封丹寓言》第6卷。英国作家菲尔丁（H.Fielding）在小说《弃儿汤姆·琼斯的历史》中写道："这些人既不知忌惮，又毫无廉耻，竟敢用和伟大天才一样的标题，就像寓言里那头披着狮皮、嘶声嚎叫的驴子。"

[运用] We could not but laugh at him, since everybody knows that he is an ass in a lion's skin. 我们都情不自禁地嘲笑他，因为大家都知道他是个气势汹汹的胆小鬼。

---

①参阅233.驴子和狼。　　②参阅247.猫爪子。

287. 匹克威克

[词语] Pickwick

[含义] 充满幻想的资产者

[趣释]〔英国小说〕典出英国作家查尔斯·狄更斯（Charles Dickens）①的成名小说《匹克威克外传》（*The Pickwick Papers*）。匹克威克是一个富有的独身老绅士，为了跻身名流，他以自己的姓氏组织了一个"匹克威克社"，他同自己的伙伴一起到国内各地去旅行考察。在两年多的游历中，他接触到了英国社会生活的各个方面。可是几乎每到一处，无不暴露出他们的可笑、幼稚和单纯。当他的追随者和他本人觉得游历够了，"匹克威克社"也宣告解散，匹克威克先生实行"退隐"，故事也就此结束。后来，人们用"匹克威克"（Pickwick）来喻指充满幻想的资产者。

---

①参阅60.从匹克威克的意思上说。

288. 泼留希金

[词语] Plyushkin

[含义] 吝啬、冷酷和腐朽的没落地主

[趣释]〔俄国小说〕Plyushkin原是俄国作家尼古莱·瓦西里耶维奇·果戈理（Nikolai Vasilievich Gogol）的小说《死魂灵》（*Dead Souls*）中的文学形象，也是世界四大吝啬鬼之一。其他三个为夏洛克（Shylock）①、阿巴贡（Harpagon）②和葛朗台（Grandet）③。果戈理于1809年生于乌克兰，卒于1852年。他是俄国最伟大的作家之一，象征主义文学流派的源头、批判现实主义文学的奠基人之一。乌克兰当时为俄国辖地，故仍称俄国作家。果戈理善于描绘生活，将现实与幻想结合，使作品具有讽刺性的幽默。他最著名的作品是《死魂灵》和《钦差大臣》（*The Government Inspector*）。在《死魂灵》这部小说中，泼留希金是俄国没落地主的典型，腐朽没落是他的个性。他是一个富豪，却形似乞丐。他蓄有1000个以上的死魂灵，要寻出第二个在他的仓库里有那么多财富的人不太容易。那里有大量的麦子、面粉和农产品。在堆房、灶房和栈房里充塞着尼绒和麻布、生熟羊皮、干鱼及各种果蔬。他吃穿极度寒碜：衣服像妇人的家常衫子，而且沾满了面粉，背后还有一个大窟窿。头上的帽子，如村妇所戴的，脖上围的绝不是围巾，是旧袜子、腰带还是绷带无法断定。他的房屋不像是活人住的：一个盖着信纸的酒杯里，装着红色的液体，里面浮着三只苍蝇。一把发黄牙刷，大约是在法国攻入莫斯科之前主人用过的。女儿结婚，他只送给她一件礼物：诅咒。儿子从部队来信讨钱做衣服，也碰了一鼻子灰。他的粮堆和草堆变成了真正的粪堆，地窖里的面粉硬得像石头一样，只能用斧头来劈。泼留希金已经不明白自己拥有些什么了，然而他觉得还不

够，还要每天聚敛财富。他走过的路，就用不着打扫，他甚至还偷别人的东西。后来，人们用"泼留希金"（Plyushkin）来喻指形似乞丐的富豪、吝啬冷酷和腐朽没落的地主。他的形象成了世界文学的四大吝啬鬼之一。

---

①参阅393.夏洛克。　　②参阅1.阿巴贡。　　③参阅129.葛朗台。

289. 破破烂烂

［词语］shreds and patches

［含义］破烂不堪；东拼西凑；没有价值

［趣释］〔英国剧作〕典出英国剧作家威廉·莎士比亚（William Shakespeare）的剧作《哈姆雷特》（*Hamlet*）①。该剧是莎士比亚最负盛名的悲剧之一，取材于12世纪阿姆莱斯王子（Prince Amleth）的故事。该剧在复仇的故事中交织着爱恨情愁，对于颠倒混淆的社会现实表现出深深的忧虑。剧中呼唤理性、秩序和新的道德思想，表达了对美好人性的追求向往，对现实中被欲望和罪恶玷污的人性的深刻批判。该剧第三幕第四场，在王后寝宫，哈姆雷特王子对母亲乔特鲁德（Gertrude）说，一个杀人犯、一个恶徒、一个只及她前夫二百分之一的庸奴、一个冒充国王的丑角、一个盗国窃位的扒手，从架子上偷下那顶珍贵的王冠，塞在自己的腰包里！王后说："别说了！"（No more!）哈姆雷特继续说："一个下流褴褛的国王——"（A King of shreds and patches）。"King of shreds and patches"原是哈姆雷特用来咒骂那个盗国窃位的克劳狄斯（Claudius）的。在现代英语中，"破破烂烂"（shreds and patches）的字面意思"细条和补丁"，被用来喻指破破烂烂、

东拼西凑、没有价值;"破烂之王"(king of shreds and patches)被用来指那些用剪刀加糨糊编书的文人,即东拼西凑之"王"。

---

①参阅150.哈姆雷特。

290. 葡萄树和山羊

[词语] the vine and the goat

[含义] 自作自受;连嫩叶都不知爱惜的家伙只配承受责骂

[趣释]〔古希腊寓言〕典出《伊索寓言》(Aesop's Fables)①中的《葡萄树和山羊》。寓言说,一棵葡萄树上嫩叶繁茂,果实累累。一只山羊从旁边走过,非常粗暴地去啃葡萄的嫩芽和叶子。葡萄树对山羊说:"你为什么要这样粗暴地伤害我,啃我的叶子?难道地上没有青草了?纵使你现在啃我的叶子,把我从根上咬下,我很快就会报仇的:当你被宰成为祭祀牺牲的时候,我要把酿成的葡萄酒洒在你的身上。""葡萄树和山羊"(the vine and the goat)的启示是:有些人是自作自受,那些连嫩叶都不知爱护的家伙只配承受责骂。

---

①参阅233.驴子和狼。

291. 葡萄藤与鹿

[词语] the deer and the vine

[含义] 伤害有益于我们的东西,就是伤害我们自己

[趣释]〔古希腊寓言〕典出《伊索寓言》(Aesop's

Fables）中的《鹿与葡萄藤》。寓言说，有只鹿为了逃避猎人的追捕，躲在葡萄藤下。猎人刚从旁边走过去不远，鹿以为躲过了危险，便毫无顾忌地吃起茂密的葡萄藤叶子来。叶子沙沙地抖动着，猎人马上掉回头来，觉得叶子底下一定躲着什么动物，猛地一箭就把鹿射中了。鹿在临死前说："我真是该死呀，因为我不该去伤害救过自己的葡萄藤！"这个典故告诉人们：当我们在伤害有益于我们的东西时，就是在伤害我们自己。

292. 仆人朗斯

[**词语**] Launce

[**含义**] 唠唠叨叨的傻仆人

[**趣释**]〔英国剧作〕典出英国剧作家威廉·莎士比亚（William Shakespeare）早期剧作《维洛那二绅士》（*The Two Gentlemen of Verona*）。该剧取材于葡萄牙诗人蒙尔赫·蒙特马约用散文写的《多情的戴安娜》。该剧是莎士比亚第一部以爱情和友谊为主题的浪漫喜剧，描写两个彼此有深厚友谊、无话不谈的绅士普罗丢斯和凡伦丁爱上同一个女人，朋友的信义与爱情的力量之间纠结的故事。仆人朗斯（Launce）是剧中最可爱的人物，他疯疯癫癫、絮絮叨叨，却比他风流的老爷更明白女人的好处。他爱上一个挤牛奶的姑娘，硬将她的好处列在一张清单上：第一条，她会挤牛奶。第二条，她会酿上好的麦酒。第三条，她会缝纫。第四条，她会编织（有了这样的女人，可以不用担心袜子破）。第五条，她会揩拭抹洗。第六条，她会织布。缺点呢？第一条，口气很臭，未吃饭前不可与她接吻。第二条，她喜欢吃糖食。第三条，她常常睡梦里说话。第四条，她说起话来，慢吞吞的。朗斯立刻纠正了："这怎么算是她的缺点的？说话慢条斯

理是女人最大的美德。把这条记到她的优点上去。"第五条，她很骄傲。朗斯随后又说："女人天生是骄傲的，谁也对她无可奈何。……第十条，她的头发比智慧多，她的错处比头发多，她的财富比错处多。"恩格斯对朗斯这个人物形象评价很高，说："他和他的狗就比全部德国喜剧加起来更有价值。"后来，人们就用憨厚的"朗斯"（Launce）来喻唠唠叨叨的傻仆人。

293. 奇迹也不过维持九天

[词语] A wonder lasts but nine days.

[含义] 再新鲜的事也新鲜不了几天；即使是奇迹，见多习惯了，也不觉得奇怪

[趣释]〔英国戏剧〕典出英国剧作家威廉·莎士比亚（William Shakespeare）的剧作《皆大欢喜》（*As You Like It*）[①]。该剧是莎士比亚的四大喜剧之一，通过被流放公爵的女儿罗瑟琳（Rosalind）到森林寻父和她的爱情故事，讲述了好人以德报怨，使坏人幡然醒悟，改进了错误，四对恋人喜结良缘，皆大欢喜的结局。该剧第三幕第二场，在亚登森林（Forest of Arden）里，堂妹西莉亚（Celia）对罗瑟琳念爱情诗，又问罗瑟琳："但是，你听到你的名字被人家挂起来，还刻在这种树上，不觉得奇怪吗？"罗瑟琳回答道："人家说一件奇迹过九天便不足为奇；在你没有来之前，我已经过了第七天了。瞧，这是我在一棵棕榈树上找到的……"（I was seven of the nine days out of the wonder before you came; for look here what I fond on a palm tree...）实际上，这个谚语最早出现在英国诗人乔叟（Geoffrey Chaucer）的诗作《特洛伊罗斯与克瑞西达》（*Troilus* and Cressida）里。后来，莎士比亚据此写成剧本《特洛伊罗斯与克瑞西达》②。这条谚语1546年收入英国诗人、剧作家约翰·海伍德（John Heywood）的《谚语集》。运用时，多用其变体或衍生短语：如a nine-day wonder（惊艳一时的人或事）。谚语"奇迹也不过维持九天"（A wonder lasts but nine days）说明，再新鲜的事也新不了几天；即使是奇迹，见多习惯了，也不觉得奇怪。

［运用］As a pop star she was a nine day's wonder: she only made one successful record.她是个昙花一现的歌星，只录过一张受欢迎的唱片。

I'll never forget the strange happening. That's a nine day's wonder.我永远忘不了那奇怪的事情，那是轰动一时的事件。

Harry dismissed his old friend's speech as a nine-day wonder.哈利对老朋友的讲话不屑一顾，称之为"火不了多久"。

---

①参阅302.肉和酒。　　　②参阅460.占上风。

294.怯懦者残忍

［词语］Cowards are cruel.

［含义］懦夫不仁；胆小鬼残忍

［趣释］〔英国散文〕典出英国作家托马斯·马洛礼（Thomas Malory）的《亚瑟王之死》（The Death of Arthur）中就有类似的说法。马洛礼生于1405年，卒于1471年，是英国的散文作家。他的散文继承了英国中世纪诗歌的传统，他的作品实际是用散文写的史诗和抒情诗，语言简单、朴素、生动、明晰，节奏自然、

动听，可以看作是英文散文的典范。从文学史的角度看，马洛礼在乔叟（Geoffrey Chaucer）[①]和斯宾塞（Herbert Spencer）之间起着承前启后、继往开来的作用。他一方面总结了中世纪英国文学，另一方面也开创了文艺复兴时期的英国文学。他的作品为后代的文学创作提供了重要的材料来源。斯宾塞的《仙后》和丁尼生（Lord Alfred Tennyson）的《国王叙述事诗》都取材于他的《亚瑟王之死》。马洛礼在《亚瑟王之死》书中，说："只有懦夫没有恻隐之心。一个心地善良的人，必能待人如己，永不改变。"1727年，英国作家约翰·盖伊（John Gay）出版的寓言作品中已有"怯懦者残忍，勇敢者仁慈"的说法。现在，"怯懦者残忍"（Cowards are cruel）被用来喻指懦夫不仁、胆小鬼残忍。

［运用］The brave are merciful while cowards are cruel for they do not dare to forgive their enemies. 勇敢者仁慈宽大，而胆小鬼残忍，因为他们不敢饶恕敌人。

---

①参阅14.爱是盲目的。

295. 青蛙和老鼠之战

［词语］the battle of frogs and mice

［含义］无事生非；小题大做

［趣释］〔古希腊诗歌〕典出希腊诗歌《青蛙和老鼠之战》，这是古希腊一部模仿英雄史诗《伊利亚特》的讽刺诗歌作品。这部作品曾被误为是荷马（Homer）的著作，后经查证，这部模拟之作产生于公元前4世纪，荷马生活在公元前8世纪，相差4个世纪。现在学者将作者归为无名诗人。这部描写青蛙和老鼠之

间战争的巨著，主要讲述希腊神话中的主神宙斯（Zeus）、智慧女神雅典娜（Athena）等诸神介入它们的战争，场面宏大，情节复杂。后来，人们以典故"青蛙和老鼠之战"（the battle of frogs and mice）来比喻无事生非、小题大做。

296. 清理大粪的人

[**词语**] muckraker

[**含义**] 揭露黑幕者；搜集并揭发丑事的人（尤指新闻记者）；刺探隐私者

[**趣释**]〔英国小说〕muckraker的字面意思是"清理大粪的人"，典出17世纪英国小说家约翰·班扬（John Bunyan）①的寓言式小说《天路历程》（*Pilgrim's Progress*）。该书借用寓言和梦境的形式，叙述在梦中看见一个叫"基督徒"的人在读一本书，知道自己的城市将遭天火焚毁，惊恐不已。这时一个叫"传道者"的人指点他必须逃离自己的故乡，前往天国。"基督徒"背负着世界的重担，从此踏上了艰难而勇敢的历程，为自己也为他人寻找救赎。"清理大粪的人"是书中的一个人物。他手持粪耙（muckrake），双眼朝下，从不他视，专心致志地耙清粪肥污物。1906年，美国第26任总统西奥多·罗斯福（Theodore Roosevelt）在一次讲话中谈道，那些专事搜集、报道丑事的人，尤其是新闻记者，同小说中的这个清理大粪的人颇为相似，他便在muckrake（粪耙）一词加后缀er，构成一个词muckraker（清理大粪的人）来称谓这些人。那些调查者们对这个称号并无不快，而引以为荣地接受了。他们连篇累牍地报道引起了全国对他们调查的关注，促使一些社会状况的改变。国会通过了新法令，政府进行了一些改革。这场揭丑运动（the muckraking movement）持

续了多年才逐渐减弱。"清理大粪的人"（muckraker）后来被用来喻指揭露黑幕者、搜集并揭发丑事的人、刺探隐私者。这个词一直使用到今天，其本词义并未有大的改变。

---

① 参阅194. 绝望的沼泽。

297. 权力走廊

[词语] corridors of power

[含义] 政府机构外围势力圈；幕后企图左右政权、散布非官方消息的场所

[趣释]〔英国小说〕典出英国小说家查尔斯·珀西·斯诺（Charles Percy Snow）的同名小说《权力走廊》（*Corridors of Power*）。斯诺是英国小说家，1905年生于累斯特（the City of Leicester），卒于1980年。他获莱斯特大学科学硕士学位，获剑桥大学博士学位。二战期间为国家科学管理顾问，后被封为爵士、勋爵，成为上院议员。他的文学创作颇丰，有长篇小说11部，其他作品14部。他的小说描写英国社会政治生活全貌，揭示西方社会在经济管理和科学研究上的诸多矛盾冲突，刻画众多栩栩如生的人物形象。他主张作家要跟上时代精神，不赞成运用意识流和隐晦曲折的象征手法。小说《权力走廊》发表于20世纪60年代初，主要讲述英国保守党的政治权力的故事。年轻的保守党议员罗杰·蒯夫雄心勃勃，要为提高英国的国际地位和制止人类核灾难做一点实实在在的事情，他不乏智慧、毅力、勇气、手段和机遇，却仍然不可避免地败下阵来。保守党党魁科林·伍德和主持"政治之家"的贵妇人黛安娜这些人，才是真正权力的拥有者。他们生活在受到魔法保护的圈子里，随心所欲地玩弄着政治

游戏。白手起家的拉富金被称为航空业巨头，代表着资本势力，与黛安娜等人的特权势力勾结在一起，迫使罗杰从权力的走廊中黯然消失。"权力走廊"（corridors of power），被用来喻指政府机构的外围势力圈、幕后企图左右政权、散布非官方消息的场所。这个原本指故事发生场所的普通名词，迅速进入到英国一般人的日常生活之中，成为现代英语词汇中一个耐人寻味的成语。

298. 雀跃

[词语] to cut a caper

[含义] 胡闹；胡蹦乱跳；做怪诞的动作以引起注意

[趣释]〔英国剧作〕典出英国剧作家威廉·莎士比亚（William Shakespeare）的剧作《第十二夜》（*Twelfth Night*）[①]。该剧又名《随心所欲》（*What You Will*）。《第十二夜》得名于西方的传统节日，圣诞节假期中的最后一夜为第十二夜，也就是1月6日的主显节（Epiphany）。只是在整个剧本中没有任何与这个节日或圣诞节有关的内容。到了莎士比亚时代，主显节已变成狂欢作乐的日子。作者以《第十二夜》这个剧名，或许暗示着一个脱离现实的嘉年华世界：任何离奇的事件无需合理解释，不合理的结局可能成立。据说莎士比亚奉皇室之命写这个剧本，以迎接意大利伯恰诺公爵（Duke of Bracciao）一行造访英国。从接受任务算起，到第十二夜正式演出。霍特森（Leslie Hotson）曾写过一本书叫《第十二夜的首夜》（*First Night of Twelfth Night*），描述该剧演出的状况。该剧的主角薇奥拉（Viola）女扮男装隐藏身份闹出许多笑话，再加上奥利维娅（Olivia）的管家马伏里奥（Malvolio）[②]、小丑费斯特（Fest）等搞笑行为和风趣的言语，更增添了喜剧的效果，整个喜剧在小丑的歌声中完美结束。该剧

第一幕第三场，在奥利维娅伯爵小姐的宅中一室里，安德鲁（Sir Andrew）和托比（Toby）两个爵士在闲聊谈论自己的本事。安德鲁说自己是一个心思古怪的人，老是喜欢喝酒跳舞。可以比得过伊利里亚（Illyria）无论哪个不比自己高明的人，但不愿跟老手比。托比问："你跳舞的本事怎样？"安德鲁说："不骗你，我会旱地拔葱。"（Faith, I can cut a caper.）托比说："我会葱炒羊肉。"（And I can cut the mutton to't.）现在，"雀跃"（to cut a caper）通常用来喻指胡闹、胡蹦乱跳、做怪诞的动作（以引起注意）。

[运用] When I told him that he could go to the movie, he cut a caper. 当我告诉他可以去看电影时，他高兴得跳了起来。

When told that they could go to the seaside for their holiday, the children cut a caper for joy. 当通知孩子们可以去海边度假时，他们高兴得乱蹦乱跳。

He cut a caper to show how happy he was. 他乐得欢呼雀跃。

---

① 参阅126.糕饼和麦酒。　② 参阅241.马伏里奥。

299. 人都向旭日膜拜,不向夕阳顶礼

[**词语**] More worship the rising than the setting sun.

[**含义**] 对在位的大人物尊敬,对下台或不得势的人物冷落

[**趣释**] 〔古罗马论著〕More worship the rising than the setting sun,仿自拉丁成语Plures adorant solem orientem quam occidentem(崇拜朝阳的人自然多于崇拜落日的人)。这句话语出古罗马统帅庞培(Pompeius)。庞培是罗马共和国后期最伟大的政治家之一。公元前48年被恺撒打败,逃亡到埃及后被杀身亡。英国散文家、哲学家弗朗西斯·培根(*Francis Bacon*)在其著作《论友谊》(*On Friendship*)中证实了这一点。英国剧作家威廉·莎士比亚(William Shakespeare)在他剧作《雅典的泰门》(*Timon of Athens*)第一幕第二场也有类似的话。在泰门(Timon)家的宴会厅里,性情乖僻的哲学家艾帕曼特斯(Apementus)对在场的宾客说:"哎哟!瞧这些过眼的浮华!她们跳舞,她们都是些疯婆子。人生的荣华不过是一场疯狂的胡闹……人们对于一个没落的太阳是会闭门不纳的。"(Men shut their doors against a setting sun.)在现代英语中,用to hail/worship/adore the rising sun喻指依附新发迹的权势

人物；用to forsake the setting sun来喻指疏远失势的人物、摒弃没落的政权。谚语"人都向旭日膜拜不向夕阳顶礼"（More worship the rising than the setting sun）现被用来喻指对在位的大人物尊敬，对下台或不得势的人物冷落。

300. 人类善良的乳汁

[词语] the milk of human kindness

[含义] 人类善良的天性；人类的恻隐之心

[趣释]〔英国剧作〕典出英国剧作家威廉·莎士比亚（William Shakespeare）的剧作《麦克白》（*Macbeth*）①。该剧是莎士比亚四大悲剧中最血腥的悲剧。麦克白本是苏格兰（Scotland）战功赫赫的大将军，如果他精忠报国，名留青史、万古流芳也未必不可能。可是，他在三个女巫（the Three Witches）和妻子的诱惑下一步步走向欲望的深渊，做出一系列令人发指的行为。他持刀进入国王卧室杀害了国王邓肯（Duncan），并制造假象嫁祸王子马尔康（Malcolm），而登上国王的宝座。他心里强大的邪恶魔力战胜了道德人伦，最终使他走上了不归路。该剧第一幕第五场，在殷佛纳斯（Inverness）麦克白城堡，麦克白夫人在阅读她丈夫的来信。信中说："……我想我应当告诉你，我的最亲爱的有福同享的伴侣，好让你不至于因为对你将要得到的富贵一无所知，而失去你所应该享有的欢欣。把它放在你的心头，再会。"读完信，夫人想到：你本是葛莱密斯爵士，现在又做了考特爵士，将来还会达到那预言所告诉你的那样高位。可是我却为你的天性忧虑；它充满了太多的人情的乳臭，使你不敢采取最近的捷径……（"Lay it on thy heart, and fare well"/Glamis thou art, and Cawdor; and shalt be/What thou art promis'd. Yet do I fear thy nature：/It is too full o'the milk of human kindness, /To catch the nearest way.）所谓"人情乳臭"就是人类善良的乳汁（the milk of human kindness），即人类善良的天性，人类的恻隐之心。

［运用］Rossmore was a man just made out of condensed milk of human kindness. 罗斯摩尔是一个由人类善良天性所凝成的人物。

She was a most generous woman, overflowing with the milk of human kindness. 她是一位厚道的女人，富有恻隐之心。

---

①参阅243. 麦克白。

301. 仁慈的本性不是强拉而出

［词语］The quality of mercy is not strained.

［含义］慈悲并非出自勉强；慈悲的品德不可勉强

［趣释］〔英国剧作〕典出英国剧作威廉·莎士比亚（William Shakespeare）的剧作《威尼斯商人》（*The Merchant of Venice*）。该剧是一部歌颂仁爱、友谊和爱情的喜剧，表现了作者对资产阶社会中金钱、法律和宗教等问题的人文主义思想。剧作通过反映资本主义早期商业资产阶级与高利贷者之间的矛盾斗争，成功地塑造了犹太商人夏洛克（Shylock）这一唯利是图、冷酷无情的高利贷者的典型文学形象①。该剧第四幕第一场是全剧的高潮，主要写威尼斯法庭审判"割一磅肉"②的经过。以鲍西娅（Portia）上场为转机，她欲擒故纵，一步步将夏洛克引入陷阱，使其陷入"一个异邦人企图用直接或间接手段"谋害公民的犯罪境地。她劝夏洛克慈悲一点，她说："慈悲不是出于勉强，

它是像甘露一样从天上降下尘世；它不但给幸福于受施的人，也同样给幸福于施与的人……"（The quality of mercy is not strain'd, /It droppeth as the gentle rain from heaven/ Unpon the place beneath: it is twice blest; /It blesseth him that gives and him that takes...）谚语"仁慈的本性不是强拉而出"（The quality of mercy is not strained.）意思是说，慈悲并非出自勉强，慈悲的品德不可勉强。

---

①参阅393.夏洛克。　　②参阅424.一磅肉。

302. 肉和酒

[词语] meat and drink

[含义] 很有乐趣的事；鼓舞人的东西；饮食

[趣释]〔英国剧作〕典出英国剧作家威廉·莎士比亚（William Shakespeare）的剧作《皆大欢喜》（*As You Like It*）里。五幕话剧《皆大欢喜》是莎士比亚著名的四大喜剧之一，讲述已故的罗兰爵士（Sir Rowland）的三个儿子的故事。罗兰爵士的大儿子奥列佛（Oliver）没有按照父亲的遗嘱好好地照顾小儿子奥兰多（Orlando），于是奥兰多准备拿着属于自己的遗产离开哥哥。奥列佛为了不让奥兰多得到遗产，安排他和大公爵（Duke Senior）的武士查尔斯（Charles）比武。大公爵被自己的弟弟弗得利克（Frederick）取代了爵位而遭到流放，大公爵的女儿罗瑟琳（Rosalind）因为和新公爵弗得利克的女儿西莉娅（Celia）要好而留了下来。罗瑟琳和西莉娅去观看比武，胜利的奥兰多爱上了罗瑟琳，罗瑟琳也对他抱有好感。后来，弗得利克又放逐了罗瑟琳，西莉娅决定和她一起走，她们带着小丑试金石

（Touchstone）去亚登森林（Forest of Arden）投奔被放逐的大公爵。在森林里，罗瑟琳和奥兰多相遇并相爱了。奥列佛被弗得利克拿去了所有的田产之后，也来到森林，大公爵收留了他。他和自己的弟弟冰释前嫌，而且和西莉娅相爱。最后，奥利佛拿回了自己的田产，奥兰多继承了大公爵的爵位和财产，故事有了皆大欢喜的结局。该剧第五幕第一场，在亚登森林里，试金石对奥德雷说："看见一个村汉在我是家常便饭（It is meat and drink to me to see a clown）。凭良心说话，我们这辈聪明人作孽不浅；我们总是忍不住要寻寻人家的开心。"成语"肉和酒"（meat and drink）通常用来喻指很有乐趣的事，鼓舞人的东西。其中meat作food解，meat and drink亦作吃喝饮食解。

[运用] Joan loves all kinds of books. Reading is her meat and drink. 琼喜欢各种各样的书。读书是她的精神寄托。

The first five questions were on basketball, which was meat and drink to Larry. 头五个问题与篮球有关，这正是拉里感兴趣的。

"Give me meat and drink," he said sullenly, "The very narrow in my bones is cold with wet and hunger." "给我些吃的喝的吧，"他愠怒地说道，"我全身湿透了，肚子又饿，这真弄得我寒冷彻骨。"

The weekly letters from his son are meat and drink to the old man. 儿子的每周来信对这位老人来说是极大的乐趣。

303. 瑞普·凡·温克尔

[词语] Rip Van Winkle
[含义] 极落后于时代的人；落后守旧的人

[**趣 释**]〔美国小说〕典出美国作家华盛顿·欧文（Washington Irving）的同名小说《瑞普·凡·温克尔》中的主人公。欧文生于1783年，卒于1859年。他的这部小说讲述了瑞普·凡·温克尔的故事。在哈德逊河（Hudson）流域的一个村子里，懒惰温和的荷兰裔美国人瑞普·凡·温克尔因为在家忍受不了妻子对他的唠叨，带着猎枪和狗到卡兹吉尔丛山中去打猎，在山上因饮了精灵的佳酿后昏睡过去。当他醒后回到村里，发现世上早已沧桑巨变，面目全非。不知不觉，他这一睡就是20年，在这20年里美国经历了一场脱离英联邦的独立战争，他已从昏睡前的英王臣民成了美利坚合众国的公民。原来，瑞普·凡·温克尔是乡村中的贫穷农民，他一家靠一小块贫瘠的土地糊口。他是一个傻里傻气、无忧无虑的乐天派。他平时喜欢帮别人的忙，喜欢管闲事。可是轮到料理自己地里活的时候，就事事不如意，好像天气和杂草都专门跟他作对。当他在山上喝了当年发现何德逊河的亨利·哈德逊（Henry Hudson）递给他的仙酒，20年睡醒后再回到村里时，原来浑浑噩噩的小村子沸腾起来了，到处是演说、传单、竞选，好像自己和周围世界都中了魔法。这魔法不是别的，就是资产阶级革命和资本主义经济的发展。在过惯了恬静生活的瑞普·凡·温克尔看来，这些都是悲惨的变化。人们于是把"瑞普·凡·温克尔"（Rip Van Winkle），视为落后、守旧的人，极落后于时代的人。

304. 莎乐美

［词语］Salome

［含义］爱欲的象征

［趣释］〔英国剧作〕典出英国唯美主义作家奥斯卡·王尔德（Oscar Wilde）的独幕话剧《莎乐美》。王尔德于1854年生于爱尔兰，卒于1900年。他写过各种形式的戏剧作品，成为19世纪90年代初伦敦颇受欢迎的剧作家。该剧讲述，施洗者先知约翰曾劝希律王不要娶莎乐美的母亲、希律同父异母兄弟的妻子美妇人希罗底（Herodias），招致分封王希律和妻子希罗底的忌讳和怨恨。希律王本来要杀掉约翰，由于约翰颇得人民爱戴而不敢下手，只得将他监禁起来。在希律王生日那天，妻子希罗底带来的继女莎乐美当众跳舞。希律王很高兴，就说："你要什么，都可允许作为奖赏，就是要江山的一半也给。"莎乐美出去问母亲，希罗底早就对约翰怀恨在心，便告诉女儿："要施洗约翰的人头。"莎乐美急忙进来对希律王说："要约翰的人头。"希律王因为说出的话不好反悔，就命人把约翰杀了，献上头来。这一典故被王尔德妙手挖掘出最黑暗也最深刻的内涵，欲望的纠缠、畸恋的暴发、诡异的氛围，都被他在这短短的篇幅里发展到极致。

剧中的莎美乐是个年仅16岁的妙龄少女，据说曾向约翰求爱被拒，在母亲的唆使下，她出于报复，请希律王将约翰斩首，然后她把约翰的首级拿在手中亲吻，还说："不能同你的活头亲嘴，就同死头亲嘴吧。"她以这种血腥的方式拥有了约翰。莎乐美（Salome）也因此被视为爱欲的象征。

305. 傻瓜的天堂

［词语］a fool's paradise

［含义］虚幻的乐境；幻想的世界；黄粱美梦

［趣释］〔英国剧作〕典出英国剧作家威廉·莎士比亚（William Shakespeare）的剧作《罗密欧与朱丽叶》（*Romeo And Juliet*）①。莎士比亚经典悲剧名著《罗密欧与朱丽叶》讲述在意大利北部城市维洛那（Verona），出生于两个互相仇视家族中的恋人罗密欧与朱丽叶，戏剧性地相识、相恋、秘密结婚，最后双双殉情的悲剧故事。双方家族因此摒弃仇恨。它讴歌了人类伟大的爱情，也诠释了人间世俗的残酷。该剧第二幕第四场，在维洛那街道上，罗密欧和好友班伏里奥（Benvolio）、茂丘西奥（Mercutio）遇到朱丽叶的乳母以及她的仆人彼得（Peter）。乳母把罗密欧悄悄拉到一边，对他说："……先生，让我跟您说几句话儿。我刚才说过的，我家小姐叫我来找您，她叫我说些什么话我可不能告诉您，可是我先要明白对您说一句，要是正像人家说的，您想骗她做一场春梦，那可真是人家说的一件顶坏的行为了……"（...but first let me tell ye, if ye should lead her into /a fool's paradise, as they say, it were a very gross/ kind of behavior...）现在，"傻瓜的天堂"（a fool's paradise）常用来喻指虚幻的乐境、幻想的世界、黄粱

美梦。

[运用] His uncle left him £100 and Tom is living for the time in a fool's paradise. 汤姆的叔叔留给他100镑,他眼下正做黄粱美梦。

His parents are in a fool's paradise if they believe he is working hard for his examinations. He goes out every night. 如果他的父母认为他是在用功准备考试的话,他们是在做美梦。其实他天天都出去玩。

James is living in a fool's paradise if he thinks things are always going to be this good. 如果詹姆斯认为事情都是这么美好的话,那他是在做美梦。

注:这个成语常与to live, to be 连用。

---

① 参阅32. 白天点灯。

306. 伤害之外又加侮辱

[词语] to add insult to injury

[含义] 祸不单行;受了双重损失;雪上加霜

[趣释]〔古罗马寓言〕典出古罗马寓言作家费德鲁斯(Phaedrus)的寓言《秃头和苍蝇》(*The Bald Man and the Fly*)。费德鲁斯是希腊北部皮埃里亚(Pieria)人,生于公元前15年,卒于公元50年。著有《寓言集》5卷,现存130多篇。他的寓言主要写动物故事,有不少借用《伊索寓言》(*Aesop's Fables*)的题材,同时也注意从现实生活中取材。他的寓言反对专制,抨击权贵,赞美受压迫的劳动人民。他对后世欧洲的寓言作家如拉封丹(La Fontaine)、克雷洛夫(Krylov)等人有过

不小的影响。费德鲁斯的这则寓言说：一只苍蝇总是叮在某人的秃头上，此人气急，一巴掌往自己的头上打去。可是，苍蝇很狡猾，一下子飞走了。结果此人没打着苍蝇，却捆了自己一巴掌。苍蝇讥笑他说："你想把我打死，结果使自己痛上加侮辱。"后来人们就以"痛上加侮辱"（to add insult to injury）来比喻祸不单行、受了双重损失。其实，在《伊索寓言》中，也有一篇类似的寓言①。

[运用] Not only did the club refuse him, but it published a list of the rejected applicants—that's adding insult to injury. 那个俱乐部不仅拒绝录用他，还把其所拒绝的应聘者名单公布出来——这真是雪上加霜。

We started off late, to add insult to injury, our car broke down on the way. 我们出发得晚，更糟的是，我们的车在路上又抛了锚。

In the morning, the lights went out suddenly; at noon, to add insult to injury, there was no water from the tap. 上午，突然停电灯灭了，更倒霉的是到了中午，连水龙头也没水了。

Only 300 people come to the match and to add insult to injury the flood light went out during the second half. 只有区区300个人来看比赛，更糟的是，下半场连反光灯都不亮了。

---

① 参阅368.秃头和苍蝇。

307. 上帝恕我这样说

[词语] God bless the mark!

[含义] 罪过，罪过；对不起；不客气地说

[趣释]〔英国剧作〕典出英国剧作家威廉·莎士比亚（William Shakespeare）的剧作《奥赛罗》（*Othello*）①。该剧讲述15世纪中叶威尼斯（Venice）的军事统帅奥赛罗和美丽的妻子苔丝狄蒙娜（Desdemona）的爱情悲剧故事。奥赛罗是摩尔族（Moor）人，苔丝狄蒙娜是元老院元老勃拉班修（Brabantio）的千金。双方不顾世俗的反对，真心相爱最终成婚。但奥赛罗听信部下伊阿古（Iago）的谗言，认为忠贞的妻子与副将凯西欧（Cassio）有奸情，而将其掐死。等到弄明真相后，悔恨交加而自杀，追随爱妻于黄泉。该剧第一幕第一场，在威尼斯街道，奥赛罗的旗官伊阿古因为上司提拔凯西欧当了副官，而不提拔自己向威尼斯绅士罗德利哥（Rodrigo）大发牢骚。他说："……凭良心说，我知道我自己的价值，难道我做不得一个副将？……我在罗得斯岛、塞浦路斯岛以及其他地方，立过多少军功，都是他亲眼看见的，现在却必须低首下心，受一个市侩的指挥。这位掌柜居然做起他的副将来，而我呢，上帝恕我这样说，却只能在他的麾下充当一名旗官。"（He, in good time, must his lieutenant be, /And I— God bless the mark! — his Moorship's ancient.）在现代英语中，习语"上帝恕我这样说"（God bless the mark）主要用于表示厌恶或说了不合适的话时表示歉意。意为：罪过，罪过；对不起；不客气地说。

[运用] "I took Tom under my protection one, God bless the mark," said Martin with a smile; "and promised I would make his fortune." "真是罪过，我曾把汤

姆放在我的保护之下，"马丁笑了笑，说道，"并且答应要帮他成家立业。"

His salary was 600 pounds a year, and, God bless the mark, he thought it was enough to marry on.他年薪只有600镑，可是，好家伙，他却认为这点钱就可以结婚了。

You will behave at all times as officer and, God bless the mark, as gentlemen.你的举止时时刻刻要像官人，对不起，像君子一样。

注：God save the mark.也表达相同的意思。此外，God bless/save the mark有时用来表示不赞同、不耐烦或轻视的语气。

---

①参阅123.感动得要哭。

308. 烧炭人和漂布人

[**词语**] the charcoal-burner and the fuller

[**含义**] 隔行难相处；不同类的人不会成朋友

[**趣释**]〔古希腊寓言〕典出《伊索寓言》（Aesop's Fables）①中的《烧炭人和漂布人》。寓言说，烧炭的人在一所房子里经营，看见一个漂布的人搬迁到他旁边来住时，便满怀高兴地上去劝他与自己同住。他对漂布的解释说，这样两人彼此更亲密，更方便，也更省钱。漂布的却回答说："也许你说的是真的，但完全不可能办到。因为我们住在一起，我所漂白的，都将会被你弄黑。"寓言"烧炭人和漂布人"（the charcoal-burner and the fuller）表明隔行难相处，不同类的人不会成朋友。

---

①参阅233.驴子和狼。

309. 神要谁灭亡,就先使他丧失理智

[词语] Whom God wishes to destroy, he first makes him mad.

Whom God would ruin, he first deprives of reason.

[含义] 喻指凶恶的坏人或敌人横行一时,但必遭灭亡的命运;追悔不理智的行为所引起的严重后果

[趣释] 〔古希腊剧作〕典出古希腊悲剧作家欧律庇得斯(Euripides)[①]所著悲剧中的一句台词:"神要叫谁遭殃,首先要他失掉判断事物的智慧。"这句话简洁的拉丁语形式是:Quos Deus vult perdere prius dementat(神要惩罚谁,首先使他丧失理智)。欧律庇得斯生于公元前480年,卒于公元前406年,是古希腊三大悲剧大师之一。他一生共创作90多部作品,保留至今18部。代表作有《美狄亚》(*Medea*)、《希波吕托斯》(*Hippolytus*)、《特洛伊妇女》(*The Trojan Women*)、《酒神伴侣》(*Bacchae*)等。俄国作家果戈理(Gogol)在他的小说《钦差大臣》中写道:"一点不假,上帝要惩罚一个人,必先夺去他的理智。这个轻浮的小流氓到底有哪一点像钦差大臣?一点也不像!"现在,谚语"神要谁灭亡,就先使他丧失理智"(Whom God wishes to destroy, he first makes him mad.)用于指凶恶的坏人或敌人横行一时,但必遭灭亡的命运,或用于追悔不理智行为所引起的严重后果。

注:谚Whom God would ruin, he firs deprives of reason.与上述谚语同出一源,意思相同。

[①]参阅418.血浓于水。

310. 圣尼古拉斯的圣徒

[**词语**] St. Nicholas's clerks

[**含义**] 盗贼们；土匪们

[**趣释**] 〔英国剧作〕典出英国剧作家威廉·莎士比亚（William Shakespeare）的剧作《亨利四世》（*King Henry Ⅳ*）上篇①。亨利四世生于1367年4月，是英王爱德华三世（Edward Ⅲ）第四子兰开斯特公爵（Duke of Lancaster）的长子，在成为国王之前叫亨利·博林布鲁克（Henry Bullingbrook）。在莎士比亚的笔下，亨利四世受到谴责，因为他的统治没有成果。他从1399年到1413年在位，被贵族叛乱和身体的疾病所困扰，与年轻时那个才华横溢、精力充沛，有骑士气概的德比伯爵亨利·博林布鲁克的形象形成令人悲哀的对比。他14岁结婚，有四子二女，长子就是后来的亨利五世（Henry Ⅴ）。亨利四世死于1413年3月，年仅47岁，是兰开斯特王朝（House of Lancaster）的第一位君主。《亨利四世》是一部喜剧手法和悲剧性质完美结合的历史剧，分上、下两篇②。该剧上篇第二幕第一场，在洛彻斯特旅店庭院里，从小偷盖兹希尔（Gadshill）和旅店掌柜对话里不难看出，他们原来是一伙：掌柜定好计策，叫盖兹希尔等人动手。掌柜告诉盖兹希尔："……我昨晚就告诉的，有一个从肯特乡下来的小地主，身边带有300个金马克；昨天晚餐的时候我听见他这样告诉他的一个随行同伴；那家伙像是个查账的，也有不少货色，不知是什么东西……"盖兹希尔说："小子，要是他们在路上不碰见尼古拉的信徒，我就让你把我这脖子拿了去。"（Sirrah, If they meet not with Nicholas's clerks, I'll give thee this neck.）典故中"圣尼古拉斯"（St. Nicholas）为最早的"圣诞老人"（Santa Claus）。拦路行劫的强盗把劫来的财物称

作圣尼古拉斯（圣诞老人）的礼物，而他们则是"圣尼古拉斯的圣徒"。"圣尼古拉斯的圣徒"（St.Nicolas clerks）常用来喻指盗贼、土匪。

---

①参阅187.谨慎是勇敢的要素。　　②参阅23.把人家吃得倾家荡产。

311.生姜吃到嘴里总是辣的

[词语] Ginger shall be hot in the mouth

[含义] 有刺激的东西总是有诱惑力的

[趣释]〔英国剧作〕典出英国剧作家威廉·莎士比亚（William Shakespeare）的剧作《第十二夜》（*Twelfth Night*）①。在《第十二夜》这部喜剧中，西巴斯辛（Sebastian）和薇奥拉（Viola）是孪生兄妹。主显节（Epiphany）那天他们乘船回家，在伊利里亚（Illyria）海岸船触礁沉没。薇奥拉被船长救起，哥哥却下落不明。为了寻找哥哥，她女扮男装来到伊利里亚，做了当地统治者奥西诺公爵（Duke Orsino）的侍从。公爵深爱着伯爵的女儿奥利维娅（Olivia），但小姐刚痛失长兄，发誓不足7年不以全貌示人。公爵又再派薇奥拉前去说情，孰料奥利维娅小姐却对前来说情的薇奥拉格外青睐，一见钟情。薇奥拉也被公爵的气质和对爱情的执着所打动，而爱上了他。于是，三人间的情感、误会交织在一起，演绎出一段令人感动的故事。该剧第二幕第三场，在奥利维娅宅中一室里，马伏里奥（Malvolio）②管家和奥利维娅的叔叔托比（Toby）、仆从小丑（Feste）、玛利娅（Maria）等人发生争吵。管家制止他们胡闹，托比和小丑对此不以为然。小丑还说："是啊，凭圣安起誓，生姜吃下嘴也总是辣的。"（Yes, by Anne, and ginger shall be hot in the mouth.）意思是说像饮酒、唱歌这些有刺激性的东西总是有诱惑力的，人想禁也禁不住。由此而出的谚语"生姜吃到嘴里总是辣的"（Ginger shall be hot in the mouth.）被人们用来喻指有刺激性的东西总是有诱惑力的。

---

①参阅126. 糕饼和麦酒。　　②参阅241. 马伏里奥。

312. 生命短促，艺术永恒

[词语] Art is long, life is short.

[含义] 人生短暂，艺术长存

[趣释]〔古希腊论著〕典出古希腊思想家、医生希波克拉底（Hippocrates of Cos）的《箴言集》（*Proverbs*）。希波克拉底生于公元前460年，卒于公元前377年。他是欧洲医学奠基人，被西方尊为"医学之父"。公元前3世纪，托勒密（Ptolemaic Dynasty）下令整理他的著作，并以"希波克拉底"为书名，共60篇。古代西方医生开业的时候，都要宣读一份有关医务道德的誓词，叫"希波克拉底誓言"（Hippocratic Oath）："我要遵守誓约，矢志不渝。对传授我医术的老师，我要像父母一样敬重。对我的儿子、老师的儿子以及我的门徒，我要悉心传授医学知识。我要竭尽全力，采取我认为有利于病人的医疗措施，不能给病人带来痛苦和危害。我不把毒药给任何人，也决不授意别人使用它。我要清清白白地行医和生活。无论进谁家，只是为了治病，不为所欲为，不接受贿赂，不勾引异性。对看到或听到不应该外传的私生活，我决不泄露。"这个医道规范的制定者就是希波克拉底。20世纪中叶，世界医协大会据此制定了国际医务人员道德规范。希波克拉底在其《箴言集》中辑录了许多关于医学和

人生方面的至理名言，如"暴食伤身"，"无故困倦是疾病的前兆"，"简陋而可口的饮食比精美但不可口的饮食更有益"，"机遇诚可贵，试验有风险，决断更可贵"，等等，至今仍给人以启示。希波克拉底认为，艺术是如此伟大，用一生的时间也难掌握，提出了"Vita brevis, long ars"（生命短暂，艺术不朽）的观点。后来，德国诗人歌德（Goethe）在其诗剧《浮士德》（*Faust*）①第一幕第一场中也有"艺术千秋，人生朝露"的说法。谚语"生命短促，艺术长存"（Art is long, life is short）形容人生短暂、艺术长存。艺术是如此伟大，用一生时间也难以掌握。

---

① 参阅117. 浮士德的灵魂。

313. 诗人是天生的，演说家是学成的

[**词语**] Poets are born, orators are made.

[**含义**] 诗人需有天赋；不是什么人都可以成为诗人

[**趣释**]〔古罗马著作〕典出古罗马政治家、演说家西塞罗（M.T.Cicero）①的《诗人阿尔基亚辩》（*In Defendse of Aulus Licinius Archias the Poet*）。古希腊诗人阿尔基亚斯（A.L.Archias）于公元前120年生于叙利亚（Syria），公元前102年来到罗马，并在公元前93年获得了罗马公民权。现存《希腊诗选》中有一些短诗署着阿尔基亚斯的名字。公元前62年，阿尔基亚斯被指控冒用罗马公民权，演说家西塞罗为他辩护，发表《诗人阿尔基亚辩》。他的辩护词逻辑缜密，感染力说服力强，已被收录在西塞罗著作的演说（Speeches）部分，成为9个名篇之一。辩护词中的一些名言名句已被后人作为成语、谚语广为流

传。拉丁成语Poeta nascitur, non fit和Nascuntur poetae, fiunt oratores便是其中的例子。强调诗人的天赋，不是什么人都可以成为诗人的。英文谚语A poet is born, not made（诗人是天生的，不是后天培养的）和Poets are born, (but) orators are made（诗人靠先天形成，演说家靠后天造就）大概源出于此。谚语"诗人是天生的，演说家是学成的"（Poets are born, orators are made）说明，诗人需要天赋，不是什么人都可以成为诗人的。

---

① 参阅173. 饥饿是最好的佐料。

314. 狮子的份额

[词语] the lion's share

[含义] 最大的份额；绝大部分；独揽一切

[趣释]〔古希腊寓言〕典出《伊索寓言》（*Aesop's Fables*）①中的《狮子的份额》。寓言说，狮子和其他野兽一起打猎杀死了一头鹿，在分配猎物时，他建议分成4份。一份应归他的特权，他是百兽之王；一份应归他的勇敢，他出的力比任何一个都多；一份应归他的母狮和幼狮；剩下的一份看谁敢和他争。结果，大家慑于他的凶猛，都偷偷溜走了。在法国拉封丹（La Fontaine）的寓言、俄国克雷洛夫（Kry lov）的寓言中也有相似的寓言。"狮子的份额"（the lion's share）寓意是强者分得最大的份额、绝大部分或独揽一切。

[运用] He never offers to buy any wine, but he always takes the lion's share when a bottle is opened. 他从未表示过要去买酒，但每次打开一瓶酒，他总是喝最多。

Of course, the leading actor gets the lion's share of the applause. 当然，主演博得最热烈的掌声。

---

①参阅233.驴子和狼。

315. 狮子和狐狸

[词语] the lion and the fox

[含义] 聪明可以化险为夷

[趣释]〔古希腊寓言〕典出《伊索寓言》（*Aesop's Fables*）①中的《狮子和狐狸》。寓言说，有头年老的狮子，不能再凭气力捕获食物，想到应该凭心计行事。于是，他钻进一个山洞里，躺在地上装病。等着其他动物前来探视时，就把他们捉住吃了。就这样，不少动物都被狮子吃了。狐狸识破狮子的诡计，远远地站在洞外，问狮子的身体怎样。狮子说："不好。"反问狐狸为什么不进洞来。狐狸说道："如果我没发现进去的足迹有很多，出来的足迹一个也没有，我也会进去的。""狮子和狐狸"（the lion and the fox）的寓意是：聪明人总是能审时度势，根据迹象预见到危险，避免不幸的发生。

---

①参阅233.驴子和狼。

316. 狮子、狐狸和驴子

[词语] the lion, the fox and the ass

[含义] 从现实中得出经验教训

[趣释]〔古希腊寓言〕典出《伊索寓言》（*Aesop's*

Fables)中的《狮子、狐狸和驴子》①。寓言说,狮子、狐狸和驴子商量好一起狩猎。一天,他们捕获了大量的猎物。狮子对驴子说,要分给他三份中应得的那份。驴子小心地把猎物平均分成三份,请狮子先挑选。狮子勃然大怒,猛扑过去把驴子咬死了。然后鼓励狐狸来做分配的工作。狐狸把所有的猎物都堆在一起,仅留了一点点给自己。狮子见了说道:"我的好朋友,谁教你这样分的?"狐狸回答:"是从目睹驴子的死亡中学来的。""狮子、狐狸和驴子"(the lion, the fox and the ass)说明,人们应该从别人的不幸中吸取经验和教训。

---

①参阅232.驴、狐狸与狮子。

317.狮子和老鼠

[词语] the lion and the mouse

[含义] 小人物有时也有大作用;强者有时也需要弱者帮忙

[趣释] 〔古希腊寓言〕典出《伊索寓言》(Aesop's Fables)①中的《狮子和老鼠》。寓言说,一天,一头狮子正在丛林里睡觉,一只小老鼠在狮子的上方飞快地奔跑。突然,小老鼠朝狮子的头上落下来,砸在狮子的鼻子上。狮子从睡梦中惊醒,非常愤怒。他用爪子抓住小老鼠想把老鼠吃掉。吓坏了的老鼠哀求说:"我恳求狮子大王宽恕我。只要你这一次饶了我的小命,我将来一定报答你的大恩大德。"狮子听了哈哈大笑说:"像你这样的小东西还怎么能帮助我?"狮子看小老鼠不足一顿饭,便放了他。此后不久,一些猎人来到这片丛林里,设下绳网。那头狮子落入陷阱,被绳缚住。狮子大声嚎叫,那响雷般的吼声,响彻丛林。小老鼠听到吼声,连忙跑来,看看是否能做点什么。老

鼠看见倒霉的狮子,就对他说:"别吼了!别吼了!你这样吼下去让猎人听到,就会跑来把你抓住。"小老鼠用尖利的牙齿咬断绳索,把狮子放了出来。小老鼠说:"你当初嘲笑我,不相信我能报恩。你现在知道了,小老鼠也能帮助大狮子。""狮子和老鼠"(the lion and the mouse)告诉人们,小人物有时也有大作用;时运交替变更,强者也会有需要弱者帮忙的时候。

----

①参阅233.驴子和狼。

318. 狮子和农夫

[词语] the lion and the farmer

[含义] 激怒了强者,自讨苦吃

[趣释]〔古希腊寓言〕典出《伊索寓言》(*Aesop's Fables*)①中的《狮子和农夫》。寓言说,有头狮子闯进农夫家的院子里,农夫想捉住他,马上把大门关得紧紧的。狮子出不去,便先咬死一些羊,随后又朝牛群冲去。农夫见势不妙,便将院门打开,让狮子出去。狮子走后,妻子见丈夫唉声叹气,就对他说:"你活该!人们见狮子都离得远远的,你何苦还要把他关起来呢?""狮子和农夫"(the lion and the farmer)告诉我们:去激怒比自己更强大的人,必然会自讨苦吃。

----

①参阅233.驴子和狼。

319. 狮子和青蛙

[词语] the lion and the frog

[含义] 眼见为实，不要道听途说

[趣释]〔古希腊寓言〕典出《伊索寓言》(*Aesop's Fables*)①中的《狮子和青蛙》。寓言说，狮子听见青蛙高声鼓噪，心想这一定是什么庞然大物。他转过身来，对着那个声音。狮子等了一会，看见从池塘里爬出来的是只青蛙。他走了上去，把青蛙踩了个稀烂说道："在亲眼看到之前，千万不要被别人搅得心慌意乱。""狮子和青蛙"（the lion and the frog）告诉人们遇事不能道听途说，被别人搅乱了思想，而是要深入调查，眼见为实，才能立于不败之地。

注：这个寓言的结尾还有一种版本：狮子走了上去，一脚把青蛙踩住，说："这么一个小东西，叫声却那么大。"这篇寓言的寓意是：那些多嘴多舌的人，除说空话，别无所能。

---

①参阅233.驴子和狼。

320.狮子和兔子

[词语] the lion and the hare

[含义] 贪心不足；不抓住即将到手的小利而去追求大利，有可能两样都落空

[趣释]〔古希腊寓言〕典出《伊索寓言》(*Aesop's Fables*)①中的《狮子和兔子》。寓言说，一头狮子走到一只还在窝里睡觉的兔子面前，正想趁机抓住兔子吃掉的时候，一只可爱的小牡鹿正巧从旁边经过。狮子抛下兔子，去追牡鹿。那兔子听到声响，马上跳起来，逃跑了。狮子追了很久也没有追到牡鹿，便回过头来吃兔子，却发现兔子早已逃之夭夭。狮子说："我为了追逐更大的猎物，反而丢掉到手的食物，我真是活该

啊!""狮子和兔子"(the lion and the hare)告诉我们,有些人不满足到手的小利去追求更大的希望,结果大的希望没追到,到手的小利也丢了,只落得两手空空的下场。

---

①参阅233.驴子和狼。

321. 狮子王国

[词语] the kingdom of the lion

[含义] 在正义的国家里,一切都会公平处理

[趣释] 〔古希腊寓言〕典出《伊索寓言》(*Aesop's Fables*)①中的《狮子王国》。寓言说,田野与森林里的动物都拥戴狮子为王。他既不暴躁,也不独裁,而是温文尔雅,公正贤明,还如一个好国王所应该的那样。在他统治期间,下了一道圣旨,召集所有的鸟兽开会,订立一个大家共同遵守的公约。在公约中规定:狼和绵羊、豹和山羊、老虎和鹿、狗和兔都应该和睦相处。兔子说:"这样的日子,我盼望已久。在这样的日子里,弱者可以不再受强者的欺凌。"说完,兔子就走了,开始自己的新生活。"狮子王国"(the kingdom of the lion)的寓意是:在正义的国家里,一切都会公平处理,弱者不怕强者的伤害。

---

①参阅233.驴子和狼。

322. 狮子、熊和狐狸

[词语] the lion, the bear and the fox

[含义] 两败俱伤,第三者得利

[**趣释**]〔古希腊寓言〕典出《伊索寓言》(*Aesop's Fables*)①中的《狮子、熊和狐狸》。寓言说,狮子和熊同时捉到一只小羊,他们俩为了夺取这只小羊,便凶狠地打了起来。经过一番恶斗之后,双方都负了重伤,有气无力地躺在地上。一只狐狸一直在远处坐山观虎斗,见他们两个都直挺挺地躺在地上,那只小羊则在他们中间,未曾动过。狐狸跑过去,叼住小羊,很快逃走了。伤势很重的狮子和熊眼睁睁地看着狐狸抢走羊,毫无办法。他们叹息道:"我们都错了,两个斗得你死我活,却让狐狸得到好处!""狮子、熊和狐狸"(the lion, the bear and the fox)和"鹬蚌相争,渔人得利"相似,就是双方争斗,让第三者得了利。

---

①参阅233.驴子和狼。

323. 失掉尾巴的狐狸

[词语] the fox who had lost his tail

[含义] 为人处世要正直;不能自己没有,也叫别人不要有

[**趣释**]〔古希腊寓言〕典出《伊索寓言》(*Aesop's Fables*)①中的《失去尾巴的狐狸》。寓言说,一只狐狸从陷阱里逃了出来,失掉了自己的尾巴。从此以后,他被同伴嘲笑,觉得很难受。他便想尽办法,要使其他的狐狸也和自己一样。如果大家都没有了尾巴,他就不会因自己的缺陷而感到难受。于是,他召集了许多狐狸,劝他们都去掉尾巴。他对他们说:"没有尾巴,不但好看得多,并且去掉它的重量,也方便得多呢!"其中一只狐狸打断他的话说:"我的朋友,如果你不是失去了尾巴,你大概不会这样劝我们吧。""失去尾巴的狐狸"(the fox who had lost his tail）告诉我们，为人处世要正直。无论什么情形下，都要把言行正派作为理所当然的事，不能自己没有，也叫别人不要有。

---

①参阅233. 驴子和狼。

324. "十诫"新意

[词语] the ten commandments

[含义] 十指抓痕；（女人的）十个指头

[趣释]〔英国剧作〕成语the ten commandments原为《圣经》中的"十诫"。但此语新意"十指抓痕"典出英国剧作家威廉·莎士比亚（William Shakespeare）的剧作《亨利六世》（*Henry* Ⅵ）的中篇①。《亨利六世》分上篇、中篇、下篇，是莎士比亚早年创作的历史剧，涵盖从1422年到1471年这50年的英国历史。记述了亨利六世出生仅9个月登基，身兼英、法两国国王，到后来丧失了在法国的大部分领土和权利；国内爆发了爱德华三世（Edward Ⅲ）五房后裔的约克家族（York），记号白玫瑰，与爱德华三世四房后裔的兰开斯特家族（Lancaster），记号红玫瑰之间的"玫瑰战争"（Wars of Roses）。战争从1455年开始，到1485年结束，各有胜负，人民苦不堪言。该剧中篇第一幕第三场，在葛罗斯特公爵（Duke of Gloucester）宅邸一室内，亨利六世和王后玛格莱特（Margaret）一同来到公爵家里，葛罗斯特公爵是护国公，亨利的亲叔父。但王后并不把这个护国公夫人放在眼里，她假装不小心一把扇子掉在地上，命令公爵夫人去捡起，顺手打了她一记耳光，又假装道歉说："啊呀，对不起，夫人，刚才是你吗？"身为她婶婶的公爵夫人答道："……

假如我的指头能够接近你那漂亮的脸孔,我就要把它抓破。"(...Could I come near your beauty with my nails, I'd set my ten commandments in your face.)莎士比亚给旧词"十诫"(the ten commandments)赋予新的含义:指十指的抓痕、(女人的)十个指头。

[运用] She will write the ten commandments on your face.她会把你的脸蛋抓破的。

His face was filled with the ten commandments.他的脸上满是抓痕。

---

①参阅125.高呼满足。

325.十足的蓓姬·夏普

[词语] a regular Becky Sharp

[含义] 善于钻营的无耻女人

[趣释] 〔英国小说〕典出英国作家萨克雷(Thackeray)的小说《名利场》(*Vanity Fair*)。威廉·梅克匹斯·萨克雷(William Makepeace Thackeray)①于1811年生于印度的加尔各答(Calcutta),于1863年卒于伦敦。他6岁时被送回英国上学,剑桥大学毕业后,到德国游学,从1836年从巴黎任记者回国后,靠写稿为生。为保障病妻和两个女儿的生活,他一部接一部地写作,还自绘插图。主要作品有:《当差通讯》(*The Yellowplush Paper*)、《凯瑟琳》(*Catherine*)、《巴利·林登的遭遇》(*The Luck of Barry Lyndon*)等。他的代表作品《名利场》于1847在《笨拙》(*Punch*)杂志上连载,副标题是《没有英雄的小说》。小说的篇幅很长,人物很多,描述的都是生活中的普通

事物，读者要耐下心来，才能看完全书。蓓姬·夏普是小说的主角，蓓姬（Becky）是吕蓓卡（Rebecca）的简称。她出身贫寒，但一心想挤入上流社会。她年轻漂亮，精力充沛，巧于钻营但缺乏道德，靠虚伪狡猾的手段，多方面敛财，从贫贱的下层爬到社会的上层。她有过三次婚恋，都因对方看清她的为人而离她而去。最后，她感悟到自己的所作所为并不光彩，也没有意义，开始从事慈善事业。后来，"十足的蓓姬·夏普"（a regular Becky Sharp）被人们用来喻指善于钻营的无耻女人。

---

①参阅433.银钗派。

326.时间和潮水不等人

[词语] Time and tide wait for no man.
　　　　Time and tide tarry no man.

[含义] 岁月不等人

[趣释]〔英国诗歌〕典出英国剧作家、诗人罗伯特·格林（Robert Greene）的《男女骗子的战争》（*A Disputation Between a Hee Conny-Catcher and a Shee Conny-Catcher*）。实际上，英国作家杰弗里·乔叟（Geoffrey Chaucer）在《坎特伯雷故事集》（*The Canterbury Tales*）①中《学者的故事》一节里已有"时间不等待人"的思想，只是没有像剧作家格林那样正式的说法。罗伯特·格林生于1558年，一生穷困潦倒，生活放荡不羁，1592年传说死于暴饮。曾在剑桥大学受教育，属于"大学才子派"。他是莎士比亚（Shakespeare）同时代的人，在英国文学史上以对莎士比亚的攻击而闻名。他在自传性的著作中说莎士比亚是"一只暴发户的乌鸦……用我们的羽毛装点自己"。他的作品有剧本、

散文、传奇故事等30多种。其中《潘多斯托》(Pandosto)后来被莎士比亚改编成剧作《冬天的故事》(The Winter's Tale)②。他还有几部散文作品揭露社会的丑恶现象，如高利贷者的诡计、有权有势者的霸道以及伦敦下层人民的痛苦生活等。上述自传性作品和《诈骗术》是比较著名的两种类型。在散文作品中《男女骗子的战争》中说"时光如逝水，岁月不待人"(Time and tide wait for no man.)是劝人们珍惜光阴，岁月不等人。值得提及的是，罗伯特·格林在《男女骗子的战争》的英文标题上杜撰了两个英文单词：hee conny-catcher（男骗子）、shee conny-catcher（女骗子）。英文cony catcher意为"骗子""诈骗者"。

注：有学者认为，tide此处为古义，做时间、时节解。

---

①参阅14.爱是盲目的。　　②参阅191.就像两蛋一样相像。

327. 时间就是金钱

[**词语**] Time is money.

[**含义**] 强调工作效率；一寸光阴一寸金

[**趣释**] 〔美国散文〕典出美国政治家和学者本杰明·富兰克林（Benjamin Franklin）的《给青年的商人的忠告》一文。富兰克林于1706年出生于波士顿（Boston），卒于1790年，是美国著名的政治家、科学家，同时又是出版商、印刷商、记者、作家、慈善家，更是杰出的外交家和发明家。他是美国革命的重要领导人之一，参与多项重要文件的起草，并担任美国驻法国的大使，成功取得法国支持美国独立。本杰明·富兰克林曾经进行过多项关于电的实验，发明了避雷针，还发明了两焦点眼镜、蛙鞋

等。他是美国共济会成员，被选为英国皇家学会院士，是美国首任邮政部部长。富兰克林作为政治家和外交家的声望，对他取得科学上的成就非常有益。然而美、英、法等国的神职人员开始谴责他。他们坚持认为闪电是上帝惩罚罪人的方式，人类根本不能干预。理性的富兰克林对此嗤之以鼻，他的电学理论和避雷针的实际功能得到越来越多的人们的认同。富兰克林在哲学上拥护自然神论，承认自然的存在及其客观性。他预言，美国人口是按几何级数增加的，平均每25年增加1倍，这一预言已在20世纪的人口普查中证实。他也是最先有意识地用劳动时间来确定生产价值的人，认为"时间就是金钱"（Time is money.），强调工作效率。有如我国古人所说的"一寸光阴一寸金，寸金难买寸光阴"。

[运用] Time is money means that time is a limited resource and valuable commodity. 时间就是金钱，就意味着时间是有限的资源和有价物品。

Someone says, "Time is money." But I think time is even more important than money. 有人说"时间就是金钱"，但我觉得时间比金钱更重要。

Fools look to tomorrow, and wise men use tonight. Time is money, and time is life. 愚人指望明天，智者利用今晚；时间就是金钱，时间就是生命。

Time is money, as they say, and most people in Asia prefer to use their time making money. 正如他们所说的，时间就是金钱。在亚洲，大部分人倾向于充分利用时间来赚钱。

328. 时间是最好的医生

[词语] Time is the great physician.

[**含义**]随着时间的推移,一切悲痛都会过去

[**趣释**]〔古罗马论著〕典出圣·奥古斯丁(Saint Augustine)的《忏悔录》(*Confessions*)。奥古斯丁于354年出生在北非,在罗马(Rome)受教育,在米兰(Milan)洗礼,于430年去世。他的著作《忏悔录》被称为是西方历史上第一部自传(memoirs)。他在这部著作中称时间是最好的医生,时间一久,一切悲痛都会过去。其实,古希腊喜剧作家米南德(Menander)已有过类似的说法。

现在,"时间是最好的医生"(Time is the great physician.)用来喻指随着时间的推移,一切悲痛都会过去。此外,谚语Time cures all things(时间治愈一切精神上的伤痛)、Time is the best healer(时间是治愈精神创伤的良药)也表达了相同的意思。

329. 使老牛送命的曲子

[**词语**] the tune the old cow died of

[**含义**] 空言无补;陈词滥调;刺耳的音乐;乏味的曲子

[**趣释**]〔英国歌曲〕典出英国一首古老的寓言歌曲《老牛送命的曲子》(*The Tune the Old Cow Die Of*)。这首古老的曲子在英国家喻户晓,讲述一个耐人寻味的寓言故事。其歌词大意是这样的:"有一个老头,养一头老牛,/可惜他没有饲料喂老牛。/他取下琴儿为老牛弹奏一首:/'想一想,想一想,好老牛,/现在还不是牧草生长的时候,/想一想,想一想,好老牛'"。(There was an old man, and he had an old cow, /But he had no fodder to give her, /So he took up his fiddle and played her the tune; /"Consider, good cow, consider, /This isn't it time for the grass to grow, /Consider, good cow, consider."）那老头虽然弹唱得很起劲，但对饥肠辘辘的老牛来说没有丝毫用处，老牛终于饿得一命归西。人们就称那老头弹奏的曲子为《使老牛送命的曲子》。在老牛最需要饲料活命的时候，老头却送它音乐怡情。后来，人们就把"使老牛送命的曲子"（the tune the old cow died of）比喻为空言无补的忠告、陈词滥调、刺耳的音乐、乏味的曲子。

［运用］David, that is enough of the tune the old cow died of; take and play something to keep our hearts up. 戴维，够了，别再奏那枯燥无味的调子，弹点让我们开心的东西吧。

Oh, no. No more of the tune the old cow died of! 噢，算了。不要再给我那些毫无用处的忠告了。

330. 世界是一个舞台，所有的男男女女不过是演员

［词语］All the world is a stage, All the men and women are players.

［含义］人生不过像一场戏一样

［趣释］〔英国剧作〕典出英国剧作家威廉·莎士比亚（William Shakespeare）的剧作《皆大欢喜》（*As You Like It*）①。该剧是莎士比亚早期创作的著名喜剧，主要讲述老公爵被其弟弟弗莱德里克（Frederick）篡位之后，被迫流放到亚登森林（Forest of Ardon），以及和老公爵的女儿罗瑟琳（Rosalind）追随父亲来到流放地，与受兄长虐待的青年奥兰多（Orlando）之间的爱情故事。该剧第二幕第七场，在亚敦森林的另一部分，食桌铺就，老公爵阿米恩斯（Amiens）和流亡诸臣准备就餐。奥兰多要大家等一下再进食，他要把一个跟他来的饥饿高龄老人带

来，让他进食。在等候奥兰多的时候，老公爵说："你们可以看到不幸的不是我们。这个广大的宇宙的舞台上，还有比我们所演出的更悲伤的场景呢。"从臣杰奎斯（Jaques）接着他的话说："全世界是一个舞台，所有男男女女不过是一些演员；他们都有下场的时候，也都有上场的时候。一个人的一生中扮演着好几个角色……"（All the world is a stage, /And all the men and women are players; /They have their exits and their entrances; /And one man is his time plays many parts...）这些话的意思是，人生不过像一场戏一样。

---

① 参阅302.肉和酒。

331. 世界受舆论的支配

[词语] The world is governed by opinions.

[含义] 舆论支配着世界；舆论可畏

[趣释]〔法国剧作〕The world is governed by opinions. 仿自法语C'est I'opinion qui gouverne le monde. 典出法国剧作家查尔斯·吉尧姆·艾蒂安（Charles Guillome Etienne）的剧作《两个女婿》（*Two Sons-in-law*）。他于1778年生于上马恩河（Haut Marne），1796年到巴黎，创作第一部歌剧《梦》（*La Recve*）。1799年与安东尼·弗雷德里克·格雷斯尼克（Antoine Frederic Gresnick）合作，为巴黎剧院连续编剧20年，被人们作为喜剧作者所铭记，但也有相当多的争议。对手指控他抄袭。他的代表作有爱国歌剧《军旗》（*L' Oriflamme*）和抒情杰作《约康德》（*Joconde*）。他卒于1845年。在1810年创作的《两个女婿》剧本中，他谈到了"世界受舆论的支配"（The world is governed by opinions.），意思是舆论支配着世界，舆论可畏。

332. 世界真是狭小

[词语] It is a small world.

[含义] 人生何处不相逢；真是冤家路窄

[趣释]〔意大利散文〕典出意大利航海家克里斯托弗·哥伦布（Christopher Columbus）的名言。意大利人哥伦布于1451年生于意大利的热那亚（Genoa），死于1506年西班牙的巴利亚多利德（Valladolid），一生从事航海活动。他相信大地球形说，在西班牙国王支持下，于15世纪末到16世纪初先后4次出海远航，开辟了横渡大西洋到美洲的航路，先后到达巴哈马群岛（Bahamas）、古巴（Cuba）、海地（Haiti）、多米尼加（Dominica）、特立尼达（Trinidad）等海岛，在帕里亚湾（Gulf of Paria）登上了美洲大陆。"世界是狭小的"（It is a small world.），这句哥伦布名言，常常被人们用来表达"人生何处不相逢"和"真是冤家路窄"这类慨叹。1886年，英国记者萨拉（G. A. Sala）在其《重访美国》一文中写道："……毕竟世界不是那么大的"（It is not such a large world after all.），表达了两个知己在异地意外相逢时所发出的慨叹。

[运用] Don't burn any bridges as it is a small world. 不要过河拆桥，世界很小，保不准哪天又见面啦！

He only ever broke the law twice and both times I was the one to give him a ticket. It just shows what a small world it really is. 他驾驶只违规两次，并且两次都是我开的罚单，这世界真是小得很。

I didn't imagine meeting my lost brother halfway

around the world! It's a small world. 我真想象不到在环球中途和失散的兄弟相遇！这世界可真小啊！

Small world, is it? 又见面了。

Fancy seeing you here, it is a small world. 真想不到在这儿遇见你，世界真是太小了。

333. 守财奴

[词语] the miser

[含义] 有钱不用等于无用

[趣释]〔古希腊寓言〕典出《伊索寓言》(Aesop's Fables)[①]中的《守财奴》。寓言说，有个守财奴为了保护他的财产，卖掉所有的家当换成一大块金子，埋在一个地洞里。他经常不时地挖开来看，这引起附近一个农民的好奇。农民仔细观察他的行踪，得知了真情，趁他离开时把金子挖走了。那守财奴发现金子不翼而飞，便痛哭流涕、乱揪头发。邻人见状问明缘由后说："你也别太痛苦了，拿一块石头再埋在原地，就当是那块金子好了。因为既然你永远不用它，那两者又有什么区别呢？""守财奴"(the miser) 告诉人们，金钱的价值不在于拥有，而在于运用。

---

①参阅233. 驴子和狼。

334. 梳刷马毛

[词语] to curry favour

[含义] 讨好；巴结；拍马屁

[趣释]〔法国小说〕典出法语，是curr favel误讹。语

出14世纪初法国的一本诗歌体讽刺小说《福韦尔传奇》（法文名*Roman de Fauvel*）英文译本名为 *The Story of the Fawn-Colored Beast*。传说作者是一个叫Gerais du Bus的皇家职员。小说主要讲述一匹栗色叫福韦尔（Fauvel）的马，它实际上是一个半人半马的野兽，像希腊神话中人首马身的马人（Centaur）那样的怪物。在法国民间传说中它性情狡诈。有些人为了利用它的狡猾谋求私利去为它梳马毛（curry fauvel），就自然有巴结、讨好、拍马屁的意思。后来法文拼写fauvel逐渐改为Favel，其读音在英国人听起来近似"宠爱""好感"favour，而且curry favel一词的含义又与此吻合，最后这个成语就演变为curry favour了。使用时常与介词with连用。人们用"梳刷马毛"（to curry favour）喻指讨好、巴结、拍马屁。

[运用] He brought her some flowers, hoping to curry favour with her. 他给她带来一些花，想讨好她。

Mr. Charlotte seized every opportunity to curry favour with influential people. 夏洛特先生不放过任何一个谄媚权贵的机会。

He did everything to curry favour with his superiors in hope of getting promoted. 他竭力巴结他的上司，希望得到提升。

She never tries to curry favour with those over her 他从不去拍上司的马屁。

335. 书的战争

[词语] the battle of books
　　　　battle of the books

[**含义**] 书籍之战；笔墨官司

[**趣释**]〔英国论著〕典出英国作家乔纳森·斯威夫特（Jonathan Swift）1704年的讽刺论著《书籍之战》（*The Battle of the Books*）。斯威夫特生于1667年，卒于1745年，是18世纪英国著名的文学家、讽刺家、政治家。他被高尔基称为"世界伟大文学创造者"，代表作是寓言小说《格列佛游记》（*Gulliver's Travels*）。斯威夫特受了威廉·吞浦尔（William Temple）的影响，倾向古学，才写了《书籍之战》，批评当时评论古代和当代作家的错误态度。这部作品就内容而言并无进步意义，但他在作品中初次显示了他讽刺的才能。他尖锐地抨击了当时学究式的考证和脱离实际的学术研究，指出文艺和科学应像蜜蜂一样为人类带来蜜和光，而不应该是一面肮脏讨厌的蛛网。和《书籍之战》同时发表的是一部意义深远的杰出讽刺作品《桶的故事》（*The Tale of a Tub*）。他还有大量的政论和讽刺诗以抨击英国殖民主义政策，受到读者的欢迎。现在，人们用斯威夫特"书籍之战"（the battle of books/battle of the books）的说法来比喻文坛上的笔墨官司。

336. 书有书的命运

[**词语**] Books have their destinies.

[**含义**] 书的命运决定于读者对它的看法

[**趣释**]〔古罗马论著〕典出古罗马语法学家马鲁斯（Terentianus Maurus）的文章《贺拉斯的用词、音节和韵律》。贺拉斯（Horace）是古罗马一位生活在公元前65年至公元前8年的伟大诗人，他不仅在西方美学史上占有很高的地位，在诗赋上也有很深的造诣[①]。公元2世纪末古罗马语法学家马鲁斯在这

篇诗歌形式的论文中有一句千古流传的名言:"Habent sua fata libelli."(Books have their destinies.)"书籍有它们自身的命运",意思是书的命运决定于读者对它的看法。恩格斯在《致斐·拉萨尔》一文中带有幽默的口吻使用了这个成语:"但是,'书有自己的命运'——如果把它们借出去,就很少能再看到它们,所以我不得不用暴力把我的《济金根》夺了回来。"

---

①参阅59.从鸡蛋到苹果。

337. 竖起耳朵

[**词语**] to prick up one's ears
　　　　 to prick one's ears up

[**含义**] 侧耳听;竖起耳朵听;来了兴趣

[**趣释**] 〔英语剧作〕典出英国剧作家威廉·莎士比亚(William Shakespeare)剧作《暴风雨》(*The Tempest*)①。该剧写于1611年,是莎士比亚最后一部传奇剧,被文学评论家认为是他的"诗的遗嘱"。意大利北部城邦的米兰公爵(Duke of Midland)普洛斯彼罗(Prospero)被弟弟安东尼奥(Antonio)篡权后,带着年仅3岁的小公主米兰达(Miranda)历尽艰险漂流到一个海岛上,他用魔法把岛上的精灵和妖怪治得服服帖帖。后来,普洛斯彼罗用魔术唤起一阵风暴,使他的弟弟安东尼奥、那不勒斯王阿隆佐(Alonso)的船碰碎在这个岛的礁石上。船上的人虽然安然无恙,登岸后却依然钩心斗角。普洛斯彼罗用魔术降服了他们,使他们答应恢复他的爵位,最后大家一起离开海岛,返回意大利。本剧歌颂了爱情、友情和人与人之间的亲善关系。该剧第四幕第一场,在普洛斯彼罗的洞室前,普洛斯彼罗叫精灵

爱丽儿（Ariel）教训丑怪奴隶卡列班（Caliban）、弄臣特林鸠罗（Trinculo）、酗酒膳夫斯丹法诺（Stephano）这班恶人，使他们身上的伤痕比豹子身上的斑点还多。爱丽儿对着普洛斯彼罗说："……于是我敲起小鼓来，一听见了这声音，他们便像狂野的小马一样，耸起了他们的耳朵……"（Like unback'd colts, they prick'd up their ears...）"竖起耳朵"（to prick up one's ears/to prick one's ears up）用来表示侧耳听、竖起耳朵听、来了兴致。

[运用] He was almost asleep when he heard his own named mentioned and pricked up his ears. 他几乎睡着了，但听到人家提到他的名字，就开始注意听。

I heard you talking about dinner, so I pricked my ears up because I was very hungry. 我一听你们谈吃饭的事就来了兴趣，因为我太饿了。

He pricked up his ears when they mentioned the salary. 当他们一提到工资，他就立刻注意起来。

My dog pricked up his ears when I called his name. 当我叫我的小狗名字时，它就竖起了耳朵。

---

①参阅437.用全部的眼睛看。

338. 谁笑在最后，谁笑得最好

[词语] He laughs best who laughs last.
　　　　He who laughs last laughs best.
[含义] 不为暂时成就自满，最后取胜才是真胜利
[趣释]〔法国寓言〕He laughs best who laughs last.

仿自法语Rira bien qui rira le dernier.典出法国诗人和寓言作家弗罗里昂的寓言《两个农夫和云》。作者的全名是让-皮埃尔·克拉里斯·德·弗罗里昂（Jean-Pierre Claris de Florian）。弗罗里昂1755年生于贵族家庭，卒于1794年。他从小做过宫廷侍从，后做过下级军官。1779年以后陆续发表一些轻松喜剧、短篇小说、诗歌、田园剧和骑士故事等。其中有些为模仿之作。他著名的著作是100余篇的寓言诗，取材于英国、德国诗人和寓言家的作品，进行加工、提炼，重新创作。作品对法国社会的等级制度，贵族的自私、贪婪、凶残和伪善有所揭露；也歌颂了正义、友谊、互助和劳动。寓言《两个农夫和云》说，两个农夫见到一堆乌云，一个说这乌云预示着要下冰雹，将给人们带来灾难。另一个说，这乌云预示着要下雨，将给人们带来好收成。两个人争论不休，只好等着瞧。于是，有"谁笑在最后，谁笑得最好"（He laughs best who laughs last.）的说法。比喻人们不应为暂时的成就而扬扬得意，最后的胜利才是真正的胜利。其实，在1742年英国人收集的成语中就有"Better the last smile than the first laughter"（最后的微笑要比最初的笑声强），也表达了相同的意思。

339. 说话精确

[**词语**] to speak by the card

[**含义**] 措辞严密；字斟句酌

[**趣释**]〔英国剧作〕典出英国剧作家威廉·莎士比亚（William Shakespeare）的剧作《哈姆雷特》（*Hamlet*）①。成语中的the card指罗盘的刻度板，该成语的字面意思是"照着刻度板讲话"。《哈姆雷特》是一部几百年来一直为世人所推崇

的名著，它在世界的舞台上、文坛上经久不衰，以其独特的魅力影响着一代又一代人，折服了千千万万的观众和读者。这种独特的魅力，不同的读者、不同的观众有不同见解，这就是这部不朽剧作的光芒所在。该剧第五幕第一场，在墓地，两个小丑在挖坟墓，哈姆雷特问替谁挖坟，是男的还是女的。小丑甲说，她本来是一个女人，可上帝让她的灵魂得到安息，她已经死了。哈姆雷特说："这混蛋倒会分辨得这样清楚！我讲话可得字斟句酌，精心推敲，稍有含糊，就会出丑（How absolute the knave is! We must speak by the card, or equivocation will undo us.）。凭着上帝发誓，霍拉旭，我觉得这三年来，人人都越变越精明，庄稼汉的脚趾头已经挨近朝廷贵人的后跟，可以磨破那上面的冻疮了……"现在，"说话精确"（to speak by the card）用来形容措辞严密、字斟句酌。

[运用] I speak by the card in order to avoid entanglement of words. 我讲话力求精确，以避免言辞之间含混不清。

注：to speak by the card的另一种意思是：根据确实所知而说。to speak by the book意为精确地说，有权威性地说。

---

①参阅50. 不幸的事总是接踵而来。

340. 斯蒂金斯

[词语] Stiggins

[含义] 伪善者

[趣释]〔英国小说〕典出英国作家查尔斯·狄更斯（Charles Dickens）的著名小说《匹克威克外传》（*The*

Pickwick Paper）[①]。斯蒂金斯（Stiggins）是一名伪善的助理牧师，经常骗吃骗喝。他还是个欺骗妇女的老手，经常欺骗女信徒，使许多女信徒上当受骗。最后，斯蒂金斯的面目被人看穿，遭到应有的报应。后来，人们用"斯蒂金斯"（Stiggins）来喻指伪善者。

[①] 参阅60. 从匹克威克的意思上说。

341. 松开战争猛犬的绳索

[词语] to let slip/loose the dogs of war

[含义] 发动战争；让战祸为患；挑起战乱

[趣释]〔英国剧作〕典出英国剧作家威廉·莎士比亚（William Shakespeare）的剧作《裘力斯·恺撒》（*Julius Caesar*）[①]。在该剧中，罗马首席执行官玛克斯·勃鲁托斯（Marcus Brutus）是一个陶醉在自身荣誉观中的政治领导人，结果被政治投机家凯歇斯（Cassius）[②]所利用。凯歇斯嫉妒恺撒（Caesar）的领袖和军事才能，时时想除掉这位罗马最高统帅。但他知道，单凭自己的力量和影响无法实现这个计划，他必须将在罗马贵族中享有崇高声誉的勃鲁托斯拉到身边才能实现计划。他鼓吹勃鲁托斯和恺撒齐名，他伪造罗马市民的匿名信，信中称人民将勃鲁托斯视为罗马的救世主。这封信激起了勃鲁托斯的使命感，认为只有带领共和派除掉恺撒，才不辜负罗马人民的厚望。在凯歇斯的诱惑下，他参加并领导了刺杀自己好友的计划。声称自己爱恺撒，但更爱罗马。[③]马克·安东尼（Mark Antony）是恺撒干将和心腹，他也利用勃鲁托斯的荣誉自恋弱点，对他的荣誉加以赞扬，结果勃鲁托斯允许他在公开场合做演讲，悼念恺

撒。将争取舆论和民心的主动权交给共和派的政治敌人。在后来与安东尼的军事对决中，又因为"不能出卖伟大的荣誉"而无法聚集资金，不能保障军队的供给导致彻底失败，最终被杀身亡。勃鲁托斯的这种视荣誉为一切的性格缺陷，造成他自己悲剧的结局。该剧第三幕第一场，在罗马圣殿前，元老院在上层聚会。凯歇斯、勃鲁托斯等人当众杀死恺撒大帝。安东尼派仆人对勃鲁托斯说，勃鲁托斯是真正、勇敢、高尚的君子，要是他能保证安东尼的安全，允许他来见勃鲁托斯一面，他将爱活着的勃鲁托斯胜过已死的恺撒。勃鲁托斯不顾凯歇斯等人的反对，让安东尼等人抬着恺撒的尸首，在大市场发表悼念恺撒的演说："……恺撒的冤魂借着从地狱的烈火中出来的阿提的协助，将要用一个君王的口气，向罗马全境发出屠杀的号令，让战争的猛犬四处蹂躏，为了这一个万恶的罪行，大地上将要弥漫着呻吟求葬的臭皮囊。"（And Caesar's spirit, ranging for revenge, /with Ate by his side come hot from hell, /Shall in these confines with a monarch's voice/Cry 'Havoc', and let slip the dogs of war; /That this foul deed shall smell above the earth/With carrion men, groaning for burial.）现在，"松开战争猛犬的绳索"（to let slip/loose the dogs of war）喻指发动战争、让战祸为患、挑起战乱。

注：英国作家弗里德里克·福赛斯（Frederick Forsyth）描写雇佣兵的惊险悬念小说《战争猛犬》（*The Dogs of War*）得名与这个典故有关。

---

①参阅150.哈姆雷特。　　②参阅198.凯歇斯。　　③参阅11.爱罗马胜过爱恺撒。

342. 酸葡萄

[词语] sour grapes
The grapes are sour.

[含义] 把得不到的东西说成是不好的,聊以自慰

[趣释] 〔古希腊寓言〕典出《伊索寓言》(*Aesop's Fables*) 中的《狐狸与葡萄》(*The Fox and the Grapes*)。寓言说,一只又冷又饿的狐狸,看见几串熟得发黑的葡萄从一座方架上垂了下来,它用尽力气跳了几次,都不够高,他想尽办法试了试也没有成功。最后,他只好转身走开了,并且聊以解嘲地说:"这些葡萄是酸的,没有我想的那么甜。"俄罗斯寓言作家克雷洛夫(Krylov)于1808年也仿此题材写过同名寓言,讽刺那些因得不到某物时而故意做出鄙视样子的人。列宁在《时评》一文中说:"葡萄是酸的!贵族'不应该'变成交易所的商人,因为在交易所里需要雄厚的资本,但昨天的奴隶主诸公已经挥霍净尽了。"现在,典故"葡萄是酸的"(The grapes are sour.)和"酸葡萄"(sour grapes)都表达相同的意思:把得不到的东西说成是不好的,聊以自慰。

[运用] His remarks about the skating champion are sour grapes. 他对那个溜冰冠军的批评是吃不到葡萄说葡萄酸。

The loser's scorn for the award is pure sour grapes. 失败者对奖品的轻视纯粹是吃不到葡萄说葡萄酸。

But because we cannot satisfy the desires of our hearts—why should we cry 'sour grapes' at them? 我们何必因为不能满足内心的欲望而把它们说成酸葡萄呢?

343. 损伤人的肩背

[**词语**] to wring one's/sb.'s withers

[**含义**] 使人担心、痛苦、忧伤或悲痛；令人同情

[**趣释**]〔英国剧作〕典出英国剧作家威廉·莎士比亚（William Shakespeare）的剧作《哈姆雷特》（*Hamlet*）①。在该剧的第三幕第二场，哈姆雷特向其叔父、国王克劳狄斯（Claudius）介绍表演者正在演出的新戏时说："这是个很恶劣的作品，可那又有什么关系？它不会对您陛下跟我们这些灵魂清白的人有什么相干；让那有毛病的马儿去惊跳退缩吧，我们的肩背都是好好的。"（...let the galled jade wince, our/withers are unwrung.）withers指马匹肩骨间隆起的部分，也指人的肩背部分。如果马的轭圈或鞍子不合适，就会使马感到扭痛，受折磨（wring）。动词wring与withers搭配连用，它的过去分词wrang做形容词时，反义词是unwrang。莎士比亚的这句台词英语构成两个成语：one's withers are unwrang（某人的肩背好好的，无损伤）比喻不受影响、没有受到伤害②；to wring one's/sb.'s withers（折磨人的肩背、使人的肩背感到扭痛）比喻使人担心悲伤引起人的痛苦不安或令人同情、心酸。

[**运用**] The girl's pitiful history would wring one's withers. 这姑娘的可怜经历令人心酸。

The sight of the small children all asking for food was enough to wring your withers. 小孩子们都在讨东西吃的情景实在令人同情。

---

①参阅150.哈姆雷特。　　②参阅180.肩背好好的无损伤。

344. 所有的猫在黑夜都是灰色的

[词语] All cats are grey in the dark.

[含义] 在黑暗中难辨俊丑；人在成名以前看不出有区别

[趣释] 〔英国论著〕典出英国剧作家约翰·海伍德（John Heywood）的《英语成语集》（*English Idioms and Phrases*）。海伍德生于1497年，卒于1575年，是一位非宗教人士剧作家，主要写日常生活和风尚。他的舞台作品是15、16世纪在英国流行的"幕间剧"。内容是围绕一个规定主题的对白。以海伍德署名的4个幕间剧均以韵文写成。幕间剧可以单独演出，也可以在正戏之前或两幕之间演出。其代表作有：《游方僧、赎罪卷推销员、药剂师和小贩》是一场撒谎比赛；《气候剧》描绘罗马神话中的大神朱庇特（Jupiter）企图让气候迁就不同人的愿望而造成混乱。另外还有《爱情剧》和《智多星与愚人》两部。1550年，他编辑出版的《英语成语集》收录了这条英语谚语。现在，谚语"所有的猫在黑夜都是灰色的"（All cats are grey in the dark.）常用来表达两种意思：在黑暗中难辨俊丑；人在成名以前看不出有什么区别。

[运用] At nights all cats are grey. 美丑在暗中难以分辨。

When candles are out, all cats are grey. 当蜡烛都熄灭的时候，猫都是灰色的。

You only need to believe that all cats are grey in the dark. 你必确信，人在出名之前和大家都差不多。

345. 所有关注者中的被关注者

[**词语**] the observed of all observers

[**含义**] 举世瞩目的中心；大家注视的人；众目睽睽者

[**趣释**]〔英国剧作〕典出英国剧作家威廉·莎士比亚（William Shakespeare）的剧作《哈姆雷特》（*Hamlet*）[1]。莎士比亚于1564年出生于埃文河（Avon）畔的英格兰小镇斯特拉特福（Strateford）。他是富商约翰·莎士比亚（John Shakespeare）的第三个孩子，少年时在当地文法学校学过英语、希腊语和拉丁语。他一生写过38部戏，154首14行诗，2首长诗，被认为是英语世界最伟大的作家之一。《哈姆雷特》讲述的是丹麦王子哈姆雷特为父报仇的故事。他伪装疯癫，终于杀死了弑君娶嫂的奸王克劳狄斯（Claudius），而自己也被暗算，在与雷欧提斯（Laertes）的决斗中中毒剑身亡。这场发生在宫廷之中的冲突，不仅是家庭的悲剧，也是王宫和国家的悲剧。该剧第三幕第一场，在城堡的一室里，国王克劳狄斯安排哈姆雷特和情人奥菲利娅（Ophelia）会面，自己则和大臣波洛涅斯（Polonius）在暗中观察哈姆雷特是真疯还是装疯。哈姆雷特识破阴谋，和情人见面后说了一通疯语，还劝她早些进尼姑庵。奥菲利娅听了以后，非常痛苦地说："啊，一颗多么高贵的心就这样陨落了！朝臣的眼睛、学者的辩舌、军人的利剑、国家所瞩望的一朵娇花；时流的明镜、人伦的雅花、举世瞩目的中心，这样无可挽回地陨落了！（The glass of fashion, and the mould of form, / The observ'd of all observers, quite, down!）……啊！我好苦，谁料过去的繁

莎士比亚

花变作今朝的泥土!"后人用"所有关注者中的被关注者"(the observed of all observers)来喻指举止瞩目的中心、大家注视的人、众目睽睽者。

[运用] I mounted upon the bridge, the observed of all observers. 我走到桥上,成为大家注目的中心。

She stood on the platform, the observed of all observers. 她站在讲台上,成了大家注目的中心。

So there he stood, the observed of all observers and I never saw anyone so self-conscious. 他站在那儿,众目睽睽,我从未见过像他这样忸怩不安的人。

In fancy, the voluptuous votary of fashion sees herself amid the festive throng, the observed of all observers. 时尚弄潮儿沉溺于纸醉金迷,梦幻中发现自己置身于欢乐的人群,成了众人眼里的明星。

---

① 参阅251. 没有丹麦王子的《哈姆雷特》。

346. 所有中的所有

[词语] all in all

[含义] 整个说来;总的来说;总之

[趣释]〔英国剧作〕典出英国剧作家威廉·莎士比亚(William Shakespeare)的剧作《哈姆雷特》(*Hamlet*)①。丹麦王子哈姆雷特的父亲突然去世,不到两个月,王子的生母王后乔特鲁德(Gertrude)就和国王的弟弟、新国王克劳狄斯(Claudius)结婚。这一连串事情在朝中引起了议论,有些大臣认为乔特鲁德轻率无情,居然嫁给了可憎卑鄙的克劳狄斯,甚至

有人怀疑克劳狄斯为了篡位娶嫂，卑鄙地害死了老国王。受刺激最深的还是王子哈姆雷特。因为他总是把已故父王当作偶像来崇拜，所以令他最难受的不是没能继承理应由他继承的王位，而是母亲那么快就忘记和已故父王的恩爱。在哈姆雷特看来，这桩婚事十分不正当，用"乱伦"来形容是再恰当不过了。悲痛和郁闷使小王子昔日惯有的快乐荡然无存。该剧第一幕第二场，在城堡中一厅里，哈姆雷特和密友霍拉旭（Horatio）谈起自己的父王时深情地说："整个来说，我再也见不到像他那样的人了。"（Take him for all in all, I shall not look upon his like again.）现在，"所有的所有"（all in all）主要喻指总之、总的来说、整个来说。

[运用] He was now worth, all in all, the round sum of twenty million dollars. 总的来说，他现在整整有2000万美元的资产。

His reaction to the doctor's treatment was, all in all, satisfactory. 他对医生治疗的反应总的来说是满意的。

All in all we have done a good day's work. 总的来说，我们今天的工作干得不错。

注：all in all的另一含义是：最心爱的人或物；心目中的一切。

---

① 参阅150. 哈姆雷特。

347. 它在他的纽扣中

[词语] It is in his buttons.

[含义] 他有好运气,一定能成功

[趣释]〔英国剧作〕典出英国剧作家威廉·莎士比亚(William Shakespeare)的剧作《温莎的风流娘儿们》(*Merry Wives of Windsor*)①。该剧是莎士比亚早期写的五幕喜剧,讲述封建破落骑士福斯塔夫(Sir Falstaff)的故事。福斯塔夫为了骗取钱财,不惜抛弃骑士的荣誉写情书给两位有钱的绅士太太。而这两位机敏过人的女人将计就计,在快嘴桂嫂(Mistress Quickly)牵线下,使福斯塔夫落入陷阱三番两次遭到戏弄。绅士富德(Ford)怀疑太太的忠贞,也被妻子捉弄得窘态百出;地方法官夏禄(Shallow)贪财,唆使自己的傻外甥向培琪(Page)的女儿求婚,在快嘴桂嫂的帮助下,培琪的女儿安·培琪(Anne Page)与心爱的人共结连理。该剧还被改编成三幕幻想喜歌剧。该剧第三幕第二场,在温莎街道上,绅士培琪和卡厄斯医生(Doctor Caius)、斯兰德(Slendor)、乡村法官夏禄以及店主等人碰到一起,卡厄斯医生和斯兰德是培琪女儿的求婚者,希望自己的求婚能够成功,而店主则希望少年绅士范顿能得

到培琪女儿的芳心,他问培琪:"您觉得那位年轻的范顿怎样?他会跳跃,他会舞蹈,他的眼睛里闪耀着青春,他会写诗,他会说漂亮话,他的身上有春天的香味;他一定会成功的,他一定会成功的。他好像已经到手,放进了口袋,连扣子都扣上了;他一定会成功的。"(What say you to young Master Fenton? He capers, /he dances, he has eyes of youth, he writes verses, he/speaks holiday, he smells April and May: he will/carry't, he will carry't, 'Tit in his buttons; he/will carry't)中文译文加进了一些译者朱生豪先生自己理解的话。旧时英国迷信习俗,让孩子数碟子的纽扣,就可以知道孩子将来的命运和事业。"它在他的纽扣中"(It is in his buttons.)的意思是:数纽扣时就预示他有好运气,一定能成功。

---

① 参阅277. 年轻人之盐。

348. 苔丝

[词语] Tess

[含义] 纯洁无辜的女人

[趣释]〔英国小说〕典出英国作家托马斯·哈代(Thomas Hardy)①的小说《德伯家的苔丝》(*Tess of the D'Urbervilles*)。诗人、小说家托马斯·哈代生于1840年,卒于1928年,是个跨两个世纪的作家。他早期和中期的创作以小说为主,继承和发扬了维多利亚时代(Victorian era)的文学传统。晚年以其出色的诗歌开拓了英国20世纪的文学。在小说《德伯家的苔丝》中,苔丝是一个农村姑娘,家境贫寒,但美丽纯朴。她遭到富人亚雷(Alec)的奸污,生了孩子,但周围的人都认为

这是苔丝本人的"罪过"。后来，苔丝在新婚之夜向丈夫克莱（Crick）讲述了自己的遭遇，克莱立刻抛弃了她，而苔丝从此被人们认为是个"坏女人"。苔丝为生计所迫，不得不接受亚雷提出的条件，和她同居。这时，从国外回来的克莱开始后悔，想和苔丝和好。绝望中的苔丝觉得，亚雷摧毁了她一生的幸福。她杀死了亚雷，自己也被处以死刑。后来，"苔丝"（Tess）被人们视为纯洁无辜女人的典型。

---

①参阅197.卡斯特桥市长。

349.太快的结果如太慢一样迟缓

[词语] Too swift arrives as tardy as too slow.

[含义] 欲速则不达

[趣释] 〔英国剧作〕典出英国剧作家威廉·莎士比亚（William Shakespeare）的剧作《罗密欧与朱丽叶》（*Romeo and Juliet*）①。《罗密欧与朱丽叶》是莎士比亚著名的戏剧作品之一，讲述出身于意大利两个敌对家族的年轻人罗密欧与朱丽叶的爱情悲剧故事。他们在一场舞会中相识相爱，不顾家族鸿沟而秘密结婚。朱丽叶（Juliet）为了躲避父母逼婚而服假毒，不知内情的罗密欧（Romeo）见爱妻已死，便服毒倒在她的身旁。朱丽叶醒来见丈夫气绝也自杀身亡。该剧第二幕第六场，在劳伦斯神父（Friar Laurence）的教堂，罗密欧和朱丽叶即将举行秘密结婚，罗密欧兴奋激动地认为：无论将来会发生什么悲哀的后果，都抵不过他看见她一分钟内的快乐；不管侵蚀爱情的死亡怎样伸展它的魔手，只要神父用神圣的语言将他们的灵魂结为一体，让他能称呼她一声"爱人"，就不再有什么遗恨了。神父对罗密欧

说:"这种狂暴的快乐将会产生狂暴的结局,正像火和火药的亲吻,就在那得意的一刹那烟消云散,最甜的蜜糖可以让味觉麻木,不太热烈的爱情才会维持久远。太快和太慢,结果都不会圆满。"(Therefore love moderately; long love doth so; / Too swift arrives as tardy as too slow.)现在,"太快的结果如太慢一样迟缓"(Too swift arrives as tardy as too slow.)用来喻指欲速则不达。

---

① 参阅32.白天点灯。

350. 泰门

[词语] Timon

[含义] 愤世嫉俗者

[趣释] 〔英国剧作〕典出英国剧作家威廉·莎士比亚(William Shakespeare)的剧作《雅典的泰门》(*Timon of Athens*)。泰门(Timon)是雅典城(Athens)中一位富有的贵族,由于好客而倾家荡产。他向朋友求援,遭到拒绝,最后他成为厌世者。有一次,他装了许多碗温水,请朋友来赴"宴",他用温水泼他们,咒骂他们不冷不热的交情。后来,他离开了雅典,住在海滨的一个洞中。他在挖野菜时,偶尔挖到黄金,他把黄金全部送给了在森林中碰到的强盗、过路人和找他的人。他向受到雅典人不公正对待的艾西巴第斯将军(General Alcibiades)提供经费,要他向雅典发动战争,以报复他们的虚情假意。他最后死在海滨,留下一篇充满厌世思想的墓志铭。后来,"泰门"(Timon)成为愤世嫉俗者的代名词。

---

① 参阅150.哈姆雷特。

351. 汤姆叔叔

[**词语**] Uncle Tom

[**含义**] 唯命是从的奴才

[**趣释**]〔美国小说〕典出美国作家哈丽叶特·比切·斯托夫人(Harriet Beecher Stowe)的长篇小说《汤姆叔叔的小屋》(*Uncle Tom's Cabin*)。这部小说1852年出版后,立即成为当时最畅销的小说,在国内外引起巨大反响。它无情地揭露了南方奴隶制度的残暴面目,重新激起了北方人民对奴隶制的义愤,使南北矛盾日趋尖锐,甚至到了不可收拾的地步,导致内战爆发。美国林肯总统也把作者斯托夫人称为"发动南北战争的人"。"汤姆叔叔"是这部小说中的主人公,一个屈从于命运的奴隶。他是奴隶主阶级推行宗教麻醉政策的典型产物。从小在主人手下被灌输宗教信仰,怀着极大的主观真诚接受了基督教教义。他事事维护主子的利益,为主子管家,结果都被主子卖掉。后来,他曾一度在城里给资本家当马车夫,主人暴死后,又被卖到新奥尔良(New Orleans)的种植园。他被迫在非人生活条件下从事繁重的劳动却毫无怨言,他不仅为主子的产业操劳,还为主子的灵魂得救操心。最后,当他在勒格里(Legree)种植园受尽折磨濒于死亡时,还以自己的基督教精神"感动"了两个奉主子命令去殴打他的黑人工头,总算在咽气之前又为上帝争取了两只"迷途的羔羊"。可见,"汤姆叔叔"(Uncle Tom)是个十足唯命是从的奴才,在黑人中已成为贬义词。

352. 唐璜

[**词语**] Don Juan

[**含义**] 风流浪子；玩弄女性者

[**趣释**]〔英国诗歌〕典出英国著名诗人乔治·戈登·拜伦（George Gordon Byron）一部尚未完成的长篇叙事诗。拜伦生于1788年，卒于1824年。唐璜（Don Juan）原是西班牙传奇故事中，一个专门玩弄女性的贵族，拜伦的诗作以他为题材。在长诗中唐璜在16岁时和一位贵族夫人发生两性纠葛。为了不使丑闻外扬，唐璜被母亲打发到远方去旅行。在海上遇难后，漂流到希腊的一个岛上，被海盗的女儿海甸所救。海甸是个美女，两人一见倾心，正打算结婚。不料，海甸的父亲回来，不同意这门亲事，把唐璜作为奴隶卖到了土耳其。在土耳其的市场上，唐璜被苏丹王妃的太监选中，把他化装成女子献给王妃。在王宫中又发生了一系列风流韵事，直到唐璜逃出宫中结束。在一位俄国将军围攻伊斯迈尔城时，唐璜参加了俄国军队。因围攻堡垒英勇出众，唐璜获得褒奖。将军派他去晋见叶卡捷琳娜女皇报捷，唐璜又深得女皇的喜爱，终于被任命为出使英国的大使，与英国上流社会接触。当他逗留在贵族宫堡时，又开始了新的浪漫冒险。故事到此结束。后来，人们用唐璜（Don Juan）来喻指社会上的风流浪子、玩弄女性的男人。

[**运用**] He thinks he's a Don Juan, but none of the girl likes him. 他自以为是风流人物，可是姑娘们都不喜欢他。

---

①参阅244.曼弗雷得。

353.堂吉诃德

[**词语**] Don Quixote

[**含义**] 疯狂而又侠义的人；不顾众人嘲笑坚持信念的人

[**趣释**]〔西班牙小说〕典出西班牙作家米格尔·德·塞万提斯·萨维德拉（Miguel de Cervantes Saavedra）的同名小说《唐吉诃德》（*Don Quixote*）。塞万提斯生于1547年，卒于1616年，是西班牙最著名的作家之一。他的代表作《堂吉诃德》原名《来自拉曼查的骑士吉诃德大人》（*Don Quixote de la Mancha*），

塞万提斯

它是西方文学史上第一部现代小说，也是世界文学的瑰宝之一。拉曼查（La Mancha）地方的穷乡绅阿隆索·吉哈诺（Alonso Quijano）因读骑士小说入迷，企图尝试古老的游侠骑士生活，拼凑了一副破盔烂甲，改名为堂吉诃德，骑上一匹瘦马，还选中了一个养猪的姑娘作为意中人，决心终生为她效劳。他第一次单枪匹马外出，受伤而归。第二次找邻居桑丘·潘沙（Sancho Panza）作为侍从一同出游。

由于头脑充满了骑士的奇遇，竟把风车当作巨人，把旅店当作城堡，把羊群当作敌人，把理发师的铜盆当作魔法师的头盔，把苦役犯当作受迫害的骑士，把赶路的贵妇人当作落难的公主，不分青红皂白地乱砍乱杀，结果闹出无数荒唐可笑的蠢事。但他仍然执迷不悟，直至几乎丧命，才被人救护回家。堂吉诃德的邻居参孙·加尔拉斯果（Sanson Carrasco）学士为了治疗他的疯病，故意怂恿他再次外出，然后自己扮成骑士准备打败他，迫使他放弃荒唐的念头回家养病。不料，交手后参孙被堂吉诃德打败。参孙于3个月后重新找他决斗，这一次疯子骑士被打败。根据事前商定的条件，堂吉诃德在一年内不许摸剑，不许外出，只可在家休养。堂吉诃德回家后便卧病不起，临终时才恍然大悟，痛斥骑士小说，并嘱咐外甥女不要嫁骑士，否则将得不到遗产。

小说《唐吉诃德》原本是打算对当时流行的骑士小说进行反讽，由于骑士小说自文坛消失，《唐吉诃德》也逐渐被后世读者所淡忘。由于美国百老汇歌舞剧《梦幻骑士》（*Man of Mancha*）的成功改编，重新塑造了堂吉诃德"逐梦者"这一新形象。他由不自量力、脱离现实、自以为是一代大侠的人物，转变成坚持自己的理想、敢挑战社会不合理现象、不顾人嘲笑仍坚持一己信念的人物。现在，"堂吉诃德"（Don Quixote）被人们用来喻指疯狂而又侠义的人、不顾众人嘲笑而坚持信念的人。

354. 天大亮

[**词语**] burning daylight
[**含义**] 天大亮
[**趣释**]〔美国小说〕典出美国作家杰克·伦敦（Jack London）的同名小说《天大亮》（*Burning Daylight*）。杰克·伦敦生于1876年，卒于1916年，是美国20世纪现实主义作家，出身于旧金山（San Francisco）的一个破产农民家庭。他发表和出版了许多小说，讲述美国下层人民的生活故事，揭露资本主义社会的罪恶。"天大亮"是小说主人公爱兰·哈纳（Elam Harnish）的绰号。他30岁时开始在美国阿拉斯加淘金。他的精力超人，早晨醒得最早，老是催促伙伴起身，说："天大亮了！"于是"天大亮"便成了他的绰号。他不仅体格健壮，而且坚忍、豪爽、乐观、敢于冒险。他可以做最艰苦的工作，懂得在北极里的生活法则，在别人只看到土的地方看到金子。因此他在遥远的地方发了大财。后来，他来到纽约，进入美国金融家的世界，和金融资本开展斗争。最后，他爱上个漂亮的姑娘，放弃巨额财富与她结婚，到山中农场过隐居生活。"天大亮"（burning daylight）成了催促伙伴的人的绰号。

355. 天道的车轮已经循环过来

[词语] The wheel has come full circle.

[含义] 报应已经来到；转了一圈又回到原处

[趣释]〔英国剧作〕典出英国剧作家威廉·莎士比亚（William Shakespeare）的剧作《李尔王》（*King Lear*）①。《李尔王》讲述不列颠王李尔（Lear）将国土分给花言巧语的两个大女儿，而将秉性耿直的小女儿考狄利娅（Cordelia）远嫁法国，最终遭到两个女儿百般虐待，疯癫而流落荒野的故事。该剧第五幕第三场，在多佛（Dover）附近的英军营地里，阴谋家爱德蒙（Edmund）看到自己的阴谋已经败露，并且认出打败自己的还是自己想方设法要暗害的哥哥爱德迦（Edgar）。爱德迦说道："让我们互相宽恕吧。在血统上我并不比你低微，爱德蒙；要是我的出身比你更高贵，你尤其不该那样害我。我的名字是爱德迦，你父亲的儿子。公正的天神使我们的风流罪过成为惩罚我们的工具；在黑暗淫邪的地方生下了你，结果使他丧失了他的眼睛。"爱德蒙回答说："你说得不错，天道的车轮已经循环过来了。"（Th'hast spoken right: 'tis true./The wheel is come full circle: I am here.）"天道的车轮已经循环过来"（The wheel has come full of circle.）现在喻指报应已经来到、转了一圈又回到原处。

注：这个成语原为"The wheel is come full circle"，意为"报应已经来到"。现代英语为"The wheel has come full circle"，意为"形势经过激烈变动后又恢复原状，转了一圈又回到原处"。

---

① 参阅199. 考狄利娅的礼物。

356. 天地之间有许多事情是你们的哲学里所没有梦到的

[词语] There are more things in heaven and earth, Horatio, than are dreamt of in your philosophy.

[含义] 有许多事情是意想不到的；天地之间有许多事情，是你的睿智无法想象的

[趣释]〔英国剧作〕典出英国剧作家威廉·莎士比亚（William Shakespeare）的剧作《哈姆雷特》（*Hamlet*）①。该剧是莎士比亚的四大悲剧之一，也是他的经典代表作。主要讲述丹麦王子哈姆雷特为父报仇的故事，剧中充满了血腥、暴力和死亡。该剧第一幕第五场，在露台的另一部分，老国王的鬼魂（The Ghost）向王子哈姆雷特讲述了自己被害的经过，并要求王子为自己报仇。哈姆雷特要求好友霍拉旭（Horatio）、军官马西勒斯（Marcellus）发誓对此事保密，他对霍拉旭说："那么你还是用见怪不怪的态度对待它吧。霍拉旭，天地之间有许多事情，是你们的哲学里所没有梦想到的呢。"（And therefore as a stranger give it welcome, /There are more things in heaven and earth, Horatio, /Than are dreamt of in your philosophy.）现在，"天地之间有许多事情是你们的哲学里所没有梦到的"（There are more things in heaven and earth, Horatio, than are dreamt of in your philosophy.）被用来喻指有很多事是意想不到的、天地之间有许多事情是你的睿智无法想象的。俄国作家屠格涅夫（Turgenev）在其作品《烟》中写道："凭我的外表，以我的社会地位，这确实不可相信，但是您知道——莎士比亚也曾说过：'霍拉旭，天地之间有许多事

情……'如此等等,世事变化无常。"

---

① 参阅150. 哈姆雷特。

357. 天鹅和家鹅

[**词语**] the swan and the goose

[**含义**] 音乐能使生命延长

[**趣释**] 〔古希腊寓言〕典出《伊索寓言》(*Aesop's Fables*)①中的《天鹅与家鹅》。寓言说,有个富翁从集市买来一只家鹅和一只天鹅。他养家鹅,要做菜享用;他养天鹅,要听它歌唱。到了杀鹅做菜的时候,厨子在黑夜里去捉拿,他分不清家鹅和天鹅。结果捉错了,把天鹅当作了家鹅。天鹅惊怕得很,大声鸣唱起来。就这样,它用自己的声音,表明了自己的身份,用它优美的声调,保全了自己的生命。"天鹅与家鹅"(the swan and the goose)的寓意是:音乐能延长生命。

---

① 参阅150. 驴子和狼。

358. 天方夜谭

[**词语**] Arabian nights

[**含义**] 荒诞奇怪的事;不可思议的事;不足信的事

[**趣释**] 〔阿拉伯民间故事〕典出阿拉伯民间故事集《天方夜谭》,又名《一千零一夜》(*The Thousand and One Nights*)。这部书荟萃了阿拉伯世界民间故事的精华,是规模最大的阿拉伯民间故事集。它包括寓言、童话以及冒险、爱情、名人轶事等各

类故事。因其想象丰富、描写生动、故事曲折而风靡世界。传说，萨里亚苏丹王整整40天不能入眠，变得神志不清而不相信任何人。但是为了保住王位，他必须挑选一名后宫女子成婚，于是他决定先结婚而后在新婚的第二天凌晨就将自己的皇后处死。聪慧的山鲁佐德（Scheherazade）毅然嫁给他。在新婚的夜里，皇后竭尽全力用神奇的《阿里巴巴与四十大盗》（*Ali Baba and Forty Thieves*）的故事保住了自己的性命。此后每晚她都用引人入胜的传奇故事，例如《阿拉丁神灯》（*Aladdin's lamp*）①等，不仅让苏丹王手下留情，也让他在故事中得到智慧与鼓舞。山鲁佐德皇后以纯真的爱和热忱的心挽救了苏丹王，使他从此过上了幸福的生活。后来，皇后在一千零一夜所讲故事被辑成故事集，旧译《天方夜谭》。"天方"，是我国古代对阿拉伯人所建国家的称呼。由于《天方夜谭》里多为离奇怪诞的故事，现在"天方夜谭"（Arabian night）常被用来喻指荒诞奇怪的事、不可思议的故事或不足信的事。

---

①参阅6.阿拉丁的神灯。

359. 天国上的馅饼

[**词语**] pie in the sky

[**含义**] 不可能实现的事；天上的盛宴；渺茫的幸福；空头支票；来世的福分

[**趣释**]〔美国诗歌〕典出美国流行歌曲作曲家乔·希尔（Joe Hill）所作的一首名曲《传教士与奴隶》（*The Preacher and the Slave*）。乔·希尔1879年生于瑞典，原名约瑟夫·希尔斯托姆（Joseph Hillstorm），是瑞士一美国劳工活动家、作

曲家。他因为是移民工人面临失业或就业不足而成为一个流行歌曲作家和漫画家工会成员。1914年在美国盐湖城（Salt Lake City）被指控谋杀而被捕，1915年被执行枪决。他写了很多流行歌曲，如《这个流浪汉》（*The Tramp*）、《工会有力量》（*There is Power in a Union*）、《反对派姑娘》（*The Rebel Girl*）等。其中最著名的是《传教士与奴隶》。歌词中写道："You will eat, bye and bye, /In the glorious land above the sky! /Work and pray, live and hay. /You will get pie in the sky when you die!"（传教士夜夜来布道，/告诉你啥好啥不好。/你若问为何饿肚皮，/他就好声地回答你：/天堂里有的是面包，/到时你就会吃得到；先干活祝祷睡稻草，/死去时天堂里有甜面包。）这几句词是希尔从美国救世军军歌中引用过来的，意在讽刺这个宗教组织，揭露其欺骗性和虚伪性，以唤醒广大被压迫的奴隶。现在，还有美国歌手演唱这首歌曲，意在讽刺那些宗教人士要求劳苦民众接受现世命运的安排，而把希望寄托在来世。人们也用"天国上的馅饼"（pie in the sky）来比喻渺茫的希望、不能实现的允诺、空头支票。

[运用] What you say is only pie in the sky. 你所说的实在渺茫得很。

Political promises are often pie in the sky. 政治诺言通常是空头支票。

His plans for coverting his house into an antique shop are just pie in the sky. 他想把自己的房子改造成一个古玩店的计划只不过是空中楼阁而已。

To buy a new house is a pie in the sky for me. 买座新房子对我来说是可望不可即的事。

360. 天生习惯于

[词语] to the manner born

[含义] 从小习惯于；生来就适合；信心十足地

[趣释]〔英国剧作〕典出英国剧作家威廉·莎士比亚（William Shakespeare）的剧作《哈姆雷特》（*Hamlet*）①。该剧讲述，丹麦王子哈姆雷特得知父王被叔叔克劳狄斯（Claudius）谋害篡权的真相之后，他每天都生活在复仇的痛苦之中。为了不让叔叔的密探发现他内心的秘密，他装疯卖傻，行事小心谨慎。最后，他设计复仇，以自己的牺牲去毁灭丑陋、成就国家，成了一个与恶劣世俗同归于尽的悲剧英雄。该剧第一幕第四场，在夜晚露台上，王子哈姆雷特和好友霍拉旭（Horatio）、马西勒斯（Marcellus）在等12点过后与老国王的鬼魂（The Ghost）会面。宫里克劳狄斯当晚在宴请群臣，他每喝一杯葡萄美酒，铜鼓和喇叭便吹打起来，欢呼万寿。霍拉旭问："这是向来的风俗吗？"哈姆雷特说："嗯，是的。可是我虽然从小就熟悉这种风俗，我却以为把它破坏了倒比遵守它还要体面些。（...But to my mind, though I am native here, /And to the manner born, it is a custom, /More honour'd in the breach than the observance.）这一种酗酒纵乐的风俗，使我们在东西各国受到许多非议……""天生习惯于"（to the manner born）现在用来喻指从小就习惯于、生来就适合、信心十足地。

[运用] He drove the car as to the manner born. 他驾驶这辆车，好像生来就会开车似的。

The young man gave orders to the soldiers as if to the manner born. 这个年轻人向士兵发布命令，好像他从小就习惯于这样发号施令似的。

She isn't a practised public speaker, but she faced her audience as if to the manner born. 她虽然没有演讲经验，但她似乎生来就不怯场。

注：成语to the manner born常与as或as if连用。

---

①参阅150.哈姆雷特。

361. 天塌下来我们正好抓云雀

[词语] If the sky falls we shall catch the larks.

[含义] 对耸人听闻的不可靠消息嗤之以鼻；何必杞人忧天

[趣释] 〔法国小说〕If the sky falls we shall catch larks, 仿自法语Si les nues comboient esperoyt prendre les alouettes。典出法国作家弗朗索瓦·拉伯雷（Francois Rabelais）的小说《巨人传》（*Giants*）①。拉伯雷是文艺复兴时期法国最杰出的作家之一。他生于1494年，卒于1553年，出身律师家庭，早年在修道院接受教育，后来以行医为业，16世纪30年代转向文学创作，通晓医学、天文、地理、数学、哲学、神学、音乐、植物、建筑、法律、教育多种学科，精通希腊文、拉丁文、希伯来文等多种文字。他在书摊上见到一本民间故事集受到启发，开始撰写著名讽刺小说《巨人传》，全名*Pantagruel and Gargantua*，到1564年全部出版，历时20年。《巨人传》共5部，主要讲述巨人卡冈都亚和庞大固埃的活动史。在《巨人传》第一部第十一章中说，"如果天塌

拉伯雷

下来，我们正好捉云雀。"（If the sky falls we shall catch the larks.）现在已是家喻户晓的谚语，用来表示对来源不确切可靠、耸人听闻的消息嗤之以鼻，有"何必杞人忧天"的意思。

---

①参阅20.巴汝日的绵羊。

362. 天文学家

[词语] the astronomer

[含义] 夸夸其谈的人

[趣释]〔古希腊寓言〕典出《伊索寓言》（*Aesop's Fables*）①中的《天文学家》。寓言说，有位天文学家，每天晚上照例都要到野外去观察星象。有一天，他来到城外聚精会神地观察星空，不留神掉进一口井里，他大声呼叫起来。附近有人听到叫声，赶过来问明情况之后说："朋友，你用心观察天上的东西，却没有看地上的事情。"《天文学家》这个寓言意思是说，人首先要做好地上普通的事，才谈得上天上高深的事。"天文学家"（the astronomer）便有了"夸夸其谈的人"之意。

---

①参阅233.驴子和狼。

363. 跳舞的猴子

[词语] the dancing monkeys

[含义] 原形毕露

[趣释]〔古希腊寓言〕典出《伊索寓言》（*Aesop's Fables*）①中的《跳舞的猴子》。寓言说，有个王子养了几只会跳

舞的猴子。猴子天生善于模仿人的动作，是最聪明伶俐的学生。当它们穿上华丽的衣服，戴上假面具跳起舞来时，简直像朝中的大臣。猴子们的表演，博得不少称赞。后来，有个大臣存心作弄，他从口袋里掏出一把猴子最爱吃的硬壳果子往台上抛去。那些猴子一见硬壳果子，便忘掉跳舞，拉下面具，扯破服装，丑态毕露，显出原形，甚至为了抢果子而打起架来。"跳舞的猴子"（the dancing monkeys）告诉我们：在现实的生活中也有一些人就是那跳舞的猴子，他们平时善于伪装，表现得人模狗样。可是，一到了与他们的切身利益有关的时候，他们就会卸去华丽的外表，扯掉假面具，使丑陋的嘴脸原形毕露。

①参阅233. 驴子和狼。

364. 通向地狱的道路是用善良的愿望铺成的

[**词语**] Hell is paved with good intentions.

[**含义**] 仅有善良的愿望无济于事，有时还会导致失败和死亡；好愿望不一定有好的结果

[**趣释**] 〔英国诗歌〕典出英国诗人、作家塞缪尔·约翰逊（Samuel Johnson）①的名言。塞缪尔·约翰逊生于1709年，卒于1784年，他是英国文学史上重要的诗人、传记作家和批评家。1755年，他编纂的《英语词典》（*The Dictionary of English Language*）是当时最详尽的辞书，用文学名著中的著名引语解释词义，卓越非凡，使他成为对英语语具有深远影响的人物之一。他是当时文坛的一代盟主，对文学、小说、诗歌、散文作品进行评论。即使片言只语，也被众口宣传。他对莎士比亚的贡献在于他出版了经他校订的《莎士比亚全集》，不仅为莎剧做了批注，

还写了序言。与其他人相比，约翰逊是更为宽容的新古典主义者。塞缪尔·约翰逊一生著述甚丰，代表作有《沙维奇的生活》（*The Life of Richard Savage*）、《诗人列传》（*Live of the Most Eminent English Poets*）等，但最有影响的是他的《英语词典》。在长达150年的时间里，它一直是最权威的词典，直到20世纪初，才被《牛津英语词典》所取代。约翰逊的名言："Hell is paved with good intentions."（通向地狱的道路是用善良的愿望铺成的）与英国牧师诗人乔治·赫伯特（George Herbert）的一句诗句吻合。赫伯特（1593—1633年），威尔士诗人、演说家和牧师。他出身于富有的艺术之家，接受过良好的教育，在剑桥大学和议会都担任过高级职务。他的160多首诗歌收集在名为《教堂》（*The Temple*）的诗集中。其中一首含有这样的诗句："地狱充满善良的意思和愿望。"（Hell is full of good meanings and wishes.）"通向地狱的道路是用善良的愿望铺成的"（The road to hell is paved with good intentions.）告诉我们：好愿望未必会有好结果，仅有善良的愿望无济于事，有时还会导致失败和死亡。

---

① 参阅63.从中国到秘鲁。

365. 同魔鬼一块吃饭就得有一把长柄勺子

[**词语**] He needs a long spoon who sups with the devil.
[**含义**] 同坏人打交道就得有特殊本领
[**趣释**]〔英国小说〕典出英国作家、诗人杰弗雷·乔叟（Geoffrey Chaucer）的《坎特伯雷故事集》（*The Canterbury Tales*）①中。乔叟有"英国诗歌之父"的美誉，他在英国的文学

史和语言史上都有重要地位。《坎特伯雷故事集》是乔叟的代表作之一，由22个（有2个未完成）个故事构成。讲这些故事的人是从伦敦到坎特伯雷（Canterbury）朝圣的香客，他们有男有女，来自不同的阶层，从事不同的职业。在侍从讲的故事中说："我听说过这样一句话，同魔鬼一起吃饭，就得预备一把柄很长的汤匙。"言下之意和坏人打交道，就得有一手。实际上，这是一句古老的谚语，字眼也有些许差异：如He must/should have a long spoon that sups with the devil. 又如He that sups with the devil, must have a long spoon. 但它们都表达相同的意思。英国剧作家莎士比亚（Shakespeare）在其剧作《错误的喜剧》（*The Comedy of Errors*）②中也用了这条谚语。该剧第四幕第三场，在广场上，仆人大德洛米奥（Dromio of Ephesus）对大安提福勒斯（Antipholus of Ephesus）说："谁都知道和魔鬼一桌吃饭非得使长柄勺子才行。"（...he must have a long spoon that must eat with the devil.）现在，"同魔鬼一块吃饭就得有一把长柄勺子"（He needs a long spoon who sups with the devil）喻指同坏人打交道就得有特殊的本领。

---

①参阅14.爱是盲目的。　　②参阅25.把手指放在眼里。

366. 透过帽子讲话

[**词语**] to talk through one's hat

[**含义**] 胡说八道；瞎扯；吹牛；信口开河

[**趣释**]〔美国散文〕典出20世纪80年代美国纽约的《世界报》（*The World*）。1888年美国总统大选，共和党候选人本杰明·哈里森（Benjamin Harrison）获胜。纽约《世界报》在大选

中反对哈里森,该报刊登了一幅胜选总统候选人哈里森的漫画:他戴着一顶海狸皮的高帽子,漫画里把海狸皮帽画得极大,把脸的大部分都遮住了。总统在这种情况下透过帽子讲话,不管说什么别人也听不出多少名堂,因而有胡说一通、瞎扯的意思。该报还登载过一位不知名记者写的一篇报道,有关纽约和芝加哥有轨电车公司对司机的着装要求。纽约市的司机上班必穿白衬衫,而芝加哥的司机则可以按他们的意愿穿其他颜色的衬衫。有位纽约司机不赞成该公司司机穿白衬衫的要求,他告诉记者说:"公司负责人是在透过帽子讲话。"记者看来听懂了司机的意思,认为没有必要对读者解释这个词。"透过帽子讲话"这条俚语就这样被广大群众所接受了。现在,"透过帽子讲话"(to talk through one's hat)喻指胡说八道、信口开河、瞎扯、吹牛。

[运用] You are talking through your hat. 你是在胡说八道。

Who but a fool like him would talk through his hat. 除了像他那样的蠢人谁会如此胡扯。

He must be talking through his hat! I don't believe a word of what he has said. 他一定在胡说八道!他的每一句话,我都不相信。

Come on! Don't talk through your hat any more! Don't mislead our young person. 拜托,别再信口开河了!不要再误导我们青年人。

367. 秃头武士

[词语] the bald knight

[含义] 为自己打圆场;不是你的东西想留也留不住

[趣释] 〔古希腊寓言〕典出《伊索寓言》(*Aesop's*

Fables)①中的《秃头武士》。寓言说,有个秃头的武士,头戴假发,骑着马一路飞奔去打猎。突然一阵风把他的假发吹跑了,他的同伴都情不自禁地大笑起来。秃头武士勒住马,自嘲式地打趣说:"这些头发本来不是我的,应该从我的头上飞走,这有什么奇怪呢?这些头发不也是早已飞离开了那生长它的原主人了吗?"后来,人们就用"秃头武士"(the bald knight)来喻指为自己打圆场,或说明不是你的东西想留也留不住,是你的东西永远跑不掉的意思。

---

①参阅233.驴子和狼。

368.秃头和苍蝇

[词语] the bald man and the fly

[含义] 不要嘲笑那些留给敌人以致命打击而受小损失的人;注意卑鄙的敌人,只会伤害自己

[趣释] 〔古罗马寓言〕典出古罗马寓言作家费德鲁斯(Phaedrus)的寓言①《秃头和苍蝇》。寓言说,有只苍蝇老围着一个人的秃头转。这个人用手一拍,苍蝇便嘲笑这个秃头人,并继续捉弄他,使他更加生气。最后,这个人非常气愤地说:"你这小丑,为什么嘲笑我?仅仅是因为我为了抓你而打自己吗?你想一想,即使我在自己上头拍十次,对我来说一点也没什么;但是,我只要一次打中你,你就会当场死去。"这个寓言是说,人们用不着嘲笑那种为了给他的敌人以致命打击,而自己受到小小损害的人。《伊索寓言》(*Aesop's Fables*)中也有一则类似的寓言。"秃头和苍蝇"(the bald man and the fly)告诉我们:不要嘲笑那些留给敌人以致命打击而受小损失的人;注意卑鄙的敌

人,只会伤了自己。

---

①参阅306.伤害之外又加侮辱。

369.兔子和猎狗

[词语] the hare and the hound

[含义] 目的不同,动力各异;求生本能,蕴藏着巨大力量

[趣释] 〔古希腊寓言〕典出《伊索寓言》(*Aesop's Fables*)①中的《兔子和猎狗》。寓言说,一条猎狗将兔子赶出了窝,一直追赶他好久,仍未捕到。一个牧羊人见此情景停了下来,讥笑猎狗说:"你们俩跑起来,小的反而跑得快得多。"猎狗回答说:"你不知道我们俩跑的目的是完全不同的啊,我只为一餐饭而跑,而他的跑却是为了保住他的命!""兔子和猎狗"(the hare and the hound)说明,目的不同,动力各异;无论是人还是动物,求生的本能都蕴藏着巨大的力量。

---

①参阅234.驴子和狼。

370.推石头滚动

[词语] to set a stone rolling

[含义] 可能引起严重的后果;招来危险

[趣释] 〔英国剧作〕典出英国剧作家威廉·莎士比亚(William Shakespeare)的剧作《亨利八世》(*King Henry VIII*)①。亨利八世是英国都铎王朝(House of Tudor)的第二个国王。他在位的38年是英格兰发生重大变化时期,其中最重要的是16世纪

的宗教改革。这次改革的核心问题是权力从罗马教皇向英国国王转移。这次改革从确立亨利八世与安妮·波琳（Anne Bullen）的婚姻合法开始，到国王对教会绝对统治而宣告结束。该剧第五幕第三场，在枢密会议室（The Council Chamber）里，会议做出决定，将神圣罗马皇帝理查五世的大使克兰默（Thomas Crammer）作为犯人押送到伦敦塔监狱。在克兰默即将被押走的时候，他突然拿出一枚国王亲授的戒指，这枚戒指可以保护他不受暴徒支配而必须由国王亲自处理。这时，萨福克公爵（Duke of Suffolk）说："老天在上，这是真戒指。这件事好比一块危险的大石头，我们一开始推它的时候，我就和你们大家说，会砸到我们自己身上的。"（'T is the...all,/When we first put this dangerous stone rolling,/'T would fall upon ourselves.）"推动石头滚动"（to set a stone rolling）后来被人们用来喻指可能引起严重的后果、招徕危险。此成语也常作to put a stone rolling，意思和用法完全一样。

[运用] Her improvident speech at the meeting has set a stone rolling. 她在会上的发言缺乏远见，已经产生严重的后果。

---

①参阅445. 与来宾跳舞。

371. 脱节

[词语] out of joint

[含义] 乱了套；杂乱无章

[趣释]〔英国剧作〕典出英国剧作家威廉·莎士比亚（William Shakespeare）的剧作《哈姆雷特》（*Hamlet*）①。joint意为关节或连接处。out of joint即（关节）脱节或（连

接）出故障、出毛病，引申为混乱、杂乱无章、不合适。《哈姆雷特》是莎士比亚的四大悲剧之一。悲剧的主人公哈姆雷特是欧洲文艺复兴时期人文主义（humanism）知识分子的典型艺术形象。他是丹麦王子，在父王遇害前，他正在德国的威登堡（Wittenberg）大学接受人文主义教育。尽管他披着王子的外衣，从一开始他就是一个人文主义者的形象。从他身上我们可以看到挣脱了中世纪思想牢笼的一代知识分子所怀有的美好理想、所焕发的勃勃朝气、所显现的聪明才智。他对爱情、对友谊、对人性都有一套人文主义观点，他向往美好的爱情和友谊。他和霍拉旭（Horatio）的真诚相处，对奥菲利娅（Ophelia）的赤诚之爱，对人的怜悯之情，都体现了他反对封建等级、要求自由平等的愿望。在该剧第一幕第五场，哈姆雷特在好友霍拉旭和马西勒斯（Marcellus）的陪同下，与父王的鬼魂见面，了解了父亲遇害的真相，并在鬼魂的面前宣誓保守秘密。最后哈姆雷特说："安息吧，安息吧，难受的灵魂！好，朋友们，我以满怀的热情、信赖着你们两位；要是在哈姆雷特的微弱的能力以内，能够有可以向你们表示友谊之处，上帝在上，我一定不会有负你们。让我们一同进去，请你们记着无论在什么时候都要守口如瓶。这是一个颠倒混乱的时代。唉，倒霉的我却要担负起重整乾坤的责任！来，我们一块儿来吧。"（The time is out of joint：—O cursed spite,/That ever I was born to set it right!/Nay, come; Let's go together.）"脱节"（out of joint）用来形容乱了套、杂乱无章。

[运用] He fell and put his knee out of joint. 他摔了一跤，膝盖脱了臼。

It's likely to throw the computer program out of joint by typing in nonsense. 打进一些乱七八糟的东西会把计算机的程序弄乱的。

The political situation is that country in out of joint.那个国家的政局动荡。

Such behavior seems wholly out of joint with their fine upbringing.这样的行为似乎同他们的良好教养完全不协调。

---

①参阅160.哈姆雷特。

372. 托诺-邦盖

［词语］Tono-Bungay

［含义］使人大发横财的货色

［趣释］〔英国小说〕典出英国科幻小说家赫伯特·乔治·威尔斯（Herbert George Wells）的一部小说。威尔斯生于1866年，卒于1942年，一生创作了100多部作品，内容涉及科学、文学、历史、社会、政治等各个领域，是现代多产的作家之一。他还是一位社会改革家和预言家，会晤过美国总统罗斯福（Franklin Delano Roosevelt）和苏联领袖斯大林（Joseph V.Stalin）。写了大量关注现实、思考未来的作品，如《托诺-邦盖》《世界史纲》（*The Outline of History*）等。在《托诺-邦盖》这部小说中，药店商人爱德华·潘德拉弗（Edward Ponderevo）发明了一种补药，命名为"托诺-邦盖"（Tono-Bungay），并取得了专利，大发横财。这个店员出身、衣着褴褛的小人物爬上了财阀宝座的秘诀是：到处兜售、钻营和吹嘘，目的就是要骗取钱财。他收买了一份报纸，在上面刊登异想天开的词句，和同业竞争。结果，在金融集团的内部倾轧中，他遭到劲敌而最终破产。最后，他在逃避通缉中死去。后来，人们用给爱德华·潘德拉弗带来巨额财富的补药"托诺-邦盖"（Tono Bungay）来喻指使人大发横财的货色。

373. 玩偶之家

[词语] doll's house

[含义] 生活优越,但缺乏独立人格的家庭;玩具屋;小住宅

[趣释] 〔挪威剧作〕典出挪威剧作家易卜生的同名剧作《玩偶之家》(*A Doll's House*)。亨利克·约翰·易卜生(Henrik Johan Ibsen)[①]是一位影响深远的挪威剧作家,被认为是现代现实主义戏剧的创始人。易卜生生于1828年,卒于1906年。1851年,易卜生担任编剧和舞台主任,开始了戏剧的创作生涯。从1850年第一部作品《凯蒂班》(*Catiline*),到1899年最后一部《当我们死人醒来的时候》(*When We Dead Awaken*),他总共创作的剧作有27部,因之被称为挪威的"戏剧之父"。话剧《玩偶之家》创作于1879年,剧中女主人公娜拉(Nora)出身于中等家庭,从小娇生惯养,是父亲的玩偶;出嫁后又养尊处优,是丈夫的玩偶,没有独立人格。有一次,丈夫海尔茂(Torvald Helmer)生病,娜拉为了救丈夫而伪造父亲签字

易卜生

向人借债。海尔茂知道后不但不知恩，反而怒斥娜拉败坏了他的名声，当面骂她"坏东西""罪犯""下贱女人"，说她毁了自己的前程。当知情者柯洛克斯泰（Krogstad）在娜拉的好友林丹太太（Mrs. Linde）劝说下，退回字据时，海尔茂快活地叫道："娜拉，我没事了，我饶恕你。"但娜拉却不饶恕他，因为她已经看清，丈夫关心的只是自己的地位和名声，所谓"爱""关心"，只是拿她当玩偶。丈夫的卑鄙自私的内心和夫妻之间的不平等，使娜拉决定愤然离开那个玩偶之家。后来，"玩偶之家"（doll's house）被人们用来喻指生活优越但缺乏独立人格的家庭，也指小住宅或玩具屋。

［运用］The heroines in *A Doll's House* by Henrik Ibsen and *Regret for the Past* by Luxun are both objectified by their respective enviroment, but they resort to different means of discourse. 易卜生的《玩偶之家》和鲁迅的《伤逝》中的女主人公都被各自的环境所物化，但他们采用不同的方式来表达自己。

How do they all cram that doll's house? 那小小的房子怎么能让他们全都挤下呢？

Martha assembled her latest doll's house very quickly. 玛莎很快地组装好了她最新的一房玩具屋。

---

①参阅12. 爱情的三角。

374. 玩那一套，我比你高明

［词语］to know a trick worth two of that
［含义］知道更高明的手段（作为对策）；别玩那一套

[**趣释**] 〔英国剧作〕典出威廉·莎士比亚(William Shakespeare)的剧作《亨利四世》(*King Henry IV*)上篇①。该剧是莎士比亚历史剧的代表作,分上、下两篇,主要反映亨利四世和他的王子们与反叛的贵族进行殊死斗争的过程。该剧上篇第二幕第一场,在洛彻斯特(Rochester)一个旅店的院内,清晨脚夫甲和脚夫乙在院子里检查马匹,做起程的准备。歹人盖兹希尔(Gadshill)向脚夫甲借灯笼。"谢谢你,把你的灯笼借给我用一下,让我到马棚里去瞧瞧我的马。"(I prey thee lend me thy lantern, to see my gelding in the stable.)脚夫甲回答说:"不,且慢;老实说吧,我比你高明玩那一套。"(Nay, by God, soft; I knew a trick worth two of that, I'faith.)19世纪英国作家萨克雷(W.M.Thackeray)也在他的小说《纽卡姆一家》(*The Newcomes*)中用了这个俚语。他写道:"孩子,最好上床睡吧,嗬嗬!""不,不,你用不着跟我玩那一套,不到明天,不到天大亮我们不回家。"("Best be off to bed, my boy—ho, ho!" "No, no. We know a trick worth two of that. We won't go home till morning, till day light does appear!")成语"玩那一套,我比你高明"(to know a trick worth two of that)被用来喻指知道更高明的手段(作为对策)、别玩那一套。

[**运用**] What you suggest is very good, But listen to me, I know a trick worth two of that.你的建议很好,可是听我说,我有更好的办法。

"Let's have a talk, shall we?" "No, I know a trick worth two of that." "我们谈谈,好吗?" "不好,别跟我玩那一套!"

---

①参阅310.圣尼古拉的圣徒。

375. 纨绔子弟

[词语] curled darlings

[含义] 纨绔子弟；花花公子

[趣释]〔英国剧作〕典出英国剧作家威廉·莎士比亚（William Shakespeare）的剧作《奥赛罗》（*Othello*）①。该剧是莎士比亚四大悲剧之一。奥赛罗（Othello）是一位黑人将领，骁勇善战，心地单纯。但他心胸狭隘，轻信又过于嫉妒，因而受小人的愚弄，铸成无法追悔的大错。他的妻子苔丝狄蒙娜（Desdemona）敢于冲破一切阻挠去爱自己所爱的人，表现出新人的精神风貌，但她缺乏生活经历，过于温厚善良，未能识破恶人所设的陷阱，也不善于体察奥赛罗的情绪变化，一味说情，加深了误解，招致杀身之祸。她至死还爱着丈夫，体现了莎士比亚的爱情理想。奥赛罗的旗官伊阿古（Iago）是个极端以自我为中心的小人，他怀疑和仇视一切真善美的东西，是邪恶的化身，他在毁灭他人的同时，也在毁灭自己。《奥赛罗》是莎士比亚悲剧中结构最完美的一部，语言优美动人，情节极富戏剧性，是世界各国经常搬演的剧目。该剧第一幕第二场，在威尼斯（Venice）街道上，威尼斯公国的元老、苔丝狄蒙娜的老父亲勃拉班修（Brabantio）带着威尼斯绅士罗德利哥（Roderigo）以及吏役，手持火炬武器拦住奥赛罗，骂道："啊，你这恶贼！你把我的女儿藏到什么地方去了？你不想想自己是什么东西，胆敢用妖法蛊惑她；我们只要凭着情理判断，像她这样一个年轻貌美、娇生的姑娘，就是反对结婚，多少我们国里有财有势的俊男秀子她都看不上眼……"（Whether a maid so tender, fair, and happy,/So opposite to marriage that she shunn'd/The wealthy curled darlings of our nation...）"卷发宠儿"，或"卷发的

心肝宝贝"(curled darlings)现被用来喻指出身富贵人家穿着华美的纨绔子弟、花花公子。

①参阅123.感动得要哭。

376.忘乎所以的补锅匠

[**词语**] Christopher Sly
[**含义**] 忘乎所以的人
[**趣释**]〔英国剧作〕典出英国剧作家威廉·莎士比亚(William Shakespeare)①的剧作《驯悍记》(*Taming of the Shrew*)。该剧是莎翁最著名的喜剧,探索两性关系、爱情与金钱的价值等主题。在热闹的情节背后带有浓厚的文艺复兴时期关怀人的命运以及人与人之间关系的色彩。克里斯托弗·史赖(Christopher Sly)是剧中一个走江湖的补锅匠,在一次酒醉之后被一个贵族所戏弄。史赖被那个贵族抬回家之后,放在一个香气扑鼻的房间里,里面富丽堂皇,还放着美妙动听的音乐。史赖醒来时,立刻有几个仆人捧着银盒、手巾侍候他,还有人向他报告猎犬和马匹的情况。起初,史赖感到莫名其妙,说自己不是老爷而是补锅匠。但仆人硬说他真的是老爷。一个小童化装成他的太太说,他病了15年,现在才恢复神智,全家都非常高兴。这时,史赖连自己也搞糊涂了,竟相信自己的确是老爷而不是什么补锅匠。于是,史赖摆起阔气,还让所谓的"太太"坐在身边陪自己看戏。后来,人们用忘乎所以的补锅匠"克里斯弗·史赖"(Christopher Sly)喻指现实生活中那些被情势弄得晕头转向而忘乎所以的人。

①参阅450.在地狱里牵猴子。

377. 为驴的影子争吵

[词语] to wrangle for an ass's shadow
the ass's shadow

[含义] 无谓的争执；为无意义的小事争吵

[趣释]〔古希腊寓言〕典出《伊索寓言》(*Aesop's Fables*)①中的《驴和他的影子》(*The Ass And His Shadow*)。寓言说，一个旅客雇了一头驴，骑着它到远处去。那天天气很热，赤日炎炎。他停下来休息，躲避在驴子的影子下，求个阴凉，避免暴晒。驴子的影子仅够遮蔽一个人，于是旅客和驴子主人为阴凉激烈地争吵起来。驴子的主人坚持说他仅出租包驴子本身，不出租驴子的影子。那旅客说他雇的驴子包括驴子本身和影子。他们争论不休，以至互相打起来。当他们打架的时候，驴子乘机跑掉了。后来，"为驴的影子争吵"(to wrangle for an ass's shadow)常被用来说明人们往往为小事争吵不休，从而失去最重要东西的道理。古希腊雄辩家德莫斯梯尼（Demosthenes）曾经讲过这个寓言典故。

---

①参阅233.驴子和狼。

378. 维丹特·格林

[词语] verdant green

[含义] 嫩绿；浅绿；幼稚无经验的青年人

[趣释]〔英国小说〕典出英国作家卡思伯特·比德（Cuthbert M.Bede）的小说《维特丹·格林先生历险记》(*The Adventures of Mr.Verdant Green*)。卡思伯特·比德是笔名，作者

真名是爱德华·布雷德利（Edward Bradley），生于1827年，卒于1889年，是一位牧师。《维特丹·格林先生历险记》是一部讲述19世纪中叶牛津大学新生生活的小说。主人公维丹特·格林无论走到哪里，哪里就有恶作剧和欺骗的受害者。小说还对大学生活做了情趣横生、富有启迪作用的评论。这部小说主人公的名字"维丹特·格林"（Verdant Green）本义为"浅绿""嫩绿"，"格林"（green）意为绿色，还有未成熟的、没有经验的意味。后来，人们就用"嫩绿"（Verdant Green）来喻指幼稚无经验的年轻人。

[运用] The pond, mirroring mountains of verdant green, paints an exquisite landscape picture on its lucid surface. 湖面上，倒映着青翠的高山，衬托着明净的湖水，成了一幅水色山光的优美画面。

Conversely, in summer, colour is just about everywhere, from golden light to verdant green or floral backdrops. 反之在夏季，色彩到处都是，从金色的阳光到翠绿的植物的背景。

379. 维特和夏绿蒂

[词语] Werther and Charlotte
[含义] 热恋中的情人象征
[趣释]〔德国诗歌〕典出德国诗人歌德（Goethe）的小说《少年维特之烦恼》（*The Sorrows of Young Werther*）。歌德的全名是约翰·沃尔夫冈·冯·歌德（Johann Wolfgang von Goethe）。他生于1794年，卒于1832年，一生主要从事文学创作，研究自然科学，参与政治活动。他的代表作有诗剧

《浮士德》（*Faust*）[1]和中篇小说《少年维特之烦恼》。《少年维特之烦恼》讲述了维特因对爱情绝望而自杀的故事。在一次舞会上，少年维特（Werther）认识了公务员的女儿夏绿蒂（Charlotte），虽然他知道，她已和别人订婚，但他还是疯狂地爱上她，两人之间有着深深的灵魂亲和力，一起度过了许多美好时光。她的未婚夫阿尔贝特（Albert）出差回来后，维特感到自己与夏绿蒂的爱情无望，离开了那座城市以避开她。由于不能认同上层和贵族的生活，过了一段时间他又再次回到那座城市。这时，夏绿蒂已和阿尔贝特结婚了。圣诞夜之前，维特乘阿尔贝特不在时拜访了夏绿蒂，为她朗诵爱尔兰著名诗人莪相（Ossian）的作品，他们情不自禁，互相拥抱、亲吻。但夏绿蒂又很快挣脱了他，还发誓永远不再见他。维特彻底绝望了，他写了一封诀别信，并以要外出旅行为借口向阿尔贝特借了两支手枪。第二天早晨，人们发现维特身着标志性蓝黄衣服，已自杀身亡。德国戏剧家莱辛（Lessing）的著名悲剧《爱米丽雅迦洛蒂》翻开着，放在桌上。《少年维特之烦恼》是歌德早年时期的最重要的一部作品，德国"狂飙突进运动"（德语Stum und Drang），即文艺从古典主义向浪漫主义过渡的阶段的典型代表作品和最丰硕成果，它一出版就风靡整个欧洲大陆，掀起一股"维特热"，"维特式的狂恋"为不顾死活的疯狂恋情，"维特和夏绿蒂"（Werther and Charlotte）也成了热恋中的情人象征。

---

[1]参阅248. 矛盾的精灵。

380. 伪君子安哲鲁

[词语] Angelo

[含义] 伪君子

[**趣释**]〔英国剧作〕典出威廉·莎士比亚（William Shakespeare）的剧作《一报还一报》（*Measure for Measure*）①。剧中那位仁慈的文森特奥（Vincentio）公爵由于对公民的不道德行为过于宽恕，致使整座城市一派伤风败俗的景象。公爵决定改变这种状况，便暂且把政权移交给全权代理人安哲鲁（Angelo）。公爵委托他严厉处置那些道德败坏者，甚至可处以极刑。新摄政手下的第一个牺牲品是克劳第奥（Claudio），因为他与情人未结婚就生下了孩子。作为勾引者，他被判死刑。克劳第奥的姐姐，美貌善良的依莎贝拉（Isabella）向安哲鲁恳求赦免她的弟弟。起初，安哲鲁道貌岸然地说："判你弟弟死刑的是法律，不是我。即使他是我的亲戚、我的手足，甚至是我的儿子，我也是一样处理。明天，你的弟弟一定得死。"但是不久，少女的美貌燃起了他的欲火时，他忘掉了法律。他答应说，只要依莎贝拉同意能够满足他的情欲，他可以赦免她的弟弟。后来，人们用伪君子"安哲鲁"（Angelo）来喻指道貌岸然的伪君子。

---

①参阅24.把事情摆在光天化日之下。

381. 伟大的智慧不谋而合

[**词语**] Great minds think alike.

[**含义**] 英雄所见略同

[**趣释**]〔法国散文〕Great minds think alike从法语Les beaux esprits se rencontrent翻译而来。典出法国文学家伏尔泰（Voltaire）之口，多次出现在他的通信之中。伏尔泰的真名是弗朗索瓦·马利·阿鲁埃（Fran-cois-Marie Arouet），生于1694年，卒于1778年，伏尔泰是笔名，来自故乡一座城堡的

名字。伏尔泰是法国启蒙时代（18世纪初至1789年的法国大革命）的思想家、哲学家、文学家、启蒙运动公认的领袖和导师，被称为"法兰西思想之父"[①]。他不仅在哲学上有卓越成就，也以捍卫公民自由，特别是信仰自由和司法公正而闻名。他一生写有50~60部剧作（包括一些未完成的）如悲剧

伏尔泰

《扎伊尔》（*Zaire*）、《穆罕默德》（*Mahomet*）等，历史著作《查理十二世》（*History of Charles XII, King of Sweden*）等8部，哲学和科学著作如《形而上学》（*Metaphysics*）、《哲学词典》（*Philosophical Dictionary*）等10部以及哲理小说《查第格》（*Zadig*）、《憨第德》（*Candide*，又译《老实人》）等多部。他84岁时回到阔别29年的家乡巴黎。不久，便病倒逝世了。临终前，他对自己的后事做了嘱咐：把棺材一半埋在教堂里，一半埋在教堂外。意思是说，上帝让他上天堂，他就从教堂这边上天堂，上帝让他下地狱，他可以从棺材的另一头悄悄溜走。伏尔泰在《哲学词典》这本书中说过：坚强的心灵比伟大的智慧更为接近。认为"伟大智慧不谋而合"（Great minds think alike），与我国的"英雄所见略同"意思相仿。

[运用] So you gave her the same advice. Great minds think alike. 你也对她提出相同的意见，真是英雄所见略同。

Great minds think alike, I got the same answer. 真是聪明人的想法不谋而合啊，我的答案和你的一样。

I know what you're thinking. because great minds thinks alike. 我知道你在想什么。这叫英雄所见略同。

I agree, Great minds think alike. 我同意,聪明人的想法不谋而合。

---

①参阅262.蜜月。

382. 我的茶杯虽不大,但我用我的杯来喝茶

[词语] The glass I drink from is not large, but at least it is my own.

[含义] 我的才能虽不高,但我的作品是我的;不模仿别人

[趣释] 〔法国诗剧〕The glass I drink from is not large, but at least it is my own.仿自法语Mon verre n'est pas grand, mais je bois dans mon verre.典出法国作家阿尔弗里·德·缪塞(Alfred de Musset)的诗剧《酒杯与嘴唇》的献词。缪塞于1810年生于贵族家庭。从小爱好文学,14岁开始写诗,是一位浪漫主义作家。1830年出版第一本诗集《西班牙和意大利的故事》(Contes d'Espagne et d'Italie),1836年完成自传性长篇小说《一个世纪的忏悔》(The Confession of a Child of the Century)。以后陆续出版多部戏剧和长篇小说,大量短篇小说和诗作。他是19世纪法国四大浪漫主义诗人之一,剧本多数取材于民间故事,一般以恋爱心理描写为主要内容,中心人物大多是作者自我表现,在法国浪漫主义戏剧史上别具一格。缪塞于1857年去世,年仅47岁。缪塞有不少名言流传至今,如:"擂一擂你的心吧,天才就在这儿!""宽恕他人的罪恶,对于弱者来说,尽管要做很大的努力,但至少可以从憎恨他人的苦恼中解脱出来。""我的杯不大,但我用我的杯喝水。"(The glass I drink from is not large, but at least it is my own.)现

在常被用来比喻"我的才能虽不高，但我的作品是自己的，不是模仿别人的"。使用时可以直接引用法语。俄国作家屠格涅夫（Turgenev）在其小说《猎人日记》中直接引用了法文的这句名言之后说："一个人的脑子装得下好些东西，懂得一切，常识丰富，赶得上时代，如果没有一些自己的独特个性，那么，对自己讲又有什么值得安慰呢？"

383. 我就吃掉我的帽子

[词语] I'll eat my hat if...

[含义] 要是……，我情愿受罚；绝无此事；绝对不会

[趣释]〔英国小说〕典出英国小说家狄更斯的小说《匹克威克外传》（*The Pickwick Papers*）中。查尔斯·狄更斯（Charles Dickens）于1812年生于朴次茅斯（Portsmouth）市郊，1870年卒于罗切斯特（Rochester）附近的盖茨山庄（Gad's Hill Place）。他是一个高产作家，凭借勤奋和天赋，创作出一大批经典著作①。《匹克威克外传》是狄更斯的经典著作之一，书中狄更斯创造了用"吃帽子"的方法来赌咒。如："Well, if I knew as a little life as that, I'd eat my hat and swallow the buckle whole, said the clerical gentleman..."吃帽子肯定是极不愉快的事，只有坚信某事绝不会发生或对某事的发展绝对把握时，才会用吃帽子来赌咒。事实上，英国人在赌咒中，不仅吃帽子，还吃靴子，甚至吃自己的头。一个人怎么有可能吃自己的头呢？当然是对极其有把握的事才能发如此毒誓。现在，"我就吃掉自己的帽子"（I'll eat my hat）主要用来表示"要是……我就情愿受罚；绝无此事，绝对不会"。

[运用] If that isn't the man who accosted us outside

the railway station, I'll eat my hat.那个人准是在火车站外同我们打招呼的人,若有错,我情愿受罚。

Michigan has a great football team this fall.If we don't won the national championship this year, I'll eat my hat.密执安大学今年秋天绝对会有一个非常强大的足球队。要是我们今年不能获得全国足球冠军的话,我随你怎么办。

He's always late—if he gets here on time, I'll eat my boots.他总是迟到——他绝对不可能准时到这里。

If the Democrats win the election, I'll eat my head! 要是民主党能在大选中获胜,我把脑袋给你。

---

①参阅60.从匹克威克的意思上说。

384. 我们对所希望的事情最容易相信

[词语] We soon believe what we desire.

[含义] 希望什么,就相信什么;自己希望的事情最容易相信

[趣释] 〔古罗马论著〕We soon believe what we desire来源于拉丁文Libenter homines id quod volunt credunt。典出古罗马统帅盖乌斯·尤利乌斯·恺撒(Gaius Julius Caesar)的《高卢战记》(*Gallic War*)。恺撒大帝是罗马共和国(前509—前127年)末期杰出的军事统帅和政治家,生于公元前100年,于公元前44年被杀。他于公元前60年与庞培(Gnaeus Pompeius Magnus)、克拉苏(Marcus Licinius Crassus Dives)秘密结成三巨头同盟,随后出任高卢(Gaul)总督,花8年时间征服高卢全境(即现在的法国、比利时、意大利北部、荷兰南部、瑞士西部和德国的莱茵河西岸一带)。还击溃了日耳曼和不列颠。公

元前49年，他率军占领罗马，打败庞培，集大权于一身，实行独裁统治，并制定了儒略历（Julian Calendar）。《高卢战记》是记载一位英雄的光荣战绩的平实记录。这本书发表于公元前51年。恺撒与同时代的西塞罗（Cicero）并称为拉丁文学的两大文豪。他的传世著作《高卢战记》和《内战记》至今仍被西方学校作为拉丁语教材。在《高卢战记》中，恺撒说："我们对所希望的事情最容易相信。"后来英国剧作家威廉·莎士比亚（William Shakespeare）将这个意思说成："The wish is father to the thought."（愿望产生思想。）①

---

①参阅447.愿望是思想之父。

385. 我们在腓力比相见

[词语] to meet at Philippi

[含义] 决不爽约；如期践约；后会有期

[趣释]〔英国剧作〕to meet at Philippi由典故Thou shalt see me at Philippi衍变而来。后者典出英国剧作家威廉·莎士比亚（William Shakespeare）的剧作《裘力斯·恺撒》（*Julius Caesar*）①。该剧讲述，当举国欢庆罗马帝国最高统帅恺撒大军远征埃及胜利归来时，战功卓著的恺撒却不知道，一个罪恶的阴谋正在形成。以阴谋家凯歇斯（Cassius）②为首的共和派，联合罗马首席执行官恺撒的朋友玛克斯·勃鲁托斯（Marcus Brutus），决定除掉恺撒。3月15日，恺撒应约来到元老院，以凯歇斯为首的一群人，手持短剑蜂拥而上，恺撒徒手搏斗，很快就倒在血泊之中。恺撒的得力干将马克·安东尼（Mark Antony）率大军为恺撒报仇，最终平息了叛乱，反叛者得到应得下场。该

剧第四幕第三场,在叛军指挥勃鲁托斯帐内,勃鲁托斯与凯歇斯发生争执。勃鲁托斯的夫人鲍西亚(Portia),听说了安东尼强大的复仇大军,不忍心与丈夫远别而吞火自杀。夜晚,幽灵来到了勃鲁托斯的帐内,吓得勃鲁托斯直冒冷汗,问它是什么东西,是神,天使还是魔鬼。幽灵回答说:"你的冤魂,勃鲁托斯。"(Thy evil spirit, Brutus.)勃鲁托斯又问:"你来干什么?"(Why com'st thou?)幽灵说:"我来告诉你,你将在腓力比看见我。"(To tell me thee, thou shalt see me at Philippi.)……勃鲁托斯说:"好,那么我们在腓力比再见。"(Why, I will see thee at Philippi, then.)勃鲁托斯的幽灵告诉他,他将在腓力比见到自己的幽灵,意味着他将死在那里。结果,勃鲁托斯被安东尼的军队打败,在腓力比自杀身亡。腓力比是古代马其顿(Macedonia)王腓力二世(PhilipⅡ)在色雷斯(Thrace)所建的城市。成语"在腓力比相聚"(to meet at Philippi)喻指决不爽约,如期践约,后来还用来喻指后会有期。

---

①参阅341.松开战争猛犬的绳索。

386. 乌龟和野兔

[词语] the tortoise and the hare

[含义] 稳扎稳打终能胜利

[趣释]〔古希腊寓言〕典出《伊索寓言》(*Aesop's Fables*)①中的《乌龟和野兔》。寓言说,野兔嘲笑乌龟腿短、走路慢。乌龟慢斯理地说:"你虽然走路快得像风一样,假如你和我赛跑,我会赢你的。"兔子认为自己跑得快,乌龟根本不是自

己的对手，就欣然接受了乌龟的挑战。兔子和乌龟商定，请狐狸选择跑道和终点。比赛的时候，他们一同出发。乌龟用慢而稳的步伐，直向终点前进。可是兔子相信自己跑得快，并不把比赛的事放在心上，在中途睡起觉来。等到兔子一觉醒来，尽力向前跑去，乌龟早已跑到终点了。"乌龟和野兔"（the tortoise and the hare）说明：稳扎稳打终能胜利。

---

①参阅227.猎犬与野兔。

387. 无法估量

［词语］out of measure

［含义］非常；极度；无限

［趣释］〔英国剧作〕典出英国剧作家威廉·莎士比亚（William Shakespeare）①的剧作《无事生非》（*Much Ado About Nothing*）。阿拉贡亲王（Prince Aragon）唐·佩德罗（Don Pedro）殿下率部凯旋，下榻墨西那总督（Governor Messina）里奥那托（Leonato）的府宅里。亲王一行的到来，立刻令整座庄园蓬荜生辉。亲王的亲信克劳狄奥（Claudio）对总督的千金希罗（Hero）一见钟情，他怕被拒绝，于是请好友相助，亲王承诺将在假面舞会上替他向希罗小姐求婚。亲王异母同父的弟弟唐·约翰（Don John）伯爵和哥哥之间存在隔阂，他欺骗克劳狄奥说，亲王在为自己求婚，这令克劳狄奥十分沮丧。好在很快弄清真相，决定婚礼在一周后举行，大家都期待这一天的到来。与此同时，亲王还很想促成部下培尼狄克（Benedick）和希罗的堂姐贝特丽丝（Beatrice）的婚姻。尽管这对欢喜冤家见面就吵架，但他们个性都十分相像，亲王鼓动大家制造两个人彼此相爱

的传言,很快培尼狄克和贝特丽丝也坠入了爱河。眼看婚礼就将举行,约翰伯爵又从中作梗无事生非。他得知自己的手下和希罗的女仆有染,便命他们去希罗的卧室偷欢,又将亲王和克劳狄奥带到卧室的窗前,令他们相信希罗是一个不值得克劳狄奥迎娶的风流女子[②]。希罗受到冤屈和和羞辱,她在神父的帮助下为此辩护,充满委屈、愤怒与痛心。总督不明真相,只得对外称宣称希罗因过度悲伤而身亡。不过很快水落石出,真相大白。两对新人双双步入婚姻殿堂。该剧第一幕第三场,在总督里奥那托家中一室,伯爵的随从康拉德(Conrade)一上场就问唐·约翰伯爵:"哎哟,我的爷!你为什么这样闷闷不乐?"(What the good-year, my lord! Why are you thus out of measure sad?)约翰说,他的烦闷是茫无涯际的,因为不顺眼的事情太多了。现在,"无法估量"(out of measure/beyond measure)主要用来形容非常、极度、无限。

[**运用**] He was astonished out of measure. 他感到无限惊讶。

He loves his work beyond measure. 他极其热爱自己的工作。

Mary fascinates Tom beyond measure. 玛丽使汤姆神魂颠倒。

Out work has improved beyond measure. 我们的工作好多了。

注:out of measure为较古用法,现多用beyond measure或above measure,意思和用法完全一样。

---

①参阅150.哈姆雷特。　　②参阅388.无事白费力。

388. 无事白费力

[**词语**] much ado about nothing

[**含义**] 无事空忙;庸人自扰;小题大做

[趣释]〔英国剧作〕典出英国剧作家威廉·莎士比亚（William Shakespeare）剧作《无事生非》（*Much Ado About Nothing*）①的剧名。这是一个以求婚为主要题材的喜剧，讲述希罗（Hero）和克劳狄奥（Claudio）、贝特丽丝（Beatrice）和培尼狄克（Benedick）两对恋人在恋爱过程中分别因为傲气十足和小人挑拨引起的一系列故事。该剧语言口语化，场景和情节较为接近真实生活。剧中墨西那（Messina）总督里奥那托（Leonato）的女儿希罗是一个严谨、严肃的姑娘，而他的侄女贝特丽丝性格开朗，喜欢说轻松的俏皮话。有一天，三个立下战功的年轻人凯旋造访总督府。他们是亲王唐·彼德罗（Don Pedro）、贵族克劳狄奥和狂放而机智的贵族培尼狄克。克劳狄奥、和希罗一见钟情，而培尼狄克和贝特丽丝却一见面就唇枪舌剑、互相挖苦。亲王使了一个小小计谋，结果这两个人也坠入情网。就在希罗准备结婚的前一天，亲王同父异母的弟弟唐·约翰（Don John）设计陷害希罗，他花钱雇了一个手下和穿着希罗衣服的侍女在希罗的屋里偷情，又设法让亲王和克劳狄奥到窗下偷听，使他们相信希罗私下另有奸情。结果，克劳狄奥的一腔爱情化作仇恨。最后，在老修道士的帮助下，唐·约翰被抓获，真相大白。两对情侣同时举行婚礼，有情人终成眷属。喜剧《无事生非》自1590年间问世以来，一直经久不衰，受到广大人民群众的欢迎，其英文剧名"无事白费力"（much ado about nothing）早已成为成语收入词典，意为无事空忙、小题大做、庸人自扰。其中，much ado意为"费力"。

[运用]My sister always makes much ado about nothing.我妹妹老是无事自扰。

The whole controversy is for too much ado about nothing.这场争论完全是无事生非。

What is the use of making so much ado about nothing?

这样小题大做有什么意义呢?

As a matter of fact, that was much ado about nothing. 其实,这完全是庸人自扰。

---

①参阅474. 直到世界尽头。

389. 无数血肉之躯所不能避免的打击

[词语] the thousand ills that flesh is heir to

[含义] 命运的种种打击;使生活苦恼的各种麻烦;人生难免的痛苦

[趣释] 〔英国剧作〕典出英国剧作家威廉·莎士比亚(William Shakespeare)剧作《哈姆雷特》(*Hamlet*)①。该剧是莎士比亚四大悲剧中最成功的一部,他成功地塑造了哈姆雷特这个艺术形象,使剧作在思想上达到了前所未有的深度和广度。该剧第三幕第一场,在城堡一室中,哈姆雷特为了要弄清父亲的死因而装疯卖傻,他一出场便来一长段精彩的独白:"生存还是毁灭,这是一个值得考虑的问题;……要是在这一种睡眠之中,我们心头的创痛,以及其他无数血肉之躯所不能避免的打击,都可以从此消失,那是我们求之不得的结局……"(…and by a sleep to say we end/The heartache and the thousand natural shocks/that flesh is heir to, 'tis a consummation/Devoutly to be wish'd…) 成语原为the thousand natural shocks that flesh is heir to,现已简化为the thousand ills that flesh is heir to,意思不变,喻指命运的种种打击、人生难免的痛苦。此处ills意为疾病、困难、邪恶、伤害和不幸。现在,"无数血肉之躯所不能避免的打击"(the thousand ills that flesh is heir to)被用来喻指命运

的种种打击、使生活苦恼的各种麻烦、人生难免的痛苦。

［运用］Nash did not live a cloistered existence nor was he spared the thousand ills that flesh is heir to. 纳什并非过着与世隔绝的生活，他同样也不能逃脱人生难免的种种打击。

---

①参阅150.哈姆雷特。

390.误把幻影当真实

［词语］to mistake the shadow for substance
［含义］为了追求空幻的东西而失掉现实的利益；把幻影当真实；捕风捉影
［趣释］〔古希腊寓言〕典出伊索寓言（*Aesop's Fables*）① 的《狗和影子》（*The Dog And the Shadow*）。寓言说，一只狗嘴里叼着一块肉往家里走，过桥的时候看见水中也有一只狗嘴叼着更大的一块肉。他不知道那是自己的影子，误把幻影当真实。于是，他扔掉嘴里的肉，跳入水中去夺那条狗的肉。结果，他什么也没得到，而原先他叼着的那块肉又被水冲走了。现在，"误把幻影当真实"（to mistake the shadow for substance）说明，为了追求空幻的东西而失掉现实的利益、把幻影当真实、捕风捉影。

［运用］You'd bett make further investigation or you will mistake the shadow for substance. 你应进一步调查一下，否则，你会以假当真。

He mistook the shadow for substance, so he reached a wrong conclusion. 他把假象当实质，结果得出了错误的结论。

---

①参阅233.驴子和狼。

391. 西蒙·勒格里

[词语] Simon Legree

[含义] 冷酷的监工；贪婪与残暴的代名词

[趣释]〔美国小说〕典出美国女作家哈丽叶特·比切·斯托夫人（*Harriet Beecher Stowe*）的长篇小说《汤姆叔叔的小屋》（*Uncle Tom's Cabin*）。《汤姆叔叔的小屋》是19世纪最畅销的小说，被认为是刺激1850年代废奴主义兴起的一大原因。斯托夫人生于1811年，卒于1896年。她的小说对美国社会的影响如此巨大，以致在南北战争爆发初期，林肯（Lincoln）总统接见作者时说："你就是那位引发了一场大战的小妇人。"在小说中，西蒙·勒格里（Simon Legree）是一名出生在北方的残暴的白人奴隶主，小说主人公黑人奴隶汤姆被拍卖给他之后，汤姆因为拒绝服从他的命令去鞭笞其他奴隶同伴，遭到勒格里的厌恶，受到残酷的鞭笞。勒格里的目标是击垮汤姆并破坏他的宗教信仰。当汤姆拒绝告诉他奴隶凯茜（Cassy）与埃米琳（Emmeline）向何方逃跑时，勒格里命令监工将汤姆杀死。后来，农场主"西蒙·勒格里"（Simon Legree）后来被人们用来喻指冷酷的监工，成为贪婪与残暴的代名词。

392. 熄灭他人的灯

[词语] to put out sb.'s light
　　　 to quench sb.'s light

[含义] 杀死某人；送某人上西天；熄灭某人生命的火焰

[趣释]〔英国剧作〕典出英国剧作家威廉·莎士比亚（William Shakespeare）剧作《奥赛罗》（*Othello*）①。该剧主要讲叙骁勇善战的黑人将领奥赛罗深得元老勃拉班修（Brabantio）的女儿苔丝狄蒙（Desdemona）的青睐，他们不顾世俗的反对而秘密结婚。奥赛罗提拔凯西欧（Cassion）做副官，却招致旗官伊阿古（Iago）的极度不满。他首先设计使凯西欧醉酒与人斗殴被撤职，又唆使凯西欧去找奥赛罗的夫人，要她去向丈夫为凯西欧复职说情，然后再离间奥赛罗与妻子的关系。奥赛罗果然中计，相信妻子的不贞。在盛怒之下，奥赛罗杀死了苔丝狄蒙娜。伊阿古的妻子爱米利娅（Emilia）是苔丝狄蒙娜的使女，她看到丈夫的种种恶行之后，忍不住要向奥赛罗告发。在弄清事实真相之后，奥赛罗终于明白妻子是无辜的，在深深的悔恨中自杀，倒在妻子的身边。该剧第五幕第二场，在城堡中的卧室里，苔丝狄蒙娜睡在床上，已被妻子"不贞"气疯的奥赛罗已拿定主意要不溅她的血而结束她的性命。他自言自语道："……可是我不愿溅她的血，也不愿毁伤她那比白雪更皎洁、比石膏更腻滑的肌肤。可是她不能不死，否则她要陷害更多的男子。让我熄了这盏灯，然后我就熄灭你的生命火焰。"(...Yet she must die, else she'll betray more men./Put out the light, and put out the light.)

注：to quench sb.'s light 与此典故同义。

393. 夏洛克

[词语] Shylock

[含义] 贪得无厌、狠毒无情的高利贷者

[趣释]〔英国剧作〕夏洛克（Shylock）原是英国剧作家威廉·莎士比亚（William Shakespeare）[①]剧作《威尼斯商人》（*The Merchant of Venice*）中的一个文学人物，也是世界文学作品中四大吝啬鬼之一。其他三人是：阿巴贡（Harpagon）[②]、葛朗台（Grandet）[③]、泼留希金（Plyushkin）[④]。夏洛克是犹太人，高利贷者。他贪婪、吝啬、冷酷和狠毒。他虽然腰缠万贯，却从不享用，一心想着放高利贷。他极力限制女儿杰西卡（Jessica）与外界的交往，导致她带着钱财与情人私奔。他无情地虐待和克扣仆人，甚至连饭也不让人吃饱。他十分痛恨威尼斯商人安东尼奥（Antonio），因为他慷慨大度，乐于助人，憎恶高利贷者。安东尼奥为成全好友巴萨尼奥（Bassanio）的婚事，向夏洛克借了3000金杜加（ducats）。由于安东尼奥贷款给人从不取利，夏洛克怀恨在心，想乘机报复。他佯装也不取利，但借据中写明到期不还借款，要从安东尼奥身上割下一磅肉作为偿还。安东尼奥的货船失事，到期果然无法偿还贷款。夏洛克提出控告，要安东尼奥履行诺言。巴萨尼奥的未婚妻鲍西娅（Portia）假扮律师出庭，提出割下一磅肉完全应该，但是割下的肉不能多也不能少，更不能出血。结果夏洛克败诉，报复不成反而失去了所有财产。"夏洛克"（Shylock）成了贪得无厌、狠毒无情的高利贷者的代名词。

---

①参阅150.哈姆雷特。　②参阅1.阿巴贡。
③参阅129.葛朗台。　④参阅288.泼留希金。

394. 显示自己的本领

[词语] to give a taste of one's quality

[含义] 在人前露一手；让某人尝尝滋味

[趣释]〔英国剧作〕典出英国剧作家威廉·莎士比亚（William Shakespeare）的剧作《哈姆雷特》（*Hamlet*）①。该剧是莎士比亚悲剧中的代表作品，它创作于17世纪初，整整被推崇了几个世纪。《哈姆雷特》揭示封建末期社会的罪恶与本质达到了前所未有的广度和深度，它震撼人心不只是由于其紧扣观众心弦的情节，和出色的文学手法，而因为剧中提出了人的命运的问题，和剧中所蕴含的哲理。鲁迅先生说："悲剧是将人生有价值的东西毁灭给人看的。"该剧便是这样一幕极具震撼力的悲剧。该剧第二幕第一场，在城堡一室中，当请来的优伶来到的时候，哈姆雷特立即起身表示欢迎。他说："欢迎，各位朋友，欢迎欢迎！……让我们立刻就来念一段剧词。来，试一试你们的本领，来一段激昂慷慨的剧词。"（Come, give us a taste of your quality; come a passionate speech.）成语"显示自己的本领"（to give a taste of one's quality）还可稍做变化，将quality换成其他名词，构成许多有用的习语，常用来表示在人前露一手、让某人尝尝滋味。

[运用] He gave me a taste of his quality by shooting a bird on the wing. 他射中一只飞鸟，向我显示他的本领。

Come, give us a taste of your quality/ability. 过来，试一试你的本领。

He gave me a taste of his acia wit. 他让我尝到了敏锐尖刻机智的滋味。

Give the enemy a taste of our bullets. 让敌人尝尝我们

子弹的滋味。

Give him a taste of his own medicine. 以其人之道，还治其人之身。

---

①参阅150.哈姆雷特。

395. 现在一切和终了一切

[词语] the be-all and (the) end-all

[含义] 首要的事情；主要因素；整体；全部

[趣释]〔英国剧作〕典出英国剧作家威廉·莎士比亚（William Shakespeare）的剧作《麦克白》（*Macbeth*）①。在这部经典悲剧中，巧妙地向读者（观众）展现了命运、志向、野心、人性以及迷信对一个人一生一世的影响。麦克白曾经是一个英勇、有野心的人，在凯旋后，因巫师的预言和国王过分的赞誉使他改变了心志，从一个忠实的臣子变成一个弑君的逆贼，以不正当的手段登上王位。当上国王后开始实施暴政。他先后杀害了好友、臣子及其家人，最终使他走向灭亡。在该剧第一幕第七场。在邓西嫩（Dunsinane）城堡一室中，麦克白决意弑君谋反，独自寻思时说："要是干了以后就完了，那么还是快一点干；要凭着暗杀的手段，可以攫取美满的结果，又可以排除一切后患；要是这一刀砍下去，就可以终结一切、解决一切（If it were done, when't is done, then' t were well./It were done quickly; if the assassination/Could trammel up the consequence, and catch/With his surcease success; that but this blow/Might be the be-all and the end-all here...）——在这人世上，仅仅在这人世上，在时间这大海的沙滩上；那么来生我也就顾不到了……"成

语"现在一切和终了一切"[the be-all and (the) end-all]主要表示首要的事情、主要因素、整本、全部。

[运用]His work was the be-all and end-all of his existence.他的工作就是他生活的全部。

Victories ae not the be-all and end-all of the Olympic Games.奥林匹克运动会的主要精神并非在获胜。

---

①参阅243.麦克白。

396.相像得如一个豆荚里的两个豌豆

[词语]as like as two peas in a pod

[含义]一模一样；非常相像

[趣释]〔英国小说〕典出英国作家约翰·李利（John Lyly）①的散文体小说《才智之剖析》（*The Anatomy of Wit*）。约翰·李利于1554年生于肯特郡（Kent），卒于1606年。他毕业于牛津大学，是文艺复兴时期英国大学才子派剧作家。他的喜剧作品有《恩底弥翁》（*Endymion*）、《迈达斯》（*Midas*）等6部。他的大部分剧作采用散文风格，是精心构筑的风尚喜剧的先驱作品。此外，还有小说、诗歌和其他作品。1578年，他发表第一部小说《尤弗伊斯：才智之剖析》（*Eupheus: the Anatomy of Wit*）②、1580年发表《尤弗伊斯和他的英格兰》（*Eupheus and His England*）。约翰·利利的文字风格源于他的第一本书，被称为"华丽辞藻"（euphuistic），即那种文雅、藻饰、造作的文风，多用对仗语、双声、典故、比喻等。如在第一本书《才智之剖析》中，就用成语"相像得如一个豆荚里的两个豌豆"（as like as two peas in a pod）来形象比喻外表非常相像、一模一样。

[运用]You won't be able to tell which is the elder sister and which is the younger—they are as like as two peas in a pot. 你肯定分辨不出他们谁是姐姐,谁是妹妹——他们长得确实太像了。

The two brothers are as like as two peas in a pot. 这俩兄弟非常相像,有如一个豆荚里的两颗豌豆。

We tend to view them as two peas in a pot. 我们大家总把他们看成两个一模一样的人。

注:形容3个以上非常相像的人或物用as like as peas in a pot;形容两者非常亲密关系用as close as two peas in a pot. The three vases are as like as peas in a pot. 这3个瓶一模一样。They are as close as two peas in a pot. 他们如胶似漆。

---

①②参阅186. 紧紧抓住荨麻。

397. 香格里拉

[词语]Shangri-La

[含义]世外桃源

[趣释]〔美国小说〕典出美国小说家詹姆斯·希尔顿(James Hilton)的小说《失去的地平线》(*Lost Horizon*)中虚构的地名。据说这部小说是描写中国的西藏,描绘一块永恒、和平、宁静之地,这里有雪山峡谷,有金碧辉煌充满神秘色彩的庙宇,有被森林环绕着的湖泊,有被雪山环抱的美丽草原。希尔顿生于1900年,卒于1954年。他的这本小说可以说是让每个西方人心里都有一个香格里拉梦的书。后来,这部小说被拍成电影,影响广泛,"香格里拉"(Shangri-La)成为大家公认的世

外桃源或隐秘的所在地。在第二次世界大战期间,当美国空军1942年首次轰炸东京时,美国总统富兰克林·罗斯福(Franklin Roosevelt)对人说,这些飞机是从香格里拉起飞的。1997年,云南省人民政府向世界宣布:"香格里拉"在云南迪庆。迪庆地处青藏高原东南边,横断山脉南段的北端,"三江并流"的腹地。这里生活着13个民族,保留着丰富多彩的习俗和传统。

398. 向某人牙齿里掷东西

[词语] to cast sth. in sb.'s teeth

[含义] 以某事当面斥责某人;以某事非难某人

[趣释] 〔英国剧作〕典出英国剧作家威廉·莎士比亚(William Shakespeare)的剧作《裘力斯·恺撒》(*Julius Caesar*)①。该剧是莎士比亚以古罗马史为根据而创作的剧作。它借古喻今,深入探讨英国伊丽莎白一世(ElizabethⅠ)时代专制集权,贵族民主和群众情绪三者之间的错综矛盾关系。剧中有历史、有政治、有辩术、有文采,因此是英国历来青少年必读的教材。中学生往往排演此戏,受过教育的成年人无不背诵过其中安东尼(Antony)和勃鲁托斯(Brutus)雄辩的演说。该剧第四幕第三场,在勃鲁托斯帐内,凯歇斯(Cassius)责怪勃鲁托斯,说他不应该将路歇斯(Luius)定罪,写信为他求情,勃鲁托斯还是不予理睬。凯歇斯激愤地说:"来,安东尼,来,年轻的奥克泰维斯,你们向凯歇斯一个人复仇吧,因为凯歇斯已经厌倦于人世了;被所爱的人憎恨,被他的兄弟攻击,像一个奴隶似的受人呵斥,他的一切过失都被人注视记录,背得烂熟,作为当面揭发的罪状……"(Come, Antony, and young Octavius, come./Revenge yourselves alone on Cassius, /For Cassius is aweary of world; /Hated by one he loves; braved by his brother; /Checked like a bondman; all his faults observed. /Set in a notebook, learned, and conned by rote, /To cast into my teeth...）由此产生的成语"向某人牙齿里掷东西"（to cast sth. in sb.'s teeth）表示用某事当面斥责某人、用某事非难某人。

[运用] His enemies cast in his teeth the fact that his mother was not a white woman. 他的仇人嘲骂他说，他的母亲不是白种人。

I cast his falsehood concerning my age in his teeth. 我骂他捏造我年龄的行为。

---

①参阅243. 麦克白。

399. 像冰一样坚贞

[词语] as chaste as ice

[含义] 像冰一样纯洁、真诚

[趣释]〔英国剧作〕典出英国剧作家威廉·莎士比亚（William Shakespeare）的剧作《哈姆雷特》（*Hamlet*）①。在莎士比亚的剧作中，《哈姆雷特》是最受注目的一部，也是争议最多的一部。争议主要集中在其主人公哈姆雷特身上。应该说哈姆雷特是不完美的，有时他的抉择也是非理性的，相当冲动的。然而，要想在那个充满风险的世界里做好每一个抉择都不会容易。在一个除了目标，再没有任何尺度可以衡量善恶的世界里，勇敢地做出抉择，然后再坦然地接受自己的命运，这大概就是《哈姆雷特》数百年来魅力永恒之所在。该剧第三幕第一场，

在城堡一室里，哈姆雷特对他的情人奥菲利娅（Ophelia）说："要是你一定要嫁人，我就把这一个诅咒送给你做嫁妆，尽管你像冰一样坚贞，像雪一样纯洁，你还是逃不过谗人的诽谤。"（If thou dost marry, I'll give thee this plague for/thy dowry: be thou as chaste as ice, as pure as/snow, thou shalt not escape calumny.）成语"像冰一样坚贞"（as chaste as ice）形容像冰一样纯洁、真诚。

[运用] Xiao Long-nü is a female character in Jin Yong's fiction who is as pure as jade and chaste as ice. 小龙女是金庸小说中一个冰清玉洁的女子。

Mary is a holy woman, as chaste as ice. 玛利是个虔诚的女子，像冰一样坚贞。

---

① 参阅 150. 哈姆雷特。

400. 像柴郡猫似的咧着嘴笑

[词语] to grin like a Cheshire cat

[含义] 常常无缘无故傻笑

[趣释]〔英国小说〕典出英国作家刘易斯·卡罗尔（Lewis Carroll）优秀儿童小说《爱丽丝漫游奇境记》（*Alice's Adventures in Wonderland*）中的一只猫。英文常简称小说为"Alice in Wonderland"①。卡罗尔真名是查尔斯·路德维希·道奇森（Charles Lutwidge Dodgson），生于1832年，卒于1898年。他原是一名数学家，出版过数学论著，因严重口吃而不善交往。他兴趣广泛，对小说、诗歌、逻辑都颇有造诣。在小说《爱丽丝漫游奇境记》中，柴郡猫（Cheshire cat）不论何时，

总是咧着嘴笑。它的嘴一直咧到耳根，显得非常和蔼的样子。它的身体会慢慢消失，先从尾巴开始隐没，直到剩下一个头，剩下一张咧着的嘴，最后，猫完全消失。只有枝头还挂着猫的笑。爱丽丝惊地说道："没有笑的猫我倒是经常看见，可是没见过没猫的笑！"柴郡猫也会慢慢地出现，顺序是倒过来的：先出现"笑"，然后是猫头，再是全身。聪明的爱丽丝摸到了它的规律，一等它出现耳朵，就跟它谈话。后来人们用"像柴郡猫似的笑"（to grin like a Cheshire cat）来喻指常常无缘无故地傻笑。

---

① 参阅10.爱丽漫游奇境。

401. 像两捆干草之间的驴子

[词语] like an ass between two bundles of hay

[含义] 优柔寡断；拿不定主意

[趣释]〔法国寓言〕典出法国哲学家布利丹（Buridan）讲过的一个故事①。故事说，一头饥饿极了的毛驴站在两堆完全相同的草料中间，不知道先吃哪堆才好，结果活活饿死了。后来人们用"像两捆干草之间的驴子"（like an ass between two bundles of hay）比喻优柔寡断、拿不定主意。

[运用] Some people have almost died of indecision, like the ass between the two bundles of hay. 有些人就像故事中那头站在两堆稻草中间的驴子那样优柔寡断难做决定，差点连老命都送掉。

---

① 参阅54.布利丹的驴子。

402. 象牙之塔

[**词语**] a tower of ivory
　　　　 an ivory tower

[**含义**] 与世隔绝的梦幻境地；世外桃源

[**趣释**]〔法国散文〕a tower of ivory/an ivory tower 译作"象牙台"。睿智富有的以色列所罗门王（Solomon）形容女子的美丽颈项如"象牙台"（...Your neck is like an ivory tower）。19世纪法国诗人、文艺批评家圣佩韦·查理·奥古斯丁（Sainte-Beuve Charles Augustin）的单韵文书函《致维尔曼》（To A.M.Willemain）中运用了"象牙塔"这个成语。奥古斯丁生于1804年，卒于1869年。他在信中批评同时代法国消极浪漫主义诗人、作家阿尔弗雷特·维尼（Alfred de Vinny）。维尼出身于贵族，反对法国资产阶级革命，在他的诗歌作品里，散布悲观论调，充满绝望情绪。当时一些浪漫派诗人在创作中试图从庸俗的资产阶级现实超脱出来，进入一种个人主观幻想的艺术天地。圣佩韦·查理·奥古斯丁用"象牙之塔"来批评维尼："...et Vigny plus secret Comme en sa tour d'ivoire, avant midi entrait."（……而更为神秘的维尼午前就返回他的象牙塔里。）于是，"象牙塔"这个形象化的词语，从19世纪30年代起，就在法国文艺界广为流传，还被译成多种语言，成为一个国际性的词语。现在，"象牙之塔"（a tower of ivory）常用来比喻一种与世隔绝的梦幻境地；世外桃源。

[**运用**] She lives in a tower of ivory apart from her friends. 她远离朋友，过隐居生活。

A university will never be an ivory tower of the world. 大学绝不应该成为社会中的象牙塔。

Living in an ivory tower, she has no understanding of polities. 她的生活在世外桃源里，对政治一点也不了解。

You're living in your ivory tower at Oxford and can never imagine what it's like to go hungry. 你生活在牛津的象牙塔里，绝对想象不出什么是挨饿的滋味。

403. 橡树和芦苇

[词语] the oak and the reeds

[含义] 对付强者要智取，不能硬拼

[趣释]〔古希腊寓言〕典出《伊索寓言》(Aesop's Fables)[①] 中的《橡树和芦苇》。寓言说，橡树和芦苇为他们的耐力、力量和冷静争吵不休，谁也不肯认输。橡树指责芦苇，说他没有力量，无论哪方的风都能轻易把他吹倒，芦苇没有回答。过了一会儿，一阵猛烈的强风吹来，芦苇弯下腰，顺风而倒，免于连根拔起。而橡树却硬迎着风，尽力反抗，结果被连根拔掉了。"橡树和芦苇"（the oak and the reeds）的寓意说，有时候不要硬与比自己强大的人抗争，或许对于自己更为有利。

---

① 参阅233.驴子和狼。

404. 小孩与栗子

[词语] the boy and the filberts

[含义] 一次不要贪多；人一定要知足；别贪心

[趣释]〔古希腊寓言〕典出自《伊索寓言》(Aesop's Fables)[①] 中的《小孩与栗子》。寓言说，一个小孩把手伸进装满

栗子的瓶中，他想尽可能地抓一大把。但当他想把手抽出来时，手被瓶子的颈部卡住了。他不愿意放弃一部分栗子，结果手又拿不出来，只得流涕痛哭。一个行人对他说："你还是知足些吧，只要少拿一半，你的手就会很容易拿出来了。""小孩与栗子"（the boy and the filberts）寓意是：不能贪多，人一定要知足、别贪心。

---

①参阅233.驴子和狼。

405. 小玛丽

[词语] little Mary

[含义] 肚子的俗称

[趣释]〔英国剧作〕典出英国戏剧作家、小说家詹姆斯·马修·巴里（James Matthew Barrie）①的同名戏剧《小玛丽》（*Little Mary*）。詹姆斯·巴里1860年生于苏格兰的一个织布工家庭。大学毕业从事新闻工作数年后，从事小说和剧本创作，于1937年去世。巴里的作品多达60部。主要作品有小说《小白鸽》（*The Little White Bird*）、剧作《彼得·潘》（*Peter Pan*）等。1903年他发表了剧本《小玛丽》。剧中台词用"小玛丽"来称呼肚子。于是，"小玛丽"（little Mary）就成胃或肚子的委婉语。

[运用] My little Mary was feeling uncommonly empty. 我的肚子正饿得厉害。

---

①参阅229.令人钦佩的克赖顿。

406. 小美人鱼的传说

[**词语**] the little mermaid

[**含义**] 海的女儿；善于游泳的女子

[**趣释**] 〔丹麦童话〕典出丹麦作家和诗人汉斯·克里斯蒂安·安徒生（Hans Christian Andersen）①的早期童话故事《海的女儿》（*The Little Mermaid*）。童话说，一个漆黑的夜晚，小美人鱼救了一位落水的王子，并爱上了她。为了取得王子的爱，她割下自己的舌头，才把鱼尾变成美丽的人腿。在陆地上，她每走一步都像尖刀上行走。但小人鱼都忍住了，终于赢得王子的爱情。可是王子后来决定和另一位漂亮的女子结婚，小人鱼的希望破灭了。在王子结婚的头一天早晨，她会化为海上的泡沫。小人鱼的姐姐为了救她，向巫婆献出她美丽的长发，换了一把刀。小人鱼只要把这把刀插进王子的心里，让他的热血流到自己的脚上，她就会重新变回人鱼，回到海底世界。但是"海的女儿"为了王子的幸福，却把刀子扔向洁白的浪花，自己投入大海，化为泡沫。《海的女儿》通过美人鱼对爱情的执着追求和为爱而不惜牺牲自己生命的感人故事，来表现美人鱼崇高的精神境界和善良的心灵。丹麦雕塑家爱德华·艾瑞克森（Edvard Eriksen）根据这个童话铸塑了世界闻名的小美人鱼铜像，把她设置在丹麦首都哥本哈提（Copenhagen）市中心东北部的长堤公园（Langelinie）里。远望这个人身鱼尾的美人鱼，坐在一块巨大的花岗石上，恬静娴雅，悠闲自得；走近这座铜像，你看到却是一个精神忧郁、冥思苦想的少女。"小美人鱼"（the little mermaid）后被人们用来称呼海的女儿、善于游泳的女子。

---

①参阅165.皇帝的新装。

407. 小牛和大牛

[词语] the heifer and the ox

[含义] 不知自己是不幸的人，常常会讥笑他人的不幸；天下没有白吃的午餐，光吃不做是不行的

[趣释]〔古希腊寓言〕典出《伊索寓言》(*Aesop's Fables*)①中的《小牛和大牛》。寓言说，一头小牛看到一头大牛每天都驾着耕犁，辛勤地劳动，觉得他命运十分悲惨，非常可怜他。不久，秋收过去了，主人解下大牛负着的耕犁。后来用粗绳把小牛捆起来，要拉他到祭坛上去，杀了他祭神。这时，大牛笑着对小牛说："你现在知道为什么你可以只吃不做事了吧，因为你不久就要成为牺牲品了啊！""小牛和大牛"（the heifer and the ox）告诉我们：不知自己是不幸的人，常常会讥笑他人的不幸；天下没有白吃的午餐，光吃不做是不行的。

---

①参阅233.驴子和狼。

408."小扒手"杰克·道金斯

[词语] the artful dodger

[含义] 小扒手；小滑头

[趣释]〔英国小说〕典出英国作家查尔斯·狄更斯（Charles Dickens）的小说《雾都孤儿》(*Oliver Twist*)中一个小偷的绰号，小说亦译《奥列弗·退斯特》。小扒手原名杰克·道金斯（Jack Dawkins），是费金（Fagin）盗窃团伙成员之一。他的年龄与小说中的主人公奥列弗·退斯特相仿，狮头鼻，额头扁平，个子偏矮，一副罗圈腿，敏锐的小眼睛总是怪怪的。

他身穿成年人的上衣、脚穿高帮皮鞋，帽子潇洒地扣在头上。他是个极其邋遢的少年，却要装成派头十足的绅士。当奥列弗不堪虐待而出逃，沿途行乞多日，到了伦敦，在举目无亲走投无路之际，"小扒手"杰克·道金斯主动与他搭讪，问寒问暖，十分热情。就这样，奥列弗·退斯特在他的引诱下，不知不觉落入费金盗窃团伙之中。后来，人们用杰克·道金斯的绰号"小扒手"（the artful dodger）来喻指小滑头、小扒手。

409. 小探子基姆

[词语] Kim
[含义] 小探子
[趣释]〔英国小说〕吉姆是英国作家约瑟夫·拉迪亚德·吉卜林（Joseph Rudyard Kipling）的同名小说《吉姆》（*Kim*）中的人物，是作者在小说中塑造的一个忠实执行帝国主义分子指示的典型形象。吉姆是驻印度的一个爱尔兰士兵的孤儿，虽说皮肤黝黑像印度人，但他是英国人。他和街市的野孩子们平等相处，大家都叫他"世界之友"。他是白人，不过是最穷最穷的白人。他生长在印度。精通印度语言，熟悉印度各阶层的情况。他跟随一名特务在印度刺探土著部落的情报。他能服从命令，又善于随机应变，克服种种困难，完成主子交给的任务。后来，人们就用"基姆"来称呼小探子。

410. 小蟹和母蟹

[词语] the crab and its mother
[含义] 言传不如身教；说起来容易，做起来难

[**趣释**]〔古希腊寓言〕典出《伊索寓言》(*Aesop's Fables*)①《小蟹和母蟹》。寓言说,有一天一只母蟹对小蟹说:"孩子,你不要横爬,要直着走才好。"小蟹回答说:"妈妈,请您亲自教我怎样直着走,我将会按照你的样子走。"母蟹根本不会直走,于是小蟹说她笨。"小蟹和母蟹"(the crab and its mother)告诉我们:言传不如身教;有些事情说起来容易,做起来难。

[**运用**]One can see clearly from the crab and its mother that it is always easier said than done.通过小蟹和母蟹的对话可以清楚地看到,凡事都是说起来容易做起来难。

———————————

①参阅233.驴子和狼。

411. 小羊和狼

[**词语**]the kid and the wolf
[**含义**]天时和地利常常能使弱者占强者的便宜
[**趣释**]〔古希腊寓言〕典出《伊索寓言》(*Aesop's Fables*)①中的《小羊和狼》。寓言说,一只小羊站在屋顶上,自以为没有危险,看见一只狼走过,便开口向他辱骂起来。狼向上一望说:"哼!我已经听见了,这并不是你在骂我,只不过是你站着的屋顶在骂我罢了。""小羊和狼"(the kid and the wolf)的寓意是:天时和地利常常能使弱者占强者的便宜。

———————————

①参阅233.驴子和狼。

412. 鞋的夹脚之处

[词语] where the shoe pinches

[含义] 困难之所在；问题症结之所在

[趣释]〔英国小说〕where the shoe pinches是谚语No one but the wearer knows where the shoe pinches（只有穿鞋的人才知道鞋什么地方夹脚）的一部分。这个谚语与英国诗人杰弗里·乔叟（Geoffrey Chaucer）的《坎特伯雷故事集》（*Canterbury Tales*）①有关。这个故事集有22个故事，是一群香客从伦敦敦到70英里以外的坎特伯雷（Canterbury）朝圣的往返途中所讲的。这29名香客加上旅客主人和作者共有31人，他们代表了中世纪英国社会的各个阶层。香客中的巴斯太太所讲的故事与这个典故有关。巴斯太太是巴斯城（city of Bath）一位经营织布生意而发了大财的妇女，代表新女性，她结过五次婚，在谈自己第四任丈夫时说，穿鞋夹脚只有穿它的人知道，他的鞋夹得他疼的时候，他常常只好坐着唱歌。实际上，这个谚语很可能是源自一个古罗马哲人讲过的一句话。这位哲人由于和妻子离婚而受到人们的非议，人们认为他们夫妇生活很和谐。哲人说，只有穿鞋的人才知道鞋的什么地方夹脚。谚语"只有穿鞋的人才知道鞋什么地方夹脚"（No one but the wearer knows where the shoe pinches.）现被用来表示惧内，某些不为别人所知的难言之隐；而"鞋的夹脚之处"（where the shoe pinches）现在则被用来喻指困难之所在、问题症结之所在。

[运用] I don't know where the shoe pinches. 我不知道问题的症结何在。

He is sad. Do you know where the shoe pinches? 他很惆怅，你知道他在苦恼什么吗？

I also have been young and poor, so I know where the shoe pinches. 我也是从年轻人和穷苦人过来的,因此我知道艰辛之处在哪里。

The coach said he wasn't worried about any position except quarter back; that was where the shoe pinches. 教练员说除了前场和中场之间的位置以外,他不担心其他别的位置;前场与中场之间的位置是困难所在。

①参阅14.爱是盲目的。

413. 心灵的眼睛里

[词语] in the/one's mind's eye

[含义] 在某人的想象中;在某人的心目中

[趣释] 〔英国剧作〕典出英国剧作家威廉·莎士比亚(William Shakespeare)的剧作《哈姆雷特》(*Hamlet*)①。《哈姆雷特》是莎士比亚悲剧中的代表作品,在思想内容上达到前所未有的深度和广度,深刻地揭示了封建末期社会的罪恶与本质特征。该剧写的是丹麦王子为父报仇的故事。该剧第一幕第二场,在城堡的大厅内,新王克劳狄斯(Claudius)和王后乔特鲁德(Gertrude)正张罗着婚礼,忧郁寡欢的哈姆雷特说他是来参加他母亲婚礼的。霍拉旭说,葬礼和婚礼这两件事真是相去得太近了。哈姆雷特说:"这是一举两便的办法,霍拉旭!葬礼中剩下残羹冷炙,正好宴请婚筵上的宾客。霍拉旭,我宁愿在天上遇见我最痛恨的仇人,也不愿看到那样的一天!我的父亲,我仿佛看见我的父亲。"霍拉旭说:"啊,在什么地方殿下?"(O! Where, my lord?")哈姆雷特说:"在我的心灵眼睛里,霍拉

旭。"（In my mind's eye, Horatio.）现在，"心灵的眼睛里"（in the/one's mind's eye）被用来喻指在某人的想象中、在某人的心目中。

[运用] He saw his grandson in his mind's eye a collegian, a parliamentarian. 他幻想自己的孙子进大学、当议员。

If you try hard you can see the beautiful scenery in your mind's eye. 你尽力想想，你就可以想象出那美丽的景色。

In my mind's eye I can still see his kind face. 我现在还能回忆起他慈祥的面容。

In his mind's eye, he could see just what the vacation was going to be like. 凭想象，他就能想出假期中的一切将会是什么样子。

Several times I played in my mind's eye and in each case I lost. 好几次，我在心里压注，但每一回我都输了。

---

①参阅150.哈姆雷特。

414. 信不信由你

[词语] believe it or not

[含义] 信不信由你，我说的是真的

[趣释]〔美国散文〕典出美国20世纪上半叶《纽约环球报》（*New York Globe*）上的专栏名字《信不信由你》（*Believe It Or Not*）。1918年，美国漫画家、探险家、大名鼎鼎的电视人罗伯特·瑞普利（Robert Ripley，1890—1949年）以漫画的形式创作的《你不信由你》专栏出现在《纽约环球报》上。该专栏专门刊载荒诞不经的奇闻怪事。当时风行一时，全世界有300多家报

刊转载。1949年，《信不信由你》成为电视节目，并由瑞普利主持，节目收录全环各地的奇人奇事。香港太平山顶的《信不信由你》趣味馆也来源于此。今天，"信不信由你"（believe it or not）已经成为大众的口头禅，当说话人要告诉对方一件意想不到的事，或使对方感到惊奇或不愿相信的事、或用以强调自己所说之事的真实性时，就用这句口头禅。它的意思是：信不信由你，我说的是真的。

［运用］I was already a university teacher, believe it or not, when I was only twenty. 信不信由你，我才20岁就已经是大学老师了。

He asked his boss for a month's holiday and, believe it or not, the boss agreed. 他向老板请了一个月的假，信不信由你，他老板居然准假了。

Believe it or not, one of the narrowest streets in the world is only 49cm wide. 信不信由你，世界最窄的街中有一条只有49厘米宽。

415. 凶暴的牛总是生着一对短角

［词语］Curst cows have curt horns.

［含义］易怒的人为害有限；恶牛角短

［趣释］〔英国剧作〕典出英国剧作家威廉·莎士比亚（William Shakespeare）的剧作《无事生非》（*Much Ado About Nothing*）①。这条谚语的字面意思是：脾气暴戾的牛长着短小的角，喻指有心伤害人的人常常为害有限。《无事生非》这部剧由墨西那（Messina）总督里奥那托（Leonato）的女儿希罗（Hero）与唐·佩德罗亲王（Don Pedro）的好友克劳狄奥

（Claudio）的爱情和希罗的堂姐贝特丽丝（Beatrice）与培尼狄克（Benedick）的爱情两条线索构成。剧情的骨干是希罗和克劳狄奥的悲欢离合，但人物性格塑造而言，希罗温顺听话，她与克劳狄奥的对话言辞平淡单调；而贝特丽丝和培尼狄克两个角色的心理层面比较复杂，他们都是自我意识很强的人，颇为自恃，对伴侣的要求也高。这种生活态度往往和真实情感相佐。两人都是在偷听友人的谈话之后，才知道自己的毛病，但都很诚恳大方地接受批评，并放下身段接受被设计而来的感情。该剧第二幕第一场，在里奥那托总督家的厅堂里，里奥那托和他的弟弟安东尼奥（Antonio）、侄女贝特丽在谈论约翰（Don John）伯爵，特贝丽丝显得有些偏激。总督对她说："侄女，你要是说话这样刻薄，我看你这一辈子也嫁不出去的。"安东尼奥也附和说："可不是，她这张嘴尖利得过了分。"贝特丽丝马上回敬说："尖利过了分就算不得尖利，那么'尖嘴姑娘嫁一个矮脚郎'这话可落不到我头上来啦。"（Too curst is more than curst: I shall lessen God's sending that way, for it is said, "God sends a curst cow short horns" to a cow too curst he sends none.）谚语"凶暴的牛总是生着一对短角"（Curst cows have curt horns.）现被用来喻指易怒的人为害有限。

---

① 参阅387. 无法估量。

416. 熊与两个旅人

[词语] the bear and the two travellers
[含义] 患难见人心
[趣释]〔古希腊寓言〕典出《伊索寓言》（*Aesop's Fables*）①

中的《熊与两个旅人》。寓言说,两个朋友一起旅行,路上忽然遇到一头大熊。其中一个很快地爬上一棵树,在树枝中间藏匿起来。另一个看到在劫难逃,就直挺挺地躺在地上。熊走过来用鼻子把他从头闻到脚,那人尽力屏住呼吸装死。熊很快就离开了他,因为熊据说是不碰死人的。等到熊走远之后,树上那人下来,走到他身边也问道:"熊在你耳边说了些什么?"这人回答说:"他给了我一个忠告:千万不要和那种不能共患难的人一起旅行。"寓言"熊和两个旅人"(the bear and the two travellers)的寓意是:灾难考验朋友的忠诚,患难见人心。

———————————

① 参阅233. 驴子和狼。

417. 修建阿拉丁的窗户

[词语] to finish Aladdin's window

[含义] 完成无法完成的工程伟业;可望而不可即的目标

[趣释]〔阿拉伯故事〕典出阿拉伯故事集《一千零一夜》(The Thousand and One Nights)中的《阿拉丁的神灯》(Aladdin's Lamp)①。主人公阿拉丁(Aladdin)偶然得到了一个魔戒和一盏神灯,神灯的巨魔无条件服从阿拉丁的命令,使他很快从一个穷混混变成一个有钱有势的老爷。阿拉丁为了迎娶苏丹王的女儿巴德罗巴朵尔(Badroulbadour)公主,神灯巨魔替他修建一座豪华无比的大宫殿。这座宫殿有24扇窗户,其中23扇窗户都镶满了价值连城的宝石,最后一扇窗户留给苏丹王去完成。但苏丹王耗尽了自己全部的宝石,也无法完成这个工程,最后不得不放弃。后来,人们就用"修建阿拉丁的窗户"(to finish Aladdin's window)来比喻去完成由伟人或能人开创后人无法完

成的工程伟业，可望而不可即的工作目标。

———————————

①参阅6.阿拉丁的神灯。

418. 血浓于水

[词语] Blood is thicker than water.

[含义] 亲人总是亲人；近客不如远亲

[趣释] 〔古希腊剧作〕典出古希腊悲剧诗人、剧作家欧律庇得斯（Euripides）的剧作《安德洛玛克》（Andromache）。欧律庇得斯是古希腊三大悲剧作家之一。他生于公元前480年，卒于前406年。据传他创作了92部剧本，有17部流传下来，代表作是《美狄亚》（Medea）。欧律庇得斯的悲剧华美而自然，以写实和心理描写见长。在悲剧《安德洛玛克》中，里面有"血浓于水。一个人有事，最好去找亲人帮忙"的说法。血浓于水，强调的是血缘关系。英国作家奥尔德斯·伦纳德·赫克斯利（Aldous Leonard Huxley）在他的小说《勒达》（Leda）中说："人人都知道血浓于水，但是谢天谢地，水可比血更广泛。"（For blood, as all men know, than water's thicker, but water's wider, thank the Lord, than blood.）现在，"血浓于水"（Blood is thicker than water）主要说明，亲人总是亲人，近客不如远亲。

[运用] Why shouldn't Dad hire cousin Jed instead of some stranger? The stranger may have better qualification.But blood is thicker than water, you know. 爸爸为什么不雇表哥杰德而雇外人呢？外人条件也许会好些，你也知道胳膊肘得朝里拐呀。

My friends invited me to go camping on Saturday,

but have to go to my cousin's weeding instead.Blood is thicker than water,after all.我的朋友邀请我参加周末野营，但我必须去参加表弟的婚礼，毕竟血浓于水。

Our leaders of the older generation have always been told that blood is thicker than water. And the nation must be united.Otherwise we will be bullied.我们老一辈的领导阶层总是被告之血浓于水，整个民族一定要团结，不然的话会被人欺负。

419. 眼不见,心不想

[词语] Out of sight, out of mind.

[含义] 久别情疏

[趣释]〔古罗马诗歌〕典出英国作家塔弗纳(R.Taverner) 1539年整理的《谚语格言集》。但这一说法可以追溯到古罗马诗人普罗佩提乌斯(Sextus Propertius)的诗句。普罗佩提乌斯出生于公元前50年,他在1世纪20年代来到罗马,结识了当时的一些重要诗人,在罗马的抒情诗发展史上有一席之地。他传下的诗有4卷90首,大部分为双行律爱情哀歌,有千余行,专注于写他的一个恋人:她妩媚动人,能歌善舞,受过良好教育。可能是上流社会的贵妇,也可能是高级伴妓,也有人认为是诗人贺斯蒂乌斯的孙女贺斯蒂雅。他诗句写道:"心爱的人离眼睛有多远,离心也有多远。"俄语中也有类似的谚语,仿自法语:Ioin des yeux, Ioin du coeur.意思是原先亲近的人,离开后就渐渐淡忘了,离久情疏。

[运用] While he was away, his girl friend started going with another boy. I guess the old saying is right. "Out of sight, out of mind." 当他不在的时候,他的

女友开始跟别的小伙子交往了。我看古话说得对:"久别情疏。"

If so, will future promotions be sacrificed if you are "out of sight and out of mind" while you work from home? 如果是的话,那么,当你在家里工作"眼不见心不想"的时候,你是否愿意牺牲未来可能升职的机会?

My husband is very attentive when he is at home, but when he's away on business he seldom thinks about calling me—out of sight, out of mind. 我丈夫在家的时候很关心我,但一出差就极少想给我打电话——真是眼不见忘得快。

420. 燕子和乌鸦

[词语] the swallow and the raven

[含义] 耐久胜短暂;健康最漂亮

[趣释]〔古希腊寓言〕典出《伊索寓言》(*Aesop's Fables*)①中的《燕子和乌鸦》。寓言说,燕子和乌鸦争论谁更美丽。乌鸦抢着对燕子说:"你的外貌美丽只有在春天才能展现出来,而我的身体却在冬季也照样能抵御严寒。""燕子和乌鸦"(the swallow and the raven)的寓意告诉我们:燕子的美貌只能出现在短暂的春夏,而朴素的乌鸦却能度过一年中最艰难的寒冬。耐久比短暂好,健康的身体才是最漂亮的外貌。

---

① 参阅233.驴子和狼。

421. 摇摇篮的手统治世界

[词语] The hand that rocks the cradle rules the world.

[**含义**] 任何伟大的人物都是母亲培养出来的

[**趣释**]〔美国诗歌〕典出美国诗人威廉·罗斯·华莱士（William Ross Wallace）的诗歌《什么支配着世界？》（*What Rules the World?* ）。华莱士1819年出生于美国肯塔基州（Kentucky）的莱克星顿市（Lexington），卒于1881年，祖籍苏格兰。他的朋友称他是非常高尚的美国诗人。华莱士出版了好些作品，但广为人知的是他的名言"摇摇篮的手统治世界"。在这首诗中，他用朴素的语言表达了对普天下母亲的赞美和热爱之情，让人们更深刻地认识到：母亲影响子女的一生，影响着整个世界。因为任何伟大的人物都是母亲养育出来的。这首诗全文如下：They say that man is mighty, /He governs land and sea; /He wields a mighty scepter/O'er lesser powers that be; /But a mightier power and stronger, /Man from his throne has hurled, /And the hand that crocks the cradle/is the hand that rules that world.（都说人力无穷，/支配着陆地和大海，/行使着至上的王权，/统治着弱小的生灵。/然而还有更强大的力量，/将人从宝座上掀起，/是那双轻推着摇篮的手，/主宰着整个世界。）名言"摇摇篮的手统治世界"（The hand that rocks the cradle rules the world.）意思是说，任何伟大的人物都是母亲培养出来的。

422. 野驴和狮子

[**词语**] the wild ass and the lion

[**含义**] 强权便是公理；不要和比自己大得多的人交际合作

[**趣释**]〔古希腊寓言〕典出《伊索寓言》（*Aesop's Fables*）①中的《野驴和狮子》。寓言说，一头野驴和一头狮子结

盟，一起出去捕食。狮子力气大，野驴跑得快，他们捕获了很多猎物。狮子把猎物分成三堆，说："我拿第一份，因为我是兽中之王；我拿第二份，因为在追逐猎物的时候，我是你的帮手；第三份嘛，请你别见怪，对你非常不利，除非你让我，否则你就滚开。""野驴和狮子"（the wild ass and the lion）的寓意是：人们对自己的力量和能力须实事求是，正确估量，不要去与自己强大得多人交际和合作，因为在有些人的观念中，强权便是公理。

① 参阅233. 驴子和狼。

423. 夜间的渡船

[词语] ships that pass in the night

[含义] 邂逅相遇；萍水相逢的人；一面之交

[趣释]〔美国诗歌〕典出美国诗人朗费罗的诗作《伊丽莎白》（*Elizabeth*）中的诗句。亨利·韦兹沃思·朗费罗（Henry Wadsworth Longfellow）是19世纪美国最伟大的浪漫主义诗人之一。1807年出生在缅因州波特兰（Portland, Maine），卒于1882年。他先后去过法国、西班牙、意大利和德国等地，研究这些国家的语言和文学。1836年开始在哈佛大学讲授语言、文学，致力于介绍欧洲文化和浪漫主义作家的作品，成为新英格兰文化中心剑桥文学界和社交界的重要人物。朗费罗的主要作品有长篇叙事诗《伊凡吉林》（*Evangeline*）和《海华沙之歌》（*The Song of Hiawatha*）等通俗史诗。他在1863年出版的诗集《路畔旅舍的故事》（*Tales of a Wayside Inn*）中的一首诗中写道："在漆黑的夜里渡船相遇，它们联络，黑暗中只有一个信号和遥远的声

音;在人生的航海中我们相遇,我们交谈,只有一次见面和一次叙谈,然后互不相知。"(Ships that pass in the night and speak each other in passing.)英国女作家比阿特丽丝·哈雷登(Beatrice Haraden)在1893年出版的小说也名《夜间渡船》(*Ships That Pass in the Night*)。现在,"夜间的渡船"(ships that pass in the night)喻指邂逅相遇、萍水相逢的人。

[运用] I know her slightly, but we are just like ships that pass in the night.我虽认识她,也只是一面之交而已。

He treated the two women as partners rather than ships that pass in the night.他对待那两个女人如伴侣一般,而不像仅仅有一面之交的人。

I don't think I will ever see her again.We are but ships that pass in the night.我想我不会再见到她,因为我们只是萍水相逢而已。

424. 一磅肉

[词语] pound of flesh

[含义] 合乎法律的无理要求;分文不能短少的债务

[趣释] 〔英国剧作〕典出英国剧作家威廉·莎士比亚(William Shakespeare)的剧作《威尼斯商人》(*The Merchant of Venice*)①。该剧是莎士比亚早期写的一出富有社会讽刺性的喜剧。它反映的生活相当广阔,揭示的矛盾极其尖锐,赞颂了仁爱、友谊、爱情的高贵美德,探讨了金钱这一古老而又永不过时话题。该剧通过动人机智的对话,峰回路转的剧情,夸张爆笑的情节,充满传奇浪漫的色彩,引领观众认识什么才是人生中的重要价值。该剧第四幕第一场,在威尼斯法庭上,无论威尼斯公爵

（Duke of Venice）、鲍西娅（Portia）如何劝说犹太高利贷者夏洛克（Shylock），他仍然坚持要求执行契约，要从安东尼奥（Antonio）身上割下属于他的那磅肉。他说："……我向他要求的这一磅肉，是我出很大价钱买来的；它属于我的，我一定要把它拿到手里。(...The pound of flesh, which I demand of him/Is dearly bought, 'tis mine and I will have it.)您要是拒绝了我，那么你们的法律见鬼去吧！威尼斯城的法令一纸空文。我现在等候判决，请快些回答我，我可不可以拿到这一磅肉？"现在，"要回某人的一磅肉"（to demand/want one's pound of flesh）被用来喻指无情索债，利益分文不能少；合法但极不合理的事情。

[运用]The boss pays the highest wages, but he wants his pound of flesh in return and makes them work very hard. 老板给他们最高的工资，但要求也很苛刻，要他们拼命干活。

We had hoped he would be lenient regarding the interest on the money, but he demanded his full pound of flesh and we could do nothing about it. 我们希望他在金钱的问题上显得宽容一些，但他要求得到他的利益，分文不少，对此我们也无能为力。

---

①参阅393.夏洛克。

425. 一捆柴枝

[词语] a bundle of sticks
[含义] 团结就是力量
[趣释]〔古希腊寓言〕典出《伊索寓言》（*Aesop's*

Fables)①中的《农夫与争吵的儿子们》(*The Ploughman's Quarrelsome Sons*)。这篇寓言说,有个农夫,他的儿子们彼此很不和睦。他们成天争吵不休,无论怎么劝解都没有用。他想,必须用事实教育他们才行。于是,他叫儿子们拿来一捆柴枝,叫他们将整捆柴枝折断。孩子们一个个费尽了气力,柴枝还是折不断。接着,农夫把那捆柴枝解开,给他们每人一根一根地折,他们很快就把柴枝折断了。这时,农夫深情地对儿子们说:"孩子们啊,如果你们团结起来互相帮助,无论什么敌人都不能打败你们。可是,一旦你们分开,就会像这些柴枝一样不堪一折啊!""一捆柴枝"(a bundle of sticks)告诉人们:团结就是力量。

---

①参阅233.驴子和狼。

426.一手拿手帕,一手拿着剑

[**词语**] with hankerchief in one hand, and sword in the other

[**含义**] 表面同情别人的不幸,暗地里准备从中取利;猫哭耗子假慈悲

[**趣释**] 〔英国散文〕典出英国散文家、历史学家托马斯·卡莱尔(Thomas Carlyle)的散文《钻石项链》(*The Diamond Necklace*)。卡莱尔于1795年生于苏格兰,卒于1881年,是英国文坛怪杰,擅长修辞,19世纪的英语中词语"Carlyleism"(卡莱尔的修辞风格)便是最好的佐证。卡莱尔的主要代表作有《法国革命》(*The French Revolution*)、《论英雄、英雄崇拜和历史上的英雄业绩》(*On Heroes and Hero-*

Worship）、《过去与现在》（Past and Present）。他的经典语录很多，例如："雄辩是银，沉默是金。""未哭过长夜的人，不足以语人生。""一个人首要责任是征服恐惧。人们必须摆脱恐惧，否则一事无成。"卡莱尔在《钻石项链》第一章寥寥数语就把匈牙利及波希米亚女王玛丽亚·特里萨（Maria Theresa）的虚伪、阴险、凶残的形象呈现在读者面前："Maria Theresa stands, with the hankerchief in one hand, weeping the woes of Poland; but with the sword in the other hand, ready to cut Poland in sections, and takes her share."（玛丽亚·特里萨站在那里，一手拿着手绢，为波兰的苦难哭泣；但另一手拿着剑，准备把波兰割成几块，并拿走她的一份。）现在，"一手拿手帕，一手拿着剑"（with hankerchief in one hand, and sword in the other）喻指表面同情别人的不幸，暗地里准备从中取利。相当于汉语中的"猫哭耗子假慈悲"。

427. 一息尚存，就不放弃希望

[词语] While I breathe, I hope.

[含义] 只要活着，就有希望

[趣释]〔古罗马诗歌〕While I breathe, I hope仿自拉丁语谚语Dum spiro, spero。典出古罗马诗人奥维德（Ovid）的《哀歌》（Sorrows）。奥维德又名Ovidius，一生著作颇丰，是一位与贺拉斯（Horace）、维吉尔（Vergil）齐名的古罗马诗人[①]。他于公元前43年生于罗马（Rome）附近，年轻时在罗马学习修辞，对诗歌充满兴趣。他的第三任妻子出身名门，使他有机会进入上层社会，结交皇家诗人。公元1年，他发表了《爱的艺术》（The Art of Love），描写爱的技巧，传授引诱和私通之术。与罗

马帝皇帝奥古斯都(Augustus)道德改革政策发生了冲突,于公元8年被流放到黑海(Black Sea)附近10年,于公元18年去世。他在流放期间心情忧郁,生活悽苦,写下《哀歌》5卷,《黑海零简》(*Letters from the Black Sea*)4卷。前者反映流放生活的感受,表达孤寂、怨悔的心情;后者多为恳求皇帝宽恕的信件。在《哀歌》中,诗人说:"一息尚存,就不放弃希望。"(While I breathe, I hope)表达了他身处逆境而不屈服于命运的精神:只要活着,就有希望。

[运用] Prepared in mind and resources: while I breathe, I hope. 做好思想和物力准备,只要活着,就有希望。

The while we breathe we hope. 当我们还在呼吸的时候,我们就有希望!

---

① 参阅258. 闷住的火烧起来更猛烈。

428. 一小时的哈里发

[词语] caliph for an hour

[含义] 讽喻那些获得很大权力,但又很快丧失的人

[趣释]〔故事传说〕典出阿拉伯故事集《一千零一夜》(*The Thousand and One Nights*)①中的同名故事《一个小时的哈里发》。故事说巴格达(Baghdad)有一个名叫阿卜·加萨的青年邀请一位陌生人在他家做客。席间,这位年轻人说,自己生平最大的愿望就是做一次哈里发,即便一天也好。碰巧青年所邀请的这位客人就是出来巡视的哈里发。哈里发把他送进自己的宫里。当加萨醒来时惊讶地发现宫里的一切都供他享用,所有大臣、使女都听他使唤。这样,加萨也就真相信自己就是个哈里发,实现

了自己平生最大的愿望。可惜，他只高兴了一阵子，等到第二天晚上醒来时，已被送回自己的家中。昨天的幸福还未弄清是真是假，就已消失得无影无踪了。后来，人们就用"一小时的哈里发"（caliph for an hour）来讽喻那些获得很大权力，但又很快丧失的人。

---

①参阅358.天方夜谭。

429.一言不合就动手

[**词语**] a word and a blow

[**含义**] 一句话不对，就拳头相向；翻脸无情；说干就干

[**趣释**]〔英国剧作〕典出英国剧作家威廉·莎士比亚（William Shakespeare）的剧作《罗密欧与朱丽叶》（*Romeo and Juliet*）①。该剧讲述出身于两个仇视家族中男女青年罗密欧（Romeo）和朱丽叶（Juliet）的戏剧性相识和相恋，他们的真挚的爱情经受住了许多的打击和考验，最后因误会而双双殉情。讴歌了爱情的伟大也诠释了世俗的残酷。该剧第三幕第一场，在维洛那（Verona）广场，罗密欧的朋友班伏里奥（Benvolio）、茂丘西奥（Mercutio）以及仆童一伙儿在广场走着，凯普莱特（Capulet）夫人的内侄、朱丽叶的表哥提伯尔特（Tybalt）带着一干人正面走过来。提伯尔特对身边的人说："你们跟着我不要走开，等我去向他们说话。"他对班伏里奥和茂丘西奥说："两位晚安！我跟你们中间无论哪一位说句话儿。"（...Gentlemen, good den, a word with one of you.）茂丘西奥说："你只要跟我们两人中间的人一个讲一句话吗？再来点别的吧。要是你愿意在一句话以外，再跟我们较量一两手，那我们

倒愿意奉陪。"（And but one word with one of us? Couple it with something, make it a word and a blow.）由此而出的成语"一言不合就动手"（a word and a blow）喻指翻脸无情、一句话不对就拳头相向，有时有说干就干的意思。

[运用] They were a rough lot in deed...All, as the saying goes, were "at a word and ab low" with their best friends. 不错，他们是些粗暴的家伙；……正如俗语所说，尽是些一言不合就拔刀相向的家伙，连对他们知己朋友也没有例外。

My cousins are grieved...; they did not expect that I would be a word and a blow, as they phrase it. 我的堂兄弟（对我这么离开）都很痛心……；他们没料想到我会像他们所说的那样翻脸无情。

The longer he lived, the more certain he became of prime, Necessity of virile and decisive action in all affairs of life. A word and a blow—a blow first! 他活得越久，就越加明确地认识到，无论在什么事情上，首要的是坚强果断的行动。说干就干，干了再说！

---

① 参阅32.白天点灯。

430. 一只燕子不成为夏天

[词语] One swallow does not make a summer.

[含义] 不能根据偶然的事实做出普遍的结论；一事成功并非万事大吉

[趣释]〔古希腊寓言〕典出《伊索寓言》（*Aesop's Fables*）①中的《浪子和燕子》（*The Spendthrift and the*

Swallow）。寓言说，有个年轻浪子把祖上传下来的家业都挥霍光了，仅剩下身上穿的外衣。有一天他看见一只提早季节飞来的燕子，以为夏天已到，不再需要外衣，便拿去卖了。不久，天气骤然回冷，他冻得四处躲藏，他后悔也来不及了。谚语"一燕不成夏"（One swallow does not make a summer）的意思是：不能根据偶然的现象和事实做出普遍的结论；一事成功并非万事大吉。

［运用］The first experiment is a success, but we should remember that one swallow does not make a summer. 首次试验成是功的，但我们不能盲目乐观，还要继续保持谨慎。

One swallow does not make a summer; nor does a single quater of economic growth guarantee the recession's end. 孤燕不成夏；一个季度的经济增长，也不能保证衰退结束。

The first sample of ore from the trial boring is very promising, but we should remember that one swallow does not make a summer. 从试钻的第一块矿石样品来看，那是很有开采价值的，不过我们应该记住不可光凭偶然现象就下断语。

---

①参阅215. 浪子和燕子。

431. 意识的溪流

［词语］stream of consciousness

［含义］意识流

［趣释］〔英国小说〕stream of consciousness是心理学家创造出来的，意为"意识流"，后被用来指一种写作技巧。这种写作技巧最早在英国女作家多萝西·米勒·理查森（Dorothy Miller Richardson）1915年的小说《尖屋顶》（*Pointed Roofs*）

中开始运用。多萝西生于1873年，卒于1957年，是英国的作家和记者。而"意识流"这个心理学家们使用的短语是美国心理学家、教育学家威廉·詹姆斯（William James）创造的。他在1884年发表的一篇论文中指出，人的思维活动是一股切不开、斩不断的"流水"。意识并不是片面连接，而是不断流动着的。可以用一条河或一股水流来比喻。1918年英国女作家梅·辛克莱（May Sinclair）在评论多萝西·理查森的小说《旅程》时被引入文学界。后来，在被视为是意识流运用于文学创作最佳作品《尖屋顶》中，多萝西着力表达人的感性活动、意识活动和内心的奥秘。形式上以意识流做结构，有意忽略故事情节的连贯和完整，不写背景，不用标点，并创造出颠倒时序、自由联想、象征暗示等新手法，来展示人物的内心活动，把现实与回忆、事实与虚幻互相穿插，到处显示人物感受在流动的痕迹。爱尔兰作家詹姆斯·乔伊斯（James Joyce）在其意识流代表作《尤利西斯》（*Ulysses*），英国女作家弗吉尼亚·伍尔芙（Virginia Woolf）在其意识流作品《戴洛维夫人》（*Mrs.Dalloway*）、《灯塔行》（*To the Lighthouse*）、《雅各的房间》（*Jacob's Room*）等使意识流在文学创作上得以进一步发展和完善。

432. 伊修里厄的长矛

［词语］Ithuriel's spear

［含义］检验真伪的可靠手段；试金石

［趣释］〔英国诗歌〕典出英国诗人约翰·弥尔顿（John Milton）的诗歌《失乐园》（*Paradise Lost*）。约翰·弥尔顿是英国大诗人，政治家。他1608年出生在清教徒家庭，卒于1674年。弥尔顿16岁入剑桥大学学习，并开始写诗。他的杰作有《失乐

园》《复乐园》（*Paradise Regained*）和《力士参孙》（*Samson Agonistes*）。弥尔顿的长诗《失乐园》完成于1667年，全诗共1万行，分12卷。夏娃（Eve）和亚当（Adam）因受撒旦（Satan）的引诱，偷吃了智慧树上的禁果，违背上帝的旨令，被逐出乐园。撒旦原是大天使，但他骄矜自满，纠合一部分天使和上帝作战（卷5、卷6），于是被打到地狱里遭受苦难（卷1、卷2）。这时他已无力反攻天堂，便想出间接报复的办法，企图毁灭上帝创造的人类。上帝知道撒旦的阴谋，但为了考验人类对他的信仰，便不阻挠撒旦。撒旦冲过混沌，潜入人世，来到亚当居住的乐园（卷3、卷4）。上帝派去天使告诉亚当面临的危险，同时把上帝创造世界和人类的经过告诉他（卷7、卷8）。但是亚当和夏娃的意志不坚，受了撒旦的引诱，吃了禁果（卷9）。上帝决定惩罚他们（卷10），命大天使米迦勒（Michael）天使把他们逐出乐园。在逐放前，米迦勒把人类将要遭受的灾难告诉了他们（卷11、卷12）。当撒旦潜入乐园后，负责抓捕魔鬼的天使伊修里厄（Ithuriel）奉命前去搜索。他手持的长矛，只要轻轻一触，马上能辨别真伪。当时撒旦变作一只负责抓捕魔鬼的癞蛤蟆，蹲伏在夏娃的身旁。伊修里厄用长矛一触癞蛤蟆，撒旦便无处逃遁，现出了原形。后来，人们用"伊修里厄的长矛"（Ithuriel's spear）喻指检验真伪的可靠手段、试金石。

433. 银叉派

［词语］the silver-fork school

［含义］专写上流社会的生活和礼节的小说家

［趣释］〔英国小说〕典出英国著名小说家萨克雷的散文集《势利人的脸谱》（*The Book of Snobs*）。威廉·梅克匹斯·萨克

雷（William Makepeace Thackeray）生于1811年，卒于1863年，是19世纪英国著名的讽刺小说家。他的作品有小说、散文、论文、故事、民谣、评论等30余部，代表作是讽刺小说《名利场》(*Vanity Fair*)①。萨克雷在1848年发表的《势利人的脸谱》第一章中写道："在这点上，也仅仅在这点上，我承认我属于'银叉派'（the silver-fork school）的一分子……"银叉是有钱人家用餐时的餐具，萨克雷在此用"银叉派"一词指那些专门在书中描写上流社会人物生活及礼仪的作家。以后，人们用"银叉派"（the silver-fork school）喻指专写上流社会人的生活和礼节的小说家。

----

①参阅325.十足的蓓·夏普。

434.鹰和蛇

[词语] the snake and the eagle

[含义] 善有善报

[趣释]〔古希腊寓言〕典出自《伊索寓言》(*Aesop's Fables*)①中的《鹰和蛇》。寓言说，蛇和鹰交战，斗得难解难分。后来，蛇紧紧地缠住了鹰，农夫看见了，便解开了蛇的缠结，使鹰得救。蛇为此愤愤不平，把毒液投到农夫的饮料里，当农夫端起杯子正要喝的时候，鹰猛冲下来，把农夫手中的杯撞掉了。"鹰与蛇"（the snake and the eagle）的寓意是：善有善报，好人一定能得到好报。

[运用] When asked why she was kind to those ungrateful persons, she said that she believed in what the fable the snake and the eagle says. 当问她为什么对那些

不知感激为何物的人那么好时,她说她相信善有善报。

---

①参阅233.驴子和狼。

435.用泥刀涂抹

[词语] to lay it on with a trowel

[含义] 乱夸奖;乱恭维;拍马屁;肉麻吹捧

[趣释]〔英国剧作〕典出英国剧作家威廉·莎士比亚(William Shakespeare)的剧作《皆大欢喜》(*As You Like It*)①。该剧写于1599年,是一部典型的莎士比亚"绿色世界"喜剧。话剧的背景是一个森林,而男女主角最后有一个皆大欢喜的结局。该剧创造了一个理想世界,描绘了令人向往的人际关系。在具有英国自然特色的森林里,人们像"黄金时代"(the golden age)一样自由自在地生活,没有充满猜忌的宫廷的风险,没有敌人,没有忘恩负义。大自然给人以道德力量,启发人的同情心。该剧第一幕第二场,在弗德利克公爵(Duke Frederick)门前的草地里,公爵的女儿西莉娅(Celia)与堂姐、流亡公爵的女儿罗瑟琳(Rosalind)在玩耍、聊天。小丑试金石(Touchstone)来请西莉娅回家,这里侍臣勒·波(Le Beau)说,她们错过了很好的玩意儿。西莉娅问这个玩意儿是什么花色的,勒·波不知如何回答才好。罗瑟琳说:"凭着你的聪明和你的机缘吧。"试金石补充了一句:"或者按照命运女神的旨意。"西莉娅挖苦他说:"说得好,极堆砌之能事了。"(Well said; that was laid on with a trowel.)"trowel"是泥水匠用的泥镘、泥刀。意为像泥水匠用泥刀抹水泥灰浆一样,把好话、恭维话"用泥刀涂抹"(to lay it on with a trowel)喻指乱夸奖、乱恭维、拍马屁、

肉麻吹捧。

[运用] Everyone likes flattery, and when you come to Royalty you should lay it on with a trowel. 人人喜戴高帽子。当你遇见皇亲国戚时，你应当力加恭维。

She laid it on with a trowel to the Dean's wife. 她竭力恭维教务主任的夫人。

You were laying it on with a trowel, weren't you, when you told Angela she has a divinely beautiful voice! 你告诉安吉拉说她的嗓子美极了，你是不是在拍她马屁？

Certainly she praised my work, but I don't take what she said seriously, for she lay it on with a trowel. 她确实称赞了我的工作，但我并不把她所说的当一回事，因为她说得过分了。

He was laying the flattery on with a trowel. 他吹捧得天花乱坠。

---

①参阅302. 肉和酒。

436. 用全部家当做一次赌注

[词语] to venture all in one bottom

[含义] 孤注一掷

[趣释]〔英国剧作〕典出英国剧作家威廉·莎士比亚（William Shakespeare）的剧作《威尼斯商人》（*The Merchant of Venice*）①。典故的意思与to venture all one's eggs in one basket（冒险把所有的鸡蛋放在一个篮子里）的意思相近。该剧是莎士比亚早年的喜剧作品。剧中的安东尼奥（Antonio）和夏

洛克（Shylock）是两个完全对立的形象，他们对金钱和人情态度截然相反。威尼斯商人安东尼奥慷慨仁厚，借贷不取息，珍重友谊，不惜为之牺牲性命；犹太高利贷者夏洛克爱钱如命、唯利是图，利益受到损失就要加以灭绝人性的报复，毫无同情和仁爱之心。剧中使用这个典故有两点新意：其一是venture用作可数名词而不是动词，其二是意思与典故本义相反。该剧第一幕第一场，在威尼斯街道上，安东尼奥和朋友萨拉里诺（Solarino）、萨莱尼奥（Solanio）边走边谈海上的贸易船只，他们都有海外生意，也都有商船在海上行驶，他们常为其安全而担忧。萨拉里诺说："吹凉我的粥的一口气，也会吹痛我的心，只要我想到海上的一阵风景会造成怎样一场灾祸。……危险的礁石只要稍微碰一下我那艘好船的船舷，就会把满船的香料倾泻在水里，让汹涌的波涛披戴着我的绸缎绫罗；方才还是价值连城的，一转瞬间尽归乌有。要是我想到了这种情形，我怎么会不担心这种情形也许会果然发生，从而发起愁来呢？不用对我说，我知道安东尼奥是因为担心他的货物而忧愁。"安东尼奥说："不，相信我；感谢我的命运，我的买卖的成败并不完全寄托在一艘船上……"（My ventures are not in one bottom trusted.）"用全部家当做一次赌注"（to venture all in one bottom）现在喻指孤注一掷。

---

① 参阅393.夏洛克。

437.用全部眼睛看

[**词语**] to be all eyes

[**含义**] 睁大眼睛看；仔细看；全神贯注地看

[**趣释**]〔英国剧作〕典出英国剧作家威廉·莎士比亚

（William Shakespeare）①的剧作《暴风雨》（*The Tempest*）。该剧是莎士比亚最后一部大团圆戏剧。米兰公爵普洛斯彼罗（Prospero）由于闭门读书，不理国事而被兄弟安东尼奥（Antonio）篡权，他和3岁的女儿米兰达（Miranda）一起被逐到海上。由于得到好心人的帮助，他们侥幸存活，流落到一座荒岛。普洛斯彼罗依靠书中学到的强大魔法，解救了岛上受苦的精灵爱丽儿（Ariel）②。他借助爱丽儿的力量呼风唤雨，吸引仇人前来，令他们醒悟、认错。最后，普洛斯彼罗以博大的胸怀宽恕了仇敌，还使女儿得到了意中人——那不勒斯王子斐迪南（Ferdinand），最后大家离开海岛回归米兰。在《暴风雨》第四幕第一场，在普洛斯彼罗洞室的前面，普洛斯彼罗嘱咐斐迪南要保持自己的忠实，不要太恣意调情。斐迪南请他放心，说皎白的处女冰雪早已降服他胸中的欲火。接着普洛斯彼罗说道："好，出来吧，我的爱丽儿！不要让精灵们缺少一个，多一个倒不妨。轻快地出来吧！大家不要响，只许静静地看！"（No tongue, all eyes; be silent.）成语"用全部眼睛看"（to be all eyes）被用来喻指睁大眼睛看、仔细看、全神贯注。

[运用] The boy was all eyes when the stranger came. 陌生人来到时，那男孩目不转睛地看着。

As the conjure did his tricks, the boys were all eyes. 当魔术师在耍把戏时，孩子们睁大眼睛看着。

---

①参阅150.哈姆雷特。　　②参阅189.精灵爱丽儿。

438. 忧虑愁死猫

[词语] Care killed a cat.

[**含义**] 忧愁伤身；忧虑能伤人

[**趣释**]〔英国剧作〕典出自英国剧作家威廉·莎士比亚（William Shakespeare）的剧作《无事生非》（*Much Ado About Nothing*）①。猫在西方被迷信地认为有九条命，素有"A cat has nine lives"之说。因而猫被视为有极强生命力的动物。过度的忧虑也会危及猫的性命。以此语警示世人，忧大伤人。《无事生非》是莎士比亚的著名喜剧之一，在其英文剧本名称 *Much Ado About Nothing* 中的"Nothing"（无事）与"Noting"（注意、记录）的拼写和发音都非常相似，英文剧名暗含"窃听生非"双关暗示。窃听在戏剧中是造成误解或澄清事实的关键。《无事生非》的剧情由希罗（Hero）和克劳狄奥（Claudio）以及贝特丽丝（Beatrice）和培尼狄克（Benedick）两对情侣截然不同的爱情故事构成。希罗是总督里奥那托的女儿，优雅沉静。克劳狄奥是军士，叱咤战场。两人代表传统的结合；贝特丽丝是希罗的堂姐，她和年轻军人培尼狄克之间唇枪舌剑，永无休止，尽管两人最终配对成功，始终坚持戴着原本尖酸嘲讽的面具。该剧第五幕第一场，在总督里奥那托家门前，因为克劳狄奥"害死了"希罗，贝特丽丝的男友培尼狄克气得要跟克劳狄奥决斗。但克劳狄奥不知原委，反而劝他别太忧愁："喂，放出勇气来，朋友！虽然忧愁能伤人，可是你是个汉子，你会把忧愁赶走的。"（What! Courage, man! What though care killed a cat, thou hast mettle enough in thee to kill care.）成语"忧虑愁死猫"（Care killed a cat）说明，忧愁伤身、忧感伤人。

---

①参阅387. 无法估量。

439. 有多少人，就有多少主意

[**词语**] So many men, so many minds.

[**含义**] 人多，意见也多；人多嘴杂

[**趣释**]〔古罗马剧作〕典出古罗马喜剧作家泰伦提乌斯（Terentius）的喜剧《福尔弥昂》（*Phormio*）。泰伦提乌斯又名泰伦斯（Terence），拉丁文全名是Publius Terentius Afer①。他生于公元前190年，卒于公元前159年。他生活在罗马奴隶制生产迅速发展，商业和货币经济繁荣，希腊和东方各国文化和生活方式传入罗马，使社会发生了很大变化。他的喜剧主要描写年轻人的爱情和由此引起的家庭冲突，反映在新的经济条件和文化思想影响下，新旧思想的冲突和老少两代人之间的矛盾。《福尔弥昂》这部剧是泰伦提乌斯的名作之一，描写门客福尔弥昂帮助两对青年结为夫妇的故事。剧中的两个爱情故事平行发展，以一方面问题的解决促成另一方面问题的解决，结构非常紧凑。这部喜剧曾被法国剧作家莫里哀（Moliere）改编成《司卡潘的计谋》。英文谚语So many men, so many minds由剧中拉丁文台词Quot homines, tot sententiae翻译而来，意思是人多议论多，意见反而不易统一。即人多意见多、人多嘴杂。

[**运用**] On the same situation, Lev Tolstoy says, "If so many men, so many minds, certainly so many hearts, so many kinds of love." 就此，列夫·托尔斯泰说："不同的人，不同的思想，不同的心地，造就不同的爱情。"

Just as the saying goes: "So many men, so many minds." It is quite understandable that views on this issue vary from person to person. 俗话说，"人多意见也多"，对这个问题的看法彼此不同是完全可以理解的。

注：在英语中，类似结构的谚语有：So many countries, so many customs（异国异风，异乡异俗）；So many servants, so many enemies（有多少佣人，就有多少仇人）。

---

①参阅266. 命运恩宠勇者。

440. 有斧子要磨

[词语] to have an axe to grind

[含义] 别有用心；另有企图；有个人打算

[趣释]〔美国散文〕典出1810年美国宾夕法尼亚州（Pennsylvania）最大一家报纸刊登的一则故事。他们登载这个故事为的是纪念美国资产阶级革命家、科学家本杰明·富兰克林（Benjamin Franklin）①逝世20周年。故事说，有个陌生人手持一把斧头想找个磨刀石（grindstone）来磨一磨。他在街边遇见一个男孩，就问他："好孩子，你爸爸有磨刀石吗？"那男孩就带他到自己家里来，还帮他转动磨刀石磨斧头。这件事对一个小孩子来说可不容易。他累了半天，好不容易才把斧头磨好，那人见目的已经达到，不仅不道谢，反而教训孩子该早些上学去以免迟到。那孩子就是后来的大政治家、发明家富兰克林。其实，富兰克林本人生前也讲过类似的故事。说他年幼时，院子里遇到一个带斧头的陌生人。那人称赞院子里的磨刀石很好，想看看它好不好使。那人花言巧语地让自己转动磨刀石，他就在上面磨斧子。他不住口地夸富兰克林，弄得他飘飘然起来，把砂轮转得飞快。斧子磨好之后，那陌生人也不说声谢字就走了，小富兰克林看着双手上的血泡，才明白自己上了他的当。故事用意很明确："有斧头要磨"是指用恭维话来达到个人目的，人们不要上当受

骗。这个小故事后来被选编入当时的小学课本。现在，"有斧子要磨"（to have an axe to grind）就成了家喻户晓的成语，喻指别有用心、另有企图、有个人打算。

[运用] Whenever he flatters your generosity, he will certainly have an exe to grind. 每当他称赞你慷慨大方时，他就一定有什么企图了。

People would have assumed that I had an axe to grind. 人们会以为我另有私心。

In agreeing so readily, he had an axe to grind. 他满口答应了这件事，是他有自己的算盘。

He had an axe to grind when he said that. 他那样说是另有所图的。

---

①参阅327. 时间就是金钱。

441. 有去无回的国土

[词语] from whose bourn no traveller returns

[含义] 死的王国；冥界；坟墓

[趣释]〔英国剧作〕典出英国剧作家威廉·莎士比亚（William Shakespeare）的剧作《哈姆雷特》（*Hamlet*）①。bourn 亦作 bourne，意为领域、范围、界限、境界。这个成语亦为 bourne from whence no traveller returns。在16世纪末至17世纪初的欧洲，那是一个充满吸引力、权力与堕落的世界。莎士比亚于1601—1602年创作悲剧《哈姆雷特》，该剧以12世纪的丹麦宫廷为背景，通过哈姆雷特王子为父报仇的故事，借古喻今，真实地描绘了文艺复兴时期欧洲和英国的社会现实与

矛盾，宫廷中尔虞我诈，社会上民怨沸腾，人文主义理想在这个罪恶当道的社会已无法实现。因此可以说《哈姆雷特》这部剧作是莎士比亚人文主义和现实生活批判精神的最深刻表达。在该剧中哈姆雷特王子所处的客观环境是：朝臣昏聩，助纣为虐；好友背叛，充当爪牙；情人上当，成为工具；母后无知，为虎作伥。弄得哈姆雷特孤立无援。奸王又步步紧逼，如何追查父亡真相，怎样想惩治杀人凶手，还都悬而未决。与此同时，哈姆雷特主观上又承受着"生存还是毁灭"的思想煎熬，使他置身于现实风雨的考验中。该剧第三幕第一场，在城堡一室中，奸王克劳狄斯（Claudius）、王后乔特鲁德（Gertrude）、大臣波洛涅斯（Polonius）已经布置好用情人奥菲利娅（Ophelia）来测试哈姆雷特是装疯还是真疯。哈姆雷特识破阴谋，一上场就来一段似疯非疯、云里雾里的很长独白："生存还是毁灭，这是一个值得考虑的问题；默然忍受命运暴虐的毒箭，或是挺身反抗人世的无涯的苦难，通过斗争把它扫清，这两种行为，哪一种更高贵？死了；睡着了；什么都完了。要是在这一种睡眠之中，我们心头的创痛，以及其他无数血肉之躯所不能避免的打击，都可以从此消失，那正是我们求之不得的结局。……谁愿意负着这样的重担，在烦劳的生命的压迫下呻吟流汗，倘不是因为惧怕不可知的死后，惧怕那从来未曾有一个旅人回来过的神秘之国，是它迷惑了我们的意志，使我们宁愿忍受目前的折磨，不敢向我们所不知道的痛苦飞去？……（...The undiscover'd country from whose bourne, /No traveller returns, puzzles the will/And makes us rather bear those ills we have/Than fly to others that we know not of?...）且慢！美丽的奥菲利娅！——女神，在你的祈祷之中，不要忘记替我忏悔我的罪孽。"由此产生的成语"有去无回的国土"（from whose bourn no traveller returns）被用来喻指死的王国、冥界、坟墓。

---

①参阅150.哈姆雷特。

442. 有线缝的一面

[词语] seamy side

[含义] 黑暗的一面；事物的阴暗面；丑恶的一面

[趣释]〔英国剧作〕典出英国剧作家威廉·莎士比亚（William Shakespeare）的四大剧之一《奥赛罗》(*Othello*)①。该剧是多主题的作品：它包括爱情与嫉妒的主题、轻信与背信的主题、异族通婚的主题等。早在17世纪下半叶，英国人就热情肯定此剧，认为无论是从诗行还是剧情来看，它都是一出好剧。认为主要人物描绘得好，诱惑场面卓越地显示了伊阿古（Iago）恶人癖性。主人公奥赛罗（Othello）正直、勇敢、单纯，但他易怒而轻信他人。他致命的缺点是自卑于自己的肤色，以至于伊阿古几句简单的挑唆便造成人间悲剧。该剧第四幕第二场，城堡中一室。奥赛罗怀疑自己的妻子苔丝狄蒙娜（Desdemona）对自己不忠诚，骂她是娼妇。旗官伊阿古的妻子爱米利娅（Emilia）认为一定是万劫不复的恶人，为了要谋求差事，才造出这样谣言。她说："真想每一个老实人手里拿根鞭子，把这些混蛋们脱光衣服抽一顿，从东方一直抽到西方！"伊阿古说："别嚷得给外边都听见了。"爱米利娅说："哼，可恶的东西！前回昏了你的头，使你疑心我跟摩尔人有暧昧的，也就是这种家伙。"（O, fie upon them! Some such squire he was/That turn'd your wit seamy side without, /And made you to suspect me with the Moor.）"That turned your wit the seamy side without."

字面意思是"那回把你的才智转到背面没有了"，译者译成"前回昏了你的头"。"有线缝的一面"（seamy side）原指衣服背面，引申为黑暗的一面、事物阴暗面、丑恶的一面。

[运用] The seamy side of life includes crime and other evils. 生活的黑暗里包括犯罪和其他邪恶的事情。

How do you solve your psychological the seamy side? 你是如何解决心理阴暗面的？

Annie grew up in comfort knowing little of the seamy side of the city life. 安妮在富裕安逸环境中长大，不太了解城市生活丑恶的一面。

---

①参阅150.哈姆雷特。

443. 有优势的隅石

[词语] coign of vantage

[含义] 有利的地位；有利的位置或角度

[趣释]〔英国剧作〕典出英国剧作家威廉·莎士比亚（William Shakespeare）的剧作《麦克白》（*Macbeth*）①。该剧是莎士比亚四大悲剧之一，主要讲述苏格兰将军麦克白从有功之臣衍变成叛臣逆贼的过程。该剧第一幕第六场，在殷佛纳斯（Inverness）城堡前，国王邓肯（Duncan）和大将班柯（Banguo）一行莅临麦克白城堡。高音笛奏乐，火炬前导，邓肯、班柯、王子马尔康（Malcolm）、道纳本（Donalbain）以及随从、侍从上。国王盛赞城堡说："这座城堡位置很高；一阵阵温柔的和风轻轻地吹拂着我们，有微妙的感觉。"大将班柯也说："夏天的客人——巡礼宙宇的燕子，也在这里筑下了它的温暖的巢居，这可

以证明这里的空气有一种诱人的香味；檐下梁间、墙头屋角，无不是这鸟儿安置吊床和摇篮的地方：凡是它们生息繁殖之处，我注意到空气总是很新鲜芬芳。"(This guest of summer；/The temple-hunting martlet, does approve, /By his loved mansionry, that the heaven's breath/Smells wooingly here: no jutty, frieze, /Buttress, nor coign of vantage, but this bird/Hath made his pendant bed and procreant cradle: /Where they most breed and hunt, I have observed, /The air is delicate.) "优势的隅石"(coign of vantage)喻指观看表演、观察事物的有利的位置，或掌控事物、处理问题的有利地位。

[运用] People stood at every coign of the vantage on both sides of the road to watch the gala. 人们站在道路两边的有利位置观看节日游行。

They took me for a dun, and peered out from a coign of vantage. 他们以为我讨债来了，就从有利的地方朝外窥伺。

You are in his employ. What a coign of vantage! You can watch his business methed so easily. 你受他的雇用，这是一个多么有利的位置啊！你可以很容易地观察他做生意的方法。

―――――――――――
①参阅243.麦克白。

444. 渔夫们

[词语] fishermen

[含义] 不要因挫折而苦恼

[趣释]〔古希腊寓言〕典出《伊索寓言》(*Aesop's Fables*)①中的《渔夫们》。寓言说，渔夫们起网，觉得很沉，以

为捕获的鱼一定很多，高兴得手舞足蹈。哪知网拉到岸上，鱼不多，网里是一块大石头。他们心里很懊恼，捕获多少倒没什么，难受的是结果和他们的预期正好相反。他们当中的一位老人说道："朋友们，别难过。痛苦本是欢乐的姐妹，刚才我们高兴过了，现在也该苦恼苦恼了。""渔夫们"（fishermen）的寓意是说，不要因挫折而苦恼。

---

①参阅233. 驴子和狼。

445. 与来宾跳舞

[词语] to dance attendance on/upon sb.

[含义] 奉承某人；讨好某人；侍候某人；等候某人

[趣释]〔英国剧作〕典出英国剧作家威廉·莎士比亚（William Shakespeare）的剧作《亨利八世》（*King Henry VIII*）。该剧是莎士比亚于1613年创作的英国历史剧，据说是和青年剧作家合作完成的。全剧五幕十七场，讲述白金汉公爵（Duke of Buckingham）被诛，凯瑟琳王后（Queen Katherine）被废，大主教伍尔习（Cardinal Wolsey）被黜，安·波琳（Anne Bullen）加冕，和英国支教会脱离罗马教廷统治，成为单独由英国国王直接领导的英国国教等主要情节。通过这些情节，亨利对伊丽莎白女王（Queen Elizabeth）的未来统治进行了预言性的颂扬。对于英国在亨利八世和伊丽莎白一世，父女俩长久而英明的统治下国势得以大振，至今念念不忘的英国人民，该剧仍有很大的感召力。该剧第五幕第二场，在枢密会议室前厅，坎特伯雷大主教（Archbishop of Canterbury）克兰默（Cranmer）奉命来到，可看门的却借口没有传他而让他在外面等候，看到这一情况

的御医勃茨（Butts）将情况报告亨利八世，亨利王往窗口瞧了一下说："哈！果然是他。这就是他们对同僚表示的尊敬吗？幸亏还有一个人，权力在他们之上。我起先以为他们之间彼此真诚相待，至少也彼此以礼相待，不至于让大主教这样地位的和我这样亲近的人，听候他们的命令，而且像个送公文的邮差在门外伺候着。"(I had thought, /They had parted so much honesty among them, / (At last, good manners), as not thus to suffer/A man of his place, and so near our favour, /To dance attendance on their lordship's pleasures, /And at the door too, like a post with packets.) 这个成语的形成与古代英国习俗：新娘必须与来宾跳舞的习俗有关，由此转义为讨好某人、奉承某人（常指望能得到好处）。另一说法认为此语比喻见位高者必须恭敬等候，dance意为"久候"。现在，"与来宾跳舞"（to dance attendance on/upon sb.）被用来喻指奉承某人、讨好某人、侍候某人、等候某人。

[运用] Peter had a long time danced attendance on his rich uncle, but got nothing from him when he died. 彼得长时间向他有钱的叔叔献殷勤，但叔叔死后他什么也没得到。

I hate dancing attendance on others. 我讨厌奉承别人。

As a secretary, she sometimes has to dance attendance on her boss. 作为秘书，她有时不得不小心地侍候着她的老板。

I can't dance attendance on your affectations now. 我现在不能再给你的装腔作势凑趣了。

446. 与人一起拔乌鸦毛

[词语] to pluck a crow with sb.

[**含义**] 与某人讲个明白；要与某人比个高低

[**趣释**] 〔英国剧作〕典出英国剧作家威廉·莎士比亚（William Shakespeare）的剧作《错误的喜剧》（*The Comedy of Errors*）。该剧是莎士比亚早期的一部滑稽喜剧，又译名为《错中错》，至今在英美仍上演不衰。主要讲述两对自幼失散的孪生兄弟大、小安提福勒斯（Antipholus）和他们的侍从大、小德洛米奥（Dromio）机缘巧合来到同一座城市，彼此不知道对方近在咫尺。他们不断地被周围人错认，无奈地陷入一场又一场误会，最后兄弟相认，合家团聚，欢乐开怀。该剧第三幕第一场，在小安提福勒斯（Antipholus of Ephesus）的家门前，小安提福勒斯的妻子阿德里安娜（Adriana）因为认错了人，生丈夫的气把家门紧闭，还叫仆人守着（这个仆人实际上是他家仆人的孪生哥哥，并非她的仆人），不让丈夫和真正的仆人进家门。守门的还说，要等到鸟儿没有羽毛，鱼儿没有鳞鳍的时候才会放他们进去。小安提福勒斯气得要打进门去，要小德洛米奥去借一把鹤嘴锄。仆人小德洛米奥说："这个鹤没有羽毛，主人，你想得妙。找不到没有鳞鳍的鱼却找到一只没有羽毛的鸟。咱们若是拿着鹤嘴锄砸进去，准保他们吓得振翅高飞，杳如黄鹤。"（A crow without feather? Master, mean you so? /For a fish without a fin, there's a fowl without a feather, /If a crow help us in, sirrah, we'll pluck a crow together.）这一段话，译者按照守门仆人"要等到鸟儿没有羽毛，鱼儿没有鳞鳍才会放他们进去"意译。原文最后一句直译的意思是：如果一只乌鸦让我们进了门，我们就"一起拔乌鸦毛"（pluck a crow together）。成语"与某人一起拔乌鸦毛"（to pluck a crow with sb.）的意思是：与某人比个高低、要与某人讲个明白。现代英语已不用上述成语，而用 have a crow to pluck/pick/pull with sb., 直译为"有只乌

鸦要与某人一起拔毛",即有件事要与某人讲个明白,有件事要与某人争个高低,对某人不满。

[运用] Tell him that I have a crow to pluck with him. 你告诉他,有件事我非同他讲个明白不可。

The tenants in this building have a crow to pluck with the landlord because he fails to provide the service required by law. 这栋楼里的住户要与房东理论,因为他没有按规定提供服务。

447. 愿望是思想之父

[词语] The wish is father to the thought.

[含义] 希望什么,就信什么;愿望为思想之本

[趣释]〔英国剧作〕典出英国剧作家威廉·莎士比亚(William Shakespeare)的剧作《亨利四世》(*King Henry IV*)下篇[①]。亨利四世是兰开斯特公爵(Duke of Lancaster)冈特的约翰之子,在成为国王之前,称为亨利·博林布鲁克(Henry Bullingbrook)。莎士比亚的历史剧《亨利四世》主要反映亨利四世和他的王子们与反叛诸侯进行殊死斗争的过程。分为上篇和下篇,整部戏有浓郁的生活气息,又有一定的历史深度,是喜剧手法与悲剧性质完美结合的历史剧。该剧下篇,在亨利四世王的寝宫里。亨利王双眼凹陷躺在病床上,威尔士亲王(Prince of Wales)即后来的亨利五世,和克莱伦斯公爵(Duke of Clarence)、葛罗斯特公爵(Duke of Gloucester)等王子以及华列克伯爵(Earl of Warwick)守候在病榻前。国王入睡后醒来时,发现放在枕边的王冠不见了。原来,亲王以为父王已不在人世,将王冠带走。亨利叫人把亲王找回来。亲王见国王醒过来

了,就说:"我再想不到还会听见你说话。"亨利王说:"因为你存着那样的愿望,哈利,所以才会发生那样的思想;我耽搁得太久,害你等得厌烦了……"(Thy wish was father, Henry, to that thought:/I stay too long by thee, I weary thee.)据有关资料证明,这句谚语虽语出莎士比亚的剧作,却与古罗马统帅·恺撒(Caesar)的著作《高卢战记》(*Gallic War*)中的一句话有关②。谚语"愿望是思想之父"(The wish is the father to the thought)说明,愿望为思想之本、希望什么就信什么。

---

①参阅187.谨慎是勇敢的要素。　②参阅384.我们对所希望的事情最容易相信。

448. 约翰牛

[词语] John Bull

[含义] 英国或英国人的绰号

[趣释] 〔英国小说〕典出苏格兰作家约翰·阿布斯诺特(John Arbuthnot)的讽刺小说《约翰牛的生平》(*The History of John Bull*)。作者在书中塑造了一个叫"约翰·布尔"的人物:头戴高帽,足蹬长靴,手持雨伞的胖绅士。他为人愚笨且粗暴冷酷、桀骜不驯,欺凌弱小。这个形象原为讽刺英国政府辉格党(Whig)内阁在西班牙王位继承战争中的政策所做。随着小说的风靡,逐渐成为英国人的自嘲形象,泛指英国人。漫画家又用画笔替他定了型。因为"布尔"(Bull)是音译,其词义是"牛",所以"约翰牛"就成了英国或英国人的绰号。作者阿布斯诺特是英国安妮女皇(Anne of Great Britain)的御医,作者之所以选择"约翰·布尔"来代表英国,是因为在伊丽莎白时代,有位叫约翰·布尔的宫廷乐师创作了英国国歌《天佑我皇》

(*God Save the Queen*)。马克思在《累亚德的质询》一文中说："如果说,威廉·科贝特是现代宪章运动者的先驱,那么在另一方面,而且在更大的程度上,他又是个顽固的约翰牛。"后来,还从John Bull派生出John Bullism(英国人的典型性格)、John Bullist(英国迷)等词语。

[运用] By some he is called "a thoroughbred Englishman", by some, "a genuine John Bull". 一些人称他为"纯正的英国佬",而有一些人又叫他作"道地的约翰牛"。

449. 在德布雷特名人录里

[词语] to be in Debrett

[含义] 出身名门；贵族门第

[趣释]〔英国散文〕典出英国出版商约翰·德布雷特（John Debrett）的两部名人录。德布雷特出版社（Debrett）成立于1769年，1802年出版的《德布雷特贵族人名录》（*Debrett's Peerage*）和1808年出版的《德雷特男爵人名录》（*Debrett's Baronetage*）。它还出版了一系列英格兰、苏格兰以及历史上王室婚礼和烹饪书籍。20世纪中期，它又出版了《德布雷特中东正确礼仪》（*Debrett's Correct Form in the Middle East*）、《德布雷特娱乐指南》（*Debrett's Guide to Entertaining*）、《德布雷特礼节和现代礼仪》（*Debrett's Etiquette and Modern Manners*）。2006年还出版了《德布雷特婚礼指南》（*Debrett's Wedding Guide*）。2010年出版了《完美的现代驾车礼仪》（*Thoroughly Modern Motoring Manners*）。总之，德布雷特（Debrett's/Debrett）已经成为英国礼仪的权威机构，和英国贵族年鉴（Debrett British Noble Yearbook）的代名词，因此，"在德布雷特名人录里"（to be in Debrett）被用来喻指出身名门、贵族门第。

450. 在地狱里牵猴子

[**词语**] to lead apes in hell

[**含义**] 终身未嫁；当一辈子处女而死去

[**趣释**] 〔英国剧作〕典出英国剧作家威廉·莎士比亚（William Shakespeare）①的剧作《驯悍记》（*The Taming of the Shrew*）。该剧是莎士比亚最著名的喜剧，探索了两性关系及爱情和金钱的价值等主题。剧本讲，意大利北部富翁巴普提斯塔（Baptista）的大女儿凯瑟丽娜（Katherina）性情暴烈，没有一个男人控制得了她。她将妹妹绑在椅子上，要妹妹说出喜欢哪一个求婚人，她还用笛子打她的音乐老师。妹妹比恩卡（Bianca）是温顺美丽的少女，被称为理想的妇女，已有数名求婚者。但巴普提斯塔发过誓，大女儿出嫁之前，不让小女儿结婚。最后，维洛那（Verona）绅士、高大结实的大胡子彼特鲁乔（Petruchio）看中巨额嫁妆向凯瑟丽娜求婚。在心不甘情不愿的情况下，凯瑟丽娜嫁给了彼特鲁乔。彼特鲁乔一心要把凯瑟丽娜训练成百依百顺的好妻子，所以他采取以暴制暴的方式，自己也受了同样多的罪；为了饿她，自己不吃饭；为了使她认识到她的疯狂，他本人也发疯；为了强迫她睡觉，他自己通宵不睡。最后终于驯服凯瑟丽娜的一身傲骨。剧中还有穿插酒鬼补锅匠克里斯朵夫·斯赖（Christopher Sly）被爵士戏弄②和霍坦西奥（Hertensio）娶富有寡妇的闹剧。整个剧情发展新奇、机智，向来受到好评。到18世纪初，这个剧已有改编版、删减版多达7种不同版本。该剧第二幕第一场，在帕度（Padova）巴普提斯塔家中，巴普提斯塔训斥凯瑟丽娜，不该那样欺侮妹妹比恩卡。凯瑟丽娜不服气地说："你不让我打她吗？好，我知道了，她是你的宝贝，她一定要嫁个好丈夫，我只好在她结婚的那天光着脚跳舞，因为你偏爱

她的缘故,我一辈子也嫁不出去,死了在地狱里也只能陪猴子玩。……"(I must dance bare-foot on her wedding-day, / And, your love to her, lead apes in hell.)据英国古老迷信传说,老处女死后只能在地狱里牵猴子。"在地狱里牵猴子"(to lead apes in hell)被用来喻指终身未嫁、一辈子当处女死去。

[运用]Poor girl, she must certainly lead apes.可怜的姑娘,她将来一定是做老处女。

---

①参阅150.哈姆雷特。　　②参阅376.忘乎所以的补锅匠。

451.在拉肢刑具上

[词语]on/upon the rack

[含义]十分痛苦;极度紧张;焦虑不安

[趣释]〔英国剧作〕典出英国剧作家威廉·莎士比亚(William Shakespeare)的剧作《威尼斯商人》(*The Merchant of Venice*)①。该剧是莎士比亚早期的喜剧作品。威尼斯(Venice)商人安东尼奥(Antonio)为了朋友巴萨尼奥(Bassanio)和鲍西娅(Portia)的婚事而向犹太高利贷者夏洛克(Shylock)借债。夏洛克提出苛刻的条件:如果到时安东尼奥无法还债,将要从自己身上割下一磅肉给夏洛克。后来,安东尼奥的船队在海上出事,无法还债。夏洛克将他告上法庭,要求法律允许他从安东尼奥的身上割下属于他的那一磅肉。才女鲍西娅装成律师,在法庭上与夏洛克斗智斗勇,终于使安东尼奥转危为安。除夏洛克外,大家都得到圆满的结局。该剧第三幕第二场,在贝尔蒙特(Belmont)鲍细亚家一室里,巴萨尼奥担心选不中鲍西娅的照片而使婚事告吹。原来鲍西娅将自己的一张照片放在金、

银、铅三个盒子的一个盒子里,谁选中那张照片,她就嫁给谁。鲍西娅劝他不要太急,停一两天再赌运气吧,因为要是他选得不对,他俩就不能在一起,所以请他暂缓一下。巴萨尼奥说:"让我选吧,我现在这样提心吊胆,才像给人拷问一样受罪呢。"(Let me choose; /For as I am, I live upon the rack.) rack是一种叫"拷问台"刑具,中世纪欧洲考问犯人时拉其四肢使关节脱离的刑具。"在拉肢刑具上"(on/upon the rack)即受拷刑,十分痛苦,难以忍受的折磨;焦虑不安;心情紧张。

[运用] I was on the rack during the entire examination. 在整个考试过程中,我的心情十分紧张。

She was on the rack while she waited for the result of the examination. 她着急不安地等待考试的成绩。

The minister was put on the rack by several aggressive young politicians. 那位部长被几个咄咄逼人的年轻政治家问得狼狈不堪。

My brain is continually on the rack about the means of living. 我总是为生计而伤神。

---

① 参阅393. 夏洛克。

452. 在马匹进入市场之前计算收入

[词语] to run before one's horse to market

[含义] 过早计算利润;乐观得太早,话说得过早

[趣释] 〔英国剧作〕典出英国剧作家威廉·莎士比亚(William Shakespeare)的剧作《理查三世》(*King Richard III*)①。该剧大约创作于1591年,是接近于悲剧的历史剧,逼真地描写葛

罗斯特公爵（Duke of Gloucester）理查（Richard）在玫瑰战争（Wars of Roses）①末年为实现个人野心僭登王位，成为杀人魔王的过程。他最终受到了正义力量的讨伐，结束了罪恶的生命。剧作家以严谨的情节结构，细致的心理描写，成功地刻画了一个暴君的典型。葛罗斯特于1483年成为摄政王，杀害侄子爱德华五世（EdwardⅤ）后即位，镇压了要求王位继承权白金汉公爵（Duke of Buckingham）叛乱，但在和里士满伯爵（Earl of Richmond）、亨利·都铎（Henry Tudor）交战中，由于威廉·斯坦利（William Stanley）叛变失利被杀，约克王朝（House of York）结束。该剧第一幕第一场，在伦敦街道上，未登基的理查三世葛罗斯特公爵畸形陋相，阴险毒辣，竭尽挑拨离间之能事。心里巴不得他的亲弟弟克拉伦斯公爵（Duke of Clarence）乔治（George）早些归天，却又说要救他出伦敦塔，他甚至还要进宫面见爱德华王，加深他与弟弟的矛盾。他说："……只要我心底计谋得逞，克莱伦斯别想多活一天，这件事办好了，上帝就好照顾爱德华王，那时这个世界便由我来独自纵横了！……可是，这些话我其实说得太早一点：（But yet I run before my horse to the market：）克莱伦斯人还在世；爱德还占着宝座，病而未死：且等他们都去了再打我的算盘不迟。""在马匹进入市场之前计算收入"（to run before one's horse to market）被用来喻指过早计算利润、乐观太早、话说得过早，但这条成语在现代英语中已经很少使用了。

---

① 参阅218. 理查三世。

453. 在你还没来得及说杰克·罗宾逊的时候

[词语] before you could say Jack Robinson

[含义] 转眼之间;一瞬间;突然;说时迟,那时快

[趣释] 〔英国诗歌〕典出18世纪初英国画家、诗人托马斯·哈得逊(Thomas Hudson)的一首叙事诗小曲。哈得逊生于1701年,卒于1779年。在18世纪中叶,是伦敦最多产、最成功的肖像画家。小曲讲的是一个叫杰克·罗宾逊(Jack Robison)的水手航海回来后发现妻子已同别人结婚。叙事诗写道:"……她说,'我不能再等待,/因为没有消息打你那儿传来。'/'我气恼烦闷猜测顶啥?/还不如远航荷兰、法国、西班牙,/永不再回浦茨茅斯,/哪怕走遍海角天涯。'/他转过身就走,让你连'杰克·罗宾逊'都来不及喊一下……"(...says she, "I couldn't wait, /For no tidings could I gain of you Jack Robinson." "But to fret and to stew about it's all in vain, /I'll get a ship and go to Holand, France or Spain, /No matter where, to Portsmouth I'll ne'er come again", /And he was off afore you could say Jack Robinson...)但据弗朗西斯·格罗斯(Francis Gros)1785年出版的《俗词词典》(*Classical Dictionary of the Vulgar Tongue*),此语源自一个叫杰克·罗宾逊的人。他生性好动,爱串门,经常说来就来,说走就走。有时,主人家的仆人还没来得通报,他却已经无影无踪。因而人们爱用"在你还没来得及说杰克·罗宾逊的时候"(before one could say Jack Robinson)来形容一瞬间、转眼之间。

[运用] He ran off before I could say Jack Robinson. 他一溜烟跑了。

As I walked into the kitchen, the cat jumped out of the window before you could say Jack Robinson.当我走进厨房的时候,那只猫突然从窗口跳了出去。

Before you could say Jack Robinson, my purse was stolen.转眼间,我的钱包就被人偷了。

He saw a bus coming his way at high speed and before he could say Jack Robinson, it collided with his car.他看见一辆公共汽车高速朝他开来,刹那间,竟撞到他的车上。

454. 在心的心里

[词语] in one's heart of hearts

[含义] 在灵魂深处;在内心深处;实际上

[趣释]〔英国剧作〕典出英国剧作家威廉·莎士比亚(William Shakespeare)的剧作《哈姆雷特》(*Hamlet*)①。该剧是莎士比亚的代表作之一,剧情开始是丹麦动荡不安的社会局面,新王克劳狄斯(Claudius)是哈姆雷特的叔父,他以杀兄的暴行夺取王位,霸占王后乔特鲁德(Gertrude),并企图置哈姆雷特于死地。克劳狄斯是一个自私阴险的家伙,许多人又趋炎附势、从恶如流,为了保护个人既得利益,变得圆滑世故,失去正直之心。在这种情况之下,哈姆雷特由原来的"快乐王子"变成"忧郁王子",严酷的现实击溃了他昔日的梦幻和信念。他在父亲鬼魂(The Ghost)的提示下,得知真凶就是他叔父,便开始了他的复仇计划。但由于他犹豫不决和骨子里的软弱,使复仇计划一再拖延。最后,终于在比剑的时候手刃仇人,自己也倒了下去。该剧第三幕第二场,在城堡一室里,哈姆雷特请戏子到宫廷模拟演出叔父谋杀父王的情节,在即将开演时,他把密友霍

拉旭（Horatio）叫到跟前，向他面授机宜："……听着，自从我能够辨别是非、察择贤愚以后，你就是我灵魂里选中的一人，因为你虽然经历一切的颠沛，却不曾受到一点伤害，命运的虐待和恩宠，你都受之泰然；能够把感情的理智调整得那么适当。命运不能把一个人玩弄于指掌之间，那样的人是有福的。给我一个不为感情所奴役的人，我愿意把他珍藏在我的心坎，我的灵魂深处，正像我对你一样。"(Give me that man, That is not passion's slave, and I will wear him, In my heart's core, ay, in my heart of heart, as I do thee.) 现在，成语"在心的心里"（in one's heart of hearts）常用来喻指在灵魂深处、在内心深处、实际上。

[运用] I didn't want to believe it, but in my heart of hearts, I knew that it was true. 我不愿意相信它，但在内心深处我知道它是真的。

I said I loved her but in my heart of hearts I knew it wasn't true. 我说过我爱她，但实际上我知道并非如此。

Was he in his heart of hearts beneath that assuming English exterior, beginning to worry? 他所谓的英格兰人外表下，他内心深处开始发愁了吗？

注：这个成语在莎士比亚时代为in one's heart of heart 现代英语为in one's heart of hearts，常和know, believe, regret, hope等动词连用。

---

①参阅150.哈姆雷特。

455. 在迎风的一面

[词语] on the windy side of sth.

[含义] 在某势力达不到的地方；不为某事物所伤害的地方；在某事物影响之外的地方

[趣释]〔英国剧作〕典出英国剧作家威廉·莎士比亚（William Shakespeare）的剧作《无事生非》（*Much Ado about Nothing*）①。该剧是莎士比亚的五幕喜剧，1600年首次出版。故事发生在西西里岛上的海滨城市墨西拿（Messina），虽然当时被西班牙统治，但在角色身上已经显示出意大利的影响。剧情主要在墨西拿总督里奥那托（Leonato）的府中进行。剧中的架构主要由克劳狄奥（Claudio）与希奥罗（Hero）、培尼狄克（Benedick）与贝特丽丝（Beatrice）两对情侣的恋爱情节组成，前者是主线。内容热闹，富有哲理，探寻男女关系中的自我意识、真诚与尊重。该剧第二幕第一场，在里奥那托家厅堂，阿拉贡亲王（Prince of Arragon）彼德罗（Pedro）对贝特丽丝小姐说："真的，小姐，您真会说笑。"贝特丽丝回答说："是的，殿下，也幸亏是这样，我这可怜的傻子才从来也不知道有什么心事。我那妹妹正附着他的耳朵，在那儿告诉他她的心里有着他呢。"（Yea, my lord; I think it, poor fool, it keeps on the windy side of care. My cousin tells him in his ear that he is in her heart...）句中It keeps on the windy side of care. "It"是指自己这个可怜的傻瓜。这句直译的意思是："我这傻子总是处在操心事影响不到的地方。"由此而出的"迎风一面"（on the windy side of sth.）被人们用来喻指在某种势力达不到的地方、不为某事物所伤害的地方、在某事物影响之外的地方。

［运用］He had just so much solidity as kept on the windy side of insanity. 他神经健全，只是健全到没有发神经病罢了。

456. 在这最好的世界里，一切都会变好的

［词语］All is for the best in this best of all possible worlds.

［含义］在这美好的世界里，一切都会变得更好

［趣释］〔法国小说〕All is for the best in this best of all possible worlds, 仿自法语Tout est pour le mieux dans le meilleur des mondes possibles。典出法国作家、思想家伏尔泰（Voltaire）的哲理小说《憨第德》（*Candide*）[①]。伏尔泰生于1694年，卒于1778年，他是18世纪法国启蒙运动（the Enlightenment）的代表和先驱，真名为弗朗索瓦-马利·阿鲁埃（Francois-Marie Arouet）。他的作品体现了法兰西民族性格的特点，批判精神、机智俏皮和揶揄嘲讽。在他的哲理小说《憨第德》（又译《老实人》《天真汉》）中，主人公老实人憨第德纯朴善良、头脑简单，寄居在森林一登脱龙克男爵府上，信奉导师邦葛罗斯关于"世界尽善尽美"的哲学。老实人因为和男爵的小姐居内贡自由恋爱，被男爵逐出家门，从此开始流浪生涯。小说主题是批判盲目乐观主义哲学。小说中老实人及其意中人和他的导师最初觉得世界是完美的，一切人和一切事物都尽善尽美，但当他们在遭遇一系列无妄之灾后，终于认识到这个世界并不完善，唯有劳动使人免除烦恼、过错和欲望三大痛苦。文中还描写了一个政治清明、黄金遍地的黄金国。国中人人过着自由平等、快乐富裕的生活，寄托了伏尔泰的政治理想。《憨第德》第

一章里，男爵府上的老师邦葛罗斯认为世界是十分完美的。"在所有可能的世界中，这是最完美的世界，并且其中的一切都在走向最好的结果。"上帝创造一切都有目的，如长鼻子是为了戴眼镜，长腿是为穿袜子等，这本来是作者嘲讽德国唯心主义莱布尼兹（Gottfried Wilhelm Leibniz）哲学上的"前定的和谐"理论。莱布尼兹曾在其著作《神正论》中说："如果世界不是好中最好，上帝不会创造它。""在这最好的世界里，一切都会变好的。"（All is for the best in this best of all possible worlds.）这句话，后来成了乐观主义的格言，使用时可以引用英语格言，也可以直接引用法语格言。

---

①参阅381.伟大的智慧不谋而合。

457.在自己的汤汁里煎熬

[词语] to stew in one's own juice

[含义] 自作自受；自食其果

[趣释]〔英国小说〕典出英国作家、诗人杰弗雷·乔叟（Geoffrey Chaucer）的《坎特伯雷故事集》（*The Canterbury Tales*）①中。乔叟曾被誉为"英国诗歌之父"，在英国文学史和语言史上有着重要地位。他1343年生于伦敦，是个酒商的儿子，1400年逝世后安葬在伦敦威斯敏斯特（Westminster）教堂的"诗人之角"。《坎特伯雷故事集》是乔叟代表作之一，是一部描述10世纪英国世俗生活的人间喜剧，由24个故事构成。其中22个故事为诗体，2个为散文体，每个故事有开场白，全书有一个总序，作者用这种方式把各个零散的故事连为一个整体。成语to stew in one's own juice出现在巴斯（city of Bath）妇人

故事的开场白中。这是一位经营织布生意而发了大财的女性,结过五次婚。她在谈到她的第四任丈夫的时候说:"我用同样的木材做一根棍子打他的背……激发他的怒气和醋意,让他在自己的汤汁里煎熬。"也有人译为"让他在自己的油里煎熬"。当法国国王路易·菲力普决定加强巴黎的城防里,俄国大使说:"巴黎要是再来一次起义,那就无异于'在自己的汁里煎熬'。"意思是自作自受。因而也有人认为这一成语来源于法语成语cuire dans son jus。现在,"在自己的汤汁煎熬"(to stew in one's own juice)被人们用来喻指自食其果、自作自受。

[运用] Don't accuse me, she now stews in her own juice. 别怪我,她是在自作自受。

I don't see why I should help her—she can stew in her own juice for a bit. 我不明白我为什么要帮她,她自作自受吃点苦头才好呢。

He knew he'd be in trouble with the bank if he overspent again; I've helped him before but this time I'm leaving him to stew in his own juice. 他知道再超支他会与银行有麻烦的,我过去曾经帮过他,这次我只能让他自作自受了。

There is no need to punish him, just leave him to stew in his own juice for a few days, and his conscience will do the work. 用不着惩罚他,就让他自食其果待几天,他的良知会谴责他的。

---

①参阅14. 爱是盲目的。

458. 遭重罚

[词语] more sinned against than sinning

[含义] 所受的惩罚超过所犯的过失；受到过重的惩罚

[趣释]〔英国剧作〕典出英国剧作家威廉·莎士比亚（William Shakespeare）的四大悲剧之一《李尔王》（*King Lear*）①。该剧讲述，年老昏聩、刚愎自用的李尔王为了证明自己不当国王之后一样伟大，决定把国土分三份给三个女儿。大女儿高纳里尔（Goneril）和二女儿里根（Regan）口蜜腹剑赢得了李尔王的欢心，分得了全部的国土，而诚实善良的小女儿考狄利娅（Cordelia）因为不愿用甜言蜜语取悦老父而被远嫁到国外。两个女儿达到目的后，原形毕露，将李尔驱逐出家门，李尔饱受颠沛流离之苦。在法国做了皇后的小女儿考狄利娅闻讯后率兵前来解救老父，但寡不敌众，后来被杀，李尔王自己也在悲痛中死去。该剧第三幕第二场，在荒野的另一部分，风雨中李尔王带着弄人流浪，和肯特伯爵（Earl of Kent）相遇。肯特问道："唉！陛下，你在这儿吗？……听见这样可怕的雷声，这样惊人的风雨咆哮，人类的精神是经受不起这样折磨和恐怖的。"李尔王悲愤地说："伟大的神灵在我们头顶掀起这场可怕的骚动。让他们现在找他们的敌人吧。……撕下你们包藏祸心的伪装，显露你们罪恶的原形，向这些可怕的天使哀号乞命吧！我是个并没有犯多大的罪，却受了很大冤屈的人。"（Rive your concealing continents, and cry/These dreadful summoners grace. I am a man/More sinned against than sinning.）

[运用] It seemed to show that her adored Frank was for more sinned against than sinning. 这表明了她所热爱的弗兰克受了过重的处罚。

He was a man more sinned against than sinning.他是个过错多,而报应太重的人。

Tess, more sinned against than sinning, has paid the great penalty.受犯罪者伤害更甚于自己犯罪的苔丝被处以极刑。

---

①参阅150.哈姆雷特。

459.詹姆斯·邦德

[词语] James Bond

[含义] 神通广大

[趣释]〔英国小说〕James Bond原是一套小说和系列电影中的主角名字,中文译名"詹姆斯·邦德"。小说的原作者是伊恩·弗莱明(Ian Fleming),生于1908年,卒于1964年,是20世纪英国最受欢迎的作家之一。他善写侦探小说,笔下的特工詹姆斯·邦德使他成了英国家喻户晓的作家,并且赢得了世界声誉。在故事中,詹姆斯·邦德是英国情报机构军情六处(Military Intelligence Section6,缩写MI6)的特工,该处是一个负责海外谍报工作的部门。他的代号007,被授权可以干掉任何妨碍行动的人。他的上司是一位神秘人物"M",他还有一个好搭档"Q",专门为他提供高科技武器。他是一个"从未当过间谍"的间谍,一个世界最著名的特工,也是一个风度翩翩的绅士。他举止文雅,衣着得体,驾驶一辆与众不同的跑车。他的敌人很多,都是世界上最危险的敌人,这些敌人中的许多人企图统治整个世界和全人类。詹姆斯·邦德总是以他独特的方式杀死敌人,阻止他们的野心得逞。他在破案过程中,遇到过各式各样的国际间谍,狡猾、奸诈、阴险,格斗和枪击成为他生活的重要内容。他

经常深处困难又恐怖的境地，但总能化险为夷。他车中的弹射椅可以将不受欢迎的人弹出天窗。隐藏在车中的导弹可以将穷追不舍的直升机击毁。总之，詹姆斯·邦德神通广大，无所不能。后来，"詹姆斯·邦德"（James Bond）成了神通广大的代名词。

460. 占上风

[词语] to keep the weather of
　　　　to have the weather of

[含义] 占……优势；胜过……

[趣释]〔英国剧作〕典出英国剧作家威廉·莎士比亚（William Shakespeare）① 的剧作《特洛伊罗斯与克瑞西达》（*Troilus and Cressida*）。该剧创作于1601年至1602年，是莎士比亚参照荷马史诗《特洛伊战争》（*Trojan War*）和乔叟（G.Chaucer）的同名诗作、中世纪传奇故事而创作的。该剧讲述古代史上有名的特洛伊战争和在这场战争背景下开展的特洛伊罗斯（Troilus）和克瑞西达（Cressida）之间的爱情故事。它反映出时代、人性和价值观的变化。这部戏的情节发展不够自然流畅，暴露人物心里的阴暗面较多，对人生的一些价值标准，如荣誉和爱情采取疑问和讽刺的态度。该剧第五幕第三场，在特洛亚（Troy），普利阿摩斯（Priamus）王宫门前，特洛伊军的大将、王子赫克托（Hector）已经穿好甲胄，准备出城与希腊人决一死战，他的妻子安德洛玛克（Andromache）和能预言未来的妹妹卡珊德拉（Cassandra）已经预感前途不妙，苦苦哀求他解下甲胄，今天不要出城作战。但赫克托耳听不进去，他说："你们别闹。我的荣誉主宰着我的命运。生命是每一个人所重视的，可是高贵的人重视荣誉远胜过生命。"（Mine honour keeps the weather of my fate; /Life every man holds; but the dear man/Holds honour far more precious dear than life.)成语"占上风"（to keep/have the weather of）相当于胜过……，对……占……优势。

---

① 参阅150.哈姆雷特。

461. 站在天使一边

[**词语**] on the side of the angels
[**含义**] 站在传统观念一边；站在正确的一方；站在道义方面
[**趣释**]〔英国论著〕典出对英国博物学家查尔斯·罗伯特·达尔文（Charles Robert Darwin）的著作《物种起源》（*On the Origin of Species*）所引起的争论。达尔文1809年生于英格兰的舒兹伯利（Shrewsbury），卒于1882年。他从小对矿物和动物有兴趣。从剑桥大学毕业后，于1831年12月参加了海军舰艇小猎犬号（Beagle）前往南美洲从事自然调查研究工作。最初在南美洲海岸调查，并多次进入南美洲西边的加拉巴哥群岛（西班牙语Islas Galapagos），经过太平洋到新西兰、澳大利亚及南非，然后又回到南美洲，直到1836年10月才回到英国。达尔文将他的看法写成文章，但没有发表，原因之一是担心教会势力的强烈反对。1858年达尔文接到在马来群岛（Malay Archipelago）调查的博物学者华莱士（Alfred Russel Wallace）有关物种形成的文章，他们俩看法有很多相似之处。于是，1858年在伦敦林奈学会（Linnean Society of London），一个研究生物分类学的协会上，两人以共同署名的方式，发表了关于物种形成的看法。1859年达尔文发表了《物种起源》这本19世纪最具争议的

著作。达尔文在书中提出两个理论：第一，所有的动植物都是由较早时期、较原始形式演变而来。第二，生物演化是通过天择而来。他认为物种并非一成不变，而是随环境改变而改变；生物的演化是长时间连续性缓慢改变，不是突然性的剧变；同一类生物有着共同的祖先。例如哺乳类是同一个祖先演变而来，由此引申出人类与猿类有着共同祖先；生物族群会随着繁殖而扩大，并且超过其生存空间与食物供应的极限，引起个体间的竞争。不适应环境的个体会被淘汰，适应者才能生存，并繁衍后代。达尔文的演化论在当时引起了广泛的争议。达尔文的理论推翻了上帝创造万物的说法，因而被教会视为异端邪说，整个西方社会对达尔文冷嘲热讽。1864年，比康斯菲尔德（Beaconsfield）爵士迪斯雷利（Disraeli）在牛津大学发表演说时在谈到进化论的时候说："Is man an ape or an angel? I, my Lord, am on the side of angels."（人究竟是猿，还是天使？主啊，我站在天使一边。）不可否认，"站在天使一边"（on the side of the angels）最初的意思"坚持教会观点"。随着达尔文进化论的观点逐渐被广大人民所接受，这个成语的意思也由原来的意思转变为"站在传统观念一边"，发展到现在变成"站在正确的一方""站在道义方面"。

[运用] He was, in this matter at least, firmly on the side of the angels. 他至少在这件事上是对的。

In any dispute, she always comes down on the side of the angels. 在任何争执中，她总是反对正确的一方。

Mrs. Botton's gossip was always on the side of the angels. 波顿太太的闲话，常常是站在道学方面说的。

462. 障碍在这里

[词语] There's the rub.

That's the rub.

Here lies the rub.

[含义] 症结所在；难处所在；问题在这里

[趣释]〔英国剧作〕典出英国剧作家威廉·莎士比亚（William Shakespeare）的剧作《哈姆雷特》（*Hamlet*）[①]。《哈姆雷特》是莎士比亚四大悲剧中影响最大的一部，他成功地塑造了哈姆雷特这一艺术形象，深刻地揭示出封建末期社会的罪恶本质特征。该剧第三幕第一场，在城堡一室中，母后乔特鲁德（Gertrude）竭力撮合王子哈姆雷特与奥菲利娅（Ophelia）的婚姻，而哈姆雷特却装疯卖傻，情绪激昂。他一上场就大声说道："生存还是毁灭，这是一个值得考虑的问题：……死了；睡着了；睡着了也许还会做梦。嗯，阻碍就在这儿，因为当我们摆脱了这一具腐朽的皮囊以后，在那死的睡眠里，究竟还将做些什么梦，那不能不使我踌躇顾虑。"（...To sleep: perchance to dream: ay, there's the rub; /For in that sleep of death what dreams may come/When we have shuffled off this mortal coil, /Must give us pause.）俚语There's the rub最早应为草地滚木球游戏的用语，"rub"做"障碍""阻碍"解，原指草地的高低不平之处，构成阻碍滚木球运行的障碍。"障碍在这里"（There's the rub.）现被用来喻指难处所在、症结所在，这句俚语意为"问题在这里"。

[运用] We need money badly, but there's the rub: no one will lend us any. 我们急需钱，但难就难在这里：谁也不会借给我们。

"And what would be my Lord Durrisdeer's answer?" asked he. "Aye," said I, "that's the rub." 那么德里斯蒂阁下会怎么回答呢？"他问。"哎，是啊，"我说，"麻烦就在这里呀。"

---

①参阅150.哈姆雷特。

463.掌声雷动

[词语] applaud to the echo

[含义] 掌声雷动；大声喝彩

[趣释]〔英国剧作〕典出英国剧作家威廉·莎士比亚（William Shakespeare）的剧作《麦克白》（*Macbeth*）①里。《麦克白》是莎士比亚戏剧中心理描写的佳作。他通过对曾经屡建奇勋的英雄麦克白变成一个残忍暴君的描述，批判了野心对良知的侵蚀作用。由于女巫的蛊惑和夫人的影响，不乏善良本性的麦克白想干一番大事业的雄心蜕变成野心，而野心的实现又导致了一连串新的犯罪，结果倒行逆施，必然走向灭亡。该剧第五幕第三场，在邓西嫩（Dunsinane）城堡一室中，麦克白对医生说："那么把医药丢给狗子吧；我不要仰仗它。来，替我穿上战铠；给我拿指挥杖来。西登，把骑兵派出去。大夫，那些爵士们都背着我逃走了。来，快。大夫，要使你能够替我的国家验一验小便，查明它的病根，使他恢复原来的健康，我一定要使太空中充满着我对你的赞美的回声……"（...I would applaud thee to the very echo, /That should applaud again...）英文applaud（n.掌声，喝彩声，赞许声，vt.鼓掌，喝彩，称赞）剧作原文用其动词形式：to applaud sb.to the echo.直译为"空中回响着

赞美某人的声音"。成语用其名词形式：applaud to the echo. 指大声喝彩、掌声雷动。两者表达的意思基本相同。

[运用] The captain of the team was applauded to the echo. 群众为队长鼓掌欢呼。

When he finish his speech, the audience applauded to the echo. 他讲演结束时，听众的掌声雷动。

---

①参阅243.麦克白。

464.这里面有一段故事

[词语] thereby hangs a tale

[含义] 说来话长；其中必有蹊跷

[趣释]〔英国剧作〕典出自英国剧作家威廉·莎士比亚（William Shakespeare）的剧作《驯悍记》（*The Taming of the Shrew*）①。这部戏剧是莎士比亚早期的喜剧作品，完成于1590年至1594年之间。主要讲述大胡子彼特鲁乔（Petruchio）娶悍女凯瑟丽娜（Katherina）为妻以及他以克服困难的决心改变悍女的故事。彼特鲁乔利用凯瑟丽娜暴躁的脾气压倒她，比如他故意不给她饭吃，让她不得不放弃傲气央求他给她饭吃。他最后把她驯服为贤顺的妻子。该剧第一幕之前还有一个前奏，前奏的内容是说这部剧是演给酒鬼克里斯朵夫·斯赖（Christopher Sly）看的②。该剧第四幕第一场，在彼特鲁乔乡间住宅中的厅堂里，葛鲁米奥（Grumio）和寇提斯（Curtis）谈论主人家的事。葛鲁米奥说，他的马已经十分累了，大爷和奶奶也闹翻了。寇提斯问："怎么？"（How?）葛鲁米奥说："从马背上翻到烂泥里，因此就有了下文。"（Out of their saddle into the dirt; and thereby hangs a tale.）译者将thereby hangs a tale根据上下文的意思，译成了"因此有了下文"，其实它的意思是"这里面有一段故事"。俗语"这里有段故事"（thereby hangs a tale）相当于汉语中的"说来话长，其中必有蹊跷"。

［运用］George won the game and there by hangs a tale.乔治在比赛中获胜了，这其中还有一段故事呢！

All of a sudden our Normal School life career came to an end and there by hangs a tale.我们的师范生涯突然宣告终结，其中必有文章。

"What about that house, Mr. Chucks？" "Why, thereby hangs a tale."replied he, giving a sign."那房子怎样，查克斯先生？""唔，"他叹了一口气说，"说来话长。"

---

①参阅450.在地狱里牵猴子。　　②参阅376.忘乎所以的补锅匠。

465. 这些对我都是希腊字

［词语］It is all Greek to me.

［含义］我完全不理解；我一窍不通

［趣释］〔英国剧作〕典出英国剧作家威廉·莎士比亚（William Shakespeare）的剧作《裘力斯·恺撒》（*Julius Caesar*）①。该剧是一部罗马题材的历史悲剧。该剧的剧情大致从玛克斯·勃鲁托斯（Marcus Brutus）受阴谋家凯歇斯（Cassius）引诱开始，到安东尼（Antony）一方夺权结束。勃鲁托斯和安东尼是莎士比亚着墨最多的两个人物，人们以肯定勃鲁托斯而否定安东尼的居多。实际上，前者是一个极端自我主义者，一个冠以"高贵""荣誉""责任"等美名的悲剧人物；后

者才是真正的政治家和英雄人物,一位实际而又不失矜持的现实主义领袖。该剧第一幕第二场,在罗马广场,凯歇斯问凯斯卡(Casca):"西塞罗说了什么?"凯斯卡回答道:"嗯,他说的希腊话。"凯歇斯问:"怎么说的?"凯斯卡解释说:"要是我把那些话告诉了您,那我以后再也不好意思见到您啦;可那些听得懂他话的人都互相瞧着笑笑,摇摇他们的头;至于讲到我自己,那我可一点儿都不懂……"(Nay, an I tell you that, I'll ne'er look you i'the face again; but those that understood him smiled at one another and shook their heads; but for mine own part, it was Greek to me....)最后一句的英文It was Greek to me直译是"它对我是希腊字",意思是"我一点也不懂、一窍不通"。据说在欧洲的语言文字中,希腊文很深奥,是比较难学的一种。莎士比亚首用此语,衍生出成语"这些对某人都是希腊字"(be Greek to sb.)喻指某人难以理解,某人感到一窍不通。

[运用]This contract is written in such complicated language that it's all Greek to me.这份合同写得太复杂了,我读起来简直跟天书一样。

My son is studying physical chemistry, but it's all Greek to me.我的儿子正在研究物理化学,但我对此一窍不通。

Can you help me with these calculus problem? It's all Greek to me.你可不可以帮我看看这些微积分问题?我完全搞不懂。

He tried to explained to me how a computer worked, but it was all Greek to me.他尽力向我解释计算机的工作原理,可我一点也弄不明白。

---

① 参阅341. 松开战争猛犬的绳索。

466. 真爱并非一帆风顺

[**词语**] The course of true love never did run smooth.

[**含义**] 爱情的道路永远是崎岖不平的

[**趣释**]〔英国剧作〕典出威廉·莎士比亚（William Shakespeare）①的剧作《仲夏之梦》（*A Midsummer Night' Dream*）。该剧是莎士比亚最著名喜剧之一，讲述有情人终成眷属的爱情故事。雅典城（Athens）的伊吉斯（Egeus）反对女儿赫米娅（Hermia）和恋人拉山德（Lysander）在一起，要公爵忒修斯（Theseus）下令，如果赫米娅不肯嫁给狄米特律斯（Demetrius），就要判她死罪。赫米娅深爱拉山德，并且狄米特律斯曾对挚友海丽娜（Helena）示爱，因此不愿依从父命，而与拉山德逃出雅典。爱恋赫米娅的狄米特律斯和迷恋狄迷特律斯的海丽娜也跟随这对恋人逃进森林。森林中的仙王奥布朗（Oberon）为帮海丽娜赢得狄米特律斯的爱情，就命令仆人帕克（Puck）趁狄米特律斯睡着时，把神奇的情水滴在他的眼皮上，待他醒过来时，就会爱上第一眼看见的人。未料帕克搞错对象，把情水滴在拉山德的眼皮上，结果使拉山德爱上了海丽娜。仙王得知弄错后，赶紧把情水滴在狄米特律斯的眼皮上，让他爱上海丽娜，然后把解药倒进拉山德的眼里解除魔法。赫米娅的父亲发现女儿和狄米特律斯已各有意中人后，便不再坚持自己的意见，答应了女儿赫米娅和拉山德的婚事。最后，两对恋人在同一天举行婚礼。该剧第一幕第一场，在雅典城忒修斯的宫中，赫米娅和父亲、拉山德和狄米特律斯都在那里。赫米娅的父亲强烈要求公爵命令女儿嫁给狄米特律斯，否则就判女儿死刑，或让她宣誓终身不嫁。在公爵找狄米特律斯和伊吉斯谈话时，拉山德看见爱人的脸色不佳，问她脸上的蔷薇为什么会凋谢得这么快，赫

米娅说多半是缺少雨露。拉山德安慰她说:"我在书上读到的,在传说或历史中听到的,真正的爱情,所走的道路永远是崎岖多阻……""真爱并非一帆风顺"(The course of true love never did run smooth...)这句话已绵延传数百年,成为西方家喻户晓的谚语。

---

①参阅150.哈姆雷特。

467.真相在酒后出来

[词语] Truth comes out of wine.
　　　　In vine veritas.

[含义] 酒后吐真言

[趣释]〔古罗马著作〕Truth comes out of wine仿自拉丁语In vine veritas,典出古罗马作家、博物学家老普林尼(Pliny the Elder)的《博物志》。他的全名是盖乌斯·普林尼·塞孔都斯(Gaius Plinius Secundus),为了与其外甥养子小普林尼(Pliny the Younger)区别,俗称老普林尼。老普林尼生于公元23年,卒于公元79年。他是罗马骑士与元老院议员的外孙,学过法律,任过西班牙代理总督、那不勒斯(Naples)舰队司令。他在观察威苏维火山喷发时,因吸进毒性火山气体窒息而死。老普林尼一生勤奋,写有著作7部,其中6部已散佚,仅存片段,只有37卷的《自然史》(*Naturalis Historia*)流传下来。《自然史》又称《博物志》是一部百科全书式的著作。第1卷介绍全书内容和材料来源;第2至第6卷描写宇宙、介绍人种和地理概况;第8至11卷为动物学,介绍陆地动物、水中动物、鸟类和昆虫;第12至19卷为植物学,包括各种树木和花卉;第20至32卷为药物

学，介绍各种植物的医疗效用；第33至37卷为矿物学和冶金学。谈到绘画颜料的加工和雕塑材料的制造技巧，同时对古代许多优秀的艺术家及其作品进行评述。《博物志》内容丰富，收集了500多个作家的2万多条材料，是当时自然科学知识的汇总。他在谈到"酒"时说，即使守口如瓶的人，饮酒后也会吐露真情（In vine veritas）。在现代英语中，可以直接引用拉丁语。"真相在酒后出来"（Truth comes out of wine），意为酒后吐真言。

468. 真正的西蒙·普勒

[词语] the real Simon Pure

[含义] 真实可靠的人或事物；货真价实的东西；地道货

[趣释]〔英国剧作〕典出英国女作家、演员苏珊娜·森特利芙（Susanna Centlivre）的喜剧《良缘难结》（*A Bold Stroke for a Wife*）。苏珊娜于1667年出生于爱尔兰，卒于1723年。她是18世纪诗人、女演员和英国最成功的女剧作家。她先后发表了19部剧作、21首诗歌和3部其他著作。《良缘难结》又名《冒名求婚者》，发表于1718年，是苏珊娜的代表作，并且她亲自参加该剧的演出。在该剧中，费恩维尔上校为了和安娜·洛芙利结婚，要取得她的监护人奥巴代亚·普林姆的同意。他冒充教友派的传教士西蒙·普勒（Simon Pure）去说情。事情快要得逞时，这位真正的传教士却突然出现，他费尽唇舌，才证明自己是真正的西蒙·普勒，揭穿了骗局。代表真假难分的两个人物中真的那一个，"真正的西蒙·普勒"或"西蒙·纯"（the real Simon Pure）后来被人们用来喻指真实可靠的事物、货真价实的东西、真迹、地道货。但也有人以此从反面讽指那些伪君子的自吹自擂。

[运用] The disciplinary tribunal suspend usually to a maximum of five years, The whole of that time the struck-off solicitor must be real "Simon Pure".纪律法庭通常至多暂停5年，在这5年期间，被取消资格的初级律师必须真有其人，他的行为接受检查。

The real Simon Pure culture could exceed era, politics, nation, phyle, national boundaries gradation, religion and link with the hearts of everybody.真正的文化可以超越时代、政治、民族、种族、国家、阶级、宗教，连接起每一颗精纯的心。

How can he discriminate the real Simon Pure painting from the false one? 他怎么能把真画和假画分辨出来的？

469. 整个猪都可以吃

[词语] to go the whole hog

[含义] 干到底；一不做二不休；全力以赴

[趣释]〔英国诗歌〕典出英国诗人威廉·库柏（William Cowper）的诗歌《世界之爱》（*The Love the World*）。诗人威廉·库柏生于1731年，卒于1800年。他是浪漫主义诗歌的先行者，通过描绘日常生活和英国乡村情景，改变18世纪自然诗的方向，成为他那个时代最受欢迎的诗人之一。库柏在1779年出版的诗作《世界之爱》中说，几位宗教人士讨论猪（hog）的哪部分必须禁食。他们讨论来讨论去，每个人都不希望自己最喜欢的那一部位被禁止食用。库柏写道：所以整个猪都是可以吃的（go the whole hog），只要良心无愧。实际上，这个成语的来源还有几种说法：有人认为hog是指没剪过毛的羔羊。由于羔羊不易

剪,一般要分几次。有些牧羊人没有耐性,一次剪到底,所以go the whole hog,有一不做二不休的意思。还有人认hog是17世纪英国的一种面额可观的货币单位,一下子就花掉一个hog(go the whole hog)也含有一不做二不休的意思。不论成语出处如何,to go the whole hog现在的意思是干到底、一不做二不休、全力以赴。

[运用] Having decided to do that, he went the whole hog of it.一经决定做那件事后,他就全力以赴把事情干到底。

Since we have painted the living room, why don't we go the whole hog and paint the kitchen? 既然我们已经把客厅粉刷了,何不一鼓作气,把厨房也粉刷一下呢?

Kelly decided to go the whole hog, apart from having a new hairstyle, she wants to dye her hair black.凯莉决定一不做二不休,除了换个新发型之外,她还要将头发染成黑色。

After discussing for days where to go on our vacation, we decided to go the whole hog and take a trip around the world.讨论了好几天去哪里度假之后,我们决定玩个彻底,环游世界。

470.芝麻开门!

[词语] Open, sesame! /open sesame

[含义] 神通广大的办法;成功的秘诀;敲门砖;通行证

[趣释] 〔故事传说〕典出阿拉伯故事集《一千零一夜》(*The Thousand and One Nights*)①中的《阿里巴巴和四十大盗》(*ALi Baba and the Forty Thieves*)。故事讲述主人公阿里巴巴(Ali Baba)原来是个出身穷苦、一贫如洗的樵夫。他为人忠

厚老实，心地善良。在砍柴的路上无意中发现了盗窃集团的宝库，得到大批财宝，但他并不占为己有。强盗们为除后患，密谋要杀死阿里巴巴。由于聪明、机智、疾恶如仇的女仆莫吉娜（Morgiana）的帮助，阿里巴巴才化险为夷，战胜了强盗。莫吉娜三次机智地破坏了强盗们的罪恶计划，使两名强盗死在自己同伴的刀下，另三十七名匪徒被她用滚油烧死。最后她又机智地发现匪首的险恶阴谋，勇敢地利用献舞的机会，用匕首将他刺死。阿里巴巴把宝库中的一半财物送给了她，并让自己的侄儿娶她为妻。在这个故事中，强盗们到他们在森林中的秘密宝库门前，只要念一声咒语："芝麻，开门！"（Open, sesame！）门就会自动打开。阿里巴巴知道了这个秘密，取走了里边的珠宝。这个说法后来用作想揭开某个秘密，得到某种好处，或克服某种困难时的戏谑语。成语"芝麻开门"（open sesame）后来被用来喻指神通广大的办法；成功的秘诀、敲门砖、通行证、护照等。

[运用] His uncle's advice became his open sesame during his entire career. 他叔叔的忠告成了他整个事业成功的秘诀。

He seems to think that wealth is the open sesame to happiness. 他似乎认为财富是快乐的敲门砖。

Being the boss's daughter is not an open sesame to every well paid job in the firm. 身为老板的女儿也并非是获得本公司优薪职位的保票。

A college education is no longer an open sesame to success. 大学文凭不再是成功的敲门砖。

---

①参阅358. 天方夜谭。

471. 知道自己的距离

[词语] to know one's distance

[含义] 认识自己的地位身份；守本分；避免不适当的亲近

[趣释]〔英国剧作〕典出英国剧作家威廉·莎士比亚（William Shakespeare）的剧作《终成眷属》（*All's Well That Ends Well*）。该剧是莎士比亚创作第二时期的作品。海丽娜（Helena）和勃特拉姆（Bertram）之间的爱情婚姻纠葛构成了这出戏的基本冲突。海丽娜的父亲是一名医生，终身在伯爵家服务，临终前将女儿托付给伯爵夫人扶养，虽然伯爵夫人视她为己出，但海丽娜的实际地位却接近婢仆。海丽娜痴情地恋着伯爵夫人的儿子勃特拉姆。继承父亲爵位的勃特拉姆地位高贵，已故父亲是国王的莫逆之交，国王把勃特拉姆视为儿子。当海丽娜治好国王的病，作为对她的酬谢，国王把勃特拉姆赐给她做丈夫。但他们勉强结婚后，海丽娜即被抛弃。勃特拉姆给公爵当了骑兵队长，并疯狂地追求寡妇的女儿狄安娜（Diana）。海丽娜向寡妇母女公开身份后请求帮助，她们同情她，答应她的请求。于是，海丽娜暗中当狄安娜的替身，并且又有身孕。真相弄清后，国王兴冲冲地宣告说："这一双怨偶变成佳偶。"从戏剧冲突的性质、结局及其所激起美感来考察，《终成眷属》是悲喜剧。该剧第五幕第三场，在伯爵夫人家一室里，狄安娜在国王和伯爵夫人面前揭露勃特拉姆是她的丈夫，并且指环有证。开始他还否认，最后承认了，说："我想这是事实，我的确喜欢过她；她知道与我身份悬殊，有心引我上钩，故意装出一副冷若冰霜的神气来挑动我……"（She knew her distance, and did angle for me. / Madding my eagerness with her restraint...）由此而出成语

欧美文学典故

"知道自己的距离"(to know one's distance),后来被用来喻指认识自己的身份、地位;守本分;避免不适当的亲近。

472. 知识就是力量

[词语] Knowledge is power.

[含义] 知识就是力量

[趣释]〔英国散文〕典出英国作家、哲学家、弗朗西斯·培根(Francis Bacon)的散文著作《随笔》(*Essays*)。弗朗西斯·培根生于1561年,是英国文艺复兴时期最重要的散文作家和哲学家。他不但在文

培根

学、哲学上有所建树,在自然领域里,也取得重大成就。他是一位经历了诸多磨难的贵族子弟,复杂多变的生活经历丰富了他的阅历。他的思想成熟,言论深刻,富含哲理。

培根虽然信上帝,但世界观是现世的而不是宗教的。他是理性主义者而不是迷信的崇拜者,他是一位经验论者而不是诡辩学者,在政治上他是现实主义者,而不是理论家。1626年冬培根在野外实验雪的防腐作用时受寒致死。培根的著作很多,有不少是他去世后才出版的。主要代表作有《学术的进展》(*The Advancement and Proficience of Learning Divine and Human*)、《新工具论》(*New Method*)、《论说文集》(*Thoughts on the Nature of Things*)。他留下很多英语名言,如:Histories make men wise; poems witty; the mathematics subtle; natural philosophy deep; moral grave; logic and rhetoric able to contend (历史使人明智;诗词使人灵秀;数学使人周密;自然哲学使人深刻;伦理使人庄重;逻辑修辞学使人善辩。) Knowledge is power.(知识就是力量)

原为《随笔》书中的一句话，后来成了一句号召人们用知识充实自己，勇于攀登科学高峰的谚语。

［运用］Knowledge is power and learning never ends. 知识就是力量，学习永无止境。

Every one knows that these days, knowledge is power. 这个时代每个人都知道，知识就是力量。

Practice of science teaches us that knowledge is power. 科学实践使我们认识到知识就是力量。

Knowledge is the precondition of profession competitive power, and competitive power is transformed from knowledge. 知识是职业竞争能力的前提条件，竞争能力是由知识转化来的。

473. 直到末日毁灭的雷声

［词语］to/till the rack of doom

［含义］直到世界末日；无止无休地；很久；永远

［趣释］〔英国剧作〕典出英国剧作家威廉·莎士比亚（William Shakespeare）的剧作《麦克白》①。该剧是莎士比亚的四大悲剧之一。麦克白（Macbeth）和班柯（Banquo）是苏格兰两员英勇无畏的大将，麦克白和夫人合谋杀死了国王邓肯（Duncan），因担心泄露女巫的预言，也杀害了班柯。麦克白篡位成功后在国内实行残暴统治，为求心安他还杀死苏格兰贵族麦克德夫（Macduff）的妻儿。后来，邓肯长子马尔康（Malcolm）和麦克德夫在英格兰请到援军，终于杀死麦克白，使马尔康得到了王位，成为苏格兰国王。该剧第四幕第一场，在山洞里，中置沸釜。三个女巫（the Three Witches）先后让三个幽灵出现在麦

克白的面前，麦克白说道："你太像班柯的鬼魂了；下去！你的王冠刺痛了我的眼珠。怎么，又是一个戴王冠的？你的头发也跟第一个一样。第三个又跟第二个一样。该死的鬼婆子！你们为什么让我看这些人？第四个！跳出吧，我的眼睛！什么？这一连串戴着王冠的，要到世界末日才完结吗？……"（filthy hags! / Why do you know me this? A fourth? Start, eyes! /What! Will the line stretch out to the rack of doom? ...）the rack of the doom就是"世界末日"之意。"直到末日毁灭的雷声"（to/till the rack of doom）后被用来喻指直到世界末日、无止无休地、很久、永远。

[运用] If you don't stop him, he'll hang on to this till the rack of doom. 如果你不阻止他的话，他将会无休无止地搞下去。

You can wait till the rack of doom before he'll tell you. 他永远也不会告诉你。

This dictionary work is going to take me from now till the rack of doom. 我编这本词典从现在开始要持续很久才能完成。

---

①参阅243.麦克白。

474. 直到世界尽头

[词语] to the world's end
[含义] 直到天涯海角；直到世界尽头
[趣释]〔英国剧作〕典出英国剧作家威廉·莎士比亚（William Shakespeare）的剧作《无事生非》①，该剧曾译

作《无中生有》《无事自扰》。此剧的主题是描写克服一切障碍而最终取得胜利的爱情。就故事而论，主要人物是墨西拿总督（Governor of Messina）里奥那托（Leonato）的千金希罗（Hero）和阿拉贡亲王（Prince of Aragon）唐·佩德罗（Don Pedro）的好友克劳狄奥（Claudio），他们的悲欢离合构成全剧骨干。然而就人物而论，剧中最吸引人的是希罗的堂姐贝特丽丝（Beatrice）和伯爵培尼狄克（Benedick）的恋情。贝特丽丝是一个出身高贵的亭亭玉立的少女，有灵活的头脑和敏捷的口才。她太高傲不肯在人前服输，尤其不肯屈服在一个男人手里；培尼狄克是一个出身高贵勇敢善战的战士，也有灵活的头脑和敏捷的口才，他也不肯在人前服输，尤其不肯在一个女人面前服输。一个因此不愿嫁，另一个因此不愿娶。这两个内心善良但又唇枪舌剑的年轻人遇在一起便各逞机锋，相互讥诮。他们谈话主题是婚姻，构成莎士比亚的"喜剧散文"。剧中还用道格培里（Dogberry）和弗吉斯（Verges）[②]这两个滑稽角色插科打诨来增加喜剧气氛。该剧第二幕第一场在总督里奥那托家的大厅里，培尼狄克对唐·佩德罗亲王说："殿下有没有什么事情要派我到世界的尽头去？（Will you grace command me any service to the world's end?）我现在愿意到地球的那一边去，给您干无论哪一件您所能想得到的最琐细的差使……；可我不愿意跟这妖精谈三句话儿。您没有什么事可以给我去做吗？"

［运用］She swore that she would follow him to the world's end.她发誓要跟随他到天涯海角。

I would fly to the world's end for you.我愿为你飞到世界尽头。

She would go to the end of the earth to make a better life for the family.为了让她的家庭过上比较好的生活，她愿

去天涯海角。

注：现在多用to the end/ends of the earth来表达相同的意思。

---

① 参阅387. 无法估量。　　② 参阅118. 弗吉斯和道格里。

475. 纸张不会脸红

[词语] Paper does not blush.

[含义] 口头上不便讲的事，书面上都可以写出来

[趣释]〔古罗马散文〕典出古罗马著名政治家、演说家西塞罗（Cicero）①的信札《致友人》（*Letters to His Friends*）。马库斯·图留斯·西塞罗（Marcus Tullius Cicero）公元前106年出生于奴隶主骑士家庭，卒于公元前43年。公元前63年被选为罗马共和国三执政官之一，是古罗马伟大的政治家、演说家、修辞学家。像当时大多数有志于政治的富家子弟一样，西塞罗不仅学习法律、政治、哲学，而且花大量时间钻研修辞学，掌握演讲技巧。他确信，任何一位政治家和社会活动家都必须掌握当众演讲艺术，才能保证他的事业的成功。西塞罗留下大量作品中有完整的演说词57篇，它们不仅反映了当时许多重大的历史事件，有珍贵的史料价值，而且在演说史上影响极大。西塞罗还写了一系列演讲理论著作，如《论演说家》《演说家的最好类型》等。西塞罗在《致友人》这本书中说："纸张不会脸红。"（Paper does not blush.）"纸张能容忍一切。"（Paper can bear anything.）意思是说，所有口头上不便讲的事，书面上都可以写出来，讽指在纸上写什么荒谬的丑事和谎言都可以。俄罗斯作家陀思妥耶夫斯基（Dostoevsky）在其小说《卡拉马佐夫兄弟》中说："据说，纸张不会脸红，告诉你，这是不对的。纸张也脸红

得和我现在一样……"

---

① 参阅173.饥饿是最好的佐料。

476. 智囊团

[**词语**] brain/brains trust

[**含义**] 专家顾问团；参谋本部；外来顾问

[**趣释**]〔美国散文〕典出19世纪末在美国的《星期六晚报》(*The Saturday Evening Post*) 记者怀特（White）发表的文章。《星期六晚报》是20世纪前半叶美国最畅销的报纸。威廉·艾伦·怀特（William Allen White）生于1868年，卒于1944年。他是美国著名编辑、作家。作为堪萨斯州恩波里亚《公报》的编辑和出版商，他以生动活泼的社论表达出一位乡村自由主义共和党人的观点，并以此闻名于世。尽管他是共和党人，但1924年他作为中立派竞选堪萨斯州长，反对迫害黑人的三K党。20世纪初，他支持第26任总统西奥多·罗斯福（Theodore Roosevelt）的共和党；20世纪30年代，他又支持第32任总统富兰克林·德拉诺·罗斯福（Franklin Delano Roosevelt）的民主党。怀特一生出版了22部著作，有诗歌、传记、政论等。在1895年收购《公报》之前是记者，首次在报上使用brain trust这个词。1932年《纽约时报》(*The New York Times*) 用这个词来指当时总统竞选运动中的富兰克林·罗斯福的谋士；他当选总统后又用来指政府中一群出谋献策的专家教授。后来，brain trust被译成"智囊团"，泛指某一政府或团体中专家顾问团、（非正式的）外来顾问、（军队）参谋本部、（电台电视台）解答听众问题的小组。"brain truster"为智囊团中的一员。

[运用] They sent him to Washington to interview the Brain Trust. 他们派他去华盛顿与智囊团会面。

The president of our company is a young man who likes to hear fresh ideas. So he's organized a brain trust of the professors he had in college who meet once a month to give him advice. 我们公司的总裁是一位年轻人，他喜欢听取一些新鲜意见。所以他请了一些他在大学时的教授做他的非正式顾问。他们每月开会一次，给他出主意、提建议。

The director of our institute makes us useless because he only listens to his own brain trust. He totally ignores the idea from those who work for him in the institute. 我们研究所的主任只听取他的智囊团的话，而且马上按他们的建议采取行动。他把我们所里工作人员提出的意见完全不当回事，使得我们感到好像我们都是没有用的人。

477. 忠仆星期五

[词语] man Friday

[含义] 忠实的男仆人；得力的男助手

[趣释]〔英国小说〕典出英国小说家丹尼尔·笛福（Daniel Defoe）的著名小说《鲁滨孙漂流记》（*Robinson Crusoe*）。忠仆星期五（Friday）是英国文学史上十分著名的人物形象。笛福生于1659年，卒于1731年，是作家、新闻记者，英国启蒙时期现实主义小说的奠基人，被称为"英国和欧洲小说之父"。他的小说主要是个人通过努力，靠自己的智慧和勇敢战胜困难为构架。情节曲折，采用自述方式，可读性强。表现当时追求冒险，倡导个人奋斗的社会风气。代表作《鲁滨孙漂流记》闻名于世，他

被视为17—18世纪英国小说的开创者之一。小说讲述，鲁滨孙不听父亲劝阻，出海经商贩卖黑奴，在海上遇难流落荒岛28年。他在岛上与自然斗争，生活到26年的时候，岛上来了一群野人。鲁滨孙用火枪和救出一个野人。鲁滨孙救下那个野人的日子是星期五（Friday），所以把被救的野人取名为"Friday"。此后，"星期五"成了鲁滨孙忠实的仆

笛　福

人和朋友。接着，鲁滨孙带着"星期五"救出一个西班牙人和"星期五"的父亲。不久以后，有条英国船在海岛附近停泊，发现船上的水手发生了叛乱，绑架了船长，把船长大副等三人抛在上岛上。鲁滨孙与"星期五"帮助船长制服了那帮水手，夺回船只。船长带着鲁滨孙和"星期五"等离开荒岛回到英国。后来，"Friday"（星期五）成为忠仆和得力助手的代名词。男忠仆或得力助手称为man Friday，女忠仆或女得力助手称为girl Friday。

478. 钟情的狮子

[词语] the lion in love

[含义] 失去实力就失去了一切

[趣释]〔古希腊寓言〕典出《伊索寓言》（Aesop's Fables）①中的《钟情的狮子》。寓言说，一只狮子爱上一个樵夫的女儿，就向她父亲求婚。她父亲不答应，可是又不敢拒绝。他忽然想出一个法子，来避免狮子的强求。他对狮子说，只要答应一个条件，他就愿意把女儿许配给他。那就是狮子把牙齿拔掉、爪子砍去，因为他的女儿看见这两样东西很害怕。狮子高兴地

答应了，实现了他的要求。当狮子再次来求婚时，樵夫不再害怕他，用棍棒打他，将他打到林子里去了。"钟情的狮子"（the lion in love）的寓意是：人在社会中生存和发展是离不开实力的，丧失了实力便会丧失一切。

---

①参阅233. 驴子和狼。

479. 仲夏疯

[词语] midsummer madness

[含义] 精神病；神经错乱；疯狂之至；愚蠢的举动

[趣释]〔英国剧作〕典出英国剧作家威廉·莎士比亚（William Shakespeare）的剧作《第十二夜》①。早期的迷信认为，仲夏的大热天容易使人精神失常而发疯。在《第十二夜》这部抒情浪漫的喜剧中，伯爵小姐奥丽维娅（Olivia）的管家马伏里奥（Malvolio）②是一个自命不凡的家伙。他骂小姐的亲戚"没脑子"，命令小姐的叔叔托比（Toby）必须"循规蹈矩"，斥责小姐的使女玛利娅（Maria）"胡闹"。于是，小姐的亲戚和使女合伙作弄他。玛利娅模仿主人奥丽维娅的字体，写信给自以为是的马伏里奥。信中鼓励他不用怕，勇敢地追求她。还说如他接受她的爱，就应该保持微笑、穿上黄色长袜。马伏里奥果然中了圈套，毫无保留地按照信中的要求去做了。但对不知其中缘故的奥丽维娅小姐来说，管家就像神经错乱的人，行为疯疯癫癫，并因此被送进暗室。该剧第三幕第四场，在奥丽维娅小姐的花园里，小姐叫使女把管家找来，马伏里奥见了小姐，以为她对他有意，不停地微笑，不断吻着自己的手，重复着那信中的一些话。马伏里奥说："好，只要你愿意，你就可以出头了。"（Go to, thou art made, if thou desirest to be so.) 奥维丽娅说："我就可以出头？"（Am I made?) 马伏里奥说："否则让我一生一世做个管家吧。"（If not, let me see thee a servant still.) 奥维丽娅说："哎哟，这家伙简直中了暑在发疯了。"（Why, this is very midsummer madness.) 现在，"仲夏疯"（midsummer madness）翻译比较灵活，要根据具体语境来明确措辞，但基本意思是精神病、精神错乱、疯狂之至、愚蠢的举动等。

[运用] "This is midsummer madness", cried I, "and I for one will be no party to it." "这简直是发神经了，"我喊道，"至少我是不参加的。"

Don't let us be hypocrites, gentlemen, and pretend that we always carry out that to which in moments of midsummer madness we commit ourselves. 诸位先生，让我们不要做伪君子吧，让我们不要自欺欺人地说：凡是由于我们一时狂热而答应下来的事，我们都会实行。

The carnival makes the whole city in midsummer madness. 狂欢节使整个城市的人处于极度疯狂状态。

I suppose it was midsummer madness, but the weather was glorious so I went out and bought an open sports cars. 天气实在太好了，我出去买了一辆敞篷赛车，我想这可能是愚蠢的行动。

---

①参阅126. 糕饼和麦酒。　　②参阅241. 马伏里奥。

480. 众生之路

[词语] the way of all flesh

[含义] 死亡；人生的必然归宿

[趣释]〔英国小说〕the way of all flesh的真正来源难以确定，但英国作家塞缪尔·巴特勒（Samuel Butler）确有一本小说名为《众生之路》（*The Way of All Flesh*）。塞缪尔·巴特勒生于1835年，卒于1902年，他曾被人形容为"19世纪最大的搅屎棍"。他不仅批判同时代的人，也批判历史的诸位作家。他生前都是自费出书，销量最多的也只有500~600本，而小说《众生之路》在他去世后第二年悄悄出版了，照例没有引起人们多大注意，直到戏剧大师萧伯纳（George Bernard Shaw）对此书发出惊呼，称赞巴特勒是"19世纪下半期英国最伟大的作家"。1998年，巴特勒的英文小说《众生之路》在"兰登书屋"评选百部最佳英文小说中排名第12位，远远高出海明威（Hemingway）、戈尔丁（Golding）等诺贝尔奖得主的代表作，就足以说其地位了。创作小说《众生之路》，巴特勒历时10年。它是一部带有自传性质的长篇小说，语言幽默诙谐而又深刻犀利。作者通过英国传教士家庭中儿子与父母之间的矛盾，展现并攻击了那些已被旧传统教养得愚昧无知、思想僵化、伪善、顽固的一代人，极力要在下一代人中如法炮制，力图使这种愚昧无知、伪善和顽固的形象传之万代而不衰。因此，它成了英国文学史上一部有划时代意义的作品。"众生之路"（the way of all flesh）被用来喻指死亡、人生的必然归宿。

[运用] He has gone the way of all flesh: died last week. 他已走上人生的必然归宿：上星期死了。

However rich and important they are, they will go the

way of all flesh like the rest of us. 不论他们多么有钱有势，他们总有一天也会和我们一样离开这个世界的。

He lived to a great age before he finally went the way of all flesh. 他活了好大年纪才离开人世。

Since then, *The Way of All Flesh* came within critics'range of vision, laying the foundation of Butler's fame in the history of English literature. 从那以后，《从生之路》这部作品进入批评家的视野，同时也奠定了巴特勒本人在英国文学史上的地位。

481. 宙斯和狐狸

[词语] Zeus and the fox

[含义] 坏人的本性难改

[趣释]（古希腊寓言）典出《伊索寓言》（*Aesop's Fables*）①中的《宙斯和狐狸》。寓言说，宙斯喜欢狐狸的聪明和机智，把兽类的王冠赐给了他。宙斯想知道狐狸随着身份地位的变化，他贪婪的本性会不会有所改变。当狐狸坐轿子经过的时候，宙斯就在他面前扔下一只屎壳郎。屎壳郎围绕轿子不停地飞，狐狸再也忍不住了，立刻跳下轿子，想捉住他。宙斯非常生气，便将狐狸贬回原来的地位上。"宙斯和狐狸"（Zeus and the fox）说明，即使穿上最华丽的服装，坏人也不会改变他的本性。

---

①参阅233.驴子和狼。

482. 宙斯和蛇

[词语] Zeus and the snake

[含义] 坏人的礼物令人生畏

[趣释]〔古希腊寓言〕典出《伊索寓言》(*Aesop's Fables*) 中的《宙斯和蛇》[①]。宙斯结婚的时候，所有动物都尽自己所能送来礼物。一条蛇嘴里衔着一朵玫瑰花爬来送礼。宙斯见了，对他说："别的所有动物送来的礼物我都收了，可是从你嘴里来的东西我是万不能收的。""宙斯和蛇"(Zeus and the snake) 的寓意是：坏人的礼物令人生畏。

[①]参阅261.劳动者和蛇。

483. 抓住时间的额发

[词语] Take time by the forelock.

[含义] 抓住时机；机不可失，时不再来

[趣释]〔英国散文〕典出英国作家罗伯特·格林（Robert Greene）的散文小册子《告别愚行》。罗伯特·格林于1558年生于英格兰的诺里奇（Norwich），卒于1592年。他是英国的剧作家和杂项作家。他在1591年的小册子中写道："抓住时间的额发，因为她的脑后是秃的。"(Take time now by the forehead; She is bald behind.) 英国著名剧作家威廉·莎士比亚（William Shakespeare）在其1596年的历史剧《约翰王》(*The Life and Death of King John*) 中称时间为"那个秃顶的教堂司事"。17至18世纪的英国小说家乔纳森·斯威夫特（Jonathan Swift）[①]也曾说过"画上的时间额前是一绺头发，后面则光秃秃的，因此，

那意思是说我们必须抓住时间的额发，因为它一旦过去就无法挽回。"这大概与古希腊神话中的时机之神（God of Occasion）有关，该神也是前面一绺头发，后面光秃。"抓住时间的额发"（Take time by the forelock.）已成为劝世人珍惜光阴，切莫虚度岁月的谚语。

[运用] She will be leaving for the United States, so if you want to ask her anything, you must take by the forelock.她很快就要去美国了。因此，如果你想向她询问什么，就必须抓紧时间。

Don't waste a moment, Take time by the forelock and do it.一刻也不要耽误，把握时机，立即行动。

We must take time by the forelock; for once it is past, there is no recalling it.我们必须抓住时机，因为时机一旦失去，就不会再来。

---

①参阅335.书的战争。

484. 自己的鹅都是天鹅

[词语] All one's geese are swans.

[含义] 敝帚自珍；自家的东西都是了不起的；自吹自擂

[趣释]〔英国论著〕典出英国作家罗伯特·伯顿（Robert Burton）的著作《忧郁的解剖》（*The Anatomy of Melancholy*）。罗伯特·伯顿于1577年出生在莱斯特郡（Leicester），卒于1640年，是英国学者、作家和传教士。他有很多名言，如"失意时，憧憬；得意时，审慎"。他在1621年发表的代表作《忧郁的解剖》极大地影响了英国文学的风格，为弥尔顿（J.Milton）、斯

特恩（L.Sterne）、兰姆（L.Lamb）、济慈（J.Keats）等作家提供了创作的灵感和素材。在这本书中，伯顿按照亚里士多德（Aristotle）和盖伦（Galen），对忧郁症状（melancholia）所做的医学分类，分析了很多情绪混乱的症状。这本书可谓是了解文艺复兴时期知识和信仰的宝库，它的影响力和声望不言而喻。谚语"自己的鹅都是天鹅"（All one's geese are swans.）是作为病人的症状而谈及的。现在主要用以比喻自家的东西都是完美的；王婆卖瓜，自卖自夸。

［运用］The coach is extremely proud of his team: all his geese are swans.那教练对他的队极为得意，认为他们一个个都非常了不起。

All his own geese are swans as the swans of others are geese.看自己一朵花，看别人豆腐渣。

He always likes to say something as if all his geese were swans.他谈论问题总喜欢言过其实。

Oh, all his geese are swans.噢，他总爱自吹自擂。

485. 自己的炸药盒炸倒自己

［词语］to be hoist with/by one's own petard

［含义］搬起石头砸自己的脚；害人反害己；作茧自缚

［趣释］〔英国剧作〕典出英国剧作家威廉·莎士比亚（William Shakespeare）剧作《哈姆雷特》（*Hamlet*）[①]。该剧讲述丹麦王子哈姆雷特从国外赶回国内奔丧之后，了解父王被害真相，设计杀死篡权娶母的叔父克劳狄斯（Claudius），为父报了仇，最后自己和母亲也都先后死去的悲剧故事。该剧第三幕第四场，在王后的寝宫里，王子哈姆雷特刺死躲在帷幕后面的御

前大臣波洛涅斯（Polonius），并要母后乔特鲁特（Gertrude）学做一个贞节妇人，从此不许那肥猪似的僭王近身。最后，哈姆雷特说："公文已经封好了，打算交给我那两个同学带去，对这两个家伙我要像对待两条咬人的毒蛇一样随时提防；他们将做我的先驱，引导我钻进什么圈套里去。我倒要瞧瞧他们的能耐。开炮的要是给炮轰了，也是一件好玩的事；他们会埋地雷，我要比他们埋得更深，把他们轰到月亮里去……"（There's letters seal'd; and my two school-fellows, /Whom I will trust as I will adders fang'd, /They bear the mandate; they must sweep my way, /And marshal me to knavery. Let it work; /For 'tis the sport to have the engineer/Hoist with his own petar: and 't shall go hard/But I will delve one yard below, their mines, /And blow them at the moon...）

"petard"是古时攻城用的炸药盒，(be) hoist with his own petard剧本译作"开炮的要是给炮轰了"，实际意是"自己的炸药盒炸倒自己"，以比喻搬起石头砸自己的脚，害人反害己或作茧自缚。

［运用］The criminal was hoist with his own petard when he tried to kill his wife, because he accidently drank the poison that he intended to give to her. 这个罪犯想谋杀他的妻子，但害人反害己；因为他不留神喝了他打算毒害他妻子的毒药。

It was indeed a clever plan to entrap his opponent, but in the end he was hoist by his own petard. 设圈套陷害对手固然是妙计，可是到头来却害人反害己。

The police hoisted the criminal with his own petard. 警察使罪犯搬起石头砸自己的脚。

He wanted to cheat others, but he was cheated by others; he was really hoist by his own petard. 他想骗人家，却被人家骗了，真是搬起石头砸自己的脚。

486. 足以让天使哭泣

[词语] enough to make the angels weep

[含义] 令人落泪；真叫人伤心；令人心灰意冷

[趣释]〔英国剧作〕典出英国剧作家威廉·莎士比亚（William Shakespear）的剧作《一报还一报》（Measure for Measure）①。该剧是莎士比亚的悲喜剧之一，又名《恶有恶报》《请君入瓮》《量罪记》《将心比心》《自作自受》等。该剧用轻松谐趣的笔触描写了从高官显爵、王公大臣到纨绔子弟、狱吏当差等人，个性鲜明，形象生动。除故事构思巧妙、出人意料的曲折情节之外，语言上的夸张幽默，动作上的乖张离奇，情绪上的忽喜忽怒、时忧时乐，成为该剧的最大特色。该剧第二幕第二场，安哲鲁（Angelo）府中另一室。依莎贝拉（Isabella）到府中向代理摄政安哲鲁求情，放她兄弟克劳狄奥（Claudio）一马。他弟弟只不过是使未婚妻怀孕，就被这个代理摄政判了死刑。其实，犯这种罪的人很多，不至于死罪。她说："世上的大人们倘使都能够兴雷作电，那么天上的神明将永远得不到安静，因为每一个微僚末吏都要卖弄他的威风，让天空充满雷声。上天是慈悲的，它宁愿把雷霆的火力，去劈碎一株槎枒状硕的橡树，却不去损坏柔弱的郁金香；可是骄傲的世人掌握暂时的权力，却会忘记自己琉璃的本来面目，像一头盛怒的猴子一样，装扮出种种丑恶的怪相，使天上的神明们因为怜悯他们的痴愚而流泪；其实诸神的脾气如果和我们一样，他们笑也会笑死的。"(...but man, proud man, /Drest in a little brief authority. /Most ignorant of what he's most assured, /His glassy essence, like an angry ape, /plays such fantastic tricks before high heaven/As make the angles weep.）由此而产生的成语"足以使天使们哭泣"（enough to make the angles weep）现用来喻指令人落泪、叫人伤心、令人心灰意冷。

[运用] To see a young fellow like that...only ripe for the gallows at five and twenty is enough to make the angles weep.眼看一个像那样的年轻轻的小伙子，刚刚25岁，便送上了绞刑架，就是上天也要伤心的。

────────────────────
①参阅380.伪君子安哲鲁。

487.最黑暗的时刻之后便是黎明

[词语] The darkest hour is (that) before the dawn.

[含义] 黎明之前最黑暗；事物发展到最坏时就会好转；云开见太阳

[趣释]〔英国散文〕典出古老的拉丁谚语Post nubila, Phoebus.意思是"云开见太阳"。英语谚语最早见于英国教士富勒的《毗斯迦眺望》（*A Pisgah-Sight of Palestine*）。托马斯·富勒（Thomas Fuller）英国安利甘教会历史学家，生于1608年，死于1661年。代表作有《圣战史》（*The History of Holy War*）、《神圣的国家和世俗的国家》（*The Holy State and the Profane State*）、《英国教会史》（*Church History of British*）等。富勒在他于1850年发的《毗斯迦眺望》中出现模仿拉丁语谚语的英语谚语："最黑暗的时刻之后便是黎明。"（The darkest hour is that before the dawn.）后来成为在最艰难时刻鼓励人们树立信心战胜困难的谚语：黎明之前最黑暗、事物发展到最坏时就会有好转、云开见太阳等意思。

［运用］In stock market the oddest things can happen that prove the darkest hour is before the dawn.股票市场会发生最奇怪的事，这证明黑暗之后有光明这句话极为有理。

Never say die.The darkest hour is nearest the dawn.千万别说"死"这个字，现在只是黎明前的黑暗。

488. 最后一个莫希干人

［词语］the last of the Mohicans

［含义］某一正在消失的人或事物；某现象的最后代表

［趣释］〔美国小说〕典出美国作家库柏的同名小说《最后的莫希干人》（*The Last of the Mohicans*）。詹姆斯·费尼莫尔·库柏（James Fenimore Cooper）于1789年出生在新泽西州的伯灵顿（Burlington），他出生的第二年全家迁居到纽约州的库珀斯敦（Cooperstown）。他30岁开始写小说，在美国文学史上开创了三种不同类型的小说：革命历史小说《间谍》（*The Spy*），边疆冒险小说《拓荒者》（*The Pioneers*）和海上冒险小说《舵手》（*The Pilot*）。库柏在30年创作时间里分阶段共写了50多部小说和其他著作。1826年发表的小说《最后的莫希干人》是库柏的代表作之一。故事发生在18世纪中叶，英法殖民主义者为掠夺印第安人的土地而发生战争，印第安人一方面被屠杀或者充当炮灰，另一方面又互相残杀，终于使整个部落绝灭。库柏虽然对印第安人的遭遇往往流露出同情或愤慨，但明显站在英国殖民军一方，认为亲英的印第安人是善良的，亲法的印第安人则

是恶人。这部小说以英军司令的两个女儿前往司令部的经历为线索，展开了原始森林中的探路、追踪、伏击、战斗等惊险情节的描写。小说中的莫希干是美国哈得逊河（Hudson）上流印第安人的一个部族。主人公纳幕·邦波当了英军的侦察员，他和老友莫希干酋长钦加哥以及钦加哥的儿子恩卡为救出姐妹俩，与劫持展开了一场惊心动魄的战斗。在大厮杀中，随着最后一个莫希干人恩卡和美丽善良的科拉死去，随之而去的是他们心灵上的美德和纯洁的情感，留在那里的只是白人殖民者的贪婪、残暴、恶毒和邪念。后来，人们用"最后一个莫希干人"（the last of the Mohicans）来喻指社会上某一代人物，如文学界、哲学界，以及正在消失的社会现象的最后代表。

[运用]Since the work has a very deep influence on the later writers, a painstaking study of *the Last of the Mohicans* is very important for us to deeply understand and be accomplished in American literature. 由于这部作品对后世作家有着十分深远的影响，细致研究《最后的莫希干人》，对我们深刻了解美国文学作品并在此示面有所造诣有着极其重要的作用。

附 录

一、本卷主要欧美作家简况

阿布斯诺特（J. Arbuthnot），1667—1735年，苏格兰讽刺作家、医生

艾蒂安（C.G.Etienne），1778—1845年，法国剧作家

安徒生（H.C.Andersen），1805—1875年，丹麦童话作家、诗人

奥斯汀（J.Austen），1775—1817年，英国女作家

奥斯本（J.Osborne），1929—1994年，英国演员、剧作家

奥古斯丁（Augustine H.），354—430年，罗马基督教思想家

奥古斯丁（S.—B.C.Augustin），1084—1869年，法国诗人、评论家

奥维德（Ovid）前43—约17年，古罗马诗人

巴尔扎克（H.D.Balzac），1799—1850年，法国小说家

巴里（J.M.Barrie），1860—1937年，英国剧作家、小说家

巴特勒（S.Butler），1835—1902年，英国作家

拜伦（G.G.Byron），1788—1824年，英国诗人

拜伦（J.Byrom），1692—1763年，英国诗人

班扬（J.Bunyan），1628—1688年，英国小说家

贝洛（C.Perrault），1628—1703年，法国作家

比德（V.Saint Bede），672—735年，英国作家

比德（C.M.Bede），1827—1889年，英国作家

伯顿（R.Burton），1577—1640年，英国作家

薄伽丘（G.Boccaccio），1313—1375年，意大利诗人

博尔顿（S.T.Bolton），1814—1893年，美国诗人

布丰（G.L.L.Buffon），1707—1788年，法国作家

布利丹（J.Buridan），1300—1358年，法国经院哲学家

大仲马（A.Dumas P.），1802—1870年，法国作家

达尔文（C.R.Darwin），1809—1882年，英国博物学家、著作家

丹尼斯（J.Dennis），1658—1734年，英国诗人、剧作家

但丁（Dante A.），1265—1321年，意大利诗人

狄更斯（C.Dickens），1812—1870年，英国小说家

笛福（D.Defoe），1659—1731年，英国小说家

第欧根尼（A.Diogenēs L.），约200—约250年，古希腊哲学史家

迪斯雷利（B.Disraeli），1804—1881年，英国小说家、政治家

菲茨杰拉德（F.S.Fitzgerald），1896—1940年，美国作家

费德鲁斯（Phaedrus），前15—50年，古罗马寓言作家

弗罗里昂（J.P.C.D.Florian），1775—1794年，法国寓言作家、诗人

富兰克林（B.Franklin），1706—1790年，美国政治家、作家

富勒（T.Fuller），1608—1661年，英国教会历史学家、作家

伏尔泰（Voltaire），1694—1778年，法国作家、思想家

哈代（T.Hardy），1840—1928年，美国小说家

哈克奈斯（M.Harkness），1854—1923年，英国女作家

哈得逊（T.Hudson），1701—1779年，英国诗人、画家

海明威（E.M.Hemingway），1899—1961年，美国作家

海勒（J.Heller），1923—1999年，美国作家

海伍德（J.Heywood），1497—1575年，英国剧作家、作家

黑格尔（G.W.Hegel），1770—1831年，德国哲学家

华莱士（W.R.Wallace），1819—1881年，美国诗人

怀特（W.A.White），1868—1944年，美国作家

贺拉斯（Horatius），前65—前8年，古罗马诗人

霍桑（N.Hawthorne），1804—1864年，美国小说家

霍伊尔（E.Hoyle），1671—1769年，英国作家

歌德（J.W.V.Goethe），1794—1832年，德国诗人

格林（R.Greene），1558—1592年，英国剧作家、诗人

格里鲍耶陀夫（Griboyedov），1795—1829年，俄罗斯剧作家

果戈理（N.V.Gogol），1809—1852年，俄国作家

吉卜林（J.R，Kipling），1865—1936年，英国作家

杰克伦敦（Jack London），1876—1916年，美国作家

卡莱尔（T.Carlyle），1795—1881年，英国讽刺作家、历史学家

卡罗尔（L.Carroll），1832—1898年，英国作家

恺撒（G.J.Caesar），前100—前44年，古罗马统帅、政治家

柯勒律治（S.T.Coleridge），1772—1834年，英国诗人

克雷洛夫（I.A.Krylov），1769—1844年，俄国寓言作家

克林格（F.M.V.Klinger），1752—1831年，德国剧作家

库柏（W.Cowper），1731—1800年，英国诗人

库柏（J.F.Cooper），1789—1851年，美国作家

拉伯雷（F.Rabelais），1494—1553年，法国作家

拉封丹（J.D.La Fontaine），1621—1695年，法国寓言作家

朗费罗（H.W.Longfellow），1807—1882年，美国诗人

理查逊（S.Richardson），1689—1761年，英国作家、诗人

理查森（D.M.Richardson），1873—1957年，英国女作家

李利（J.Lyly），1554—1606年，英国散文作家、剧作家

洛奇（T.Lodge），1558—1625年，英国作家、戏剧家

卢奇安（Lucian），125—180年，古希腊散文家

马洛礼（T.Malory），1405—1471年，英国作家

梅特林克（M.Maeterlinck），1862—1949年，比利时剧作家

弥尔顿（J.Milton），1608—1674年，英国诗人

缪塞（A.D.Musset），1810—1857年，法国剧作家

莫顿（J.M.Morton），1811—1891年，英国剧作家

莫顿（T.Morton），1764—1838年，英国剧作家

莫里哀（Molière），1622—1673年，法国剧作家

尼采（F.Nietzsche），1844—1900年，德国哲学家

尼古拉斯·罗（Nicholas Rowe），1674—1718年，英国剧作家

欧律庇得斯（Euripides），前480—前406年，古希腊悲剧作家

欧文（W.Irving），1783—1859年，美国作家

帕斯卡尔（B.Pascal），1623—1662年，法国散文家、思想家

庞培（G.Pompeius），前106—前48年，古罗马政治家、散文家

培根（F.Bacon），1561—1626年，英国作家、哲学家

佩恩（J.H.Payne），1791—1852年，美国剧作家、诗人

彭斯（R.Burns）1759—1796年，英国农民诗人

蒲柏（A.Pope），1688—1744年，英国诗人

蒲尔（J.Poole），1786—1872年，英国剧作家

普卢塔克（Plutach），46—120年，古罗马传记作家

乔叟（G.Chaucer），1343—1400年，英国用中古英语写作的大诗人

瑞普利（R.Ripley），1890—1949年，美国探险家、漫画家

萨克雷（W.M.Thackeray），1811—1863年，英国作家

瑟伯（J.Thurber），1894—1961年，美国作家、漫话家

塞孔都斯（G.L.Secundus），23—79年，古罗马作家、博物学家

塞内加（L.A.Seneca），前4—65年，古罗马政论作家

塞万提斯（M.Cervantes S.），1547—1616年，西班牙作家

莎士比亚（W.Shakespeare），1564—1616年，英国剧作家

森特利芙（S.Centlivre），1667—1723年，英国女剧作家、演员

史蒂文森（R.L.Stevenson），1850—1894年，英国作家

斯宾诺莎（B.Spinoza），1632—1677年，荷兰哲学著作家

斯宾塞（E.Sepenser），1552—1599年，英国诗人

斯诺（C.P.Snow），1905—1980年，英国小说家

斯塔提乌斯（Statius），45—96年，古罗马诗人

斯泰因（G.Stein），1874—1946年，美国女作家

斯特恩（L.Sterne），1713—1768年，英国小说家

斯托夫人（H.B.Stowe），1811—1896年，美国女作家

斯威夫特（J.Swift），1667—1745年，英国作家

苏维托尼乌斯（G.Suetonius），69—122年，古罗马历史著作家

塔索（T.Tasso），1544—1595年，意大利诗人

泰伦提乌斯（P.Terentius），前190—前159年，古罗马喜剧作家

王尔德（O.Wilde），1854—1900年，英国剧作家

威尔斯（H.G.Wells），1866—1946年，英国科幻小说家

威廉·格林（Wilhelm Grimm），1786—1859年，德国童话作家

维吉尔（Virgil），前70—前19年，古罗马诗人

伍德福尔（H.S.Woodfall），1739—1805年，英国自由诗人

小仲马（A.Dumas F.），1824—1895年，法国作家

希波克拉底（Hippocratēs），约前460—前377年，古希腊医师、西方医学奠基人

希尔（J.Hill），1879—1915年，美国作曲家、劳工活动家

希尔顿（J.Hilton），1900—1954年，英国小说家

夏多布里盎（F.D.Chateaubriand），1768—1848年，法国小说家

萧伯纳（G.Bernard Show），1856—1950年，爱尔兰剧作家、小说家

西塞罗（M.T.Cicero），前106—前43年，古罗马政论作家、演说家

席勒（F.V.Schiller），1759—1805年，德国诗人、哲学家

谢立丹（R.B.Sheridan），1751—1816年，英国剧作家

雪莱（M.W.Shelley），1797—1851年，英国女作家

雪莱（P.B.Shelley），1792—1822年，英国诗人

雅科布·格林（Jacob Grimm），1785—1863年，德国童话作家

亚里士多德（Aristotle），前384—前322年，古希腊哲学家

伊恩（Ian F.），1908—1964年，英国侦探小说作家

伊索（Aesop），前620—前560年，古希腊寓言作家

易卜生（H.J.Ibsen），1828—1906年，挪威剧作家

雨果（V.Hugo），1802—1885年，法国小说家

尤西比乌斯（Eusebius C.），263—339年，古罗马宗教作家

约翰逊（S.Johnson），1709—1784年，英国诗人

朱文诺尔（Juvenal），1—2世纪，古罗马讽刺诗作家

二、莎士比亚剧作分类及剧名

中英文对译表

（中文剧名之后的数字为完成剧作的时间）

1. 悲剧（11部）

Hamlet，Prince of Denmark	《哈姆雷特》（1601年）
Othello，the Moore of Venice	《奥赛罗》（1604年）
The Tragedy of Macbeth	《麦克白》（1605年）
King Lear	《李尔王》（1605年）
Romeo and Juliet	《罗密欧与朱丽叶》（1594年）
Titus Andronicus	《泰特斯·安德洛尼克斯》（1593年）
The Life and Death of Juliet Caesar	《裘力斯·恺撒》（1599年）
Antony and Cleopatra	《安东尼与克娄巴特拉》（1606年）

The Tragedy of Coriolanus	《科利奥兰纳斯》	（1607年）
Troilus and Cressida	《特洛伊罗斯与克瑞西达》	（1602年）
Timons of Athens	《雅典的泰门》	（1607年）

2. **喜剧**（16部）

The Merchant of Venice	《威尼斯商人》	（1595年）
A Midsummer Night's Dream	《仲夏夜之梦》	（1595年）
As You Like It	《皆大欢喜》	（1599年）
Twelfth Night（or What You Will）	《第十二夜》	（1600年）
The Comedy of Errors	《错误的喜剧》	（1592年）
All's Well that Ends Well	《终成眷属》	（1602年）
Much Ado About Nothing	《无事生非》	（1598年）
Measure for Measure	《一报还一报》	（1604年）
The Tempest	《暴风雨》	（1612年）
The Taming of the Shrew	《驯悍记》	（1593年）
The Merry Wives of Windsor	《温莎的风流娘儿们》	（1598年）
Love's Labour's Lost	《爱的徒劳》	（1594年）
The Two Gentlemen of Verona	《维洛那二绅士》	（1594年）
Pericles，Prince of Tyre	《泰尔亲王佩力克尔斯》	（1608年）
Cymbeline，the King of Britain	《辛白林》	（1609年）
The Winter's Tale	《冬天的故事》	（1610年）

3. **历史剧**（10部）

Henry Ⅳ, the First Part of King	《亨利四世（上）》	（1597年）
Henry Ⅳ, the Second Part of King	《亨利四世（下）》	（1597年）
Henry Ⅴ, the Life of King	《亨利五世》	（1598年）
Henry Ⅵ, the First Part of King	《亨利六世（上）》	（1590年）
Henry Ⅵ, the Second Part of King	《亨利六世（中）》	（1590年）
Henry Ⅵ, the Third Part of King	《亨利六世（下）》	（1590年）

Henry VIII, The Famous History of Life of King	《亨利八世》（1612年）
John, the Life and Death of King	《约翰王》（1596年）
Richard II, the Tragedy of King	《理查二世》（1595年）
Richard III, the Tragedy of King	《理查三世》（1592年）

三、莎士比亚传世名言

1.爱，和炭相同，烧起来，得想办法叫它冷却。让它任意着，就要把一颗心烧焦。

2.爱比杀人重罪更难隐藏，爱的黑夜有中午的阳光。

3.不要借钱给别人，也不要向别人借钱；借钱给别人会让你人财两失，向别人借钱会让你挥霍无度。

4.不要只因一次失败，就放弃你原来决心想达到的目的。

5.聪明人变成痴愚，是一条容易上钩的游鱼。因为他凭持才高学广，看不见自己的狂妄。

6.当荣誉心受伤的时候，友谊是治愈它的良药。

7.对自己忠实，才不会被别人欺诈。

8.多少事情因为逢到有利的环境，才能达到尽善的境界，得到一声恰当的赞赏。

9.孩子，跑得太快才会跌倒的。

10.黑夜无论怎样悠长，白昼总会到来。

11.豁达者长寿。

12.满瓶不响，半瓶咣当。

13.没有比较，就显不出长处；没有会欣赏的人，乌鸦的歌声就和云雀的一样。

14.魔鬼为陷害我们起见，往往故意向我们说真话，在小事情上取得我们的信任，然后我们在重要关头便会堕入他的圈套。

15.宁为聪明的愚夫，不做愚蠢的才子。

16.懦夫在未死以前，就已经死过好多次；勇士一生只死一次。在一切怪事中，人们贪生怕死就是一件最奇怪的事。

17.女人是用耳朵恋爱的，而男人如果会产生爱情的话，却是用眼睛恋爱。

18.人生不过是一个行走的影子，一个在舞台上高谈阔论的演员，无声无息悄然退下。这是一个傻子说的故事，说得慷慨激昂，却无意义。

19.人生苦短，若虚度年华，则短暂的人生就太长了。

20.上天生下我们，是要我们当作火炬，不是照亮自己，而是普照世界。因为我们的德行倘不能推及他人，那就等于没有一样。

21.生存还是毁灭，这是一个值得考虑的问题。

22.世间本无善恶，端看个人想法。

23.世界上还没有一种办法，可以从一个人的脸上探察他的居心。

24.世界是一个舞台，所有的男男女女不过是一些演员，他们有下场的时候，也有上场的时候。一个人一生中扮演着好几个角色。

25.他赏了你钱，所以他是好人；有了拍马屁的人，自然就有人爱拍马屁。

26.外观往往和事物本身完全不符，世人都容易为表面的装饰所欺骗。

27.位高心不宁。

28.无论一个人的天赋如何优异，外表或内心如何美好，也必须在他德性的光辉照耀到他人身上发生了热力，再由感受他的热力的人把热力反射到自己身上的时候，才会体会到他本身的价值的存在。

29.习惯简直有一种改变气质的神奇力量，它可以使魔鬼主宰人类的灵魂，也可以把他们从人们的心里驱逐出去。

30.笑是一切罪恶的根源。

31.新的火焰可以把旧的火焰扑灭，大的痛苦可使小痛减轻。

32.行为胜于雄辩，愚人的眼睛比他们的耳朵聪明得多。

33.要一个骄傲的人看清他自己的嘴脸,只有用别人的骄傲给他做镜子;若向他卑躬屈膝,不过添长他的气焰,徒然自取其辱。

34.疑惑足以败事。一个人往往因遇事畏缩的缘故,失去了成功的机会。

35.一个骄傲的人,结果总是在骄傲里毁灭了自己。他一味对镜自赏,自吹自擂,遇事只顾浮夸失实,到头来只是事事落空而已。

36.愚人的蠢事算不得稀奇,聪明人的蠢事才叫人笑破肚皮。因为他用全副的本领,证明他自己的愚笨。

37.赞美倘从被赞美自己的嘴里发出,是会减去赞美的价值的;从敌人的嘴里发出的赞美才是真正的光荣。

38.真诚的爱情之路永不会是平坦的。

39.真正的爱情是不能用语言来表达的,行为才是忠心的最好说明。

40.最好的人,都是犯过错误的过来人;一个人也往往因为有一点小小的缺点,更显出他的可爱。

主要英文词目索引

A

according to Hoyle / 144
add insult to injury, to / 326
add fuel to the fire/flame, to / 185
admirable Crichton, an/the / 245
Aladdin's lamp / 005
Alasnam's mirror / 006
albatross around/about sb.'s neck,
　an/the / 156
Alice in Wonderland / 009
All cats are grey in the dark. / 361
All for one, one for all. / 092
All hope abandon ye who enter
　here! / 207
all in all / 363
All is for the best in this best of
　all possible worlds. / 478

All one's geese are swans. / 511
All is not gold that glitters. / 113
All that glisters is not gold. / 113
All the world is a stage.All the men
　and women are players. / 347
Alnaschar's dream / 005
Androcles and the lion / 016
Anger is a short/brief madness. / 118
Angelo / 397
angry young men, the / 118
applaud to the echo / 487
Arabian nights / 375
Ariel / 208
Armida's garden / 004
Art is long, life is short. / 332
artful dodger, the / 425
Arthur Grant / 007
as chaste as ice / 418

as like as an apple to an oyster / 212

as like as two eggs / 210

as like as two peas in a pot / 416

ass and the frogs, the / 247

ass and the wolf, the / 248

ass in a lion's skin, an / 303

ass, the fox and the lion, the / 248

ass's shadow, the / 395

astronomer, the / 380

Atala / 002

Attic salt / 003

auld lang syne / 262

B

bag and baggage / 213

bald knight, the / 384

bald man and the fly, the / 385

Barkis is willing. / 019

Barmecide's/Barmecide feast / 020

bat and the weasels, the / 048

battle of books, the / 351

battle of frogs and mice, the / 312

be-all and (the) end-all.the / 414

be all eyes, to / 453

be hoist with/by one's own petard, to / 512

be in Debrett, to / 469

be in the melting mood, to / 132

be sent to one's account, to / 043

bear and the two travellers, the / 432

beauty and the beast / 263

before you could say Jack Robinson / 474

Believe it or not / 430

bell the cat, to / 141

belly and the members, the / 107

Better a witty fool than a foolish wit. / 063

better is the enemy of the good., The / 147

Bill Sikes / 044

bite one's thumb at sb., to / 074

Blood is thicker than water. / 434

blow hot and cold, to / 085

blue bird / 231

bluebeard / 230

Books have their destinies. / 352

Borrowing dulls the edge of husbandry. / 202

Box and Cox / 042

boy and the filberts, the / 422

brain/brains trust / 503

brazen-faced / 180

bread and butter letter, a / 279
break Priscian's head, to / 090
Brevity is the soul of wit. / 200
bring sth. to light, to / 026
Brown, Jones and Robinson / 058
bull and the goat, the / 151
bundle of sticks, a / 441
Buridan's ass / 059
burn daylight, to / 035
burning daylight / 372
by this sign conquer / 091

C

cakes and ale / 137
caliban / 218
caliph for an hour / 444
Camille/Camile / 072
Care killed a cat. / 454
carry coals, to / 038
cart draws/leads the horse., The / 253
Cassius / 220
cast sth. in sb.'s teeth, to / 417
cat and the cock, he / 258
cat with nine lives, a / 259
cat's paw, a / 260
cat's-paw, a / 260
catch twenty-two / 102

catch-22 situation / 102
caviar to the general / 052
Cenci / 195
charcoal-burner and the fuller, the / 328
Christopher Sly / 394
chronicle small beer, to / 192
Cinderella / 182
Cleopatra's nose / 223
cock and bull story, a / 149
cock is bold/valiant on his own dunghill., A / 150
coign of vantage / 461
Comparisons are odious. / 046
Cordelia's gift / 220
corridors of power / 314
count one's chickens before they are hatched, to / 302
course of true love never did run smooth., The / 491
Cowards are cruel. / 311
Cowards die many times before their death. / 300
crab and its mother, the / 426
cross the Rubicon, to / 109
crow in peacock's feathers, a / 070
cry content with sth./sb., to / 135
cry wolf, to / 234

cuckoo and the cock, the / 108
cudgel one's brains, to / 160
cultivate one's garden, to / 145
curled darlings / 393
curry favour, to / 350
Curst cows have curt horns. / 431
cut a caper, to / 315

D

dance attendance on/upon sb., to / 463
dancing monkeys, the / 380
Daniel come to judgement, a / 098
Darby and Joan / 089
dark horse, a / 170
darkest hour is (that) before the dawn., The / 515
deer and the vine, the / 307
devil is not so black as he is painted., The / 287
die is cast/thrown., The / 154
Diogenes' lantern / 103
Diogenes' tub / 104
Discretion is the better part of valour. / 205
dog and the shadow, the / 152
dog in the manger, a / 252

doll's house / 390
Don Juan / 369
Don Quixote / 370
donkey means one thing and the driver another., The / 249
Dulcinea / 239

E

eat no fish, to / 050
eat sb. out of house and home, to / 025
eat the leek, to / 076
emperor's new clothes, the / 181
enough to make the angels weep / 514
eternal triangle, the / 012
Every barber knows that. / 271
Every cock crows on its own dunghill. / 150
every inch / 272
Every Jack shall have his Jill. / 270

F

Falstaff / 124
farmer and his sons, the / 298
farmer and the fox, the / 297

farmer and the snake, the / 297
Faustian spirit / 125
Fear made the gods. / 228
fight (with) windmills, to / 167
fighting cock and the eagle, the
　/ 107
finish Aladdin's window, to / 433
Fire that's closest kept burns
　most of all. / 273
fish in troubled/muddy waters,
　to / 184
fisherman piping, the / 086
fishermen / 462
flies and honey-pot, the / 062
flutter the dove-cotes, to / 093
fly on the wheel, a / 075
fool's paradise, a / 324
for auld lang syne / 262
Fortune favours the brave. / 283
Fortune's wheel / 285
fox and the goat, the / 175
fox and the lion, the / 176
fox who had lost his tail, the / 340
Frankenstein monster / 127
from China to Peru / 068
from the egg to the apple / 064
from whose bourn no traveller

returns / 458

G

Gatsby / 130
gay Lothario / 117
ghost walks., The / 158
Ginger shall be hot in the mouth
　/ 331
give a taste of one's quality, to / 413
give an edge to sth., to / 152
give hostages to fortune, to / 029
give pause to sb., to / 080
give sb. pause, to / 080
glass I drink from is not large, but
　at least it is my own., The / 400
globe of glass of Master Reynard,
　the / 242
go the whole hog, to / 494
God bless the mark! / 327
golden opinions / 221
Good wine needs no bush. / 166
Grandet / 140
grapes are sour., The / 359
grasp the nettle, to / 204
Great minds think alike. / 398
green-eyed monster / 250

grin like a Cheshire cat, to / 419

H

ham it up, to / 186
Hamlet / 164
Hamlet without the prince of
　Denmark / 265
hand that rocks the cradle rules
　the world., The / 437
hair of the dog, a/the / 066
hare and the hound, the / 386
Harpagon / 001
have an axe to grind, to / 457
have an itching plam, to / 114
have an old head on young
　shoulders, to / 294
have the weather of, to / 483
He laughs best who laughs last. / 354
He needs a long spoon who sups
　with the devil. / 382
He who laughs last laughs best. / 354
heifer and the ox, the / 425
Hell is paved with good inten
　tions. / 381
hen and the golden eggs, the / 291
Here lies the rub. / 486

hit the mark, to / 191
Hobson's choice / 189
hold the mirror up to nature, to / 143
Homer sometimes nods. / 169
honest man's the noblest work
　of God., An / 076
honeymoon, the / 278
horse and the groom, the / 254
horse and the ass, the / 254
horse of a different colour, a / 054
horse of another colour, a / 054
hound and the hare, the / 244
houses are new, but the prejudices
　are old., The / 116
Hunger is the best relish/sauce. / 190
hunter and the woodman, the / 245

I

I'll eat my hat if... / 401
If the sky falls we shall catch
　the larks. / 379
If winter comes, can spring
　be far behind? / 106
in a Pickwickian sense / 065
in one's heart of hearts / 475
in the/one's mind's eye / 429
It is a small world. / 349

It is all Greek to me. / 489
It is in his buttons. / 365
Ithuriel's spear / 448
ivory tower, an / 421

J

James Bond / 482
jay who dacked herself out in
　peocock's feathers, a / 070
Jekyll and Hyde / 201
John Bull / 467

K

keep the weather of, to / 483
keep up with the Joneses, to / 134
kid and the wolf, the / 427
Kim / 426
King Charles's head / 073
King's/Queen's English / 162
kingdom of the lion, the / 339
Knock Priscian's head, to / 090
know a hawk from a handsaw, to
　/ 048
know a trick worth two of that,
　to / 391

know one's distance, to / 497
Knowledge is power. / 498

L

labourer and the snake, the / 236
lamp, the / 102
lantern of Diogenes / 103
last of the Mohicans, the / 516
Launce / 308
law of the jungle, the / 069
lay a flattering unction to
　one's soul, to / 142
lay it on with a trowel, to / 451
lead apes in hell, to / 470
Lend me your ears. / 023
let slip/loose the dogs of war, to
　/ 357
lie in one's throat, to / 172
lie in one's teeth, to / 172
like an ass between two bundles
　of hay / 420
lion and the farmer, the / 337
lion and the fox, the / 335
lion, the fox and the ass, the / 335
lion and the frog, the / 337
lion and the hare, the / 338
lion and the mouse, the / 336

lion in love, the / 515

lion, the bear and the fox, the / 339

lion's share, the / 334

little Mary / 423

little mermaid, the / 424

lost generation, the / 276

Love and hunger keep the world going. / 013

Love is blind. / 014

M

Macbeth / 256

mad as a hatter / 120

Make an elephant out of a fly. / 022

Make a mountain out of a molehill. / 022

make assurance double/doubly sure, to / 194

Malaprop / 255

Malvolio / 255

man Friday / 504

Manfred / 257

Mayor of Casterbridge, the / 218

measure swords (against/with sb.), to / 045

meat and drink / 320

meet at Philippi, to / 403

men in buckram / 083

Mephistophelian smile / 289

midsummer madness / 506

Milesian fables / 277

milk of human kindness, the / 318

miser, the / 350

Misfortunes never come single/alone. / 055

mistake the shadow for substance, to / 409

Montagues and Capulets, the / 275

more sinned against than sinning / 481

More worship the rising than the setting sun. / 317

mountain in labour, the / 094

Mrs. Warren / 177

much ado about nothing / 406

muckraker / 313

N

naked truth, the / 078

name to conjure with, a / 173

negation of the negation / 123

north wind and the sun, the / 042

not have a word to throw at a dog / 051

not set/value sth. at a pin's fee / 056

Not that I loved Caesar less, but I loved Rome more. / 010

O

oak and the reeds, the / 422

observed of all observers, the / 362

Of two evils choose the least/less. / 240

old man of the sea / 165

on the side of the angels / 484

on the windy side of sth. / 477

on/upon the rack / 471

One misfortune calls up another. / 055

One swallow does not make a summer. / 446

one's gorge rises / 131

one's withers are unwrung / 198

Open, sesame! /open sesame / 495

Othello / 017

out of joint / 387

out of measure / 405

Out of sight, out of mind. / 436

oxen and the axle-trees, the / 296

P

paddle one's own canoe, to / 197

Pamela / 302

Panurge's flock/sheep / 021

Paper does not blush. / 502

Paul Pry / 008

peacock and the crane, the / 229

Pickwick / 304

pie in the sky / 376

piping times of peace, the / 138

Pistol / 047

play the ape to sb., to / 040

pluck a crow with sb., to / 464

Plyushkin / 305

Poets are born, orators are made. / 333

pound of flesh / 440

pour oil on the fire, to / 185

pour oil on troubled waters, to / 030

prick up one's ears, to / 353

Prick one's ears up, to / 353

primrose path of dalliance, the / 178

prunes and prism / 268

pull the/sb.'s chestnuts out of the fire, to / 187

put fuel to the fire/flame, to / 185

put one's head into the wolf's mouth, to / 030
put out sb.'s light, to / 411
put the/one's finger in the/ one's eye, to / 028

Q

quality of mercy is not strained., The / 319
Quasimodo / 129

R

Rats desert a sinking ship. / 084
Rats forsake/leave a sinking ship. / 084
real Simon Pure, the / 493
regular Becky Sharp, a / 342
return to our muttons, to / 183
Reynard's globe of glass / 242
Reynard's wonderful ring / 243
Richard the Third / 237
Richmond / 238
Rip Van Winkle / 321
Romeo and Juliet / 246
rose by any other name, a / 267

rose by any other name would smells as sweet., A / 267
rub the lamp, to / 060
run before one's horse to market, to / 472

S

Salome / 323
salt of the youth, the / 295
saw the air, to / 216
scarlet letter, the / 171
scotch the snake, to / 087
screw one's courage to the sticking place, to / 032
seamy side / 460
sear and yellow leaf, the / 225
sermons in stones / 280
set a stone rolling, to / 386
set one's/the eyes at flow, to / 236
set the wolf to keep the sheep, to / 201
Shangri-La / 416
shepherd and the little wolf, the / 292
shepherd-boy and the wolf, the / 291

ships that pass in the night / 439

shreds and patches / 306

shuffle off this mortal coil, to / 037

Shylock / 412

silver-fork school, the / 449

Simon Legree / 410

Sister Anne / 016

skeleton at the feast, a / 209

slings and arrows of outrageous fortune, the / 286

slough of despond, the / 214

snake and the eagle, the / 450

snake in the grass, a / 060

So many men, so many minds. / 456

Something is rotten in the state of Denmark. / 097

sour grapes / 359

speak by the card, to / 355

speak daggers to sb., to / 111

spendthrift and the swallow, the / 235

spirit of contradiction, the / 261

squire of dames, a / 159

St. Nicholas's clerks / 330

steal sb.'s thunder, to / 100

stew in one's own juice, to / 479

stick in one's/sb.'s throat, to / 146

Stiggins / 356

storm and stress / 226

storm in a teacup, a / 071

strange bedfellows / 288

straw polls / 099

stream of consciousness / 447

style is the man., The / 119

swallow and the raven, the / 437

swan and the goose, the / 375

T

Take a hair of the dog that bit you. / 066

Take time by the forelock. / 510

talk through one's hat, to / 383

Tartuffe / 090

ten commandments, the / 341

Tess / 366

That's the rub. / 486

There are more things in heaven and earth, Horatio, than are dreamt of in your philosophy. / 374

thereby hangs a tale / 488

There is luck in odd numbers. / 096

There is method in one's madness. (英) / 121

There is method to sb.'s
　　madness. (美) / 121
There is no place like home. / 266
There's the rub. / 486
thirsty pigeon / 223
thousand ills that flesh is heir to,
　　the / 408
throw the helve after the hatchet,
　　to / 105
tilt at windmills, to / 167
Time and tide tarry no man. / 343
Time and tide wait for no man. / 343
Time is money. / 344
Time is the great physician. / 345
Timon / 368
to the manner born / 378
to the world's end / 500
to/till the rack of doom / 499
Tono-Bungay / 389
Too swift arrives as tardy as
　　too slow. / 367
tortoise and the hare, the / 404
tower of ivory, a / 421
transvaluation of values / 079
traveler and his dog, the / 250
treasure island / 203
Truth comes out of wine. / 492

tune the old cow died of, the / 346
tweedledum and tweedledee / 039
two frogs, the / 242
two pots, the / 240
two wallets, the / 241

U

ugly duckling, the / 082
Uncle Tom / 369
under the aspect of eternity / 067
Uneasy lies the head that
　　wears crown / 095

V

vanity fair / 281
verdant green / 395
venture all in one bottom, to / 452
Verges and Dogberry / 126
vicar of Bray / 058
vine and the goat, the / 307
viper and file, the / 227

W

wake a sleeping wolf, to / 299

Walter Mitty / 176
way of all flesh, the / 508
We soon believe what we desire.
　/ 402
wear one's heart upon/on one's
　sleeve, to / 033
Werther and Charlotte / 396
What will Mrs. Grundy say? / 139
wheel has come full circle., The
　/ 373
wheel of fortune, the / 284
where the shoe pinches / 428
While I breathe, I hope. / 443
whirligig of time, the / 157
white crow, a / 034
Whom God wishes to destroy, he
　frist makes him mad. / 329
wild ass and the lion, the / 438
widow and her little maidens,
　the / 155
wish is father to the thought., The / 466
with hankerchief in one hand, and
　sword in the other / 442

Worth (a) Jew's eye / 196
wolf and the lamb, the / 232
wolf and the horse, the / 233
wolf and the lion, the / 234
wolf and the shepherd, the / 233
wonder lasts but nine days., A / 310
word and a blow, a / 445
world is governed by opinions.,
　The / 348
wrangle for an ass's shadow, to
　/ 395
wring one's/sb.'s withers, to / 360

Y

You sang? I am delighted. Well,
　dance now. / 293

Z

Zeus and the fox / 509
Zeus and the snake / 510

主要参考书目

1. Brewer, E.Cobham & Evans, Ivor H. : Brewer's Ditionary of Phrase and Fable, (Lodon : Casell and Company Ltd.1981)

2. Simpson, John: The Concise Oxford Dictionary of Proverbs, (Oxford University Press, 1992)

3. Clark, John O.E. : A Dictionary of English Idioms, (Word Wise), (Harrap Ltd., 1988)

4. Courtney, Rosemary : Longman Dictionary of Phrasal Verbs, (Longman Group Limited, 1983)

5. Long, Thomas Hill : Longman Dictionary of English Idioms, (Longman Group Limited, 1979)

6. Rogers, Jame : The Dictionary of Cliches, (Ballantine books, 1985)

7. Ammer, Christine The American Heritiage Dictionary of Idioms ed, Christine Ammer (Houghton Mifflin Company, 1997)

8. Times-Chamber Dictionary of Idioms and Catch Phrases (Federal Publication Pte Ltd., 1996)

9. The Complete Works of Shakespeare (The Cambridge Edition

Text, 1936)

10.《莎士比亚全集》，人民文学出版社，1978年

11.《伊索寓言》，北京少年儿童出版社，2007年

12. 厦门大学外文系词典编写组：《综合英语成语词典》，福建人民出版社，1985年

13. 陆谷孙主编：《英汉大词典（缩印本）》，上海译文出版社，1993年

14. 骆世平、吕云芳等编著：《英语成语双解词典》，福建人民出版社，2001年

15. 谢金良主编：《西方文学典故词典》，中国展望出版社，1986年

16. 陈珍广、祁庆生编：《西方名言引喻典故词典》，花城出版社，1989年

17. 王国荣等编：《世界成语典故词典》，文汇出版社，1989年

18. 林书武主编：《外国典故词典》，上海辞书出版社，1995年

19. 钟锋编译：《英汉典故词典》，漓江出版社，1991年

20.《中国大百科全书（外国文学）》，中国大百科出版社，1982年

21.《简明不列颠百科全书》，中国大百科出版社，1986年

22. 郝恩美等编：《文学知识词典》，江西人民出版社，1987年

23. 高维正、吴克明等编译：《简明英汉谚语词典》，江苏人民出版社，1983年

24. 徐超埠编译：《英谚译介》，福建教育出版社，1984年

丛书内容简介

《希腊神话传说》

　　希腊神话被世界公认为是人类童年时代的产物，欧洲文明的主要源头。在西方，对它的了解程度，是衡量一个人接受教育高低的标志。在我国，具备这方面知识，对于了解西方文化、学习欧美语言有着重要意义。书中从千年神话与现实联系的角度切入，按国人阅读欣赏的习惯，在讲述希腊罗马神话故事的同时，揭示它如何哺育欧洲文明、影响人们的思想观念和生活习俗。本书分语典传说、喻意传说、物语传说、星空传说、民俗传说、历史传说等六部分，共含趣味释文478篇，涉及语言、文学、艺术、天文、地理、历史、民俗诸多领域。

《英语国家常识》

　　在英国、美国、加拿大、澳大利亚、新西兰英语五国中，后四国历史上是英国的殖民地。除了语言相通，从经济基础到上层建筑，无不带有大不列颠的血统，被视为是欧洲文化的延伸。然而这四国在北美和大洋洲披荆斩棘创造自身文明的过程中，不仅造就有别于英帝国的政治、经济和文化，还逐渐形成了各具自身民族特点的传统和习俗。对于英语学习者而言，熟悉英语国家常识的重要性，绝不亚于学习英语词汇和语法。因为只有掌握英语语言，又具备这些国家常识，熟悉民生百态，才称得上真正具有英语交际能力。本书分社会常识、生活常识、饮食常识、礼仪常识、婚丧常识、节日常识、竞技常识、禁忌常识、宗教常识等九部分，共含趣味释文462篇。从9个方面23个专题介绍5个英语国家的基本常识。

《欧美文学典故》

欧美文学是西方高级文化的重要组成部分，凝聚了作家对人生、社会和时代的思考，是人类宝贵的精神财富。作家在运用语言文字进行文学创作的同时，他们的一些精彩的文学语汇也凝固成了语言中最具活力的典故、成语、谚语、格言、箴言、俗语等等。源出欧美文学的英语成语典故纷繁浩瀚，色彩斑斓。它们是既具自身民族语言特色，又散发着浓郁西方文化气息的瑰宝奇葩。本书分小说典故、诗歌典故、散文典故、寓言典故、童话典故、戏剧典故等六部分，共含趣味释文488篇，涉及欧美古今著名小说家、诗人、剧作家、散文家以及寓言作家和童话作家100多位，名著名作300多部(篇)。释文在原著的背景线索上进行，妙趣横生，丰富多彩。

《西方文化喻指》

喻指是语言的一种借喻转义(trope)现象。西方语言用地名"Waterloo"（滑铁卢）来喻指决定性的惨败，汉语用数字

"二百五"来喻指傻瓜。任何语言中的喻指，都是使用这种语言的人民思想和智慧的结晶，都打上了这个民族历史和文化的烙印，故称文化喻指。东方与西方历史、文化不同，因而喻指也各不相同，这常常造成跨文化交际中的理解障碍。书中通过对英语语言中的喻指现象剖析，从神话、宗教、历史、文学、社会、生活、劳作、习俗等角度，去探究英语作为西方主流文化喻指的真谛。本书分经典喻指、物事喻指、物象喻指、言语喻指、地点喻指、人物喻指、事件喻指等七部分，共含趣味释文626篇，喻指的英文例句大多引自名家著作和英文典籍。

《英语多维概述》

英语是西方文化的最主要载体，也是当今世界最重要的国际语言。学好英语，对于建设国家和规划人生均有重要意义。书中以知识性、实用性、趣味性为宗旨，进行多角度多学科概要讲述。讲述英语的发展的历史与英语当今使用的现状，英国英语与美国英语之间的差异，英语语言结构（语音、词汇、语法）与英语文学、修辞、写作、英汉互译知识等。本书涉及英语8个学科的常用知识，分现状概述、历史概述、语音概述、词汇概述、语法概述、翻译概述、文学概述、修辞概述、写作概述等九部分，共含趣味释文338篇，每篇一个话题。借助多维概述，向读者"立体"展示英语。

（《经典成语故事》未出版）